거인의 정원

거인의 정원

초판 1쇄 찍은 날 § 2005년 11월 26일
초판 1쇄 펴낸 날 § 2005년 12월 6일

지은이 § 서야
펴낸이 § 서경석

편집장 § 문혜영
편집책임 § 이종민
편집 § 한지윤

펴낸곳 § 도서출판 청어람
등록번호 § 제1081-1-89호
등록일자 § 1999. 5. 31
어람번호 § 제5-0070호

주소 § 경기도 부천시 원미구 심곡1동 350-1 남성B/D 3F (우) 420-011
전화 § 032-656-4452 팩스 § 032-656-4453
http://www.chungeoram.com
E-mail § eoram99@chollian.net

ⓒ 서야, 2005

ISBN 89-5831-841-4 03810

※ 파본은 본사나 구입하신 서점에서 교환하여 드립니다.
※ 저자와 협의하여 인지를 붙이지 않습니다.

거인의 정원

서야 지음

도서출판 청어람

프롤로그 / 7
제1장 / 12
제2장 / 41
제3장 / 76
제4장 / 106
제5장 / 163
제6장 / 190
제7장 / 207
제8장 / 233
제9장 / 261
제10장 / 292
제11장 / 336
제12장 / 365
제13장 / 393
제14장 / 409
제15장 / 438
제16장 / 455
남은 이야기 / 476
작가후기 / 492

— '행복한 왕자'의 '욕심쟁이 거인' 中에서

 오후만 되면 학교에서 돌아온 아이들은 늘 '거인의 정원'에 가서 놀았다. 부드러운 초록빛의 잔디가 깔려 있는 거인의 정원은 무척 넓고 아름다웠다. 아이들은 여기저기서 아름다운 꽃이 되었고, 별이 되었다. 그리고 복숭아나무가 열두 그루나 자라고 있어 봄이 되면 분홍빛과 진줏빛의 고운 꽃들이 피어났고, 가을이면 탐스런 열매가 열렸다. 새들은 나뭇가지에 앉아 감미로운 노래를 불렀다. 아이들은 놀다가도 새들의 노랫소리가 들리면 가만히 멈추어 서서 귀를 기울였다.
 "여기 있으면 너무 즐거워!"
 아이들은 서로서로에게 그렇게 말했다.
 그러던 어느 날 거인이 돌아왔다. 거인은 콘월에 사는 친구 오우거의 집에 갔다 오는 길이었다. 거인은 친구의 집에서 칠 년 동안이나 살았는데, 칠 년이 지나자 워낙 말재주도 없는 데다가 더 이상 할 이야기도 없고 해서 집으로 돌아오게 된 것이다.
 그런데 오랜만에 집에 돌아와서 보니 아이들이 자기 정원에서 놀고 있었다.
 거인은 퉁명스런 목소리로 버럭 소리를 질렀다.
 "아니, 너희들! 여기에서 무슨 짓이냐!"
 그러자 아이들이 다 도망쳐 버렸다.
 "우리 집 정원은 나 혼자 쓰는 정원이라고! 그런 것도 모르는 놈들이 있나. 나 이외에는 누구도 내 정원에 발을 들이지 못하도록 해야겠다."
 거인은 투덜거리며 정원 둘레에 높은 담을 쌓고는, 경고 표지판을 내걸었다.

프롤로그

"아아아악!!"

단말마 같은 비명이 복도에 울렸다. 다른 침대에서는 아직 내려오지 않은 아이 때문에 산모 하나가 고통스런 비명을 질러대고, 짜증내는 간호사의 소음과 공포스런 신음 소리가 곳곳에서 새어 나오고 있었다. 그 속에 이제 갓 스물을 넘겼을까 말까 한 어린 소녀 같은 산모 하나가 열심히 호흡을 조절하고 있었다.

"후! 후!"

비파는 열심히 호흡을 내쉬었다. 톡 튀어나온 이마는 땀으로 번들거리고 있었지만, 여전히 신음 소리 한 번 없었다. 정작 당사자보다 그녀의 손을 꽉 쥔 채 앉아 있는 승미 아줌마의 얼굴이 더 파랗게 질려 있었다. 마치 자신의 딸아이가 첫 출산을 하듯 걱정스러운 기색이 가득이었다.

아이를 낳는다는 것! 아무리 까마득하게 지난 일이라지만, 보는 것만으로도 그 고통이 새록 올라와 제 가슴이 더 콩닥콩닥 뛰어댈 정도였다. 그 덕에 비파의 이마를 닦아내는 손이 더욱 잦아져 갔다.

땀에 젖은 이마를 연신 닦아내는 승미 아줌마의 다정한 손길에 억지웃음을 지으며 비파는 잠시 허공으로 시선을 돌렸다. 만삭이 다가올수록 출산에 대한 두려움에 몇 번이나 정언을 떠올리며 전화기에 손을 뻗었다 다시 내리곤 했었는지.

그의 손이라도 잡고 있으면 이 무서운 출산의 고통에서 잠시 헤어날 수 있지 않을까? 그러나 그런 욕심마저 분에 넘치는 것 같아 비파는 차마 그에게 쉽게 손을 뻗을 수가 없었다. 아니, 그의 얼굴과 함께 주름이 자글자글하던 그의 어머니 얼굴이 떠오르지 않았다면 눈 한번 질끈 감고 그에게 전화를 걸었을지도 모른다. 아이를 가졌다면, 정언 역시 마냥 기뻐해 주었을지도 모르는데……. 스무 살의 풋사랑이었다.

아이가 뱃속에서 한 번씩 돌 때마다 느꼈던 찢어지는 듯한 고통이 잠시 가시자 비파는 자신이 사랑했던, 그래서 모든 것을 다 주었던 정언을 떠올리고 있었다. 하얀 천장으로 순백의 미소를 짓던 순한 그의 얼굴이 선명하게 드러났다.

정언 오빠…….

다른 산모들은 제 남편을 불러대며 고통스러워하는 중에 겨우 작은 커튼으로 구분 지어놓은 침대에 누워 비파는 제 곁에 없는 정언을 떠올리고 있었다. 스무 살에 만나 지난 일여 년 넘게 사랑했던 사람을.

"비파야, 차라리 소리를 질러."

그녀의 멍한 시선을 오해했을까? 승미 아줌마가 옆에서 안타까운 목소리로 말했다. 초산이라 아이는 아직 내려올 기미가 없는데 진즉부터 시작된 산통(産痛) 때문에 작은 얼굴이 팅팅 부었다. 이렇게 고통스러울 때는 오히려 말 거는 것조차 미안할 지경인데 신음 소리 없이 견디어내는 비파가 안쓰러워 말하지 않을 수 없었다.

"괜찮아요. 아직 견딜 만해요."

이미 한 번 아이가 돌았는지, 지금은 말짱히 고통이 사라지고 없었다. 하지만 곧 또다시 배를 쥐어짜는 고통이 몰려올 것이다. 천장에 떠오르던 정언의 얼굴이 순식간에 스쳐 지나고 악! 비파는 신음을 깨물었다. 산통이 오는 간격이 점점 더 짧아지고 있었다.

'하나, 둘, 셋, 넷…….'

비파는 다시 한 번 숫자를 세기 시작했다. 병원에서 무료로 강습해 준 산모교실에서 라마즈 호흡법을 배웠지만, 지금 기억나는 거라곤 스물까지 세니 고통이 사라졌다던 다른 산모의 말밖에 없었다. 찢어지는 고통 때문에 배운 라마즈 호흡법이 생각나지 않은 지금으로선, 이 숫자라도 생각나는 게 그나마 다행이었다. 그 산모의 말처럼 스무 번쯤 세고 나면 허리를 짓누르던 고통이 신기하게도 거짓말처럼 사라졌다.

"애고, 차라리 배로 진통이 오면 더 견디기 쉬운데……."

승미 아줌마가 또다시 혀를 찼다. 배로 아프나, 허리로 아프나 고통은 다 똑같은데, 그 작은 차이라도 덜하기를 바라는 심정이 고스란히 드러나는 말이었다.

"괜찮아……."

괜찮다, 말하려는 순간 참을 수 없는 고통이 아래로 쏴아 몰리며 뜨끈한 오줌 같은 액체가 다리 사이로 주르륵 흘러내렸다.

"아아악!!"

순간 비파가 참지 못하고 비명을 질러댔다. 옆 침대에서 산모의 배를 꾹꾹 누르던 간호사가 심상치 않은 비명 소리가 후다닥 뛰어왔다.

"아이 머리가 보여요! 숨 들이쉬시구요. 제가 힘주세요, 하면 아래에 힘을 꽉 주시는 거예요! 알았어요?"

뛰어온 간호사가 환자복을 들추더니 속사포같이 쏘아댔다. 아, 이젠 정말 끝이 왔나 보다. 잠시 사라진 고통 속에 그녀의 침대가 빠르게 분만실로 향했다. 덜컹거리는 침대 너머로 잔뜩 인상을 찡그린 승미 아줌마가 보였다, 고통 때문에 다시 뿌옇게 흐려졌다. 이젠 정말 끝인가? 스러지는 의식 속으로 죽은 엄마의 얼굴이 빠르게 스쳐 갔다.

"힘주세요!"

어디선가 간호사의 목소리가 아득히 들려왔다. 아, 아이! 흐릿한 의식이 다시 또렷해진다. 우리 아기…… 비파는 다시 한 번 아랫배에 힘을 주었다. 숨이 턱 차 오도록 마지막 힘을 짜냈다.

"산모! 다시 한 번 힘주세요!"

간호사가 또다시 고함을 질렀다. 이젠 힘이 없는데…….

"산모! 이렇게 힘을 풀어버리면 아이가 위험해요. 엄마잖아요! 다시 한 번 죽을힘을 다해 힘을 주는 거예요!"

이젠 의사가 소리를 질러댔다.

엄마잖아요!

쩡!

무엇인가 뒤통수를 가격한 것처럼 비파는 번뜩 정신이 들었다. 엄마…… 그래. 비파가 다시 한 번 입술을 깨물었다. 그녀는 이제 엄마가 되는 것이다. 한 아이의 엄마!

비파는 온몸의 즙을 짜내듯 마지막 온 힘을 아랫배에 힘껏 쏟아냈다. 이젠 정말 끝이야!

"아아앙!!"

후두둑! 시원한 배설처럼 무언가 뱃속에서 빠르게 빠져나가는 느낌이 들자, 경쾌하고 힘찬 아이의 울음소리가 가물어지는 눈꺼풀 사이로 생명의 끈처럼 터져 나왔다. 아, 내 아이! 이젠 정말 엄마가 되었구나. 스러지는 의식 속에서도 비파는 힘겹게 미소를 지었다.

"잘했어요!"

빙긋 웃는 의사의 미소를 쭈글거리는 빨간 아이의 얼굴을 볼 새도 없이 비파는 그제야 편한 휴식에 빠져들었다.

제1장

"이게 뭐니?"

승미는 앞에 내밀어진 봉투를 바라보며 물었다. 십 년여 만에 보는 조카는 지난 시절의 모습은 찾을 수 없이 건장한 사내로 자라 있었다. 은빛 안경테 너머 언니를 닮은 검은 눈동자로 조카는 말없이 자신의 앞에 앉아 있었다. 하긴 언니가 살았을 때에도 조카는 어린 나이치고도 말이 없는 편이었다. 언니 내외가 한꺼번에 비행기 사고로 죽고 그녀가 잠깐 맡아 키운 동안에도 거의 자폐증을 의심하리만치 말이 없던 녀석이었다.

열 살에 부모를 잃고 미국에 있는 고모를 따라간 이반은 십이 년 전, 갑자기 한국으로 귀국했다. 대학교는 이곳에서 다니고 싶다는 이유였었다. 공부는 여전히 잘했던 모양인지 미국에서 월반을 했다더니, 스무 살이 채 되지 않은 녀석이 혼자 귀국해 서울대에서 이 년의 학기를 마치고는 그대로 다시 훌쩍 미국으로 떠나 버렸다. 그때에도 기숙사에서 거취를 할 거라며 무뚝뚝하게 대하더니만. 그리고 이렇게 갑자기 나타난 이반은 오랜만에 보는 이모에게 여전히 서먹한 태도였다. 아무리 떨어져 지낸 이모라 해도, 제 엄마의 유일한 핏줄인데……. 승미는 남모르게 눈물을 찍고 말았다. 무정한 녀석! 섭섭함 때문에 절로 눈물이 나오는 승미와 그런 이모를 무심히 바라보는 이반 앞에는 테이블 위에 놓인 봉투가 커다란 벽처럼 가로막혀 있었다.

"그럼, 네가 이제 서른하나쯤 되나?"

얼추 조카 나이를 가늠하며 제 딴에 내는 반가운 기색을 이반은 성의도 없이 싹둑 말을 잘라냈다.

"집 열쇠입니다."

말투마저 나긋한 맛이 없었다. 눈자위를 흐르던 눈물이 무안함에 쏘옥 다시 들어갔다. 멀쑹한 얼굴로 승미가 이반을 바라보았다.

"집?"

"회사에서 알아서 구해준 모양인데, 아직 가보질 못했습니다. 주소와 열쇠입니다. 이모님께서 알아서 해주십시오. 살 만큼만 꾸며주시면 됩니다. 그리고 이거……."

은빛 카드를 내민다.

"필요하신 만큼 아끼지 말고 쓰십시오. 특별히 원하는 것도 없으니 대충 간단한 가구 정도면 될 것 같습니다."

"어, 당최……."

"어려운 일 아닙니다. 편하게 하시면 됩니다."

"어, 정말? 재밌겠네! 엄마, 그럼 나랑 같이 해. 나 이런 거 해보고 싶었는데."

옆에서 승미의 무남독녀 외딸인 혜나가 방정맞게 봉투를 집어 들었다. 끌끌, 혜나를 바라보는 승미의 시선이 곱지 않다. 비파와 비슷한 나이이면서도 혜나는 딸이라면 사족을 못쓰는 제 아버지 탓에 버릇이 좀 없는 편이었다. 아무리 가르치려 해도 남편의 등 뒤로 숨어버리기 일쑤라, 차일피일 미루다 보니 이젠 손댈 수 없이 버릇이 나빠지고 말았다.

"어, 이거 플래티넘 카드네? 우와~ 오빠, 돈 많나 봐? 가구 사는 김에 내 옷도 한 벌쯤 사주면 안 되나?"

천방지축 물어보는 혜나를 바라보는 이반은 표정이 없었다. 승낙인지 거절인지 도무지 속내를 알 수 없는 이반을 보던 혜나가 슬그머니 카드를 내려놓았다. 그런 혜나를 승미가 매섭게 노려보며 이반이 내민 카드와 봉투를 받아 들었다.

"그래. 뭐, 내가 잘하지는 못하겠지만, 원한다면 그 정도도 못 해주겠니? 그래도 명색이 이모인데……."

승미는 슬쩍 조카의 안색을 살폈다. 그 당시 열 살이긴 했어도 조금이나마 부모에 대한 기억이 있을까 싶은데 이반의 표정은 여전했다. 끌, 또다시 혀를 차고 말았다. 내성적이란 건 알았지만 이 정도로 차가울 거라 생각하지는 못했다.

"좀 그래요, 이반이…… 말이 없는 아이라 속을 알 수 없긴 해도 반듯하게 자란 아이이니 속 끓일 일은 없으실 거예요."

이반이 이곳에 온다고 연락한 것도 미국의 고모였다. 속을 끓일 일은 없겠지만, 세월을 넘어서 정을 쌓기엔 만만한 녀석도 아니었다. 휴, 낮은 한숨을 내쉬는 이모를 외면한 채 이반은 훌쩍 일어섰다.

"아니, 왜?"

놀란 승미가 눈을 동그랗게 떴다. 도착한 날, 찾아온 것치고는 짐이 없다 했더니 이반은 갈 사람처럼 일어서고 있었다. 커다란 키가 천장까지 닿아 방 안이 금세 어둑해지는 것 같다. 저보다 한참 큰 이반을 바라보던 승미 이모의 얼굴엔 아까의 섭섭함은 사라지고 대견한 빛이 역력했다.

"호텔에 짐을 풀어놓았습니다. 집에 들어가기 전엔 우선 호텔에 묵을 생각입니다."

저 똑 부러지는 말투.

"그래도 그 집 들어갈 때까지는 여기서 같이 지내는 게 더 낫지 않겠니?"

"아닙니다. 생각할 것도 많고, 또 회사 일에 집중하려면 이렇게 사람 많은 곳보다는 조용한 곳에서 지내는 게 더 편합니다."

"그래도……."

한 번 더 붙잡으려던 승미는 그만 뒤로 물러서고 말았다. 불편하다는 데야. 폐를 끼치기 싫어서도 아니고 제 스스로가 불편하다는데, 붙잡을 핑계가 없었다. 혹시 내가 어려운가? 싶은 생각이 들었지만, 또 그것만은 아니다. 공항에 도착하자마자 이곳에 달려온 것도 그렇고, 무엇보다 이반에겐 남은 핏줄이라곤 미국의 고모와 한국의 그녀뿐이었다. 그때 좀 더 우겨서라도 내가 데리고 있을 걸 그랬나? 승미는 이반의 차가운 성격이 마치 타국에서 자란 탓인 것만 같아 뒤늦게 후회가 들었다.

"참, 그리고 다른 건 별 상관이 없는데, 제일 큰 방 하나는 서재로 꾸며주시면 좋겠습니다. 미국에서 책이 오겠지만, 제가 서재만큼은 꽤 신경 쓰는 편이라서. 튼튼한 책장이 방 전체를 가득 채웠으면 좋겠습니다. 책상과 의자만 있으면 되고요. 아, 그리고 간단한 소파와 테이블도 있었으면 합니다."

"응, 뭐…… 그렇게 다 들어가려나?"

서재 가득히 책장을 채우고, 책상과 테이블이라니. 대체 얼마나 큰집인 거야? 승미와 혜나는 그제야 이반의 집에 대한 호기심이 생기기 시작했다.

"제가 본 바로는 들어갈 것 같은데."

"그래, 알아서 할 테니 걱정하지 말고."

승미가 배웅하며 말을 끊었다. 더 투덜대다가는 이나마의 일도 못해줄 판이다. 벌써부터 이반의 얼굴이 갈등하는 듯 잔뜩 구겨져 있기도 했고. 불편한 건 끔찍하리만치 싫은 녀석인 모양이라 나름대로 추측하며 대문으로 향하던 승미가 입을 딱 벌리고 말았다. 평범한 승미의 집 앞에는 번쩍거리는 검은색 승용차가 벌써 대기 중이었다. 한눈에도 그 크기에 놀랄 판인데 옆에서 혜나가 방방 뜨며 수선을 피워댔다.

"이거 링컨 타운카 리무진이잖아!"

남자 친구가 자동차 회사에 다니는 혜나는 엄마인 승미보다 먼저 차종을 알아챘다. 그래? 승미가 고개를 갸웃하며 번쩍이는 검은 차를 요리조리 살폈다. 대체 뭘 하기에 이런 고급 차를 타고 다니는 게야? 꽤 잘나가는 모양이지? 흐뭇해진다.

"엄만! 이게 얼마나 비싼 차인 줄 알아? 웬만한 집 전셋값은 돼! 오빠, 이거 오빠 차야?"

어느새 뛰어나온 운전기사가 뒷문을 활짝 열어놓으며 이반이 타기를 기다리고 있었다.

"아니, 회사 차."

짧게 대답한 이반은 간단히 고개 인사를 건네고는 차에 올라탔다.

"우와! 저거 구천만 원은 된다던데!"

탄성을 지르는 혜나 옆에서 승미는 걱정스런 얼굴로 떠난 차를 바라보았다. 아마 그때 조금 더 고집을 부려 이반을 맡았어야 했는지 모른다. 승미는 언니에게 또다시 죄를 지은 기분이었다.

차에 올라탄 이반은 비로소 편하게 등을 기댔다. 긴 시간 비행 여독이 채 풀어지지 않아 목이 뻐근했다. 탁탁, 목을 두드리는 소리에 룸미러로 박 부장이 흘낏 그를 바라보았다.

"많이 피곤하신 모양입니다, 회장님."

"흠."

짧은 대답에 박 부장의 민망한 눈빛이 언뜻 보였지만 이반은 무심히 창가로 시선을 돌렸다. 느끼지 않으려 해도 살갗을 콕콕 찌르는 박 부장의 시선이 여간 불편하지 않았다. 그래서 일부러 모른 척 검은 차창으로 시선을 돌린 것이다. 박 부장은 회사에서 대우를 한답시고 보내온 사람이었다.

일개 운전기사 하나만 달랑 보내기엔 그의 위치가 만만찮은 탓에 실무진인 박 부장과 기사 한 사람을 보내온 모양이었다. 그러나 이반은 박 부장과 함께 딸려 나온 운전기사는 그대로 회사로 돌려보내 버렸다. 사람과 접촉하는 걸 질색하는 그라, 필요한 박 부장 이외에 다른 사람이 함께 붙는 건 싫다는 거절이었다.

그가 설립한 '카라'는 대학 시절 만들어낸 향수의 이름과 같은 화장품 회사의 명칭이었다. 향에 대한 민감한 그가 우연히 발명해낸 향수는 교수들의 적극적인 유치로 순식간에 세계적인 향수로 발돋움해 엄청난 반응을 일으켰다.

'신데렐라.'

향수계의 신데렐라라는 남자에게 어울리지 않는 별칭이 붙은 것도 반갑잖은 일이었지만, 미국에 회사를 설립해 놓고서도 일선에서 물러난 그에게 붙은 또 하나의 별칭은 '은둔자'였다. 그렇기에 한국 지사 측에서 느닷없는 창립자의 귀국은 예상하지 못한 변수였음은 당연지사였다.

또다시 흘낏 그를 훔쳐보는 박 부장의 귀찮은 시선이 느껴졌다. 어느 곳을 가나 그에 대한 이런 시선은 있었다. 프리스턴에 수석 입학했을 때에도 그랬고, 월반을 밥 먹듯이 할 때에도 그랬고, 젊은 나이에 부를 축적한 것도 역시 그랬다.

이반은 애써 그 시선을 피해 창밖의 풍경에 집중했다. 한국은 여전히 기억처럼 아름다웠다. 봄날의 꽃이 흐드러지게 핀 나무가 까만 유리창으로도 제 빛을 숨기지 못했다. 이반의 눈빛에 그리움이 일렁거렸다. 한때, 이곳에서 대학을 다닌 적이 있었다. 막 '카라'를 만들었을 때쯤이었다. 스무 살을 한 해 앞둔 그해 '카라'를 만들어놓고 그는 일약 재벌 중의 한 사람이 되어버렸다. 그를 싣지 못해 안달하는 언론들과 대중 매체들 사이에서 지칠 만큼 지쳐 잠시 한국을 생각했었다. 내 부모와 함께 살았던 추억의 나라. 어린 시절 이후로 잊었던 네 개의 계절을 하나하나 맛본 후 그는 다시 귀국했다. 좀 더 시간이 남기는 했지만, 이 년의 시간으로도 그에게는 충분했다. 그리고 이곳에 돌아온 것이 십 년 만이었다.

머물 곳을 찾고 싶어. 이반은 생각했다. 고모와 함께 살기는 했지만, 미국은 여전히 낯설고 정이 들지 않았다. 만약 어딘가에 뿌리를 내리고 싶다면 한국이 아닌 곳은 생각할 수조차 없었다. 아직은 결혼 따위는 생각이 없지만, 홀로 살아간다 해도 자신이 제 뿌리를 내릴 곳은 이곳뿐이었다. 차창으로 휙휙 빠르게 지나가는 한국의 봄을 바라보며 이반은 딱딱하게 굳은 제 어깨를 폈다. 이제 막 발걸음을 떼기 시작한 한국 지사엔 아직 도움이 많이 필요하겠지만, 이곳에서 그는 충분한 휴식을 취할 생각이었다. 이반은 천천히 눈을 감기 시작했다. 시간은 많아…….

아이란 이런 걸까?

낳은 지 얼마 되지 않은 것 같은데, 아이는 애초부터 이곳에 함께 있었던 것처럼 익숙한 자세로 방에 누워 재롱을 피워대고 있었다. 벌써 육 개월이 지나 칠 개월에 들어서는 아이의 모습을 흐뭇한 시선으로 바라보며 비파는 거두어온 빨래를 개켰다. 요사이 내놓는 기저귀가 부쩍 늘었다. 그만큼 자라난다는 뜻이기도 했지만, 늘어나는 기저귀를 보면서 비파의 한숨 역시 같이 늘어나는 것도 어쩔 수 없었다.

대학은 일찌감치 포기했다. 밤 늦게서야 일을 마치고 돌아온 엄마의 지친, 그래서 거의 죽음 같은 잠에 빠진 모습을 보면서 그런 사치 따윈 포기한 지 오래였다. 대학을 포기하니 좀 살기가 편해졌다. 다른 친구들이 늦은 시간까지 야간 자율학습이다, 학원이다 바쁠 때 그녀는 일을 했다. 엄마에겐 학원에 다닌다, 거짓말까지 하면서. 덕분에 제법 돈도 모았다.

학교를 졸업하고 대학 근방, 호프집에서 일하면서 알게 된 정언과 사귈 때에도 아르바이트는 쉰 적이 없었다. 세상을 인간답게 살기 위해선 돈은 최소한의 구비 요건이란 걸 이미 알고 있었으니까. 엄마의 팍팍한 삶 속에서 그녀가 맨 먼저 배운 건 그것이었다.

정언을 생각하니 또다시 새어나오는 한숨을 누르며 비파는 아이를 즐겁게 바라보았다.

희아.

기쁠 희, 아이 아.

자연분만으로 아이를 낳은지라 금액이 그리 크지 않다며 병원비를 대신 지불한 승미 아줌마는 이곳에 몸을 누이자마자 아이의 처우 문제로 닦달을 했었다. 이제 겨우 스물셋.

스무 살에 정언을 만나, 희아를 가졌다. 엄마가 돌아가신 후 다시 갖게 된 유일한 가족이었다. 어쩌면 정언과 함께 꾸렸을지도 모르는 가정이라는 환상 속에서 유일하게 남은 그녀의 것이었다.

"아이는 혼자 자란다던? 너 아이 갖고 내내 일도 못했잖어. 아이들은 돈을 먹고 자라는 거야. 지금 당장은 버틸 수 있다 해도 좀 더 커서는 어떻게 감당하려고 그래? 이제 네 나이 겨우 스물 지났다. 결혼은 안 할 거야? 아이 딸린 스무 살짜리도 결혼하려면 다 재취 자리야. 이것아!"

세상 물정 좀 알아! 아마 뒷말은 그거였을 것이다. 아이를 낳고 다시 집으로 돌아오자마자 승미 아줌마는 벌써부터 걱정이었다.

그러나 비파는 고집스럽게 고개를 저었다.

"아이가 예뻐요. 내 아이라 그런 건가? 너무 예뻐서 인형 같아."

제 옆에 누워 쌕쌕, 어린 숨을 내쉬는 아이를 다른 곳으로 보내 버리다니. 상상조차 할 수 없었다.

"예쁘긴, 사내 녀석이 예뻐서 어디다 쓰려고."

타박은 했지만, 아이를 바라보는 승미 아줌마의 시선에도 어쩔 수 없는 사랑이 배어 있었다.

"돈은 좀 모아둔 게 있으니까, 우선 그것으로 아껴서 살아볼래요. 아이가 좀 더 자라면 그때 일할 곳 알아보지 뭐. 그러니까 아이 보내란 말 하지 말아요, 아줌마! 생각만으로도 가슴이 터질 것 같아요."

비록 떠나온 사람이지만, 진심으로 사랑했고 사랑했기에 얻어진 아이다. 자신의 사랑을 부정하고 아이를 버려두는 것 따윈 하고 싶지 않았다.

굳은 의지가 배인 비파의 말에 다시 입을 열려던 승미 아줌마는 그대로 입을 다물어 버리고 말았다.

"그려, 제 자식을 버리라는 것도 죄지······."

말끝을 흐리는 승미 아줌마의 걱정은 곧장 현실로 그녀를 덮치긴 했다. 시간이 지날수록 줄어드는 통장의 잔고를 보며 아이는 돈을 먹고 자란다는 승미 아줌마의 말이 그렇게 절실할 수가 없었다.

기저귀는 동대문에서 끊어온 천 기저귀로 쓰는 데다, 모유를 먹이는 데도 돈은 눈에 띄게 팍팍 줄어갔다. 그 정도의 금액이면 한 이 년 정도는 버티지 않을까 했는데 그녀의 예상보다 버틸 수 있는 시간이 더 줄어들고 있었다. 이대로라면 아마 올해 안에 다시 일자리를 구해야 할지도 몰랐다. 아이를 데리고 할 수 있는 일이 있을까? 빨래를 개키는 비파의 손끝엔 그런 염려가 묻어 있었다.

"어버!"

제 엄마의 근심을 알았나? 잘 놀던 희아가 엄마를 불렀다. 무릎 앞에 쌓인 남은 빨래를 밀어낸 비파는 한걸음에 희아에게 다가갔다. 이제 뒤집기 시작하는 희아는 다른 아이들보다 성장 발달이 빠른 편이었다. 오동통하게 젖살이 오른 팔을 힘껏 휘저으며 발딱, 작은 몸을 뒤집을 때엔 정말 세상 근심이 사라지는 기분이었다.

"아들, 심심해?"

환하게 웃으며 비파가 희아의 드러난 배에 부우! 하고 입 피리를 불었다. 희아가 가장 좋아하는 놀이였다.

"까르르!"

자지러지는 희아의 웃음소리에 비파는 황홀해졌다. 아무리 곤궁해도 이런 웃음이 있기에 행복했다.

하얗고 복실한 발바닥을 손에 쥔 비파는 발가락 하나하나를 꼭꼭 깨물었다. 유난히 예쁜 희아의 발가락이었다.

"아휴! 예뻐, 우리 희아! 이런 복덩이가 어디서 떨어졌나?"

아이 앞으로 쏟아질 듯 숙인 목 언저리에서 낡은 보푸라기가 살랑 흔들거린다. 비파는 풀려 나온 실밥을 뜯어냈다. 제법 손가락힘이 세어진 희아가 자주 옷을 잡아당겨 그렇지 않아도 낡은 옷이 더 낡아버렸다. 손아귀에 잡힌 실밥을 희아가 주워 먹지 않게 잘 말아 휴지통 안에 꼼꼼히 집어 던지며 비파는 희아를 품에 안았다. 그녀의 옷만큼이나 희아의 옷도 낡고 작았다. 아이는 빨리 자라나 옷이 자꾸 줄어들었다. 몇 벌 되지 않아 더럽혀질 때마다 빨다 보니 낡기도 금세 낡아졌다. 아이와 엄마는 서로 낡은 옷을 입고 행복한 미소를 지으며 마주 보았다.

"엄마 옷이 낡았네? 우리 희아 옷도 낡고. 닮은꼴이지?"

제법 무거워진 희아를 안으며 비파가 환하게 이를 드러냈다. 작고 허름한 방 안은 따뜻한 웃음과 온기가 가득했다.

"애고, 뭐가 그리 좋아서 히히거리누?"

덜컹, 문이 열리며 승미 아줌마가 들어섰다. 지난번에 다녀간 후 이 주 만에 만나는 거다. 승미 아줌마의 양손엔 꽉 찬 종이 가방이 여러 개 들려 있었다.

"좋죠! 우리 희아랑 노는데. 그치, 희아야?"

비파가 또다시 쪽 소리가 나도록 희아의 볼에 입을 맞추었다.

아이가 양손을 휘젓는다. 아이는 매일매일, 조금씩 예뻐진다.

"어디 한번 보자!"

팔을 내미는 승미 아줌마에게 희아가 덥석 쉽게 안긴다. 몇 번 보았다고 낯을 가리지 않는 희아의 모습이 승미 아줌마의 눈에도 예뻐 보이는지 괜히 타박을 했다.

"애고, 이놈의 자식! 예쁜 양 하는 것 좀 봐라. 사내 녀석이 애교가 이리 많아서, 원."

쯧쯧, 혀 차는 소리엔 어쩔 수 없이 사랑스러움이 배어나왔다.

"이거나 받아."

이젠 제법 무거워진 희아를 안고 가져온 종이 가방을 비파 앞으로 밀었다.

"이게 뭐예요?"

"혜나가 싫증나서 안 입는 옷. 기집애 옷이 어찌나 요란스러운지, 점잖은 옷 추리려다 보니 그것밖에 없더라. 말만한 처녀가 입고 다니는 꼴 하고는. 허벅지를 허옇게 드러내는 것 말고는 그게 전부야."

아직은 성한 옷들이 종이 가방에서 줄줄이 나왔다. 모유를 먹이느라 빠진 살 때문에 혜나의 옷은 비파에게 낙낙하게 맞아떨어졌다. 보기 좋네. 비록 딸이 입던 옷이긴 했지만 오히려 혜나보다 비파에게 더 어울려 보일 정도였다. 행여 비파가 마음 상할까 승미 아줌마는 조금 더 요란스럽게 맞장구를 쳤다.

"그리고 이건 희아 옷이다."

친구 중에 유일하게 손자를 본 미자에게 얻어온 옷이었다. 다행히 희아하고는 일 년 차이가 나 옷이 제법 많았다.

"애들 옷은 원래 얻어 입히고 하는 거야. 금방금방 자라는데 새 옷 입힐 필요 뭐가 있니?"

"누가 뭐라 그랬어요? 저야 고맙죠. 우리 희아는 예뻐서 낡은 옷 입어도 예뻐요. 그러니까 혹시 이런 옷 있음 자주 자주 얻어와 주세요. 우리 희아 예쁘게 입히게."

제 옷보다 희아 옷을 더 반기며 비파가 승미에게 편하게 웃어 보인다. 어금니까지 다 보이도록 벌어지는 웃음에 비로소 승미 아줌마는 가슴을 쓸었다.

"잠깐만 기다리세요."

승미에게 아이를 맡긴 비파가 부엌으로 가 깨끗이 씻은 딸기를 내어왔다. 한창 비쌀 시기를 지나 조금 맛이 시기는 했지만, 이제 막 이유식을 시작한 희아를 위해 조금 사다 놓은 것이었다. 신 맛을 줄일 셈으로 솔솔 설탕을 뿌려 쟁반 채 바닥에 내려놓으며 먹으라, 채근했다.

"이걸 뭐 하러 가져와? 희아나 먹이지."

"우리도 먹어야죠. 희아한테도 손님 대접하는 것도 가르쳐 줄 겸."

"됐어! 난 안 먹어도 배부르다. 다시 갖다 놔."

"설탕 이미 뿌려서 희아는 못 먹어요. 그러니까 그냥 드세요. 아줌마한테 이것도 대접 못하면 나 미안해서 옷도 못 받아."

손사래를 치는 승미 앞으로 비파가 꾸역꾸역 설탕 뿌린 딸기를 밀어놓았다. 겨우 삼천 원어치 될까 말까 한 딸기마저 부담스러운 대접인 것 같아 속이 상했다.

허름하게 작은 딸기 한 접시를 비우자 승미 아줌마가 바쁘게 일어섰다. 섭섭한 마음으로 따라 일어서는 비파를 다시 주저앉히며 대충 설명을 하는 얼굴빛이 여간 좋지를 않았다. 조카라면서 마치 오랫동안 떨어진 아들이라도 찾아온 것처럼 설렘과 기쁨이 뒤섞인 승미 아줌마의 표정을 보며 비파는 조금 복잡한 심경이었다.

"내가 요즈음 좀 바빠. 조카가 미국서 왔는데, 제 살 집 좀 꾸며달라잖니? 혜나 그 기집애랑 시간 맞춰서 가구점이랑 커튼집도 돌아다녀야 하고, 가전제품도 사야 할 텐데……. 애고, 진짜 딸 시집보내는 것보다 더 힘들다. 집도 워낙 커서 아무리 사다 날라도 원 아늑한 맛이 있어야지. 오늘은 서재 꾸미기로 했는데 거기 가봐야 해. 희아 혼자 두지 말고 얼른 들어가."

그래두……. 섭섭해하며 비파는 희아를 포대기에 들쳐 업고 높은 골목 어귀까지 따라 나왔다. 어서 들어가라 손사래를 치고 바쁘게 떠나는 승미 아줌마의 뒤에서 비파는 허전한 얼굴로 섰다. 등에 업힌 희아가 제 어미 속을 아는지 칭얼댔다.

"그러게, 섭섭하다. 그치?"

저만치 내려가는 승미 아줌마의 작은 점 같은 인형(人形)을 바라보다 아쉬운 마음으로 비파는 집으로 들어섰다. 작은 방 안이 넓게도 보인다. 승미 아줌마가 가져온 옷을 얌전히 개켜 옷장에 정리해 놓는 비파의 손등 위로 툭 눈물이 떨어져 내렸다. 가끔 이렇게 눈물이 난다.

희아와 함께 살면서 외로움이 많이 사라졌다 했는데, 이렇게 눈물은 불청객처럼 예고없이 찾아올 때가 있었다.

"외롭다. 그치?"

"어마!"

등에 업힌 희아가 팔딱 뛰며 제 존재를 드러냈다. 그 작은 움직임에 순간, 비파는 힘이 솟구쳤다. 그래, 난 엄마잖아. 그녀의 엄마 역시 혼자 힘으로 그녀를 키웠다. 세상의 싸늘한 눈빛 속에서도 한 줌 부끄러움이 없이 그녀를 키우고 이만큼 자라게 했다.

나도 그럴 거야, 희아야!

비록 아빠없이 키우게 되겠지만 그래도 떳떳하고 자랑스럽게 키우고 싶었다, 그녀의 엄마처럼. 그것이 자신의 사랑에 대한 책임이었다. 조금 전의 외로움을 싹 걷어내며 비파가 탁! 플라스틱 서랍 문을 닫았다.

"우리 희아, 멋쟁이 되겠다!"

그녀에게 꺄르르 대답하는 희아를 보며 비파가 속삭였다.

행복해, 지금은.

희아의 작은 손을 살짝 깨물며 비파는 그 속삭임처럼 행복한 미소를 지었다.

넓은 회의실은 침 삼키는 소리마저 들릴 정도로 고고했다. 회사 창립자가 생각보다 훨씬 젊은 나이라 다들 놀라는 눈치이면서도, 감히 누구 하나 그 내색을 할 수 없을 정도로 이반이 주는 압도감은 대단했다. 임원진들은 서로 눈치를 살피며 헛기침만 해댔다.

이곳에 '카라'의 한국 지부가 생기면서 창립자가 재미교포라는 말에 다들 한숨을 돌렸던 그들이었다. 다들 이 업계에서 내로라하는 경력을 자랑하면서 젊고 한국 실정 모르는 창립자를 만만찮게 본 것도 사실이었다. 제까짓 게 이곳 사정을 알면 얼마나 알겠어? 애초부터 이곳에 본사를 설립하지 않은 굴러온 돌에 대한 편견은 그러하였다.

그러나 이제야 얼굴을 대면한 회장은 예상했던 것보다 한참 우위에 선 자세로 꼿꼿이 그들을 내려보고 있었다. 저 살인적인 눈빛을 보라. 칼날 같은 날카로움에 쉽게 쉽게 생각하며 이 자리를 꿰찬 임원진들의 입맛이 쓴 것도 당연지사였다.

현지 미국 본사의 소문에 의하면 회장은 대인 기피증 수준으로 회사엔 거의 얼굴을 비추지 않는다 했었다. 그 소문에 막상 회사를 만들어놓고 결국 운영하는 건 실무진들인가 기대했었다. 그런데 곧 있을 런칭 홍보 마케팅 회의를 앞두고 회장이 건네는 질문 하나하나에 그렇게 편하게 생각했던 여유가 순식간에 사라져 갔다. 회의가 진행될수록 느긋이 등을 의자에 기대고 있던 임원들의 자세가 조금씩 앞쪽으로 당겨졌다. 입에 침이 마르며, 얼굴의 땀을 닦아내는 속도가 더 빨라지고 있었다. 그만큼 점점 긴장되고 있단 증거였다.

찌르는 몇 마디의 질문을 제외하고 말이 없는 회장을 바라보던 임원진들의 시선이 회의실 한 켠에 서 있는 박 부장에게 향했다. 회장이 귀국한 후 일거수일투족을 함께하는 이라 무슨 눈치라도 줄 것 같은데 박 부장 역시 만만찮게 표정이 없었다.

이리저리 눈알을 굴리는 사이 탁! 하는 소리가 고요한 회의실 안의 적막을 깨뜨렸다. 회의실 한가운데에 자리한 이반이 무거운 서류철을 귀찮다는 듯이 덮어버린 것이다.

순간, 그렇지 않아도 굳은 얼굴들이 더 딱딱하게 굳어버렸다. 혹시 브리핑이 제대로 되어 있지 않았나? 아니면 이 기획 자체가 그대로 물거품이 되는 것인가? 임원진들은 허리를 꼿꼿하게 폈다. 앞으로의 홍보 진행 방향, 그리고 운영에 관한 전반적인 논의 사항이라 벌써 다섯 시간이 넘은 회의였지만, 누구 하나 엉덩이를 달싹할 수조차 없었다.

답답한 침묵 속에서 이반은 눈자위를 살살 문질렀다. 다섯 시간 동안 꼼짝없이 기나긴 기획 브리핑을 듣는다는 건 보통의 고역이 아닐 수 없었다. 특히나 이 많은 사람들이 품어내는 거친 호흡과 빛 사이로 간간이 보이는 먼지들…… 질식할 것만 같았다.

괜스레 수면 위로 올라온 건 아닌지 후회스럽기까지 했다. 한국 체류를 반대하는 의견들을 묵살하고 온 곳이라 더욱 신경을 쓰다 보니, 요즘 제 성격치곤 꽤나 무리하고 있는 터였다.

이반은 덮어버린 서류철을 앞으로 살짝 밀었다. 보기만 해도 두통이 몰려올 정도였다. 사람들 속에 있는 걸 유난히 견디지 못하는 성격이라, 특히 이런 무거운 분위기의 회의는 더욱 힘들어하는 편이었다. 치밀어 오르는 욕지기를 겨우 누르며 잠시 책상 위를 노려보았다. 지겨워. 벌써부터 한숨이 새어나왔다.

"흠!"

이반은 낮게 소리를 냈다. 임원진들의 바짝 긴장한 귀가 쫑긋 그에게 향하는 게 한눈에 들어왔다.

"좋습니다."

그의 한마디 말에 휴우, 조금씩 소리들이 새어나왔다.

"홍보상의 문제는 별문제가 없다고 봅니다. 다음 주 월요일 이 시간에 다시 모델과 홍보 시기, 그리고 대표 제품 등에 관한 세세한 회의를 진행하도록 하겠습니다."

그의 수락에 얼어 있던 얼굴들이 눈에 띄게 안도하는 기색을 보였다. 그러나 그의 딱딱한 표정은 풀어질 줄을 몰랐다. 그들의 긴장감과는 별개로 백 번 양보한다 해도 그리 썩 마음에 드는 기획안은 아니었다. 임원들의 노골적인 안도 따윈 관심없이 이반은 무뚝뚝하게 말을 이었다. 가볍게 쓸어 올리는 그의 행동 하나하나에도 일일이 반응하는 그들이 귀찮았다, 저 서류철처럼.

"그 시간까지는 모든 게 완벽히 준비되어 있을 거라 믿겠습니다. 그 후는 여러분들의 몫입니다. 아시겠지만 '카라'의 이미지는 순수한 물의 이미지입니다. 제가 원하는 건 그 모토를 가장 정확하고, 강렬하게 인식시키는 것입니다. 최초의 이미지 광고가 확립이 되고 나면 저는 뒷선에 물러나 있을 생각입니다."

갑자기 고요하던 회의장이 술렁이기 시작했다. 다들 의외라는 기색이었다. 물론 그가 이곳에 참석한 것만으로도 꽤 이례적인 일이라는 것은 알았지만, 그렇게 간단하게 뒷선으로 물러선다는 건 예상하지 못한 일이었다. 하지만…… 이란 소리가 곳곳에서 터져 나왔다.

이반은 소란스런 회의실을 쭉 훑었다. 지친 기색을 감추고는 있었지만, 지금 가장 좀이 쑤시는 건 정작 그였다. 지독하게도 긴 회의였다. 지금으로선 당장이라도 박차 버리고 싶은 심정이었지만 그는 참을성있게 소란이 가라앉기를 기다렸다.

"물론 그 문제에 대한 결정은 그날 여러분들이 저에게 보여주시는 브리핑의 완성도에 달려 있습니다."

부디 그 회의에 충분히 만족하길 바랐다. 그가 원하는 건 이런 긴 회의와 매일을 따분한 회사에서 보내는 대신 자신의 편안한 서재에서 마음껏 독서에 집중하는 것이다. 그에게 이런 갇혀진 공간은 독약과 같았다.

아직도 술렁임이 가라앉지 않은 회의실을 이반은 미련없이 빠져나왔다. 독특한 보랏빛과 은빛으로 치장되어 진 복도를 따라 걷는 그의 걸음걸이는 피곤한 기색에도 반듯했다. 그의 옆엔 박 부장이 보조를 맞추며 뒤따라 왔다. 아직 이곳의 지리를 잘 익히지 못한 회사 측의 배려였다.

"회장님, 이모님 전화입니다."

임시로 사용하고 있는 사무실로 들어서자 직원 하나가 맡겨둔 휴대폰을 건네주었다. 회의에 방해되지 않게 일부러 놓고 온 휴대폰이었다.

[이반이니? 이제 겨우 연결되는구나. 회의는 끝났니?]

승미 이모는 복잡한 회사 시스템에 기가 질린 듯 조심스런 어투였다.

"네."

[⋯⋯저녁은 아직이지?]

"네."

머뭇거리는 승미 이모의 어색함을 조금은 배려해 줄 수도 있으련만, 이반의 목소리는 여기 한국에 온 첫날이나 지금이나 별반 다를 게 없었다. 불편하고 낯선 티가 역력한 기색에 전화 속 승미 이모에게서 낮은 한숨이 흘러나왔다. 그 한숨 소리에 이반의 얼굴이 더욱 굳어졌다. 자신 못지않게 말이 없는 고모부 내외와의 생활에 길들여진 탓인지, 식사까지 일일이 대답해 주어야 하는 이모의 관심이 그로서도 꽤나 번거롭고 귀찮은 간섭이었다. 그런데도 먼저 한숨을 내쉬는 이모의 불편한 태도가 좀 억울했다.

이모는 여전히 미적거리며 주춤거리고 있었다. 차라리 용건을 빨리 말해 주면 좋으련만. 이반은 고집스럽게 입을 다물었다. 어차피 끝까지 배려해 주지 못할 바엔 애초부터 거리를 두는 게 더 현명한 일이었다.

[많이 바쁜가 보구나.]

"네."

[그래도 저녁에 잠깐 들러서 식사라도 하고……]

"죄송하지만, 힘들 것 같습니다."

[어, 오빠!]

미진한 이모의 말을 끊고 발랄한 혜나의 음성이 툭 침범해 들어왔다.

[아이참, 엄마는…… 오늘이 엄마 생일이라고 말을 해줘야 오빠가 알지. 무작정 오라고 하면 어떻게 해? 오빠! 오늘 엄마 생일이거든? 같이 생일 밥은 먹어야지. 올 때 케이크 사 와! 오빠 몫이라 일부러 안 사 왔으니까 근사한 걸로다가 사 와야 해! 아참, 빵집은

우리 집 근방에 있는 '올리브'가 맛있어.]

이런, 이반이 얼른 휴대폰을 고쳐 들었다. 생일인 걸 미처 몰랐다.

"아, 그래……."

조금 전보다 한결 부드러워진 대답이 사과 대신 나왔다.

[그럼 이따 봐!]

그의 미안함을 채 눈치채지 못한 혜나가 전화를 끊자 이반은 제 얼굴을 쓸었다. 실수했군.

"박 부장님, 이제 일은 거의 끝난 셈이죠?"

옆에 부동자세로 서 있는 박 부장에게 이반이 대뜸 물었다.

"아, 네."

"그럼 지금 이모님 댁으로 출발해야겠습니다."

말을 끊은 이반은 서둘러 회사를 나서기 시작했다. 그의 등 뒤로 박 부장이 급한 걸음으로 쫓았다. 아직 운전면허증이 없는 그를 위해 회사에선 운전기사를 딸려주었지만 이반은 거절했다. 박 부장하고도 겨우 얼굴을 익힌 정도인데 새로운 사람과 다시 얼굴을 익히는 번거로움이 싫은 탓이었다.

게다가 한 달에 겨우 두어 번 나오는 회사 일에 운전기사를 쓰는 사치가 그의 생활 방식에도 맞지 않았다. 덕분에 박 부장의 수고만 더 늘어나고 말았지만.

"저는 괜찮습니다. 회장님 얼굴을 이렇게 가깝게 뵙는 것도 흔한 일은 아니니까요."

사람 좋은 박 부장은 수고를 부탁한다는 이반의 말에 허허! 기분 좋게 웃어 넘겼다. 어색한 그의 성격에 잘 적응하는 것도 박 부장의 장점이라면 장점이었다.

 박 부장에게 일찍 퇴근하라 이르고 이반의 이모네 집 근처에서 내렸다. 온 김에 집 앞까지 가자고 박 부장은 말했지만 혜나가 말한 선물을 사려면 이 근처에서 내려야만 했다. 아무리 그라 해도 어머니의 유일한 핏줄인 이모인데 생일 케이크 하나 없이 가는 것도 부끄러운 일이다. 오히려 혜나가 미리 비워놓은 선물 하나가 더 다행한 일이었다. 이런 정도도 없었다면 선물 하나 고르느라 한참을 헤맸을 지도 몰랐다.

 박 부장을 돌려보내고 이반은 주위를 살피기 시작했다. 쉽게 찾을 수 있을까? 걱정이 되긴 했지만 다행히 혜나가 말했던 '올리브'란 제과점은 꽤 커서 눈에 쉽게 띄었다. 가게 안으로 들어선 이반은 곧장 케이크 코너로 향했다.

 "꺄꺄!"

 화려한 케이크 앞에서 적당한 것을 고르고 있는 그의 옆에서 맑은 아이의 웃음소리가 들려왔다. 실상 아이의 목소리가 신경에 거슬릴 건 없었지만 문제는 그 조막만한 손이 그의 옷자락을 붙잡고 있다는 것이었다. 이반은 잔뜩 미간을 찌푸린 채 아이를 노려보았다. 먼지 하나 묻지 않은 말끔한 그의 양복이 암팡진 작은 손아귀에 무참히 구겨져 있었다. 자신에게 향한 이 불친절한 얼굴에도 아이는 방긋 웃으며 여전히 옷자락을 흔들기 시작했다. 그 손짓을 따라 이반의 얼굴도 점점 더 구겨져 갔다.

 이 찐득찐득한 불쾌함!

 "어! 버!"

그의 옷자락을 흔들어대던 아이가 뭐라 중얼댔다. 그러나 아이를 들쳐 업은 엄마의 눈동자는 전시장 안의 케이크에만 박혀 있었다. 또다시 아이가 캬캬! 엉덩이를 들썩이고 그 움직임을 따라 아이 엄마의 등허리가 춤을 추었다.

"그래, 알았어. 우리 희아 기분 좋네?"

아이를 한 번만이라도 돌아본다면 이 난처한 상황을 알 수 있을 텐데, 아이 엄마는 대충 대꾸만 해줄 뿐, 여전히 케이크 코너에서 눈을 뗄 줄 몰랐다. 고급스런 이반의 양복은 그사이 완전히 구겨지고 있었다.

이반은 미간을 잔뜩 구긴 채 조심스럽게 자신의 양복에서 아이의 손가락을 떨구어냈다. 그러나 아이의 손은 집요하게 그의 옷자락을 잡아끈다. 너무나 맑아서 파스르스름한 눈동자를 똑바로 그에게 향한 채.

이제는 당혹스러울 정도였다. 대체 아이가 쏟아내는 이 집요한 관심을 어떻게 해야 할지. 들썩, 아이를 들쳐 업은 포대기를 추스르며 내내 케이크 코너에 코를 박고 있던 엄마가 휴! 한숨을 쉬며 숙인 허리를 곧추 폈다. 낡은 옷을 입기는 했지만 맑은 얼굴이 아이와 많이 닮은 젊은 여자였다. 아이의 엄마라고 믿기 어려우리만큼 어린 여자.

"넘 비싸네. 아, 어쩌지, 희아야?"

이제 겨우 제 몸을 추스를 정도의 아이에게 아이의 엄마는 꽤나 심각하게 묻고 있었다. 그녀가 내내 코를 박고 보던 케이크는 그 코너에서 가장 작고 저렴한 케이크였다. 낡은 옷자락처럼 그녀의 지갑 사정도 좋지 못한 모양이었다. 그제야 아이의 관심이 제 엄마에게 쏠렸다. 그사이 이반은 재빨리 옷자락을 떼어내고 아이와 조금 떨어져 그곳에서 가장 크고 화려한 케이크를 골랐다.

"초는 몇 개를 준비해 드릴까요?"

그가 고른 케이크를 들고 활짝 웃으며 점원이 촛불의 개수를 물어왔다.

아! 이반은 그제야 이모의 나이를 묻지 못한 것을 깨달았다. 이모가 그의 엄마보다 몇 살이나 더 어리더라?

"아…… 쉰다섯 개요."

대충 제 엄마 나이만큼 주문했다. 부족한 것보다야 낫겠지. 그리고 보니 엄마의 생일도 잊었다.

그 긴 세월을 어떻게 살았나, 했더니 이렇게 잊으며 살았나 보다. 엄마의 생일뿐만 아니라 함께 죽어버린 아버지의 생일조차 모르긴 마찬가지였다. 일부러 그랬을까? 고모는 한 번도 부모님의 생일을 챙겨준 적이 없었다. 제사 역시 마찬가지였다. 아마 그런 기념일을 잊으면 그들의 죽음조차 잊을 수 있다 생각했을는지도 모르겠다.

문득 떠오른 부모님에 대한 기억을 지우며 이반은 커다란 케이크 상자를 든 채 가게 문을 나섰다. 그의 등 뒤로 아부! 하고 외치는 아이의 음성이 들려왔다. 아이의 엄마는 이제 홀 가운데 있는 빵 코너에 있다. 그녀의 시선 앞에는 작고 예쁜 컵케이크가 즐비하게 놓여 있었다. 결국 케이크 대신 저걸 사려는 건가? 잠시 떠오른 호기심을 지우며 이반은 예쁘고 근사한 리본이 달린 케이크 상자를 들고 천천히 이모 댁을 향해 걷기 시작했다.

"집엔 언제 들어갈 거니?"

그가 오기만을 기다렸는지 이미 근사하게 차려진 식탁 앞에서 이모가 다정한 어투로 물었다. 딴에는 엄마 대신이라 챙기는 모양인데, 그 불필요한 친절 속에서 이반은 조금 얼굴을 붉힌 채 시선을 식탁 위로 향했다. 이런 거대한 밥상은 별로 취향에 맞지 않았다. 그것보다는 소박하고 작은 상을 좋아하는 편이었다.

"다음 주 중에 들어갈 생각입니다."

승미 이모가 슬쩍 그의 앞에 밀어놓은 갈비찜 대신 가벼운 나물을 집으며 그가 대답했다.

"그래? 집은 한번 둘러보았고? 서재는 마음에 드니?"

"아, 네."

"사실은 서재란 걸 별로 꾸며보지 못해서……."

"괜찮습니다. 그렇게까지 신경 쓸 정도는 아닙니다."

사실은 썩 좋은 편이었다. 특별히 부탁을 해서 그런지 서재는 유독 신경을 많이 쓴 티가 났다. 집 안 곳곳마다 이모의 정성이 드러났지만 그중에서 서재는 특별했다. 검은색에 가까울 정도로 짙고 묵중한 마호가니 책상과 그에 어울리는 자줏빛 소파. 그리고 무엇보다 그를 만족시켰던 건 천장까지 빈틈없이 꽉 짜인 책장이었다. 이곳에 오래 머무를 생각이라 책장만큼은 크면 클수록 좋았다. 그곳을 채울 다양한 서적들을 생각하면 절로 미소가 피어오를 정도였다.

"그런데 누가 또 옵니까?"

이반이 식탁에 놓여진 빈 수저를 보며 물었다. 이모부는 지방 근무라 주말에만 올라왔다.

"어, 손님을 초대했는데 좀 늦네?"

"걔는 뭐 하러?"

걱정스럽게 시계를 바라보는 이모와 달리 혜나가 노골적으로 싫은 기색을 냈다. 이것아! 성미 사납게 이모가 타박했다.

"뭐!"

"너한테도 친구가 생겨서 좋지 뭘 그래? 불쌍한 애한테 친절하게는 못 대해줄망정, 왜 그렇게 심술맞게 굴어?"

"아, 몰라! 진짜 내 엄마 맞아? 왜 만날 걔만 감싸고 그래? 나도 불쌍해! 엄마가 그 애한테 쏟는 정성 반만 나한테 했어도 이러지 않아! 그 계집애가 얼마나 영악한지 엄마는 몰라!"

철없는 혜나의 투정이 계속되는 사이 초인종 소리가 울렸다. 드디어 초대한 손님이 도착한 모양이다. 이반은 한숨을 쉬며 젓가락을 내려놓았다. 혜나와는 다른 이유였지만 어쨌든 그도 낯선 손님이 반갑지 않기는 마찬가지였다. 반갑게 뛰쳐나가는 이모의 뒤로 아직도 입술이 댓발은 튀어나온 혜나와 어정쩡한 이반만 남았다.

손님이 들어서는 부산스런 소리와 함께 한 옥타브 올라간 이모의 목소리가 둘이 있는 곳까지 쩌렁 울려왔다. 반가움에도 종류가 있다면 분명 그를 맞이할 때와는 다른 종류의 반가움이었다.

"들어와서 밥 먹고 가! 여기까지 와서 그냥 간다는 게 말이 되니?"

정말 함께 먹어야 하나? 잔뜩 신경을 곤두세우는데 이모의 큰 목소리에 비해 상대의 소리는 작아서 주방까지는 잘 들리지 않았다.

"뭐? 아이가 자? 아이참…… 이걸 뭐 하러 사 와! 그냥 밥이나 같이 먹자니까. 얘가 정말……. 별 쓸데없는 걸 다 기억하고 있어. 생일이라서 불렀나, 너 얼굴 본 지도 오래되어서 그렇지."

이모는 조카인 그의 앞에서보다 반기는 품새가 더 크다. 자신의 앞에서는 늘 조심스런 이모가 저렇게 수선을 떨 정도로 반가운 손님인가? 이반은 다시 남은 밥을 먹기 시작했다. 손님은 들어오지 않을 작정인 것 같고, 그도 남은 식사를 마치면 곧장 호텔로 갈 생각이었다. 긴 실랑이 끝내 손님은 제뜻대로 떠났는지 한참 뒤 이모가 작은 상자를 들고 자리로 돌아왔다.

"아휴, 돈도 없을 텐데 뭐 이런 걸 사 오누……."

끌끌, 혀 차는 소리가 들렸다. 들고 온 상자를 혜나가 부산스럽게 풀어대기 시작했다.

"어? 이거 뭐야? 그냥 컵케이크 아냐? 누가 생일에 이런 걸 사 온다구. 하여간 비파 고 계집애 상황 판단 안 되는 거 뭐 있다니깐!"

갑자기 딱! 소리와 함께 이모가 사정없이 혜나의 등짝을 휘갈겼다.

"이 철딱서니없는 것 같으니라고! 그 애한테는 이것도 커! 넌 언제 철들래? 선물을 돈으로 계산해? 그래도 내가 좋아하는 걸로만 사 왔어, 이것아!"

서슬 퍼런 기색에 비해 이모의 얼굴엔 힘이 없었다. 이반은 슬쩍 혜나가 풀어놓은 컵케이크를 바라보았다. 점점이 작은 알갱이가 박힌 두 개의 컵케이크가 그가 사 온 거대한 케이크 앞에 초라한 품새로 놓여 있었다. 이반은 잠시 손을 멈추었다. 화려한 과일과 색색깔로 꾸며진 그의 케이크가 이상하게 더 초라하게 보인다.

좋아하는 것으로만 사 왔다? 그는 자신의 이모가 무얼 좋아하는지조차 알지도 못했다. 심지어 촛불의 개수까지 몰랐었으니까. 컵케이크 옆엔 긴 초 네 개와 작은 초 여덟 개가 놓여 있었다. 아, 승미 이모가 마흔 여덟이었군. 이반은 씁쓸한 얼굴로 작은 컵케이크를 바라보았다. 순간 입맛이 싸악 달아났다. 입 안에 쓰디쓴 맛이 고였다.

제가 사 온 컵케이크를 바라보는 세 사람 각각의 표정은 알지 못한 채, 긴 골목길을 비파는 마냥 행복한 마음으로 벗어나고 있었다. 조금 전 빵집에서만 해도 캬캬! 웃어대던 희아는 포근한 포대기 속에서 출렁이는 엄마의 발자국 박자를 따라 기분 좋게 잠들어 있고, 비파는 가벼워진 지갑을 들고 버스 정류장으로 향했다. 늘 받기만 해서 더 좋은 걸 해주고 싶었는데. 제일 작은 케이크만 해도 만 원이 훨씬 넘어 결국 승미 아줌마가 좋아하는 프룬과 바나나 컵케이크로 생색을 차릴 수밖에 없었다.

"그래도 승미 아줌마가 좋아하는 걸로 살 수 있어서 다행이었지?"

꾸벅꾸벅 조는 제 아들에게 혼잣말을 건네며 비파는 행복한 얼굴로 제 집으로 향했다. 높다란 담벼락을 따라 유난히 밝은 노란 달빛이 어린 모자(母子)에게 따스한 제 빛을 쏘아댄다. 포근한 봄날 저녁의 하루였다.

촉촉한 비가 토도독 창문을 두드려 댄다. 아직 채 가시지 않은 습기 탓에 녹녹한 잉크 냄새가 배인 서재에서 이반은 느긋한 저녁 시간을 보내고 있는 중이었다.

댕!

멀리서 묵직한 시계 음이 울렸지만 이반의 귀에까진 닿지 못했다. 그의 모든 관심이 오로지 제 앞에 쏠린 탓이었다. 심지어 눈빛엔 연인에게 향해야 마땅할 황홀한 유혹까지 담겨 있었다. 그가 홀린 듯 바라보는 그곳, 천장까지 닿은 책장엔 아직 다 채워지지 않은 책들이 먼지 하나 없이 깨끗하게 정리되어 있다.

이반은 마치 포획물을 바라보듯 제가 수집해 놓은 책을 하나하나 어루만졌다. 미국에서 미리 보내온 책은 그의 소장품 중의 극히 일부분이라 아직도 사야 될 책이 많긴 했지만 이 정도로 당분간은 버틸 수 있었다. 흡족한 미소를 띠며 한참을 서성이던 이반은 사람 팔뚝 두께의 책들이 가득 꽂힌 책장 앞에서 얇은 책 한 권을 집었다. 가볍게 읽는 것으로는 그가 특별히 좋아하는 책이었다.

책을 품다시피 안고 이반은 제 방으로 돌아왔다. 오늘은 이 책을 읽다 잠들 생각이었다. 어렸을 때부터 배인 잠버릇이었다. 협탁 위엔 미리 준비해 놓은 따스한 우유 한 잔과 물 한 컵이 놓여 있었다. 이반은 휴지 한 장을 꺼내 물 잔에 살짝 맺힌 이슬을 닦아냈다. 물을 먹다 보면 그 차가운 물기가 손에 닿아 책에 묻곤 했기 때문이다. 책에 얼룩을 남기는 건 딱 질색이었다. 우유가 담긴 유리잔과 닦아놓은 물 잔을 한 치 어긋남이 없이 나란히 놓고 이반은 이불을 정리했다. 침대에 들어서느라 이불 한끝이 살짝 구겨졌다. 주름 하나 없이 이불까지 정리해 놓고 이반은 비로소 침대에 누워 책에 집중하기 시작했다.

파인만 시리즈는 그가 즐겨보는 잠자리용 책이었다. 그는 파인만의 물리학에 대한 통쾌한 정리 방식을 유난히 좋아했다. 잠깐 읽다 자야지 했는데, 한국에 오느라 잠시 시간을 두어서 그랬을까? 오늘따라 책이 그의 잠을 방해할 정도로 흥미로웠다.

아, 맞아…… 고개까지 끄덕이며 한참을 독서 삼매경에 헤매던 이반의 신경이 조금씩 무언가로 인해 침투당했다. 무엇인지 명확히 짚을 수 없었지만 마치 잘 조율된 음들 중 하나가 미세하게 떨리는 그런 섬세한 균열감? 그런 비슷한 느낌들.

이젠 식어버린 우유를 들이키며 이반은 모든 신경을 그곳에 집중하기 시작했다. 책을 읽을 땐 작은 소리에도 꽤나 민감해지는 편이라, 이런 균열이 계속된다면 상당히 괴로울 터였다. 한참을 집중하던 이반은 그것이 곧 무언가의 움직임이란 걸 포착했다. 꽤나 민첩하면서도 조심스러운 기색이 역력한 작은 소음이었다.

이반은 쉽게 그 움직임의 의미를 알아챌 수 있었다. 느긋이 저녁의 여유를 즐기던 이반의 얼굴이 금세 차갑게 굳어지기 시작했다. 자신의 귀를 자극하는 그 섬세한 움직임 못지않게 조심스러우면서도 날렵한 몸짓으로 이반은 단번에 자리를 박차고 일어섰다. 그리고 발소리를 죽여 천천히 서재 쪽을 향해 나아갔다.

또 시작이군! 짜증이 그런 생각보다 조금 더 먼저 일었다.

살짝 열어진 서재 문은 아까와 달리 음모의 비릿한 냄새가 흘러나왔다. 비가 오느라 추적거리는 물방울의 움직임 속에 기민하게 움직이는 검은 그림자. 이반은 쾅! 소리가 나도록 거칠게 서재 문을 열어젖혔다. 묵중한 문소리가 조용한 어둠 속에 침입자처럼 울렸다.

"뭡니까?"

그 문소리와 함께 음침한 이반의 음성이 방 안으로 향했다. 순간 서재에 놓인 마호가니 책상을 뒤지던 젊은 여성이 흠칫 몸을 일으켰다. 그의 깔끔한 도우미였다. 당혹스러운 얼굴! 그의 예상에서 한 치의 어긋남이 없는 얼굴을 이반은 비웃듯 바라보았다.

"네? 아, 청소할 게 있나 해서요."

"하! 이 밤중에 서랍 속 정리를 한단 말입니까? 아니면 금고 속에 먼지라도 앉았을까 검사하시는 겁니까?"

성큼 다가온 이반이 여자의 손을 꽉 붙들었다. 커다란 키로 상대방을 위압적으로 짓누르며 잡은 손을 제 앞으로 한껏 당겼다. 여자의 손엔 방금 금고에서 꺼낸 서류가 들어 있었다. 그의 강인한 힘 때문인지, 아니면 이미 드러나 버린 증거 때문인지 여자의 얼굴은 참혹하게 일그러져 있었다. 업체에서 구한 도우미라 행여 했었는데…….

이반이 잡은 손을 더러운 오물처럼 뿌리쳤다. 그 힘에 여자가 휘청, 앞으로 쏟아져 내렸다. 그 와중에도 손에 쥔 서류는 꼭 붙든 채였다. 여차하면 그 서류를 들고 도망갈 셈이겠지. 그러나 이반의 단단한 몸체는 그녀의 탈주로를 완벽히 가로막고 있었다. 그에게도 처음 있는 일은 아니었다.

"세이렌 사람입니까?"

여자가 움찔거렸다. 이반의 영리한 눈초리가 여자의 움직임을 날카롭게 꿰뚫었다.

"디아니라군."

카라의 새 제품에 대한 정보가 이미 돌았을 테니, 경쟁 업체에서도 꽤 몸이 달아 있었을 것이다. 아무리 그렇다 해도 이곳 한국까지 쳐들어오다니 여간 정성이 아니었다. 짜증스런 눈빛으로 서재를 돌아보던 이반의 한쪽 눈썹이 불만스럽게 올라섰다.

책상 위에 놓인 컴퓨터의 마우스와 키보드 위치가 살짝 틀어져 있는 탓이었다. 컴퓨터의 문서에 접근을 시도하다, 결국 금고까지 뒤졌던 모양이다. 훔친 서류보다 흐트러진 물건들이 더 신경에 거슬렸다. 마치 예리한 바늘로 제 신체의 어느 한곳을 연속적으로 찌르는 느낌이랄까? 아무튼 제가 정리한 대로 놓여 있지 않으면 그렇지 않아도 날카로운 신경이 한층 더 날이 서버린다.

서늘한 눈매로 흐트러진 책상 위를 노려보던 이반이 한쪽으로 몸을 비켜섰다.

"나가보십시오."

"네?"

여자는 버려둔 채 이반은 흐트러진 물건을 반듯이 정리하기 시작했다. 잠깐 당혹해하던 여자는 비장한 각오로 손에 들린 서류를 꽉 쥐었다. 사실, 그녀가 손에 넣은 서류는 거의 쓰레기에 가까운 물건이었다. 거기에 적힌 제조법은 이미 시중에 출판된 타 회사의 향수 제조법이었다. 매번 실패하면서도 경쟁사는 이런 비열한 행동을 멈추질 않았다. 아직도 '카라'의 대표적인 향수 제조자인 그의 성격조차 제대로 파악하지 못하고 있는 건가. 새 제품에 대한 정보는 이런 책상 서랍이 아닌 그의 두뇌 속이다.

첫 향수인 '카라'의 제조법을 비롯해서 그가 만들어내는 모든 새 향수에 대한 조합율은 결코 흔적을 남기지 않는 것. 그것이 그가 지금까지 지켜온 룰이었다.

"나가라고 했습니다. 경찰을 부르길 원하는 겁니까?"

여자가 여즉 미적거리자 정말 경찰을 부를 기세로 이반이 전화기를 들었다. 번거롭기는 했지만, 이런 쓰레기를 치우기 위해서라면 그만한 수고쯤은 할 생각이었다. 그가 전화기를 들자, 여자는 화들짝 놀라 눈 깜짝할 사이에 서재를 빠져나갔다.

이런······.

여자가 나가자 이반은 잔뜩 인상을 구겼다. 어질러진 건 책상 위뿐만이 아니었다. 그가 조금 전까지 꽤나 흡족하게 바라보았던 책장의 책까지 엉망진창이었다. 그녀가 떠나기 전 먼저 엉망이 된 책장을 눈치를 챘더라면 그렇게 쉽게 보내지 않았을 텐데. 이반은 쓴맛을 다셨다. 이토록 흐트러진 책장을 미처 눈치채지 못하다니.

자신의 불찰을 탓하며 이반은 조금씩 틀어져 있는 책들을 반듯이 정리하기 시작했다. 살짝 삐져나온 서류도 탁탁! 모서리 하나 틀어짐없이 맞추어놓고 컴퓨터 모니터까지 다시 제자리로 돌려놓은 후에야 비로소 이반은 전화기를 들었다.

"접니다."

[아, 이반이니?]

잠에 취한 목소리였다. 언뜻 시계를 보니 벌써 열한 시가 다 되어 있었다. 서재를 정리하느라 한 시간을 몽땅 허비한 셈이다. 평상시라면 이런 늦은 시간에 전화 거는 것 따윈 생각지도 못했을 텐데 망가진 서재 때문에 미처 시간 확인하는 걸 잊었다. 그래도 역시 가까운 사람이라 그랬을까? 맨 먼저 떠오른 사람이 이모였다.

"늦은 시간에 죄송합니다만, 사람을 다시 구해야겠습니다."

[사람? 무슨 사람? 도우미?]

"네."

[갑자기 무슨 소리니? 저기 잠깐, 지금 몇 시지?]

한참 동안 부스럭거리는 소리와 전화선 너머로 누구냐고 묻는 굵직한 목소리가 들려왔다. 이모부다. 그러고 보니, 오늘이 주말 저녁이란 걸 까맣게 잊었다. 출근하질 않으니 요일 지나가는 것도 몰랐다.

주말이란 생각에 이반은 미간이 절로 찌푸려졌다. 당장, 사람을 구할 수 있을까? 승미 이모를 통해 구한다면 오늘 같은 일은 없겠지만, 대신 구하는 데 시간이 꽤나 걸릴지도 몰랐다. 바깥 음식은 좀처럼 먹지 않는 이반으로서는 여간 곤혹스러운 일이 아닐 수 없었다.

누구냐 묻는 이모부의 물음에 곧장 이반이에요, 대답하는 승미 이모의 목소리에 조금 얼굴이 붉어졌다. 잠시 더 시간이 지체된 후 아까보단 한결 잠에서 깬 목소리로 이모가 물었다.

[아, 그래, 왜? 무슨 일 있었니?]

"제 서류를 훔치다 들켰습니다."

[응? 서류?]

"제 금고에 있는 서류 말입니다."

[뭐? 정말?]

되묻는 목소리가 새되게 올라섰다. 이반은 톡톡, 볼펜 끝으로 책상을 두드렸다. 그깟 서류는 문제가 아니었다. 이유를 설명한 건 단지 새 사람을 구해야 하는 원인 때문이었다.

"당장, 사람을 구했으면 합니다."

[당장? 어떻게…… 내일은 일요일인데.]

말끝을 흐리던 승미 이모가 결국 아무튼 구해보자며 먼저 전화를 끊었다. 젠장! 낮은 신음 소리를 내며 이반은 폭신한 가죽 소파에 등을 기댔다. 집 하나 마련하는 것쯤이야, 하고 가볍게 생각했던 일이 처음부터 꼬이기 시작한 탓에 심사가 뒤틀렸다.

원래 답답하고 협소한 곳을 잘 견디지 못하는 성격이었다. 호텔의 서비스가 아무리 뛰어나다 해도, 결국 누군가가 끊임없이 드나드는 밀폐된 공간이다. 그게 싫어 마련한 집인데……. 이반은 은빛 안경테를 벗고 눈자위를 꾹꾹 눌렀다. 까만 불빛 때문에 그렇지 않아도 좋지 못한 시력이 더 아파왔다.

엉망이 된 서재, 제 침실에서 차갑게 식어가고 있을 우유, 그리고 당장 밖에서 해결해야 할 그의 식사 문제까지 모든 게 마땅찮고, 불쾌했다. 괜히 온 걸까? 한국에 온 이후로 처음, 후회가 일기 시작했다.

다음날, 아침 일찍 승미 이모의 전화가 걸려왔다. 대충 우유 한 잔으로 아침을 때우던 이반으로서는 여간 반가운 전화가 아닐 수 없었다.

[오늘 사람, 하나 갈 거야. 별채에 머물 거니까 특별히 귀찮게 하지는 않을 건데…….]

귀찮게? 이반이 안경테를 올리며 의아하게 눈썹을 치켜떴다. 평일에도 서재에 박혀 있을 때가 많아 시끄러운 청소기 소음만 조심해 준다면 특별히 귀찮은 건 없었다. 아, 말이 많은 것도. 그가 원하는 건 조용한 삶이었다.

[아무튼 내가 잘 아는 사람이니까 어제 같은 일은 없을 거야.]

그나마 다행이군. 요리 솜씨가 뛰어나다면 더할 나위 없겠지만, 그를 귀찮게 하지 않고 당장 구할 수 있는 도우미라면 그로서도 별 불만은 없었다.

이모의 전화를 끊은 후 이반은 남은 우유를 마저 비우고 서재로 향했다.

주린 배 때문에 아침부터 기분이 좋지 않았다. 물론 평상시에도 아침 시간은 좀 예민한 편이긴 했지만. 서재에 배인 익숙한 잉크 냄새를 맡으며 이반은 베일 듯이 날카로운 제 신경을 찬찬히 가라앉혔다. 허기를 잠재울 겸, 이반은 어제 읽다 만 책을 꺼내 한참 동안 집중하기 시작했다. 배고픔을 잊기엔 독서만한 게 없었다.

꼬로록!

그렇게 아침 나절을 보냈을까? 잊고 있던 배고픔이 다시 그를 공략하려는지 내내 잠잠하던 뱃속에서 고픈 소리가 울렸다.

이반은 잔뜩 인상을 찡그렸다. 금세 도착할 거라던 도우미는 아직도 소식이 없었다. 성마른 눈길로 시계를 바라보던 이반은 보던 책을 덮고 말았다. 이모의 전화를 받은 지 벌써 네 시간이 넘어 있었다. 시간관념없는 도우미라니. 책을 내려놓고 이반은 창가에서 서성였다. 멀리서나마 보이지 않을까, 싶어 한적한 거리를 둘러보기까지 했다. 그러나 여전히 사람 낌새가 없었다.

이반은 혀를 끌끌 찼다. 또다시 울리는 배고픔은 이제 거의 정점에 다다르고 있었다. 매일 아침 식사는 일곱 시, 점심은 열두 시 삼십 분, 그리고 저녁 여섯 시. 칼같이 지키는 식사 습관은 지금까지 한결같아, 이 작은 일탈이 고통스러울 정도로 짜증스러웠다. 이반은 뜨거워진 이마를 유리창에 대었다. 더 이상의 기다림은 이제 바보 같은 짓이다. 결국 이번에도 이모가 아닌 제 스스로가 구해야 할 모양이었다. 일상의 규칙이 조금이나마 어긋나는 건 오늘까지였다. 이반은 겉옷을 걸치고 대문을 나섰다.

첫 출근 시간도 제대로 지키지 못하는 도우미를 기다리는 대신 동네, 어귀에 있던 백반집이라도 갈 여력으로 자전거에 올라탔다. 원래 차보다는 걷는 걸 더 좋아하는 성격이라 동네 근방에 나갈 일이 있을 때에는 보통 자전거를 이용하는 편이었다. 편한 차림으로 자전거에 올라탄 이반은 골목을 빠져나가기 시작했다. 이모의 이른 전화처럼 도우미가 제 시간에만 도착했다면 이런 수고는 필요없었겠지만, 어쨌든 초여름으로 들어서는 한국의 날씨는 이런 외출이 그리 성가시지 않을 만큼 포근하고 날이 좋았다.

따르릉, 가볍게 벨까지 울리며 자전거를 굴리던 이반의 시선에 골목을 올라오는 사람이 눈에 들어왔다. 혹시 도우미인가 싶었는데 실망스럽게도 아이를 업은 여자였다. 잠에 취한 아이는 거의 목이 뒤로 넘어갈 정도로 까닥거리고, 여자의 양손엔 무거운 짐이 하나씩 들려 있었다. 한쪽 가방의 약간 벌어진 틈 사이로 드러난 커다란 보온병으로 보아, 하나는 아이의 짐인 모양이었다.

평소라면 그냥 지나쳐 갔을 그의 시선을 끌 정도로 아이를 업은 채 길을 오르는 여자는 위태하고, 피곤한 모습이었다. 이 동네는 버스를 내려서도 한참을 걸어야 해서, 혼자 걸음이라 해도 그 거리가 만만찮은 곳이었다. 걷는 품새로 보아서는 차를 타고 온 것 같지는 않다. 그렇다면 꽤 먼 거리를 걸은 셈이었다.

스치는 여자의 반듯한 이마에는 송골송골 땀이 솟아, 여름처럼 따사로운 햇빛에 이른 반팔을 입었음에도 땀에 흠뻑 절은 몰골이었다. 이반은 고개를 갸웃거렸다. 그 이상 올라가 봐야 집이 몇 채 없다. 어디로 가는 걸까? 아이를 업은 그녀가 갈 만한 곳은 별로 없을 텐데……. 어느새 달리던 자전거를 세우고 여자의 뒷모습을 바라보던 이반의 배에서 또다시 꼬르르, 소리가 울렸다. 잠시 그녀에게 쏟던 관심을 거두고 이반은 다시 자전거에 올라섰다. 어쨌든 지금으로선 장시간 굶주린 배를 채우는 게 급선무였다.

전에 박 부장과 함께 차를 타고 오다 보았던 동네 백반집은 '일요일은 쉽니다' 하는 팻말과 함께 문이 닫혀 있었다. 보통은 지나가는 택시나 학생들을 상대로 하기 때문에 일요일이면 한가로운 탓이었다. 이런…… 낮게 혀를 차며 이반은 주위를 둘러보았다. 근방에는 먹을 곳이 별로 없었다. 사실, 지금으로서는 그토록 싫어하는 빵이라도 먹을 수 있을 것 같았다.

한참을 서성이던 이반의 눈에 햄버거 가게 하나가 보였다. 근방에서 그가 먹을 만한 유일한 것이었다. 자전거를 세운 이반은 가게로 들어서 커다란 햄버거 하나와 제일 큰 콜라를 주문해 허기진 배를 채우기 시작했다. 주로 채식을 먹는 그에겐 비릴 정도로 역한 냄새가 풍기는 햄버거였지만, 주린 배를 채우기 위해서는 이만한 것도 감사할 따름이었다. 이런 처지에 놓이게 만든 쫓겨난 도우미와 시간관념없는 새 도우미. 두 사람 모두에게 싸잡아 불평을 터뜨리며 이반은 꾸역꾸역 그 커다란 햄버거를 순식간에 해치우기 시작했다. 그때였다. 품속에 넣어둔 휴대폰이 드르륵 진동을 울려댔다. 승미 이모였다.

[집에 없네? 사람 왔지?]

"네?"

[도우미 말이야. 아이가 영민하고 음식 솜씨나 살림 솜씨가 꽤 괜찮아. 전에 그 사람보다 더했으면 더했지, 못하지는 않을 거야.]

승미 이모의 말이 채 끝나기도 전에 이반이 흥! 콧방귀를 뀌었다.

"그건 잘 모르겠습니다. 아직 얼굴조차 못 봐서요. 지금 밖이니 나중에 전화드리겠습니다."

전화를 뚝 끊어버렸다. 입맛까지 떨어져 먹던 햄버거를 그대로 쟁반 위에 내려놓았다. 갑자기 먹고 있던 햄버거가 토하고 싶을 만큼 역겨워졌다. 끄윽, 이반이 작게 트림 소리를 냈다. 소화조차 잘되지 않아 속이 여간 불편한 게 아니다. 하긴 그렇게 투덜대며 먹었으니 그렇지 않아도 예민한 위가 견뎌낼 리가 없었다.

햄버거 가게를 나온 이반은 소화를 시킬 셈으로 또다시 동네를 헤매기 시작했다. 얹힌 듯 가슴이 답답했다. 하나쯤은 열었겠지, 싶어 온 동네를 헤매다 겨우 작은 약국 하나를 찾았다. 약사가 건네준 소화제와 드링크를 그 자리에서 다 비워내고 이반은 근방 서점에 들렀다. 오랜만에 나오는 길이라 책이라도 한 권 사가지고 갈 요량이었다.

반갑게 서점 안을 헤매다 마음에 드는 책 서너 권을 사 나왔을 때는 이미 어둑해져 있었다. 집에 올라간다 해도 빈 밥통만이 그를 기다리고 있을 것이다. 아예 저녁까지 먹고 갈까 잠시 고민하다 이반은 그냥 집으로 향했다. 낮에 먹었던 햄버거가 아직도 신물이 올라올 정도로 뱃속에 남은 탓이었다. 책을 바구니에 넣고 이반은 천천히 페달을 밟아 집으로 향했다. 어둑해진 하늘은 아직도 파란 기운을 가지고 있어, 갑자기 짜증스럽던 하루의 시작이 여유로워지는 기분이었다. 따르릉, 경쾌한 경적 소리를 울리는 이반은 아침보다는 한결 나아진 기분이었다. 가슴에 빵이 꽉 얹혀 있기는 했지만, 그나마 굶은 것보다는 나았으니까.

"어?"

대문 앞으로 다가서던, 이반은 주춤 뒤로 물러섰다. 놀란 그의 시선 앞엔 낮에 보았던 아이 업은 여자가 집 앞에 쪼그려 앉아 잠들어 있었다. 노곤한 휴식을 취한다는 게 남의 집 대문에서 잠이 든 건가? 이반은 손가락으로 여자의 어깨를 흔들기 시작했다.

노곤한 잠에 취해 있던 비파는 누군가 어깨를 흔들어 대는 통에 곤하게 떨어졌던 고개를 바짝 들었다. 아직 잠에서 깨지 못해 아련한 눈동자로 검은 그림자가 성큼 들어왔다. 어둑한 하늘빛 속에서도 꽤나 거대한 그림자였다. 놀란 시선엔 얼굴보다 번뜩이는 은빛이 먼저 눈에 들어왔다.

어? 비파는 반쯤 떠진 눈을 쓱쓱 비볐다. 뭐지? 그녀의 기척에 함께 잠에서 깬 희아가 캬캬! 그녀의 머리카락을 장난치듯 잡아채었다. 아이의 손을 살짝 털어내고, 비파는 서둘러 자리에서 일어섰다. 기다린다는 게 잠깐 잠이 들었던 모양이다.

"뭡니까?"

날카로운 목소리. 일어선 그녀를 따라 상대도 굽혔던 허리를 쭉 펴며 불쾌하다는 듯 물었다. 한참을 올려다보아도 얼굴이 잘 보이지 않을 정도로 기다랗게 키 큰 남자였다. 언뜻 보이는 불빛 속에 은빛 안경테가 차갑게 반사되어 그녀의 눈을 찔렀다. 아까 보았던 그 은빛은 이 안경테였나 보다.

제2장

"네?"

"왜 남의 집 앞에서 잠을 자고 있느냐 물었습니다. 게다가……."

남자는 잔뜩 못마땅한 기색으로 등에 업힌 희아를 노려보았다. 아이가 싫은 건지, 아이와 함께 거리에서 잠이 든 엄마가 못마땅한 건지는 알 수 없었지만 어쨌든 환영의 눈빛이 아닌 건 확실했다.

"네? 남의 집이요?"

어리둥절하게 묻다 그제야 말뜻을 이해했다.

"이 집 주인 되세요?"

남자가 거만하게 고개를 끄덕였다. 그 움직임을 따라 안경알이 번뜩였다. 덕분에 남자의 표정이 잘 보이지 않았다. 얼굴선을 보면 상당히 잘생긴 남자일 것 같은데 안타까운 일이군.

"무슨 일입니까?"

"승미 아줌마가 보내서 왔는데……."

"승미 아줌마? 이모님 말씀하는 겁니까?"

"아, 네!"

비파의 얼굴이 갑자기 환하게 밝아졌다.

"맞게는 왔나 보다, 희아야."

습관적으로 캬캬캬! 웃어대는 희아를 돌아보며 비파는 비로소 안도의 한숨을 쉬었다. 기쁜 기색의 비파와 달리 굳은 얼굴의 이반은 그녀 앞에 단단히 버티어 있었다. 손가락 끝으로 톡톡, 자전거 핸들을 두드려 대며 하루 종일 기다렸던 불편한 심사를 그대로 드러낸 채.

"그럼 아저씨가 이반이란 사람인가 보네요? 승미 아줌마 조카라고 그러던데. 그런데 왜 같이 안 살아요? 미국서 오랜만에 왔다고 아줌마가 무지 좋아하던데?"

그러나 비파는 수다스럽게 참견하랴, 옆에 놓인 짐 가방을 들랴 못마땅한 기색을 미처 눈치를 채지 못하고 있었다. 가방을 야무지게 들고 일어서는데 또다시 톡톡!

분명 신경을 거스르는 소리다. 비파가 그제야 이반을 돌아보았다. 도와줄 생각 없이 자전거만 두드려 대는 이반에게 막 한소리를 하려는 순간, 갑자기 골목의 가로등이 일시에 켜지기 시작했다. 어느덧 노을기가 사라진 어둑한 골목을 가득 채운 가로등 불빛에, 여태 감추어져 있던 이반의 얼굴을 환하게 드러냈다.

이반에 대한 불쾌함이 곧장 호기심으로 변했다. 아까 보지 못했던 그의 얼굴을 가로등 불빛 속에 자세히 볼 수 있지 않을까, 기대했는데 은빛 안경 때문에 도통 표정이 보이지 않았다. 사실은 굉장히 엄하고 딱딱한 표정이었는데.

대신, 몸의 움직임만큼은 더 잘 보이긴 했다.

"왜요?"

이반의 까닥이는 손가락을 보며 비파가 물었다. 뒤에서 배고픈지 희아가 히잉, 막 짜증을 부릴 때였다. 아이의 감정은 여름날의 변덕처럼 쉽게도 바뀐다. 처음 보는 남자에게 캬캬, 웃을 정도로 밝던 얼굴이 어느새 울먹거리며 징징댔다.

"왜요? 집 맞게 찾아왔다면서요?"

비파의 얼굴에도 피곤이 비치기 시작했다. 더운 낮에 이곳까지 희아와 짐을 들고 걸어오느라 거의 파김치가 될 정도로 지쳤다.

솔직히 말하면 지금이라도 곧장 쓰러져 자고 싶은 마음뿐이었다. 승미 아줌마의 이야기로는 밥은 죽어도 집에서 먹는 사람이라 오늘부터 바로 식사를 준비해야 한다는데, 정작 당사자는 시계만 바라볼 뿐 문을 열 생각이 없어 보였다. 비파가 그를 재촉했다.

"배고프시면 문 여세요. 그래야 밥을 하죠."

"흥!"

이젠 콧방귀까지 뀐다. 비파가 발을 동동 굴렀다. 솔직히 말하자면 아쉬울 것 없이 이대로 등 돌려 제 집으로 갈 수만 있다면 더할 나위 없이 시원하련만, 사정이 허락하지를 않았다. 등 뒤에 느껴지는 이 축축함은 분명, 낮에 흘렸던 땀 때문만은 아니었다.

"아저씨, 우리 희아도 배고파요. 얼른 들어가야 우유라도 주죠. 문 여세요, 빨랑!"

대꾸는 없이 손목에 걸린 시계만 가로등 불빛에 번쩍여 댄다. 뭐, 어쩌라고?

"지금 몇 시입니까? 근무 첫날부터 지각에 사과조차 없다니……."

"아저씨! 아저씨도 제 시간에 집에 없었잖아요. 그리고요, 사정 설명은 들어가서 할 테니깐 우선 문부터 열어요. 희아 이젠 기저귀 갈아주어야 해요."

"이것 봐요! 지금 전 해고를 말하는 겁니다. 시간 약속도 지키지 못하는 도우미 따윈 필요없습니다."

"알았어요, 알았어! 아무튼 문 먼저 여세요. 아이 밥 주고 나면 나갈게요. 지금 기저귀도 갈아야 되는데 길바닥에서 갈란 말이에요?"

대문을 덜컹 흔들어대며 비파가 대놓고 짜증을 부리기 시작했다. 지금은 오히려 희아가 아닌 그녀의 화가 더 먼저 앞섰다. 이 무뚝뚝한 남자는 이젠 안경 너머로도 파박 구겨진 기색이 역력히 보일 정도였다. 그러나 솔직히 화난 걸로 치면 그녀도 못지않았다. 쳇! 인정머리없기는!

"아저씨! 문 안 열어요? 그럼 여기서 갈까요? 뭐, 그럽시다."

당장이라도 아이의 기저귀를 빼낼 셈으로 비파가 묶어놓은 포대기 매듭을 풀어 젖히기 시작했다. 뭐, 뭐야! 뜨악한 표정으로 이반이 펄쩍 뒤로 뛰었다. 도대체 첫 인상부터 아니더니, 끝까지 속을 썩인다. 투덜투덜 구시렁대다 이반은 결국 뒤로 물러서고 말았다.

"됐습니다! 들어가시죠."

버튼을 눌러대며 무뚝뚝하게 쏘아붙였다. 그리고 일부러 느릿느릿 대문을 열기 시작했다. 끼익, 대문이 열리자마자 주인인 이반이 자전거를 세워놓을 새도 없이 비파가 쏜살같이 안으로 들어섰다. 미적이는 이반을 재촉까지 하면서.

"얼른 들어와요. 우와! 진짜 집 크네."

별천지에 온 것처럼 눈을 동그랗게 뜬 채 그의 집 정원을 휘익 둘러본다. 전문 조경사가 잘 관리해 놓은 정원엔 과실수 몇 개와 이름 모를 나무들이 제각각의 위치에서 탐스러운 자태를 드러내고 있었다. 집안 어느 곳 하나 소홀한 곳이 없긴 했지만 그의 정원은 이 동네 어느 곳보다 아름답고 잘 꾸며진 공간이었다.

이런 궁전 같은 집을 난생처음 보는 비파는 원래의 목적 따윈 까맣게 잊은 채 낮게 휘파람까지 불어대며 야단이었다. 연신, 와! 탄성이 절로 터져 나왔다. 승미 아줌마의 말에 따르면 그녀가 머물 별채가 따로 있다는 말은 들었는데, 그가 이끈 곳은 커다란 궁전 같은 안채였다. TV에서만 보던 그림처럼 넓은 집 안을 들어서며 비파는 또다시 탄성을 질렀다. 아무리 일하는 곳이라지만 이런 곳에서 살 줄은 몰랐다.

그런 그녀 옆에서 여전히 불쾌한 기색의 이반이 딱딱하게 지키어 섰다. 그녀를 안채에 들이고 싶은 마음은 눈곱만큼도 없었지만, 저 아이의 기저귀만 갈고 떠난다면 얼마든지! 였다.

"아이, 밥 준다고 하지 않았습니까?"

저런 아이가 밥을 어떻게 먹나 궁금했다. 이나 제대로 났을까?

"그러게요. 아저씨가 비켜주어야 밥을 줄 수 있을 텐데……"

이반의 재촉에 비파가 곤란한 표정을 지어 보였다. 이반의 은빛 안경이 또다시 번쩍 빛을 발했다. 고개를 절레 저으며 분명한 거절을 표시한다. 전에 있던 그 도우미 때문에 쉽게 자리를 비킬 수 없었다. 승미 이모가 소개한 사람이니 서류 같은 걸 들고 달아날 여자 같지는 않지만 그건 또 모를 일이었다. 이반은 흘러내리지도 않은 안경테를 습관적으로 쓰윽 올렸다.

"그냥, 여기서 하지요?"

"네? 어, 전…… 데요?"

"네?"

부루퉁한 음성이 곧장 쏘아졌다. 비파의 얼굴이 홍당무처럼 빨갛게 달아올랐다. 조금 전, 문 열라 소리칠 때와는 사뭇 다른 기색이었다. 그러나 이반은 물러서지 않았다. 대체 무얼 믿고 이 여자에게 거실을 몽땅 비워줄 것인가? 그런 발상 자체가 우스웠다.

"여기서 하라는 말 들리지 않습니까?"

"아씨! 전 모유 먹인다고요! 그런데도 여기 계실 거예요?"

"네? ……아!"

이반의 입이 쩍 벌어졌다. 순식간에 그의 얼굴도 비파 못지않게 벌겋게 달아올랐다. 늦은 두뇌 회전을 탓하며 흠흠, 괜한 헛기침을 해대다 이반은 재빨리 거실을 빠져나왔다. 아직도 얼굴이 화끈거린다. 제길, 낮게 투덜대며 이반은 되도록 멀리 떨어지지 않게 밖을 지켰다.

이쯤이면 되지 않았을까? 한참을 서성이던 이반이 똑똑 거실의 문을 두드렸을 때 다행히 안쪽에서 네, 하고 대답이 들려왔다. 젠장, 뭐 하는 짓이야! 짜증이 솟구쳤다. 자신의 집 거실조차 허락받고 들어가야 하다니.

이반이 들어오는 동안, 비파는 축축이 젖은 천 기저귀를 늘 가지고 다니는 검정 비닐 봉투에 담고 있었다. 고소한 아이의 대변 냄새가 살짝 풍겼다. 모유를 먹이는 희아의 변은 꽤 건강한 편이었다.

"이게 무슨 냄새입니까?"

이반이 구겨진 인상을 펼 사이도 없이 따져 물었다.

"아, 아이가 응가를 했네요."

"네?"

이 여자를 만나는 순간부터 그의 뛰어난 두뇌가 좀처럼 활동을 하지 않는다. 그녀가 쏟아내는 모든 언어들이 전부 이해 불능 코드였다.

"아이가 똥을 쌌다구요. 비닐 봉투에 잘 넣었으니까 이젠 냄새

안 날 거예요."

보송한 천 기저귀를 희아의 엉덩이 밑으로 밀어 넣으며 비파가 설명했다. 이반의 얼굴은 이제 형체를 알아볼 수 없을 만큼 구겨지고 있었다. 대체 이모님은 어떤 사람을 보낸 거야! 아이 젖을 먹인다고 그를 내쫓지 않나, 우아하게 꾸며진 그의 거실에 아이의 대변 냄새를 풍기질 않나. 이반은 밀려오는 두통에 휘청거렸다. 부글부글 속이 끓어올랐다.

보송한 기저귀로 갈아주자 희아는 그제야 캬캬! 벙긋거리며 웃어댔다. 이제 막 뒤집기를 배우기 시작한 아이는 미처 비파가 말릴 사이도 없이 홀랑, 제 몸을 뒤집어 이반의 다리께까지 뒹굴뒹굴 몸을 뒤집어 다가가기 시작했다.

"캬캬!"

또다시 울리는 웃음과 무엇이 좋은지 침까지 흘리며 쳐대는 박수 소리까지, 무덤 같은 거실에 작은 소란이 일어났다.

기다란 이반의 다리 앞에서 배를 깐 희아가 그의 바짓자락을 잡았다. 베일 듯 날치름하게 날 선 바지가 작은 고사리 손에서 무참히 구겨졌다. 그 바지처럼 구겨진 이반 앞에서 희아는 그를 향해 벙긋, 분홍빛 혀를 드러내며 입을 오물오물거렸다.

뭔가 익숙한 이 장면.

떨떠름한 표정으로 벙싯대는 아이를 바라보는 이반을 향해 비파가 손에 들린 검정 봉투를 흔들었다. 잘 여미기는 했다지만 아이의 대변이 곧장 자신 앞에 쏟아져 내리는 것 같아 이반은 속이 울렁거렸다. 그리고 보니 식은땀까지 흐르는 것 같다.

"저, 죄송한데, 이거 좀 빨아가면 안 되나요? 집에까지 가려면 변이 천에 배일 것 같아서…… 나중에 빨면 잘 지지가 않거든요."

이반이 비틀, 거실에 놓인 소파를 붙들었다. 까만 현기증이 몰려왔다. 낮에 먹었던 햄버거가 다시 가슴 쪽으로 올라와 싸악 핏기 가시는 소리까지 들릴 정도로 이반은 휘청이고 있었다.

"잠깐만, 할게요……."

사정하는 비파에게 대충 손을 흔들었다. 저 변 묻은 기저귀가 단일 초라도 더 제 눈앞에서 흔들린다면 낮에 먹었던 햄버거를 그대로 이 거실 바닥에 토해 버릴 것만 같았다. 핼쑥해진 이반을 의아하게 바라보던 비파가 서둘러 거실을 나서자 그는 자신을 향해 끊임없이 웃어대는 팔뚝만한 아이와 달랑 거대한 거실에 남고 말았다.

아, 아파…… 이반이 가슴을 움켜쥐었다. 정말 배부터 가슴까지 통증이 몰려오는 기분이었다.

"아! 바!"

그의 바지 끝을 반갑게 흔드는 어린 꼬마 녀석 옆에서 이반은 쓰러지듯 소파에 주저앉았다. 이젠 눈동자까지 힘이 풀렸다. 그 와중에도 여자가 내팽개치고 간 가방이 시선에 들어왔다. 활짝 열어진 가방 속엔 온통 흰 천 쪼가리뿐이었다. 아까 그녀가 흔들던 그것이랑 비슷하게 생긴.

아이들은 저런 걸 차고 다니는 건가? 이반은 제 옆에서 뒹굴거리는 아이의 뒤태를 살펴보았다. 생각대로 엉덩이가 불룩했다.

아이는 끙끙대는 그가 지겨운지 방금 전까지 보이던 관심을 싹 거둔 채 거실 저쪽을 향해 굴러가기 시작했다. 어, 위험한데. 생각은 빠르게 스치는데 가슴의 통증 때문에 목소리가 잘 나오지 않았다. 거실엔 아이가 가지고 놀기엔 위험한 것들이 배려없이 이곳저곳에 놓여 있었다. 하긴 아이가 이곳에 있을 거라 생각하지 못했으니까.

위험한데…… 위험한데…….

뒹굴거리는 아이를 붙잡아야 하는데 마음처럼 쉽게 몸이 일어나지질 않았다. 정말 아픈 건가? 잠시 그 생각을 하는데, 이마로 주르륵 식은땀이 흘러내렸다. 아, 배가 아파……. 이반은 또다시 배를 움켜쥐었다. 끙! 신음 소리가 절로 새어나왔다.

"아! 바!"

아이가 그의 신음 소리에 작은 고개를 휙 돌렸다. 착각이었을까? 왠지 아이의 눈빛에 걱정스러운 기색이 배인 것 같았다. 웃기는군! 통증을 뚫고 헛웃음이 새어나왔다. 아이의 걱정 따위를 받다니 말도 안 되는 일이었다. 소파에 기댔던 이반은 또다시 찌르는 듯한 통증에 허리를 굽혔다. 이젠 숨조차 쉬기 어려울 정도로 배가 아파오고 있었다.

"아! 바!"

또다시 그를 부르는 아이의 소리가 흐려지는 의식 속에 왠지 '아빠!'라는 말로 들렸다. 말도 안 돼……. 그러는 사이 아이는 조금씩 제 몸을 끌어 이반의 다리 밑으로 다가와 있었다. 뒹굴거리는 줄만 알았더니, 제법 기어다니기도 하나 보다. 머리가 거의 바닥까지 내려와 있었던 걸까? 아이의 손에 닿지 않을 것 같은데 땀에 절은 그의 머리카락을 아이가 쭈욱, 잡아당겼다. 아파! 이반이 살짝 아이의 손을 쳐냈다. 그러나 아이는 또다시 그의 머리카락을 잡아당긴다. 이번엔 좀 더 세게.

"으윽!"

이반이 입술을 깨물었다. 아프다구! 이번엔 찰싹 소리가 날 정도로 아이의 손등을 때렸다.

"으앙!"

갑자기 아이가 그의 옆에서 발랑 뒤집으며 커다란 울음소리를 냈다. 순간 당혹한 이반이 아이를 잡으려다 그대로 소파에서 미끄러져 바닥에 나뒹굴고 말았다.

그때였다. 채 아이를 붙들지 못했는데 거실 문이 벌컥 열리며 누군가 쏜살같이 뛰어들어 왔다. 그녀다! 새로 온 도우미.

"희아야!"

버럭 고함을 지르다 거실 바닥에 쓰러진 그를 보고 화들짝 놀라 또다시 마구 소리를 질러댔다. 그녀의 고함 소리가 큰 북처럼 둥둥 울려 그의 심장까지 덜덜 떨려왔다. 제발…… 제발…….

아이의 울음소리와 골이 울리도록 악을 써대는 아이 엄마의 고함 소리. 돌아버릴 것만 같았다.

"여보세요! 아저씨, 괜찮아요? 어머! 이 땀 좀 봐! 희아야, 이 아저씨 아파?"

"으…… 이것 봐요…… 아픈 건…… 나한테…….."

물어봐야 하는 거 아뇨? 하고 말하고 싶은데 통증 때문에 말이 끊어져 버렸다. 이 소음 속에 통증이 한계에까지 닿은 모양이었다. 가물가물 눈이 자꾸만 감겨왔다. 멀리서 또다시 아기의 울음소리가 울리고 까만 적막이 그대로 이반을 덮쳤다. 아, 내가 정말

제2장 63

아픈가 보다. 이제 배를 쿡, 쑤시는 통증은 참을 수 없이 침범해 오고 있었다. 이반은 그대로 까무룩 뒤로 넘어지고 말았다. 멀리서 아이의 울음소리가 환청처럼 울려왔다. 아…… 빠…….

"위경련에 급체까지 했군요. 별건 아니구요."
 정말 별것 아닌 몰골의 의사가 심드렁하게 진단했다. 의사의 말처럼 이반은 결국 별것 아닌 병으로 병원에 실려왔다 이제 집으로 돌아가는 길이었다. 말조차 붙일 수 없이 싸늘해진 그를 바라보던 여자가 가볍게 한숨을 내쉬었다. 한심하다는 뜻일까? 그러나 그 스스로 느끼는 이 허무함에 비할 바가 못 될 것이다. 형편없는 제 몰골에 더할 나위 없이 마음이 상한 이반의 앞으로 향긋한 꽃내음이 그녀의 숨결과 함께 전해져 왔다. 그리고 조금 고소한 듯 비릿한 아이의 냄새도 역시.
 컄! 소리치는 아이는 그녀의 등 뒤에서 뭐가 그리 좋은지 요동을 쳐댔다. 이반은 슬쩍 등에 업힌 아이를 바라보았다. 아득히 멀어지던 의식 속에 들려오던 아빠! 라는 말이 떠오른 탓이었다. 저 어린아이가 그렇게 똑똑히 발음했을 리도 없는데.
 "저 아이는 왜 저러는 겁니까?"
 머쓱한 목소리로 물어보았다. 응급차까지 불러 실려온 이유가 결국 낮에 먹은 햄버거로 인한 급체에 스트레스성 위경련이라니, 이유치고는 너무나 어처구니없이 초라한 병명이라 나가는 목소리가 툭툭거려졌다. 게다가 애초 예정된 시간에 그녀가 왔다면 생기지도 않았을 병이란 생각에 원망은 고스란히 그녀에게 떨어질 수밖에 없었다.

"네? 아, 희아요? 이 녀석 오늘따라 기분이 좋은가 보네요."

등 뒤에 업힌 아이를 바라보는 눈빛엔 여실한 사모의 정이 뚝뚝 묻어 있었다. 햇살 같은 우리 희아. 조그맣게 중얼거리는 그녀의 목소리가 이반에게까지 들려왔다.

그 다정한 어감에 불편해진다. 노골적인 감정의 표현. 그에겐 생소한 느낌이었다.

이반은 뚜벅뚜벅 택시 정류장으로 향했다. 그의 빠른 걸음을 따라 비파가 황급히 쫓아왔다. 190㎝의 장신을 따라오자니 반쯤은 뛰다시피 한다. 자꾸 엉덩이로 처지는 희아를 다시 한 번 들썩, 치켜올리며 비파는 놓칠세라 남자의 뒤를 따라가기 시작했다.

당장 해고라 아까까지 기세등등하게 소리치던 남자의 얼굴은 가벼운 급체에 위경련이라 해도 그사이 눈에 띌 정도로 해쓱해져 있었다. 아이를 업은 그녀에 대한 배려도 없이 빠르게 걷던 남자가 갑자기 우뚝 섰다.

"무슨 일이 더 남아 있습니까?"

잔뜩 화난 어투였다. 마치 이 모든 일의 원인이 그녀라는 듯. 비파의 코가 실룩거렸다. 그의 이런 화풀이는 조금 억울했다. 사실, 그녀로서도 최선을 다해 그 시간에 온 것이었다.

어제 늦은 저녁 승미 아줌마가 느닷없이 전화를 걸어와 마침 딱 맞는 일자리가 났다며 내일부터 당장 일하라 성화를 부렸었다. 아닌 밤중에 홍두깨라고 무슨 준비랄 게 있느냐, 닦달이었지만 그게 어디 쉬운 일이냐고. 다음날 아침 어찌어찌 서둘러 짐을 싸 출발하기는 했는데, 무슨 동네가 버스조차 가지 않는단다. 버스를 두 번이나 갈아타고서도 한참은 걸어 올라가야 있는 집을 제 시간에 도착한다는 건 거의 불가능한 일이었다. 그 더운 날씨에 아이까지 업고 족히 삼십 분은 걸었던 것 같다. 그런데 이 남자는 자신이 걸린 체기가 온통 그녀 탓이라는 듯, 처음 본 순간부터 지금까지 내내 툴툴대고 있는 것이다. 비파는 은근슬쩍 오기가 차 올랐다.

"아저씨! 저도 그 걷기도 힘든 집, 굳이 따라가고 싶은 마음은 없는데요. 아저씨 위경련 때문에 병원까지 따라오느라, 제 짐이 그곳에 있거든요? 희아 짐이라곤 그것뿐이라, 그게 없으면 못 돌아가요."

게다가 집조차 이젠 내놨는데. 전세방 주인 아줌마의 좋아하던 얼굴을 떠올리며 비파는 뒷말을 꿀꺽 삼켰다. 남자의 동정 따윈 바라지도 않았고, 동정할 남자도 아니었다. 흥! 이번엔 비파가 먼저 콧방귀를 뀌었다.

그러나 대답없는 이반은 흥흥대는 비파를 싹 무시한 채 곧장 몸을 돌려 걷기 시작했다. 또다시 처지는 희아를 추스르며 비파는 이반의 뒤통수를 한껏 노려보았다. 쳇! 밥맛!

병원 입구에 즐비하게 늘어선 택시를 타고 둘은 곧장 이반의 집으로 향했다. 일부러 앞자리에 앉는 이반의 뒤통수에 대고 비파가 아까 의사가 한 말을 전해주었다.

"그런데요, 아저씨! 아까 의사가 며칠간은 죽 먹어야 한대요."

생각 같아선 모른 척하고 싶었지만, 그래도 양심은 지키는 게 더 나을 것 같아서였다. 그러나 이반은 못 들은 체 대답이 없었다. 이젠 아예 눈까지 감고 있다. 참나! 비파가 눈이 째져라 이반을 노려보았다. 알아서 하든지! 내가 아쉽나? 곱씹으며 비파는 그에게서 비켜 차창으로 고개를 돌렸다. 각기 서로의 얼굴을 피해 옆 창가만 죽어라고 노려보는 두 사람을 슬쩍 바라보는 운전기사의 눈짓이 느껴졌지만 비파는 끝내 모른 척했다.

집에 도착하자마자 기다렸다는 듯이 전화가 울리기 시작했다. 앞서 갔던 이반은 어디로 갔는지 이미 사라지고 없었다. 주인도 없는데 받아나 되나? 고민하는 동안에도 전화벨은 끈질기게 울려댔다.

"여보세요?"

[비파니?]

다행히 승미 아줌마였다.

"아, 아줌마!"

[어떻게 된 거야? 낮에 전화했더니 아직 도착도 안 했다면서? 길 찾는 데 힘들었니? 이반이랑은 어때? 비위 맞추기가 좀 어렵기는 하지?]

"뭐, 사실은 잘 모르겠어요. 방금 전까지 병원에 있어서."

[병원?]

깜짝 놀란 승미 아줌마가 속사포처럼 다그쳤다. 무슨 병에 걸렸냐? 얼마나 아픈 거냐? 대충 사정 설명을 했더니 곧장 이곳으로 오겠단다. 전화를 끊고 비파는 이반을 찾아 집 안 곳곳을 뒤지기 시작했다. 마음 같아선 가버리고 싶었지만, 아무래도 아픈 사람을 그냥 놓고 간다는 게 마음이 걸렸다.

넓은 집을 한참이나 헤매다 결국 비파는 이층의 한 방에서 이반을 발견했다. 방 하나를 거의 다 차지하고 있는 커다란 침대 속에서 이반은 끙끙거리며 누워 있었다. 워낙 덩치가 커서 거대한 바위 같더니만, 반은 잠에 취해 등을 오그린 채 누워 있는 모습이 아이처럼 작아 보였다. 많이 아픈가? 끙끙 신음 소리를 내며 이마에 식은땀이 흐르는 그를 보니 슬슬 걱정이 되기 시작했다.

"아저씨……."

침대 곁으로 다가간 비파가 살짝 그의 어깨를 흔들었다. 끙 소리를 내며 이반이 귀찮은 기색으로 돌아누웠다.

"아저씨, 괜찮아요?"

또다시 흔드는 그녀의 손을 몹시 고통스럽다는 듯 이반이 탁! 쳐냈다.

"아바."

"아빠…… 아니야……."

그녀의 부름엔 대답도 없더니 희아의 작은 소리엔 힘들게 대답한다. 킥! 비파는 샛웃음을 하고 말았다. 끙끙댈 정도로 아픈 주제에 작은 희아의 소리는 어떻게 들었는지.

"희아야, 여기서 아저씨 좀 지키고 있어."

포대기를 풀러 희아를 바닥에 내려놓은 후 비파는 방을 나섰다. 아래 주방으로 가서 흰죽이라도 끓여놓고 갈 요량이었다. 문을 닫다, 슬쩍 돌아보니 희아가 침대 밑으로 흘러내린 시트의 끝을 붙잡고 한껏 고개를 들고 있었다. 자세가 조금 어정쩡하다. 고개를 갸웃거리다 비파가 넓은 침대 끝으로 이반을 살살 밀었다.

깨어 있을 때는 성질 사나운 아이처럼 툴툴대더니 아파서 그런지 이번엔 별 투정 없이 침대 한끝으로 제 몸을 굴려준다. 그 옆에 살짝 희아를 올려놓고, 조심하라고 당부한 뒤 비파는 아래층으로 내려섰다.

낯선 주방을 샅샅이 뒤지다시피 해 겨우 찾아낸 쌀을 믹서에 살짝 갈아 흰죽을 쑤었다. 원래대로 한다면 충분히 불려서 밥알이 좀 씹히게 했으면 좋으련만. 아쉬운 마음으로 쑨 죽을 들고 비파는 이층으로 올라섰다.

"아저씨, 죽 좀 먹어요. 위는 빈속이면 더 꼬여요."

아직 가라앉지 않는 화 때문에 이반을 흔드는 손길이 조금 거칠었다. 그러나 이반은 또다시 끙! 하고 돌아누울 뿐, 일어날 생각이 없었다. 침대 위에 함께 앉아 있던 희아가 각각! 소리를 지르며 그의 등짝을 사정없이 내려쳤다. 아무리 아이 손이라도 해도 짝! 소리가 날 정도였는데, 이반은 단지 '귀찮아' 힘없이 중얼거릴 뿐이었다.

"희아야, 네가 아저씨 좀 깨워봐."

결국 비파가 침대 곁에 선 희아를 채근했다. 이번엔 명백히 즐거운 비명을 지르며 희아가 그의 등을 올라타기 시작했다. 넓은 남자의 등이 제 놀이터인 줄 안 모양이다. 이리저리 굴려대는 몸짓에 따라 이반의 몸도 출렁거렸다.

"아, 정말 왜 이러는 겁니까?"

결국 참지 못한 이반이 벌떡 몸을 일으켰다. 갑작스런 움직임에 뒤로 꽝 넘어가는 희아를 받아 안느라, 덕분에 제 몸의 반이 이불 속으로 내려앉아 버렸다.

아이를 반듯이 일으켜 세우며 이반은 성마르게 여자를 노려보았다. 그냥 가라는데 왜 이리 귀찮게 하는지 모르겠다. 당장은 여자가 끓여온 죽보다는 잠이 더 급했다. 온몸에 힘이 하나도 남지 않아, 아이를 붙들고 있는 팔이 덜덜 떨렸다. 게다가 위는 꼬일 대로 꼬여 이렇게 앉는 것조차 힘에 부쳐 왔다.

"그러게요. 저도 제가 왜 이러는 줄은 모르겠는데요. 전 누구랑 달라서 아픈 사람 내팽개치고 갈 만한 배짱이 없는 모양이지요. 그러니까 얼른 드세요. 저도 집에 빨리 가고 싶어요."

잔뜩 꼬이게 대꾸하며 비파는 슬쩍 벽시계를 바라보았다. 벌써 자정이 가까워지고 있었다. 어떻게 하나? 한숨이 새어나왔다. 버스는 이미 끊겼을 거고 가려면 택시밖에 방법이 없었다. 그러니 나오는 건 한숨뿐이었다. 거리도 거리지만, 자정이면 할증까지 붙을 텐데. 지금 지갑 속에 있는 돈은 이만 원이 전부였다. 비파는 눈치채지 못하게 이반을 살폈다. 이 남자에게 돈이라도 빌려야 하는 건가? 아, 정말 그건 비참해서 싫다. 이 남자, 승미 아줌마의 조카라는 것만 아니라면 다시 보고 싶지 않을 정도로 굉장히…… 싸가지가 없다.

"드세요."

비파가 팔짱을 끼며 발을 까닥거렸다. 네가 빨리 먹어야 나도 갈 것 아니냐는 뜻이었다. 그런 그녀를 바라보며 이반이 이를 악물었다. 그 역시 그녀 못지않게 이 상황이 못내 괴롭다는 시선이었다. 그래라, 그래! 비파는 일부러 약 올리듯 어깨를 으쓱거렸다. 살짝 미소도 지어주었다. 눈빛이 화살이 될 수 있다면 아마 그녀의 온몸엔 수십 발의 화살이 고슴도치처럼 박혀 있을 것이다.

딩동!

결국 눈싸움에 지고 만 이반이 끓여온 죽을 마지못해 먹기 시작해, 거의 절반쯤 비웠을 때였다. 울리는 초인종 소리에 이반이 의아한 얼굴로 고개를 들었다.

"올 사람 없을 텐데?"

침대 밑에서 희아의 기저귀를 갈던 비파가 응? 하며 고개를 들었다. 이반과 실랑이를 하는 사이, 그새 천 기저귀가 또다시 축축하게 젖었다. 희아가 이반 옆을 떠나려 하지 않아, 어쩔 수 없이 그 옆에서 기저귀를 가는 중이었다. 혐오스런 시선으로 희아의 벌거벗은 엉덩이와 묽게 젖은 기저귀를 바라보던 이반은 뜻밖에도 별말없이 죽을 떠먹기 시작했다. 당장 방에서 나가지 못하냐, 버럭 소리라도 지를 줄 알았는데. 차라리 한시라도 빨리 죽을 먹어 치우고 그들 모자(母子)를 떠나보낼 셈이었을 것이다. 이반의 말에 비파가 낮은 소리로 중얼거렸다.

"승미 아줌마인가?"

생각보다 늦게 도착한 셈이었다. 아줌마의 성격이라면 진즉에 도착하고 남았을 텐데. 고개를 갸웃거리는 비파에게 갑자기 이반이 버럭 고함을 질렀다. 죽 먹여놓았더니 그새 힘이 붙었다.

"뭣 하러 그런 쓸데없는 짓을 하는 겁니까? 누가 이모님께 전화 걸어달라 했습니까?"

"깜짝이야!"

갑작스런 고함 소리에 화들짝 놀란 비파가 저도 모르게 맞서 소리를 지르고 말았다.

"당신이 뭔데, 내 집에서 함부로 행동하는 겁니까?"

"내가 뭘 어쨌다고 그래요? 당신이 여기서 쓰러져 있는 동안 승미 아줌마가 전화를 걸었다고요! 그럼 당신이 전화를 받든지."

"뭐라구요?"

"승미 아줌마가 먼저 전화를 걸어왔다고 했어요, 왜요?"

가슴을 쫙 펴며 자신을 부릅 노려보는 이반에게 비파가 그대로 맞받아쳤다. 누가 무서워할 줄 알고?

"그래서요?"

낮게, 그러나 으르렁거리는 소리로 이반은 끝까지 물고 늘어졌다. 아침부터 그녀를 기다리다 식사는 걸렀고, 급한 허기를 채우느라 먹어치운 햄버거로 병원 신세까지 졌다. 그것만으로도 그의 인내심은 최고조에 다다라 있던 터였다. 그가 살아온 세월 동안 이만큼 감정이 폭발한 것도 처음이다. 그만큼 비파라는 여자가 그의 예민하고 섬세한 신경을 갉아대고 있다는 뜻이었다.

하긴 아이를 업고 나타날 때부터 알아봤어야 했다.

"그래서는 뭘 그래서예요? 잘 지내느냐고 묻기에 병원에서 이제 왔다구 했죠!"

이반이 신경질적으로 숟가락을 탁 내려놓았다. 원하지도 않은 손님을 초대해 놓고 오히려 성질은 제가 더 낸다.

"그런 이야기는 왜 합니까?"

"그럼 거짓말이라도 하란 말이에요? 잘 지내지도 않는데, 잘 지냈다고 해요? 그럼 나중에는 뭐라고 하실 건데요? 지내다가 그냥 마음에 안 맞아 해고했다고 할 건가요? 거짓말 하나는 술술 잘 지어내시네."

"이봐요!"

"은비파예요!"

"뭐요?"

"은비파라구요! 저 아이는 희아고요. 그러니까 이름 부르세요. 기분 나빠요!"

윽! 이반이 제 머리를 싸쥐었다. 지끈지끈 두통이 밀려왔다. 밖에서는 여전히 초인종 소리가 성미 급하게도 울리고 이 여자, 아니, 비파라는 여자는 한마디도 지지 않고 마구마구 소리를 질러대고 있었다. 게다가 그한테는 사납게 소리 지른 주제에 제 아들 녀석에게는 '희아야, 뽀송하지?' 비단결 같은 목소리로 묻는다. 아, 골치야! 이반의 입에서 절로 탄식이 터져 나왔다.

"어디 가는 겁니까?"

냉큼 제 몸을 뒤집는 희아를 남겨둔 채 문 쪽으로 향하는 비파를 이반이 붙잡았다.

"문 열려요. 왜요? 그것도 불만이세요? 그럼 이 밤중에 이모님 저렇게 밖에 밤새 세워둘까요?"

"그러게 왜……"

"아, 됐어요. 그럼 저렇게 문 두드리다 이 밤.중.에. 아줌마 혼자 가시게 내버려 두죠 뭐. 저도 이젠 집에 갈 거니깐."

으윽! 또다시 신음이 새어나왔다.

"……세요."

"네?"

분명 들었을 것 같은데 여자는 얄밉게 못 들은 척 다시 물어왔다. 이반의 이에서 바드득 소리가 들렸다.

제2장

"나가보시라구요. 젠장!"

쳇, 나도 젠장이네.

구시렁대는 소리가 그의 귀에까지 분명히 들리도록 쫑알거리곤, 비파는 휙 바람 소리를 내며 문 사이로 사라져 갔다.

"아! 바!"

또다시 혼자 남은 희아가 분홍 혀를 낼름거리며 침대 옆으로 다가왔다. 맑은 침이 입가를 스쳐 고급스런 바닥으로 뚝 떨어져 내렸다. 이반은 거의 기절할 기세였다. 그의 집이 엉망이 되어가고 있다. 아이의 대변 냄새가 사방에서 진동하고 이젠 아이의 침까지 바닥에 얼룩을 남기고 있었다.

그가 누운 침대까지 개미처럼 기던 아이가 일어서려는 강력한 의지를 표출하며 시트를 잡아당기기 시작했다. 그러나 제 뜻과는 달리 부드러운 실크 소재의 시트는 아이의 손에서 힘없이 빠져나가 바닥으로 조금씩 흘러내렸다. 도와줄 생각 없이 바라볼 뿐인, 그의 태도가 몹시 불쾌했을까? 아이는 힐책하는 눈빛으로 그를 쏘아보았다. 그래도 모르는 척 내버려 두자, 아이는 말아 쥔 시트 자락을 미친 듯이 흔들어대기 시작했다. 이반은 일부로 고개를 휙 돌렸다. 아무리 침대가 넓다 해도 아이가 침대에서 뛰어노는 건 귀찮은 일이었다. 냉정하게 고개를 돌려 버리는 이반을 향해 아이는 불만스럽게 입술을 달싹이더니, 금세 으아아아! 하고 바닥에 드러누워 울어버렸다.

Shit!

결국 아이의 고집에 지고 만 이반이 낮게 욕설을 퍼부으며 막 희아에게 손을 뻗을 때쯤이었다. 갑자기 광풍이 몰아치듯 덜컥, 육중한 문이 열리며 비호처럼 비파가 뛰어들었다. 덕분에 아이에게 손을 뻗던 이반의 눈동자가 커다랗게 벌어지며 그대로 돌처럼 굳어버렸다.

"어! 희아야!"

벼락처럼 소리를 지르며 그의 손에서 황급히 아이를 뺏어 안는 태도에 마치 아동학대범이라도 된 기분이었다. 뭐, 뭐야.

어처구니없이 바라보는 그의 시선에 황당한 얼굴로 바라보는 승미 이모가 들어왔다. 마치 그가 범인이라는 듯한 표정이었다. 억울하다……. 여전히 울어대는 아이를 토닥거리며 비파가 달래는 사이, 승미 이모가 천천히 방 안으로 들어왔다. 걱정스러움과 비난이 반쯤은 뒤섞인 눈빛이었다. 약간의 서먹하게 흐르는 침묵 사이로, 불쑥 버릇없는 음성 하나가 튀어나왔다.

"뭐야, 이 아인? 비파야! 이 아이, 네 거야?"

혜나다. 한밤중에 집에서 나온 매무새치곤 꽤나 화려한 차림이었다. 끙, 이반은 또다시 제 머리를 감싸 안았다. 이전 도우미를 지금 당장, 죽이고 싶은 분노가 끓었다. 그 쓸모없는 서류 하나를 가져가기 위해 더 지독한 문제를 야기하고 냉큼 도망가 버리다니…….

넓은 침실을 가득 메운 사람들 속에서 이반은 지친 얼굴로 일어섰다. 다리가 후들후들 떨릴 정도로 힘이 없었지만, 어쨌든 일어설 수밖에 없는 상황이었다. 마치 그가 아이를 괴롭힌 양, 호들갑스럽게 아이를 안아든 비파도 그렇고, '어머! 아이까지 낳았어?' 하고 죄를 판가름하듯 거만한 얼굴로 서 있는 혜나도 그렇지만, 우선 가장 신경에 거슬리는 건 속을 알 수 없이 잔뜩 인상을 구기고 있는 이모였다.

"혜나야, 너 옆방에 가서 대충 짐 좀 싸라."

"네?"

"뭐?"

혜나와 이반의 입에서 동시에 고함 소리가 터져 나왔다. 비파만

이 이곳에서 동떨어진 사람인 양 희아를 포대기에 들쳐 업고 있었다. 이반이 흘끔 비파의 눈치를 살폈다. 설마…….

"그럼 어떻게 하니? 아픈 사람 두고 어떻게 그냥 가?"

"괜찮습니다. 제가 불편합니다."

딱 잘라 거절이었다. 지금까지 이모 집에서 단 하루도 자본 적이 없는 이반이었다. 원래 다른 사람의 신세를 지는 편이 아니기도 했지만, 잠은 익숙한 곳이 아니면 잘 자지 못하는 예민한 성격 탓이었다. 더구나 그 비좁은 집에서 함께.

"잘됐네."

내내 상관없는 사람처럼 희아만 챙기더니 비파가 얄밉게 한소리를 보탰다. 이반은 신경질적으로 비파를 노려보았다. 제가 무슨 상관이라고 꼬박꼬박 끼어드는 거람!

"비파는 집에 가겠다고 하던데……."

입도 빠르군. 이반이 미간을 좁혔다. 이미 떠날 차비를 마친 비파가 느긋한 태도로 방 한구석에 녹녹히 섰다. 그의 사나운 눈초리 따윈 이제 익숙해졌다는 표정이었다.

"집에 가는 길에 바래다 줄 테니, 비파는 가서 짐 싣고. 그럼 우선 혜나 아버지한테 전화해야겠다. 내일 그 사람 사는 곳에 잠깐 내려가기로 했거든."

"전 정말 괜찮습니다. 이제 많이 좋아졌습니다."

"그래도……."

"제가 더 불편해서 싫습니다. 전 이곳이 더 편합니다."

이반의 손사래에도 승미 이모의 고집은 풀어질 기미가 없었다.

이반은 관자놀이를 살짝 짓눌렀다. 사실 금방이라도 쓰러질 것만 같다. 벌써 그가 자야 할 시간이 한참이나 지나 있었다.

"그럼 혜나, 네가 잠시 이곳에 와 있을래?"

승미 이모가 결국 단 하나의 해결책인 혜나를 향해 물었다.

"정말? 정말 그래도 돼?"

혜나가 즐겁게 소리를 질러댔다.

"와, 잘됐다! 친구들도 놀러와도 되지? 그렇지 않아도 오빠 한 번 보고 싶다고 난리던데. 요즘 애들이 그 '카라' 향수 갖지 못해 안달났거든. 오빠, 이번에 몇 개 친구들한테 선물로 줄 수 있지?"

이곳에 남아야 하는 이유 따윈 이미 내던진 태도였다. 이번 기회에 세계적인 향수 '카라'의 실제 주인인 이반이 그녀의 사촌이라는 증거를 친구들에게 보여줄 셈이었다.

순간, 핏기가 싸악 가셨다. 혜나만으로도 감당하기 버거울 판에 그 수선스런 친구들이라니. 하얗게 질린 이반과 상관없이 혜나는 희색이 만연했다.

"엄마! 그럼 빨리 가서 짐 싸오자. 며칠 있으면 돼?"

"지금 여기 놀러온 줄 알아? 친구들은 무슨 친구? 오빠 병간호 하러 있는 거야, 이것아!"

"누가 뭐래? 며칠이면 낫는다잖아! 엄마, 이번에 가면 일주일 정도 있다 온다고 하지 않았어? 오빠 병 다 낫고 하루 놀러오는 건데 뭘! 괜찮지, 오빠?"

"아줌마, 저도 준비 다 끝났는데······."

수선스런 혜나의 말을 싹둑 잘라먹은 건 이반이 아닌 비파였다.

그를 제외한 세 사람은 혜나가 이곳에 머물 거라 암묵적으로 결정한 모양이었다. 이반은 침대 협탁 위에 놓인 하얀 죽을 바라보았다. 위가 꼬인 그를 위해 쌀을 살짝 갈아 만든 세심함이 엿보이는 죽이었다. 이반은 낮은 한숨을 내쉬었다. 그리 마음에 들지 않는 여자지만, 이런 세심함이 있다면 최소한 혜나의 간병을 받는 것보다는 나을 것이다.

"그럼 우선 비파 좀 집에 데려다 주고 짐 싸서 오면 되겠다. 다행히 비파가 죽은 끓였나 보네. 혜나, 너도 죽은 쑬 줄 알지?"

"엄만! 햇반 사다가 끓이면 돼. 그거 그냥 냄비에 물이랑 함께 넣어서 끓이면 되는 거지?"

승미 이모가 혜나의 등짝을 사정없이 내려쳤다.

"이놈의 계집애! 햇반? 좋은 쌀 놔두고 무슨 인스턴트야?"

"아, 아파! 요즈음엔 인스턴트 밥도 다 철원 쌀로 한단 말이야! 모르면서 괜히 그래!"

"쌀 있어! 그냥 쌀 살짝 갈아서 만들어 먹다가, 나중엔 그냥 밥알 씹히게 만들면 돼. 그 쉬운 것도 몰라? 저거 봐라, 비파는 네 나이에 제가 알아서 죽 쑤어서 먹였잖아! 애고, 정말 저런 것도 딸이라고……."

제 엄마의 말이 채 떨어지기도 전에 혜나가 비파를 사납게 노려보았다. 그 매서운 혜나의 시선 속에서 비파의 얼굴이 살짝 붉어졌다. 그래도 칭찬이 싫지만은 않은지, 배시시 웃는 얼굴이다. 이반은 쯧, 혀를 찼다. 저한텐 독 오른 암고양이처럼 기승을 부리더니 승미 이모 앞에서만은 순한 양 같다.

"난 공부했잖아! 누구처럼 나도 대학 안 가고 애 낳아 살림했으면 저런 거 다 했어! 괜히 엄마 있어? 엄마가 없는 것도 아닌데, 그런 거 배워서 뭐 해? 공부만 잘하면 되지."

혜나의 말에 비파보다 이반의 얼굴이 먼저 구겨졌다. 상대의 상처 따위는 염두에도 없이 무신경하게 내뱉는 말에 비파의 얼굴이 좀 전처럼 무심하게 싹 바뀌었다. 살짝 패였던 볼우물도 함께 사라지며 다시 공손한 얼굴이다. 이반은 자신도 모르게 눈살을 찌푸렸다. 큼, 이반이 헛기침을 하며 자신의 의사를 무시한 채 소란을 피우는 세 사람의 관심을 돌렸다.

"여기…… 희아 어머니가 계시면 될 것 같습니다."

"뭐?"

"왜!"

순간 세 여자의 얼굴이 세찬 바람 소리를 내며 그에게 동시에 돌아섰다. 그의 속셈을 알아차렸을 것 같은데, 비파는 비웃는 대신 묵묵한 얼굴이었다.

"애초부터 도우미로 이곳에 부른 사람이니, 희아 어머니가 남으면 될 것 같습니다."

"뭐? 하지만 비파는 간다는데……."

승미가 미간을 찌푸리며 비파의 눈치를 살폈다. 어떻게 하겠느냐는 의미였다. 이반 역시 비파의 승낙만 기다릴 뿐이었다. 그러나 비파는 어깨를 으쓱이며 고개를 저었다. 등에 업힌 희아는 시끄러운 어른들과 상관없이 이미 늦은 잠에 취해 있었다. 답답한 침묵 속에 결국 또다시 이반이 먼저 입을 뗐다.

"서로 오해가 좀 있었습니다."

그녀의 등 뒤에서 불안하게 흔들거리는 희아에게 시선을 맞추며 이반이 천천히 설명을 해나가기 시작했다.

"이모님 말씀처럼 여기에서 가장 병간호를 잘할 수 있는 사람은 희아 어머니인 것 같습니다. 그러니, 그렇게 하도록 하지요."

낮게, 그러나 분명하게 킥 하는 웃음소리가 들렸다. 그녀의 웃음소리에 희아가 자면서도 방긋 옹알이를 했다. 잠결에도 제 엄마의 웃음소리는 알아듣나 보다.

"내가 할게! 아이까지 있는 애가 어떻게 병간호를 해? 그냥 내가 한다니깐! 그렇지 않아도 친구들이 정말 '카라' 회장이랑 친척이냐고 의심하고 있단 말이야!"

당황한 혜나가 금세 제 속을 드러냈다. 그럴 줄 알았지! 예상했던 대로 병간호는커녕, 오히려 철없는 아이들만 북적거릴 게 뻔했다. 하루? 이반이 코웃음을 쳤다. 아마 혜나가 여기에 남는다면, 이번엔 가벼운 위경련이 아닌 스트레스성 위궤양으로 당장 병원에 입원하고 말 것이다. 그 수선스러움을 견디느니 차라리 비파가 더 나았다. 최소한 인스턴트 밥으로 만든 죽 대신 제대로 끓인 죽을 먹을 수 있을 테니까.

"비파가 남는다면야……."

다행히 승미 이모 역시 이반과 같은 생각이었다. 무슨 이유인지 그냥 집으로 가겠다는 말로 일축하던 비파였다. 애초 생각했던 것처럼 비파만 이곳에 남는다면 아무 문제 될 게 없었다. 모든 선택권이 제 손에 넘어온 걸 모르는지 비파는 여전히 대답없이 고개만 숙인 채였다. 어른들의 긴장감 속에서 희아의 쌔근대는 소리가 들려왔다. 아이도 이 하루의 소란이 여간 고난스럽지 않았나 보다. 숙여진 고개 탓에 비파의 속내를 살필 수 없는 이반은 답답한 심정으로 계속 노려보았다. 사실은 조금 걱정도 되었다. 만난 순간부터 계속 툴툴댄 탓에 아마 돌아간다 할지도 몰랐다. 고고한 침묵 속에 됐다니깐! 새된 혜나의 소리가 울렸다.

"됐어! 알았다구! 그럼 내가 쌀 갈아서 죽 끓이면 되지? 친구들한테도 조용히 하라고 할게. 집만 보여주면 된다니깐!"

"너 정말 이렇게 철없이 굴래? 지금 이반 아픈 거 보고도 얘가……. 비파야, 어떻게 할래? 네가 있으면 내가 그나마 좀 마음이 놓일 것 같은데."

혜나의 고집을 일축한 다음, 승미 이모는 사정하는 투로 비파를 붙잡았다. 난처한 표정을 고수하던 비파가 슬쩍 이반의 얼굴을 훔쳤다. 사나운 눈초리가 여전했다. 이렇게까지 그녀를 사정해 잡아야 한다는 게 몹시 불만스럽다는 표정이었다. 비파는 새어나오는 웃음을 억지로 눌렀다. 어떻게 하나 보자, 뭐 그런 얄궂은 마음이기도 했다.

"됐습니다! 이 이야기는 여기서 마무리하기로 하죠. 머물 곳은 별채입니다. 아이도 잠들어 있으니 오늘은 이만 쉬고, 저도 좀 누워야겠습니다."

이반이 드디어 사태를 수습하고 나섰다. 더 이상은 지쳐서 서 있을 수가 없었다. 다들 나가라, 손짓을 하며 이반은 더는 버티지 못하고 곧장 침대 위로 떨어지고 말았다. 눈꺼풀이 저절로 스르르 감긴다. 체력도 이젠 바닥이었다.

"아이참! 내가 한다니깐!"

흐려지는 의식 속에 아직도 미련이 남은 혜나의 등짝을 떠밀며 세 사람이 나가는 기척이 들려왔다. 그때였다. 제 뜻대로 처리된 일에 꽤 만족스러워하며 이반이 약간의 승리감에 나가는 세 사람을 돌아보는 순간, 방 밖으로 나가던 비파의 입가에 찰나 스치는 미소가 그의 날카로운 시선에 포착이 되었다. 잘못 보았나? 생각할 정도로 순식간에 사라져 버린 미소였다. 그 의미를 파악하기도 전에 이미 비파의 얼굴은 좀 전처럼 다소곳하게 돌아간 후였다. 비로소 텅 비어진 방에 남아 잠시 멍해 있던 이반이 아픈 것도 잊은 채 벌떡 자리에서 일어섰다. 그제야 그 의미를 알아챈 탓이었다.

제길! 결국 원한 게 그거였어? 이반의 이에서 으드득, 소리가 났다. 정말 싫도록 얄미운 여자였다. 이제 그는 비파의 손에 커다란 무기 하나를 쥐어준 셈이었다. 그녀의 뜻대로.

다음날, 이반은 늦잠을 자고 말았다. 평소엔 여섯 시면 정확히 일어나 일곱 시에 아침 식사를 한다. 그런데 오늘 이반이 깬 시간은 벌써 일곱 시 십 분이 넘어서 있었다. 이반은 투덜대며 묵직한 머리를 들었다. 체기는 죽을 먹은 탓인지 그나마 가라앉아 있었지만, 쿡쿡 쑤시는 위통은 여전했다. 어제 혜나와 비파 사이에서 꽤 스트레스를 받은 탓이리라. 또다시 떠오르는 비파의 생각에 잔뜩 인상을 구기며 이반은 침대에서 내려섰다.

"아악!"

힘차게 발을 내디디던 이반이 주르륵 침대 밑으로 미끄러지며 단말마 같은 비명을 질렀다.

쿠당!

거대한 그의 몸체가 엉덩방아를 찧으며 엄청난 소리를 냈다. 다친 것보다 놀란 탓에 엉덩이뿐만 아니라 온몸의 근육들이 가닥가닥 찢어진 기분이었다.

"이게 뭐야!"

따라랑!

양끝이 둥근 플라스틱 하나가 그의 발에 미끄러져 저쪽으로 굴러가며 소리를 냈다. 그를 쓰러뜨린 원흉은 이 작은 장난감이었다. 희아의 손에 꼭 맞춘 것처럼 작은. 이반이 놀란 시선으로 제 방을 둘러보았다.

"이게 다 뭐야?"

대체 이곳이 제 방이 맞나 싶게 방 안 여기저기 작은 장난감들이 굴러다니고 있었다. 분명 손으로 만들어졌을 허름한 천 인형, 손가락 모양을 닮은 말랑한 플라스틱 물체, 방금 그가 밟고 미끄러진 딱딱한 장난감. 종류도 갖가지다.

이반이 제 머리카락을 움켜쥐었다. 모서리 각도 하나 틀어지는 것조차 못 견디는 성격이다. 제 방에까지 침투한 이 무례함을 더 이상 참을 수가 없었다. 이른 아침, 창문을 비추는 밝은 햇살, 그리고 밤새 흐트러짐 없이 제자리를 지키고 있는 정돈된 분위기. 그는 그런 평화로움 속에 깨어나는 아침을 좋아했다. 그런데 이젠 그런 사소한 평화로움마저 사치가 되어버리는 건가?

　방 안에 어지럽게 흐트러진 장난감 사이에서 이반은 신음 소리를 내며 바닥에 쪼그려 앉았다. 그리고 일일이 흐트러진 장난감들을 줍기 시작했다. 분명 희아의 장난감일 게 틀림없었다. 대체 애를 어떻게 건사하는 거야? 이반은 아침부터 솟구쳐 오는 짜증을 그대로 발산하며 비파를 찾아 아래층으로 향했다. 마침, 거실 쪽에서 이 모든 원흉의 목소리가 들려왔다.

　"희아야, 엄마 이거 할 동안 저기서 장난감 가지고 놀아. 아참, 그거 이층에 놓고 왔지?"

　계단 아래쪽에서 비파의 음성이 들려왔다. 호오! 역시 그녀가 가져온 게 분명한 모양이었다.

　"이거 말입니까?"

　이반이 불쑥 그녀 앞으로 주워온 장난감들을 내밀었다. 화난 기색을 눈치채지 못했는지 그가 내민 장난감을 비파가 대뜸 집어 들더니 희아에게 건네주었다.

　"어? 희아야, 아저씨가 찾아오셨네? 그럼 이거 가지고 혼자 놀 수 있지?"

　거실 바닥에 방치되다시피 뒹굴거리는 희아에게 장난감 하나를 달랑 쥐어주고는 주방 쪽으로 나가 버린다. 이반이 곧장 뒤따랐다.

　"대체 애 건사를 어떻게 하는 겁니까?"

　"네?"

　느닷없는 이반의 타박에 비파는 어이없는 표정을 지었다.

"왜 아이의 장난감이 제 방 안에 흐트러져 있느냐는 겁니다."

"아……."

"아?"

"희아가 아저씨를 아침부터 찾으며 울더라구요. 울음이라도 그쳐야겠다는 생각에 잠깐 방에 두었어요."

"뭐요? 지금 제 방에 허락도 없이 들어왔단 말입니까?"

"아이만 살짝 넣어놓았어요. 아저씨 자는 걸 봐서 어디에 쓸데 있다고 번거롭게 그런 걸 해요? 저, 그렇게 한가한 사람 아니에요!"

오히려 적반하장이다.

"제가 지금 저 장난감에 바닥으로 미끄러질 뻔했다는 거 압니까? 당신의 조심성없는 행동 때문에 말입니다!"

"이것 봐요!"

비파가 고개를 바짝 세우며 오동통한 허리에 손을 얹었다. 작은 키로 제 두 배만한 이반의 턱 밑에 바짝 얼굴을 대곤 코를 벌름거렸다. 너풀한 머리카락은 목 언저리에 검은 고무줄로 단정히 묶여져 있고, 허름하게 늘어난 옷이 낡아 있기는 했지만 마주하는 시선은 당당했다. 비파의 곱지 않은 눈초리가 반듯한 셔츠와 구겨짐 없이 잘 다려진 바지, 머리카락 한 올까지 제자리에서 벗어나지 않은 이반을 위아래 훑었다. 이제 막 일어난 사람치고는 흠 잡을 데 없이 완벽한 차림새였다.

"그래, 그 점은 생각하지 못했어요. 다칠 뻔했다면 미안해요."

미안하다 말은 하면서도, 태도나 눈빛은 그게 아니다. 이반은 그것이 못마땅했다. 사과라는 건, 늘 진심이 담겨 있어야 하는 게 아닌가? 이런 말뿐인 사과가 전부는 아니었다. 그래서 이반은 추궁을 그치지 않았다. 이 집의 주인은 그다. 그가 원하는 게, 이 집의 룰이었다. 이반은 이참에 그 규칙을 확실히 할 셈이었다.

"그리고 왜 내 방에 저 녀석을 함부로 집어넣어 놓습니까? 방 주인의 허락도 없이!"

"이것 봐요! 이제 겨우 뒤집기 시작하는 아이예요. 그렇게 예민하게 굴 것까지 없잖아요? 대체 저 녀석 눈썰미가 얼마나 엉터리인지는 모르겠지만, 댁이 꽤나 마음에 들었나 보지요."

그녀가 자신의 아이를 손가락을 가리켰다. 말 한마디를 지지 않는다. 도무지 녹록한 게 없었다.

"제 딴에는 같이 놀자고 그 방에 가겠다 고집을 부린 모양인데, 당신이 어찌나 게.으.른.지. 일어날 생각을 하지 않았다구요."

"무슨 소리입니까? 전 언제나 항상 여섯 시면 일어나 늦어도 일곱 시엔 식사를 합니다."

이반이 펄쩍 뛰었다.

"그래요? 그럼 지각이시네요?"

한껏 비웃는다. 이반의 시선이 그녀의 등 뒤에 있는 식탁 쪽으로 향했다. 식탁 위가 깨끗하다. 그녀 역시 게.으.른. 탓에 지금껏 식사 준비를 제대로 하지 않은 게 분명했다.

"그리고 점심은 열두 시 삼십 분, 저녁은 여섯 시입니다. 식사 시간은 정확히 지키는 편이니……."

"뭔들 그렇지 않겠어?"

낮게 투덜대는 음성이 여과없이 그대로 들려왔다. 어차피 그가 들어도 상관없다는 태도다. 뭐? 검은 이반의 눈썹이 이마 끝까지 곤추섰다.

"이봐요! 당신!"

"비파예요!"

"뭐요?"

"전 분명 은비파라 이름을 밝혔어요. 뭐, 서로 통성명까지 잘라먹은 당신의 무례까지는 참아주도록 하죠. 자신의 이름을 밝히지 않는 건 그렇다 치고, 그래도 상대의 이름 정도는 부를 만한 예의는 있어야 하는 거 아니에요? 아님 뭐, 어제처럼 희.아. 어.머.니.라 부르든지. 하긴 제가 좀 어른스럽기는 하죠. 호호호!"

어제 일을 상기시키며 일부러 호호, 얄밉게 웃어댔다. 뭐냐, 이 여자!

"이봐요!"

"뭐요? 그렇게 이름 부르기 싫음 관두시구요. 아참, 기억하시죠? 어제 절 붙잡은 사람은 아저씨 쪽이었다는 거? 전 분명 남겠다고 하지 않았어요, 단 한 마디도! 남으라고 별채까지 준 사람은 아저씨지."

윽! 위가 또다시 쿡쿡 쑤셔댔다. 이반은 몰려오는 통증 때문에 입술을 잘근잘근 깨물었다. 아마 어제의 스트레스도 아마 이 여자 탓일 것이다. 이반은 배를 움켜쥐었다. 허리를 못 펼 정도로 위가 아파왔다.

"혜나한테 전화하면 좋아하겠네. 어제 집에 가서도 징징 울었다는데. 아줌마한테 전화는 해주고 가야겠죠?"

더는 못 봐주겠다는 듯 홱 돌아서는 비파를 이반이 겨우 붙들었다.

"이…… 이, 이, 희아 어머니."

이것 봐요! 지르고 싶은 고함이 혀끝에서 맴돌아 몹시 고통스러웠다.

"네?"

"밥은 다 된 겁니까?"

식탁 의자에 털썩 주저앉으며 이반이 으르렁댔다. 절대지지 않을 거다. 저런 경우없는 여자에게 단 한 발짝도 물러서지 않을 생각이었다. 달달 괴롭혀서 제 입으로 이곳을 떠난다 말할 때까지 괴롭혀 줄 거다.

우두둑, 이를 갈아대는 소리가 그녀가 서 있는 곳까지 들려올 것 같은 이반을 바라보며 비파는 고소를 금치 못했다. 어제 그 고생하며 여기까지 온 사람에게 그가 했던 행동을 생각하면 이것도 약과다.

이반과 말장난을 하는 사이 거실 저쪽에서 꺄르르 웃는 아이의 웃음소리가 들려왔다. 도대체 뭐가 그리 좋은 걸까? 저 혼자 놀다 지쳤는지 뒤집는 것 몇 번, 기어가는 것 조금으로 아이는 어느새 주방 쪽까지 데굴데굴 굴러와 있었다. 비파가 부엌에 온 제 아들을 냉큼 안아 들었다. 이반에겐 톡톡 가시처럼 쏘아붙이더니, 제 아들에게 하는 목소리는 더없이 상냥했다.

"우리 희아도 배고프구나?"

아이의 볼에 진한 뽀뽀를 해대며 비파가 희아처럼 꺄꺅! 웃어댔다. 제 아들 녀석만 바라보면 어쩔 수 없이 웃음이 새어나오는 여느 엄마와 다르지 않은 모습이었다. 이반은 못마땅한 얼굴로 비파와 희아를 노려보았다. 애고, 무셔! 그의 눈초리에 장난스럽게 말하며 비파가 식탁 위에 희아를 내려놓았다.

떨어질까 염려하는 기색이 없었다. 아마 그를 믿고 놓아둔 거겠지. 무슨 그릇처럼 식탁 위에 얹혀진 주제에 아이는 뽀얗고 오동통한 팔을 쭉 뻗어 탁탁, 손바닥으로 식탁 유리를 쳤다. 헤벌어진 입가로 침이 잔뜩 고여 있다. 밥 달라는 소리인가? 아아! 소리를 내며 식탁을 두드리는데 비파는 싱크대 쪽에서 나올 기미가 없었다.

"아이가 밥 달라고 하는데……."

전날처럼 자리를 비켜주어야 하는 건가 싶어 이반이 물었다. 멀리서 비파가 허리를 반쯤 꺾어 돌아보았다.

"네?"

"아이가 밥 달라 하는 거 아닙니까?"

이반이 조금 더 소리를 높였다. 아, 비파가 별일 아니라는 듯 대답했다.

"우선 아저씨 드시고요. 일곱 시가 식사 시간이라면서요."

이야기하다 부엌에 걸린 시계를 슬쩍 바라보았다.

"많이 늦었네요."

이반은 식탁 위에서 버둥대는 희아를 바라보았다. 아이의 입술이 배고픈 듯 삐죽삐죽거리고 있었다. 입가에는 침까지 줄줄 흐른다. 이반은 휴지를 집어 아이의 입가로 번진 침을 닦아냈다.

"뭐, 배가 아파서 그런지 많이는 고프지 않습니다. 그냥⋯⋯."

죽 반 그릇으로 하루 저녁을 보낸 셈이라 배가 몹시 고팠지만, 이반은 입맛만 다시며 일어서고 말았다. 차마 아이를 미루고 먼저 배를 채울 수는 없었다. 쟁반에 그에게 줄 죽을 담아오던 비파가 의아해하며 물었다.

"어디 가세요?"

"아, 아이 밥 먹이라고⋯⋯."

"앉으세요. 배고프지 않아요? 어제 먹은 게 겨우 죽 반 그릇이면서."

"괜찮습니다. 아이 먼저⋯⋯."

"그렇지 않아도 같이 먹이려 해요."

"네?"

저도 모르게 확 달아오른 이반의 얼굴을 보던 비파가 그제야 말뜻을 알아차렸다. 호호호! 갑자기 비파가 웃음을 터뜨렸다. 비웃음없이 눈가에 주름까지 잡아가며 웃는 모습은 여느 스무 살짜리 어린 여자처럼 보여, 순간 이반은 멍해지고 말았다. 방금 전까지 꼬박꼬박 그에게 토를 달던 여자는 어디로 사라졌을까? 순하게 웃던 비파가 그를 식탁 쪽으로 살짝 밀었다. 희아가 캬캬! 하며 또다시 식탁을 탁탁 두드렸다.

"밥은 아까 먹였구요, 이번엔 이유식 먹일 차례예요. 아저씨가 먹는 미음보다 약간 더 묽게 쑨 죽이니까 괜찮아요."

비파가 찬찬히 설명해 주었다. 괜한 선심을 쓴답시고 무안만 탄 이반이 머리를 긁적이며 그대로 자리에 주저앉았다. 아까보다 한결 부드러운 얼굴로 비파가 이반에겐 밥알이 씹히는 하얀 죽을, 희아에겐 거의 흔적이 없는 묽은 죽을 내밀었다. 그녀 앞에는 아무것도 없었다. 이반이 한쪽 눈썹을 치켜올렸다.

"두 그릇뿐입니까?"

"네? 아, 전 별채에서 먹었어요. 늘 아침을 여섯 시에 먹는 편이라서요. 사실은 희아가 일곱 시쯤 이유식을 먹는 시간이라, 앞으로는 아저씨랑 함께 먹을 것 같은데. 아이는 아무래도 습관을 고치기가 힘드네요. 죽 하나만 먹는 거라 그리 귀찮게 하지는 않을 거예요."

흠, 이반이 괜스레 목을 축였다. 부드러운 그녀는 조금 어색하다.

"상관없습니다."

대답도 정중해졌다. 늘 소란해 보이더니 제 엄마가 떠주는 죽을 먹느라 희아가 조용해지자, 사방이 숨을 죽이는 것 같다. 비파가 온 후로 처음 찾아오는 고요함 속에 이반은 늦은 아침 식사를 하기 시작했다. 죽은 어제보다 조금 씹히기는 했지만, 여전히 부드럽게 잘 퍼져 있었다. 이반은 어깨의 긴장을 풀고 죽을 말끔히 비웠다. 씹히기 쉽게 말랑하게 요리해 놓은 무 숙채는 간이 적당해서 입맛에도 딱 맞았다. 허리가 굽어지도록 쏘아대던 통증도 위가 채워짐에 따라 조금씩 풀리기 시작했다.

성미에 비해 요리 솜씨가 좋은 여자인 모양이었다. 더 드실 거냐고 묻는 비파의 말에 조금 고민하던 이반은 결국 한 그릇 더 청하고 말았다. 놀릴 것 같았는데, 죽을 내미는 비파는 별말이 없었다.

새로 채워진 따스한 죽을 다 비운 이반은 아침보다 조금은 나아진 기분으로 이층을 향해 올라섰다. 비파는 혜아에게 이유식을 떠먹이느라 그가 자리에 일어서는 것조차 눈치채지 못하고 있었다. 그 덕분에 그녀를 조금 관찰한 시간이 생겼다. 헤나와 동갑이라더니, 화장기 없는 얼굴이라 그런가? 이반의 눈엔 더 어려 보일 정도였다. 그를 향해 쏘아대던 고집스런 시선 대신 아이를 보는 눈동자에 상냥함, 그리고 황홀함이 담긴 사랑스러움이 가득 배어있었다. 저런 표정도 짓는구나. 이반은 잠시 그녀를 바라보다 멈추었던 걸음을 다시 옮겼다. 후들거리던 다리와 쿡쿡 쑤시던 위가 한결 좋아져 있었다.

이층으로 올라선 그의 등 뒤로 키득, 웃는 비파의 밝은 숨소리와 캬캬! 대는 아이의 웃음소리가 삭막한 공기 속으로 울려 퍼졌다. 온기없이 거대하기만 한 집 안에 그제야 비로소 밝은 봄 햇살이 마냥 부잣집 곳간처럼 가득 채워지기 시작했다. 그 자잘한 온기 속에 비파와 혜아는 여전히 장난을 치며 남은 음식들을 말끔히 해치우고 있었다.

한낮의 햇살이 따갑게 두꺼운 커튼이 젖혀진 창문 사이를 비집고 들어왔다. 아침 죽을 먹고 간신히 달래진 위장으로 이반은 정오가 다 되도록 서재에 틀어박혀 있는 중이었다. 어제의 그 소란은 깡그리 잊었는지 책 속에 파묻힌 이반은 더없이 평화롭고 행복해 보였다. 파인만의 글은 그렇다. 가볍지만 읽고 나면 뭔가 명쾌해지는 듯한 그런 기분. 지난 몇 시간 동안 몇 년 같은 일을 치르고 난 이반에겐 이 달콤한 휴식이 더할 나위 없이 위로가 되었다.

벌써 몇 시간째 책 속에 나열된 글을 아끼는 사탕처럼 조금씩 음미하던 이반이 톡톡 어깨를 두드렸다. 안경을 쓰고 있었음에도 약간 충혈이 된 눈자위가 조금씩 따끔거렸다. 시력이 그리 좋지 못한 그에겐 장시간의 독서는 금물이라 의사가 충고를 했건만, 여전히 이 장독(長讀)의 습관은 잘 고쳐지지 않았다.

약한 시신경을 견디지 못해 빨갛게 핏발이 선 눈자위가 비명을 질러대고서야 간신히 책에서 눈을 떼는 정도가 그가 할 수 있는 최선이었다. 안경을 벗어 달아오른 눈자위를 슬슬 문질렀지만 통증이 쉬이 가시지 않아 이반은 자리에서 일어나 창가로 향했다. 이렇게 피곤해진 눈은 시선을 멀리 고정시키면 조금 나아지는 편이었다. 피곤해진 눈을 풀어줄 겸, 온몸을 쭈욱 펴며 이반은 창밖으로 시선을 돌렸다.

서재의 통 유리 너머로는 그가 많은 돈을 투자해 꾸며놓은 끝없이 펼쳐진 근사한 정원이 있었다. 이 집 중에 가장 전망이 좋은 곳이 바로 이곳 서재다. 이반은 잔뜩 굳어진 팔을 천장까지 길게 뻗으며 정원 쪽으로 눈 사위를 좁혔다. 저게 뭐지? 좁혀진 시야 속에 뭔가 낯선 것이 눈에 걸렸다. 넓은 정원의 가운데를 가로질러 늘어진 줄에는 길고 하얀 것이 바람결을 따라 유난스럽게 펄럭거리고 있었다.

이 좋은 봄 햇살을 제 온몸에 받으며 그의 속옷과 함께 나란히 정원에 널어져 있는 기다란 천 쪼가리. 이반은 아래 정원을 향해 초점을 맞추었다. 기다란 천의 용도를 도무지 알 수가 없었다. 그때 그의 예민한 귀를 자극하는 소리가 울려왔다. 아이의 웃음소리, 그리고 밝은 여자의 웃음소리.

이반은 조금 더 아래쪽으로 몸을 쭉 내밀었다. 온통 흩뿌려진 물방울들로 잔디 주위가 멀리서도 질척해 보일 정도로 흥건한데, 그 중앙에 희아가 있었다. 옷마다 물이 묻고 흙투성이인데 뭐가 좋다고 캬캬 웃어대는지. 흙바닥에 주저앉아 박수를 쳐대는 희아와 그 옆에서 물장난을 쳐대는 비파. 이반은 믿을 수 없다는 얼굴로 자신의 정원에서 일어나는 일을 바라보았다.

"나 잡아봐라~"

어디 영화에서나—그것도 70년대 영화—볼 법한 연애 모드를 아들 녀석과 함께하며 덤벙덤벙 뛰어다니는 비파의 희한한 꽃무늬 치마가 그 긴 천 사이로 팔랑 사라졌다 다시 나타났다. 어! 마! 아들의 박수 소리에 깔깔깔! 하늘을 향해 터뜨리는 맑은 웃음소리가 그가 서 있는 곳까지 우렁차게 울려왔다. 이반은 석상처럼 굳은 채 창가에 매달렸다. 지금 그곳은 더 이상 늘 조용하고 그림처럼 아름답던 그의 정원이 아니었다.

도대체 저 여자는 이곳을 무슨 짓을 저지르고 있는가? 일상적이던 그의 집이 소란스럽고 물 밖으로 나온 생선마냥 펄떡대고 있다. 이반은 못마땅한 기색을 여실히 드러내며 창밖을 빤히 노려보았다.

정원을 뛰어다니며 환호성을 지르는 비파의 작고 통통한 얼굴은 희아의 큰 누나라 해도 믿을 만큼 제 나이보다 훨씬 더 앳돼 보였다. 잠시 그렇게 두 모자(母子)를 훔쳐보던 이반은 화들짝 뒤로 물러섰다. 왠지 불안해진 탓이었다. 물놀이 때문에 질척해진 잔디밭도 그렇고, 원래부터 그랬던 것처럼 아이의 천 기저귀들 사이에서 팔락거리는 그의 옷가지들 역시 마찬가지였다.

제자리로 돌아온 이반은 지금껏 보았던 책을 다시 들었지만 얼마 읽지 못하고 그만 덮고 말았다. 더 이상 책을 읽을 기분이 아니었다. 내내 잘 조율되었던 그의 일상이 예고없이 깨어지는 듯한 이 균열감. 따스했던 햇살은 이제 지루하고 나른한 게으름이 되어 있었다. 넓고 쾌적한 자신의 서재가 갑자기 답답해져 이반은 방을 나서 아래층으로 향했다.

아래층은 높은 천장 탓에 한결 가벼운 공기가 떠돌았다. 조금 더 청쾌한 기분을 느끼며 이반은 층계 난간을 쓰윽 손가락으로 쓸었다. 얇은 먼지가 손가락 끝에 살짝 묻어났다. 자신도 모르게 미간이 찌푸려졌다. 층계를 다 내려서는 동안 손가락 하나를 세워 난간을 쭈욱 따랐다. 마치 눈처럼 그의 손끝을 따라 먼지가 쌓여갔다. 아래층 바닥에 내려서자 이반은 바닥에 쪼그리고 앉아 그곳까지 손바닥으로 쓸었다. 그나마 바닥은 반질 일어나는 윤기 따라 먼지 하나 없이 깨끗한 편이었다.

정원과 반대 방향으로 창문이 나 있는 거실엔 다행히 비파와 희아의 웃음소리가 침범하지 못하고 있었다. 그 속에서 이반은 순례를 하듯 집 안 구석구석을 손가락으로 쓸어가며 돌아다니기 시작했다. 선반이나 거울은 대체로 깨끗한 편이기는 해도, 구석구석

보이지 않는 곳엔 먼지가 그대로 묻어났다. 집 안을 헤매던 이반의 걸음이 딱 멈추었다. 커다란 통유리 너머로 비파와 희아가 있는 정원이 정면으로 보이는 곳이었다.

정원 한쪽 끝에 있는 수도관에서 둘은 질척해진 손과 발을 호스에서 뿌려지는 물로 씻고 있었다. 따가운 햇살 속에 물방울들이 포말처럼 부서진다. 잘 세공된 수정처럼 쏟아지는 물방울들은 희아의 오동통한 손과 발에, 그리고 젖지 않게 살짝 올려진 치마 아래 드러난 비파의 하얀 발에 분수처럼 쏟아져 내렸다. 이반은 통유리 앞에서 잠시 머물렀다. 미간은 잔뜩 찌푸린 채로, 굳어진 힘줄 하나하나가 다 드러날 정도로 딱딱한 얼굴이었다.

"뭐 하세요?"

어느새 다 씻었는지 아직 물기가 남은 발로 집 안으로 들어서던 비파가 유리창 앞에 선 이반에게 아직 채 지워지지 않은 미소로 물어왔다. 아! 바! 비파의 품속에 안긴 희아가 그가 서 있는 쪽을 향해 작은 팔을 쭉 뻗었다. 이반은 희아의 손짓을 싹 무시한 채 비파에게 차갑게 쏘아붙였다. 괜한 심술이 일었다.

"이게 뭡니까?"

손가락을 쑤욱 내밀었다. 하얀 먼지가 살짝 묻어진 손가락을 비파가 가만히 바라보았다.

"손가락이요. 왜요? 다치셨어요?"

이반이 손가락을 탁, 튕겼다.

"먼지 말입니다. 이 먼지가 보이지 않습니까?"

"먼지요?"

"집 안 보이는 곳을 제외하곤 대부분 먼지가 쌓여 있었습니다. 제가 원하는 건, 집 안 어느 곳 하나 소홀함이 없이 잘 닦여지는 것입니다. 난간 기둥의 장식들과 바닥 이음새 부분, 그리고 문 틀 하나하나……."

"알았어요!"

미처 말이 끝나기도 전에 비파가 댕강! 말을 잘랐다. 이반의 귓불이 빨갛게 달아올랐다. 비파의 무례한 태도에 화가 치밀어 올랐다. 그는 결코 잔소리하는 스타일이 아니었다. 오히려 너무 말이 없어 더욱 두려운 타입이라고나 할까? 그래서 그의 말 한마디에 더욱 무게가 실리고 상대로 하여금 복종할 수밖에 없는.

"당신!"

"네, 알았다구요! 그렇게 할게요. 식사하셔야죠? 벌써 열두 시가 넘었네요."

제 품에 있던 희아를 덥석 그에게 떠넘긴 후, 비파는 냉큼 주방 쪽으로 가버렸다. 돌아선 그녀의 등엔 짜증과 분노가 고스란히 담겨 있었다. 캬캬캬! 조금 전의 기분이 채 가시지 않은 희아가 얼떨결에 받아 안은 그의 품 안에서 펄쩍펄쩍 뛰어댔다. 아이에게서 나는 뽀송한 분 냄새에 당혹해하며 이반은 비파의 뒤를 따라 주방으로 들어섰다.

"대체 왜 당신이 화를 내는 겁니까? 난 분명히 공정한 요구 사항을 말한 겁니다."

펄쩍거리는 희아를 꽉 끌어안으며 이반은 불평을 터뜨렸다. 자꾸 미끄러지는 아이를 간신히 붙들며 자신의 주방에 들어서던 이반이 그대로 못 박은 듯 멈추어 섰다. 그가 이층으로 올라간 후 얼마나 바쁘게 일했나? 청소에 빨래, 그리고 주방 식탁엔 이미 식사까지 완벽하게 차려져 있었다. 흘깃 바라본 시간은 정확히 열두 시 삼십 분이었다.

언제 마련했는지 푸욱 삶은 고사리 나물과 도라지 무침, 그리고 한눈에 보아도 아침보단 조금 더 되직해진 죽이 놓인 소박한 밥상이었다. 갑자기 말을 잃은 이반 품에서 캬캬! 소리를 질러대던 희아가 길게 목 언저리까지 내려온 그의 머리카락을 잡아당겼다.

"희아야, 아저씨 밥 먹게 이리 와."

당사자인 이반이 아닌 희아에게 괜히 투정 부리며 비파가 아이를 뺏어 안았다. 히잉! 노골적으로 싫은 티를 내며 희아가 벗어나지 않으려 발버둥을 치다 작은 주먹에 이반의 머리카락만 걸리고 말았다. 덕분에 이반의 고개가 휙 틀어지며 상체가 반쯤 그녀 앞으로 끌려갔다. 아, 하고 비명이 새어나오기도 전에 비파가 희아의 손등을 찰싹 때렸다. 그가 듣기에도 꽤 세찬 소리였다. 희아가 그제야 불만스럽게 으앙! 커다란 소리를 내며 울기 시작했다. 웃기만 하는 아이인 줄 알았는데, 우는 소리 역시 웃음 못지않게 쩌렁거렸다. 냉랭한 기류 속에 아이의 울음소리가 불길한 전조처럼 집 안 곳곳에 퍼지기 시작했다. 방금 전까지 까탈을 부리던 그 성미는 어디로 갔는지 아이의 울음 속에 이반은 금세 기가 죽어버렸다.

"아니, 희, 희아 어머니······."

"식사하세요. 방해되지 않게 저희는 별채로 갈게요."

"아니, 그냥 여기서 먹여도 되는데……."

"여기서 우유 줘요?"

네? 되묻던 이반이 그 의미를 깨닫고 목덜미에 붉은 기가 화락 퍼졌다. 아, 이번엔 아이 우유를 줄 시간인 모양이다. 곤혹스런 표정으로 이반은 방금 전 희아가 잡아당기던 제 머리를 긁적거리며 자리에 앉았다. 도대체 아이의 밥조차 어떤 것을 먹일지 가늠할 수가 없었다. 히잉, 어리광 부리는 희아를 안고 발소리까지 불편스럽게 울리며 비파가 사라지자 갑자기 소란스럽던 집 안이 싸아해졌다.

아침과 달리 아무도 없는 넓은 식탁에 이반 혼자 남았다. 침묵, 그리고 고요. 간혹 창가를 흔드는 가벼운 바람 소리 이외에 집 안은 소리가 없었다. 물컹한 반찬 씹는 소리, 그리고 스르륵 스치는 풀잎들의 소리가 세상의 전부였다. 아침보다 훨씬 더 나아진 몸 상태 때문에 배가 많이 고팠음에도 이반은 채 절반을 먹지 못한 채 숟가락을 내려놓고 말았다.

높게 매달린 식탁 전등이 불빛을 따라 살랑 흔들렸다. 집 안 곳곳엔 이것저것 내어놓은 냄비들과 촉촉하게 적셔진 행주, 그리고 깨끗이 씻어져 선반 위에 올려진 그릇들을 제외하면 다른 사람의 흔적은 찾을 수 없이 적막했다.

이반은 식탁 의자에 기대어 창밖을 바라보았다. 포말처럼 부서지던 물소리도, 그리고 캬캬! 웃어대던 희아의 소리가 사라진 집은 전처럼 익숙한 침묵 속에 싸여 있었다. 편안한 이 고요 덕분에 방금 전까지 불툭이던 심정도 원래대로 차분히 가라앉았다. 이제야 제 자신의 모습으로 돌아온 기분이었다. 한가롭게 의자에 앉아 시간을 보내던 그의 시선이 벽에 걸린 시계에 멈추었다.

열두 시 사십 분.

뭐? 이제 겨우 십 분이 지난 건가? 꽤 시간이 흐른 것 같은데 겨우 십 분이라니. 혼자 있는 시간이 이토록 느릿하게 흐른 건 처음이었다. 이반은 자리에서 일어나 서재로 향했다. 애써 외면하려 해도 비파의 손길이 미처 닿지 못한 집 안 곳곳의 먼지들이 자꾸 날카로운 신경을 건들었다. 똑딱! 똑딱! 무료한 시계 소리가 울리는 거실에서 이반은 걸음을 멈추었다.

무언가 가슴을 스치는 서늘함. 부족한 게 없는데도 어느 한구석이 비어 있는 그런 그 무엇.

도무지 이유를 알 수 없었다. 평상시 같으면 이대로 기쁘게 서재로 향할 텐데, 형체를 알 수 없는 무언가가 자꾸 뒤통수를 잡아당기는 것만 같았다. 천천히 거실 안을 돌아보던 이반은 앞에 놓인 선반 쪽으로 허리를 굽혔다. 도자기로 섬세하게 구운 작은 아기 천사가 희아를 많이 닮았다. 지금 이 순간까지 자신의 집에 있는지도 몰랐던 장식품이었다. 이반은 옆에 함께 있는 휴지 한 장을 꺼내 아기 천사 머리 위에 얹혀 있는 먼지를 세심하게 닦아내기 시작했다. 지루함이 조금 가셔졌다. 손톱 끝보다 작은 굴곡 하나하나를 정성들여 닦아낸다, 세상에 이것보다 더 중요한 일은 없다는 듯이.

"왜요? 그곳에도 먼지가 쌓였어요?"

정신없이 닦아내느라 미처 주위 소리를 못 들었다. 난데없이 들려온 기척에 흠칫하던 그의 손에서 도자기 인형이 스르르 바닥으로 곤두박질쳤다.

쨍그랑!

섬세하도록 얇은 도자기 파편들이 맑은 소리를 내며 그대로 산산조각이 되어버렸다. 아, 이런. 안타까운 탄성이 새어나왔다.

"괜찮아요?"

이반의 시선이 바닥으로 떨어져 버린 조각들을 바라보는 사이, 후다닥 달려온 비파가 먼저 그의 손가락을 살폈다. 대리석 바닥을 튕기며 솟구쳐 오른 조각 하나가 그의 손가락에 스치며 긴 상흔을 남겨 놓았다. 뚝뚝, 떨어질 만큼은 아니지만 베어진 부위에선 금방 빨간 피가 방울 새어나왔다. 놀란 비파가 휴지로 새어나오는 피를 꾹 막았다. 하얀 종이 위로 피가 먹물처럼 스몄다.

"아, 정말 괜찮아요?"

파랗게 질린 얼굴로 비파가 또다시 물어왔다.

"괜찮습니다. 조금 스친 것뿐입니다."

다친 이반은 담담한데 되려 그녀가 더 놀란 얼굴이었다. 그런 비파에게 이반이 난감한 표정을 지었다. 왜 이렇게 놀라는 거지? 방금 전까지 그에게 화를 내지 않았었나? 조심스럽게 다친 손을 지혈하고 있는 비파 곁엔 늘 보이던 얼굴 하나가 없었다.

"아인?"

"네?"

"희아가 보이지 않아서……."

"아, 희아요? 낮잠 잘 시간이에요. 아까 좀 같이 놀아주었더니 그새 잠이 드네요."

 손가락을 살피는 비파의 얼굴이 거의 닿을 듯이 그의 바로 코끝에 놓였다. 처음 보는 진지하고 심각한 얼굴이었다. 순간, 이반은 자신도 모르게 비파에게 잡힌 손을 확 잡아챘다. 코끝에 열기가 확 뻗쳤다.

"약 상자는 어디 있어요?"

"네?"

"약 상자요. 별건 아니겠지만 그래도 덧나기 전에 약 발라야죠."

"괜찮습니다, 정말."

"아이참!"

 속상한 어투로 타박이더니 조심스럽게 떨어진 조각들을 줍기 시작했다. 이반이 비파의 손을 막았다.

"다쳐요! 어디 청소 용구가 있을 텐데……."

 청소 도구를 찾지 못해 두리번거리는 사이, 비파는 일일이 작은 조각까지 주워 휴지에 담았다. 일그러진 얼굴이 상처 입은 건 오히려 그녀인 것처럼 아파 보였다. 이반은 더 불편한 심경이었다. 친절한 비파도 그렇고, 이렇게 다친 자신보다 더 아파하는 비파도 모두 어색하고 어렵다. 붉은 귓불을 한 채 그녀 옆에서 괜스레 바닥을 바라보는 이반에게 조용한, 그리고 조신한 사과가 들려왔다.

"벌받았나 봐요, 못되게 굴어서. 미안해요."

 눈자위가 조금 벌겋다. 이반이 네? 하고 되물었다.

"저 때문에 깨뜨리신 거죠? 죄송해요. 이런 도우미 나가라 해도 할 말 없어요."

"아……."

이반이 어려운 수학 문제를 풀듯 심각한 얼굴로 미간을 찌푸렸다.

"괜찮습니다. 단지 조금 딴생각에 빠져서……. 이젠 피도 멈추었고."

꼭 눌렀던 휴지를 살짝 떼어 아까보단 아픔이 가셔진 손가락을 내밀었다. 다행히 지혈이 된 건지, 애초부터 가벼운 상처였는지 피는 멈추어져 있었다.

"정말 피가 멈추었네?"

비파가 한결 밝아진 목소리로 대답했다. 이리저리 어루만지는 손길이 간지러웠지만, 이반은 꾹 참고 손가락을 그녀에게 맡겼다. 쌉쌀한 느낌이 든다. 간지럽기도 하고, 뜨겁기도 하다. 흠! 이반이 헛기침을 하며 어색한 어투로 말했다.

"점심, 잘 먹었습니다. 그럼…… 전 서재에 있을 테니 혹시 궁금한 게 있으면……."

"네, 궁금한 게 있으면 물어볼게요. 나가라고 하실 거면 지금 하시구요."

놀리는 건지, 아님 또다시 시비를 거는 건지 싶어 이반은 펄쩍 뒤로 물러섰다.

겁이 난다, 이 여자는. 그러나 말간 얼굴로 그를 바라보는 비파의 눈동자는 정말 순수한 의도였다. 희아의 눈과 많이 닮은 눈이다. 이반은 절레절레 고개를 저었다.

"아니, 좋습니다. 특별히 불만이 있는 건 아니니까."

"네, 그럼."

돌아서는 그를 비파가 붙들었다.

"고마워요. 그리고 죄송하고요. 아깐 조금 심술이 났어요. 반성할게요."

무슨 심술이었는지, 궁금했지만 차마 묻지는 않았다. 고개를 끄덕인 후 이반은 다시 천천히 걸음을 옮기기 시작했다. 계단의 끝이 멀리서 보인다. 뜨거운 햇살이 난간까지 데워놓아 닿은 손바닥에 후끈 열기가 솟았다. 그의 얼굴에도 한낮의 햇살이 머무른다.

예리한 빛을 발하는 은색 안경테 너머 이반은 아까보다는 한결 편안해진 얼굴이었다. 그가 올라온 계단의 저쪽 끝에는 흥얼거리는 비파의 콧노래 소리가 들려왔다. 꽉 다물어진 제 입이 어느새 헤벌쭉 벌어지며 미소가 머무는 걸 이반은 미처 눈치채지 못했다.

그냥…… 조금은 이런 소음이 있어도 괜찮겠다는 생각이 들었을 뿐이었다. 식사하는 동안 내내 침묵하던 집 안에 갑자기 생기가 돌기 시작했다. 딱딱, 그릇들이 부딪치는 소리가 들리고 '어! 많이 안 먹었네? 반찬이 맛이 없나?' 고시랑대는 비파의 목소리까지. 싱크대에서 힘차게 쏟아지는 물소리, 그리고 흥겨운 비파의 노랫소리와 함께 집 안엔 다시 유쾌한 소음들이 차기 시작했다.

제4장

일주일 뒤로 미루었던 회의가 결국 삼 일이나 더 미루어지고 말았다. 그사이 달력도 5월에서 6월로 훌쩍 넘어가 버렸고, 하루하루 커져 가는 봄날 해는 어느덧 여름 해처럼 뜨겁게 달구어져 있었다. 굳이 불을 켜지 않아도 환한 회의장 안에서 열흘 만에 보는 이반의 얼굴에는 무거운 침묵이 감돌았다. 때문에 함께 앉은 임원들의 얼굴 역시 이반처럼 무거워졌다. 작은 소음마저 예민하게 들릴 정도로 회의장은 적막함 그대로였다.

"회장님?"

큼, 헛기침을 하던 이 이사가 침묵을 깨며 이반을 불렀다. 옆에 앉은 다른 임원들의 눈짓을 견디다 못해 결국 총대를 멘 셈이었다. 차라리 앞에 놓은 서류를 뿌려대든지 고함이라도 질러대면 뒷

자리에서 '거참! 성질머리 하고는!' 하고 혀나 차고 말 텐데, 오히려 말이 없는 회장의 질긴 고문은 온 진을 빼놓아 다들 회의가 끝나자마자 제 부서로 후다닥 흩어지기 일쑤였다. 꼭 하루 내내 사우나실에서 땀을 빼고 난 사람처럼 온몸에서 힘이 다 빠져나가는, 그런 기분이었다.

이반의 눈동자가 회의장을 쓸었다. 이 이사의 목에서 꼴깍 침이 넘어갔다. 이반의 눈짓에 앞에 서 있던 과장이 재빨리 모니터 스위치를 내렸다. 화면 속에서 환하게 웃던 신 모델 윤희서가 깜빡깜빡거리다 틱 사라졌다. 이반이 가볍게 헛기침을 했다. 목이 탔다. 제 앞에 바짝 긴장한 임원들의 시선이 그 역시 부담스럽기는 마찬가지였다. 앞에 놓여진 생수로 목을 축인 이반은 꽉 다물어진 입을 겨우 열었다.

"흠…… 우선, 저로선 꽤나 실망스럽다는 말밖에 드릴 말씀이 없습니다."

그 한마디에 싸아, 회의장 안에 냉기가 퍼져 나갔다. 이반이 얼굴을 찡그렸다. 다시 위가 콕콕 쑤시는 것 같다. 위경련 때문인가? 잘 견디어왔던 긴장감이 하필 이곳에서 터지려는 모양이다. 이반은 임원들 모르게 제 위장을 쓸었다.

"큼큼! 어떤 부분에서……."

총대를 멘 이 이사가 끝까지 그의 말꼬리를 잡고 늘어졌다. 이반은 또다시 물 한 모금을 입에 댔다. 조용한 제 집이 그리워졌다. 아니, 이제는 조금은 소란스러운 집이라고나 할까? 아무튼 자신의 입만 바라보는 관중들 속에서 식은땀이 흐르는 건 오히려 이반 쪽이었다.

"제가 분명 지난 회의 때 '카라'는 순수한 물의 이미지라 말씀을 드렸습니다. 그런데 저 모델은…… 아, 이름이……."

"윤희서입니다."

이 이사가 냉큼 말을 받았다. 윤희서는 국내 최고의 몸값을 자랑하는 A급 모델 중의 하나다. 아직 어린 나이 덕에 티 하나 없이 깨끗한 피부며 흑옥처럼 까만 눈동자가 주는 그 신비로움에 임원들의 만장일치를 얻은 모델이었다. 세계적인 이름이 아니었다면 이런 신생 회사에서 모셔오는 것조차 버거운 모델을 회장은 그 이름도 기억하지 못하고 있었다.

"아무튼 모델의 눈 속에 박힌 저 거만함이 사라지지 않는 이상, 이 광고는 쓸 수 없습니다."

거만함? 믿을 수 없다는 표정으로 임원들이 술렁였다. 저 아이처럼 맑은 눈동자에 담긴 수줍은 미소를 거만하다니, 당치도 않은 트집이었다.

"흠, 하지만 회장님께서 아직 잘 모르시는 모양인데, 저 윤희서란 모델은 국내 최고의 배우입니다. 찍은 영화마다 흥행을 거둘 정도로 지금 한국에서 저 모델을 빼곤 광고를 찍을 수 없을 정도입니다."

"하!"

이반의 입에서 찬 서리 같은 냉소가 터져 나왔다. 그래서 저렇게 거만함이 뼛속까지 배어 있는 모양이군. 수줍게 짓는 입가의 미소와 달리 반짝이는 그녀의 눈동자엔 숨길 수 없는 톱스타로서의 거만함이 잔뜩 묻어 있었다. 이반은 못마땅한 기색으로 이맛살을 찌푸렸다. 자신보다 한참은 나이 많은 이사들의 눈에는 왜 저 거만함이 보이지 않는 건지 알 수가 없었다. 그가 원하는 건 저렇게 흥행이 보장된 모델이 아닌 이름없는 들꽃 같은 순수함이라는 게 그토록 이해하기 어려운 걸까?

"그래서 여전히 저 모델을 기용하겠다는 겁니까?"

술렁, 또다시 회의장에 소란이 일었다. 결국 계약 파기라는 건가? 단지 광고 기획안이 아닌 저 모델과의 계약 파기라면 문제가 조금 더 심각해진다. 물론 회장이 마지막 컨택에 참여하지 않았다는 게 문제의 시초이기는 했지만, 어쨌든 이렇게 깡그리 그들의 의견을 무시할 수는 없는 법이었다.

"하지만 회장님, 이미 일 년을 기간으로 계약서를 작성했습니다. 저 모델의 몸값이 얼마인지 아십니까? 자그마치 십억입니다, 십억! 계약 파기를 제기한다면 그것의 두 배가 넘는 금액을 지불해야 함은 물론, 그쪽에서 부당한 계약 파기라는 이유로 더 많은 돈을 요구한다 해도 이쪽에서는 두말없이 물어주어야만 합니다."

빌어먹을! 이 이사가 속으로 구시렁거렸다. 철없는 어린 녀석이다 보니 돈 십억을 우습게 아는 모양이군. 결국 회장이란 녀석은 향수 나부랭이나 만들 줄 아는 장인(匠人)일 뿐, 사업가는 아니었다. 십억이 아닌 단 돈 십 원이라 해도 제 손에 들어온 돈은 함부로 흘리지 않는 게 철저한 사업가의 정신이다. 그런데 단지 자신의 향수와 이미지가 맞지 않는다 해서 저런 어린 여자애에게 몇 십억이나 날려? 그것처럼 바보 같은 짓은 없었.

"제가 계약을 파기하라고 했나요? 그녀를 단지 일 년간 고용하기만 하면 되는 거 아닙니까? '카라'라는 이름의 상품은 단지 향수에만 있지 않지요."

"네? 그럼……."

"'카라'의 전체 회사 이미지에 들어가는 모델은 절대 안 됩니다. 저희 회사를 표방하는 메인 모델은 물처럼 순수하고 거의 무(無)에 가까운 이미지를 가진 모델을 다시 찾아보도록 하세요. 윤희서 양의 모델 건은 출시된 상품 중 하나를 세우면 될 겁니다. 회의는 여기서 마치겠습니다."

다른 의견은 수락하지 않겠다는 의지였다. 이 이사의 추측대로 사업가가 아닌 장인(匠人)에 더 가깝다고 해도 제가 만든 상품에 대한 철저한 이미지 관리만큼은 그의 권한이었다. '카라'가 첫 출시된 그때에도 그랬고, 이렇게 거대한 사업체가 된 지금도 그것은 그가 절대 양보할 수 없는 고유한 권리이었다.

이반은 벌떡 자리에서 일어섰다. 불평이 터져 나오는 임원들의 아우성엔 아랑곳없는 태도였다.

"아, 그리고……."

나가던 이반이 빙글 돌았다. 소란스럽던 회의장이 순식간에 조용해졌다.

"제가 여러분을 과대평가했다는 생각이 두 번 다시 들지 않았으면 합니다. '카라'의 모델은 반드시 이런 연예계에 발을 들이지 않는 새로운 인물로 발굴하십시오. 지금껏 어느 나라에서든 '카라'의 모델은 새로 발굴된 얼굴이었습니다. 이곳 한국만 예외일

순 없습니다."

그의 성미처럼 반듯한 정장을 추스르며 이반은 그제야 거침없이 회의장을 빠져나왔다. 전보다 조금 더 마른 그의 얼굴은 많이 날카로워져 예민하고 까다로운 성격을 그대로 드러내고 있었다.

남은 임원들이야 무어라 수군대던, 회의를 마친 이반은 곧장 차에 올랐다. 몸을 추스르자마자 미루어놓았던 서류 작업을 마치고, 쉴 틈도 없이 여기까지 끌려오느라 온몸에 식은땀이 흐를 정도였다. 이반은 답답하게 목을 죄고 있던 넥타이를 거칠게 풀어 젖혔다. 평소엔 간단한 면바지와 폴로 티를 즐겨 입는 편이라 이런 딱딱한 매무새는 바싹 몸을 긴장시켜 착용한 것만으로도 피곤하고 지쳐 왔다. 차의 등받이에 허리를 댄 채 이반은 뜨거운 낮 햇살을 피해 지친 눈을 감았다. 까만 어둠에 시원함이 밀려왔다. 덜컹이는 편한 흔들림과 잔잔한 음악이 흐르는 차 안에서 비로소 숨을 돌리며 이반은 지끈거리는 관자놀이를 눌렀다. 이제야 조금 숨을 쉴 것 같았다. 집에 가면 곧장 책 한 권과 따스한 우유 한 컵, 그리고 시원한 물 한 잔과 함께 편한 휴식을 취할 것이다. 그 생각만으로도 긴 퇴근길이 조금 나아지는 기분이었다.

"뭐야, 정말!"

편한 휴식을 기대하며 들어서는 그의 집은 입구부터 시끌벅적이었다. 차 문을 닫으며 이반은 눈살을 찌푸렸다. 분명 비파가 아닌 다른 여자의 목소리였다. 누구지? 이반은 고개를 갸웃거렸다.

"아, 글쎄, 안 된다잖아!"

아! 이건 이미 익숙해진 비파의 목소리다. 목소리 톤만으로도 그녀의 분노가 전해져 오는 카랑하고 독특한 음색. 이반은 궁금증이 일었다. 아무리 주인이 없다지만 이렇게 소란을 피우다니 그녀의 다른 면모를 보는 것 같아 당혹스럽고 난해하고…… 아무튼 복잡한 궁금증이었다.

"나원참! 야! 뭐가 없는 곳에는 뭐가 왕 노릇 한다더니. 너! 네 주제를 몰라도 한참을 모르는구나? 은비파! 넌 가정부야, 가정부! 난 이 집 사촌 동생이고. 내가 들어가겠다는데 왜 네가 말리는 거야?"

사촌 동생? 그럼 날카로운 이 음성은 혜나인가? 밖에서 머뭇거리던 이반은 그제야 제 집 안으로 발을 디뎠다. 전에 친구들 데려와도 되냐며 수선을 피우던 기억이 떠올라 대충 실랑이의 이유를 알 수 있을 것 같았다.

비파가 가로막은 대문 입구에는 웅성웅성대는 몇몇 여자 아이들이 떼를 지어 있었다. 순간 이반의 눈동자에 차가운 빛이 번뜩였다. 이런 경우없는 침입은 딱 질색이었다. 설사 그게 단 하나뿐인 이종사촌 간이라 해도 말이다.

"무슨 소란이지?"

시원한 이반의 음성이 그 소란 속에 울렸다. 비파가 제일 먼저 그를 알아차리고 반갑게 손을 흔들었다. 이반은 딱딱한 표정으로 상황을 훑었다. 못된 아이들이 한 아이를 괴롭히듯, 비파를 둘러싼 혜나 친구들의 모양새부터가 마음에 들지 않았다. 이반은 자신의 집을 허락도 없이 침입한 혜나와 그 친구들을 일부러 매섭게 노려보았다. 바닥에 앉은 희아가 이반을 보자 반갑다고 잔디밭을 손바닥으로 쳐댔다. 이반은 성큼 돌계단에 올라섰다.

"오빠!"

이반이 다가서자 눈치없는 혜나가 얼른 팔짱을 끼며 애교를 부렸다. 자신의 친구들에게 이반에 대한 친밀도를 나름대로 과시하기 위한 태도였다. 두 사람을 바라보는 비파의 눈동자에 뜻을 알 수 없는 묘한 빛이 섬광처럼 번뜩였다. 이반은 불쾌한 기색으로 잡힌 혜나의 손을 거칠게 잡아 뺐다. 누군가 자신의 몸에 허락없이 손대는 것, 역시 질색인 일이었다. 거친 이반의 손짓에 잡을 곳을 놓친 혜나가 높은 자신의 구두 굽에 걸려 비틀거렸다.

"야, 진짜 오빠인가 봐."

"보기보다 훨씬 젊네. 그치?"

혜나 못지않게 철없고 오만한 혜나 친구들이 서로의 귀에 쑥덕대기 시작했다. 그중엔 노골적으로 유혹하는 눈짓을 하는 아이도 있었다. 끌! 이반의 입에서 절로 혀 차는 소리가 터져 나왔다. 다들 속닥거리기만 할 뿐, 그의 질문에 대답도 못하는 혜나 일행을 지나 이반의 눈동자가 비파에게 곧장 향했다. 설명해 보라는 뜻이었다.

"혜나가 무작정 주인도 없는 집을 자꾸 들어가겠다, 해서……."

"오빠한테 미리 연락을 하려고 했는데, 마침 집에도 없고 휴대폰은 안 받잖아."

심상치 않은 이반의 표정을 그제야 알아차린 혜나가 주저리주저리 변명을 늘어놓았다. 회의하느라 꺼놓았던 휴대폰을 깜빡 잊었다. 혜나의 말에 그제야 이반은 주머니 속에서 휴대폰을 꺼내

들었다. 다시 켜놓은 휴대폰엔 그사이 여러 번 번호가 찍혀 있었다. 혜나가 남긴 연락이었다. 이반은 버튼을 눌러 전원을 다시 꺼 버렸다.

"그래서?"

"응?"

혜나가 멍청하게 되물었다. 저런 바보! 비파가 슬쩍 비웃었다. 이반의 은빛 안경테가 저렇게 번쩍일 때는 굉장히 못마땅하다는 건데, 눈치없는 혜나는 그것조차 가늠하지 못하고 있었다. 이럴 땐 재빨리 사라지거나 성격 좋게 사과를 하는 게 현명하다. 비파는 대칭한 두 사람의 사이에서 벗어나 바닥에 혼자 놀고 있는 희아를 안았다. 잠깐 정원에 햇볕을 쪼인다는 게 혜나 때문에 너무 오래 지체해 버렸다. 뭐, 이반이 왔으니 어떻게 되겠지. 게다가 지금 서둘러 준비를 해야만 칼같이 정확한 이반의 식사 시간에 겨우 맞출 수 있을 것이다.

"정말, 오빠가 그 '카라'의 주인이에요?"

혜나처럼 안하무인이던 일당 중 한 명이 역시 어리석게도 이반을 붙들고 늘어졌다. 비파는 절로 끌끌 새어나오는 한숨을 꿀꺽 삼켰다. 저렇게 눈치들이 없나? 그녀의 예상대로 얼음처럼 차디찬 음성이 날카롭게 올라섰다.

"이게 뭐 하는 짓이지?"

싸늘하다 못해 한겨울 시베리아 벌판 같은 냉기가 찌르르 감돌았다. 그제야 다들 심상치 않은 이반의 반응을 눈치채기 시작했다. 좋은 구경이나 할 셈으로 비파가 일부러 천천히 현관문으로 향했다. 어찌나 집이 거대하던지 대문에서 현관까지도 꽤 거리가 있었다. 등 뒤로 울리는 이반의 음성은 극도로 누른 화 때문에 오히려 더 낮고 음산스러웠다. 그 서걱거리는 음색에 정원에 달린 나뭇잎 하나가 파르르 몸서리를 쳤다.

"주인 허락도 없이 무작정 들이닥치겠다는 거야?"

"뭐, 뭐…… 어때? 사촌끼리 그것도 못해? 오빠랑 엄마가 이렇게 오냐오냐하니까 저 계집애가 오만방자한 거 아냐! 제 주제도 모르고 말야."

오만방자? 현관에 거의 다다르던 비파가 휙 몸을 돌렸다. 이반에게 고자질하던 혜나와 시선이 딱 마주쳤다. 혜나가 비파를 의기양양하게 노려보았다. 뱀 같은 눈매. 승미 아줌마의 딸이라 믿겨지지 않을 만큼 염치없고 후안무치(厚顔無恥)한 아이였다.

"감히 어디서 가정부가 집 주인 사촌한테 손찌검을 하는 거야? 안 그래? 오빠, 여기 봐봐!"

눈에 띄지도 않는 작은 자국을 들이밀며 혜나가 앙알댔다. 친구들 앞에 면목 세우느라 일부러 그러는 게 분명했다. 실상은 말리던 비파를 밀다 제 힘에 겨워 옆의 나무에 부딪혀 놓고 애먼 비파에게 그 죄를 떠넘기고 있었다. 억울하다. 비파가 대뜸 변명을 하고 나섰다.

"아니, 그게 아니고요……."

"됐습니다. 그만 하시죠?"

대충 사건의 개요를 설명하려는 비파의 말을 이반이 싹뚝 잘랐다. 혜나가 이반 모르게 낼름 혀를 내밀었다.

제4장

"아니, 제 말을……."

그때였다. 캬캬! 제 살갗을 간질이는 햇살을 잡으려 희아가 몸이 쭉 뻗더니 어느 사이 주륵 비파의 손에서 미끄러지고 말았다. 앗! 비명 지를 사이도 없이 희아가 뚝 떨어지고, 놀라 그대로 굳어 버린 비파 대신 이반이 재빨리 땅으로 곤두박질치는 희아를 받아 냈다. 다행히 바닥으로 떨어지기 직전 받아낸 덕분에 다친 곳은 없었지만 이반이나 비파나 하얗게 질리고 말았다. 그제야 비파의 입에서 어어! 어정쩡한 비명이 새어나왔다. 이반은 후다닥 희아의 안색을 살폈다. 다른 사람들의 시선 따윈 신경 쓸 여력이 없었다. 혹시 아이가 놀라지 않았나 싶었는데 희아는 오히려 이반이 장난하는 줄 안 모양이다. 목 언저리에 놓인 이반의 머리카락을 잡아당기며 까르르, 좋다고 춤을 춘다. 떨어지지 않게 희아를 제 품속에 잘 가두며 이반이 버럭 소리를 질렀다.

"희아 어머니! 대체 애를 어떻게 간수하는 겁니까? 아이가 정원 바닥에서 잔디를 뜯지 않나! 바닥에 떨어지질 않나! 다른 사람들과 실랑이를 한답시고 애를 이렇게 방치하면 어떻게 합니까?"

"……네?"

"아이가 잔디라도 뜯어먹으면 어떻게 할 겁니까? 아이를 데리고 들어왔으면, 신경 쓰이지 않게 잘 간수해야 하는 거 아닙니까? 매번 불안하게 아이를 돌보면서 어떻게 집안일을 한다는 겁니까?"

비파의 입이 딱 벌어졌다. 지금 누구에게 화를 내는 거야? 혜나와 친구들이 어찌나 거세게 밀던지 행여 희아가 다칠까 내려놓은 거지, 결단코 잔디 풀 따위나 뜯어먹으라고 내려놓은 건 아니었다.

"그리고 너!"

이반이 어이없어 입을 벌리고 있는 비파를 싹 무시한 채 곧장 혜나에게 등을 돌렸다. 옆에서 고소를 금치 못하던 혜나가 깜짝 놀란 얼굴로 시선을 맞췄다.

"당장 집으로 돌아가도록 해!"

딱 자른 명령조였다. 앞으론 두 번 다시 이렇게 허락없이 자신의 공간을 침범하는 건 용서 않겠다는 뜻이었다.

"하지만 오빠……."

"나에게도 사생활이라는 것이 있어. 이렇게 막무가내로 친구들을 끌고 오는 건 상당히 불쾌하다."

나직하지만 결코 거역할 수 없는 어투였다. 혜나가 잘근 입술을 깨물었다. 퍼렇게 질린 얼굴색과 달리 귓불이 더할 수 없이 붉게 달아올라 있었다.

"어머, 뭐야!"

앙칼진 혜나 친구들의 웅성거림이 비파가 선 곳까지 들려왔다.

"올라가시죠!"

이반이 비파를 재촉했다. 여전히 그에게 안긴 희아가 팔짝 뛰며 요동을 쳤다.

"오빠!"

뒤에서 혜나가 소리쳤다. 분이 가시지 않은 목소리 끝이 파르르 떨렸다.

"내 친구들이야! 친구들 앞에서 이렇게 날 무안 주어도 되는 거야? 엄마 얼굴을 봐서도 이럴 수 있어?"

하! 현관 앞에 선 이반이 혜나를 향해 몸을 돌렸다. 냉혹한 시선이 가차없이 혜나에게 쏘아졌다. 혜나의 어깨가 살짝 움찔거렸다. 어른들의 높아진 음성 때문에 놀랐는지, 조금 전까지 침을 헤벌쭉 흘리며 좋아하던 희아가 얼른 이반의 목에 제 얼굴을 묻었다. 험상궂은 분위기 때문에 아이의 작은 몸이 잔뜩 긴장한 기색이었다. 차가운 눈빛을 재빨리 감추며 이반은 괜찮다는 듯 희아의 웅크린 등을 톡톡 두드렸다. 날 섰던 목소리도 다시 잔잔해졌다. 그래서 오히려 더 무섭지만. 어쨌든 놀란 희아를 꽤나 배려한 음성이었다.

"이모님의 얼굴이 아니었다면 넌 당장 여기에서 끌려갔을 거야. 네 친구들도 마찬가지이고."

"뭐?"

"박 부장님!"

이반이 대문 밖을 향해 소리쳤다. 사실은 지금까지 박 부장이 밖에 서 있다는 것조차 잊었다. 그의 부름에 박 부장이 후다닥 뛰어들어 왔다.

"박 부장님, 제 사촌 동생입니다. 수고스럽겠지만 가는 길에 버스 정류장까지만 태워주십시오. 이 동네에는 차가 잘 다니지 않아서."

"아, 네."

이반의 말에 박 부장이 고개를 끄덕였다.

"뭐야? 정말! 나한테 이럴 수 있어?"

버럭 고함을 질러대는 혜나를 뒤에 남겨두고 이반은 현관문을 닫았다. 묵중한 문에 가려져 혜나의 목소리가 더 이상 들리지 않자, 비로소 집 안이 조용해졌다. 그러나 안전한 집 안에 들어온 비파의 얼굴은 혜나 못지않게 하얗게 질려 있었다.

조금 못된 성미라 생각하기는 했지만 정말 이 정도 수준일 줄은 몰랐다. 비파가 곱지 않은 눈으로 이반으로 노려보며 손을 내밀었다. 이젠 희아를 달라는 의미로 내민 건데, 미처 보지 못한 이반은 희아를 안은 채 계단으로 향하고 있었다. 뭐, 뭐야! 비파의 눈이 화등잔처럼 동그랗게 벌어지는 것도 모른 채 이미 이반의 모습은 이층으로 사라진 후였다.

제 방 욕실에서 흙 묻은 희아의 고사리 같은 손을 깨끗이 닦아 내고 샤워까지 마친 이반이 편한 복장으로 아래층으로 내려왔을 때, 이미 식탁에 저녁 식사가 준비되어 있었다. 희아와 함께 의자에 앉는 이반에게 비파가 다가와 불쑥 손을 내밀었다. 이반과 희아가 내민 비파의 손을 말똥 바라보았다. 영문을 모르겠다는 표정이었다.

"희아야, 이리 와. 우리 집에서 밥 먹을 거야."

비파가 다시 재촉했다. 희아가 히잉, 싫다는 기색을 뜻을 분명하게 드러냈다. 이리 오라니깐! 짜증을 부리는 비파의 손을 피해 희아가 얼른 이반의 품에 얼굴을 묻었다. 엄마 쪽을 보려 하지도 않는 희아를 다독이며 이반이 말했다.

"괜찮습니다. 그냥 여기서 먹이죠?"

"됐어요!"

"네?"

"됐다구요! 그냥 혼자 드세요."

비파가 톡 쏘았다. 이반은 의아한 얼굴로 고개를 갸웃거렸다.

이유는 모르겠지만 자신에게 감정이 상한 게 분명했다. 또 뭐가 문제인 거야?

"좋습니다. 대체 이번엔 또 뭡니까?"

작게 한숨을 내쉬며 이반이 물었다.

"뭐가요?"

"저한테 화가 난 이유가 뭐냐고 묻는 겁니다."

"화 안 났어요!"

오지 않겠다는 희아를 억지로 끌어안은 비파가 붉은 물 잔을 탁! 소리 나게 내려놓았다. 붉은 액체가 성마르게 넘쳐 식탁 유리 위로 살짝 넘쳤다.

"이게 뭡니까?"

"오미자차예요. 연하게 만들었으니까, 갈증나면 드세요. 낮에 회사 다녀오신다기에 미리 만들어서 냉장고에 넣어두었어요. 꿀을 좀 넣었으니까 많이 시지는 않을 거예요."

이반이 미처 대꾸도 하기 전에 바람처럼 나가 버렸다. 쾅! 닫히는 현관문 소리와 타타타! 작은 발자국 소리가 빠르게 들리나 싶더니 어느새 사라졌다. 비파의 느닷없는 태도에 씩씩대던 이반은 벌컥벌컥 앞에 놓인 물 잔을 들어 목을 축였다. 뭐냐? 저 혼자 벌새처럼 쏘아대곤 제멋대로 사라져 버리다니. 최소한 상대방이 말할 시간은, 하다못해 생각을 정리할 시간 정도는 주고 떠나야 될 게 아니냔 말이다.

부글부글 끓어오르는 그의 목 줄기를 따라 새콤하면도 달콤한 액체가 시원스럽게 흘러들어 갔다. 뭐지? 물 한 잔을 다 비운 이반이 제 손에 들린 컵을 바라보았다. 방금 비파가 회사에 출근한 그를 위해 만들었다는 그 붉은 물이었다.

그냥 가벼운 음료수인 줄 알았더니 목을 넘어간 물은 달아오른 그의 열기와 갈증을 금방 해소시켜 버린다. 그리고 맛있다. 부글대던 성질이 순식간에 가라앉고 찌푸려진 미간도 어느새 제자리를 찾았다. 무얼까? 이반은 비파가 사라진 현관문 쪽을 바라보았다. 도무지 알 수 없는 여자였다. 그를 위해 이런 사소한 배려까지 하면서도 조그만 일에도 파르르 성질을 돋우다니. 단지 일에 대한 성실 때문인 걸까? 이반의 심경도 비파처럼 복잡해지고 있었다.

작은 별채로 들어선 비파는 그제야 꽉 끌어안은 희아를 바닥에 놓았다. 낮에 혜나에게 심하게 밀쳐진 어깨가 시큰거렸다. 갑자기 눈물이 핑 돌았다. 대차게 이반에게 쏘아붙여 놓고도 아직 채 해소되지 않은 자신의 감정을 주체하기가 힘들었다.

뭐야, 진짜! 쓱쓱, 눈물을 닦아냈다. 사촌이라 기세등등한 혜나와 친구들 사이에서 기 한번 죽지 않았는데 갑자기 이반이 나타난 순간, 설움이랄까? 이유 모를 반가움이 울컥 솟았다. 난처하기 그지없는 상황이라 그랬는지도 몰랐다.

가정부, 가정부, 내내 악의 차게 불러대던 호칭에도 그리 마음이 상하지 않았는데, 애 하나 제대로 건사하지 못해 신경 쓰이게 한다는 이반의 말은 그대로 가시가 되었다. 단지 말만 서툴 뿐, 마음은 그렇게 독한 사람이 아니라고 생각했는데.

히잉, 울음소리를 내던 희아가 작은 손을 비파의 어깨에 얹었다. 까만 눈동자가 걱정스럽게 찌푸려져 있었다. 그제야 비파가 희아를 돌아보았다. 아이도 소리 지르는 어른들 속에 하루 종일 얼마나 놀랐을까? 제 감정에 빠져 아이의 마음을 헤아리지 못했다.

"괜찮아! 아유, 우리 귀여운 희아! 언제나 자라서 이 고사리 같은 손으로 엄마 어깨 주물러 줄 거야? 엄마, 오늘은 어깨가 조금 아파서 희아 많이 못 안아주겠다."

일부러 밝게 미소를 지으며 비파가 희아의 통통한 볼에 입을 쪽 맞추었다.

"우리 희아, 배고프지?"

씩씩하게 일어서 별채에 따로 마련된 작은 부엌으로 향하는 비파에게 희아가 자랑스럽게 손을 내밀었다. 제 딴에는 이반이 깨끗하게 씻겨준 손을 자랑하고 싶은 모양인데, 비파는 미처 보지 못하고 그래, 배고프지? 금방 밥 줄게! 하고 만다. 등 돌려 있는 엄마의 등 뒤로 아! 바! 희아가 작은 소리로 이반을 부르다 방 안에 굴러다니는 장난감을 집었다. 또르르, 구슬이 들어 있는 작은 장난감이 맑은 소리를 내며 굴러갔다. 아이는 금세 제 눈앞에서 사라진 아빠가 보고 싶어진다.

희아에게 이유식까지 알뜰하게 챙겨 한껏 배를 채운 희아를 재운 후 자신의 점심까지 마친 비파가 안채로 들어갔을 때 맨 먼저 보인 것은 행주질까지 해놓은 깨끗한 식탁이었다. 밥알 하나 묻지 않은 말끔한 식탁 못지않게 싱크대 역시 잘 닦여진 그릇들이 반질윤이 나게 놓여 있었다.

남은 반찬 하나하나를 작은 반찬 그릇에 옮겨놓고, 제가 먹은 그릇까지 설거지를 마친 이반은 이미 서재로 올라간 뒤라 집은 편한 고요함이 흐르고 있었다. 그녀가 만들어놓은 오미자차가 담긴 물병도 반이나 줄어 있다. 유난히 더웠던 오늘 하루를 생각해 만들어놓은 건데 생각했던 것처럼 꽤나 갈증이 났었던 모양이다. 비파는 잠시 비워진 물병을 바라보았다. 그가 이렇게 설거지까지 해놓은 의미를 잘 모르겠다. 나가라는 의미일까, 사과의 의미일까? 도무지 속내를 알 수 없는 남자였다.

이반이 잘 정리해 놓은 그릇들을 다시 찬장 속에 넣어놓고 비파는 주전자를 꺼냈다. 팔팔 물을 끓여 적당히 식은 온도에 오미자를 담가놓고 비파는 정원으로 나갔다. 이제 여름의 초입으로 들어서는 햇살에 이른 아침에 빨아놓았던 빨래가 금세 바싹 말라 뽀송한 내음을 풍기고 있었다. 빨래를 걷던 비파는 어느새 불쾌했던 마음을 잊고 낮게 콧노래를 불렀다.

배부르게 밥을 먹은 희아는 별채에서 포근한 잠에 빠져 있고, 햇살이 따스하게 그녀에게 내리쬐는 이 한가로운 오후. 빨래를 걷어내면서도 비파는 마치 휴식을 맞는 기분이었다. 이반이 늘상 하는 말처럼 손님들로 들썩이는 소란 대신 이런 잔잔한 휴식도 꽤 괜찮을 것 같았다.

비파가 정원에서 빨래들과 잠시의 여유를 즐기는 사이, 이반은 아침의 회의에 대한 내용을 다시 토론 중이었다. 뭐, 그리 급한 일도 아니건만 성미 급한 이 이사가 먼저 전화를 걸어온 탓이었다.

"오디션이요? 흠, 그렇게 일을 크게 벌이는 건 원치 않습니다만……"

이 이사의 제안에 마뜩찮은 표정을 지으며 이반이 흘러내린 안경을 쓰윽 올렸다. 전화상이라 이 이사가 이 표정을 보지 못한 게 다행이었다. 신이 나 새로운 제 아이디어를 자랑하러 전화를 건 이 이사에 비해 이반의 반응은 꽤나 시큰둥했다.

이반은 전화기를 귀에 댄 채 창가로 걸어갔다. 환기시키느라 열어놓은 창문 정면으로 보이는 정원에서 누군가를 찾는 눈치였다. 아님 어떤 기억이든지.

아무튼 자신이 원하는 게 정확히 무엇인지도 모르면서, 창가에 선 이반의 눈동자는 이곳저곳 바쁘게 헤매고 있었다. 정원에는 언제나처럼 희아의 천 기저귀들이 빨랫줄에 길게 드리워져 환한 햇빛 속에 소독 중이었다. 아이의 소변과 대변을 받았을 기저귀는 더럽다기보다는 오히려 아이의 분 냄새처럼 보송함이 느껴지는 순백의 색이다. 그 속에서 작은 몸 하나가 바삐 움직이는 게 그의 시선 속에 포착되었다. 이반의 눈동자가 가늘게 좁혀졌다. 비파다. 그녀의 짧은 팔이 하늘로 뻗칠 때마다 길게 늘어져 있던 빨래들이 빠르게도 걷혀져 갔다. 이반은 깊은 눈매로 비파의 몸놀림을 쫓았다. 설거지를 하고 싱크대까지 말끔히 정리해 놓은 의미를 알아챘을까? 나름대로 사과하는 의미였는데 그녀가 제대로 받아들였을지 의문이었다.

이제 오후로 접어들어 한결 선선해진 바람이 열려진 창문을 통해 생각에 잠긴 그의 머릿결을 가볍게 흩뜨렸다. 바람결에 펄럭이는 빨래들을 챙기느라 비파의 발걸음이 바빠졌다. 끝없이 비파의 움직임을 쫓고 있는 자신의 시선에 섬뜩한 기분이 들어 이반은 황급히 창가에서 몸을 뺐다. 때문에 이 이사의 말을 놓치고 말았다.

"네?"

묻는 이반의 얼굴이 아까와 다른 의미로 딱딱해져 갔다. 이 이사는 어느새 일을 처리해 놓았는지 당장 오디션 기획과 새 상품 광고 기획에 대한 서류를 팩스로 보내겠다, 성화였다. 쉴 틈을 주지 않는군. 이반이 속으로 투덜댔다. 서재에 놓인 팩스기에서는 벌써부터 틱, 틱 서류들이 들어오기 시작했다.

[회장님, 그런데 신상품에 대한 이미지는 어떻게…….]

"그건 철저히 비밀입니다. 현재까지 제 머리 속에 담겨진 것 이외에는 그 누구도 알 수 없습니다."

[하지만 현재 공장은 가동 중이지 않습니까?]

"그건 이곳 한국과는 관계없는 물품입니다."

이반은 단호하게 말을 잘랐다. 제 나라에서 만든 제품은 그 나라에서 팔지 않는 것! 그것은 그만의 독특한 사업 방식이었다. 이반이 만들어내는 향수는 각각의 나라마다 같은 이름이라 해도 향이 조금씩 다르다. 그 나라 사람들이 즐겨 먹는 음식의 향이 늘 몸에 배어 있기 마련이라 그 특성에 맞추어 조금씩 변화를 주는 이유였다. 특히 향수 제조법에 대해 결벽증에 가까울 만큼 민감한 그가 고안해 낸 이 방침은 꽤 효과가 있어서 아직까지 '카라'에서 출시되는 모든 상품은 단 한 번도 다른 회사의 방해를 받은 적이 없었다. 자신을 믿지 못하는 회장의 명백한 태도에 마음이 상한 듯 이 이사는 전화를 걸어올 때와 사뭇 다른 불쾌한 태도로 전화를 끊었다.

전화를 끊은 후 이반은 팩스로 넘어온 서류들을 집어 들었다. 무슨 그리 사안이 많은지 보내온 서류가 한 뭉치는 넉넉히 되었다. 이반은 안경을 벗어 신중하게 닦아냈다. 서류를 볼 땐, 집중력에 방해되지 않도록 주위를 깨끗이 정리한 다음 시작하는 습관이 있었다. 제 주위를 말끔히 치워놓은 후에야 이반은 손에 들린 서류에 집중하기 시작했다. 집중력만큼은 그 누구도 따라갈 수 없는 그였다. 스무 장 가까이 되는 서류들을 고개 한 번 들지 않고 꼼꼼하게 살피느라 미동조차 없었다.

"뭐 해요?"

얼마의 시간이 흘렀을까? 똑딱거리는 시계 시침 소리조차 사라진 공간에 누군가의 음성이 침투해 왔다. 비파가 묵중한 문 너머로 고개만 빠끔 내밀고 있었다. 거의 서류 속에 파묻힐 듯 박혀 있던 이반의 시선이 멍하게 들렸다. 말똥, 눈을 깜박이며 한참이나 바라본 후에야 이반의 입이 열렸다. 서류에 집중하느라, 잠시 제가 있는 곳을 잊었다.

"······아, 무슨 일입니까?"

"저 지금 잠깐 나가봐야 하는데······."

이반이 눈살을 찌푸렸다. 나가다니, 어딜?

"시장에 좀 다녀오려구요. 오늘은 수박을 좀 사 오려고 하는데 아무래도 희아를 데리고 가기가 그래서······."

"그래서요?"

"아까 잠깐 놀더니 다시 잠이 들었네요? 우선 안채 거실에 뉘어놓았어요. 별채에 혼자 두면 안 될 것 같아서."

"아이가 깨면 놀라지 않겠습니까?"

분명, 아이를 떼어놓고 가는 발상 자체가 마음에 안 든 표정이었다.

"그럼 어떻게 해요? 어제도 희아 데리고 장 보러 갔다 얼마나 고생했는데요."

어제 이반에게 아이를 맡기기가 좀 그래서 희아를 업고 시장 보러 갔다가 정말 초죽음 되어서야 겨우 들어왔다. 시장 보는 것쯤이야 예전 살던 집에서 흔히 했던 일이라 쉽게 생각한 게 탈이었다. 집에서 겨우 100m 떨어질까 말까 한 시장을 가는 것과 걸어서 반시간은 족히 가야 있는 여기 마트는 수준이 달랐다. 게다가 짐까지 들면 그 시간은 배가 소모되었다.

초여름 햇살은 따갑도록 뜨거워, 행여 희아가 일사병이라도 걸릴까 그늘만 골라오다 보니, 한 시간 넘게 걸어서 오는 길이 양손에 짐을 든 그녀 등에 업혀 햇살에 그대로 노출된 희아나 고생이 여간 아니었다.

에어컨 알레르기가 있는 이반 덕분에 집에 있는 거라고는 스탠드 선풍기가 전부지만 그래도 골목 끝에 위치한 덕에 양쪽 문을 열어놓으면 집 안은 봄날처럼 선선했다. 그래서 잠든 희아를 거실 소파에 뉘어놓고 이층에 올라온 것이다. 그런데 이반은 전후사정은 듣지도 않고 아이를 방치해 둔다, 역정이었다. 비파는 슬금 괘씸한 생각이 들었다.

물론 일하는 주제에 아이까지 주인에게 맡기는 게 염치없는 일이라는 건 알고 있었다. 그렇지만 사정이란 게 있지. 걸어서 왕복

두 시간은 족히 걸리는 거리를 이 여름날에 아이를 들쳐 업고 시장까지 가라는 건 정말 매정한 처사가 아닌가. 집이랍시고 골목 입구도 아닌 하필 제일 높은 언덕배기에 있는 주제에 그런 편의 좀 봐주면 안 되나? 하는 생각이었다.

"아니, 도대체……."

또다시 불평을 터뜨리는 이반의 말을 비파가 냉큼 가로챘다.

"그럼 놔두시구요. 냉장고가 텅 비어서 반찬거리는 없고…… 그냥 혜나 부를게요. 걘 차가 있으니까 오는 길에 장 좀 봐오라 하죠. 가만있자, 혜나 연락처가 어디 있더라?"

일부러 혜나 이름을 들썩이며 비파가 횅 찬바람 나게 돌아섰다. 낮에 그렇게 쏘아붙였으니 혜나의 도움을 받는다는 게 그리 반갑지는 않을 것이다. 그녀 역시 혜나의 도움을 받는 게 그리 좋을 건 없었지만, 이반의 저 표정을 보면 충분히 그럴 만한 가치가 있긴 했다. 게다가 혜나가 장 보는 수고만 해준다면 그 정도의 심술쯤은 못 봐줄 것도 없다. 승미 아줌마도 없다는데, 저녁 한 끼 해서 보내지 뭐. 비파는 편하게 생각했다.

"됐습니다! 다녀오세요."

고함까지는 아니지만, 엄청 열이 치받은 음성이었다. 혜나를 들먹이는 그녀의 속셈을 역시 알아차린 모양이었다. 그러면서도 결국 한 발 양보하고 마는 그에게 비파가 씨익 웃으며 빙글 돌았다. 깐깐하고, 결벽증도 좀 있고, 말투도 뚝뚝하기 그지없지만 이반의 치명적인 약점은 이런 선함이었다.

"우유 많이 먹여서 재웠으니까 푹 잘 거예요. 금방 다녀올게요."

비파의 설명에도 이반은 말이 없었다. 이상한 여자다. 가시처럼 톡톡 쏠 때에도, 이렇게 부드럽게 말할 때에도 제각각의 색채를 지니는 특이한 여자. 결단코 예쁜 얼굴은 아니었다. 키가 크거나 몸매가 늘씬한 것도 아니다. 허름하고 승미 이모보다 더 나이 들어 보이는 이상한 옷을 입고 있어도 비파는 늘 햇살처럼 환했다.

흠……. 곤혹스런 이반은 차치해 두고, 비파는 시계를 바라보며 열심히 계산 중이었다.

"오가는 데 한 시간, 장 보는 데 최대한 빨리 해서 삼십 분. 넉넉 잡아 두 시간 안에 올게요. 보통은 세 시간 정도 자는데 혹시 깨면 기저귀 좀 봐주세요. 배고프지는 않을 건데 목마를 수는 있으니까 젖병에 보리차 담아서 먹여주면 잘 먹을 거예요 아, 젖꼭지 구멍이 위로 가게 해서 먹여야 물이 잘 나와요."

마지막 당부까지 마친 비파가 장을 보러 나가자 사방이 정말 조용해졌다. 이반은 덩그러니 서재에 남아 고개를 갸웃거렸다. 이 큰 집을 매일 쓸고 닦고 하면서도 소리 한 번 내지 않고 조용히 꾸려가는 비파였다. 그런데 그녀가 잠시 외출한 것을 공기조차 깨닫고 있는 걸까? 조용한 것에는 언제나 익숙한 편인데, 오늘의 이 침묵은 그것보다는 조금 무거운 기분이었다. 이반은 내내 잘 보던 서류를 성의 없이 내려놓았다. 아직 보지 못한 남은 내용이 꽤 되었지만, 왠지 더 이상 흥미가 가지 않았다. 물론 꽤나 간단한 걸 길게 늘여놓느라 쓸데없는 설명이 많은 기획안이긴 했지만.

이반은 안경을 벗고 제 눈자위를 꾹꾹 눌렀다. 넓은 정원의 한 곁에서 울고 있는 매미의 소리가 조금 전과 달리 따갑게 귀를 쏘아댔다. 스르르 흔들리는 풀잎들의 소리까지 유독 신경에 거슬렸다. 그래서였을 것이다.

갑자기 벌떡 일어선 이반이 아래층으로 후다닥 뛰어내려 갔다. 그 따가운 여름의 소음 속에 미세하게 들리는 작은 움직임! 거의 동물적인 반응이라고 할 수밖에 없겠지만, 분명 이반이 보이지 않은 희아의 움직임을 읽은 건 사실이었다.

비파가 말한 바에 의하면 아직 일어날 시간이 되지 않았는데……. 후다닥 내려간 거실엔 제 엄마가 없는 것을 어떻게 알았는지 푹 잠에 빠져 있어야 할 희아가 소파에서 빤히 눈을 뜨고 있었다. 희한한 녀석이었다.

보통은 제 엄마의 부재를 깨닫자마자 한바탕 울어대야야 하는 게 아닐까? 그런데 녀석은 잠시 시간의 여유를 두고 있었다. 엄마가 어디로 갔을까? 아직 잠에서 완전히 깨지 않는 눈으로 사방을 살핀다. 울음기는 없이 말간 눈동자가 집 안을 둘러보다, 저보다 더 놀란 얼굴로 서 있는 이반에게 멈추었다. 순간 엄마의 부재는 잊어버린 희아가 벙긋, 미소를 지었다.

그때였다. 툭! 저도 모르게 그의 심장이 벼랑 끝으로 떨어져 내린 것은. 심장이 써늘해지고 차디찬 물기가 짜르르 전율처럼 흘러내리는 그런 짜릿함. 그리고 두려움과 설렘. 모든 감정이 그 잠깐의 미소 속에 자잘하게 퍼져 가기 시작했다. 난생처음 느껴보는 감정에 당혹스러워하며 이반이 희아를 뚫어지게 바라보았다.

온전히 그를 믿는 순한 눈동자가 짜릿하게 심금을 울렸다. 이 아이가 주는 이 무조건적인 신임을 이렇게 쉽게 가져도 되는 걸까? 이반은 자못 고민스러웠다. 그사이 제 엄마의 부재 대신 이반을 선택한 희아가 쭉 손을 뻗어왔다. 어리광을 하느라 삐죽이는 입술이 석류처럼 붉었다. 이반은 자신을 향해 뻗은 아이의 손을 덥석 잡았다. 아이가 스르르 안겨오며 그의 목을 끌어안았다. 말캉하면서도 형언할 수 없는 이 오동통한 감촉이 오히려 감동스러울 정도였다.

"아! 바!"

제 아빠는 어디에 두고 희아는 늘 그를 아빠라 부른다. 그런데 이상하게 싫지가 않았다. 이반은 안겨오는 희아를 제 가슴에 꼭 안았다. 뽀송한 분 냄새 속에 은근히 퍼져 가는 이 익숙한 냄새!

이반이 킥! 웃음소리를 냈다. 이 앙팡진 녀석의 속내를 이제야 알아차리다니. 그의 손바닥에 만져지는 엉덩이는 벌써 꽤나 묵직했다.

"너 혹시 이거 때문에 깬 거니?"

아직 말도 제대로 못하는 녀석에게 이반이 물었다. 엉덩이가 축축할 텐데도, 희아는 여전히 벙싯대었다. 그가 보송한 새 기저귀로 갈아줄 것을 믿어 의심치 않은 눈빛이었다.

이반은 난처한 얼굴로 주위를 뒤적거렸다. 희아가 이렇게 일찍 깨리라 예상하지 못한 비파는 이미 시장으로 향해 버렸고, 그에겐 난생처음 아이의 기저귀를 갈아야 하는 어려운 임무가 앞에 놓였다. 아무리 둘러보아도 말끔하게 정리된 거실에는, 그가 찾는 기저귀 바구니가 보이지 않았다. 희아가 깨어 있는 동안의 대부분은 이곳 안채에 있는 시간이 많아 어딘가에 분명 있을 것 같은데 도통 흔적을 찾을 수가 없었다.

이반은 아이를 안은 채 집 안을 헤매기 시작했다. 늦장 부리는 이반 덕분에 드디어 불편함을 느끼기 시작한 희아가 짧은 인내심을 내던지고 칭얼대었다. 이반의 이마에 삐질, 땀이 솟구쳤다. 제 똥을 엉덩이에 뭉개고 있을 녀석도 괴롭겠지만, 그 역시 통통한 아이의 엉덩이 사이에서 느껴지는 이 말캉하고 불쾌한 존재감이 싫기는 마찬가지였다. 결국 둘 사이에서 아쉬운 쪽이 움직이기 마련이다. 품속에 안겨 있던 희아가 발버둥을 치며 온갖 짜증을 부리기 시작했다. 작은 녀석이 꽤나 힘도 세다. 그래, 원한다면!

혀를 차며 이반이 아이를 내려놓았다. 비로소 이반에게서 해방된 희아가 불룩한 엉덩이를 한껏 쳐들고 뿔뿔 주방 쪽을 향해 기어갔다. 아직 익숙지 않아서인지 기어가는 품새가 영 어정쩡하긴 했지만 꽤 유혹적인 자태이기는 했다. 강아지 같은 몰골로 엉금거리는 희아를 보던 이반의 입에서 하하하! 커다란 웃음소리가 터져 나왔다.

희아가 향한 곳은 부엌 한구석에 있는 작은 천 주머니였다. 낡은 천 주머니는 고운 재봉실 선이 아닌 거친 손바느질로 만들어져 있었다. 비파가 직접 만든 건가? 아이는 이반과 상관없이 작은 고사리 같은 손으로 마구마구 주머니를 헤집었다. 어? 이반의 눈동자가 커다랗게 벌어졌.

"이 작은 머리 속엔 대체 뭐가 들어 있는 거니?"

희아가 헤집어놓은 주머니 속에서 그렇게 찾던 기저귀가 삐죽 모습을 내밀었다. 늘 제 엄마가 놓아두는 장소를 습관적으로 안 희아 덕분에 일 하나는 덜었다.

"너, 아무래도 천재인가 보다. 아님 속에 여우 한 마리가 들어 있든지."

껄껄껄, 또다시 호쾌한 웃음이 터져 나왔다. 도대체 아이다운 거라곤 저 뽀얀 외모밖에 없다는 게 희아에 대한 그의 결론이었다. 어쨌든 그런 희아 곁에 쪼그리고 앉아 이반은 천 기저귀 하나를 들었다. 기저귀를 갈아 채울 요량으로 아이를 뉘어놓기는 했는데 조금 난처했다. 아이의 똥이라 그리 지저분할 리도 없고, 냄새가 그리 독하지도 않을 텐데도 이반은 손은 여러 번 아이에게 향했다 다시 주춤하곤 했다. 미덥지 못한 시선으로 희아를 보던 이반이 못을 박았다.

"너, 얌전히 있을 수 있지?"

"아! 바!"

정말 말썽 부리지 않겠다는 순한 눈빛으로 희아가 또다시 옹알거렸다. 아이의 분명한 약속에도 이반의 구겨진 이맛살이 쉽게 펴지질 않는다. 어떻게 한다? 그사이 오줌까지 쌌는지 바지까지 축축하게 젖어 있었다.

너, 정말 얌전하게 있어야 해? 또다시 희아를 다짐시키던 이반이 픗 웃고 말았다.

이제 겨우 엄마라는 말을 뗄까 말까 하는 녀석을 데리고 대체 뭐하는 거야, 지금? 스스로에게 회의가 들었다. 흡! 크게 심호흡까지 하고 난 후 이반이 드디어 아이에게 팔을 뻗었다. 바지를 벗기고 비닐 팬티를 펼치자 통통한 아이의 허벅지가 뽀얗게 드러났다.

제4장

"이 녀석, 많이도 쌌네."

이반의 중얼거림에 희아 녀석은 또다시 벙싯거렸다. 이제 이 더러움 속에서 벗어날 수 있다는 기쁨의 의지였다. 몽땅 빼놓은 휴지들로 더러운 아이의 엉덩이를 깨끗이 닦아내고 새 기저귀를 끼워 넣었다. 어렵게 생각했는데, 의외로 쉬웠다.

축축한 바지를 다시 입힐 수 없어, 더러운 기저귀와 함께 그대로 화장실 안에 던져 넣고 이반은 아이를 안아 별채로 향했다. 천가방 안에는 기저귀 말고 아무것도 없었다. 하긴 비파가 있었다면 바지가 젖기 전에 이미 뽀송한 기저귀로 갈아주었겠지. 그의 집 울타리 안에 엄연히 존재하고 있었으면서도 한 번도 들어가 보지 못한 곳이기에 오히려 더 낯선 별채로 이반은 조심스럽게 들어섰다. 짐이 별로 없어 훤하게 넓은 별채엔 환한 햇살마저 반가운 손님처럼 가득 차 있었다. 별천지처럼 신비롭고 번쩍이는 화사한 공간이다. 이반은 희아를 안은 채 비파가 사는 이 은밀한 곳을 부끄럽게도 훔쳐보았다. 화려한 가구가 없어도, 이곳은 오히려 안채보다 더 가득 찬 기분이었다. 단지 가구 따위의 물건으로 채울 수 없는 공기처럼 가벼운 그 무엇.

이곳엔 그가 결코 가질 수 없는 그런 무형의 것들이 가득 차 있었다. 이반은 한결 온화해진 시선으로 비파의 공간이자 제 집의 일부를 둘러보았다. 형체 없는 아이의 분 냄새, 젖 냄새가 섬세하게 조각된 그 어떤 가구들보다 더 가득 차고 아름답다는 생각을 하면서…….

생각보다 사람들이 북적거리는 통에 장을 보고 집을 향해 출발했을 때에는 이미 이반에게 약속했던 두 시간이 훌쩍 지나 있었다. 아이 보는 데 서투를 게 분명한 이반에게 희아를 맡긴 것도 불안하기는 했지만 혹시 그사이 배고파 할지 모르는 희아의 이유식까지, 걱정스러운 게 하나둘이 아니었다. 그 이유로 집을 향하는 비파의 걸음은 초조하기 이를 데가 없었다. 냉장고에 이유식 놓아둔 게 있는데, 혹시나 이반이 눈치껏 알아채 주지 않을까? 바랄 뿐이었다. 비파는 손에 들린 장바구니를 또다시 추스르며 발걸음을 쟀다. 터질 것처럼 빵빵한 장바구니 때문에 급한 마음에 비해 걸음은 쉽게 앞으로 나가지질 않았다.

"하여간 절제가 안 돼요, 절제가."

이반에게 아이를 맡긴 김에 일주일 분의 장을 본 탓에 온몸이 땅으로 휘청거릴 만큼 무거운 장바구니를 탓하며 비파가 투덜댔다. 여름이라 그런지 자꾸 밥맛을 잃는 이반 때문에 이것저것 집다 보니 양이 생각했던 것보다 더 많아져 버렸다.

오후라 해도 아직 열기가 남은 날씨에다 무거운 짐까지 든 비파의 이마에서 줄줄 땀이 흘렀다. 봉투를 잡은 손마디의 감각이 조금씩 사라져 가자 비파는 다섯 번째로 짐을 바닥에 내려놓았다. 오는 내내 힘을 준 덕분에 잔뜩 굳어버린 어깨와 허리를 툭툭 치며 비파는 이마에 흐르는 땀을 훔쳤다.

드디어 이반의 집 골목이다. 노을이 노랗게 빛을 내는 넓은 골목은 한적하고 인적이 없었다. 다들 어딜 그렇게 쏘다니는 걸까? 거친 숨을 몰아쉬며 비파가 어깨를 톡톡 두드렸다. 이곳에 처음

왔을 때에도 그랬지만, 이 골목은 사람 냄새가 없다. 사람의 흔적 대신 매앰매앰…… 근방의 집에서 독한 매미 소리가 울렸다. 높은 담장 너머엔 그보다 더 높은 나무들이 빽빽하게 들어차 있어, 이 골목을 지날 때면 어느 집에서나 따갑도록 울어대는 매미 소리 천지였다. 열기가 내려앉은 밤엔 그나마 바람이라도 있어 이런 매미 소리가 운치있게 들릴 테지만, 지금 그녀에겐 단지 팔자 좋은 소음일 뿐이었다.

땡볕을 가릴 모자 하나 없이 긴 골목을 걸어온 비파는 미련스런 제 욕심을 탓하며 허리를 굽혔다. 이제 한 오 분 정도의 거리만 걸으면 집이다. 갑자기 없던 힘이 솟구쳤다. 끙! 소리를 내며 비파는 젖 먹던 힘까지 끌어 올려 집을 향해 한 걸음 한 걸음 내디뎠다. 곧이라도 엄마! 하는 희아의 목소리가 들릴 것만 같았다. 아, 보고 싶다, 내 아기.

종알대며 모퉁이를 막 돌았을 때였다.

"캬!"

저 멀리서도 제 엄마의 얼굴을 그새 알아본 희아가 이반에 품에 안겨 팔짝팔짝 뛰는 모습이 저녁 햇살 속에 선명히 드러났다. 그 작은 몸이 어찌나 요동을 쳐대는지 골리앗처럼 거대한 이반의 몸조차도 휘청거릴 지경이었다. 긴 그림자를 드리우며 그녀를 향해 나란히 서 있는 두 남자의 모습. 지난 칠 개월이 넘게 화초를 키우듯 정성껏 키워낸 희아 녀석이 저 엄청난 덩치 옆에서는 작은 점박이 새처럼 작게만 보였다.

순간, 날아가는 화살처럼 작고 예리한 그 무엇이 제 심장을 뚫고 재빨리 사라져 갔다. 불쾌하게도 그녀의 깊은 향수를 자극하는 미묘한 평화로움. 조금씩 깔리는 어둠이 이반과 희아의 얼굴에 드리우고, 고즈넉한 공간 하나가 뚝 떨어져 자신의 발밑에 있는 기분이었다. 정확히 말하면 부자(父子)처럼 서 있는 두 사람의 모습이 마음에 들지 않은 것이었지만.

비파는 언제 무거웠나 싶게, 잰걸음으로 빠르게 희아를 향해 걸어갔다. 이반이 그 짧은 거리를 마중하러 발걸음을 떼었다. 희아는 제 엄마 쪽을 향해 오동통한 팔을 쭉 뻗으며 엉덩이를 들썩였다.

"지금 뭐 하시는 거예요? 이 더운 날에 햇빛에 일사병이라도 걸리면 어쩌려고."

"네?"

성마른 그녀의 타박에 조금 전까지만 해도 만족스런 표정이던 이반의 얼굴이 딱딱하게 굳어졌다. 일사병이라니…… 오후 여섯 시가 훌쩍 넘은 시간에 일사병을 운운한다는 건 분명 트집이었다. 이반은 날치름하게 눈매를 좁혔다.

처음 갈아보는 기저귀 솜씨치고는 꽤 단정하게 채워진 데다가 배고프다 칭얼대는 희아에게 비록 비파가 미리 만들어놓은 것이긴 했지만, 냉장고까지 뒤져 이유식까지 챙겨 먹였다. 그녀가 꽤나 늦는다 싶어 대문까지 희아를 데리고 나와본 건데 그녀는 사정 설명도 듣지 않고 대뜸 화부터 내고 있었다. 혹시 달랑 기저귀만 채워놓은 것이 신경에 거슬린 걸까?

"아, 이거 말입니까?"

"짐이나 들어요!"

해명하려던 말을 냉큼 잘라먹은 비파가 신경질적으로 장바구니를 이반 앞으로 내밀었다. 이반이 얼떨결에 비파의 손에서 장바구니를 받았다. 어느새 희아는 비파 품으로 돌아가 있고, 그의 두 손엔 무거운 장바구니와 수박 한 통만 덜렁 남았다. 적당히 따스하던 온기가 사라진 품이 조금 서운해진다.

처음에 조금 헤매기는 했지만, 젖은 엉덩이며 배고픈 위장까지 돌봐준 공로도 없이 냉큼 제 엄마의 품에 가버린 희아의 뒤통수를 살짝 노려보며 이반은 무거운 장바구니를 들고 뒤를 쫓았다. 거참, 괘씸한 녀석이네. 쩝. 입맛을 다시던 이반이 불쑥 비파 앞을 가로막았다. 뒤늦게 비파의 부당함을 깨달은 탓이었다.

"왜 화를 내는 겁니까?"

"네?"

"아이를 집에 홀로 남겨두고 이 시간까지 집을 비워둔 건 희아 어머니 아닙니까?"

이반이 단단히 따져 물었다. 대체 시장을 얼마나 멀리 갔기에 나간 지 세 시간이 넘도록 돌아올 기미가 없었냔 말이다. 덕분에 희아나 자신이나 이 시간까지 쫄딱 굶었지 않았는가. 배고프다 칭얼대는 아이를 달래느라 얼마나 혼이 났는지 몰랐다. 그나마 희아는 제 엄마가 만들어둔 이유식이라도 있었지만 그에겐 달랑 우려놓은 오미자차가 전부였다. 그런데 보자마자 아이의 옷자락이 여물지 못하다고 타박하다니. 불끈 화가 치밀어 올랐다. 이반의 눈매가 가늘어지더니 비파를 쏘아보는 눈초리가 심상치 않게 변했다.

자신을 향해 불쾌한 기색을 드러내는 이반을 바라보며 비파가 슬그머니 눈을 내리깔았다. 실은 오는 길에 늘 지나던 단골집에서 잠깐 떡볶이를 먹은 것도 사실이었다. 괜스레 죄책감이 들어 이반의 다그침에 기가 조금 죽었다. 하지만 짐을 들고 오다 보니 배까지 고파와 여간 힘이 부치지 않았었다.

"늦어진 건 미안해요. 하지만 내가 놀다 온 건 아니잖아요? 사람은 밀렸지, 걸어오는 거리는 멀지. 매일 그 먼 곳까지 장을 보러 갈 수도 없고 덕분에 일주일분치 장을 보느라 이 더위에 고생한 사람도 있잖아요. 편안하게 집에서 애 좀 봐준 걸로 너무 생색내는 거 아니에요?"

이반의 입이 떡 벌어졌다. 그녀가 고생한 걸 모르는 게 아니다. 그렇지만 지금 그가 묻고 있는 건 그녀가 늦은 이유가 아닌 화를 내는 이유였다. 뭐든 제멋대로군. 불쾌한 기분이 스멀스멀 올라왔다. 귓속을 콕콕 쑤시는 매미 소리와 쨍쨍 소리라도 낼 것 같은 따가운 햇살, 등줄기를 따라 축축이 흐르는 땀줄기의 예민한 감촉까지 그의 날카로운 신경을 긁어댔다. 이반은 입술을 꾹 깨물었다. 아마 무더운 여름의 열기 때문일 것이다.

"다, 당신…… 지금 그게 말이라고 합니까?"

쨍!

이반의 음성이 날카롭게 골목 안에 울려 퍼졌다.

"뭐, 뭐가요?"

켕기는 게 있는 비파 입에서 처음으로 말이 버벅 튀어나왔다. 사실 이반이 더 꼬치꼬치 캐묻는다면 더 곤란한 것도 사실이었다. 자신의 아이와 너무나 잘 어울려 보이는 모습에 질투가 났다는 말을 어떻게 할 수 있겠는가? 석양을 등에 지고 희아와 함께 그녀를 맞이하는 이반의 모습이 너무나 자연스럽고 한가족 같아 문득 아이를 빼앗긴 것 같은 엄마로서의 질투, 그리고 그녀가 가지지 못할 가족이라는 존재가 문득 떠올라 버렸다고.

그런 곤혹스러운 감정 때문에 비파의 말이 조금 더듬여져 버렸다. 그 작은 차이를 이반의 예리한 눈초리가 놓칠 리 없었다. 이반의 입매가 더욱 단단하게 굳어졌다.

"당신을 기다리느라 모두 굶은 채 지금까지 있었다면, 조금은 화를 낼 자격이 있는 겁니까?"

지금껏 굶고 있었다는 말에 비파의 양심은 더욱 난도질당하는 기분이었다. 흘낏, 이반의 눈치를 살피는 비파의 고개가 다시 슬그머니 안으로 움츠러들었다. 아까 먹은 떡볶이가 안에서 곤두서는 것 같았다.

이것도 병이지, 병……

비파가 속으로 중얼댔다. 떡볶이만 보면 만사 제쳐 놓는 것도 그녀의 잘못이라면 잘못이다. 집에 있을 희아를 더 생각했었어야 했는데……. 비파의 얼굴에 죄의식이 고스란히 드러났다. 이반은 감정이 그대로 드러나는 비파의 얼굴을 보며 홍! 콧방귀를 뀌었다. 예측했던 대로 결단코 시장을 보느라 늦은 것만은 아닌 모양이다.

자신의 예감이 맞은 게 기분 좋기보단 씁쓸해진다. 아이 엄마이긴 해도 이제 겨우 스물셋. 혜나와 동갑이라고 했으니 분명 스물셋은 되었을 거다. 아무리 아이를 낳았어도 느껴지는 세상은 같겠지. 아이를 맡기고 나름대로 자유로운 시간을 보내고 왔을 비파의 심정이 이해되면서도 이반은 왠지 제멋대로 놀고 들어온 아내를 닦달하는 남편처럼 성미가 끓어올랐다.

설사 세상에 관심 많이 가는 그런 나이라 해도 그렇지! 아이의 식사 정도는 제때 챙겨야 되는 거 아닌가? 게다가 벌써 저녁 식사 시간을 의식한 그의 위장에서도 꼬르륵 소리가 울릴 지경이었다.

"생색은 내가 아닌 희아 어머니가 더 내는 것 같습니다. 당신 역할이 그게 아닌가요? 이 집을 위해 장을 보고, 식사를 준비하고 먼지 하나 없이 청결히 집 안을 유지하는 것! 그런 이유 때문에 당신이 여기 와 있는 거고, 나 역시 그런 이유로 당신에게 그만한 돈을 지불하는 겁니다."

"네? 뭐라구요?"

이반의 말에 비파의 눈꼬리가 사납게 올라서며 조금 전까지 느꼈던 죄의식이 빠르게 사라져 갔다. 토닥토닥 다투는 사이 어느새 해가 뉘엿뉘엿 넘어가 버리고, 이 골목 여느 집처럼 높은 담장과 성문 같은 이반의 집 대문 앞에서 둘은 적군처럼 서로 노려보았다. 이 소동 중에 어떻게 그럴 수 있을까? 아이는 따스한 제 엄마 품에서 꾸벅꾸벅 졸고 있었다.

"그래요!"

무거워진 희아를 다른 어깨로 옮겨 안으며 비파가 버럭 소리를 질렀다. 나원, 말하는 버릇 하고는.

"그래요, 죄송해요! 그 잘난 가정부인 주제에, 애까지 맡기고 떡볶이 먹느라 늦었어요. 됐어요? 다음부턴 희아 포대기로 싸서 꼭 데리고 갈게요. 애 보느라 정말 수고하셨어요. 오늘 애 본 수고비

제4장 141

는 월급에서 제외하시면 되겠네요. 그럼 된 거죠?"

"이, 이것······."

눈을 부릅뜬 이반이 채 불러 세우기도 전에 비파는 쏜살같이 별채로 들어가 버렸다. 이반의 잘생긴 얼굴이 살짝 일그러졌다. 가쁘던 숨도 얼음처럼 내려앉았다. 잔뜩 벼르던 상대가 갑자기 항복해 버린 것 같은 허무함.

아직도 한낮의 여운을 지우지 못한 푸른 저녁 하늘에 덩그러니 홀로 남은 이반은 길 잃은 아이처럼 제자리에 섰다. 제 손에 들린 짐의 무게가 그제야 현실처럼 느껴져 왔다. 그에게도 버거우리만치 무거운 무게였다. 이 무게를 들고 여기까지 걸어왔나? 이반은 고개를 쭉 내밀어 길 끝을 바라보았다. 마트가 있는 골목 입구가 까마득하게 멀어 그가 서 있는 곳에선 잘 보이지 않았다. 긴 골목길을 따라 비파 또래의 작은 여자 하나가 따릉! 자전거를 울리며 지나쳐 갔다. 가벼운 짐 하나 바구니 안에 달랑 담고 한가롭게도 달린다.

이반은 제 손에 들린 수박 한 덩이와 이것저것 전부 반찬거리인 야채가 담겨진 장바구니를 묵묵히 바라보았다. 이 무거운 짐을 들고 저쪽 끝에서 힘들게 올라오던 비파의 모습이 그 여자의 모습과 겹쳐져 이반의 얼굴이 창백해졌다. 지금 이 순간 세상 그 무엇보다 바보가 된 기분이었다.

며칠 내내 이반의 기분은 나아지는 기미가 없었다. 그날 저녁, 늦기는 했지만 간단한 식사와 수박을 잘라 서재로 들어서다 통박만 먹었다. 필요없다는, 두 번 다시 말 붙기 힘들 만큼 차디찬 목소리였다. 그 서걱거림에 비파는 사과할 틈새도 찾지 못한 채 그대로 서재를 나오고 말았다.

이반의 불쾌지수는 하루 저녁이 지난 아침이 되어서도 바뀔 줄을 몰랐다. 먼저 반겨 하는 법은 없어도 희아가 다가오면 모르는 척 안아주더니 요즈음엔 희아의 투정에도 야멸치게 외면하게 일쑤였다. 그렇게 무뚝뚝해진 이반의 등 뒤에 대고 비파는 남모르게 혀를 끌! 찼다. 물론 이것저것 정황을 따져 봐도 이반보다야 제 잘못이 크기는 했지만 나이도 한참 위인 남자가 뭘 그렇게 꽁하느냔 말이다. 그날 저녁, 통박 놓은 것으로도 부족해 이 며칠까지 부루퉁한 이반의 어지간한 속이 답답했다. 하긴 매번 이반에게 거절당하면서도 마주칠 때마다 유혹하는 처녀처럼 눈짓을 해대는 희아도 여간하지 않기는 마찬가지였다. 그러나 식사 시간 외에는 거의 서재에 박혀 사는 이반을 볼 기회가 없었고, 그럴수록 점점 희아의 어깨도 처져 가기 시작했다.

오늘 아침만 해도 눈치껏 이반을 살피더니 아직도 풀어지지 않는 기색에 낮게 한숨을 쉬며 저 혼자 장난감을 가지고 논다. 작은 등을 돌리고 힘없이 노는 희아의 모습에 내내 지은 죄가 있다고 같이 눈치만 살피던 그녀 역시 불끈 화가 치밀어 올랐다. 여간 속이 상하는 게 아니었다. 작고 처진 아이의 등을 안쓰럽게 바라보던 비파가 살짝 이반을 노려본 후 고집 부리는 희아를 억지로 등에 업고 남은 설거지를 시작했다. 남자가 쫀쫀하기는!

똑. 똑.

싱크대로 떨어지는 물소리만이 요란한 주방 쪽 소음을 제외하면 오히려 식탁은 소리가 사라진 진공의 공간 같다. 사기 그릇 부딪치는 소리도 없이 어떻게 저토록 조용히 식사를 할 수 있는지 그것도 능력이라면 능력이었다. 아니, 집안 교육인가? 아무튼 슬쩍 돌아본 이반은 남자답지 않게 조용한 태도로 식사를 하고 있었다. 작은 손놀림 하나마저 우아하고 고풍스럽다. 쳇! 무슨 남자가 저렇게 얌전하게 밥을 먹냐? 그런 모습을 한두 번 보는 것도 아니면서 괜히 심술이 났다. 말도 안 되는 트집을 잡으며 일부로 거칠게 씻어대느라 손에 들린 냄비들이 쿠당탕 요란을 떨었다. 그 덕분에 물방울을 튕기는 손등으로 새벽에서 아침으로 넘어서는 햇살이 무지개 빛을 드리웠다. 나른한 하루를 예고하듯 게으른 빛이었다. 희아는 그사이 졸음이 오는지 고개가 제 엄마 등에 바짝 붙어 있었다. 소란스러운, 그리고 명백히 그에게 보란 듯이 시끄러운 설거지를 하는 중에 묵직한 나무 의자 소리가 들리며 이반이 자리에서 일어나는 기척이 들렸다. 흘낏 보니 음식이 거의 그대로다. 입맛이 없나?

"다 먹었어요?"

설거지하던 걸 멈추고 비파가 쪼르르 달려갔다. 비굴하긴 하지만 뭐, 어차피 잘못한 쪽은 그녀니까.

"낮에 뭐 별식 하나 해드려요?"

놀란 빛이 가려진 안경알 너머로 번뜩였다. 하얀 이를 드러내며 방긋거리는 비파는 아무런 사심이 없어 보였다. 이반은 큼, 기침 소리를 냈다. 비파는 숨김이 없다. 화날 땐 화나는 대로, 또 풀리면 풀리는 대로 곧장 행동으로 옮기는 성격이었다. 불편하다.

제 감정조차 표현하는 게 버거운 이반으로선 이런 비파의 빠른 변화가 적응하기 어렵고 불편하기 짝이 없었다. 그날의 미안한 마음을 며칠이 지난 지금까지 말하지 못한 것도 그런 융통성없는 성격 때문이었다.

"그날 장 본 것 중에 백태가 있어서 콩물 해놓으려고 어젯밤에 불려놓았거든요. 입맛없을 땐, 오이 송송 썰어놓고 콩국수 해 먹어도 좋아서……. 아님, 냉면 해드릴까요?"

미처 대답할 사이도 없이 비파가 종알종알 말을 이었다. 그녀의 등 뒤로 졸음에 겨워 눈이 거의 감긴 희아의 얼굴이 보였다 사라졌다 한다.

"어떤 걸 더 좋아하세요?"

"흠, 그냥……."

"그럼 오늘은 콩국수 하고, 내일은 냉면 해드릴까요? 저 요리는 꽤 하는 편이거든요."

그녀의 요리 솜씨는 미리부터 알고 있었다. 죽 하나를 끓여도 간이 적당해 까다로운 그의 입맛에 잘 맞았으니까. 이반은 얼떨결에 고개를 끄덕이고 말았다. 한국 음식엔 서툰 고모에게 자라온지라 비파가 말하는 콩국수나 냉면이 어떤 요리인지는 정확히 몰랐지만 별식이라니…… 뭐, 괜찮겠지. 사실, 괜찮다는 정도의 수준보다 더 낫겠지만.

"아무거나 좋습니다."

겨우 목소리가 나왔다.

"그럼 오늘은 콩국수로 하죠."

언제 불편했냐는 듯 금세 싱긋거리며 사라진 비파의 등 뒤로 이반은 계단에 잠시 멈추어 섰다. 아이를 업고 그가 남겨놓은 식탁을 챙기는 비파의 모습이 문 사이로 보였다. 햇살 때문인가? 그녀의 모습이 그림 속 여인처럼 몽롱하게 선을 드러냈다. 어리디어린 여자, 단지 그것만으로는 설명하기 힘들다.

사과는 그가 먼저 해야 했다. 넉살이 좀 있었다면, 아니, 최소한 용기라는 것이 있었다면 그날 비파가 수박을 잘라오며 나름대로 화해의 손을 내밀었을 때 깨끗이 사과를 하는 게 옳았다. 당일을 넘긴 사과는 시간이 지나면 지날수록 점점 어려워져 며칠 내내 이반은 속이 편하지 않았다. 비파가 자신의 눈치를 본다는 걸 알면서도 자꾸 말은 목 안에서만 맴돌았다. 이반은 낮게 한숨을 내쉬었다.

비파가 그날은 잊었다는 듯, 편하게 말을 건네와 다행이었다. 그로서도 이런 불편한 동거는 좀 곤란했으니까.

그릇을 다 치운 비파는 이제 식탁을 훔치고 있었다. 낮게 흥얼대는 콧노래가 그가 서 있는 곳까지 들려왔다. 아직 그가 이층에 오르지 않고 있는 건 모르는 눈치였다. 바쁘게, 그리고 세상에서 제일 중요한 일처럼 식탁 유리를 햇살에 비추어보며 흠없이 닦아내는 비파의 모습에 이반의 눈매가 조금씩 풀리기 시작했다.

"그래요, 죄송해요! 그 잘난 가정부인 주제에, 애까지 맡기고 떡볶이 먹느라 늦었어요."

버럭 고함치던 비파의 목소리가 울려왔다. 빨갛게 얼굴을 붉히며 실토하던 그녀의 모습이 함께 떠올라 이반은 자신도 모르게 킥! 웃고 말았다. 떡볶이라니, 그녀에게 더 이상 어울릴 수 없는 음식이었다. 아까보다 한결 풀어진 얼굴로 이반은 다시 천천히 이층으로 올라섰다. 그의 등 뒤로 또다시 비파의 노랫소리가 들려왔다. 잘 부르지는 못해도 흥겨운 노랫소리. 비파다운 노래였다.

그렇게 이반이 서재로 올라간 후 비파는 집 안 청소를 시작했다. 새벽의 따사롭던 날이 벌써 더위로 바뀌어 햇빛이 닿는 곳마다 바늘로 콕콕 찌르는 것처럼 따가웠다. 잠이 들었나 싶더니, 언제 깨어나 칭얼대는 희아를 바닥에 내려놓고 비파는 꼼꼼히 청소를 했다. 예쁘기만 하고 청소하는 사람의 노고 따윈 배려하지 않은 온갖 장식품과 상감이 새겨진 가구들 틈새도 깨끗이 닦았다. 이런 구석진 곳은 솔직히 이틀에 한 번 해도 좋을 텐데, 이반의 깔끔한 성질이 마음에 걸려 지나칠 수가 없었다.

손에 들린 장난감에 괜한 화풀이를 하며 딸랑거리는 희아를 일부로 못 본 척, 비파는 청소를 마무리한 후 다 빨아진 빨래를 들고 정원으로 향했다. 이 넓은 집엔 부러워할 것도 많겠지만 그녀가 유독 좋아하는 건 이 빨랫줄이었다. 희아의 긴 천 기저귀 때문에 전에 살던 집에서는 빨랫줄에 여러 번 걸쳐 널었는데 여긴 높아서 달랑 한 번만 널 수 있어 편했다. 게다가 가끔 불기는 해도 여름 산들바람에 펄럭이는 빨래의 마른 소리도 듣기에 좋았다.

탁탁!

마음껏 털어내는 물방울의 소리도. 일부러 힘껏 물에 젖은 옷들을 털어 햇살 속에 반짝이는 물방울을 바라보며 비파가 잠시 행복에 젖어 있을 때였다.

"어? 어디 가요?"

식사 시간이 아니면 거의 내려오지 않던 이반이 나갈 채비를 하고 있었다. 돌아보는 이반의 얼굴에 언뜻 붉은 기가 스치는 것 같다. 비파가 고개를 갸웃했다. 회사 갈 때면 늘 데리러 오는 박 부장 아저씨도 없는 데다 차림 역시 정장이 아닌 집에서 입는 면바지 차림 그대로였다. 하긴 저렇게 줄이 팍 선 베이지 면바지에 부시도록 하얀 티라면 어디라도 부족함이 없는 차림이긴 했지만. 비파는 저도 모르게 제가 입고 있는 후줄근한 치마를 내려다보았다. 시장에서 오천 원에 산 꽃무늬 고무줄 치마다.

"아, 뭐……."

말끝을 흐리더니 대꾸조차 제대로 없이 후다닥 자전거를 몰고 나가 버렸다. 뭐냐? 죄지은 사람처럼 얼굴이 벌게져선…….

"점심때까진 오죠?"

남은 빨래를 손에 든 채 허겁지겁 나가는 이반의 등을 향해 힘껏 소리를 치는데, 이반은 어느새 나가고 없었다. 대체 무슨 일이래?

남은 빨래를 널어놓고 점심 준비에 한창인 사이 누군가 벨을 눌렀다. 미리 불려놓은 콩을 삶고 있는 중이었다. 왠지 콩국수를 먹어야 비로소 여름이 온 기분이 들어 비파는 매년마다 여름이면 콩국수를 해 먹었다. 시원한 오이를 송송 썰어 고명으로 얹은.

"누구세요?"

"배달 왔는데요?"

"배달이요?"

고개를 갸웃하며 열어준 대문 앞에는 자전거가 한 대 놓여 있었다.

"뭐예요?"

"자전거 주문한 거 배달 왔는데요."

"자전거요?"

"여기 은비파 씨 사는 곳 맞죠?"

"네, 전데요?"

그녀 앞에 놓여 있는 이 자전거가 그녀 앞으로 온 배달이란다. 비파는 신기한 눈으로 자전거를 바라보았다. 화사한 하얀색에 날렵한 몸체 앞엔 커다란 바구니가 달려 있다. 한눈에 쏙 들어오는 디자인에 비파의 시선이 떨어질 줄을 몰랐다.

"아저씨, 이거 정말 제 이름으로 온 거 맞아요? 저 자전거 주문한 적 없는데……."

"아까 어떤 남자 분이 사셨는데……."

"남자 분이요?"

"네. 아무튼 은비파 씨 맞으면 맞게 배달된 거니까 여기 사인이나 해주세요."

사인해 달라며 내민 종이에 어이없어하며 제 이름을 휘갈겨 쓰는 비파에게 누군가 성큼 다가왔다. 또 뭐야? 갑자기 대문 앞이 북적거리기 시작했다. 자전거 아저씨에게 사인해 주자마자 과일집 배달원이 대문 안쪽으로 들어섰다.

"여기 과일 배달 왔습니다."

제4장 149

그의 손엔 커다란 수박 한 통과 참외, 그리고 복숭아와 철 늦은 사과가 수북이 담겨 있는 과일 상자가 한 아름 들려 있었다.

"이건 다 뭐예요?"

묻는 비파에게 남자가 작은 명함을 내밀었다.

"혹시 앞으로 주문하고 싶은 과일 있으면 연락 주세요. 좀 귀한 거면 일주일 전쯤 연락 주시구요. 제철 과일 같은 건 대부분 다 있어요. 사과는 미리 대놓는 곳에 말해 놓아서 아마 끊어질 날은 없을 겁니다."

네? 비파가 입을 딱 벌렸다.

"이것도 어떤 남자가 주문한 거예요?"

"아, 네. 다행히 오늘 물건 오는 날이어서 좋은 게 많았어요. 다음 주문부턴 여기 아줌마한테 주문받으라고 하던데……. 그래도 워낙 꼼꼼하게 고르시더라구요. 오늘 가져온 것도 최상품이에요. 하하하!"

비파의 입이 저절로 실룩거리기 시작했다. 웬일로 외출을 했나 했더니 참 바쁘게도 다녔다. 갑자기 부산스럽게 들어서는 사람들 때문에 희아가 소리 지르며 엉덩이를 들썩여 댔다. 늘 적막한 집이 사람 소리가 북적거리자 저도 꽤나 신이 난 모양이었다.

배달 온 과일을 전부 정리하고 난 후 콩물까지 받아내는 내내 기미가 없더니 점심 식사 시간이 딱 되어서야 이반이 집으로 들어섰다. 비파가 후다닥 뛰어 이반 앞으로 바짝 코를 들이밀었다. 이반이 펄쩍 뒤로 뛰었다.

"뭡니까?"

"아까 배달이 와서요."

"아……."

"자전거랑 과일이……."

"자전거는 희아 어머니 시장에 가실 때 쓰시구요, 앞으로 과일은 매주 배달될 겁니다."

"생각하지도 못했는데…… 고마워요."

"이곳에 있는 고용인의 불편조차 몰랐다면 주인 잘못이겠지요. 시장 보러 그렇게까지 멀리 걸어가는지 몰랐습니다."

말은 정중한데 표정은 얼음처럼 꽁꽁 얼어 있다. 아직도 화가 덜 풀린 건가? 환하게 웃던 비파의 얼굴이 다시 딱딱하게 굳어버렸다.

"왜? 그것도 불만입니까?"

얼음이 아니라 퍼런 날 같다. 아니, 뭐…… 무안함 때문에 더듬거리는 비파를 지나 이반은 써늘하게 현관으로 향했다. 도무지 생각을 알 수 없는 사람이었다. 이반의 등 뒤로 비파가 혀를 날름 내밀었다.

"하여간 성질머리 하고는."

그냥 필요할 것 같아 주문했다고 하면 될 걸. 과일이 배달되는 덕분에 이제 무거운 수박 사 올 일은 없겠지만 우선 반가운 건 자전거였다. 장바구니에 희아를 담아 가끔 산책 겸 나가도 되겠네? 희죽거리는 그녀를 향해 이반의 음성이 칼처럼 날아들었다.

"참! 미처 말을 못했는데 이건 시장용입니다. 혹시 희아 태우고 나갈 생각이라면 아예 꿈조차 꾸지 않는 게 좋을 겁니다."

안경테가 번쩍 빛을 발한다. 귀신이다. 어떻게 그녀의 속내를

제4장

그렇게 꿰뚫었을까? 놀란 그녀의 시선에 흥! 그럴 줄 알았다는 듯 콧방귀를 뀐다. 제 할 말을 다 하고 난 이반은 더 이상 들을 말이 없다는 듯 후다닥 현관으로 들어가 버렸다.

"애고, 저 아저씨는 대체 한국말을 누구한테 배운 거야? 생긴 것만큼 말도 예쁘게 하면 누가 잡아가나?"

이미 사라진 이반을 향해 비파가 구시렁 불평을 쏟아냈다. 그래도 홀딱 반한 시선으로 제 앞으로 배달된 날렵한 자전거를 이리저리 쓰다듬다, 그것도 모자라 자전거에 올라 서툰 솜씨로 이리저리 정원 사이를 누비기까지 했다. 굳이 이반의 말이 아니라도 어렸을 때 잠깐 타본 실력으론 지금 당장 희아를 태우고 다니기엔 조금 무리일 것 같기는 했다. 나중에 이반 없을 때 몰래 한 번 태워주면 되지!

바쁘게 준비한 콩국수를 식탁에 내놓으며 비파가 종알종알 수다를 떨었다. 대꾸해 줄 만큼 친절한 이반은 아니었지만 자전거에 한껏 부푼 기분에 저 혼자 신이 나 있었다. 묵묵히 국수를 씹어대는 이반의 눈빛은 안경에 가리어져 잘 보이지 않았다. 하긴 애초부터 그의 눈치를 살피는 기색도 없긴 했지만.

"여름엔 콩이 좋대요. 더위에 지치면 단백질로 보충을 해주어야 하는데 끈적한 고기보다는 담백하고 좋아서 옛날부터 여름엔 꼭 콩국수를 해 먹었어요."

흘낏 이반을 살피는데 작게 웅얼거리는 소리가 들렸다.

"맛이 좋죠? 엄마가 콩국수를 꽤 좋아하셔서 자주 해 먹었거든요. 다른 것도 그렇지만 유독 자신있는 게 콩국수예요. 앞으로 자주 해드릴게요."

흥! 조금 전보다 소리가 크다. 뭐야! 자전거와 과일에 대한 고마움이 썰물처럼 빠르게 빠져나가고 급한 성미가 대신 톡! 튀어나왔다. 해도 정말 너무하는 거 아니야? 딴에는 화해해 보자고 청하는 건데 냉랭한 것도 이 정도면 심한 거다.

"저렇게 성질이 더러우니까 이렇게 좋은 집이 있어도 결혼을 못했지."

이반 앞자리에 앉아 수다를 떨던 비파가 벌떡 일어서며 낮게 투덜댔다. 물론, 그의 귀에 충분히 들을 수 있을 정도의 톤이었다. 이반의 눈썹이 활처럼 휘었다.

"희아 어머니, 그거……."

"네, 아저씨 들으라고 한 소리인데요!"

"지금……."

"왜요? 그냥 하는 혼잣말도 허락받고 말해요? 누가 대답해 달라고 했어요? 그냥 무시하세요. 그거 잘하시던만."

"희아 어머니!"

"네! 아저씨가 그렇게 희아 어머니, 희아 어머니 하고 안 불러도 저 희아 엄마 맞아요. 제가 잊어먹을까 봐 그러시는 거예요?"

허참! 혀를 차는 소리가 싱크대까지 들려왔다.

"관둡시다."

"그래요. 누가 뭐래요? 혼잣말하는데 끼어든 건 그쪽이잖아요?"

비파가 죽어라 노려보았다.

"캬캬!"

갑자기 희아의 맑은 웃음소리가 방 안에 화락 퍼졌다. 마치 꼭 다물어 있던 꽃봉오리가 일순간에 퍼진 것처럼. 입가엔 젖빛 콩물을 묻히고는 뭐가 좋다고 캬캬거리는지.

여전히 자신을 노려보는 비파를 무시한 채 이반은 자리에서 일어나 익숙한 솜씨로 희아 입가를 말끔히 닦아냈다. 그날 잠시 본 것치고는 희아를 챙기는 솜씨가 꽤 늘었다. 아이의 입가를 닦던 이반의 입에서 낮게 투덜거림이 새어나왔다. 젠장, 이란 소리도 들렸던 것 같다. 흥!

비파가 싱크대로 돌아와 냄비를 박박 닦았다. 탕탕, 냄비가 싱크대 끝에 부딪혀 요란한 소리를 냈다. 바바! 희아가 바바! 냄비 소리를 흉내 내며 바닥을 두드려 댔다.

"애 보는 앞에서 성미 좀 죽일 수 없습니까?"

보다 못한 이반이 벌컥 화를 냈다. 도대체 아이 교육에 대해 생각이 있는 여자인 거야? 이제 겨우 말 배우는 아이 앞에서 소리를 지르지 않나, 제 성미대로 우당탕 설거지를 하질 않나. 정말 마음에 안 드는 것 투성이었다. 희아가 또다시 바바! 소리를 내며 함박만하게 미소를 지었다. 비파에 대하는 것치곤 희아를 바라보는 이반의 눈빛은 한없이 부드러웠다.

"어?"

순간, 이반이 어버버 놀란 소리를 냈다.

"뭐예요?"

온갖 성질 부리며 설거지를 하더니, 그래도 제 아들 일이라고 비파가 후다닥 뛰어왔다.

"왜, 어디 다쳤어요?"

"……아, 이가 나네요?"

이반의 말처럼 웃느라 커다랗게 벌어진 희아의 입 안에 하얀 점 같은 것이 핑크빛 살 속에 뽀얗게 박혀 있었다.

"어? 희아, 이 났니?"

묻는 비파에게 또다시 꺄르르 웃어댄다. 벙싯 웃어대는 입 안으로 이반이 자신도 모르게 검지를 집어넣었다. 작은 이 끝이 손끝을 콕 찔러왔다. 신기하다. 너무 신기해서 자꾸만 만져졌다. 벌어진 희아의 입 안에서 나올 생각이 없는 이반의 손등을 비파가 탁! 쳤다.

"씻지도 않은 손을 어디다 넣어요? 병균 들어가게."

"아, 미안!"

자신도 모르게 반말이 튀어나오는데도 비파나 이반 모두 알아채지 못하고 있었다.

"신기하네……."

"그죠? 저도 처음 보는 거예요."

"그래요?"

말똥말똥한 희아의 시선 속에서 서로의 뺨이 붙어 있는지조차 모르고 벌어진 입만 바라보는 덩치 큰 두 어른이 보인다. 꺄아! 희아가 또다시 제 손바닥을 바닥에 내려쳤다.

잠시 두 사람이 시간도 잊은 채 희아의 새로 난 이빨만 요리조리 살피는데 불청객처럼 벨이 울렸다. 그제야 어깨를 나란히 하고 있던 두 사람이 화들짝 떨어지며 서로 바라보았다. 희아의 이마가 살짝 찌푸려졌다. 두 사람의 관심에서 벗어난 게 못내 불만인 기색이었다. 옹알거리는 희아는 이반의 품에 안기고 비파가 대신 서둘러 대문으로 향했다.

"혹시 또 배달시킨 거 있어요?"

"아, 아닙니다."

이반이 역시 영문을 모르겠다는 표정으로 고개를 저었다. 조금 전까지 날 서 있던 표정이 한결 풀어져 있었다. 비파가 어깨를 으쓱거렸다. 누구지?

"누구세요?"

의외로 찾아온 손님은 승미 아줌마였다. 남편과 너무 떨어져 있는 것도 안 좋은 것 같다며 이번에 아예 근무지인 지방 쪽에 전세집을 하나 알아보아야겠다며 며칠 전부터 지방에 있었었다.

"언제 올라오셨어요? 아직 지방에 계시는 줄 알았어요."

승미 아줌마의 팔짱을 끼며 비파가 반갑게 인사를 건넸다. 마치 오랜만에 온 친정 부모를 맞이하는 것처럼 얼굴이 활짝 폈다.

"잠깐 일이 있어서."

반갑게 맞는 비파 못지않게 승미 아줌마의 얼굴도 정겨웠다. 딸아이 찾아온 사람처럼 조카인 이반을 보는 것보다 더 편해 보였다. 이 집 주인처럼 승미 아줌마를 안채로 이끈 사람도 이반이 아닌 비파였다. 희아를 안은 이반이 오히려 뒤로 조금 처져 두 사람을 따랐다.

거실 소파에 앉자마자 내어놓은 오미자차로 목을 축이더니 승미 아줌마가 곧장 용건을 꺼냈다. 일 처리가 많아 바쁘게 움직여야 한단다. 이반과 비파가 나란히 승미 아줌마의 건너편에 앉았다. 퍽이나 어울려 보이는 모습이라 승미 아줌마의 고개가 약간 기울였다. 그사이 꽤 친해진 모양이지? 아이를 안은 이반의 품새마저 익숙한 솜씨였다. 비파가 놀란 목소리로 되물었다.

"아줌마 집에요?"

"그래, 살던 집. 팔고 갈 수는 없고 또 전세를 내놓자니 그래서."

"그래서 저보고 들어가 살라구요?"

"애고, 정말 내가 이러지도 저러지도 못하고. 혜나 아빠 혼자 서울이랑 지방 왔다 갔다 하느라 얼굴이 좀이나 상했어야지. 그렇다고 혜나 혼자 집 지키고 있으라는 것도 좀 그렇고. 아파트도 못 미더울 판에 단독 주택에 말만한 여자애 혼자 어떻게 두니? 그래서 너와 함께 있다면 그나마 마음이 놓일 것 같아서 말야."

비파가 옆에서 희아 손가락만 간질이고 있는 이반을 바라보았다. 그녀의 시선을 따라 승미도 슬쩍 조카를 돌아보았다. 어차피 고용한 사람은 이반이니 이래저래 눈치를 살필 수밖에 없는 일이었다. 방관자처럼 대꾸없는 이반을 보던 비파가 곤란한 표정을 지었다. 이반이 까다롭기는 해도 볼 때마다 톡톡 쏘아대는 혜나에 비할 바가 못 되었다. 어쩌나······.

"아, 네······."

"생활비야 내가 보내줄 거고, 네가 혹시 다른 거라도 배워보고 싶다면 희아는 내가 데리고 가서 키워줄게. 아는 사람 하나 없는 지방에 내려가서 나나 혜나 아빠도 심심하기도 하고 소일 삼아 아이 키우는 것쯤은 일도 아니고."

"아니, 뭐 그럴 것까지는 없는데······."

제4장

비파가 고개를 저었다. 아이를 다른 사람에게 맡길 생각은 눈곱만큼도 없었다. 아무리 승미 아줌마라 해도 말이다. 승미 아줌마를 믿지 못해서가 아니라, 자신 때문이었다. 희아 없이 산다는 건 생각조차 해본 일이 없었다. 비파가 고개를 떨구었다. 고민스러웠다. 승미 아줌마의 배려가 이토록 부담스럽기는 처음이었다. 배은망덕하여라.

"아! 바!"

고민스런 제 엄마의 사정은 모르고 희아는 오랜만에 안아주는 이반의 품에서 좋다고 팔짝팔짝 뛰어댔다.

"그렇게 해. 너도 언제까지 이렇게 아이만 보면서 살 수 없잖아. 내가 아이 돌보는 동안 일도 좀 배워보고, 그사이 네 살길 찾는 것도 좋잖니?"

승미 아줌마의 다그침에 비파가 이반을 또다시 바라보았다. 어떻게 하길 원해요? 눈으로 물어도 이반은 여전히 생각을 알 수 없었다. 비파가 한숨을 내쉬었다.

"생각해 볼게요."

"생각하고 말 게 뭐 있니? 급하게 해야 할 것 같아서 그래. 올라온 김에 너만 좋다면 이번 주 안으로 짐 싸서 내려가려고. 그쪽 집도 이미 구해놓았어. 혜나 아빠도 얼마나 좋아하는지 도대체 시간을 끌 수가 있어야지."

"네에……."

비파가 대답을 끌었다. 캬캬! 또다시 희아가 이반의 무릎 위에서 깡총 뛴다. 거대한 이반의 상체가 그 몸놀림을 따라 휘청거렸다.

"희아야, 이리 와."

비파가 손을 내밀었다.

"괜찮습니다."

엄마를 향해 뻗는 희아를 이반이 다시 추스르며 처음으로 입을 열었다.

"네?"

"전, 괜찮습니다."

"괜찮다니…… 뭐가요?"

"불편한 거 없다는 뜻입니다."

무슨 뜻인지 도무지 알 수가 없었다. 비파가 이맛살을 찌푸렸다. 이반의 시선은 비파가 아닌 제 이모에게 향했다.

"사람은 곧 구해줄게. 그렇지 않아도 우리 동네 아줌마에게 부탁해 놓았어."

"이모님, 이건 제 문제인 것 같습니다. 물론……."

힐끗 이반의 시선이 비파에게 훑었다.

"꼭 마음에 드는 건 아니지만, 저로선 아직까지 크게 불만은 없으니 이 문제는 여기서 끝내기로 하죠."

제 할 말만 내뱉고는 희아를 안은 채 벌떡 일어서 거실을 나가 버렸다. 뭐야? 비파 역시 승미 아줌마 못지않게 황당한 표정을 짓고 말았다. 내내 나와 관계없다는 표정으로 앉아 있고선 느닷없이 자리를 박차 버리다니. 머쓱한 얼굴로 비파는 승미 아줌마를 돌아보았다.

"저게 무슨 뜻이야?"

나가는 이반의 뒤통수를 물끄러미 보던 승미 아줌마가 비파에게 물었다.

"잘 모르겠어요. 여기 그냥 있으라는 말 같기도 하고……."
"이런 일엔 별 참견이 없던 녀석이?"

고개를 갸웃한다. 그러게요. 비파도 힘없이 맞장구를 쳤다.

"네 생각은 어떤데? 네가 원하면 이반은 내가 설득해 보마. 나도 나지만 너한테도 좋은 기회야. 너 이제 스물셋인데 뭐라도 배우는 게 더 낫지. 어차피 애 아빠 없이 키우려면 무슨 기술이라도 있어야 아이를 키울 거 아니니. 들어보니까 요즘엔 미용 기술 같은 것도 많이 배운다더라. 이번에 가면 한 삼 년 정도는 더 있어야 한다니까 자격증 따고 미용실에 취직해서 기술도 더 익히면 딱 좋겠네."

잠깐 유혹이 들었다. 희아와 떨어져 있는 게 꽤나 고통스러운 일이기는 했지만 언제까지나 이반의 집에서 살 수 없는 일이기도 했다. 비파가 입맛을 다셨다. 목이 탔다.

"글쎄요……."
"아휴, 정말! 혜나 혼자 있으라 하는 것도 걱정이 되고, 너라도 있으면 마음 놓일 줄 알았는데 대체 왜 싫다는 건지."

혀를 차는 승미 아줌마 앞에서 비파가 괜스레 미안해졌다. 그렇게 대뜸 말만 하고 나가 버린 이반이나 미적거리는 자신이나. 그때였다. 닫혀진 거실 문이 벌컥 열렸다.

"희아, 기저귀 갈아야 할 것 같은데……."

아, 이런. 아까 갈았어야 했는데 새로 난 이 때문에 깜빡 잊었다. 알았다, 대답하며 엉거주춤 일어서는 비파를 승미 아줌마가 다시 부여잡았다.

"다시 생각해 봐. 나도 부탁할 데가 없어서 그래. 희아는 내가 봐준다니깐? 혜나 좀 부탁해."

일어서던 비파가 승미 아줌마의 힘에 끌려 주춤 멈추어 섰다. 거실 문 사이로 고개를 삐죽 내민 이반의 무표정한 시선이 그녀와 승미 아줌마에게 향했다. 얼핏 차가운 빛이 스쳤다. 입술의 끝이 조금 올라간 것도 같다.

"혜나는 여기에 머물도록 하지요. 일 년 정도면 이곳에 있어도 좋습니다. 제 고용인에 대해 더 이상 이모님이 간섭하시는 것도 불쾌하구요."

승미 아줌마가 화들짝 놀라며 잡았던 비파를 얼떨결에 놓쳐 버렸다. 하긴 비파 역시 놀라긴 마찬가지였다. 잠깐 들르는 것조차 귀찮다 타박이더니, 여기에 머물게까지 할지는 몰랐다. 놀라 입이 벌어진 두 사람 사이에서 이반은 신경질적으로 기저귀를 재촉했다. 비파가 일어서자 승미 아줌마도 덩달아 자리에서 일어섰다. 아쉬운 대로 이반의 대책에 따를 생각인가 보다.

"그래, 네가 그렇게만 해준다면 나도 안심이지. 그럼 전세 놓고 어쩌고 하면 몇 주일은 걸리겠네? 아휴, 비파 네가 와주면 일이 간단한 것을……."

여전히 미련이 남는 기색이었다.

"아무튼 일 처리되는 대로 혜나 여기로 보낼게. 비파야, 좀 부탁해. 혹시 철없이 굴면 따끔하게 한소리 하고. 그나저나 집이 금세 나갈까?"

걱정스런 얼굴로 승미 아줌마가 떠나자 그 걱정이 고스란히 비파에게 떨어졌다. 혜나와 함께 살 걱정도 걱정이지만, 이참에 미용 기술을 배우는 게 나았을까? 싶은 갈등에 비파의 얼굴이 어둑해졌다. 낮잠 잘 시간이 되었는지 뽀송한 기저귀를 단 희아는 어느새 이반 품에서 잠들어 있었다. 참 편안하네. 비파가 부러운 시선으로 아들을 바라보았다. 승미 아줌마를 생각하면 이 정도쯤이야, 하면서도 혜나와 이 집에서 살 생각을 하면 벌써부터 마음이 무거웠다.

 이반이 서재로 다시 올라가 버린 후 희아를 안고 별채로 향하던 비파의 시선이 다시 하얀 자전거에 머물렀다. 그냥 스치질 못하고 또다시 그곳에 머물러 살며시 다시 쓸어본다. 손끝에 만져지는 반질한 감촉에 배싯 웃음이 흘러나왔다. 그 모습이 위층 이반의 시선에 곧장 들어온다는 것도 모르는 채. 서재의 넓은 유리창에 서 있던 이반의 입가에도 만족스런 미소가 슬며시 피어올랐다.

혜나가 화려한 짐을 들고 이반의 집으로 온 것은, 승미 아줌마가 다녀간 후 이 주가 채 지나지 않아서였다. 어차피 돈에 욕심 있는 승미 아줌마가 아니라서 싸게 전세를 내어놓기도 했지만, 막 결혼한 신혼부부가 급하게 집을 구하고 있었던 것도 운이 좋았다. 하긴 비파를 생각하면 그리 운이 좋은 게 아닐 수도 있지만. 이반의 집에 들어선 혜나는 드러내 놓고 의기양양한 얼굴이었다.

전에 이 집에서 쫓겨났던 기억이 여전히 남은 탓인지 이번엔 명백히 이반의 요청에 온 것임을 여실히 드러내어 놓았다. 쩝! 비파는 씁쓸하게 입을 다셨다. 에구, 저 철없는 것! 아직도 제 사촌 오빠의 성미를 모른다.

"이거, 이층에 좀 올려놔! 비싼 옷이니까 조심해서 올려놓고."

저 혼자 살림이면서 무슨 짐이 이리 많은지, 아무리 실어도 정원엔 아직 채 나르지 못한 짐이 하나 가득이었다. 마치 아랫사람 부리듯 기세 좋은 혜나 앞에서, 비파는 낑낑대며 무거운 짐을 군소리없이 나르기 시작했다.

"이게 뭡니까?"

서재에 있던 이반이 아래층으로 내려오다 거실에 쌓여진 짐을 보고 비파에게 물어왔다. 곱지 않은 눈길이 꽤나 마뜩찮았다.

"혜나 오는 날이라고 어제 말했었잖아요."

"그러게, 지금 이게 뭐냐고 묻지 않습니까?"

"당연히 혜나 짐이죠. 좀 비켜주세요. 그렇지 않아도 무거운데……."

투덜대던 비파의 손이 순간 허공 속에 붕 떴다. 손에 들렸던 짐은 어느새 이반의 손으로 옮겨져 있었다. 이반은 짐을 든 채 정원 쪽으로 향했다. 꽉 다물어진 입이 또 뭔가 비위 틀린 표정이었다. 비파가 허둥지둥 뒤를 따랐다. 괜한 두 사람의 신경전에 두 번 짐을 옮기는 게 아닌지 먼저 걱정이 앞선 탓이었다.

"어, 오빠!"

반색하는 혜나를 노려보던 이반이 대꾸도 없이 곧장 별채 쪽으로 걸어갔다. 당황한 건 혜나뿐만이 아니었다. 종종 뒤를 쫓는 비파의 얼굴에도 곤혹스런 기색이 서렸다. 설마 별채에 혜나와 함께 살라는 건가?

이반은 별채에 도착하자마자 들고 온 짐을 덜컥 내려놓았다. 방에서 잘 놀고 있던 희아가 깜짝 놀라 들어선 어른들을 바라보았다. 하여간 성미 하고는! 뛰다시피 쫓아왔던 비파가 그제야 걸음을 멈추고 가쁜 숨을 내쉬었다. 도대체 무슨 속내인지 말이나 하고 옮기면 안 되느냔 말이다. 영문없이 쫓아오는 두 사람에 대한 배려라고는 도무지 눈곱만큼도 없는 사람이었다.

"뭐야? 왜 짐을 여기다 놓는 건데?"

뒤늦게 도착한 혜나가 날카롭게 물었다. 비파가 혜나 몰래 쯧쯧거렸다. 눈치가 그렇게 없냐?

"이곳이 네가 머물 곳이야."

"뭐? 여긴 가정부 방이잖아."

"여긴 별채야."

"어쨌든! 그럼 나보고 가정부랑 같이 지내라는 거야?"

"아니!"

혜나의 불같은 성미 앞에서도 이반은 당당했다. 하긴 이 집의 주인은 이반 바로 당사자 아닌가! 이반의 대답에 비파가 더 반갑게 가슴을 쓸었다. 혜나와 함께 여기서 지낸다는 건 그녀 역시 사양하고 싶은 일이었다.

"그럼 짐은 여기 왜 놓는 건데. 이거 당장 입을 옷이야. 철 지난 옷은 저쪽 상자란 말이야!"

그럼 여기가 창고냐? 비파가 한껏 불편한 기색을 드러냈다. 안채 못지않게 잘 닦여진 이곳은 비파의 정성 어린 손길에 어딘가 모르게 윤이 났다. 한쪽 구석에 개켜진 희아의 이불, 차곡차곡 쌓아진 기저귀들이 즐비한 이곳을 어떻게 창고 따위로 취급할 수 있느냔 말이다!

"넌 여기서 머물고, 희아 어머니는 안채에 머물 거야."

"뭐?"

뜨악해하는 혜나와 함께 비파의 입도 만만찮게 벌어져 있었다. 그러나 이반은 고집스럽게 입을 다물었다. 더 이상의 반대는 듣지 않겠다는 뜻이었다.

"희아 짐이랑 함께 싸서 안채로 옮기세요. 이층에 방 하나 비워져 있으니 그곳을 쓰면 될 겁니다."

"예에? 하지만 전……."

이곳이 더 편한데요, 막 말을 잇는 그녀에게 이반이 쏘아붙였다.

"내가 불편합니다. 그리고 혜나 넌."

일사천리 일을 진행시키는 이반 앞에서 혜나의 어깨가 움찔거렸다.

"네 짐은 네가 옮기도록 해."

"뭐? 하지만 비파 있잖아!"

"내가 고용한 사람이야. 내 일을 도와주기 위해 있는 거지, 널 위해서가 아니다! 네가 이곳에 있는 동안 희아 어머니의 손을 되도록 빌리지 않도록 해. 너로 인해 내게 조금이라도 피해가 오는 건 참지 않을 거니까. 이 집의 규칙이야. 이곳의 주인이 누구인지 명확하게 구분하는 거!"

탄성이 절로 나도록 매서운 논리다. 자꾸 벌어지는 입매 때문에 비파가 입가에 힘을 팍 주었다. 이글거리는 눈빛으로 그런 비파를 노려보던 혜나가 그래도 제 사촌 오빠라 따져 댔다.

"오빠, 나 혼자 있으라는 거야? 무섭단 말이야!"

"경비만큼은 철저한 곳이니 걱정할 일은 없을 거다."

"오빠, 정말 이럴 거야?"

바락 악쓰는 혜나를 이반이 써늘히 노려보았다. 미국의 고모와 살 때엔 이런 일로 신경을 써본 적이 없었다. 근방에 함께 살면서도 이반한테 말대답 제대로 해본 적 없는 고종 사촌들이었다. 물론 그것을 용납할 고모도 아니었지만. 이반은 불쾌한 기색을 숨기지도 않았다. 버릇없는 아이의 투정 따윈 받아줄 여유가 없었다. 혜나와 함께 안채를 쓸 생각은 더군다나. 이모님의 사정을 보아주는 건 여기까지였다.

비파에게 짐을 싸라 일러놓고도 미덥지가 않은지, 이반은 그 자리에서 익숙한 솜씨로 그녀의 짐을 챙기기 시작했다. 한 손엔 놀란 희아를, 남은 한 손엔 짐을 들고도 무겁지 않은지 성큼성큼 안채로 향해 버린다. 뭐, 뭐냐고! 마치 폭풍처럼 이곳을 쓸어버린 이반을 따라 별채를 나서는 비파에게 흥! 혜나가 코웃음을 쳤다.

"아주 잘 꼬드겼네? 어떻게 꼬드겼기에, 제 사촌 동생보다 더 챙기게 만든 거야? 역시 남자 꼬시는 데엔 일가견이 있어!"

가시 돋친 혜나의 말이 심장을 쿡! 찌른다.

"그러게 엄마한테 분명 후회할 거라 했는데. 뭐야, 설마 이반 오빠의 마누라 자리라도 차지하겠다는 거야?"

거만한 태도로 팔짱을 끼고 선 혜나에게 비파가 단호하게 대답했다.

"아니, 추호도!"

제5장

"그래? 어디 한번 두고 보지! 뭐, 설사 네가 원한다 해도 절대 불가능한 일이겠지만 말이야."

혜나의 독 오른 눈빛을 애써 무시한 채 비파는 얼마 되지 않은 짐을 안채로 옮기기 시작했다. 승미 아줌마를 생각하면 이반의 말쯤은 무시하고 혜나의 짐 정리를 도와줄 수도 있었지만, 비파는 일부러 제 짐만 싸서 안채로 옮겨 버리고 말았다.

아직 성질을 풀지 못한 혜나와의 첫 저녁 식사는 무거운 침묵 속에 이루어졌다. 희아를 안은 채 부엌 쪽으로 물러나 있는 비파를 일부러 이반이 불러 세운 탓에, 어른 셋과 아이 하나가 함께 식탁에 마주 앉았다. 얼마 전 이반이 사들고 온 아이 의자에 점잖게 앉은 희아가 신기한 듯 새로운 얼굴을 바라보았다.

"이제 안채에 살 거니까 식사는 같이 하도록 하죠. 그리고 아침 식사는 일곱 시다. 늦지 않도록 해. 이 넓은 살림에 식사 두 번 차리는 것도 번거롭다."

깐깐한 오빠 노릇을 하며 이반이 못을 박았다. 혜나의 눈썹이 사납게 올라섰다.

"너무 빨라. 난 저혈압이라 아침잠이 많단 말이야."

"그럼 네가 스스로 챙겨 먹든지."

이반의 딱 부러지는 말투에 혜나가 입술을 깨물었다. 비파는 넘어가지 않는 밥알을 꿀꺽 삼켰다. 정말 같은 사람인 걸까? 낯선 이반의 모습이 어색하고 싫다. 무뚝뚝해도 전의 모습이 훨씬 더 인간다웠던 것 같다.

혜나의 뿌드득! 이 갈린 소리가 그녀가 앉은 자리까지 들려올 정도였다. 결국 제 성미를 참지 못한 혜나가 다 먹지 못한 밥숟가락을 딱 내려놓더니 그대로 주방을 나가 버렸다. 생각했던 것보다 이곳의 생활이 팍팍할 거라는 이반의 태도에 명백히 심정이 상한 모양이었다. 돌아서는 혜나의 뒷모습에 한숨이 절로 새어나오는 비파에 비해 이반은 무슨 일이 있었냐는 태도였다. 간혹 희아가 '마마!' 하고 소리를 치면 앞에 놓인 이유식을 떠먹일 뿐, 혜나라는 존재는 이미 까맣게 잊혀진 존재였다. 결국 참다못한 비파가 한소리 하고 말았다.

"그래도 너무 심한 거 아니에요?"

"네?"

희아의 이유식으로 장난을 치던 이반이 살짝 미간을 찌푸리며 고개를 들었다. 여전히 무뚝뚝하지만 조금 전의 싸늘한 기운은 그나마 가신 얼굴이었다.

"혜나요, 너무 심한 거 아니냐구요."

"처음부터 확실히 하지 않으면 일 년 동안 함께 살면서 내내 부딪칠 겁니다."

"그래도 한 분밖에 안 계시는 이모님 딸이잖아요."

"어느 누구나 같습니다. 한 분밖에 안 계시는 그 이모님이 저와 함께 살더라도, 제 집에 있는 한 제 규칙이 따라야 합니다. 이 이상 희아 어머니가 간섭할 일은 아닌 것 같습니다."

그 역시 벌떡 일어나 거실로 나가 버렸다. 차갑다. 정말 얼음처럼 차가운 사람이다. 뭐, 뭐야! 괜히 혜나 편을 들어주다 무안만 당한 꼴이었다. 망신당한 제 엄마는 제쳐 두고 희아가 그를 불러

제5장 169

댔다.

"아바! 아바!"

언제부터인지 그녀를 부르는 어마, 라는 소리보다 아바, 라는 소리를 더 많이 하는 것 같다. 새침한 비파를 슬쩍 보던 이반이 저 부르는 소리에 잠시 멈칫하다 가볍게 한숨을 내쉬었다. 희아가 또다시 그를 불렀다.

"아바!"

이반이 끙! 소리를 내며 결국 다시 돌아와 희아를 안아 들었다. 그리고는 슬쩍 그녀의 눈치를 보다 재빨리 희아를 안고 사라져 버렸다. 이 녀석 많이 무거워졌네. 하는 소리가 언뜻 들렸다. 잘못 보았을까? 희아를 안아 든 이반의 입가에 언뜻 미소가 스치는 것 같다. 비파는 거실에 선 두 사람을 조금 어두운 시선으로 바라보았다. 다정하게 나가는 둘의 모습이 그리 마음에 들지 않은 탓이었다. 어쩌면 승미 아줌마의 손이 내밀어졌을 때 얼른 잡고 이곳을 떠나야 했었는지도 몰랐다. 훗날, 이곳을 떠난 후 희아의 가슴 속에 남을 그리움을 생각하면. 그리움을 알아버리기엔 너무나 이른 나이다. 사실, 떠나야 할 시기를 놓쳐 버린 건 아닐까? 새삼 걱정이었다. 어두운 창밖을 바라보는 비파의 가슴은 그것보다 조금 더 어두웠다.

"굴러온 돌이 박힌 돌 뺐다는 생각은 안 해?"

방학이라 집에서 뒹굴거리던 혜나가 아침부터 안채로 건너와 비파의 신경을 건드리고 있는 중이다. 이반이 있을 땐 좀 성미를 죽이는가 싶더니 오늘따라 이반이 회사에 나가자 집 안은 온통 혜나 차지였다.

"박힌 돌과 굴러온 돌은 뭔데?"

일부러 설거지물을 세게 튕기며 비파가 물었다.

"사촌 동생을 별채로 몰아넣고 안채를 떡 차지한 가정부 봤니?"

이사 온 지 거의 한 달이 다 되어가는데 아직도 분이 풀리지 않은 걸까? 그래도 미안한 마음에 늦잠 자는 혜나를 위해 이반 몰래 아침까지 차려주었건만, 도무지 감사할 줄을 몰랐다.

"내가 원한 게 아니잖아?"

"모르지, 나 오기 전에 무슨 송사를 벌였는지. 엄마가 아시면 뒤로 넘어갈걸? 그러게 내가 조심해야 된다고 그렇게 말했는데, 꼭 내 말을 안 듣더라니깐!"

"뭘?"

무슨 소리인 줄 뻔히 알면서 비파가 일부러 되물었다.

"글쎄? 차 한 잔 줘."

한껏 비꼬는 양을 하더니 굳이 설거지하는 비파에게 차 심부름까지 시키고 제 집인 양 거실 소파에 벌렁 눕는다. 설거지하는 손을 늦추지 않으며 비파가 고개를 절레절레 저었다. 이반이 빨리 오면 좋겠다. 여기 있다 해서 특별히 그녀 입장을 대변해 주는 건 아니지만, 최소한 그가 이곳에 있을 땐 제 성질을 자제하는 편이었으니까.

"차 달라니깐! 안 들려!"

뭉그적거리는 비파가 못내 못마땅한지 혜나가 버럭 소리를 질렀다. 성미 하고는. 입을 삐죽이면서도 비파는 차가운 냉커피를 만들어 거실로 내었다.

"차 달라고 달랑 이것만 가져오니? 하여간 눈치없기는. 그런 눈치에 오빠 또 어떻게 꼬셨나 몰라? 하긴 남녀 문제는 그런 눈치론 안 되는 거지?"

말끝마다 딴죽이다. 비파가 꽝, 잔을 내려놓았다. 까만 커피 물이 유리 테이블 위로 튀어 올랐다. 그 소리에 저쪽에 앉아 홀로 놀고 있던 희아가 눈을 동그랗게 뜨고 제 엄마를 쳐다보았다.

"너, 그거 꽤 모욕적인 말이라고 생각하지 않니?"
"모욕?"
"그래. 나에게도 그렇지만 너 사촌 오빠에게도 꽤 모욕적인 거야, 그런 거!"
"하! 그으래? 그래서 이제 스물세 살밖에 안 된 주제에 애는 덜컥 낳았니? 천박하기는."

말 하나하나가 가시가 되어 박혀왔다. 차가운 냉커피를 숨 한 번 쉬지 않고 단숨에 후르륵 마시며 혜나가 옹골차게 못을 박았다.

"널 위해 충고하는데, 오르지도 못할 나무는 일찌감치 포기하는 게 좋을 거야. 친구 딸이랍시고 네가 이런 애 낳는 것 정도는 봐줄지 모르지만, 글쎄? 이반 오빠 우리 엄마에게 워낙 각별한 조카라서 말이지. 감히 너 같은 아이가 넘보는 걸 허락할 거 같아? 아무리 너.라. 해.도. 말이야."

"넘보지 않아."

비파가 이를 악물었다. 그녀의 인생에서 남자는 단 한 명으로 족했다. 희아를 낳은 순간부터 한 남자의 여자가 되는 욕심 따윈 버렸다. 그런 흔한 구속조차 그녀에겐 높은 담처럼 잡기 힘들다는 걸 이미 알아버렸으니까.

"그럼 다행이고."

씨익, 웃는 혜나의 붉은 입술이 마녀처럼 윤을 냈다.

"혜나 잘 부탁해."

질끈 감은 눈자위 너머로 승미 아줌마의 목소리가 울렸다. 비파는 절로 한숨을 쉬었다. 꽉 쥔 그녀의 손바닥엔 아직도 희아를 낳았을 때 잡아주던 아줌마의 따뜻한 온기가 남아 있었다. 고등학교 때 돌아가신 엄마를 대신해 늘 종종대던 아줌마였다. 어떡하니. 어떡하니. 늘상 입에 달고 다니면서 그녀보다 더 안타까워했었는데. 비파가 한결 부드러워진 목소리를 냈다.

"과일 좀 가져다 줘?"

승미 아줌마를 생각하면 차마 혜나에게 모진 말을 할 수 없었다. 학교 끝나고 돌아오면 승미 아줌마가 차려놓은 따끈한 밥상이 방 한가운데 놓여 있었고, 그 뒤엔 그런 엄마를 기다리며 텅 빈 집으로 돌아왔을 혜나의 그림자가 있었을 것이다. 그래서 비파는 혜나에게 한 발 뒤로 물러설 수밖에 없는 입장이었다.

"안주인 같아?"

또다시 비꼰다. 비파가 솟구치는 성미를 잡았다.

"싫음 말고. 오미자 주스 만들어놓은 거 있는데 그거랑 해서 화채 만들어줘?"

"그러든지."

비어진 유리잔을 내밀며 혜나가 비틀어진 미소를 지었다.

여름이 시작되면서 늘 끊이지 않게 만들어놓은 붉은색 오미자 주스에 송송 수박을 썰어 곱게 만든 화채를 투명한 유리그릇에 담아냈다. 승미 아줌마의 취향이겠지만 이반의 그릇들은 참 예쁘다. 부자란 게 이런 걸까? 밥 한 공기를 담아 먹어도 예쁜 그릇에, 숟가락도 반질반질거린다.

급할 땐 대충 밥숟가락으로 커피를 저어 먹던 비파로선 이렇게 찻숟가락에 곱게, 또 예쁜 유리그릇에 시원하게 담아 먹는 화채 한 그릇이 조금 부러웠다. 나중에 이곳을 떠나 희아와 함께 살게 될 땐, 예쁜 커피 잔과 예쁜 찻숟가락을 놓고 알콩달콩 살아가면 좋겠다. 비파는 혜나를 위해 화채를 내어오면서도 그 생각만으로도 잠시 행복해졌다.

희아가 먹을 화채 국물까지 작은 그릇에 담아 거실로 나오는데 갑자기 째진 아이의 울음소리가 허공 속에 울렸다. 쟁반에 담은 그릇에서 화채 국물이 흘러넘치는 것도 모른 채, 비파는 후다닥 거실로 뛰쳐나왔다.

"희아야!"

거실 한쪽 구석에서 제 장난감을 가지고 잘 놀던 희아가 바닥을 뒹굴며 울어대고, 그 곁에 혜나가 해쓱한 얼굴로 서 있었다. 내온 화채를 내던지고 비파가 서둘러 아이 곁으로 다가섰다.

"어디 다쳤니?"

"으아! 아아!"

벌어진 희아의 입 안에서 그때까지 보지 못했던 피가 주륵 흘러내렸다. 덜컥! 심장이 툭 떨어졌다. 순식간에 핏기가 싸악 가시는 게 느껴졌다. 이 서늘한 두려움. 비파가 혜나에게 다그쳤다.

"무슨 일이야?"

"뭐가!"

하얗게 질린 얼굴로 혜나가 별일 아닌 것처럼 애써 목소리를 냈다. 목소리의 끝이 파르르 떨리는 것조차 깨닫지 못하면서.

"아, 아이가…… 다쳤니?"

목소리가 떨려 말까지 더듬거렸다. 하얗던 혜나의 얼굴에 조금씩 핏기가 돌았다. 귓불이 빨갛다.

"다쳤나 보지. 저기 피 나는 거 안 보여?"

눈자위에 핏발이 섰다. 이를 악물며 비파가 물었다.

"왜?"

"모르지. 저 혼자 놀다 다친 걸 나보고 어쩌란 말야!"

성마른 성질대로 목소리가 팩 올라섰다. 너무해! 비파가 속으로 소리쳤다. 정말 너무한다. 그녀 자신에게 하는 노골적인 모욕은 상관없다. 하지만 이런 어린아이한테……. 비파가 얼른 아이의 입 안을 살폈다. 잇몸에서 자꾸 피가 흘러 상처 자국이 잘 보이지 않았다.

"너……."

비파가 이를 악물었다. 이번만 참는다, 정말!

"너, 두 번 다시 이런 짓 하면 가만두지 않겠어."

"뭘 가만두지 않겠다는 거야? 네 주제에!"

빙글 비웃는 혜나의 미소에 열이 솟구쳤다.

"희아한테 말이야. 희아한테 한 번 더 못된 짓 하면 절대 가만두지 않겠다구!"

"뭘 가만두지 않겠다는 겁니까?"

비파의 고함 소리를 뚫고 묵직한 이반의 음성이 울렸다. 어느새 집 안으로 들어선 이반이 반듯하게 서 있었다. 이반은 벨을 누르지 않고 직접 열쇠를 열고 들어오는 편이었다. 화들짝 놀란 비파가 얼른 시계를 바라보았다. 오후 다섯 시 삼십 분. 벌써 이반이 도착할 시간이었다.

"가만두지 않겠다니, 뭘 말하는 겁니까?"

차가운 눈빛이 거실 안을 훑었다. 거실에 있던 두 사람 모두 돌상처럼 굳어버리고 말았다. 비파의 목에 얼굴을 묻고 있던 희아가 반가운 이반의 목소리에 고개를 바짝 들었다.

또다시 희아의 울음이 터졌다. 아까보다 훨씬 어리광이 많이 섞인 울음소리였다. 이반을 찾으며 희아가 몸을 비틀었다. 어느새 훌쩍 커 버린 아이의 몸무게에 비파가 견디지 못하고 비틀거리는 사이, 이반의 가볍게 희아를 안아 들었다.

"아! 바!"

희아의 입 안에 고였던 피가 후둑, 이반의 어깨 위로 떨어졌다. 제 어깨에 떨어진 피에 이반의 눈동자가 크게 벌어졌다. 괜히 애먼 비파만 다그치기 시작했다.

"이, 이거 피 아닙니까? 희아 다쳤습니까?"

"아니에요. 놀다가 넘어졌는데 조금 다친 모양이네요."

변명하는 비파를 혜나가 가소롭다는 듯 노려보았다. 이반의 눈초리가 사납게 치켜올랐다.

"그래서요!"

"네?"

"그래서 지금 여기 이렇게 서 있자는 겁니까?"

이반이 버럭 소리를 질렀다. 쩌렁 울리는 고함 소리에 지은 죄가 있는 혜나의 어깨가 움찔거렸다.

"박 부장님이십니까? 아직 멀리 가지는 않았습니까? 네. 죄송하지만 다시 집으로 오셔야 할 것 같습니다. 아이가 좀 다쳤습니다."

비파의 의견은 묻지도 않고, 빠른 걸음으로 돌계단을 내려서며 바쁘게 전화를 건다. 늘 이곳으로 와 자신을 싣고 회사로 향하는 박 부장에게 전화를 거는 모양이었다.

"괜찮아요. 입술만 조금 찢어진 것일 수도 있어요."

성큼 걷는 이반의 걸음을 뛰다시피 따라잡으며 비파가 헉헉댔다. 그녀의 무심한 말에 잔뜩 화가 난 이반이 휙 바람이 일도록 돌아섰다. 순간, 정신없이 쫓던 비파가 콩 하고 이반의 가슴에 부딪혔다. 이반이 으르렁댔다.

"이제 막 이가 나기 시작한 아이입니다. 잇몸을 다친 거면 어쩔 겁니까?"

아, 그제야 비파가 얼마 전 막 새로 난 이를 발견했던 걸 기억했다. 비파의 얼굴이 하얗게 질리기 시작했다. 미처 그 생각은 하지 못했었다. 아직 딱딱하게 여물지도 못한 여린 이가 바닥에 부딪혀 얼마나 아팠을까? 가슴이 메어와 이번에 두말없이 이반의 뒤를 바짝 쫓았다.

정말 멀리 가지는 못했는지, 대문을 나서자마자 박 부장이 후다닥 달려왔다. 더운 열기가 집을 나선 순간부터 확 밀려왔다. 급하게 걷는 이반의 품속에서 출렁이던 희아가 좀 전의 아픔은 잊었는지 눈물을 뚝 그친 채 신기한 듯 박 부장이 열어준 차 안을 둘러보았다. 아이보다 어른들이 더 놀란 듯했다.

"가까운 소아과로 좀 갑시다. 아, 아니 치과가 나으려나? 아이가 다쳤는데 이제 막 이가 솟기 시작해서…… 우선은 병원으로 가야 할 것 같습니다."

말의 앞뒤가 어설프다. 한국에 도착한 후 이제껏 모셔왔지만, 이토록 당황한 회장은 처음 보았다. 간혹 이곳에 들렀을 때 보면 집안일을 하는 도우미 같은데……. 룸미러로 비파를 흘낏 바라보던 박 부장이 이반의 재촉에 빠른 속도로 병원으로 향했다.

"아무래도 조금 큰 병원이 나을 것 같습니다."

흘끔거리는 박 부장의 눈길을 눈치채지 못한 이반이 서둘렀다. 옆에 앉은 비파는 그제야 늦은 후회를 하며 동동 발을 구르고 있었다.

"다행히 잇몸은 다치지 않았네요. 안쪽 입술이 조금 찢긴 것뿐이니까 괜찮습니다."

좀처럼 떨어지려 하질 않아, 어쩔 수 없이 이반의 품에 안겨 제 입술을 내놓고 있는 희아를 진찰하던 의사가 사람 좋게 설명해 주었다. 이반의 뒤에서 죄인처럼 서 있던 비파가 비로소 제 가슴을 쓸었다. 집에서 출발할 때만 해도 칭얼대던 녀석이 하얀 병원은 싫지 않은 듯 둘레둘레 주위를 살핀다. 잇몸은 다치지 않았다 해도 보라색으로 퉁퉁 부어오른 입술이 여간 흉물스럽지 않아, 보는 비파의 눈매가 절로 찌푸려졌다. 이반은 걱정스런 눈빛으로 희아를 살폈다. 의사의 설명에도 마음이 놓이지 않는 기색이었다.

"새로 난 이는 괜찮다는 말씀입니까?"

"네. 입술만 다친 거니까, 새로 난 이는 아무 문제가 없죠."

앉은 이반의 무릎 위에서 캬캬! 소리를 내며 벌떡벌떡 뛰는 희아의 통통한 손을 잡아주며 의사가 이놈, 아주 신이 났네. 하하하! 웃는다. 저를 보고 웃는 의사에게 희아도 인심 좋게 벙싯벙싯 맞장구를 쳤다.

제 무릎에서 방방 뛰는 희아를 잡느라 애를 쓰며 이반은 비파 쪽으로 고개를 돌렸다. 그제야 엄마가 아닌 제가 아이를 안고 있었다는 생각이 든 탓이었다. 그녀 쪽을 향해 아이를 내밀던 이반의 손이 그대로 제자리에서 멈추어 섰다.

하얗게 질린 얼굴! 이제껏 보지 못한 비파의 얼굴이었다. 잘근잘근 씹어대는 입술 사이로 붉은 피가 살짝 비치는데 정작 당사자는 아픔을 느끼지 못하는 듯했다. 신나는 놀이를 하는 마냥, 이반의 팔에 매달려 팔딱팔딱 뛰는 아이는 이미 아픔이 사라지고 없는데, 그 아이를 바라보는 비파의 시선은 시리도록 아파 보였다. 이반의 얼굴이 아까와는 다른 이유로 살짝 일그러졌다. 아깐 미처 놀란 비파를 배려할 여유가 없었는데…… 이반은 마치 못 볼 걸 본 것처럼 화들짝 고개를 돌렸다. 불쾌하다. 이 스멀거리는 아픔. 지금 그가 느끼는 이 묘한 기분이 심정을 상하게 하고 있었다. 하얗게 비워지던 머리도 그렇고, 콕 쏘는 이 심장의 통증도 그렇다. 뭐지, 이 낯선 감정은?

일그러지는 그의 얼굴을 오해했는지 의사가 이반의 무릎을 다독였다.

"정말 괜찮다니까요. 아이 아빠가 더 놀라신 것 같네. 보기엔 좀 그렇지만 아이가 많이 놀라지만 않았다면 별문제는 없을 겁니다. 어른 같으면 연고라도 발라주겠지만, 아이에겐 보통 스스로 치유하게 하죠. 아이들의 치유력이 얼마나 빠른지 알면 놀라실 겁니다. 하하하!"

대수롭지 않게 웃는 의사를 떠나 두 사람은 병원을 나섰다. 대기실에 서 있던 박 부장이 황급히 다가왔다. 간 줄 알았는데 아직 남아 있었단다.

"괜찮답니까?"

"네, 그렇다네요. 다행이죠?"

묻는 박 부장을 무시한 채 이반은 뚜벅뚜벅 병원 복도를 걸어가 버렸다. 사실, 제 생각에 빠져 박 부장의 말을 듣지 못했다. 그런 이반을 오해한 대신 비파가 대꾸해 주는데 정작 박 부장은 별 신경을 쓰는 기색이 아니었다. 이반의 성격에 꽤나 익숙해진 듯한 태도였다. 하여간 저 성미는 어디 가서도 변하는 게 없나 보지? 투덜대며 비파는 박 부장과 나란히 복도를 빠져나갔다. 그들보다 조금 떨어진 곳에서 이반의 품에 안긴 희아가 또다시 고성을 질렀다. 나들이라도 온 거라 착각하는 걸까? 보라색 입술로 흥에 겨워 어쩔 줄 몰라 한다. 주차장에 세워진 차에 올라타서도 이반의 굳어진 얼굴은 풀어질 줄을 몰랐다.

"당신은."

비파가 차에 올라서자마자 이반이 휙! 고개를 성질 사납게 돌렸다. 고사리 같은 손으로 이반의 옷자락을 잡고 있던 희아가 동그랗게 뜬 눈으로 둘을 바라보았다.

목소리를 한껏 올리던 이반이 문득 룸미러의 거울 너머로 박 부장과 눈을 마주치자 애써 목소리를 가라앉힌다.

"네?"

"당신은 대체 애 엄마가 맞기는 합니까?"

목소리를 내려도 마음이 상하는 건 어쩔 수 없었다. 그깟 혜나에게 제 아이가 다치고도 큰 소리 한 번 치지 못하는 비파가 답답하고, 그 답답함 때문에 공연한 짜증이 일었다. 그가 화를 내는 건 아이를 돌보지 못하는 엄마로서의 자격이 아니라 혜나에게 화조차 제대로 내지 못하는 그런 비굴함이었다.

"괜찮다잖아요. 아이들이 자라다 보면 이렇게 다치기도 하는 거죠."

그의 속을 모르는 비파가 엉뚱하게 달래고 나섰다. 이반이 이마를 짚었다. 지끈 심장이 아파왔다. 잠깐 회사에 출근한 사이 왜 이리 소란스러워지는 건지. 한국에 온 후로 제대로 쉬어본 적이 언제인지 알 수조차 없었다. 아니, 정확히 말하면 비파가 그의 집에 온 후다. 딱히 비파의 어떤 행동이 문제가 되는 건 아닌데, 그냥 그의 심정이 복잡해지는 게 문제였다. 매사 까다로워지고 뾰족하게 날이 서 있는.

또다시 룸미러 너머로 박 부장의 놀란 시선이 눈에 들어왔다. 회사 내에선 이토록 감정을 드러내 본 적이 없는 그라 조금 놀란 눈빛이었다. 이반이 애써 제 감정을 눌렀다.

"혜나입니까?"

확신에 찬 질문이었다.

"네?"

"아까 혜나와 싸우는 것 같던데 희아 다친 거, 혜나 때문이냐고 물었습니다."

"아……."

비파가 대답을 끌었다. 난처한 듯 이반의 시선을 피하기까지 한다. 제 엄마의 속을 모르고 다시 벙싯 웃는 희아의 보라색 입술 사이로 묽은 침이 뚝 떨어져 칼로 베일 것처럼 주름 잡힌 이반의 양복 상의로 뚝 떨어졌다. 이가 막 나려 한다더니, 희아는 요즈음 침을 자주 흘렸다.

비파가 화들짝 놀라 이반의 눈치를 살폈다. 그러고 보니 아까 그의 어깨 쪽에 피도 흘린 것 같았는데. 그러나 다행히 이반은 별말이 없었다. 계단 난간에 얇게 묻은 먼지는 손가락으로 쓱 닦기까지 하더니…….

"혜나 때문이냐고 묻지 않습니까?"

이반의 목소리가 다시 날이 섰다. 비파가 어물쩡 저도 모르게 손을 쭉 뻗어 이반의 양복 위에 흘린 침 자국을 손바닥으로 쓱 닦아냈다. 양복 위로 뻗은 비파의 손을 이반이 꽉 잡았다.

"아, 아파라!"

비파가 잡혀진 손을 움찔했다. 꼼짝할 수 없을 정도로 강인한 힘이었다. 아프다고 인상을 쓰는데도 이반은 놓아줄 생각 없이 그녀를 똑바로 노려보았다.

"당신은!"

비파가 또다시 제 손을 잡아당기며 애원의 빛을 보냈다. 잡힌 손가락 마디가 이젠 저릴 정도로 아파왔다.

"대체……."

"아, 아…… 파요."

비파가 잔뜩 일그러진 얼굴로 호소했다. 그제야 이반이 자신의 손에 잡힌 비파의 하얗게 저린 손을 알아챘다. 그 손만큼 하애진 얼굴로 그제야 잡은 비파의 손을 획 떨쳐 버렸다. 그 작은 떨림에도 비파의 몸이 휘청거릴 정도였다. 대체 왜 저렇게 화를 내는 건데? 짜증보다는 그 이유가 더 궁금할 정도였다. 잔뜩 얼어 있는 이반의 침묵 속에 박 부장이 괜스레 눈치를 보고 차는 집을 향해 빠르게 속도를 냈다.

성난 이반과 비파 곁에서 내내 팔딱팔딱 뛰던 희아도 지쳤는지 고른 숨소리를 내며 잠들어 있었다. 집에 도착할 때까지 희아를 안고 있던 이반은 아이가 깨지 않도록 조심스럽게 움직이며 안채로 들어섰다.

"어, 왔어?"

텅 비어 있을 줄 알았던 거실엔 혜나가 소파에 반쯤 기댄 채 텔레비전을 보고 있었다. 잠시 소강상태를 보였던 이반의 분노가 곧장 혜나에게 쏟아졌다. 걱정스런 빛 하나 없더니 그래도 그 눈빛엔 어기적 자리에서 일어설 정도의 눈치는 있다.

"애는 괜찮대?"

이반은 하! 쏘아대더니 제 방으로 성큼 올라가 버렸다. 죽일 듯이 노려보던 것이 비해 꽤나 싱거운 대꾸였다.

"아, 저……."

비파가 후다닥 이반의 뒤를 쫓았다. 그러고 보니 희아가 다친 후부터 내내 그의 뒤만 쫓아다닌 셈이었다.

"제 방으로 데리고 갈게요."

자신의 침대 위에 희아를 내려놓는 이반에게 비파가 말했다. 여전히 대답도 없고 굳은 얼굴도 풀어질 줄을 몰랐다.

대체 왜 저러는 거야? 비파가 이반 모르게 투덜댔다. 그렇지 않아도 냉랭한 사람이 저렇게 잔뜩 찌푸리면 옆 사람이 얼마나 신경 쓰이는지 알고는 있는 거야? 고시랑대면서도 막상 대놓고 뭐라 말은 못했다. 병원에서부터 내내 그랬던 것 같다. 평상시엔 조잘조잘 말 한마디 지지 않고 쏘아대던 입이 딱 붙어 떨어지지가 않는 것이었다. 그것이 좀 그랬다. 건드리면 감당하지 못하게 터져 버릴 것 같은 위태함. 뭐 그런 본능적인 위험 때문에 비파는 희아가 조심스레 이반의 침대에 눕혀지는 것을 가만히 지켜볼 수밖에 없었다.

히잉! 소리를 내며 희아가 편하게 자세를 잡는 걸 본 후에야 이반이 제 방을 나섰다. 이반의 걸음은 곧장 거실의 혜나에게로 향하고 있었다. 비파는 불편한 심정으로 이반에게서 한 발짝 뒤로 물러서 따랐다. 거실로 향하는 그의 등은 막 시위를 떠나려는 활처럼 팽팽했다. 소파에 앉아 코미디 프로그램을 보며 낄낄대는 혜나 앞에 이반이 딱 버티어 섰다.

"너, 작은 오피스텔 정도면 되겠니?"

"뭐?"

"내일, 학교 근처 오피스텔 하나 알아봐 주마."

"무슨 소리야, 그게? 지금 나보고 나가란 거야?"

혜나가 벌떡 자리에서 일어서며 고함을 쳤다. 놀라긴 비파 역시 마찬가지였다. 왜 일이 이렇게 커지는 거야? 여기에서 유일하게 담담한 사람은 이반뿐이었다. 하긴 폭탄을 던지는 쪽이 원래 더 담담한 법이기는 했다.

"그래."

"뭐, 뭐야! 이유가 뭔데?"

"그럼 굳이 네가 이곳에 머물고 싶어하는 이유는 뭐냐?"

"오빠가 원했잖아?"

"이젠 원하지 않아. 그러니까 이만 나가주었으면 좋겠다."

"대체 왜 그래? 갑자기!"

"갑자기?"

이글거리는 활화산 같다. 언성을 굳이 높이지 않아도 지금 그의 분노가 어느 정도인지 살갗으로도 느낄 수 있을 정도였다. 비파가 저도 모르게 부르르 몸을 떨었다.

"내가 무슨 짓을 했다고 그래? 사고였어! 그냥 장난 좀 친 건데 애가 앞으로 꽝 넘어진 것뿐이라구! 봐! 바닥이 대리석인데 그럼 녀석이 안 다쳐? 은비파! 너 도대체 오빠한테 뭐라고 한 거야? 내가 일부러 그런 거야? 사람이 실수도 할 수 있지, 왜 이렇게 수선이야? 희아가 오빠 애야? 왜 오빠가 나한테 난리야!"

혜나가 억울하다는 듯 언성을 높였다.

"소리 낮춰! 아이를 깨울 셈이야?"

이반이 차갑게 혜나에게 내쏘았다. 옆에 선 비파가 고개를 절레절레 저었다. 정말 둘 다 성미 한번 대단하네.

"저기, 그만 하죠?"

비파가 둘 사이에 끼어들며 사태를 수습하기 시작했다. 자신으로 인해 집 안에 분란이 일어나는 건 원치 않았다. 뭐, 일단은 의사도 괜찮다고 했고.

"희아도 괜찮다는데…… 혜나도 실수라잖아요."

그때였다. 이반의 고개가 휙 찬바람을 갈랐다. 좀 전까지 혜나를 향해 있던 눈동자가 이젠 섬뜩하도록 그녀를 노려보고 있었다. 섬뜩한 냉기가 이 더운 여름의 열기를 순식간에 얼려 버렸다.

뭐, 뭐야……. 비파가 펄쩍 뒤로 뛰었다. 놀라 심장이 벌떡벌떡 뛰어댈 정도였다. 이반의 길고 섬세한 손가락이 그녀의 미간 사이에서 마구 흔들렸다. 이런, 무례하기는!

"당신은…… 대체 당신이란 사람은!"

"뭐가요?"

"당신 아이입니다. 당신 아이가 다쳤는데, 왜 그렇게 뒤로만 물러서는 겁니까? 엄마로서 아이에 대한 책임성도 없습니까? 왜 혜나한테만 유독 그렇게."

"양보하며 사느냐구요?"

비파가 말을 가로챘다.

하! 혜나가 양손을 허리에 집고 비웃음 소리를 냈다. 사실은 이렇게 성난 이반이 오금 저릴 정도로 무서우면서도 비파 앞이라 한껏 허영을 부리고 있는 중이었다. 게다가 아직은 이곳을 떠날 수 없었다. 친구들에게도 그렇지만, 이렇게 쫓겨난 걸 알면 당장 엄마가 쫓아올지도 몰랐다. 비파의 중재가 어이없긴 했지만 혜나는 양발을 벌린 채 호기를 부렸다. 그런 혜나와 상관없이 불꽃은 이제 그녀가 아닌 다른 곳에서 튀어 오르고 있었다.

"변명을 할 셈입니까?"

뭐? 변명? 비파가 쇳소리를 냈다. 어처구니가 없었다. 아이가 다쳤는데 아프기로 말하면 지금 여기 서 있는 셋 중 그녀만큼 아픈 사람이 또 있을까? 엄마로서의 책임성? 웃기네.

"변명이요? 내가 왜 아저씨한테 변명을 해야 하는데요? 내 아이예요! 내 아이가 다친 걸로 내가 누구에게 변명을 해야 하는 거죠? 오히려 아저씨가 이렇게 화를 내는 게 더 우습지 않아요?"

"나가!"

이를 악물며 이반이 뱉었다. 이반의 시선 끝에 있는 건 비파가 아닌 혜나였다.

"너, 지금 당장 여기에서 나가라구!"

이반이 처음으로 언성을 높였다. 꽉 쥔 주먹이 하얗게 관절을 드러냈다. 당사자인 혜나도 그렇지만, 비파까지 질려 버릴 정도로 이반의 눈빛은 소름 돋도록 무서웠다. 후다닥! 비겁하게도 혜나가 도망친 후 거실은 음산한 침묵이 감돌았다. 꼴깍 침을 삼키면 그 소리마저 천장이 울릴 정도로 거실 안은 조용하기 그지없었다. 무표정한 얼굴이 비파에게 향했다.

"우습다고 했습니까?"

유리를 날카로운 칼로 긁어대는 듯한 으스스한 소름. 비파가 어깨에 힘을 팍 실었다.

"네, 우스워요! 내 문제예요. 내가 혜나 앞에서 무릎을 꿇든 속도 없이 다 양보하며 살든 내 문제라구요!"

"당신의 문제라…… 그런가요? 그렇다면 내가 화낼 이유가……."

이반의 말이 갑자기 멈추었다. 안경 너머 부드러운 갈색 눈동자가 깊고 진한 늪처럼 가라앉았다. 곧추섰던 눈썹도 제자리로 돌아와 있고, 붉게 달아올랐던 뺨도 어느새 제 빛으로 돌아와 있었다. 딱딱하게 긴장했던 어깨를 풀며 이반이 고개를 들었다. 조금 전까지 스치던 빛은 거짓말처럼 사라지고 평소의 모습처럼 잔잔한 눈빛이었다.

"……잠시 쉬어야겠습니다."

언제 화를 냈냐는 듯이 너무나 싱겁게 돌아서고 만다. 잠깐 스친 이반의 눈동자에 비파의 심장이 덜컥 떨어져 내렸다.

아, 이게 아닌데……. 사실은 그게 아닌데. 사실은 곁에 있어주어서 고맙다고 말을 했었어야 했다. 그러나 늘 빛처럼 짙어졌던 승미 아줌마의 보살핌이, 그래서 더욱 혜나에겐 죄인이 될 수밖에 없었던 그녀의 딜레마를 이반이 무심코 건들고 만 탓에 말이 엇나가고 말았다.

"아, 저……."

비파가 잠깐 그를 세웠다. 자신의 자격지심을 이반에게 되쏘아낸 건 잘못이었다. 상처를 주려 한 게 아니었다는 걸 설명하고 싶었다.

"그게…… 고마웠어요. 병원도 그렇고, 혜나한테 오히려 화내 주어서 그렇고……. 하지만 전 좀 그래요. 승미 아줌마……."

"알겠습니다."

비파의 말이 아직 끝나기도 전에 이반은 성큼 돌아서 버렸다. 더 이상 듣고 싶지 않다는 뜻이었다. 설명하던 비파가 잘근, 입술을 깨물었다. 쌉쌀한 아픔이 손톱 끝에 박힌 가시처럼 따갑다.

위층으로 향하는 이반의 등이 조금 굽어져 있다. 그 뒤를 바라보는 비파 사이로 창밖의 은은한 달빛이 서늘한 빛을 가득 메우고 있었다. 돌아서는 이반을 바라보는 비파의 가슴도 그 빛처럼 서늘해졌다. 순간 심장이 따끔해진다. 바늘로 콕콕 찌르는 것처럼 따끔따끔 통증이 쑤셔왔다. 이반의 모습이 그랬다. 굽어진 등도, 한결 처진 어깨도 자꾸 그녀의 신경을 건드려 댄다. 아프게 할 생각은 아니었는데. 정작 상처를 준 쪽은 자신이면서도 울 것 같은 얼굴을 하고 비파는 말없이 이반이 떠난 자리를 바라보았다. 눈이 아파. 비파가 중얼거렸다. 눈이 아파서, 마음이 아픈 거야. 그래서 돌아선 이반의 등이 자꾸 아파 보이는 거다.

제5장

제6장

한밤중에 결국 일이 터졌다. 비파와의 신경전 때문에 불편한 잠에 빠져 있던 이반의 방문이 자정쯤, 쾅쾅! 거세게 울렸다.

"아저씨! 자요? 좀 일어나 봐요!"

문 밖에서 들리는 비파의 음성은 높고 다급했다. 노곤한 잠에 취해 있던 이반이 뭐, 뭐야! 하며 벌떡 일어섰다.

"뭐, 무슨 일입니까?"

놀란 이반이 거세게 열어젖힌 문 너머에는 당황한 얼굴의 비파가 서 있었다. 얼굴이 어르스름한 달빛에도 퍼렇게 질려 있는 게 확연히 보일 정도였다.

"희, 희아가 열이 안 떨어져요."

어제 이반의 방에 있던 희아는 끝내 제 엄마의 방에서 재워졌었다.

"네?"

"자는데 아이 숨소리가 거칠어서……."

비파의 말이 채 끝나기도 전에 이반은 이미 그녀의 방 쪽으로 들어선 후였다. 가구 하나 없이 텅 빈 방 안에 깔아놓은 작은 이불에서 쐑액쐑액 소리를 내며 희아는 거칠게 숨을 몰아쉬고 있었다. 하얗고 통통한 뺨이 열 때문에 붉게 달아올라 보기에도 안쓰러울 정도였다. 이반이 제 손을 작은 이마에 얹었다. 불같이 뜨겁다. 그의 손길에 희아가 힘없는 눈꺼풀을 들었다. 이런, 핏기가 싸악 가셨다. 보라색으로 부풀어 오른 입술이 채 가라앉기도 전에 끓어오르는 열로 하얗게 말라가고 있는 작은 아이. 이반은 이불째 아이를 안아 들었다.

"구급차 불러요!"

이불로 감싼 아이를 안고 밖으로 내달리며 이반이 비파에게 지시했다. 달달 떨리는 손가락으로 겨우 번호를 누르는 비파 옆에서 이반은 찬물에 적신 제 손으로 아이의 이마를 식히고 있었다.

삐뽀! 삐뽀!

사이렌 소리가 울리며 119 구급차가 집 앞에 섰다. 뭐, 뭐야? 별채에서 반쯤 벗은 잠옷을 입은 혜나가 튀어나왔지만, 이반과 비파는 혜나에게 신경 쓸 여유도 없이 곧장 구급차에 올라탔다. 칭얼대던 희아가 결국 열기를 못 견디겠는지 흑흑 울며 제 얼굴을 이반의 가슴팍에서 비벼댔다. 아이가 흑흑, 소리를 내며 울다니. 더욱 안쓰러워 이반의 얼굴이 무겁게 가라앉았다.

서툰 손길로 희아의 등을 두드리며 이반은 '괜찮아, 많이 아팠어?' 낮은 목소리로 아이를 달랬다. 금방 병원에 가자? 말귀를 알아듣지도 못하는 아이에게 열심히도 설명을 한다. 이반의 어깨에 기댄 비파는 놀람과 눈물 때문에 거의 기진해 있었다.

"이 선생님 호출했어?"

도로록 바퀴 소리를 내는 침대 위에 아이를 눕히자마자 다가온 간호사가 옆에 선 다른 간호사에게 물었다.

"네, 금방 오실 거예요."

아이의 체온을 재보니 39도. 이 작은 아이가 견디기엔 꽤 높은 열이었다. 떨어진 이반의 품이 못내 불만스러운지 희아는 침대에 누우려 하질 않았다. 늘 혼자서도 잘 놀던 아이였는데, 열 때문인지 칭얼대는 게 보통이 아니었다. 결국 비파가 다시 희아를 안아 조심스럽게 달랠 수밖에 없었다.

침대 근처에만 가도 칭얼대는 희아 때문에 결국 비파는 의사가 올 때까지 내내 서성이며 기다려야만 했다. 보통은 이반에게 잘도 안기면서 아파서 그런가? 서운하게도 희아는 제 엄마만 찾아댔다. 결국 아이만큼 작아진 비파가 의사가 올 때까지 서서 달래주어야만 했다.

"미안해요. 자는 거 깨워서……."

희아를 달래며 그 와중에도 비파가 사과를 했다. 오는 동안 아이 못지않게 운 탓에 눈자위가 뻘겋게 통통 부어 있다. 안쓰럽다. 열에 절절 앓고 있는 아이도 그렇고, 뻘겋게 울고 있는 어린 엄마도 그렇다. 비파의 머리를 쓰다듬으려 했을까? 이반의 손이 비파의 머리 위에서 멈칫하다 얌전히 내려지며 대신 비파 옆에 조용히 앉았다. 침대가 아니라서 그런지, 아니면 제 엄마 곁이라 그런지 다행히 희아는 더 이상 칭얼대지 않았다.

"괜찮아요. 어차피 잠도 오지 않았는데."

잠옷을 입은 채 이곳에 왔다는 건 까맣게 잊은 이반이 비파의 머리를 자신의 한쪽 어깨에 대었다. 그의 어깨에 아이와 엄마 모두 기대어 앉은 모양새가 되었다. 비파는 이반의 어깨에 얼굴을 묻고 비로소 안도의 숨을 내쉬었다. 넓은 이반의 어깨가 든든했다. 그녀 혼자였다면 어떠했을까? 상상만으로도 아찔했다.

"환자 어디 있어요?"

응급실 안쪽 문에서 맑은 음성이 울렸다. 기다리던 이 선생이란 의사가 도착한 모양이었다. 이반이 소리나는 쪽을 향해 고개를 돌렸다. 햇빛 한 번 보지 못한 사람처럼 하얀 얼굴을 한 젊은 의사 한 명이 부드러운 미소를 지으며 그들에게 다가왔다. 이반이 얼른 희아를 받아 안아 침대에 뉘었다.

"아, 이 아이인가요? 녀석, 잘생겼네."

그 의사는 참 소년 같은 느낌이었다.

"언제부터 열이 올랐었죠?"

희아에게 청진기를 대며 의사가 물었다. 부드럽고 다정한 음성이 꽤 좋은 의사처럼 보였다.

"아, 그게…… 언제부터 열이 올랐습니까?"

난처한 얼굴로 이반이 비파를 돌아보았다.

"녀석, 많이 아팠구나. 어이구, 이 큰 눈망울에 눈물이 하나 가득이네?"

참 웃음이 많은 사람이다.

"언제부터 열이 올랐다고 했죠?"

다시 한 번 물으며 의사가 둘을 향해 고개를 돌렸다. 순간, 소년처럼 맑게 웃던 의사의 얼굴이 뺨이라도 맞은 듯 얼음처럼 싸늘하게 굳어졌다. 유리처럼 투명하게, 그리고 살얼음처럼 위태하게 얼어붙은 그의 시선은 곧장 비파를 향해 있었다.

"……은비파?"

은비파? 이반의 시선이 의사의 얼굴을 스쳤다 다시 비파를 향했다. 비파 역시 파랗게 질린 얼굴로 뚫어지게 의사를 바라보고 있었다. 세상 속에 단둘만 남은 것처럼.

"아는 사람입니까?"

이반의 물음에도 대답이 없다. 아니, 애초부터 그의 음성 따윈 들리지 않았을 거다. 겉껍질처럼 파삭한 얼굴엔 가벼운 경련이 일었다.

"아, 남편 분 되시나요?"

먼저 정신을 차린 건 의사 쪽이었다. 그렇다고 해서 안색이 제대로 돌아온 건 아니지만. 그게 당신과 무슨 상관이지? 묻고 싶은 걸 꾹 참으며 이반은 탐색하는 시선으로 둘을 꼿꼿이 바라보았다. 희아에 대한 걱정스러움은 이제 비파에 대한 걱정으로 변해 있었다. 비록 이반에게 묻기는 했지만 그래도 여전히 관심은 비파에게 있는지, 그가 미처 대답하지 못했다는 것도 모른 체 의사는 비파에게 또다시 물었다.

"오랜만이네? 아이는…… 언제 낳았어?"

모노드라마의 배우처럼 저 혼자 지껄이고 저 혼자 웃는다. 이반의 얼굴은 점점 무표정으로 바뀌어갔다. 이곳에서 혼자 떠들고 있는 사람은 저 의사이지만, 뚝 떨어져 혼자만 버려진 사람은 자신 같다. 뭐야, 이 녀석! 그보다 조금 어린 남자 같은데, 왠지 싫다. 저 선해 보이는 웃음도, 소년 같은 하얀 얼굴도 불쾌하리만큼 그의 감정 선을 건드려 대고 있었다.

　이 모든 상황이 그 역시 어색했을까? 의사는 아까와는 달리 사무적인 태도로 희아에게 돌아섰다. 청진기를 대는 손이 눈에 띄게 떨리고 있었다. 동요가 눈에 뻔하게 드러나는 손길이었다. 이반은 그 섬세한 손가락을 희아에게서 툭 떨쳐 내고 싶은 마음을 꾹 누르느라 이가 아플 지경이었다. 의사의 턱 선에 붉은 실선이 자잘하게 퍼져 갔다.

　"녀석, 어디 보자. 많이 아팠니?"

　다정하게 묻는 소리조차 신경에 거슬렸다. 그렇게 다정하게 굴지 말란 말이다. 잘생긴 뒤통수를 쏘아보았다.

　"응!"

　희아의 이곳저곳을 녀석이 청진기로 눌러대고, 이반이 잔뜩 못마땅한 얼굴로 의사를 쏘아보고 있는 사이, 내내 말이 없던 비파가 난데없이 불쑥 말을 꺼냈.

　"뭐?"

　귀에 꽂고 있던 청진기를 떼어내며 녀석이 놀란 얼굴로 비파를 바라보았다.

　"남편이라구, 애 아빠! 아이가 저녁 무렵부터 열이 올랐어."

아, 하얀 얼굴이 이젠 파르스름해진다. 꽤나 충격을 받은 모양이었다. 비파가 슬쩍 이반을 바라보다 다시 의사에게 얼굴을 돌렸다.

"아, 그래…… 결혼했구나."

저 잔뜩 실망한 기색으로 대답하는 힘없는 목소리. 자꾸 짜증이 솟구쳤다. 그 둘이 마주치는 눈빛 하나에도 심장이 서걱 소리를 냈다. 알 수 없는 불쾌감이 스멀스멀 기어나오고, 이반은 곁에 서 있는 것조차 불쾌하고 짜증스러웠다.

"아이, 진찰 안 하십니까?"

이반이 의사를 재촉했다. 뻔히 속이 드러나게 굳어진 비파나 낑낑 고생하는 희아나 모두 마음에 들지 않았다. 특히 남편이라는 말에 사색이 되어버린 저 의사 녀석까지.

"아, 네……. 그럼 언제?"

"저녁때부터 열이 올랐다고 하지 않습니까?"

덕분에 목소리 톤이 날카롭게 올라섰다.

"아, 네……."

또다시 멍청한 대답을 하며 의사가 다시 희아를 진찰하기 시작했다. 아이의 입 안까지 꼼꼼히 살피는 세심한 손길이었지만 그리 미덥지는 않았다. 오히려 불쾌했다.

"염증은 보이지 않는데…… 혹시 낮에 아이가 갑자기 칭얼대거나 뭐……."

저 보랏빛 입술이 보이지 않는 건가? 이반의 눈초리가 확 휘었다. 이런, 실력없는 의사인 게로군!

"낮에 아이가 바닥에 넘어져서 좀 다쳤습니다."

"그런가요? 아직 열이 오른 이유는 잘 모르겠지만 감기 증상은 아닌 것 같고, 간혹."

"저, 여보!"

뭐? 의사랍시고 주절거리는 말에 귀를 기울이고 있을 때 낯선 호칭이 그의 귀를 찔렀다. 이반의 입이 추하게도 저절로 벌어지고 말았다. 여, 여보?

"여보, 저 잠깐만……."

비파의 손이 이반의 잠옷자락을 꽉 붙들었다. 곧이라도 쓰러질 것처럼 파란 안색을 하곤 잡은 손에 잔뜩 힘을 주었다. 이반이 얼른 비파를 부축했다.

"저기서 잠깐만 쉬고 있어요. 아이는 내가 볼 테니까."

잠옷 차림임에도 당당한 태도였다. 말끔한 하얀 의사 가운을 당차게 쏘아본 후 비파를 부축해 응급실 복도 쪽에 있는 의자에 앉혔다. 비파가 스르르 무너지며 겨우 의자에 걸터앉았다. 등 뒤로 둘을 빤히 바라보는 의사의 시선이 느껴져 이반은 일부러 한쪽 무릎을 꿇어 비파와 시선을 맞추며 물었다. 멀리서 보기엔 꽤나 다정스런 부부로 보일 터였다.

"희아 아버지입니까?"

"네?"

비파가 기절할 듯 놀라자 이반이 어깨를 으쓱했다. 두 사람의 반응으로 보아 그 정도쯤 예상하는 건 당연한 게 아닐까?

"당신이 원한다면, 희아는 제가 돌보겠습니다."

"그게 무슨 말이에요?"

"희아, 존재를 그에게 알리고 싶지 않다면 당분간 내가 남편 역을 해줄 수 있다는 말입니다. 그러니까 걱정…… 하지 않아도 됩니다."

비파의 어깨를 툭툭 다정하게 치며 이반이 별안간 씨익 웃었다. 늘 딱딱했던 얼굴에 잘생긴 미소가 스치자 늘 무뚝뚝하던 얼굴이 화사사하게 피어난다. 움츠렸던 꽃봉오리가 제 꽃잎을 활짝 펴듯이. 갑작스런 공격을 받은 것처럼 이반의 미소에 비파가 휘청였다.

예쁘다…… 서른 살 안팎으로 보이긴 했지만 오빠보다는 아저씨란 호칭이 더 어울릴 정도로 어른스럽던 이반의 얼굴이 순간 꽃처럼 예뻐 보였다.

이 사람, 늘 웃으면 좋겠다.

그런 생각 탓에 멍한 눈으로 자신의 손등을 톡톡 두드리는 이반의 손길을 대책 없이 받았다. 홀린 것 같다. 정말 같은 사람인 거야?

"괜찮겠습니까?"

"네?"

"잠깐 혼자 있어도 괜찮겠느냐, 물었습니다. 안색이 많이 좋지 않아요. 정말 괜찮습니까?"

걱정스런 목소리까지. 비파는 롤러코스트를 탄 것처럼 어지러웠다. 이런 이반은 잘 적응이 되지 않는데.

"아, 네……."

"그럼, 잠깐만 여기서 기다려요."

이반이 자리에서 일어선 후 비파는 몰래 응급실을 엿보았다. 정언의 모습이 이반의 등 사이로 언뜻 스쳤다 사라졌다. 정언의 얼굴이 스칠 때마다 비파의 얼굴에도 상처가 빠르게 스쳐 갔다. 이여 년 만에 보는 그는 여전히 소년처럼 맑다. 자신이 사랑했던 그 모습 그대로.

비파가 제 무릎에 얌전히 놓인 손을 바라보았다. 손마디 하나하나가 거칠거칠하다. 추운 겨울, 행여나 손이 틀까 호호 정성스럽게 정언이 불어대던 고운 손이었다. 나 지금 뭐 하고 있는 거니? 비파가 스스로에게 물었다.

이반을 어처구니없이 희아 아빠로 만들어놓고, 나 지금 뭐 하는 거야? 떠날 때에도 비겁하게 떠나놓고선 재회마저 이렇게 비겁하게 하는 거, 정말 바보 같은 짓이야.

비파가 입술을 깨물었다. 또다시 문 앞으로 정언이 휙 스쳐 지나갔다. 가슴에 쏴아아 물결이 쳤다. 그리웠던 추억들이 소년 같은 그의 얼굴과 함께 폭풍처럼 그녀를 몰아쳐 왔다.

"넌, 내게 나비처럼 날아왔어."

반짝이는 눈동자로 빤히 보던 그의 진지한 눈빛이 선명히 떠올랐다. 제 나이로 보이지 않은 여린 모습으로 꽤나 심각하게 말해서 저도 모르게 하하하! 웃었었다.

아, 이런……

비파가 당황하며 제 뺨 위로 흘러내린 눈물을 급히 닦아냈다. 희아와 함께 그가 없이 꿋꿋하게 살아가기로 했었는데. 비파는 주먹을 폈다 쥐었다 의미없는 행동을 반복하며 이반이 나오기를 기다렸다. 그녀의 예민한 귀는 소란스런 응급실 속에서도 또렷이 정언의 목소리를 알아차리고 있었지만, 애써 무시한 채 제 주먹에만 열중했다.

"사랑해. 널 너무 사랑해서 두려워져, 가끔은."

그녀의 드러난 복숭앗빛 살결을 쓰다듬으며 그는 수줍게 말했었다. 첫 경험 때문에 아파하는 그녀를 정성스럽게 어루만지고, 사랑스런 키스를 발끝까지 섬세하게 맞추며 그가 나직하게 속삭였던 모든 말들이 갑자기 예고도 없이 해일처럼 몰아닥쳤다. 비파가 제 얼굴을 감쌌다. 고통스럽다. 심장에 자잘한 주름이 그 고통을 새기듯 가슴이 아려왔다.

"괜찮습니까?"

까만 고통 속에서 한줄기 빛처럼 이반의 목소리가 울렸다. 아…… 그제야 다친 희아를 깨닫고 벌떡 일어서는데, 어느새 잠이 든 희아를 안은 이반이 그녀 앞에 걱정스런 눈빛으로 서 있있다. 비파가 얼른 제 얼굴을 쓰윽 쓰다듬었다.

"아, 잠깐 다른 생각을 했어요. 희아는……."

"우선은 약 먹였으니 조금 지켜봐야 합니다."

"네에……."

대답하며 곁눈질로 슬쩍 응급실 쪽을 보는데 문가에 정언이 서 있다. 미소가 머물긴 했는데 그것보다는 좀 더 어두운 이상야릇한 표정을 하고, 그녀를 빤히 보고 있었다. 심장이 쿵쿵 울렸다. 그녀는 다 잊었는데, 그녀의 심장은 여전히 그를 기억하나 보다. 그의 미소, 그의 웃음소리, 그의 심장 소리…… 그리고 그의 어머니의 음성도. 그녀가 정언의 곁을 떠날 수밖에 없었던 그의 어머니의 목소리…….

"만나지 말아다오."

"원한다면 입원실에 입원해도 괜찮아."
회상 속을 뚫고 정언의 목소리가 현실 속에서 울렸다. 언제 다가왔는지 파리한 안색으로 정언이 그녀에게 말을 걸었다. 이반이 매서운 눈빛으로 정언을 쏘아보았다. 비파가 힘없이 고개를 저었다. 이곳에 더 버틸 힘이 없었다. 성큼, 그녀의 곁으로 다가온 이반이 비파의 어깨를 감쌌다.
"제 아내가 지쳐서 그만 집으로 돌아가야겠습니다."
이반의 말에 정언이 한 걸음 바짝 다가섰다. 놀라고 걱정스런 기색이었다.
"아프니? 괜찮아?"
저절로 그녀의 이마를 향해 뻗는 손을 순간 이반의 날카롭게 찰싹 내려쳤다. 무례하게도 소유를 확실히 하는 몸짓이었다.
"아, 그냥 좀 놀라서……."
빨개진 손등을 얼른 내리며 정언이 변명을 했다. 이반은 굳은 얼굴로 대꾸를 하지 않았다. 그게 훨씬 더 불편해져 정언은 흠흠, 괜한 헛기침을 해댔다. 싸늘한 침묵이 복도에 휘도는 사이 누군가 복도 끝에서 헐레벌떡 뛰어왔다. 박 부장이었다.

"회장님!"

"아, 박 부장님! 밤늦게 죄송합니다. 아이가 아파서……."

"괜찮습니다. 그런데 아이는 괜찮습니까?"

한밤중에 끌려온 탓에 흐트러진 옷매무시를 한 박 부장이 사람 좋게 물어왔다. 이런 자잘한 일로 부른 것에 대한 원망이 조금도 없는 표정이었다. 비파가 미안한 기색으로 인사를 건넸다.

"죄송합니다. 저 때문에……."

"아니, 뭐…… 그나저나 희아 어머니도 꽤 놀라셨겠습니다."

비파의 얼굴이 벌겋게 달아올랐다. 부끄러워하는 비파 앞을 이반이 가로막았다.

"집사람이 몸이 안 좋아서, 좀 신세를 지게 되었습니다."

네? 뜨악한 얼굴로 입을 벌리는 박 부장을 스쳐 이반은 빠르게 복도를 나섰다.

"차는 어디 있죠?"

당당하게 걷는 이반의 등 뒤로 자잘한 스트라이프 잠옷 자락이 팔락거렸다. 비파는 일부러 정언을 외면한 채 이반을 따라나섰다.

복도 끝으로 세 사람의 그림자가 사라져 가자, 비로소 뒤에 남은 정언의 얼굴이 가면을 벗고 일그러지기 시작했다. 심장의 고동이 울린다. 그녀를 보면 그의 심장은 언제나 그렇게 울려댄다.

은비파…….

이반이 없는 곳에서 정언이 조용히 비파의 이름을 불렀다. 오늘 밤, 그는 이 년 전의 그날처럼 또다시 그녀에게 버림받은 기분이었다.

집에 돌아온 후, 열이 떨어지지 않으면 어쩌나 걱정을 했는데 다행히 아이는 푸욱 잠이 들었다. 열도 많이 가라앉았다. 운전하던 박 부장이 원래 아이들은 놀란 일이 있으면 간혹 열이 오르기도 한다고 말은 해주었지만, 비파로선 쉽게 마음이 놓이지 않았다. 지금까지 이토록 한밤중에 병원에 내달려 본 적이 없었다.

어린 나이에 아이를 낳아 기르면서 한 번도 힘들다고 생각하지 않았던 것도 희아 스스로 잘 자랐기 때문이다. 아이는 엄마가 기르는 게 아니라 스스로 자란다더니.

병원을 나서며 이반이 말하던 '집사람'이란 호칭에도 박 부장은 다행히 아무 말이 없었다. 단지 걱정하지 말라며 어깨만 툭툭 칠 뿐이었다. 박 부장마저 떠나자 갑자기 꽤 어색한 침묵이 감돌았다. 비파가 흠흠, 소리를 냈다.

"아깐 고마웠어요."

대꾸가 없다. 아까 잠시 보았던 미소는 꿈이었나 싶게 이반은 처음처럼 무표정한 얼굴이었다. 뭐야? 갑자기 배신당한 기분이 들었다. 성큼 앞장서는 이반의 팔을 비파가 불쑥 잡아챘다.

"아까는, 고마웠다구요. 덕분에."

곧이라도 차가운 물이 뚝 떨어질 것처럼 냉한 눈빛으로 이반이 잡힌 손을 노려보았다. 비파가 얼른 잡은 손을 놓았다. 뭐야? 불쾌하다는 거야? 굳게 다문 입술과 딱딱한 눈매. 전보다 더 차갑고 날카로운 인상으로 뭐라도 쏘아붙이나 싶었는데, 이반은 희아를 이

불 위에 눕히느라 별말이 없었다. 그리고 잔뜩 흐트러진 이불을 제 성미처럼 탁탁 반듯하게 주름을 폈다. 발가락을 꼼지락거리며 방문 입구에 서 있는 비파 따윈 관심조차 없어 보였다.

자신의 뒤에서 우물거리는 비파를 외면한 채 이반은 가만히 희아 곁에서 작고 마른 입술을 바라보았다. 가슴이 아프다. 이 작은 아이에게 링거라도 꽂아보면 어떨까, 하고 의사가 물었을 땐 정말 멱살이라도 잡고 싶었다. 이 작은 몸, 어디에 혈관을 찾아 바늘을 꽂겠다는 것인지. 아이의 아빠는 자신이 아닌 그 하얀 가운의 녀석이란 걸 알면서도 그땐 그랬다. 이반은 조심스럽게 땀에 젖은 아이의 머리카락을 쓸었다. 오동통하던 볼이 하루 사이에 홀쭉해졌다.

'빨리 나아라.'

이반이 속으로 속삭였다. 아이의 웃음이 사라진 집은 무덤처럼 고적해서 싫다. 전엔 익숙했던 침묵이 견딜 수 없이 답답하고 숨통을 조였다. 캬캬! 웃는 웃음소리와 그를 향해 벙싯거리는 그 작은 밝음을 살 수만 있다면 그가 가진 모든 것을 다 주어도 아깝지가 않을 것 같았다. 비파가 불편한 기색으로 꼼지락거리는 걸 알면서도 이반은 쉽게 자리에서 일어나지 않았다. 아무리 보아도 모자랐다. 부드럽게 쓸어 올리는 이반의 손가락에 아이가 살짝 입꼬리를 올렸다. 찌르르 가슴이 울렸다.

'아파? 많이 아픈 거니?'

이반이 물었다. 희아에게도, 비파에게도 들리지 않겠지만. 빨리 아이가 나았으면 좋겠다. 하룻밤은 그에게 너무 길었다. 통통한 엉덩이를 실룩거리며 그를 향해 반갑게 다가오는 녀석이 눈에 선

한데, 지금은 이렇게 쌕쌕 숨조차 버겁게 쉬고 있다는 게 믿기지 않았다. 이반은 다시 손을 바꿔 희아의 이마를 짚었다. 그의 차가운 손이 조금이라도 열을 식혀줬으면 좋겠다.

"들어가서 좀 주무세요. 죄송해요, 잠을 방해해서……."

기다리다 못한 비파가 결국 먼저 말을 꺼냈다. 이반이 미간을 찌푸렸다. 또다시 밀어내는 비파의 태도가 신경에 거슬린 탓이었다. 시장 보러간다며 아이 한 번 안아보지 못한 그에게 덥석 맡기고 나간 주제에, 정작 그가 다가오면 거칠게 밀어버린다.

이반은 다시 한 번 희아의 머리를 쓰다듬은 후 자리에서 일어섰다. 주무시라고 인사하는 비파를 살짝 노려보았다. 그녀가 자꾸 신경에 거슬렸다. 그 의사 녀석을 바라보던 그녀의 애틋한 눈빛 역시.

이반이 떠나자 비파가 서둘러 희아 옆으로 다가앉았다. 이젠 제법 서늘해진 희아의 이마를 어루만졌다. 아이의 이마엔 이반이 남긴 서늘함이 묻어 있었다. 비파는 그제야 지친 몸을 희아 곁에 뉘었다. 오뚝 솟은 희아의 코가 바로 눈앞에 보였다. 제 아빠를 쏙 빼어 닮은 작은 코. 비파를 닮기도 했지만, 희아에겐 정언의 흔적이 더 많았다. 비파의 손가락이 희아의 머리카락을 세심하게 쓸어 올렸다.

"희아야, 아빠 봤어?"

아이는 대답없이 깊이 잠들어 있었다. 감겨진 눈썹이 길고 가지런하게 뻗쳐 있어 비파는 신기한 듯 어루만졌다. 아빠! 하고 불러나 보지. 이반에겐 곧잘 하면서 막상 제 아빠 앞에선 입을 꼭 다물어 버린 매정한 녀석 같으니.

비파는 부드럽게 희아의 머리카락과 열이 오른 복숭앗빛 뺨, 짧은 발가락까지 온몸을 샅샅이 어루만졌다.

"희아야, 엄마 많이 놀랐잖아. 그냥 씩씩하게 견디지, 왜 이렇게 아팠어? 엄마 원망하는 거야?"

툭.

눈물이 희아의 뺨 위로 떨어졌다. 갑자기 서러움이 썰물처럼 밀려왔다. 이 작은 몸이 그동안 얼마나 든든한 방패가 되었는지. 아이를 키운 게 아니라 오히려 희아가 이 작은 몸으로 그녀의 버팀목이 되었는지도 몰랐다. 방실방실 웃고, 작은 일엔 투정도 없이 씩씩하게 버티어 서 지금까지 그녀가 살아갈 힘이 되어주었는데…….

꽉 끌어안은 엄마의 품이 답답한 건지, 제 뺨 위로 끝없이 쏟아지는 눈물 때문인지 희아가 불편하다는 듯 쉿소리를 내며 몸을 뒤집었다.

"우리 희아, 햇살처럼 자라야지……. 그럴 거지? 아빠 없이 지금까지 잘살았던 것처럼 아프지 말고 잘 자랄 거지?"

비파가 희아에게 투정을 부렸다. 네가 씩씩해지지 않으면 엄만 정말 살아갈 수 없을 것 같아. 그러니까 조금만 더 힘내줘. 엄마가 많이 자라서 씩씩해질 때까지, 네가 대신 이 엄마를 지켜줘. 그럴 거지?

서늘한 여름 바람이 무더위를 뚫고 살랑살랑 불어왔다. 오랜만에 불어오는 바람이었다. 가벼운 린넨 커튼이 바람에 날리고 그 자락 속에 비파는 잠시 정언을 떠올렸다. 희아를 닮은 오뚝한 코, 희아처럼 웃는 가지런한 이. 희아처럼…… 희아처럼…….

희아는 한 번 된통 앓고 난 값을 하는지, 키가 부쩍부쩍 자라났다. 아이는 한 번 앓으면 그만큼 자라난다고, 숙련된 부모처럼 박 부장이 말하기는 했지만 정말 희아는 몸무게뿐만 아니라 하는 짓까지 여물어가고 있었다.

희아가 한밤중에 응급실로 달려간 후, 한 달에 한 번 꼴로 나가던 회사를 제외하곤 나간 적이 없던 이반이 요즈음엔 매일 어디론가 외출을 시작했다. 혜나는 이반의 눈치 때문에 안채 출입을 자제하고, 비파 역시 말을 잃어 집 안은 평화로움으로 포장된 불편한 침묵에 휩싸였다.

"시! 시!"

최근에 배운 말을 아무 때나 구사하며 희아가 제 장난감을 휙 바닥에 내던졌다. 주워 오면 다시 던지고, 내버려 두면 주워 달라 눈물이 그렁그렁한 큰 눈으로 제 엄마를 바라본다. 심술을 부리는 걸까? 대체 '싫어!' 라는 말은 어디서 배운 건지, 발음조차 되지 않아 '시! 시!' 하면서 요즘 곧잘 투정이 늘었다.

"너, 또 엄마보고 놀아달라는 거야?"

빨래 바구니를 들고 나가는 비파를 보곤 갑자기 잘 놀던 희아가 또다시 휙 장난감을 던져 버렸다. 희아 곁에 쪼그리고 앉아 던진 장난감을 손에 쥐어주며 비파가 작은 코를 살짝 쥐고 흔들었다. 코를 잡힌 희아가 용을 쓰느라 얼굴이 뻘겋게 달아올랐다.

"깔깔깔!"

빨간 아이의 얼굴을 보곤 뭐가 좋다고 비파가 소리 내어 웃음을 터뜨렸다. 그녀의 웃음소리에 투정이 났는지 희아가 또다시 시! 하고 소리를 쳤다. 사납게 올라간 눈초리가 무섭다기보단 꼭 꼬집어주고 싶을 만큼 귀여워, 희아가 장난을 치는 건지 그녀가 장난을 치는 건지 모르게 둘은 아웅다웅 토닥거렸다.

"뭐 하는 겁니까?"

마침 계단을 내려서던 이반이 또다시 희아의 코를 잡는 그녀에게 무뚝뚝하게 물어왔다. 이반의 목소리가 들리자마자 희아가 주워준 장난감을 또다시 휙 던지며 빠르게 그를 향해 다가갔다. 그새 기는 속도가 늘어 요즘엔 제가 가고 싶은 곳에 빠르게도 기어가는 탄력이 붙었다. 그래도 행여 무릎이 아플까, 이반은 제 앞에 아이가 다다르기도 전에 번쩍 들어 올렸다.

"녀석, 급하기는. 천천히 와야지."

더할 나위 없이 부드러운 음성으로 희아에게 환하게 웃는다. 심장이 또다시 덜컥 아래로 떨어져 내렸다. 이반의 미소는 적응이 잘 안 된다. 기습처럼 순식간에 그녀를 가격해 한달음에 무기력한 상태로 만드는…… 그런 무기 같다.

이반의 품에 안긴 희아는 좋다고 엉덩이를 들썩이며 동동 뛰기 시작했다. 거대한 이반의 덩치가 아닌 그녀라면 함께 바닥으로 떨어질 것처럼 힘찬 몸짓이었다. 이반에게 한껏 재롱을 부리는 제 아이를 바라보는 비파의 얼굴은 좀 난해해졌다. 처음엔 느끼지 못했는데 요사이엔 그것이 여간 신경에 거슬리는 게 아니었다. 이반을 따르는 희아를 보면 아빠 없이도 외롭지 않게, 씩씩하게 둘이 잘살아갈 거라는 그녀의 믿음에 자꾸 균열이 가는 것 같아 불안했다. 그렇게 자꾸 다가오지 마요. 비파의 찌푸린 얼굴은 그렇게 속삭이고 있었다.

"무슨 일 있습니까?"

희아를 안고 거실로 내려서던 이반이 눈살을 찌푸리며 물었다.

"또 나가시는 거예요?"

별말이나 했다고 갑자기 이반의 목 언저리가 벌겋게 달아올랐다. 비파가 의심스러운 눈으로 이반을 바라보았다. 뭔가 수상한 낌새였다.

"당분간은 외출이 잦을 것 같습니다. 점심은 나가서 먹을 테니, 신경 쓰지 말아요."

그녀에게 쓰는 어투도 아까와는 달라졌다. 미묘한 흔들림. 정중한 어투를 쓰다가도 뜬금없이 짧은 어투가 튀어나오기도 한다.

"시!"

제 엄마에게 떠넘겨 주자 목을 꽉 잡고 늘어지는 희아를 억지로 떼어낸 후 이반은 집을 나섰다. 힐끔 돌아보아도 비파가 따라 나오는 기색은 없었다. 이반은 조금 어깨를 더 폈다. 집 앞까지 차가 온다고는 했지만 이반은 일부러 조금 떨어진 곳으로 주차해 달라 부탁했었다.

"정확하시네요?"

운전학원의 기사가 그를 보며 인사를 건넸다. 약속 시간에 지금까지 한 번도 늦어본 적이 없는 특이한 고객이었다. 간단히 고개만 끄덕인 채 이반은 차에 올라섰다. 이제 거의 막바지다. 이번 시험만 합격한다면 차를 한 대 살 생각이었다. 처음의 긴장감도 많이 사라져 제법 자신감도 붙어 이대로라면 당장 차를 산다 해도 별 무리가 없을 것 같았다. 운전은 생각보다 꽤 재미있는 스포츠였다.

"그런데 좀 의외입니다, 아직까지 면허가 없다는 게?"

무뚝뚝한 성격에도 아랑곳없이 운전기사는 친한 척 말을 건넸다. 이반은 대꾸없이 차창 밖으로 시선을 돌렸다. 이제 곧 그의 솜씨로 이곳을 지나게 될 거라는 생각에 약간은 흥분이 일었다. 오랜만에 느껴보는 긴장감과 흥분이었다.

초창기 '카라'를 설립했을 때보다 더 설레는 기분. 운전학원을 등록하고 나서부터 자주 입가에 미소가 머무는 편이었다.

"아이 때문에……."

차창에서 시선을 떼지 않은 채 이반이 무심한 어투로 말했다.

"네?"

느닷없이 튀어나온 이반의 말에 기사가 눈이 튀어나올 정도로 놀라며 물었다. 지금까지 여러 번 말을 걸기는 했지만, 그가 이렇게 대답해 준 건 처음이었다.

"아이가 아파서."

이반이 간단히 설명을 덧붙였다. 이젠 희아가 아프다 해도 구급차를 기다리는 대신, 그의 차로 병원에 가게 될 것이다. 그것만으로도 운전은 그에게 즐거운 노고였다.

이반을 실은 운전학원 차가 빠르게 골목길을 나가는 동안, 남은 미련을 버리지 못하고 칭얼대며 희아는 마지못해 바닥으로 내려섰다.

"뭐야, 은희아! 엄마하고 놀지 않겠다는 거야?"

이반이 떠난 순간 다시 장난감에 집중하는 희아를 향해 비파가 농담을 건넸다. 우습지 않은 농담이라는 듯이 희아는 흥! 고개를 돌리더니 다시 장난감을 휙 내던졌다.

"엄마도 화났어. 너, 엄마보다 이반 아저씨가 더 좋아?"

이반이란 이름을 알아들었을까? 희아가 고개를 휙 돌리며 '아바!' 조금 더 뚜렷해진 발음으로 말했다.

"아빠 말고 이반!"

희아가 또 벙싯거리며 대답했다.

"아바!"

"너, 애하고 뭐 하니?"

더운 날씨이긴 하지만 민망스런 차림의 혜나가 안채에 들어서며 물었다.

"놀아."

"가지가지 한다."

말은 톡 쏘는데, 그래도 말속의 가시는 많이 빠져 있었다. 제 딴에도 그날 좀 놀랐나 보다.

"희아야, 엄마랑 같이 정원에 나갈까?"

"왜? 내가 또 괴롭힐까 봐?"

혜나가 옆에서 참견했다. 비파가 뜨끔하면서 시선을 돌렸다. 눈치 한번 빠르기도 하지.

"너, 정말 못됐다. 그냥 실수라고 했잖아! 오빠한테 그만큼 눈치 보게 했음 됐지. 됐어! 나도 옆에서 쟁알쟁알하는 거 귀찮아!"

소파에 털퍼덕 드러눕는 혜나를 보니 조금 미안해진다. 그냥 두고 나갈까, 망설이는 그녀를 두고 희아가 뒤뚱뒤뚱 혜나 곁으로 다가갔다. 보라색으로 부풀은 입술은 이제 거의 흔적만 남았다. 아이들의 치유력을 보면 놀랄 거라던 의사의 말처럼 멍든 자국은 금세 사라지고 없었다.

"아부부!"

혜나가 누운 소파 끝머리를 잡고 무어라 열심히 말한다.

"얘, 뭐라는 거니?"

"글쎄?"

"넌 엄마가 되어서 그런 것도 모르니?"

눈이 째진다. 글쎄? 핏, 새는 웃음을 누르며 비파가 다시 정원으로 향했다. 뒤에서 악! 혜나가 비명을 질렀다. 혜나의 배 위로 희아가 장난감을 휙 내던진 것이다. 그래 놓고는 뭐가 좋다고 박수까지 치며 캬캭! 소리를 질러대었다. 벙싯 벌어진 입술 사이로 맑은 침물이 후룩 떨어져 혜나의 드러난 배 위로 떨어졌다. 제 딴에는 놀자고 하는 짓인 모양이다.

배 위로 떨어진 장난감도 그렇지만, 이가 난답시고 희아 역시 주체 못하게 흘러내린 침이 맨살에 뜨끈하게 떨어지자 혜나가 팔딱팔딱 뛰며 비명을 질러댔다.

"악! 못살아! 더럽게 이게 뭐야? 야! 너 저리 가!"

새되게 소리치는 혜나에게 눈치없는 희아가 시! 시! 하며 박수를 쳐댔다. 뭐, 이런 애가 다 있어? 성마른 소리를 내더니 그래도 희아가 내던진 장난감을 다시 집어주기는 하는 모습을 보며 비파의 입가에 절로 미소가 머물렀다. 희아는 이제 새로운 놀이를 발견한 탓에 혜나 곁에만 머물고, 비파는 한결 놓인 마음으로 정원으로 향했다. 바람 한 점 없는 정원은 잠시만 서 있어도 등허리에 주룩 땀이 흘렀다. 어느새 지나가 버린 장마 덕분에 이젠 마음 놓고 햇살이 제 힘을 다하고 있었다. 덕분에 눅눅하던 빨래가 한두 시간 만에 바싹 말라 희아 엉덩이만 호강이었다.

탁탁!

털어내는 빨래에서 맑은 물방울이 보석처럼 빛을 내며 떨어졌다. 또다시 매앰매앰. 따가운 매미 소리 사이사이, 멀리서 또다시 캬캭! 웃어대는 희아의 웃음소리가 들렸다. 따가운 햇살 아래에서도 더위가 사라진 듯한 행복함. 기분 좋은 한여름의 오후였다.

아직 햇살이 가시지 않은 오후에 비파는 잠시 장을 보러 나섰다. 목욕으로 더운 땀을 씻긴 희아는 서늘한 곳에 누워 평화로운 낮잠에 취했고, 우습게도 그 곁에 혜나가 함께 잠들어 있었다. 이반이 나간 지 벌써 두 시간이 넘게 지나, 평상시로 보면 곧 들어올 시간이었다. 들어오기 전에 미리 장이라도 봐놓아야 할 것 같아 비파는 이반의 자전거 옆에 있는 제 자전거에 올라탔다.

띠링!

날렵한 몸체의 자전거가 맑은 종소리를 냈다. 탈 때마다 느끼는 거지만 종소리가 무척 맑고 청아하다. 이반처럼 말이 없고 소란스럽지 않은 조용한 벨소리가 꽤 마음에 드는 자전거였다.

"혹시 그만두게 되어도 넌 가지고 가라 하지 않을까?"

자전거에 올라타며 사람처럼 물어본다. 나중에 이곳을 떠날 때 다른 건 몰라도 이 작은 자전거만은 가져갔으면 좋겠다. 이젠 제법 몸에 익은 자전거를 타고 비파는 근처 마트로 향했다. 오늘은 시원한 오이냉국을 할 생각이었다. 연하고 싱싱한 오이가 있으면 좋겠는데. 배시시 미소를 머금은 비파의 자전거가 빠른 속도를 내며 언덕을 내려섰다.

마트는 사람들로 북적거렸다. 더운 날씨이지만 덕분에 갖가지 과일과 채소들로 가득 찬 마트는 보는 것만으로도 풍성했다. 카트를 끌고 이곳저곳 신기한 세상이라도 온 것처럼 돌아보며 비파는 오랜만에 나들이 기분을 느끼고 있었다. 희아를 사랑하기는 하지만, 가끔 이런 외출이 그녀에게 자극이 되는 것도 사실이었다. 싱싱한 오이와 갖가지 반찬거리를 사들고 비파는 다시 집으로 향했다. 흥얼흥얼, 노래가 새어나왔다. 매일매일 배달되는 과일들 덕분에 무거운 짐이 없기도 했지만, 비파의 자전거는 가볍고 흥겹게 집으로 가는 오르막길을 올랐다. 끼익, 끼익. 바퀴가 그녀의 기분을 따라 노랫소리를 냈다.

"은비파."

그때였다.

"어?"

끼익, 자전거 바퀴가 파열음을 내며 제자리에 섰다. 정언이다. 그녀의, 아니, 이반의 대문 앞에 서성이던 정언이 반가운 얼굴로 성큼 비파의 자전거로 다가섰다.

"저, 정언 오빠?"

"조금은 더 기다릴 생각으로 있었는데…… 어디 다녀와?"

"여긴 어떻게……?"

"아, 병원 기록부 봤어. 집이 근처일 것 같아서."

쑥스러운 미소를 짓는다. 처음 그를 만났을 때처럼 만남은 우연한 곳에서 필연적으로 시작되는가 보다. 반색하는 정언의 모습에 비파는 아찔한 현기증을 느꼈다.

"그냥, 담당 환자라……."

"담당 환자는 다 이렇게 찾아다니나?"

비파가 미소를 지으며 제 딴에 가벼운 농담으로 넘겼다. 정언이 머리를 긁적거리며 또다시 얼굴을 붉혔다.

"그게 아니란 거 알잖아."

솔직하게 대답한다. 정언은 이렇게 순수하게 상처를 준다.

"글쎄? 그런데 무슨 일이야?"

자전거를 세우며 비파가 조금 어른스럽게 물었다. 그녀보다 일곱 살이나 많으면서도 정언은 그녀와 동갑으로 보일 정도로 어려 보이는 외모였다.

"아…… 그냥. 잘 사는지 궁금해서……."

"잘살아. 봤잖아? 남편도 잘해주고 아이도 잘 자라고. 그냥 그렇지."

"아…… 그렇겠다."

정언이 어색한 어투로 대답했다. 아직 낮의 여운이 남은 고요한 골목에 둘은 전과 다른 입장에서 서로 얼굴을 마주 보았다. 예전의 둘은 이렇게 마주 보는 것보단 어깨를 나란히 함께하는 편이었는데, 세월이 흐른 만큼 둘의 위치도 변해 있었다.

오가는 대화도 없어 찌르르 이름 모를 새의 울음소리와 타다닥 끌리는 옆집 사람의 슬리퍼 소리, 그리고 낯선 사람을 경계하는 덩치 좋은 사냥개의 짖는 소리가 둘 사이를 감돌았다. 흠흠, 헛기침을 해대는 정언은 발끝으로 맨바닥을 하릴없이 긁고, 그런 정언의 시선을 피하며 비파는 애꿎은 자전거의 손잡이만 이리저리 돌려댔다.

그를 보면 예전의 그 추억들이 하나씩 떠올라 아직도 그 시절 속에 살고 있는 착각을 불러일으키게 한다. 난생처음 사생아가 아닌 한 여자로서 보아준 남자. 낡은 신발을 안타까워하고, 행여 조금이라도 마를까 늘 밥을 먹자던 따뜻한 남자.

정언은 끝내 시선을 피하는 비파의 머리끝을 바라보았다. 묻고 싶었는데, 왜 자신을 떠났는지 묻고 싶은데 말이 계속 입 안에서 뱅뱅 돌았다. 해맑게 웃던 미소가 좋아서 사랑했던 여자가 어느 날 갑자기 그의 곁을 떠났다. 한동안 그 사실을 믿을 수 없어 비파가 살았던 동네를 돌며 매일 그녀를 찾아다녔었다. 이미 이사 가고 없다는 허무한 대답만 듣고 말았지만. 명백히 그를 거부하는 비파의 행동에 상실감이 들어 한동안 그녀를 원망만 했었다.

그렇게 애태웠던 여자가 어느 날 갑자기 남편과 함께 나타났다. 제 성을 가진 아이와 함께. 처음엔 그를 버리고 그 남자와 결혼하고, 그의 아이를 가진 줄 알았다. 나이 지긋한 남자가 깍듯이 '회장님'이라 부르던 남자.

그런데 병원 기록부에 나온 아이의 이름은 비파와 같은 은희아였다. 어떻게 된 건지 묻고 싶었지만, 그럴 자격이 되는지 싶어, 정언은 바닥만 쓸고 있는 중이었다.

왜 떠났니?

눈이라도 마주치며 물어볼 수 있을 텐데, 비파는 철저히 그의 눈길을 피하고 있었다. 비파가 사는 골목길을 바라보던 정언이 바짝 고개를 들었다. 오기가 치솟았다. 이젠 그 이유를 알아야겠다. 왜 결혼한 그녀의 아이가 엄마와 같은 은씨인지는 몰라도, 그녀가 그의 곁을 떠난 이유만은 알아야 할 것 같았다.

"비파야······."

"여기서 뭐 하는 겁니까?"

그가 막 비파의 이름을 불렀을 때였다. 귀에 익은 남자의 목소리가 적막한 골목에서 울렸다. 컹컹! 옆집 개가 울부짖었다. 언제 시간이 흘렀지? 어느새 제 빛을 잃은 해가 뉘엿, 서녘으로 넘어가고 긴 그림자가 등에 드리워져 있었다. 그 남자였다. 비파의 남편이라는 남자!

"아, 안녕하세요."

마치 외도라도 한 것처럼 순식간에 얼굴이 달아올라 허둥지둥 정언이 먼저 인사를 건넸다.

"장 보고 오는 길입니까?"

정언에겐 대답할 가치도 없다는 듯 냉랭하면서 비파에게 묻는 음성은 꽤나 부드러웠다. 네, 대답하는 비파의 음성 역시 아까와는 달리 나긋하고 수줍은 듯 얼굴까지 붉어졌다. 정언은 스멀스멀 질투가 솟구쳤다. 비파가 자신이 아닌 다른 남자에게 수줍게 볼을 붉히는 것 따윈 보고 싶지 않은 게 사내의 욕심이었다.

"무슨 일이시죠? 제 아내에게 볼일이 남은 겁니까?"

인사를 건넬 땐 아는 척도 않더니, 가라는 기색을 노골적으로 드러내는 이반은 충동적으로 네! 하고 대답하고 싶어질 만큼 무례한 어투였다. 그러나 정언은 쉽게 뒤로 물러섰다. 그를 떠난 여자가 자신으로 인해 불행한 결혼 생활을 하는 건, 원치 않았다.

"아, 아닙니다. 그저 아이가 건강한가 싶어서……."

"좋은 의사 선생님이 되기 위해선 이렇게 환자를 일일이 찾아다녀야 하나 보죠?"

가소롭다는 듯 입술을 살짝 말아 올린다. 정언은 제 속내가 드러난 것 같아 얼굴이 벌겋게 달아올랐다.

"아, 아닙니다. 그냥 지나가는 길에 우연히 마주쳐서……."

남자 앞에선 자꾸 말이 더듬어졌다. 그런 정언을 이반은 특유의 무표정으로 바라보았다. 귀찮고 성가시다, 이 남자의 이런 집요함은.

비파를 버리고 떠났다면 최소한 그녀를 깨끗이 잊어주는 정도의 예의는 있어야 하는 게 아닌가. 주절주절 늘어놓는 정언의 변명 따위는 듣고 싶지도 않아 비파의 손에 잡힌 자전거를 대신 붙들었다. 저녁 장을 담은 바구니가 꽤 묵직했다. 이반은 한 손엔 자전거를 끌고 또 한 손으론 비파의 손을 잡은 채 대문으로 향했다.

"문 열어요."

비어진 손이 없는 관계로 비파에게 명령조로 말하고는 정언을 돌아보았다. 정언은 아직도 그의 집 앞을 떠날 줄 모르고 있었다. 이반이 딱 잘라 선을 그었다.

"우연하게 만났다고 해도 지나친 관심은 받는 입장에서 좀 불편합니다. 제 아내나 제 아이에 대한 이런 과도한 관심은 거절하고 싶은데요. 전 조금 질투가 심한 편이라 아내가 이렇게 다른 남자와 함께 있는 것조차 꽤 신경에 거슬립니다. 다음부턴 이런 식으로 부딪치지 않았으면 좋겠습니다."

"아, 아……."

당황한 정언이 벌어진 입을 다물 사이도 없이 이반은 비파와 함께 냉큼 집 안으로 들어섰다.

"뭐 하시는 거예요?"

대문으로 들어서자마자 비파가 담 밖으로 소리가 넘어가지 않게 나직하게 속삭였다. 그래도 성난 기색이 역력한 음성이었다.

"당신은!"

이반이 놀린 기색도 없이 쨍! 하고 마주쳤다.

"당신은, 그런 당신은 지금 뭐 하는 겁니까?"

"내가 뭘요?"

"당신을 버린 남자입니다. 당신에게 자신의 아이를 남겨놓고도 버린 남자란 말입니다. 그래도 미련이 남은 겁니까? 희아를 낳을 때에도, 희아가 처음 엄마라 부를 때에도 함께 있어주지 못한 무책임한 남자에게 아직도 미련을……."

"당신이 무슨 상관이죠?"

베일 듯이 날카로운 어투로 비파가 말을 잘랐다. 금세 밀려오는 어둠에 골목 어귀의 가로등이 탁 소리를 내며 절로 켜졌다. 그 가로등 불빛 속에 드러난 비파는 얼음처럼 빛을 내며 그를 향해 파르르 떨고 있는 중이다. 작은 비파의 온몸이 그에게 상관 말라, 외치고 있었다.

"당신이 무슨 상관이죠?"

비파의 말이 비수처럼 그의 가슴을 찔렀다. 그 한마디에 잔뜩 곤두섰던 성미가 딱 멈추고 말았다. 그래, 그가 무슨 상관이란 말인가. 대답할 말이 없었다. 그는 희아도, 비파의 보호자도 아니다. 그리고 정언에게 말했던 것처럼 그녀의 남편도 아니었다. 이반은 그대로 굳은 채 비파를 바라보았다. 상처 입은 눈동자가 곧장 그를 향하고 있었다. 이반의 얼굴이 일그러졌다.

"그 사람이 날 떠났는지, 당신이 어떻게 알죠? 내가 떠났다면,

그래서 오히려 상처 입은 사람은 그쪽이라면, 당신이 지금 얼마나 큰 실수를 한 건지 알아요?"

그녀가 떠난 건가? 그가 아닌 그녀가? 아, 숨이 새어나왔다.

"그런가요? 제, 제가 실수했습니다. 미안해요."

이반은 정중히 뒤로 물러섰다. 한기가 들었다. 온몸이 두드려 맞은 것처럼 갑자기 몸살이 겹쳐 오는 이 기분을 어떻게 분석해야 할지 난감했다. 그리고 자신이 그녀의 인생에서 한 줌의 의미도 없는 사람이라는 이 명백한 의지가 왜 그를 쓰러뜨리는지.

꽝!

이반이 잡고 있던 비파의 묵직한 자전거가 굉음을 내며 그대로 정원으로 넘어져 내렸다. 손목에서 힘이 빠진 탓이었다. 비파가 봐온 장바구니에서 야채들이 바닥으로 데구르르 굴러 나왔다. 그러나 이반은 보지 못했는지 현관을 향해 이미 걸음을 옮긴 후였다. 터벅이는 이반의 구두 밑으로 비파가 열심히 고른 싱싱한 오이 하나가 밟혀 허연 제 속살을 드러냈.

사라지는 이반의 등 뒤로 비파가 낮게 신음 소리를 냈다. 이게 아닌데…… 이반의 모습이 현관 속으로 사라지자 비파가 털썩 자리에 주저앉았다.

"미안해요."

작은 사과가 뒤늦게 그의 등 뒤로 새어나왔다. 왜 이럴까? 왜 자꾸 제 자신의 상처를 그 사람에게 쏘아대는 걸까? 비파는 제 스스로도 알 수 없었다. 그냥 그랬다. 그가 찔러대면 마구 들쑤시고 싶은 충동이 일었다. 상처 입은 이반이나 상처를 준 자신이나 모든 것이 꼬인 실타래처럼 모든 것이 엉망이 되어가고 있었다. 원한 건 그냥 씩씩하게 희아랑 잘살아가는 것이었는데, 왜 이리 복잡해지는 건지.

이반에게 이렇게 화를 내려던 건 아니었다. 자신의 죄책감을 그에게 떠넘기는 게 아니었는데……. 비파는 이반이 밟고 간 오이를 집어 들었다. 차가운 오이 냉채를 위해 정성 들여 고른 오이가 처참하게 밟혀져 형체를 알아볼 수 없이 일그러져 있었다. 부서진 오이와 바닥으로 굴러 떨어져 흙투성이가 되어버린 야채들을 다시 바구니에 넣으며 비파는 피가 터지도록 입술을 깨물었다. 갑자기 나타난 정언도, 그녀가 상처 입힌 이반의 얼굴도 견디기 힘들었다.

타닥! 타닥!

정원에 켜놓은 벌레잡이 등에 부딪힌 벌레의 날개가 섬뜩한 소리를 냈다. 가로등 불빛이 탁탁 소리를 내고, 비파는 어둔 정원에 쪼그리고 앉아 야채에 묻은 흙들을 열심히 털어냈다. 털어내고, 또 털어내도 야채에 묻은 흙들은 쉽게 떨어지지 않고, 그게 서러워 비파는 끅끅 울음소리를 내고 있었다.

더럽혀진 장 때문에 부실한 저녁을 먹은 후, 심상치 않은 두 사람 분위기 때문인지 혜나마저 후다닥 떠나 버리자 집은 무덤 같은 적막에 싸였다. 무더운 열대야였다.

얇은 속옷 한 장만 입은 희아는 이불을 다 걷어찬 채 잠들어 있고, 비파는 오지 않은 잠 때문에 아래층으로 내려갔다. 가만히 있어도 주르륵 땀이 흘러 목이 자꾸 탔다. 차가운 냉수라도 마시면 이 더위가 가실까, 비파는 부엌 쪽으로 향했다.

"아!"

계단을 내려선 비파가 낮은 소리를 냈다. 빛 하나 없는 까만 거실에 커다란 산처럼 이반이 버티어 있었다. 노란 달빛이 기다란 그의 그림자에 소름 끼치도록 어울려 비파는 자신도 모르게 침을 꿀꺽 삼켰다. 음울하고 마력적인 만월의 달빛이 차창을 통해 이반의 반듯한 옆선을 고스란히 드러냈다.

비파는 살짝 발끝을 세웠다. 달빛이 어스름하게 비추는 이반의 옆모습은 다른 사람의 방해를 용납하지 않겠다는 듯 단호해 보였다. 비파가 막 걸음을 뗀 순간이었다.

"잠이 오지 않습니까?"

묵직한 이반의 음성이 울렸다. 비파가 멈칫 제자리에 섰다.

"아, 더워서 잠깐 나왔어요."

"희아는 잘 자고 있습니까?"

"네."

더없이 정중한 어투로 묻는다. 할 말이 남은 것 같아 기다렸지만 그것으로 끝이었다. 이젠 가라는 뜻인가? 미적거리던 비파가 결국 포기하고 발을 옮겼다.

"술 한잔하지 않겠습니까?"

그녀의 걸음을 이반이 다시 붙들었다. 돌아선 채, 한 손을 살짝 달빛 속에 흔든다. 투명한 유리잔 속에 붉은 액체가 춤을 추듯 흔들렸다.

"네?"

"잠이 오지 않아, 술 한잔하는 중인데 같이 드시지 않겠습니까?"

이반의 목소리는 거절하기 힘든 무거움을 담고 있었다. 비파는 천천히 그를 향해 걸음을 뗐다. 근처 장식장에서 잔을 하나 꺼내 그녀를 위해 술을 담아 건네는 태도가 일상처럼 익숙했다. 이반이 내민 잔에선 고급스런 와인 향이 그윽하게 퍼져 나왔다. 좋은 와인이란 이런 향을 내는 모양이다.

"향이 좋아요."

꽉 가라앉은 목을 겨우 추슬러 말을 꺼냈다. 저녁의 일을 사과하고 싶은데 쉽게 말이 나오지 않았다.

"그런가요?"

꽤 심드렁한 태도였다. 비파는 손에 들린 와인을 한입에 들이켰다. 향긋한 향이 그대로 목 줄기를 따라 넘어가며 알싸한 달콤함이 심장까지 퍼져 나갔다.

아무 말 없이 비워진 그녀의 잔에 이반이 다시 술을 따랐다. 만월의 달빛에 취했나? 이반의 온몸이 흐릿한 안개를 품어내는 것처럼 사방에 신비로운 향이 흘렀다. 묘한 기류가 두 사람 사이를 스쳐 지났다. 비파는 힘들게 침을 삼켰다.

"흠, 흠…… 저녁엔……."

"좋은 와인이죠?"

이반이 덜컥 그녀의 말을 잘랐다. 무안함에 얼굴이 붉게 탔다.

"사과하고 싶어요."

비파가 고집을 부렸다. 아무리 그가 원하지 않는다 해도 잘못은 그녀에게 있으니까. 그제야 이곳으로 내려온 후 처음으로 이반의 시선이 그녀와 마주쳤다. 입가엔 어느덧 부드러운 미소까지 스며 있었다. 비파가 홀린 시선으로 그를 바라보았다. 미쳤어! 자신을 타박해도 못 박은 것처럼 눈동자가 떨어지질 않았다. 달빛이 그의 얼굴을 황금빛으로 물들이고 입가의 미소는 독 같은 매력을 품어내었다.

"사과하지 말아요. 내가 잘못한 겁니다. 당신이 그어놓은 경계선에 내 마음대로 들어섰어요. 조금 상처를 입긴 했지만, 당신이 사과할 일은 아닙니다. 당신은 처음부터 명백하게 선을 드러냈으니까. 잠깐 내가 착각했었어요."

"그게……."

경계라니. 이반에게 그런 경계를 그어본 적이 없었다.

"그렇게 말하지 말아요. 고맙게 생각해요. 늘 도움받는 입장에서 그렇게 거만하게 말하는 게 아니었는데…… 단지 좀 사정이 그랬어요."

"괜찮습니다, 정말."

"그렇게 말하지 말아요, 제발!"

갑자기 비파가 언성을 높였다. 다시 딱딱해진 이반을 견디기 힘들었다. 그렇게 말하지 않았으면 좋겠다. 이곳에 와 처음으로 편하게 지내왔다. 조금은 무뚝뚝해도 늘 다정한 그가 있어 희아와 함께 있으면서도 한 번도 미혼모라 느끼지 못하며 지냈다. 언제나 고맙고 다정한 사람이었다, 이반은. 상처를 준 건 미안하지만 이렇게 그가 밀어내는 것도 참을 수 없는 이율배반적인 심정이었다.

비파의 음성에 이반은 조금 놀란 듯했다. 어름하게 좁혀진 눈동자가 깊은 빛을 냈다. 이해할 수 없다는 눈빛이었다. 당신이 원하는 대로잖아? 한 걸음 물러서서 철저히 남인 사람. 비파가 자신도 모르게 이반 쪽을 향해 손을 내밀었다. 그의 어깨가 살짝 손끝에 닿았다. 비파가 이반의 옷 끝을 가볍게 흔들었다.

"내가 잘못했어요. 그냥, 조금 힘들어서 그랬다고 이해해 주면 안 되나요? 잊을 거라 했었던 그 사람이 갑자기 예고도 없이 내게 나타나서, 조금 흔들렸어요. 당신은 잘 모르겠지만, 난 늘 그랬어요. 처음엔 잘했다고, 정말 용기있었다고 스스로 칭찬했는데, 당신 곁에 있는 희아를 보면 늘 죄책감을 느껴요. 내가 그의 곁을 떠난 게 정말 잘한 걸까? 희아에게서 아빠라는 존재를 이렇게 빼앗아도 되는 걸까? 이제라도 돌려주어야 하지 않을까? 그가 나타나서 더 갈등하고 버거웠어요. 당신께 그 죄책감을 떠넘긴 거 정말 후회해요. 그러니까, 용서해 줘요. 이렇게…… 이렇게 날 밀어내지 말아줘요."

아, 이런…… 정말 예고도 없이 슬픔이 엄습해 왔다. 털썩, 바닥으로 주저앉아 비파가 제 팔에 얼굴을 묻었다. 갑자기 혼자라는 게 견딜 수 없었다. 누구라도 좋으니 갈 길을 알려주면 좋겠다. 하다못해 잠시 쉴 어깨라도 빌려주면 좋겠다. 아무도 없이 이렇게 살아가는 거 이젠 지겹다. 싫고, 지긋지긋했다. 아무도 없는 거…… 무서웠다.

쉿! 울지 말아요.

주저앉은 그녀의 어깨를 이반이 다정하게 감쌌다. 상큼한 비누 향과 달달한 와인 향이 함께 섞여 코끝을 스쳤다. 그의 향이 좋다. 그에게서 풍겨오는 향은 그의 성품처럼 온화하고 부드럽다. 톡 쏘면서도 결코 날카롭지 않는 부드러운 향.

"늘 혼자여서 내가 정말 잘살아가고 있는지, 희아를 낳아 키우는 게 잘하는 건지 잘 모르겠어요. 그래서 두려워요. 희아가 자라날 원망하지 않을까. 내가 엄마를 원망했던 것처럼 왜 날 낳았냐고 희아가 원망하지 않을까 두려워서. 그 생각만 하면 너무나 무섭고 떨려서 잠을 잘 수가 없어요. 매일매일 스스로 다독여도 정말 필요한 건 잘했다고, 걱정하지 말라고 누군가 내게 말해 주는 건데……내겐 아무도 없어요."

이런, 이반이 낮게 혀를 찼다.

"잘했다고는 말 못하지만, 걱정은 하지 말아요. 당신은 좋은 엄마니까. 그리고 희아는 착한 녀석이니까 분명 당신을 원망하지 않을 겁니다."

톡톡, 등을 다독거렸다. 이반의 손길이 좋다. 그가 괜찮다고 하면 괜찮을 것 같았다. 말이 없지만, 또 때때로 까탈을 부리기는 하지만 허튼소리를 하는 사람은 아니니까……. 눈물이 가시지 않아 뿌옇게 보이는 이반에게 비파가 물었다.

"그럴까요? 나, 정말 걱정하지 않아도 되는 걸까요? 훗날 우리 희아가 절 원망하지 않을까요?"

"네, 희아는 그렇지 않아요. 착한 녀석이니까."

이반이 뺨에 흐르는 눈물을 닦아내며 속삭였다. 그윽한 음성이 달빛처럼 온아한 온기를 둘렀다. 이반의 손길은 서늘하다, 서늘하지만 차갑지는 않은 그의 손가락이 춤을 추듯 그녀의 뺨을 눈자위를, 그리고 입술을 스쳤다.

만월 때문이야.

노란 만월의 달은 마력처럼 사람을 유혹해 내면의 모습을 찾아낸다. 악마와 같은 유혹과 달콤한 사랑의 밀어까지…….

비파의 눈동자가 깜박거렸다. 그 탓에 미처 닦아내지 못한 말간 눈물 하나가 진주처럼 또르륵 뺨 위로 흘러내렸다. 이반의 손가락이 그 눈물 자국을 따라 조심스럽게 움직였다. 마법 같은 손길에 비파는 꼼짝할 수가 없었다. 이반의 입술이 천천히 그녀를 향해 다가섰다. 붉은 입술이 유혹하듯 살짝 벌어져 있고, 와인 향이 코끝을 스친다. 깊고 사려 깊은 이반의 눈동자가 그녀의 눈앞에 흔들리고 있었다. 달빛이 날 유혹하는 거야…….

스르르 눈을 감으며 비파가 속닥거렸다. 작은 숨소리가 커다란 천둥처럼 울리고 곧이라도 튀어나올 듯 심장이 덜컥거렸다. 와인 맛이 나는 이반의 입술이 그녀의 입술 위로 깃털처럼 내려앉았다. 약간은 마르고 얇은 입술이 그녀의 입술을 탐색하듯 어루만지다 살며시, 매끈한 혀를 안으로 밀어 넣었다. 그녀의 속살을 부드럽게, 그리고 매혹적으로 쓸어 내리며 그녀의 진한 즙을 들이마신다.

"아……."

비파가 순간 참지 못한 희열의 비명을 질렀다. 키스라는 게 이렇게 농염하고 유혹적인 건가? 이반의 키스는 참을 수 없이 유혹적으로 그녀의 모든 감각을 일깨우고 있었다. 살갗에 소름이 오소소 돋아나며 발끝까지 짜릿한 전율이 흘렀다.

섬세한 그의 손가락이 비파의 머리카락을 헤집다 살짝 쥐어 잡았다. 흠, 이반의 입술에서도 깊고 달콤한 유혹의 탄성이 터져 나왔다. 빙글, 어지럼증이 돌았다. 그와 비파를 제외한 세상의 모든 것들이 허공 속에 붕 떠 있는 것 같은 그런 황홀한 현기증!

첫키스의 유혹은 짜릿하고 비수처럼 날카롭다. 비파의 머리카락을 부여잡은 이반은 정신없이 그녀와의 키스에 몰입해 들어갔다. 조금만 더, 조금만 더…….

날씬한 그녀의 척추 뼈를 훑어 내리는 손길에 그의 아래가 불처럼 뜨거워져 갔다. 그녀를 가지고 싶다. 이 순간만큼은 그녀를 가지고 싶어진다. 조금만 더 그녀를 자신 안에 가두고 그녀의 향에 흠뻑 취하고 싶은 욕구가 그의 깊은 곳에서 끝없이 들끓어 올랐다.

욕망을 담은 땀 한 방울이 그의 굵은 목을 따라 흘렀다. 간질간질한 감촉이 손끝까지 퍼져 나가 온몸이 마비에 걸린 것처럼 꼼짝할 수 없었다.

"지금, 뭐 하는 거야?"

새된 고음이 쩌렁 거실 안에 울려 퍼졌다. 멍하다. 잠시 이곳이 어디인지 헷갈릴 정도로 이반은 정신이 멍해졌다. 아직 채 욕망이 가시지 않은 눈빛이 반짝임을 잃고 소리나는 곳을 향했다.

이런, 제길!

자신도 모르게 욕이 터져 나왔다. 혜나!

"은비파! 너 결국 이런 애잖아! 오빠한테 관심없다며? 유혹할 생각도 없다면서 이게 뭐야?"

털썩 소리와 함께 그의 품속에 있던 비파가 바닥으로 떨어졌다. 그처럼 비파 역시 잠시 멍했던 모양이다. 이반이 얼른 비파를 부축해 일으켜 세웠다. 죄지은 사람마냥 혜나 앞에 고개조차 들지 못하는 비파를 보자 갑자기 이반은 화가 치밀어 오르기 시작했다. 부글부글 분노가 솟구친다. 그와의 키스는 유혹일 뿐이지, 죄가 아니었다.

"결국 그런 여자야, 너란 앤! 달랑 몸 하나로 남자나 유혹하는……."

짝!

마른 이반의 손바닥이 허공을 갈랐다. 혜나가 제 몸을 겨누지 못해 휘청거리며 벽을 짚고 떨어졌다. 경악한 얼굴엔 빨간 손자국이 선명했다.

"내가 유혹한 거다. 감히 그따위로 그녀를 모독하지 마! 네가 내 집에 있는 한은 그녀를 비난할 그 어떤 자격도 없다."

잔뜩 노려보는 두 사람을 남겨두고 비파는 비틀거리는 걸음으로 계단으로 향했다. 수치심이 심장을 짓눌렀다. 유혹한 건, 어쩌면 그가 아닌 그녀였을지도 모른다. 그에게 기대지 말았어야 했는데. 세상이 그녀에게 허락하지 않는 것을 탐내는 게 아니었다. 그녀 혼자 모든 걸 다 짊어져야 하는 게 그녀가 살아가는 세상이었다. 성언도, 이반도…….

"제발 정언에게서 헤어져 주면 안 되겠니? 우리에겐 그 아이가 유일한 희망이다."

정언 어머니의 목소리가 또다시 울려왔다. 차마 애원할 수조차 없게 무릎을 꿇은 쪽은 비파가 아닌 정언 어머니 쪽이었다. 그래서 떠날 수밖에 없었다. 미혼모의 딸로 살아가는 세상을 처음 배운 게 그때였다.

"비파!"

등 뒤에서 안타까운 이반의 음성이 들렸다. 그러면서도 차마 다가오지는 못한다. 잠시 걸음을 멈추었던 비파가 다시 힘겹게 계단을 오르기 시작했다. 어지러웠다. 수치스럽고 새삼 자신이 역겨워졌다. 결혼도 하지 않은 채 아이를 가진 불결한 미혼모의 딸. 그리고 그녀 역시 미혼모를 낳은, 버림받은 여자일 뿐이다. 세상이 보는 그녀는 그랬다.

"은비파!"

이반이 다시 세차게 그녀를 불렀다. 그러나 이번엔 걸음을 멈추지 않았다. 네 주제를 알아, 은비파! 등 뒤로 노려보고 있을 혜나의 시선이 화살처럼 꽂혀왔다. 그래, 이반에게 기대는 것이 아니었다. 승미 아줌마도, 결코 그것만은 허락하지 않을 것이다.

이제 이반은 비파를 부르지 않았다. 돌아보지 않아도 상처 입어 피투성이가 된 그녀의 심장이 잡힐 듯 선명했다. 자꾸 그녀에게 향하는 손을 이반은 애써 붙들었다. 아마 지금은 시간이 필요할지 모르겠다. 그녀가 그 상처를 딛고 스스로 나을 때까지.

대신 혜나를 사납게 노려본 이반은 쨍! 와인 잔을 내던지고 곧장 현관 밖으로 나가 버렸다. 조금 전까지 빛 속처럼 환하고 평화로웠던 집 안이 열대야의 열기처럼 이글거려 잠시도 서 있을 수 없었다. 숨통이 꽉 막혀 가슴이 답답해져 왔다. 황급히 뛰쳐나온 이반이 그제야 가쁜 숨을 내쉬었다.

제7장

첫키스의 짜릿함은 이미 사라진 지 오래였다. 정원에 선 이반은 이층 비파의 침실로 시선을 돌렸다. 달각, 문소리가 환청처럼 들렸다. 그리고 그녀의 울음소리도.

아마도 자신의 작은 희아의 등에 기대 울고 있을 것이다. 그 작은 아이밖에 가진 게 없는 여자니까. 힘들어도, 외로워도 위로해 줄 사람이라곤 자신이 낳은 그 작은 아이밖에 없으니까.

소리없는 비파의 울음이 엉엉! 철없는 혜나의 울음소리에 파묻혀 자취를 잃었다. 상처 입은 건, 그래서 피가 터지도록 아픈 건 비파인데 고작 붉어진 뺨 하나에 혜나가 더 서럽게 울고 있었다. 까만 어둠에 잠긴 비파의 창문과 소란스런 혜나의 울음소리 속에서 이반은 제 머리카락을 성마르게 쓸어 올렸다. 내가 뭐 하는 건가? 그녀에게 이렇게 할 자격 따위도 없는 내가 상처를 입히고, 이렇게 그녀를 또다시 방치하고 있다. 치졸하고 비겁한 자식!

퍽!

이반이 벽을 향해 세차게 주먹을 내리꽂았다. 살갗을 뚫고 시원한 피가 터져 나왔다.

퍽! 퍽!

딱딱한 벽은 여린 그의 살갗을 찢어놓고 이반은 그제야 바닥에 털썩 주저앉았다. 조금 전까지 하늘을 가득 메우던 달빛은 어느새 까만 구름 속에 가려져 습한 어둠을 쏟아내었다. 슬픈 키스의 여운이 달빛과 함께 빠르게 사라져 가고 있었다.

제8장

급속한 한랭 기운이 그날 이후 내내 집 안을 감돌았다. 이반의 눈치를 보면서도 혜나는 여전히 곱지 않은 눈길로 비파를 노려보고, 이반은 혜나가 없는 사이사이 비파의 눈치를 보았다. 비파는······.

비파는 세상에 귀를 닫은 사람처럼 묵묵하게 제 할 일만 할 뿐, 겉으로 보기엔 전과 다름없는 평온한 모습이었다. 오랜만에 쨍 했던 햇살을 뚫고 한바탕 비를 쏟아낼 것 같은 검은 구름의 눅눅한 어둠이 있긴 했지만, 비파는 부지런히 집 안을 돌아다니며 곳곳의 먼지를 털어냈다. 간혹 미처 닦지 못한 장식품의 먼지들이 눈에 들어왔을 법한데, 이반은 손가락으로 쓰윽 닦아내는 대신 그녀 모르게 제가 닦아냈다. 마른 걸레를 들고 저녁때쯤, 잠깐 잊었던 먼지를 닦으려다 보면 어느새 말끔하게 지워지고 없었다. 그의 속내를 알면서도 비파는 철저히 이반의 시선을 피했다. 달빛과 함께 시작된 키스의 추억은 햇살이 떠오르면 자연히 사라지기 마련인 법이니까.

아침 일찍 식사를 마친 이반이 오랜만에 회사로 출근하고 혜나마저 어디론가 외출하고 없는 틈을 타 비파는 잠시 휴식을 취했다. 하루 종일 내릴 셈인지 검은 구름의 무게를 감당해 내지 못하고 엄청난 양의 비가 지치지도 않게 내려왔다.

"비! 희아야, 이건 비야."

거실의 창문을 약간 열어놓고 고사리 같은 희아의 작은 손을 창밖으로 내밀며 비파가 말을 가르쳤다.

"비?"

제 손바닥에 톡톡! 경쾌한 소리로 떨어지는 따끔한 빗방울에 얼굴을 찡그리며 희아가 엄마 말을 따라 했다.

"응, 비! 하늘에서 비가 내리는 거야."

"비!"

창틀에 고인 빗물을 탁탁! 쳐대며 벙싯벙싯 웃어댄다. 어른들의 미묘한 침묵 속에서 유일하게 행복한 희아였다.

"그래, 비……."

희아가 쳐대는 빗물이 옷을 적시는 것조차 모른 채 비파는 멍하게 어둔 하늘을 바라보았다. 옆에서 희아가 즐거운 웃음소리를 내며 비! 비! 소리를 질러댔다.

희아가 빗방울을 쳐대며 즐거워하는 사이, 이반은 비릿한 가죽 향과 나무 향이 어우러진 회의실 중앙에서 잔뜩 얼굴을 찌푸린 채 주위 사람들을 불편하게 하고 있었다.

참견쟁이 이 이사가 눈짓하는 걸 뻔히 알면서도 박 부장은 일부러 고개를 외로 틀었다. 그 역시 회장이 왜 저렇게 저기압인지 알지 못했지만, 설사 안다 해도 이 이사한테 미주알고주알 말할 생각은 없었다.

"그래서 지금 하고 싶은 말은 뭡니까?"

이반이 짜증스럽다는 듯이 다시 되물었다.

"윤희서 측에선 계약의 문제라고……."

"어쨌든 현재 출시된 '루나'의 모델이기는 하지 않습니까? 그게 무슨 문제가 되는 겁니까?"

"물론 계약상으론 그렇지만, 애초 언급할 때엔 '카라'의 메인 모델로 알고 있었다는 거지요."

이반이 지끈거리는 관자놀이를 누르며 대꾸했다. 당장 고함이 터져 나오려는 걸 애써 꾹 누르고 있는 중이었다. 대신 그 분노를 재운 목소리는 한없이 낮고 냉할 수밖에 없는 일이었다.

"그래서 그쪽에서 원하는 게 뭡니까?"

"이번에 새로 출시되는 '시애틀'의 메인 모델을 하고 싶다는 겁니다."

절로 눈살이 찌푸려졌다. '시애틀'은 그가 작년 잠시 그곳을 들렀을 때 영감을 얻어 만든 야심작이었다. 별처럼 반짝이는 시애틀의 야경을 보고 만든 향수라 이번 역시 윤희서의 이미지와 맞지 않았다. 제길, 정말 두 배가 아닌 세 배의 위약금을 물고서라도 당장 계약을 파기하고 싶을 정도였다.

"그래서요?"

낮게 으르렁거리며 이반이 물었다. 이토록 모델로 속을 썩인 건 이번이 처음이라 이반은 골치가 아팠고 만사 귀찮았다. 애초부터 모델 선정을 이들에게 맡긴 게 잘못인 건지, 이들을 믿은 게 잘못인 건지 알 수가 없었다. 지금까지 '카라'의 모델은 신예로만 컨택하여 업계의 신선한 바람을 불게 했었다. 이렇게 기존의 모델을 기용한다는 것부터가 안이한 생각이었다.

"저 역시 양보할 생각이 없습니다. 윤희서 양은 '시애틀'의 이미지와 전혀 맞지 않습니다."

이반의 말에 회의장 안이 웅성웅성 소란이 일었다. 난처한 얼굴로 서로 마주 보는 이사들의 얼굴도 편하지만은 않았다. 하긴 이만한 일에 굳이 회장이 고집을 피우는 것 역시 보기 좋은 모습이 아니긴 했다. 하지만 오랜 시간 동안 심혈을 기울여 만든 자신의 작품이 이제 생명을 얻는 이 시점에서 어울리지도 않는 모델 때문에 초기부터 사장(死藏)될 수는 없었다.

이반의 얼굴 역시 이사들 못지않게 딱딱하게 굳은 상태였다.

"하지만."

말이 떨어지자마자 잘 훈련된 훈련병처럼 일제히 고개가 그를 향해 돌아섰다. 이반은 쓴웃음을 지었다.

"하지만, 기회를 주기로 하겠습니다. 앞으로 일주일 시간을 주지요. 그동안 '시애틀'의 이미지에 맞는 모습으로 여길 찾아온다면 그녀가 원하는 대로 '시애틀'의 메인 모델로 기용하겠습니다. 그러나 그녀가 여전히 저런 거만한 모습으로 내 향수를 망칠 생각이라면 위약금을 지불하는 한이 있어도 '시애틀'은 물론 '루나'의 모델에서도 제명시킬 겁니다."

안도하는 얼굴과 회장을 속내를 알 수 없어 난처하다는 얼굴들이 분분하게 일었다. 이반은 서류를 덮으며 자리에서 일어섰다. 제조 기술이나 운영 면에서는 아직까지 특별히 신경 쓸 게 없는 한국 지부였다. 그러나 모델만은…… 끌, 이반이 낮게 혀를 찼다. 이반을 따라 이사들도 일사불란하게 일어섰다. 어쨌든 회장이 그나마 한 발이라도 물러선 게 다행이라는 것에는 다들 이견이 없었다.

"일주일 후, 그것에 관한 가부(可否)의 결정권은 제가 합니다. 이사님들의 이번 홍보에 관한 책임을 생각한다면 당연한 것이라 생각할 겁니다. 처음부터 분명, 새로운 인물을 선정하라 지시했었습니다. 이런 식으로 또다시 문제가 일어난다면 이번 '시애틀'을 마지막으로 임원들 역시 '카라'를 떠나야 할 것입니다. 단지 경고로만 받아들이지 않았으면 좋겠습니다."

폭신한 카펫이 깔려진 복도였지만, 임원들은 회장의 뒷모습에서 딱딱거리는 구두 소리를 들은 것 같은 착각에 빠졌다. 노골적으로 불만을 터뜨리는 목소리도 있었다. 이반 역시 자신의 등 뒤로 쏟아지는 불평들을 모르는 게 아니었다. 그러나 지금 그 역시 다른 사람의 심기를 살펴줄 여유가 없었다.

"집으로 가시는 겁니까?"

이반이 차에 올라타자 박 부장이 물었다.

"아, 아닙니다."

이반이 잠시 주춤하며 다시 입을 열었다.

"아이가…… 아이가 있다면, 밴이 더 나을까요?"

"네?"

박 부장이 눈을 동그랗게 떴다. 난데없이 밴이라니……차를 말하는 건가? 그가 알기론 회장은 운전면허증이 없었다. 미국 면허라 통용이 되지 않는, 그런 종류의 것이 아닌 아예 면허 자체가 없는 무면허자였다.

"하지만 운전을 못하시지 않습니까?"

박 부장의 물음에 이반이 살짝 얼굴을 붉혔다.

"그게…… 얼마 전에 따서 말입니다. 차를 한 대 사고 싶은데. 아, 뭐, 박 부장님이 불편해서 그런 건 아닙니다. 단지 매번 전화로 불러대는 것도 미안하고 해서……."

성격답지 않게 말까지 흐리는 그를 보며 박 부장은 빠르게 눈치를 챘다. 아마 저번에 희아가 아팠을 때 한밤중에 그를 불러낸 일을 염두에 두고 있는 모양이었다.

"아, 전 괜찮은데……."

"아닙니다. 그런데 아이가 있으면 미니 밴이 더 편하겠습니까? 박 부장님의 자녀분은……."

"전 중학생인 아들 녀석 하나 있습니다. 다 커서 특별히 짐이 없는 편이라 지금 쓰는 차 정도로도 충분합니다만, 희아 녀석을 싣고 다니려면 아무래도 넓은 차가 좋겠지요. 활동량이 많기도 하고 아이의 짐이 오죽 많아야지 말입니까? 하하하!"

무어 그리 신이 나는지 박 부장이 호탕하게 웃어 젖혔다. 그러나 이반의 굳은 얼굴은 펴질 줄을 몰랐다. 순간 명백히 거부감을 드러내는 비파의 얼굴이 떠오른 탓이었다. 단지 필요해서일 뿐이다. 희아나 비파 때문이 아닌, 자신의 출퇴근용이라 다짐하면서도 박 부장이 끌고 간 매장에서 이반은 줄곧 넓고 큰 차만 살피고 있었다. 결국 안정성이 높은 차라며, 매장 점원이 침이 마르게 칭찬하는 그랜드 보이저를 사고야 말았다. 그가 애초 원했던 미니 밴이었다.

"나들이 한번 가려고 해도 어찌나 짐이 많던지, 트렁크가 아이 짐으로 가득 찼었다니까요. 애 짐 때문에 우린 달랑 단벌신사로 지내야 했구요. 정말 그럴 땐 트렁크가 이중으로 되었으면 좋겠다, 절로 그런 생각이 들더구만요. 나중엔 집사람도 애 짐 싸는 게 지겹다고 어디 여행도 안 간다대요?"

잠시 계약을 기다리는 사이, 옆에서 박 부장이 이반보다 더 좋아하며 한창 아이가 어릴 때의 이야기를 주절댔다. 꽤 차를 좋아하는 성품이었나 보다. 이리저리 어루만지고 살피는 품이 이반보다 더 신이 난 얼굴이었다.

"아이들 짐이 많나요?"

"네?"

한참 떠들던 박 부장이 뜨악한 얼굴로 바라보았다. 이반의 얼굴에 또다시 붉은 기가 돌았다. 수줍은 기색이었다.

"아, 뭐…… 유모차가 한자리를 차지하는 데다 기저귀 가방이며 우유병, 뭐 그런 걸 싣고 다녔던 것 같은데."

"아, 네……."

열심히 고개를 끄덕인다. 그 자리에서 차가 나온다기에 박 부장을 먼저 집으로 보내고 이반은 느긋이 집으로 향했다. 생각보다 부드러운 운전 솜씨였다. 집으로 향하던 그의 시선에 작고 아담한 아이용품점이 보였다. 전엔 그저 무심히 지나쳤던 곳인데.

어느새 능숙해진 솜씨로 차를 주차시킨 후 이반은 가게로 들어섰다.

따라라라.

문을 열자마자 자장가 음이 울리며 인상 좋은 여 주인이 나왔다.

"……흠, 아이용품을 좀 사고 싶은데……."

이반이 어색한 어투로 말을 꺼냈다.

"선물하실 건가요?"

"네? 아, 뭐……."

"아이가 몇 개월 정도 됐죠?"

이반이 난처한 기색을 띠었다. 희아가 몇 개월 되었더라? 묻지 않았으니 알 수도 없었다.

"글쎄, 이제 이가 한 개 정도 나려고 합니다. 엄마, 아빠라는 말은 조금 하고 또…… 뒤집는 건 꽤 하는 편입니다. 이젠 제법 기는 것도 속도가 빨라졌구요. 이유식도 먹고, 의자에 앉혀놓으면 잘 앉고 말입니다. 그 정도면…… 몇 개월 정도입니까?"

이반의 말 많은 설명에 여 주인이 웃음을 터뜨렸다. 이반의 얼굴이 화락 달아올랐다. 제 물건도 이렇게 사러 다닌 게 몇 번 되지 않는 데다 익숙하지도 않은 아이 물건을 사려니 여간 곤혹스러운 게 아니었다. 어색한 표정으로 이반은 괜스레 주위만 둘러보았다.

"아직 돌은 지나지 않은 것 같네요. 가격대는 어느 정도로 맞추어 드릴까요?"

"가격은 상관이 없습니다."

"그래요? 우선 차가 있으면 카 시트도 괜찮구요."

"카 시트요?"

"아이가 차에 타면 아무래도 위험하죠. 아이 전용 카 시트를 구입하는 게 좋아요. 돌 전후로 사용할 수 있는 걸로 봐드릴게요."

"아, 네……."

차가 있으니 당연히 카 시트를 사야 했다. 옷걸이에 주르륵 걸려 있는 것 중에 희아 녀석 사이즈의 옷도 몇 벌 고른다. 보기에도 시원한 파란색을 고르자 저쪽에서 카 시트를 꺼내던 여 주인이 반색을 했다.

"그 디자인 괜찮죠? 제 아들도 하나 입혔는데 꽤 반응이 좋아요. 아이들은 대부분 엇비슷해서 한 아이에게 어울리면 대충 다 어울리거든요."

그럴까요? 묻고 싶어진다. 아이 옷을 몇 벌 고르고 가게 안을 둘러보는데 이것저것 신기한 것들이 가득이었다.

"아, 그건 보행기예요. 참, 아이가 걷지 못한다고 했죠? 그럼 보행기를 사셔도 좋아요. 호기심이 한창 왕성할 때라 걷지 못해도 보행기만 있으면 이곳저곳 제 스스로 잘 가거든요. 때문에 엄마는 좀 힘들기도 하지만."

정 사각 플레임에 바퀴가 달린 물체를 보고 있는 이반에게 여 주인이 설명해 주었다. 이런 것도 필요한가 보다. 생각해 보면 희아에게 제 물건이라곤 딸랑, 소리만 내는 작은 장난감이 전부인 것 같았다. 그리고 비파가 만들어준 게 분명한 허름한 인형 몇 개.

결국 가게를 나선 이반의 양손엔 보행기와 유모차, 그리고 희아의 옷 여러 벌과 장난감들이 가득 들려 있었다. 차가 얼마나 큰지 그 많은 게 다 들어간다. 나머지는 차 안에 밀어놓고 카 시트를 그 자리에서 바로 장착했다. 특별 서비스라며 건네준 아이의 동요 테이프를 카 오디오에 집어넣고 이반은 한결 유쾌해진 기분으로 차를 출발시켰다.

제아무리 주사 맞기 무섭다 해도 나는, 나는 주삿바늘 겁나지 않아.

흥겨운 동요가 차 안에 가득 퍼져 나갔다. 처음 듣는 동요면서도 흥얼흥얼대는 이반의 얼굴은 어느새 아이처럼 순한 미소가 서려 있었다.

아침나절부터 내리던 비는 이반이 가게를 나설 때 즈음엔 이미 소강상태였다. 덕분에 첫 운전치고 꽤 좋은 솜씨로 이반은 무사히 제 집으로 돌아왔다. 차에서 내려 혼자 들고 가기엔 꽤 묵직한 물건 때문에 비파를 불러놓고 이반은 초조한 심정으로 그녀가 내려오기를 기다렸다.

"이게 다 뭐예요?"

황당하리만치 많은 짐들과 또 엄청 거대한 차가 집 앞에 버티어 선 것을 보고 비파가 입을 떡 벌렸다.

"아, 그냥 희아 짐을 좀…… 오늘 처음 차를 탔는데 우연히 눈에 띄어서…… 어때요? 필요한 겁니까?"

순진하게 묻는다. 걱정한 대로 비파의 눈동자가 갈등하듯 흔들거리는 게 눈에 뻔히 보였다. 그래서 그녀가 말을 꺼냈을 때 이반은 조금 놀랐다. 약간은 성난 음성으로 필요없어요, 할 줄 알았는데 비파는 그저 고맙다고 말할 뿐이었다.

겨우 시름을 덜은 이반이 그제야 편하게 씨익 웃었다. 굳은 어깨가 풀어지며 볼에 작은 보조개가 살짝 패였다. 은빛 안경테 너머 환한 눈동자를 비파는 놀란 시선으로 바라보았다. 전엔 그저 잘생긴 얼굴이다, 정도였는데 미소 짓는 이반은 단지 잘생긴 것 이상이었다. 영국 신사처럼 반듯하고 정돈된 그런 느낌? 하긴 가끔 툴툴댈 때를 빼면 꽤 점잖고 예의 바른 성격이기는 했다.

"희아는요?"

무겁지도 않은지 양손에 유모차와 보행기를 든 이반이 계단을 올라서다 물었다. 뒤에 선 비파가 남은 짐을 들고 낑낑, 용을 썼다.

"잠깐 자요. 낮에 비가 와서 그런지 몸이 축 가라앉나 봐요. 아 참, 그래도 덕분에 '비'라는 말은 배웠어요. 목욕하는데 샤워 줄기 보고 비! 비! 그러는 거 있죠?"

비파가 오랜만에 종알종알 하루 일과를 보고하며 보기 좋게 웃었다.

"그래요?"

대꾸하는 이반도 여느 남편처럼 다정한 모습이었다. 가져온 장난감을 희아 방에 넣어놓고, 보행기는 위험하다며 일층에서만 타게 하라, 잔소리를 하는 모습이 영락없이 아이 아빠였다.

자는 희아 얼굴을 잠깐 보고 나온 이반 앞엔 근사한 저녁이 차려져 있었다. 원체 소식하는 편인데다 그리 거하게 먹는 걸 좋아하지 않는데, 비파가 차려놓은 음식은 과할 정도였다.

"웬 음식이 이렇게 많습니까?"

"그래요? 시원한 닭냉채 생각이 나서. 처음 먹어보는 거죠?"

갖가지 색깔이 먹음직스런 닭냉채를 이반 앞에 밀어 놓으며 비파가 설명했다. 이반이 허공 속에 젓가락을 멈추었다.

"혹시 낮에 무슨 일 있었습니까?"

"네?"

"낮에 무슨 일 있었느냐 물었는데…… 혹시 혜나가."

"아니에요."

비파가 눈을 동그랗게 뜨며 도리질을 했다. 이반이 살짝 미간을 좁혔다.

"혜나에겐 작은 오피스텔을 얻어줄 생각입니다."

"그렇게 하지 마세요. 혜나한테 제가 너무 미안해요."

"왜 미안하다는 겁니까?"

이반이 성난 음성으로 따져 물었다. 자신이 사촌 오빠라는 이유로 혜나는 이곳에서 너무 많은 혜택을 누리고 있었다. 이반은 그것이 거슬렸다. 더 많은 혜택을 누리고 있는 주제에 당당한 것 역시 혜나 쪽이었다.

"혜나는 당당할 만해요. 승미 아줌마가 저에게 해준 것으로만 봐도 혜나에게 전 더 많이 해주어도 부족한걸요? 그래도 고마워요."

냉채를 집어 이반의 숟가락 위에 얹으며 비파가 말했다.

"혜나는 그냥 이곳에 있게 해주세요. 그래야 승미 아줌마한테 지금까지 졌던 빚을 조금이나마 갚은 기분이 들 거예요. 사실, 그 사이 잘해준 것도 없지만."

이상한 여자다. 그에겐 양팔을 허리에 대고 아저씨! 당차게 소리 지르면서, 혜나에겐 늘 빚진 기분이란다.

이반은 더 이상 화제를 끌지 않고 묵묵히 식사를 계속했다. 솔직히 지금 이런 분위기도 그리 나쁘지는 않았다. 탕탕, 제 밥그릇을 치며 때론 아빠! 옹알거리는 희아의 빈자리가 섭섭하지 않은 건 아니지만, 오늘은 오늘 나름대로 평온한 기분이었다. 하긴 그 키스 이후 살얼음 같은 집 안 공기가 한결 가벼워지기도 했다. 식탁 맞은편엔 비파가 조잘조잘 말을 걸고, 열어진 창밖엔 비로 씻긴 맑은 바람이 무더운 여름밤을 식혀준다.

이반은 낮에 있었던 불쾌했던 회사 일을 싹 지우고 편한 식사를 마쳤다. 거실로 과일과 차를 내온 비파가 낮 동안 생각했던 말을 꺼냈다.

"저, 내일 시골에 갔으면 해요."

"시골?"

과일을 집던 이반이 탁 포크를 내려놓았다. 난데없이 시골을 내려가겠다니.

"시골에 엄마 묘가 있어요. 내일 엄마 생일인데 가서 희아도 보여 드리고, 생일상도 차려 드리고 싶어요."

이반이 얼음처럼 굳어졌다. 그가 도착해 지금까지 보였던 비파의 생각지도 않았던 행동은 이것 때문이었나? 며칠의 휴가? 갑자기 농락당한 기분이 들었다. 굳이 그렇게 행동하지 않아도 며칠의 휴가는 충분히 줄 수 있었다.

"그것 때문입니까?"

"네?"

"도착해서 지금까지 당신이 내게 했던 행동 말입니다. 굳이 그렇게 하지 않아도 며칠의 휴가는 줄 수 있었는데."

비파의 얼굴에서 핏기가 싸악 가셨다. 눈동자에서 퍼런 빛이 쏟아졌다. 이런 식으로 오해하다니.

"알고 있어요. 며칠의 휴가 때문에 그런 식의 싸구려 같은 행동은 하지 않아요."

따귀라도 맞은 듯, 모욕적인 얼굴이었다. 과일만 애꿎게 찍어대는 이반은 못내 당황하고 말았다. 젠장, 자신의 혀를 깨물고 싶은 마음이었다.

"다녀와요. 자고 올 겁니까?"

한 발 훌쩍 물러선 이반의 말에 비파가 고개를 끄덕였다. 그의 허락에도 별반 기쁜 빛이 아니었다. 오히려 공허해 보인다고 할까? 어머니가 그리운 모양이라, 이반은 단순히 그렇게 생각하고 말았다.

"있고 싶은 만큼 있다가 와요."

난 당신을 기다리겠지만……. 뒷말은 꿀꺽 삼키며 이반이 애써 미소를 지었다.

"고마워요. 가는 김에 동네 어른들에게 인사드리고 올게요. 나 대신 엄마 묘를 돌보아주시는 분이라 꼭 인사를 드리고 싶어요."

"그렇게 해요."

이반이 포크를 테이블 위에 내려놓으며 쓰디쓴 대답을 했다.

"여름엔 오미자가 좋대요."

쓴맛을 다시는 이반에게 불쑥 비파가 말을 걸었다. 저녁 뉴스를 보던 이반이 무슨 말인가, 싶어 고개를 돌렸다. 내내 잘 먹던 오미자를 갑자기 왜 꺼내는 거지?

"여름엔 땀이 많이 나잖아요? 오미자차를 자주 마시면 갈증도 해소되고 몸의 열기를 식혀준대요."

"그런가요?"

이반이 고개를 끄덕였다. 무슨 말을 하고 싶은 걸까? 그 속에 담긴 진의를 파악하려는데 비파는 담담히 웃을 뿐이었다.

가슴이 두근두근 뛴다. 곧이라도 눈물이 쏟아질 것 같아 비파는 애써 미소를 잃지 않았다. 많이 보고 싶을 것이다. 이상한 존칭 어투도, 성이 날 땐 번쩍 빛을 발하는 저 은빛 안경테도······.

"네, 정말이에요. 보통 한약들은 푸욱 고아서 약초들이 흐물흐물해질 때까지 끓이잖아요? 오미자는 달라요. 팔팔 끓인 물을 미지근하게 식혀서 우려내기만 하면 되거든요. 꽤 거만한 약초죠? 제 희생은 절대 안 하겠다는 거죠. 하하하!"

비파의 청아한 웃음소리가 시원한 밤공기 속에 울렸다. 웃는 눈가에 살짝 눈물이 번져 갔다. 알아요, 당신이 내게 얼마나 의지가 되어주었는지? 말해 주고 싶은 건 오미자차가 아니라 그 사실이었다. 가슴이 돌을 얹은 듯 묵직해져 비파는 더 이상 웃고 있을 수 없었다. 이곳을 떠나 혼자 살아가는 게 점점 자신이 없었다. 전엔 아무도 없는 것에 익숙했는데, 다시 전처럼 외톨이로 돌아가야 한다는 게 싫고 두렵다.

"저기…… 있지, 비파야! 정말 미안한데……."

낮에 전화를 건 승미 아줌마는 자꾸 목소리가 잦아들었다. 뒷말이 없어도 뻔한 이야기. 승미 아줌마가 원하는 게 무엇인지 비파는 단번에 알아차렸다. 정언이나 이반이나 그녀가 줄 수 있는 건 단 한 가지였다. 편하게 떠나주는 것.

"아줌마, 그렇지 않아도 전화하려고 했었는데, 사실 저 여기 그만두려고요…… 미안해요. 더 있어주면 좋겠는데 내가 좀 힘드네요."

먼저 선수 치는 비파 앞에서 승미 아줌마는 눈에 띄게 안도하는 기색이었다. 전화선을 넘어서까지 그 안도감이 전해져 올 정도였으니까.

잠시 승미 아줌마를 생각하는 사이, 이반의 사려 깊은 눈매가 그녀를 빤히 바라보고 있었다. 비파는 좀 전처럼 다시 환하게 미소를 지었다. 어차피 그녀에게 허락되지 않을 사람이었다. 그가 보여준 친절로 너 많은 것을 기대해서는 안 된다는 걸 누구보다 잘 아는 그녀였다.

별 우스운 이야기도 아닌데 요란스레 웃는 비파를 보며 이반의 입가에서 슬그머니 미소가 사라졌다. 불안하고 초조하다. 무언가 자꾸 지르는 불길함!

당신을 괴롭히는 게 뭡니까?

어깨를 흔들어서라도 묻고 싶다. 혜나인지, 아니면 그 자신인지…… 그 어느 쪽도 해결해 줄 수 있었지만, 이반은 오늘만은 모른 척하기로 했다. 내일이 돌아가신 비파의 어머니 생신이라는데, 작은 상처라도 주기 싫은 마음이었다. 돌아오면…… 돌아오면 그때 물어보아야지. 그리고 그녀를 기다릴 것이다. 작은 희아도. 단 한 번의 키스였지만, 그 키스에 대한 그의 마음은 조금 더 깊었다.

이반이 두꺼운 서류들을 들고 서재로 향한 후 비파는 남은 정리를 하기 시작했다. 가져갈 수 있는 것만. 그가 사 온 희아의 짐들은 곱게 다시 비닐에 싸놓았다. 나중에 혜나가 결혼해서 아이를 낳으면 쓸 수 있겠지. 덜렁대다 빼먹은 장식품들의 먼지들도 구석구석 다시 닦았다. 오미자차는 꿀을 넣어 오랜 시간 먹을 수 없으니까, 딱 삼 일 분만 담아 냉장고에 넣어놓고 내일 먹을 과일은 미리 잘라 잘 포장해 두었다. 비가 오지 않았다면 유리창도 좀 더 깨끗이 닦아놓을 수 있었을 텐데, 조금 아쉽다.

탁.

비파가 아래층 전등 스위치를 내렸다. 내내 있던 달빛이 오늘따라 사라져 이 공간이 더욱 쓸쓸해 보였다. 짐은 미리 싸놓았고, 여기 올 때처럼 지고 갈 짐도 적었다. 어두운 거실을 가로질러 비파는 정원으로 나섰다. 이곳에서 그녀가 제일 부러워했던 정원의 빨랫줄엔 미처 떨어지지 못한 물방울이 달롱 빨래처럼 달려 있었다. 쓰윽 손가락으로 빨랫줄을 문지른다. 그 한쪽 질퍽한 잔디 정원엔 그녀의 하얀 자전거가 주인을 기다리며 서 있었다.

딸랑.

비파가 살짝 벨을 눌렀다. 정겨운 소리가 밤공기를 뚫자 옆집 사냥개 녀석이 컹컹! 짖어댔다. 핏, 그 소리마저 정겨워 괜히 헛웃음이 새었다. 자신의 손길이 닿았던 집 안 곳곳을 순례한 후 비파는 제 방으로 들어섰다. 붙박이장 속에서 낮에 꾸려놓았던 짐을 내어놓고 잠시 바라보았다. 참 짐이 적다. 스물셋의 세월을 보낸 엄마와 태어나 구 개월을 산 아이의 짐이 이토록 적을 수 있을까? 꺼내놓은 짐 옆엔 희아가 세상 모르게 잠들어 있다. 작은 새 같은 가슴이 숨을 쉴 때마다 복스럽게 부풀어 올랐다. 비파가 부드럽게 희아의 머리카락을 쓸었다. 땀에 젖어 촉촉한 머리카락이 손가락에 엉켜 붙었다.

"있지? 난 나쁜 엄마인가 보다, 희아야."

얇은 종이로 부채질을 부치며 비파가 속삭였다. 그녀가 부치는 미약한 바람에 희아의 젖은 머리카락이 살짝 흔들거렸다.

"너에게 늘 빼앗기만 해서 미안해. 아빠도, 그리고…… 이반도. 그래도 좀 봐줘. 네가 아니면 이 엄마를 누가 봐주겠니? 렇지? 그러니까 나중에 이반 보고 싶다고 울지 마. 엄마도 같이 울어버릴 것 같으니까. 그렇게 해줄 거지?"

울음 때문에 목소리가 잦아들었다. 그를 사랑해 버리면 안 되는데, 어느 순간 그는 든든한 버팀목처럼 그녀의 가슴에 박혀 버렸다. 미약 같은 키스는 달빛 속에 흘렸어야 했는데 제 주인을 배신하고 이반을 향해 치달아가는 심장도 고통스러웠다. 비파가 무릎에 머리를 묻었다. 작은 흐느낌이 새어나왔다. 가진 게 없다는 건, 참 슬픈 일이다.

타닥, 얇은 바람결에도 나뭇가지가 흔들리는 걸까? 작은 바람 소리와 나무 소리가 밤새 울린다. 꼬박 젖은 밤을 샌 비파는 이반이 채 새벽을 열기도 전에 희아를 들쳐 업고 묵중한 대문을 열었다.

이곳에 처음 왔을 때, 땡볕에서 그를 기다렸던 기억이 새삼 떠올라 비파가 작게 피싯 웃었다. 그리고 곧장 가벼운 위경련 때문에 병원에 실려갔던 이반도. 이젠 조금 더 큰 실소가 터져 나왔다.

그걸 기억해서 어디에 쓰겠다는 거야?

설풋 잠을 깬 희아가 불편하다는 듯 칭얼댔다. 아직 해가 솟지 않은 거리는 푸른 새벽빛을 내었다. 이르게 나온 환경 미화원 아저씨가 이상하다는 얼굴로 그녀를 살폈다.

"안녕하세요? 수고하시네요."

경쾌한 인사를 건네고 비파는 씩씩하게 골목길을 빠져나왔다. 따가운 햇살이 없는 새벽길은 올 때처럼 힘들지는 않아 그나마 다행이었다.

"제아무리 주사 맞기 무섭다 해도 나는, 나는 주삿바늘 겁나지 않아."

씩씩한 음률이라 희아 못지않게 그녀가 좋아하는 동요를 부르며 비파는 땅을 힘차게 밟으며 걷기 시작했다.

전주는 여전히 잔잔하게 그녀를 반겼다. 오랜만에 내려오는 거라 마치 귀향한 기분이 들어 마음이 설레기도 했다. 희아는 처음 타본 기차가 무척 신기한지, 오는 내내 팔딱팔딱 뛰며 좋아했다. 덕택에 옆에 앉은 아가씨의 눈총을 받기는 했지만 그래도 칭얼대는 것보단 나아 비파는 희아의 극성을 오는 내내 받아주었다. 처음 서울

역에 앉아 있을 땐 어깨를 치고 지나가는 사람들의 북적거림이 퍽이나 무서웠던지 내내 울어서 계속 역 밖에서 서성거려야 했었다.

"엄마, 나 왔어."

작은 둔덕 같은 엄마의 무덤 앞에 비파가 인사를 건넸다. 작년 설에 오고 오늘 오는 건데도 엄마의 묘는 오길 기다렸다는 듯이 묵묵했다. 엄마의 무덤 앞에서 비파는 갑자기 뜨거움이 솟구쳤다. 팽팽했던 긴장의 끈이 제 힘을 견디지 못하고 딱! 끊어졌다.

"엄마, 여기서 지내니까 좋아?"

잘 정돈된 무덤 위의 풀들을 애꿎게 뽑아내며 비파가 심통맞은 소리를 냈다. 엄마, 나 벌받았나 봐……. 파르르 떨리는 입술 사이로 어쩔 수 없이 흐느낌이 새어나왔다.

"엄마……."

비파가 또다시 불렀다. 등에 업힌 희아가 팔딱 뛰며 '어마!' 신나하며 따라 했다. 내내 잘 견디어왔는데 그래도 엄마 앞이라 아이처럼 서러움이 복받치나 보다. 비파의 입에선 소 울음 같은 통곡이 터져 나오기 시작했다.

"엄마…… 엄마, 미안해."

이렇게 힘든 세상이란 걸 알았다면, 그녀보다 더 많은 손가락질을 당했던 엄마라는 걸 알았다면 그런 모진 소리 하지 말 걸 그랬다. 왜 나한텐 아빠가 없냐고, 그래서 왜 사랑도 마음대로 못하냐고 말하지 말 걸 그랬었다. 이미 죽어버린 엄마한테까지 그런 모진 소리를 하는 게 아니었는데…….

"엄마…… 미안…… 흑!"

미안하다는 말밖에 할 수 없었다. 미! 희아가 등 뒤에서 종알댔다. 새로 말을 배울 때인지, 희아는 엄마가 말을 할 때마다 곧잘 따라 했다.

비파가 엄마의 무덤 앞에 털썩 엎드렸다. 엄마, 보고 싶다! 엄마 얼굴, 보고 싶어 나 죽을 것 같아. 이렇게 혼자 잘 키워주어서 고맙다고 말해 주어야 하는데, 그리고 모진 말해서 미안하다고 말해 주어야 하는데…… 엄마가 없어서 많이 속상해!

근처 작은 가게에서 사 온 음식들과 엄마가 평소 좋아했던 김밥을 무덤 옆에 펼쳐 놓고 비파는 아무 눈치 볼 것도 없이 마음껏 울었다. 제 엄마의 울음소리에 놀랐는지 희아가 조금 전 깔깔대던 웃음을 딱 그치고 펼쳐 놓은 신문지 위에서 눈을 동그랗게 떴다. 칭얼대지도 않고, 나를 봐달라 투정하지도 않는 희아가 더 가슴 아파 비파가 으스러지도록 끌어안았다.

"있지, 엄마는 오래오래 살아서 넌 이렇게 외롭게 하지 않을게. 그러니까 나중에 커서 아빠 왜 없냐고 절대 물어보지 않기야. 약속할 수 있지? 그럴 거지? 우리 희아는 착하니까 그렇게 모진 소리 엄마한테 안 할 거지?"

"아바!"

그중에서 아빠라는 말을 제일 먼저 알아들었는지 희아가 품속에서 아바! 하고 소리쳤다. 작은 앵두 같은 입술이 배시시 벌어지며 또다시 침이 뚝! 흘렀다. 이반과 함께 마냥 신기해했던 이가 어느새 살 속을 뚫고 나와 뾰족하게 솟아 있었다.

"우리 희아 벌써 이가 솟았구나?"

글썽이는 눈동자에 오랜만에 기쁜 웃음이 머물렀다.

"엄마! 우리 희아 이 났어. 말도 금방 배우려나 봐. 이젠 제 맘에 안 들면 곧장 시! 시! 한다니까. 엄마! 엄마, 손자 되게 잘생겼지?"

눈가에 배인 물기를 닦아내며 비파가 씩씩하게 웃었다. 잘살아 갈게. 엄마처럼 나도 씩씩하게 잘살아갈 거야. 그래도 엄마처럼 이렇게 빨리 죽지는 않을래. 오래 살아서 우리 희아, 울고 싶을 때 혼자 울게 하지는 않을 거야. 쓱, 쓱! 비파가 옷자락을 끌어 남은 눈물 자국을 닦아냈다. 코도 팽! 씩씩하게 푼다. 마음껏 운 덕분에 이제 전처럼 세상을 살아갈 자신이 생겼다.

차려놓은 음식들을 골고루 무덤 옆에 뿌려주고, 소주까지 푸짐하게 부어준 후 비파는 산을 내려왔다. 그녀가 서울에 있어도 걱정하지 않게 무덤을 잘 보살펴 준 순자 아줌마를 찾아갈 생각이었다. 전주가 고향인 엄마의 동네 언니인 순자 아줌마는 엄마에 대한 애정이 각별했다.

"어이구! 너 비파 아녀?"

산을 내려와 집의 벨을 누르자마자 반색을 하며 순자 아줌마의 뛰쳐나왔다. 아무리 오랜만에 찾아와도 순자 아줌마는 언제나 반가운 손님처럼 그녀를 맞았다.

"뒤에 업은 녀석은 누구여? 승미 년이 너 애 낳았다고 하더니 그 녀석이여?"

입담 좋게 아는 척을 하며 냉큼 등에서 희아를 받아 안는다. 더워서 그랬는지 포대기에서 내리자 좋다고 희아가 소리를 질러댔다.

"자식, 거참 씩씩허네. 아들내미인 줄은 몰랐는디, 네 엄마 보믄 엄청 좋아혔것다."

다행히 애 아빠에 대해서는 묻지 않았다. 미리 승미 아줌마가 말을 했겠지만, 설사 듣지 못했다고 해도 눈치없이 먼저 물어볼 순자 아줌마가 아니었다. 희아와 함께 비파가 순자 아줌마의 품에 폭삭 안겼다. 순자 아줌마는 승미 아줌마와는 다른 구수한 정이 있었다.

"그래요?"

"그려. 너 낳고 나서 네 엄마가 아들 하나 더 낳았으면 좋것다, 하던디? 어디 남자 하나 얻어서 애만 낳을까? 하고 농담했다가 나한테 통박도 많이 맞았다. 엄마는 보고 왔냐?"

"네, 아줌마. 무덤이 너무 잘 손질되어 있더라. 고마워요. 아줌마 덕분에 내가 살아."

"별 소리 다 한다. 내가 좋아서 하는 거여. 내가 원래 그런다."

덩치 좋은 아줌마가 시원한 수박을 서걱서걱 썰어 비파 앞으로 밀어놓으며 손사래를 쳤다.

"내가 좋아하는 일은 죽었다 깨어나도 하는디, 나 싫은 일은 목에 칼이 들어와도 못하는 거여. 내가 너 좋으라고 허냐? 나 좋으라고 한다."

커다란 입을 벌려 하하하! 웃는 순자 아줌마의 인심 좋은 말에 비파가 저도 모르게 눈물이 뚝 흘렀다.

"야가, 왜 또 우냐?"

놀란 순자 아줌마가 후다닥 마른 수건을 건네주었다. 고향이 온 기분이 이런 걸까? 꾹 눌렀던 감정의 물꼬가 터진 것처럼 비파는

제8장 255

주책없이 눈물이 자꾸 솟았다.

"아줌마 속을 내가 몰라요?"

엄마 장례식에 와서 그녀보다 더 섧게 울던 순자 아줌마.

"아야, 비파야. 네가 너한테 해줄 것이 암것도 없다. 돈이라도 있음사, 뭐라도 해주제. 묘는 전주에다 하자. 늬 엄마 고향이기도 하고, 니가 언제 묘를 돌보것냐? 전주에 놓으면 너 신경 쓰지 않게 내가 잘 돌봐주게. 내가 해줄 것이라곤 그것밖에 없다."

엄마 관을 싣고 여기 전주에 묻을 때에도 그랬다.

"신경 쓰지 말고 잘살어!"

순자 아줌마 말처럼 잘살고 싶었는데…….

순자 아줌마 가족들과 소박하지만 정성 어린 상을 받고 비파는 작은 방 하나에 짐을 풀었다. 깔아놓은 이불 위엔 희아가 지친 잠에 빠져 있고, 순자 아줌마는 야참으로 먹으라며 삶은 옥수수를 내어왔다.

"아들이 네 인물 닮아 잘생겼다. 자는 모습까지 어째 그리 너만 쏙 뺐냐?"

자는 희아의 머리를 쓰다듬으며 순자 아줌마가 말했다. 다정한 손길에 희아가 잠결에도 배냇짓을 하며 웃는다.

"이눔의 자석이 여자 여러 울리것네. 웃는 양 좀 봐라."

자식들이 다 커 오랜만에 보는 어린 아이라 더 신기한지 희아에게서 눈을 떼지 못하는 순자 아줌마를 향해 큼큼, 비파가 목을 다듬었다.

"아줌마, 나 여기 살 곳 좀 알아봐 줘요. 돈은 전에 살던 집의 전세금 받은 게 약간 있는데, 많지 않으니까 우선은 월세로 살아갈 데 없을까?"

"여기서 살게?"

화들짝 놀란다. 사실, 처음 이곳에 도착했을 땐 살 생각이 없었다. 순자 아줌마를 보는 순간 갑자기 떠오른 생각이었다.

"여기 좋잖아요. 조용하고, 사람들도 좋고. 더더구나 아줌마도 있고."

친엄마한테 하는 것처럼 순자 아줌마의 팔을 붙들며 비파가 어리광을 피웠다. 천상 여자처럼 곱상한 승미 아줌마에 비해 덩치 크고 우락한 순자 아줌마였지만, 그래서 더 엄마처럼 푸근한 맛도 있었다.

아이처럼 제 팔을 붙드는 비파가 여간 쑥스러운지, 좋으면서도 순자 아줌마는 괜스레 '야가 왜 이런댜?' 하며 얼굴을 붉혔다.

"살라고 하면 살 데야 왜 없겄냐? 왜? 서울에서 뭔 일 있었어?"

"아니, 그냥……. 아이 키우는 데 서울은 좀 삭막해서. 희아한테도 좋을 것 같고. 살 데 있으면 그냥 여기서 살아도 될 것 같아. 아줌마 귀찮게 할지도 모르지만."

"뭐시가 귀찮어? 너 여기 있음 외롭지 않고 좋지. 애들도 다 커서 손갈 데도 없고. 암튼 집이나 알아보자. 그럼 다시 서울 갈겨?"

"아니요, 그냥 여기 있을래요. 직장도 좀 알아보고."

"그러든지. 그럼 집 구할 때까지 우리 집에 있고, 집은 천천히 알아보자."

"저기, 아줌마! 미안한데 승미 아줌마한테 말하지 마요."

"왜?"

"그냥, 아줌마 괜히 속상해할까 봐."

그녀의 대답이 영 시원찮은 듯, 고개를 갸웃하면서도 순자 아줌마는 편안히 그려, 하고 대답하며 방을 나섰다. 순자 아줌마가 나간 후 비파는 불 꺼진 까만 천장을 올려보았다. 어스름한 달빛이 살며시 방 안을 스며 들어왔다.

삐뽀! 삐뽀!

멀리서 사이렌 소리가 울리고, 부웅 지나가는 오토바이 소리가 낯선 잠을 방해하고 있었다. 작지만 아득한 방이다. 곳곳에 순자 아줌마의 손때가 묻어 있어 더 정겨운 방. 비파는 잠이 오지 않아 이리저리 몸을 뒤척였다. 희아처럼 피곤해 잠이라도 푹 들 수 있으면 좋겠는데.

"희아야, 아저씨 밥은 잘 먹었을까? 밥 아니면 식사도 잘 못하는데. 제 시간에 맞춰 밥 꼬박꼬박 챙겨주어야 하는데, 승미 아줌마가 좋은 사람 구해줄까?"

대답없는 희아를 두고 그렇지? 저 혼자 묻고 서 혼자 대답한다. 이상하다. 갑자기 찾아온 침묵처럼 고즈넉한 이 작은 도시의 한곳에서 비파는 정언이 아닌 이반을 떠올리고 있었다. 사 온 보행기 앞에 놓인 방울들을 신기하게 돌려보며 그녀를 향해 씨익 웃던 수줍은 미소가 눈앞에 선명히 떠올라 그의 얼굴이 자꾸 지워지질 않았다.

"난, 그런다. 언니 내외 죽고 혼자 살아온 녀석이야. 나중에 결혼하면 형제들 많고 다복한 집안의 여자를 만났으면 좋겠다는 게 내 작은 소망이라면 소망이고. 결혼해서 다시 부모 밑에서 사랑받고, 다글거리는 형제들의 북적거림 속에서 그렇게……."

사랑한다고 하지도 않았는데. 서로 미치도록 사랑해서 죽어도 결혼해야겠다고 한 것도 아닌데 승미 아줌마는 애당초 싹을 잘랐다. 이제 더 이상 외롭지 않게 하고 싶다는데, 그래서 정말 아무도 없이 외로운 그녀는 묵묵히 고개를 끄덕일 수밖에 없었다. 정언의 엄마도 그랬었다.

"너 돈 있니? 가난하게 살다 겨우 의사 면허 하나 가지고 있는 녀석인데…… 내가 가진 것 없는 부모라 병원 하나 차려줄 여력은 없고, 그래서 어디 집안 좋은 여자 만나 지금부터라도 고생하지 않게 살았으면 하는 게 부모 마음이야. 욕해도 어쩌겠니? 가진 거 없는 부모 마음이란 게 다 그런 거지. 미안하다."

다들 같은 말을 했다. 미안하다…….

처음엔 괜히 죄를 지은 기분이 들었다가 다음엔 조금 오기가 생겼다. 그래, 정말 욕심없이 혼자 잘살아가자. 아무도 없이 풋풋하게 잘살아보자, 그런 마음이었다. 상대가 원하지 않는다면 일부러 그 자리 탐내지 않고 깨끗이 비워주자, 그런 마음으로 짐을 쌌다. 정언에게도 그랬다. 아이를 방패로 '뱃속에 아이가 있어요' 이런 신파극 같은 건 하지 말자.

이반이 오면 당당하게 서서 '미안해요. 저 그만둘래요'라고 말하고 싶었는데, 희아 물건을 잔뜩 사들고 온 이반에게 뒤통수를 맞은 기분이었다. 그리고 미안해졌다. 정언도, 이반도 어쩌면 철저히 제외된 사람들이었다. 그래서 미워할 수 없는 사람.

비파가 잠든 희아의 얼굴을 조심스럽게 쓸었다. 말캉한 볼이 실룩거린다.

　어찌 그럴 수 있느냐고, 대체 이유가 뭐냐고…… 그녀가 돌아가지 않겠다, 하면 그 어눌한 말투로 물을 것이다. 약간은 어색한 한국말을 제 딴에는 능숙한 것마냥.

　떠오르는 잔상에 비파는 눈을 감았다. 눈을 감으면 지워질 줄 알았는데 그의 얼굴이 더욱 선명히 떠올랐다. 정이 들었나 봐. 그냥, 외로워서 누군가 걱정해 주고, 왜 그러는지 물어봐 주고. 그런 사람이 그리워서 지금 그가 그리운 거다. 단지 그런 이유뿐이야.

　"아야, 비파야. 쉽게 집을 구할 수 있을 것 같다. 게다가 우리 집 근방이여."

　이곳에 내려온 지 삼 일 만에 순자 아줌마가 환한 얼굴로 소리쳤다. 이렇게 쉽게 구할 수 있을 거라고는 생각하지 못했는데 집은 생각보다 빨리 구해졌다.

　빨간 지붕을 가진 이층집!

　담장에 집 장미가 화사하게 핀 예쁜 집의 이층이 비었난다. 순자 아줌마의 친구라는 곱상한 집 주인 아줌마가 사람 좋게 웃으며 집을 보여주었다.

　"아들 장가가면 같이 살려고 여태 비워놓았는데 녀석이 영 장가갈 생각을 안 하네. 비워놓느니 세놓을까 해서."

　그녀의 엄마가 서른아홉 해를 살며 마련한 집은 그렇게 비파와 희아의 새로운 보금자리가 되었다.

[여기 시골에 집이 하나 나왔다고 해서…….]

엄마 묘에 생신상 차려 드리겠다 떠난 비파는 삼 일 만에 전화해서 사직을 통고했다. 잔뜩 인상을 쓴 채 이반은 톡톡 손가락으로 탁자를 두드리며 그녀의 말을 들었다.

"이유가 뭡니까?"

다행히 평상시와 다를 바 없는 목소리가 나왔다. 성마르지 않고 짜증이 배지 않은, 그리고 화가 담기지 않은. 그러나 지금 그는 잔뜩 화가 나 있는 상태였다. 도망을 치는 거다, 이 여자!

[그냥, 여기가 좋네요. 희아가 살기에도 좋고.]

"도망치기에도 좋지 않습니까?"

순간, 전화가 끊어졌나 싶게 여자의 침묵이 싸아하게 전해져 왔다. 그러나 이반은 화가 난 상태이므로 상관하지 않았다. 벌떡 일어나 거실을 헤매며 그녀의 대답을 기다렸다. 그의 발끝에 남겨놓은 희아의 보행기가 걸린다. 애초 돌아오지 않을 생각으로 떠난 거다. 그가 사 온 모습 그대로 얌전히 비닐 커버까지 씌워진 희아의 짐들이 그 사실을 말해 주고 있었다. 이반이 세차게 보행기를 발로 찼다. 꽈당 넘어진 보행기 앞에 장난감이 쫘르르 요란한 소리를 냈다.

"여긴 직장입니다. 이렇게 갑자기 통보만 하면 되는 겁니까?"

비파의 심란스런 침묵을 무시하며 이반이 딱딱한 목소리로 따졌다.

[죄송합니다. 이번 달 월급은 포기할게요. 사람 구하는 동안 일해 드리면 좋겠지만.]

"그렇게 하세요."

[네?]

"사람 구할 동안 여기 와서 일하고 있으란 말입니다. 당장!"

[싫어요!]

뭐? 이반의 입이 딱 벌어졌다. 당신! 막 고함을 치려는데 멀리서 희아의 목소리가 들렸다. '시! 시!' 신이 난 목소리다. 캬캬! 박수를 치며 시, 시! 노래 부르듯 외치고 있을 녀석의 얼굴이 떠올라 이반의 얼굴에 순간 짧은 그리움이 스쳤다. 희아의 작은 음성에 정말 황당하게도 솟구쳤던 짜증이 확 내려앉아 버렸다. 이반이 큼, 목을 가다듬었다. 그리고 슬슬 비파를 달랬다.

"저 역시 곤란합니다. 우선 올라와서 이야기를 하지요."

[아니요! 정말 죄송합니다. 이미 여기에 짐도 풀어놓았고, 내일이 이삿날이에요. 잔금도 주어야 하고.]

짐? 어느새 짐을 다 가지고 내려갔단 말인가? 인사도 없이 새벽에 나갔다 했더니…… 이반은 할 말을 잃고 말았다. 시골이라 일찍 내려갔나 보다 생각했었는데. 비닐 커버까지 말끔하게 씌워진 희아의 물품들과 비파의 자전거를 본 순간 알아차려야 했었다.

[그럼 안녕히 계세요.]

미처 뭐라 말하기도 전에 비파가 먼저 전화를 끊어버렸다. 뚜뚜! 끊어진 전화음 속에서 이반은 황당한 표정을 지었다. 시골 어디냐고, 희아는 잘 지내냐고 물을 사이도 없었다.

따르릉.

어이없이 끊어진 수화기를 내려놓자마자 곧장 전화가 걸려왔다. 이반은 후다닥 전화를 받아 들었다. 어쩌면 다시 전화를 건 것일지도 몰랐다.

[사장님?]

실망스럽게도 전화를 건 사람은 박 부장이었다. 이반이 차를 산 후로 박 부장은 이곳까지 오는 대신 그의 스케줄을 관리해 주고 있었다. 사무실에 자주 출근하는 편이 아니라 비서진을 미처 구성하지 못했기 때문이었다. 아직까지 회사에 도착하지 못한 이반을 재촉하러 걸려온 전화였다.

[혹시 잊으신 건 아닌가 싶어서…… 오늘 있는 회의 말입니다.]

"Shit!"

낮게 투덜대며 이반은 출근을 서둘렀다. 비파가 해놓은 반찬도 거의 떨어져 이젠 정말 도우미를 구해야 할 판이었다.

잔뜩 얼굴을 찌푸린 이반이 회사에 도착하자 회사 전체가 전과 달리 술렁이고 있었다. 웅성거리는 분위기가 무슨 큰일이라도 생긴 것처럼 어수선했다. 바삐 다가온 박 부장에게 이반이 물었다.

"무슨 일 있습니까?"

"오늘 윤희서 씨 카메라 촬영 있는 날 아닙니까?"

이반은 대수롭지 않게 고개를 끄덕였다. 일주일간 시간을 주기로 했던 윤희서의 면접이 출근한 목적이니 당연히 기억하고 있었다.

"지금 직원들이 사인 받느라 정신이 없습니다."

박 부장이 특유의 너털웃음을 터뜨리며 좋아한다. 박 부장님도 사인 받았습니까, 물으려다 그냥 곧장 회의실로 향했다. 만사가 귀찮아졌다.

회의실 밖에서 모여 있던 직원들이 회장이 다가서자 일제히 제 사무실로 후다닥 도망을 쳤다. 끌, 절로 한숨이 터져 나왔다. 겨우 연예인 하나 때문에 술렁이는 꼴이라니. 사원은 그나마 이해할 수 있었다. 다 늙은 임원들까지 군침을 흘리며 앉아 있는 꼴은 정말 가관이 아니었다. 그렇지 않아도 차가운 이반의 눈매가 더욱 매섭게 올라섰다. 회장이 들어온지도 모른 채 윤희서 옆에 붙어 있던 임원들이 큼큼, 박 부장의 헛기침 소리에 재빠르게 제자리로 돌아갔다. 윤희서는 이반의 자리 정면에 마주 앉아 있었다. 어디 하나 빠지는 곳 없이 완벽한 이목구비였다. 물론 그녀 스스로도 잘 알고 있는 듯했지만. 매니저와 함께 앉아 있던 윤희서는 겁도 없이 이반을 곧장 마주 보았다.

핏, 웃음이 새었다. 여간 당찬 성격이 아니었다.

"윤희서 씨, 회장님이십니다."

"아, 네."

아름다운 눈동자에 빠른 놀라움이 스쳤다. 한눈에 보아도 품격이 다른 중앙의 자리를 턱 차지하기에 회장은 아니더라도 꽤 높은 자리에 있지 않을까 예상하기는 했었다. 당차게 쏘아보던 눈동자에 이젠 호기심이 서렸다. 이 남자, 꽤 준수한 외모인걸? 재벌가 사람을 한두 명 만난 건 아니지만 이 남자는 그것과는 다른 오묘한 분위기가 있었다. 무거우면서도 어딘가 부드러운 빛? 입맛이 당겼다. 국내 재벌 2세에 못지않은 위치를 가진 남자를 바라보는 그녀의 눈빛은 거의 사냥꾼 수준이었다. 이곳 '카라'의 주인이라면…… 흠, 윤희서의 입가에 능숙한 미소가 서렸다. 당신 찜했어!

"윤희서 양?"

잠시 생각에 잠긴 사이, 매니저가 옆구리를 쿡 찔렀다. 회장의 깊고 서늘한 눈매가 그녀를 기다리고 있었다.

"윤희서 씨, 회장님이 대답을 기다리시는데요?"

회장 옆에 서 있던 중년의 남자가 대신 물어왔다. 뭘? 윤희서가 입 모양으로 매니저에게 물었다. 매니저의 한심해하는 눈빛이 마음에 들지 않았지만, 윤희서는 꾹 성미를 누르며 순한 빛으로 회장 쪽을 바라보았다. 이 눈빛에 흔들리지 않은 남자는 지금껏 없었다. 그러나 이 남자, 강적이다. 그녀의 노골적인 눈빛에도 흔들림없이 대답만 재촉했다. 심지어 짜증스런 빛을 감출 생각조차 없어 보였다.

"그러니까 회장님 말씀은……."

매니저가 살짝 말을 돌렸다. 이반의 입에서 진중한 음색이 흘러나왔다. 약간은 어색한 한국말에 윤희서의 입매가 살짝 들렸다. '카라'의 주인이 미국인이라더니, 재미교포였군.

"네. 저희 이미지와 미스 윤은 맞지 않습니다. 임원들의 실수로 인한 계약 문제는 이쪽에서 충분히 보상할 생각도 있습니다. 단지 우리."

말을 끊은 이반이 임원들을 쭉 훑었다. 못마땅한 기색에 이사들이 황급히 시선을 피했다. 호오! 윤희서의 입에서 탄성이 터져 나왔다.

"이사님들의 강력한 추천이 있기에 한 번 더 기회를 드리겠습니다. 그러나 오늘 제 요구사항을 맞추어줄 수 없다면, 이 자리에서 바로 위약금을 지불해 드리기로 하겠습니다. 선택권은 윤희서 양에게 있습니다. 우리 쪽의 실수이니, 그 정도쯤은 감수할 생각입니다."

돈 많다 이거지? 하지만 이대로 물러설 생각이 없었다. 물론 처음엔 흔히 하는 모델처럼 가볍게 생각하기는 했었다. 화장품 모델을 한두 번 해보는 것도 아니고. 하지만 이번은 아니다. '카라'의 회장이란 먹음직스런 먹이가 있는데 두 번 실패할 수는 없다. 윤희서가 예의 차분한 미소를 이반에게 날렸다. 약간 어눌한 한국말이 이렇게 매력적이라니! 그의 외모만큼 저음의 목소리도 꽤 마음에 들었다.

"좋아요. 회장님께서 마음에 안 든다면 제가 오히려 받은 계약금을 돌려 드리죠. 저 역시 상품이니까. 상품이 마음에 들지 않으면 환불해 드려야 하는 거 아닌가요?"

이런 남자에겐 질질 짜는 여린 여자보단 프로로서 당당한 모습이 어필하기 훨씬 좋다. 그녀의 대답에 회장의 눈썹이 보기 좋게 휘어졌다. 의외라 이거지? 저도 모르게 만족스런 미소가 피어올랐다.

윤희서의 거만하지만 분명 유혹이 담긴 미소 앞에서 이반은 눈동자를 가늘게 좁혔다. 당장은 두 배의 위약금을 물지 않아야 된다는 사실에 만족해야 하나? 지금 그녀가 보이는 저 모습으로는 도저히 '시애틀'의 이미지에 어울릴 것 같지는 않지만, 이반은 현명하게 입을 다물었다. 가볍게 끄덕이는 그의 고갯짓에 박 부장이 준비해 온 서류를 건넸다. 말보다는 명확한 근거가 필요한 법이니까.

윤희서가 내민 서류에 사인을 하는 동안, 편한 자세로 등을 기대며 이반은 잠시 희아와 비파를 떠올렸다. 시골이라니, 어딜까? 그녀가 왜 갑자기 떠났는지 그 이유가 궁금했다. 혜나 따윈 무시하면 그만일 텐데. 지금까지 그가 알던 비파를 생각하면 그렇게 쉽게 혜나에게 물러섰다는 게 어이가 없을 정도였다. 비파가 어떤 여자인가? 고용인 주제에 당차게 고용주더러 아이를 보라 요구하던 여자다. 또다시 밀려오는 두통에 이반은 얼굴을 찡그렸다. 내일 이사를 한다던데 정말 그곳에서 살 생각인 걸까?

"저녁은 제가 대접하고 싶어요."

카메라 촬영이 끝난 후 윤희서가 그에게 엉겨붙었다. 평소라면 이런 것에 참가하는 것 따윈 생각조차 할 수 없는 일이었지만 '시애틀'의 이미지를 정확하게 전달하기 위해서는 어쩔 수가 없었다.

"싫습니다."

이반이 딱 부러지게 거절했다. 윤희서가 조금 어이없는 표정을 지었다. 괜찮습니다가 아닌 싫습니다? 설사 그녀의 제안에 따를 용의가 없다 해도 보통은 괜찮다는 정도의 우회적인 대답을 하지 않나? 그래서 윤희서는 잠시 두뇌가 멈추어 버렸다.

"그래도 오늘 같은 날은 축하할 만하지 않은가요?"

"미스 윤!"

이 여자는 끈적끈적한 낙지 같다. 언젠가 그랬다.

"운 좋았어요. 진짜 싱싱한 낙지죠? 사실은 탁탁, 칼로 다져서 참기름 부어 산낙지로 먹어야 하는데······.'

펄펄 끓는 맑은 국에 연포탕을 한답시고 꾸물거리는 산낙지를 집어넣으며 비파가 즐겁게 소리쳤었다. 살아보겠다고 냄비 벽을 타고 오르는 낙지 발을 젓가락으로 쿡쿡 쑤시는 비파를 보며 허걱! 했었는데. 지금 윤희서는 그때 냄비를 비집고 나오는 낙지처럼 끈적거렸다. 이반은 골을 패며 이마를 좁혔다. 그사이 한 걸음 바짝 다가선 윤희서가 그의 팔을 붙들었다. 손톱 끝에만 주황빛으로 매니큐어를 칠해놓은 잘 손질된 손가락이었다. 평생 부엌칼 한 번 안 잡고, 쌀 한 번 씻어본 적 없을 듯한 고운 손. 그 손에서 이반은 거칠고 마디가 굵은 작은 손을 떠올리며 가볍게 떼어놓았다. 그러나 윤희서가 다시 팔을 잡으며 끈질기게 졸라댔다.

"여기 근처에 잘 가는 가게가 있어요. 한국 요리 좋아하시죠? 그 집 연포탕이 꽤 유명해요. 무안에서 직접 산낙지만 공수 받아 요리를 한다는데…… 드셔 보시지 못했죠?"

옆에 있던 이 이사가 눈치없이 좋아라, 웃음을 터뜨리며 헤벌쭉거렸다.

"연포탕? 좋지! 여름엔 그만한 보양식 있나? 그거 아나, 윤희서 양? 지쳐 쓰러진 소에게 낙지를 먹이면 벌떡 일어난다더구만! 허허허!"

"그런가요?"

목청 높은 이 이사와 간드러지는 윤희서의 목소리가 소란스러운 밤거리 속에 울렸다. 하나의 희극을 보는 것처럼 유난하고 시끌벅적한 소음이었다. 그곳에서 유일하게 소리가 없는 게 이반이었다. 끈적거리는 윤희서의 손을 다시 차갑게 밀어냈다.

"그럼 두 분이서 가시지요. 전 이만 가보겠습니다."

이반은 고개를 까닥하며 제 차 쪽으로 향했다.

"회장님!"

윤희서가 후다닥 뛰어와 애교스럽게 팔짱을 꼈다. 그때였다. 작게 찰칵! 셔터 소리가 들렸다. 이반이 고개를 휙 돌려 사방을 살폈다. 설마 파파라치? 갑자기 성장된 '카라'인데다, 대학생이 그 창립자라는 사실 때문에 미국에서 귀찮으리만치 언론의 한복판에 섰던 그였다. 그래서 이반은 작은 셔터 소리에도 꽤 민감한 편이었다. 사방을 빠르게 살피던 그의 시선에 저쪽 한구석에서 급발진을 하는 작은 차가 잡혔다.

"Shit!"

이반이 낮게 욕설을 내뱉으며 여전히 그의 팔을 붙들고 있는 윤희서를 털어냈다. 꿈틀거리며 살아 있는 낙지가 엉기는 것처럼 징그럽고 소름 끼쳤다.

"전 생각없으니 이 이사님과 함께 가시지요? 함께 먹은 걸로 하겠습니다."

그러나 윤희서는 여전히 거절을 받아들이지 못하고 있었다. 집요한 여자였다.

"싫다는 의미 잘 모릅니까? 당신의 호의는 고맙지만 전 싫습니다. 외식을 좋아하지도 않고, 특히 그런…… 낙지 요리는 더 더욱 좋아하지 않습니다."

놀란 윤희서를 남겨놓고 이반은 자신의 우스꽝스런 차에 올라탔다. 처음 샀을 땐 꽤 마음에 들었었는데, 희아가 없는 지금 이 차는 단지 쓸모없는 고철덩어리일 뿐이었다. 차에 시동을 걸자마자 습관적으로 틀어놓은 동요가 불쑥 튀어나왔다. 이반은 지끈거리는 두통을 누르며 집으로 향했다.

한강을 따라 반짝이는 가로등이 별처럼 아름답다. 늘 집에만 있다 보니 이런 광경조차 몰랐었다. 시골이라…… 이반의 생각이 또다시 한곳에 멈추었다. 조금 괘씸하다. 단지 키스 한 번으로 후다닥 도망을 치다니. 키스 한 번으로 말이다. 사랑한다는 것도 아니고, 단지 달빛에 취한 그 키스로 도망갈 정도라니.

"오빠 왔어?"

집에 도착한 그에게 쭈뼛 혜나가 다가왔다. 그녀를 바라보는 이반의 눈동자가 사납게 날을 세웠다.

"무슨 일이냐?"

"아까 엄마 전화 왔었어. 도우미 아줌마 구했다구. 내일 온다던데?"

또다시 shit!

"넌 내일 이사해라."

"뭐?"

혜나가 쌍심지를 돋웠다. 버르장머리없는 것 같으니! 서리가 낀 것처럼 이반의 눈동자가 뿌옇게 번져 갔다.

"학교 근처 오피스텔이야. 급한 대로 당장 입을 옷만 가지고 나가."

"정말이야?"

"그래."

"오빠! 나한테 이럴 수 있어? 그럼 정말 비파 같은 애랑 잘될 줄 알았어?"

또박, 소리를 내던 이반의 구두 소리가 정지 화면처럼 멈추었다. 이반이 천천히 혜나를 향해 돌아섰다. 섬광 같은 빛이 빠르게 스쳤다. 창밖에 번쩍 빛이 튀었다. 천둥이 오기 전에 먼저 성미 급하게 달려온 번개의 불빛이 섬뜩한 이반의 얼굴을 비추었다. 혜나가 뒤로 슬쩍 물러섰다. 언성을 높이지 않아도 충분히 위협적인 눈빛이 두려운 탓이었다.

"내일 아침까지 이곳에서 나가! 짐은 찾으러 올 필요 없다. 오피스텔로 부쳐 줄 테니, 두 번 다시 이곳에 발 디딜 생각은 하지 않는 게 좋을 거다."

뺨이라도 휘갈길 것 같은 눈빛을 하고선, 오히려 싱거울 정도로 쉽게 돌아서고 말았다. 짜증이 난다. 아니, 화가 난다. 마그마처럼 그의 안에 내재된 감정들이 한꺼번에 부글거려 이반은 정신이 나갈 지경이었다. 이토록 제 감정을 제어하지 못한 적이 없었다. 그래서 낯설고 당혹스러웠다.

"접니다."

거의 겁에 질린 혜나를 버려두다시피 남겨두고 안채에 들어선 이반이 이모에게 전화를 걸었다.

[그래, 혜나에게 들었니? 내일 사람이 갈 건데, 믿을 만한 사람이야.]

"필요없습니다."

[왜? 당장 집안 살림을 꾸릴 사람이 없잖아. 여기에서 간신히 구했어. 남편 일찍 사별하고 애들도 다 결혼해서 혼자 사는 아줌마인데 요리 솜씨가 아주 좋아.]

"이모님!"

수다스런 이모의 말을 이반이 반으로 잘랐다. 쓸모없는 수다 따윈 딱 질색이다.

"전, 필요없다고 분명 말씀드렸습니다."

[반아……]

"제 일에 대해선 더 이상 상관하지 않았으면 좋겠습니다. 도움이 필요하면 연락드리지요."

당분간은 없겠지만……. 뒷말은 쓰게 삼키고 말았다. 옮았나 보다. 전엔 제 핏줄이라 해도 이모에게 제 할 말은 다 했었는데, 이젠 비파처럼 소록소록 소리가 낮아지고 있었다.

"그동안은 이곳 일에 신경 쓰지 말아주십시오."

[너…….]

한숨 섞인 이모의 항변을 모른 척, 이반은 쉽게 전화를 끊어버렸다. 불 켜는 것조차 잊어, 빛 하나 없는 집 안은 공기조차 무겁게 가라앉아 있었다.

"아! 바!"

갑자기 서툰 희아의 음성이 들려와 이반은 휙 거실 안을 돌아보았다. 아, 이런……. 낮은 신음이 새어나왔다. 갑자기 피곤이 한꺼번에 몰려왔다. 이반은 털썩 소파에 몸을 앉혔다. 지친 듯 머리카락을 쓸어 올리며 환청처럼 울리는 아이의 목소리를 애써 지워내려 애를 썼다. 덕분에 온몸이 물먹은 솜처럼 추욱 가라앉아 버렸다.

번쩍! 또다시 번개가 넓은 유리창을 강타했다. 한참 후에야 멀리서 쿠르릉! 천둥소리가 울려왔다. 비가 오려는가? 지친 눈동자가 넓은 유리창으로 향했다. 물기 먹은 검은 하늘 밑에 텅 빈 빨랫줄이 보였다. 제 주인을 기다리는 듯 힘없이 늘어진 빨랫줄을 보는 이반의 얼굴도 버림받은 아이처럼 스산스러웠다. 한 달에 한 번씩 오는 정원사가 정성껏 다듬어놓은 정원인데도 무언가 비어진 것처럼 횅하다. 숨소리가 없어, 이반이 중얼거렸다. 유쾌한 소음이 있던 공간이 흉가처럼 작은 삐걱거림에도 온 집이 몸살을 앓는다. 눈자위가 침침해져 와 이반은 꾹꾹 눈꺼풀 위를 눌렀다. 예상대로 쏴아! 세찬 소리를 울리며 한밤의 소나기가 내려왔다. 우습게도 그 속에서 만월을 보았다. 뿌연 달안개가 미향처럼 유혹하던 그날 밤의 만월.

달뜬 비파의 신음 소리와 하얀 목 언저리, 그녀의 달달한 향.

이반이 신음 소리를 냈다. 못 견디게 그녀가 그립다. 그에게 당차게 소리치던 비파도, 그를 유혹하던 만월의 비파도. 그녀가 내는 삶의 소음이 지금 고문하듯 그를 외롭게 하고 있었다.

"Coward!"

이반이 높은 천장을 향해 버럭 소리를 질렀다. 겁쟁이!

아이의 보행기는 좀 어처구니가 없었다. 박 부장이 구해온 도우미 아줌마는 아주 곤란한 기색으로 거실에 놓인 보행기를 쳐다보았다. 저걸 어떻게 해야 하나? 아이도 없는 이 집에 보행기라니. 왠지 오소소 소름이 돋아왔다. 어떻게 처리할까요? 간단한 물음이지만 그렇게 묻기엔 여기 집주인이 간단하지가 않았다. 이곳에 온 첫날, 인사 한마디 건넨 걸 제외하고 주인은 얼굴조차 보기 힘들었다. 늘 서재에만 틀어박혀 있을 뿐, 외출도 없었다.

도우미로 온 아산댁은 이 거대한 집이 숨 막히게 답답했다. 그만한 월급이 아니었다면 당장 뛰쳐나갔을지도 몰랐다. 일이 힘들어서가 아니라 무덤 같은 이 고요 때문에.

일을 나가보면 그렇다. 현관을 들어서는 순간 따스한 온기가 도는 집이 있는가 하면, 제 주인처럼 쌀쌀맞은 집이 있다. 그러나 이 집은…… 뭐랄까? 차갑다기보단 죽어 있다는 느낌? 집 전체가 숨을 끊은 듯 생기라고는 없는 묘한 기류가 유령처럼 부유하고 있었다. 그런 곳에 아이의 보행기는 희극적이기보다는 뭔가 음울한 전조 같아 불길했다. 그래서 보행기를 바라보는 아산댁의 얼굴이 잔뜩 일그러져 있었다.

버릇없이 혜나가 쾅! 대문을 닫고 집을 나갈 때에도 이반은 제 서재에 틀어박혀 있었다. 지루했다. 윤희서의 모델 건은 해결되었고, 당분간 회사 갈 일이 없다는 것으로도 충분히 즐거울 만했다. 그런데도 여전히 즐겁지가 않고, 바위처럼 마음이 단단해졌다. 전부터 눈독을 들였던 반론의 책도 한달음에 읽어내고 이반은 일부러 더 따분한 책을 찾아 책장을 헤매고 있었다. 지루할 땐, 지루한 책을 읽는 게 집중하기 좋았다.

서재의 벽을 따라 빽빽하게 채워진 책들을 성의없는 그의 눈길이 주르륵 훑었다. 커다란 활자의 제목조차도 눈에 잘 들어오지 않았다. 기다란 손가락이 의미없이 톡톡 치며 건너다 조금 속도를 냈다.

또도독! 두꺼운 양장본이 경쾌한 소리를 냈다. 책 읽겠다는 의지는 어디로 갔는지 이반은 왼쪽에서부터 피아노 건반을 누르듯 토도독, 손가락으로 훑어 내렸다. 다시 이번엔 오른쪽부터.

단조로운 이 놀이가 세상 가장 즐거운 놀이마냥 이반은 왼쪽에서 오른쪽, 다시 오른쪽에서 왼쪽으로 한 칸, 한 칸 치댔다. 따가운 햇살 속에 뿌연 먼지가 씨앗처럼 일어나고, 그 속에서 이반은 무료한 시간을 이 작은 놀이로 보냈다. 책장이 워낙 크고 넓어서 이쪽 끝에서 저쪽 끝까지 한 서너 번을 반복했을까? 시간이 금세 지나 벌써 해가 중천까지 떴다.

또도독, 경쾌하게 내던 소리도 점점 힘없이 잦아들고, 이반은 마치 대단한 일이라도 한 사람처럼 의자에 털썩 몸을 기댔다. 땀까지 송골송골 맺혀 있었다. 또다시 적막이 거인처럼 그를 짓눌렀다. 뒷목이 뻐근한 것 같아 등받이에 한껏 목을 젖혔다. 젖혀진 커튼 덕분에 여과없이 투영된 햇살이 제 그림자로 방 안을 가득 메웠다.

"희아."

이반이 작게 이름을 불렀다. 은희아, 은비파, 은희아, 은비파, 은희아, 은비파……. 이번엔 다르게 불러본다. 이희아, 은희아, 이희아, 은희아. 이희아도 제법 듣기 좋다. 이반, 이희아, 이반, 이희아. 반복해 이름을 부르던 이반이 실실 웃음을 흘렸다. 어쩌면 조금은 허탈한 웃음. 목을 뒤로 젖힌 채 희아의 이름을 부르던 이반이 벌떡 자리에서 일어섰다.

툭!

책 한 권이 발 아래로 묵중한 소리를 내며 떨어졌다. 아까와는 조금 다른 소리가 났다. 옆의 책도 한 권 떨어뜨려 본다. 투둑! 이번엔 더 묵중한 소리. 책 한 권이 떨어질 때마다 신기하게도 각각 내는 소리가 다르다. 떨어지는 소리들이 하나의 음표를 결정하듯 신중하게 제 소리를 내는 게 신기해 이반은 또다시 옆에 놓인 책을 떨어뜨렸다. 때로는 빠르게, 또는 느리게. 책장 안에 가득 꽂혀 있던 책들이 요란한 소리를 내며 후두둑 후두둑 바닥으로 떨어져 내렸다.

똑똑!

책장의 책을 거의 반이 넘도록 바닥으로 떨어졌을 때 누군가 문을 두드렸다. 비파? 얼떨결에 이반이 고개를 들었다. 책을 떨어뜨리느라 숨결이 제법 거칠어지고 볼도 발갛게 달아오른 얼굴로 네! 반갑게 대답하는데 문 사이로 드러난 얼굴은 아산댁이었다. 아! 그제야 이반이 멋쩍은 기색을 했다. 비파라면 저렇게 조심스럽게 노크할 리가 없는데.

"점심 다 차려……."

말을 잇던 아산댁이 그대로 꼿꼿하게 굳어버렸다. 이게 다 뭐야?

"아……."

그 시선을 따라 바닥을 내려다보던 이반이 그제야 싱긋, 미소를 지었다. 볼우물이 패며 오랜만에 시원한 웃음을 터뜨렸다.

"책이 갑자기 떨어져 버렸습니다."

황당한 얼굴로 서 있는 아산댁을 바라보는 이반의 입에서 웃음소리가 메아리처럼 울려 퍼졌다.

아산댁이 바닥에 떨어진 책을 조심스럽게 집어 들었다. 이 집은 기묘해. 어처구니없고 황당하다. 책이 떨어져 버렸다니. 잘 정리된 책이 아무 이유 없이 바닥으로 떨어질 수 있다는 건가? 몽땅 책을 던져 놓고선 무어 그리 흥겹다고 하하하 웃어 젖히는지. 그것까지 아산댁은 불쾌했다. 괴팍한 사람이야. 결국 아산댁은 이반을 그렇게 규정짓고 말았다.

"아참! 책은 놔두십시오. 그대로."

책 한 권을 막 책장에 꽂았을 때, 문득 나가던 이반이 무슨 중요한 일인 양, 후다닥 뛰어와 신신당부를 하고 다시 사라졌다. 책을 꽂던 아산댁의 손이 그 자리에서 딱 멈추어 버렸다. 뭐, 뭐야.

화려한 식탁 앞에 앉아 이반은 밥알을 셌다. 박 부장이 고심해 모셔왔다더니, 요리 솜씨가 보통이 아니었다. 이렇게 다양한 색을 낼 수 있나 싶게 하얀 그릇에 담긴 음식들은 먹기에 아까울 정도였다. 그래서 더 손이 가지 않는.

입맛을 잃은 이반의 얼굴엔 조금 전의 호쾌한 웃음이 언제 그랬냐는 듯 사라지고 없었다. 조용한 식탁이 적응되지 않아서 그런지 밥알이 속에서 그대로 얹혔다. 이반은 주방을 쭈욱 훑었다. 마마! 소리치며 제 숟가락을 부서져라 두드리던 희아의 모습도, 성질을 참지 못해 냄비가 깨져라 씻어대던 소리도 없다. 고즈넉해서 살짝 스치는 바람 소리마저 크게 울리는 게 싫어, 이반은 일부러 오도독 소리를 내며 식사를 마쳤다.

거실을 스쳐 계단을 올라서던 이반이 갑자기 난간 위를 손가락으로 쓸었다. 먼지가 없다. 다시 계단을 내려 거실에 놓인 장식품으로 향했다. 그곳 역시 잘 닦여져 말끔하게 정리되어 있었다. 비파가 있을 땐 곧잘 먼지가 남아 있던 곳이었는데. 이반의 입술이 비틀려 올라갔다.

"당신, 그다지 솜씨 좋은 도우미는 아니었군."

먼지 하나 제대로 털어내지 못한 주제에 손가락으로 먼지를 쓴다, 타박하다니. 솜씨도 없는 주제에 꽤 거만한 도우미였다. 요리

는 따라오지 못하게 소박하고 제가 잘못하면 괜히 단백질 보충이
네 어쩌네, 하며 달랑 김치 하나에 콩국수였다.

"저녁에……."

"네?"

이반이 느닷없이 말을 걸었다. 거의 손대지 않은 접시들을 치우
던 아산댁이 의아한 얼굴을 내밀었다.

"저녁에, 콩국수 좀 해주십시오."

"네? 콩국수요? 저녁에 무슨 밀가루 음식을……."

"갑자기 생각이 나서…… 부탁하겠습니다."

"네. 뭐…… 그거야 쉽죠."

고개를 갸웃하던 아산댁이 사라지고 이반은 다시 위층 서재로
향했다. 계단 쪽에 나 있는 창으로 환한 정원이 보였다. 늘 희아의
기저귀가 펄럭거리던 빨랫줄이 없다. 이곳에 오자마자 제 손으로
나뭇가지에 묶어 만든 비파의 빨랫줄이 깨끗하게 걷어지고 없었다.

"빨랫줄."

"네?"

후다닥. 아산댁이 앞치마에 손을 닦으며 뛰어왔다. 설거지를 하
고 있었던 품새였다.

"빨랫줄, 치웠습니까?"

"네, 지저분해서. 빨래도 얼마 없는데 빨랫대 하나면 될 것 같더
라구요. 왜요? 다시 만들어놓을까요?"

"아, 아닙니다. 그냥 궁금해서 물었습니다. 일 보세요."

잊어주지! 딱딱하게 얼굴이 굳는다. 당신의 흔적 따윈 잊어주고

제9장 279

말겠어. 하나도 남김없이! 서재에 들어서자, 자신이 벌려놓은 한심한 자태가 고스란히 드러났다. 창문을 활짝 열어놓은 이반이 느긋한 태도로 책을 집었다. 일일이 열어 하나하나를 살피다 책장에 꽂는다. 방 안에 수북이 쌓인 책들을 그런 식으로 쌓아 올리다 보니 어느새 해가 오후를 넘어 저녁으로 향하고 있었다. 하얀 빛들이 노르스름하게 바뀌고 매앰매앰 날갯짓을 하던 매미 소리도 점점 잦아들었다.

한 개의 해가 넘어갈 때마다 따갑게 울던 매미 소리도 점점 여름의 어귀로 넘어간다. 매미의 날갯짓이 어느 순간 들리지 않는 사이, 정원엔 귀뚤귀뚤 가을을 부르는 귀뚜라미 소리가 밤새 풀잎 사이를 스치며 새로 오는 계절을 예고하고 있었다. 비가 한 번 내릴 때마다 창가로 스며드는 바람은 그만큼의 찬기를 드러냈다.

잊어주겠다 했던 이반의 마음도 지쳐 가고 따갑던 햇살이 찬바람에 식어갈 때쯤, 또 한 차례 장마 같은 비가 억수처럼 쏟아졌다. 비가 오지 않았다면 또 달라졌을지도 모른다. 아니면 우연히 물 한 잔 먹기 위해 아래층으로 내려왔던 이반의 발치에 보행기가 걸리지만 않았더라도.

가을이라 그런지 까만 어둠이 금세 밀려오는 거실에 불도 켜지 않고 계단을 내려서던 이반의 발치 끝에 채인 보행기 때문에 그대로 바닥으로 굴러 떨어졌다. 발가락 끝으로 진한 통증이 밀려와 끌, 혀 차는 소리가 절로 터져 나왔다. 갑자기 한계에 부딪쳤다는 느낌! 넘어진 보행기를 바라보던 이반이 벌떡 일어섰다. 심장이 터질 것만 같았다. 이젠 단 일 분도 그 무거운 집에서 버틸 수가 없었다. 아직도 얼얼한 발가락을 하고 이반은 충동적으로 차에 올라탔다. 타다닥! 굵은 빗줄기가 머리 위로 거침없이 쏟아져 내리는 어둠을 뚫고 이반은 빠르게 차를 몰았다. 그가 갈 곳은 오직 한 군데뿐이었다.

"무슨 일 있나요?"
뚝뚝, 병원 복도에 흠뻑 젖은 빗물을 칠칠맞게 흘리고 선 이반에게 놀란 정언이 물었다. 이반이 불쑥 정언 앞에 섰다. 당장이라도 짓눌러 버릴 것 같은 위협적인 눈빛이었다.
"시골이 어딥니까?"
"네?"
느닷없는 질문에 정언이 어처구니없는 표정을 지었다.
"그녀의 어머니 묘가 있는 시골이 어디입니까?"
잠시지만 분명 정언의 눈동자가 미세하게 흔들렸다. 이반의 날카로운 시선이 그것을 비켜 나갔을 리 없었다.
"글쎄요."
"감출 생각입니까?"
"그렇다고 해두지요."
빙글, 웃음까지 지어 보이며 여유를 부렸다. 이반이 이곳까지 빗속을 뚫고 나타난 이유가 선명하게 드러남에 따라 정언은 일부러 비비 꼬았다. 어느 정도는 악의도 있었다. 그에게서 비파를 빼앗아 가버린 비파의 남자. 정언이 그를 도와줄 의무는 없었다.
"시골, 어디입니까?"

제9장 *281*

이를 악물며 이반이 물었다. 정언의 야비한 얼굴은 한 대 쳐도 시원찮을 것 같았다. 사랑하는 연인을 버리고 자신의 자식마저 버린 비열한 인간. 이반이 보는 정언은 그 이상도 이하도 아니었다.

"부부 싸움을 하다 보면 가끔 그렇게 상대에게서 벗어나고 싶을 때가 있죠. 그럴 땐 내버려 두는 겁니다. 상대가 스스로 돌아올 때까지."

농담으로 생각하기엔 꽤나 눈빛이 진지했다. 그래서 처음에 이반은 자신을 비웃는 건가? 생각했었다.

"부부에 대해서 어떻게 잘 안다 확신하는 겁니까?"
"오랜 연인들은 간혹 부부처럼 사랑하기도 하지요."
"그래서 당신은 비파를 그렇게 내버려 두었습니까?"

그래서 그녀를 버리고 혼자 외롭게 했습니까? 정작 물어야 할 말은 그것이었다. 정언이 어깨를 으쓱했다. 잠깐의 행동에도 이반이 갖지 못한 소년스러움이 엿보였다.

"그땐 그랬죠."
"후회하지 않습니까?"
"후회합니다, 무지! 지금 당신을 내버려 두고 비파가 있을 곳을 찾아갈 만큼."

뻔뻔할 정도로 솔직한 대답이었다. 이반이 가늘게 눈을 떴다. 우습게도 이런 정언에겐 비파의 모습이 담겨 있었다. 오랜 연인은 서로 닮아가는 걸까? 정언에게서 보이는 비파의 모습에 이반은 가슴이 찌릿해져 왔다. 불쾌하다기보단 스멀거리는 소름 같은 것.

"그런데 왜……."

"왜 당신에겐 내버려 두라고 하느냐? 그래서 비파가 내게 돌아오길 바라니까요. 당신이 내버려 두면, 그사이 내가 그녀를 붙잡을 수 있으니까. 그게 서로 공정한 거 아닌가요? 내가 잠시 그녀를 홀로 두고 있는 사이 당신이 그녀를 붙들어 버렸으니까."

이젠 가봐요! 핑글 돌아선 정언은 손을 흔든 채 병원으로 들어가 버렸다. 의료진들이 바쁘게 뛰어다니는 복도에 선 이반은 이미 떠나고 없는 정언의 등을 노려보았다.

"바쁘다니까요! 지금 한가하게 당신 상대할 시간이 없어요."

들어간 응급실 문 사이로 얼굴만 삐죽 내민 정언이 이반에게 떠나라 재촉했다. 그런 정언을 바라보던 이반의 입가에 작은 미소가 슬며시 걸렸다. 충동적이긴 하지만 어쨌든 실마리는 정언이 제공한 셈이었다. 딱딱 소리가 나는 복도를 나서며 이반이 전화를 걸기 시작했다.

"박 부장님! 감시하고 싶은 사람이 있는데 사람을 구할 수 있겠습니까?"

시간이 흐름을 정지했나? 꿈처럼 느껴지는 몽롱함 속에 이반은 벌떡 자리에서 일어났다. 갑자기 자신을 둘러싼 공기의 흐름이 한순간에 정지한 기분이었다. 이런, 낮게 투덜거리며 이반은 침대에서 일어났다. 목이 타고 열에 달뜬 입술이 바싹 말라 있었다. 아래층으로 향하는 그의 걸음걸이 역시 무언가 불안정한 느낌이었다.

내려선 아래층은 사람의 기척 없이 어둑했다. 눈에 거스른다, 아산댁이 투정하던 보행기도 이반이 다친 후부턴 비파가 머물던

방에 얌전하게 가두어져 있다. 타는 갈증 때문에 부엌 냉장고를 열어 차디찬 냉수를 벌컥벌컥 들이마신 이반이 그제야 숨을 돌렸다. 가을인데도 이마가 땀에 흠뻑 젖어 있다. 새어나오는 숨마저 답답하고 쉴 때마다 목구멍이 찢어지도록 따끔거렸다. 이반이 젖은 이마를 짚었다. 뜨거운 손바닥에 느껴질 만큼 열기가 만져졌다. 아픈 건가? 그제야 불편했던 잠자리의 이유를 알 만했다.

넓은 거실은 그나마 찬 공기가 남아 있어 조금 숨을 쉬기가 편해 이반은 또 한 잔, 물을 담아 거실 소파에 자리했다. 늘 마무리가 깔끔하던 아산댁이 오늘은 커튼 치는 걸 잊었는지, 넓은 거실 유리창이 커튼 없이 환하게 드러나 있었다. 그 창문 너머로 손톱달 하나가 까만 하늘 속에 점박이처럼 콕 박혀 있다. 달안개도, 별도 없이 혼자 떠 있는 달을 보며 이반은 덜 깬 잠을 털어냈다.

"아직까지는 별 움직임이 없습니다."

늦장 부리는 걸까? 낮에 걸려온 남자의 전화를 생각하며 이반은 생각에 잠겼다. 서둘러 비파를 쫓아갈 줄 알았던 정언은 생각보다 굼뜨게 움직임이 없었다. 벌써 그때로부터 한 달이 거의 다 되어가는데, 응급실의 업무가 유난히 바쁘다고는 하지만 어쨌든 정언은 움직임이 없었다. 더 기다려야 하나? 이반은 고민 중이었다.

"그럼 이모님께 여쭈어보지 그러십니까?"

박 부장이 편한 소리를 했지만, 대답 대신 이반은 고개를 저었다. 그렇게까지 하면서 비파를 찾아야 하는 건지. 아니, 솔직히 더 자신의 심정에 가깝게 말한다면 막상 그녀를 만나는 게 두려웠다. 그녀라면 아저씨가 이곳까지 무슨 일이냐고 말할지도 모른다. 평상시처럼 허리에 팔을 짚고 양다리를 건방지게 벌리고 선 채.

반갑다고 펄쩍펄쩍 뛸 희아를 그려보기도 하지만, 그것조차 자신이 없었다. 아이인데, 이미 잊어버렸을지도 몰랐다. 잠시 제 엄마와 머물렀던 집의 말수없는 남자 따윈 쉽게 잊을 만한 나이였다. 당신과의 키스를 잊을 수가 없어서요. 당신의 소란스러움이, 당신의 향취가, 당신의 커다란 웃음소리, '나 잡아봐라' 하던 유치한 대사까지 전부 내 기억 속에 뚜렷이 남아 있어서요. 그렇게 말한다면 비파는 '하하하! 별스럽네' 하고 웃어넘길 것이다.

이반은 피곤한 기색으로 목을 뒤로 젖혔다. 피가 목을 넘어 머리로 쏠리는 듯한 기분이 든다. 갑자기 온몸의 피가 한곳으로 쏟아지는 느낌이 싫지 않아 더 소름이 끼쳤다.

"당신, 지금 뭐 하자는 겁니까?"

아무도 없는 까만 천장을 보며 이반이 힘겹게 소리 내어 물었다. 목이 찢어지듯 아파와 겨우 낸 소리는 힘이 없고 탁했다.

"내가 찾아오길 바라나요?"

까만 천장은 대답이 없다. 눈살을 찌푸리며 이반이 제 이마를 짚었다. 갑자기 화가 치밀어 올랐다. 아, 그건 아니다. 화가 갑자기 치밀어 오르는 게 아니라, 비파가 떠난 후 매사가 짜증스럽고 화가 치밀었다.

천장을 향해 있던 이반의 눈동자가 작은 손톱 달로 향했다. 갈증이 일었다. 손에 든 컵을 들어 또다시 물을 들이켰지만 여전히 갈증이 가시지 않았다. 무얼까, 이 답답하고 타는 갈증은? 이반은 그것이 고통스러웠다. 익숙했던 고요함이 더 이상 익숙하지 않고 늘 한곳으로만 쏠려 있는 자신의 생각들의 이유없는 반항이 답답해 죽을 것만 같았다. 그녀를 만나면 알 수 있을까? 그녀를 만나서 또다시 키스를 해본다면 이 갈증의 실체를 알 수 있지 않을까?

이반이 제 머리카락을 쓸었다. 작은 달빛이 반짝거리는 창가를 향한 그의 눈동자엔 가을 같은 스산함이 스쳤다. 마른 나뭇잎의 향이 이곳까지 번져 오는 것 같다. 정원조차 비파와 희아의 부재를 깨닫는 듯 빠르게 생기를 잃어갔다. 다른 정원엔 여전히 여름을 잊지 못한 이파리들이 파릇하게 제 색을 드러내는데 그의 정원에 심어져 있는 나무들은 벌써 늦가을의 이파리처럼 파리하고 바싹했다. 빨랫줄이 거두어진 나뭇가지들은 할 일을 잃은 사람처럼 푸석거리고, 아장거리는 희아가 없는 정원의 잔디들은 벌써 푸른빛을 잃어버렸다. 정원과 함께 이반 역시 수분을 잃어버린 나뭇잎처럼 말라가고 있었다.

"지겹다!"

이반이 소리쳤다. 지루하고 생기가 없는 삶이 지겨웠다. 지겨워! 손톱 끝이 자라나는 것도, 하루의 시간이 흘러가는 것도, 모든 게 다 귀찮고 지겨웠다.

그의 짜증스런 속내를 알았을까? 이 이상 정언이 움직이지 않는다면, 또 한 번 더 찾아가 볼까 했었는데 거짓말처럼 다음날 전화가 걸려왔다. 이반이 오늘 예정된 백화점 시향 이벤트에 참관하기 위해 막 출근 준비를 하고 있을 때였다.

[드디어 움직이는데…… 어떻게 할까요?]

순간, 배가 딱딱하게 굳어왔다. 드디어 움직이는 건가? 전화기를 꽉 잡는 이반의 긴장한 얼굴을 아산댁이 이상하게 바라보았다. 이반의 입매에 깊은 주름이 잡혔다. 미간 역시…….

어떻게 할까요? 묻고 싶은 사람은 오히려 이반이었다. 하나, 둘…… 이반은 천천히 숫자를 세기 시작했다. 열!

"따라가 보세요. 주소 확인하는 것 역시 잊지 마시구요. 부탁드리겠습니다. 그 사람이나 찾고 있는 사람이나 눈치채지 않게……."

[제가 이 바닥 생활이 몇 년입니까? 하하하!]

경박스런 웃음이 전화선을 따라 흘렀다. 요란한 웃음소리 때문에 이반이 살짝 귀에서 수화기를 떼어냈다. 전화를 끊고 나서도 마음이 무거운 건 여전했다. 그녀를 찾아가야 하나? 그 생각에 골몰하느라 백화점 순회를 하는 내내 눈치가 보일 정도로 이반의 얼굴은 펴지지 않았다.

뭐야? 이 이사가 옆에 선 박 부장에게 눈짓으로 물었다. 그러나 박 부장은 일부러 그 시선을 외면했다. 매번 같은 대접을 받으면서도 이 이사는 끈질기게 박 부장을 물고 늘어졌다.

"회장님, 혹시 비파 씨 찾으셨습니까?"

이 이사가 잠시 매장 안의 담당자와 이야기를 나누는 동안, 박 부장이 슬쩍 물어왔다. 찰나 무수한 감정을 담은 빛이 빠르게 눈동자를 스쳐 지났다. 잠시 스친 표정을 미처 잡기도 전에 이반은 처음처럼 무표정하게 돌아섰다. 그러나 안경테 너머의 눈꼬리가 파르르 떨려오는 건 그조차도 어쩔 수 없었다.

"반응은 어떻습니까?"

애써 박 부장의 말을 무시하며 이반이 매장 담당자에게 물었다.

묵직한 음성이 그 어떤 사람의 관심도 거부하고 있었다.

"네? 아…… 네."

이 이사의 느물스런 치근거림에 당황하던 담당자가 얼른 이반에게 돌아섰다.

"꽤 반응이 좋습니다. 모델인 윤희서의 브로마이드를 얻을 수 없느냐는 문의도 많이 들어 오구요. 우선은 신상품이라 그런지 기존의 '카라' 보다는 '시애틀'에 대해 더 관심을 많이 보입니다."

"그런가요?"

이반이 고개를 갸웃했다. 윤희서에 대한 고객의 반응이 좀 의외였다. 그에겐 별다른 매력이 보이지 않았는데. 이번 윤희서의 광고 기획에 대한 반응은 어느 매장에서나 화제였다.

"생각보다 매력이 많은 모양이군."

"네?"

이반의 중얼거림에 이 이사가 대뜸 물었다.

"아닙니다. 그럼 미스 윤의 광고를 좀 더 올리는 게 좋겠습니다. 새로운 컨셉으로 한 번 더 찍는 것 역시 검토해 보도록 하죠. 이 사안에 대해서는 추후 회의를 열도록 하겠습니다."

매장을 나서는 그의 주머니 안에서 위잉~ 휴대폰의 진동이 울렸다.

"네, 이반입니다."

[접니다. 여기, 지금 전주입니다.]

"전주요?"

[네. 아직 은비파 씨를 만나지는 못했습니다. 아주머니 한 분이

끝내 입을 다무는데요? 어떻게 할까요?]

　더 기다릴 것인가를 묻는다. 톡톡, 손가락을 튕기던 이반의 시선에 박 부장의 호기심 어린 눈동자가 잡혔다. 이반은 고개를 까닥, 양해를 구하며 한쪽으로 비켜섰다.

　"그 사람은 어떻게 하고 있습니까?"

　[김정언 씨요? 그냥 서울로 올라갈 생각인 모양입니다. 터미널로 향하는데요?]

　"알겠습니다. 그러면 함께 올라오도록 하세요. 나머지는 제가 알아서 하겠습니다. 남은 돈은 오늘 바로 입금시키겠습니다."

　전화를 끊은 이반의 표정이 딱딱하게 굳었다. 이젠 어떻게 하나? 주사위는 그에게 넘어왔다.

　복잡한 회장의 표정에 눈치만 살피던 이 이사가 괜스레 가슴을 졸였다. 젠장! 저 까탈스런 회장이 또 무슨 트집을 잡으려는 거야? 윤희서 모델 건에 아직도 분이 풀리지 않은 이 이사가 이반의 속내도 모르고 저 혼자 짜증부터 부려댔다.

　"독립 매장 건은 어떻게 되었습니까?"

　남은 이벤트는 매장에 넘겨주고, 백화점을 나서던 이반이 옆에 선 박 부장에게 물었다. 신임이 어느 쪽에 기우는지 확실한 태도였다.

　"우선 부지(敷地)만 확정되어 있구요. 공사는 아직 착수 전입니다."

　"있는 건물에 개장하는 거니 인테리어 공사 정도는 금방 끝나지 않습니까?"

"뭐, 그렇지요."

"당장 인테리어 공사를 서두르십시오. 반응이 좋을 때 한꺼번에 몰아치는 것도 좋습니다. 그리고 앞으로 백화점에 '시애틀' 물량은 대폭 줄이는 겁니다."

"네?"

이 이사가 화들짝 놀라 제정신이냐는 듯 회장을 바라보았다. 지금 백화점 매장에선 물건이 없어 못 판다는 말도 못 들은 거야? 이 이사를 흘깃 보던 이반이 설명을 보충했다.

"앞으로는 본사 매장을 중심으로 판매를 할 겁니다. 백화점은 단지 홍보의 수단일 뿐입니다. 백화점에 그렇게 많은 돈을 지불하는 건, 우리로선 장기적으로 손해입니다. 충분히 이미지 관리가 끝나고 나면 바로 철수입니다."

"그래도 어느 정도의 시간은……."

"길어야 일 년입니다. 일 년 정도의 시간과 고급 모델을 기용한다면 충분히 가능성있는 확률입니다. 그리고 고객이 원하는 상품은 백화점보다 본사 매장에서 더 많이, 그리고 쉽게 구입할 수 있다는 이미지를 처음부터 심어주는 게 더 좋습니다. 이것 역시 기획안을 받아야 합니까?"

이반의 얼굴은 어느새 냉철한 사업가로 돌아가 있었다. 이 이사가 움찔 뒤로 물러섰다. 이 망할 회장은 대체 언제나 미국으로 돌아갈 예정인 건지, 벌써부터 불평이 터져 나왔다. 애초 생각했던 것보다 훨씬 까다로운 성격인 것도 못마땅할 판국인데 한국 거주 기간마저 길어지고 있었다. 이 이사의 불편한 심정이 고스란히 얼굴에 드러나는 걸 박 부장은 시니컬하게 바라보았다.

'쫓아 보내고 싶은 심정을 감출 능력조차도 없는 모양이군.'

그의 눈에도 뻔히 보이는 이 이사의 속셈이 회장에게 드러나지 않을 리가 없었다. 그러나 이 이사의 불편한 얼굴을 바라보는 회장은 무덤덤했다. 아마 이 이사가 이번에 또다시 제멋대로 군다면 가차없이 잘라 버릴 생각일 텐데도 회장은 그저 겉으로는 무심해 보일 뿐이었다. 두 사람의 각각의 속내엔 관심없이 이반은 걸음을 재촉했다. 마음이 급해졌다. 다음 스케줄 상으로는, 조금 전 말했던 매장 부지로 향하는 게 수순이었지만 이반은 그냥 집으로 향하고 말았다.

"매장은……."

"그만 들어가겠습니다."

다음 스케줄을 진행하던 박 부장의 말을 싹뚝 자르며 대뜸 차에 오르는 이반의 행동에 이 이사가 황당한 얼굴을 했다.

"당장, 급한 일이 아니지 않습니까? 인테리어 업자를 우선 섭외하는 게 급선무입니다. 인테리어의 후보자와 자세한 업무는 제가 출근한 후 시작하겠습니다. 그동안 미국 매장과 유럽 쪽 매장에 대해 충분한 검토를 미리 해놓는 게 좋을 겁니다."

젠장, 거만하기는! 입이 반은 튀어나온 이 이사와 야릇한 표정을 짓는 박 부장을 남겨두고 이반은 서둘러 집으로 향했다. 여전히 미간은 찌푸린 채로.

제10장

"**뭘** 또 사 와?"

내민 검정 봉투를 순자 아줌마가 화들짝 밀어내는 통에 비파의 얼굴이 화락 달아올랐다.

"아줌마는! 떨이라고 싸게 가져가라기에, 조금 사 왔어요. 아저씨 포도 좋아하잖아요. 그냥 씻어서 드세요. 내가 미안해서 그래요."

"우리 과일 많아. 희아나 먹여."

"알아요, 아줌마네 과일 많은 거! 그래도 이건 내가 드리는 거니까 그냥 먹어요. 희아는 아직 포도 잘 못 먹잖아요."

"그러게, 뭐 하러 이런 건 사 와?"

"내 마음이 그래요. 겨우 세 송이뿐인데 이러니까 더 미안해지잖아요."

"별소리를 다 한다."

결국 포도 세 송이 든 비닐 봉투를 받아 들며 순자 아줌마는 소박하게 웃었다.

"나중에 돈 많이 벌면 그땐 내가 박스로 사다 줄게요."

비로소 비파가 기쁜 얼굴을 하며 씩씩하게 말했다. 매일 희아를 저녁까지 맡기면서도 용돈 한 번 드리지 못해 항상 가슴에 바위가 얹은 것처럼 무거웠었다.

"그나저나 밥은 잘 먹고 다니냐? 너 여기 와서 무지 말랐어야."

"마르긴, 더 빠져도 돼요. 희아 낳고 살이 너무 많이 쪄서."

끌끌, 무신! 혀를 차는 순자 아줌마를 비파가 갑자기 꽈악 끌어안았다. 넓고 펑퍼짐한 아줌마의 품이 가을 들녘처럼 풍요롭다.

"야가 왜 이런디야?"

순자 아줌마가 쑥스럽게 몸을 비틀면서도 싫지는 않은지 헤실 웃었다.

"좋아서 그러지. 아줌마는 나 안 좋아요?"

없던 어리광이 생겼는지 등엔 아이를 업고 비파는 어린아이처럼 순자 아줌마를 부둥켜안았다. 사람의 살 냄새가 많이 그리웠나 보다.

"아야, 비파야!"

"응?"

제 품에 안긴 비파의 어깨를 두드리며 순자 아줌마가 불렀다.

"낮에 누가 찾아왔어야."

"누구?"

"나야, 모르지. 웬 남자가 널 찾더라."

남자? 왜 순간적으로 이반의 얼굴이 스쳤을까? 비파가 머리를 저었다. 한낱 도우미였던 여자를 그토록 애타게 찾을 이유가 없었다.

"그래요? 누굴까? 빚쟁이인가?"

그래서 괜히 목젖이 드러나도록 하하하! 웃었다. 그런데 순자 아줌마는 조금 놀랐는지 눈이 화등잔만큼 휘둥그레졌다.

"빚쟁이? 것두 농담이라고 허냐?"

"아줌마 화났어요? 미안해요. 그나저나 누구지?"

"김정언이라고 하더라."

아, 비파의 얼굴이 실망스런 빛이 스쳤다. 바보처럼…….

"그래요?"

"너 혹시 여기 왔냐고 자꾸 묻는데, 난 잘 모르겠다고 했다. 어찌나 실망스러워하는지, 참 보내놓고도 내가 많이 후회했다. 너한테 연락해 볼래야 길거리에서 장사하는 것한테 연락할 길도 없고. 혹시, 싶었는데 남자가 영 희아 소식은 안 묻잖어. 그래서 희아 아빠는 아닌가 보다 했다."

"아줌마! 희아, 아빠 없어. 그냥 나한테 뚝 떨어진 아이야. 그러니까 그렇게 알아요."

대답은 없이 혀만 끌끌 차는 순자 아줌마를 비파가 토닥거렸다.

"걱정하지 말아요. 잘한 건데 뭘. 만나지 않아도 되는 사람이에요."

애 아빠가 죽었나? 순자 아줌마는 순간 그런 생각이 들었다. 가슴이 짠해진다. 비파 엄마야 유부남의 아이를 가져서라지만 애 아빠가 죽었다는 생각에 더 마음이 안쓰러워졌다. 박복한 것 같으니…….

"내가 좀 그래, 언니! 정아가 아무리 내 형제 같은 친구라 해도 실제로 형제는 되지 못하는 모양이야. 비파가 나한테 많이 섭섭해 할 거야. 언니가 내 대신 잘해줘. 나, 비파 얼굴 앞으론 못 봐."

비파는 말하지 말랬지만, 그래도 무슨 일이 있었나 싶어 걸어본 전화였다. 그러나 한숨 섞인 승미의 넋두리를 들으며 순간, 가슴이 철렁했었다. 야가 뭔 일이 진짜 있었나 벼. 끌끌……. 속으로만 애가 닳았다.

순자 아줌마의 속을 뻔히 알면서도 비파는 애써 모른 척 돌아섰다. 갈게요, 인사를 건네고 제 옷을 벗어 희아의 드러난 다리에 덮었다. 아무리 쪼개고 쪼개도 돈은 늘 모자라 승미 아줌마가 준 옷을 제외하곤 아직도 성큼 자라나는 희아의 옷 한 벌도 제대로 사주지 못했다. 늘어난 허리춤이야 새로 고무줄을 달아준다지만, 자라나는 아이의 품을 어찌지 못해 희아의 바지는 늘 무릎 선에서 멈추어져 있었다. 따뜻한 남쪽이라 낮엔 괜찮지만 가을의 저녁은 한결 싸늘해 집까지 걸어가는 동안 아이의 다리는 빨갛게 얼어 있기 일쑤였다. 낡았지만 그런대로 품이 넉넉한 제 카디건을 희아의 다리에 감싸, 포대기로 꽁꽁 싸매고 나서야 비파는 집으로 향했다.

"이제 와?"

대문 앞엔 아래층 승호가 헐렁한 트레이닝복을 걸치고 그녀를 기다리고 있었다. 옆엔 작은 쇼핑 봉투가 함께 보였다.

"뭐 해요?"

"기다렸지. 밥 줘!"

그녀의 등에서 희아를 냉큼 받아 안은 승호가 쫄래쫄래 등 뒤를 따라왔다. 그리고는 밥 달라 투정이다. 한심스런 눈초리를 하면서도 비파는 승호를 달고 집으로 들어섰다. 들어서자마자 승호가 애고, 추워! 호들갑을 떨어댔다. 집주인의 노총각 아들 승호는 이렇게 비파를 집 앞에서 기다릴 때가 많았다. 이상한 사람이었다. 수다스럽고, 행동도 요란스러운데 이상하게 승호에게선 이반의 모습이 자주 겹쳐지곤 했다. 그래서 아마 승호를 더 편하게 받아들이지는 모르겠다.

"보일러 좀 틀어!"

저쪽에서 승호가 버럭 소리를 질렀다.

"아직은 괜찮아요."

"애 키우는 집이 왜 이렇게 썰렁해?"

"애는 춥게 키운다는데 뭘! 싫으면 아래층으로 내려가든지!"

승호는 제 어깨를 비비며 춥다고 부산을 떨더니 그 말에 대뜸 이불 속으로 파고들었다.

"야, 네 엄마 왜 저렇게 사납냐?"

벙싯대는 희아한테 괜히 흉을 보면서도 아래층으로 가는 대신, 얌전히 밥을 기다리는 승호를 보며 비파는 어쩔 수 없이 미소를 짓고 말았다. 옷 갈아입을 시간도 없이, 희아를 온전히 승호 차지로 남겨두고 비파는 저녁 식사 준비를 서둘렀다. 바락바락 쌀 씻는 소리가 경쾌하게 울리고 까르르 웃는 희아의 웃음소리, 승호의 털털한 웃음이 냉한 집 안에 따스한 온기를 불어넣었다.

"아얏!"

방 안에서 작은 비명이 터져 나왔다. 꺄아! 자지러지게 웃는 희아 옆에 승호가 잔뜩 얼굴을 찌푸리고 있었다.

"뭐예요?"

"몰라! 애가 왜 이렇게 드세? 또 때렸어."

이상하게 이반에겐 잘도 안기던 희아가 승호에겐 유독 심술맞게 굴어댔다. 싫어한다기보다는 장난이 심한 편이라고나 할까. 곧잘 손에 든 장난감으로 승호의 머리를 때리기 일쑤라 희아를 여간 예뻐하는 승호임에도 간혹 이렇게 당혹해할 때가 있었다.

"어! 으어!"

그래도 제 딴에는 사이좋게 지내자는 의미인지 승호의 머리를 때리던 장난감으로 바닥을 치며 좋아라 한다. 꽤나 아팠을 텐데, 사람 좋은 승호는 금세 희아의 옆구리를 간질이며 장난을 가장한 복수를 해댔다. 발끝까지 찌르르 울리는 간질음의 여운 때문에 손에 든 장난감을 놓친 희아가 장난감 대신 제 손바닥으로 승호의 머리를 사정없이 치며 까르르 넘어갔다. 희아에게 무차별적으로 두드려 맞는 승호의 커다란 웃음소리가 부엌 쪽까지 울리도록 들려왔다. 비파는 어쩔 수 없다는 듯 고개를 흔들며 쓴웃음을 짓고 말았다.

"애고, 머리야."

저녁이 거의 차려질 때쯤, 얼마나 많이 맞았는지 쿡쿡 쑤시는 머리를 쓰다듬으며 승호가 거실 쪽으로 나왔다.

"그러게 왜 만날 여기 와서 고생이에요?"

"밥은 아직 멀었어? 밥 먹으려면 이 정도쯤은 해야지."

밤 여덟 시가 넘어 집에 들어오는 비파 때문에 저녁 식사라야 아홉 시나 되어야 먹을 수 있는데 승호는 곧잘 위층으로 건너와 저녁 신세를 졌다.

"그러니까 그냥 집에서 먹지 뭐 하러 여기서 먹냐구요?"

"엄마 또 외출했어. 퇴근하니까 없더라고. 이젠 아예 습관 붙었나 봐."

양념해 놓은 나물을 낼름 집어 먹으며 승호가 천연덕스럽게 대답했다. 스물아홉의 승호는 아들 장가가면 주려고 했다는 이 방을 비파에게 빼앗겨 놓고도 사람 좋게 '잘됐네. 그럼 당분간은 장가 안 가도 되지?' 그랬다가 제 엄마에게 된통 쥐어박혔다. 이사하던 날에도 가구 하나 없는 썰렁한 집을 보며 노골적으로 호기심을 드러내 처음엔 뭐 이런 사람이 다 있나? 생각했었다.

'뭐야? 애 아빠 없어?' 대뜸 반말을 하며 아픈 곳을 쿡 찌르고도 정작 본인은 스스럼이 없다. 그래서 비파는 그냥 하하 웃고 말았다. 애나 보고 있어! 신이 난 희아를 그녀의 품에 안겨 놓고 척척 짐을 옮겨놓고 웬 짐이 이렇게 없는 거야? 소탈하게 물어보기도 했다. 믿음이 깊어 성당에 자주 가는 주인집 아줌마가 집을 비울 때면 위층으로 곧잘 올라와 기웃거릴 정도로 넉살이 좋은데 그런 솔직한 면 때문에 오히려 더 편한 사람이었다.

그래도 이렇게 쉽게 밥까지 같이 먹을 사이는 아니었는데 처음 아줌마가 부산에서 학교 다니는 딸한테 갔다 온다며 식사를 부탁했던 게 이젠 아예 습관이 되어버렸다.

"희아야, 밥 먹자!"

팔다 남은 두부로 된장찌개를 끓여내고 남은 시금치는 고소하게 무쳐 냈다. 그리고 희아 먹이기 좋은 연한 무나물로 소박한 반찬을 만들어 상을 차리자 승호가 냉큼 자리를 차지하며 방 쪽을 향해 크게 소리를 쳤다.

"은희아! 빨랑 와서 맘마 먹어!"

요사이 부쩍 자란 희아는 조금씩 밥을 먹기 시작했다. 여전히 우유를 주식으로 먹기는 했지만 일부러 비파는 진밥을 지어 희아에게 먹였다. 제 밥숟가락과 밥그릇이 신기한지 희아는 별 투정 없이 곧잘 밥을 먹는 편이었다. 이반의 집을 떠날 때 나기 시작했던 이가 금세 돋아나 앞니로 오물오물 씹는 희아를 볼 때면 새끼 토끼 같아 바라보는 것만으로도 배가 부를 정도였다. 그곳을 떠날 땐 외로워서 죽을 것 같더니 이렇게 아이를 보며 세상을 살아갈 수 있는 모양이었다.

간간하게 한 된장국에 부드러운 두부를 으깨어 밥을 비벼 희아에게 건네주고 비파와 승호는 늦은 저녁 식사를 시작했다.

"애 아빠는 정말 없어?"

밥 먹다 말고 승호가 난데없이 물어왔다. 비파의 숟가락이 그 자리에 잠깐 멈추었다 다시 서서히 움직이기 시작했다. 오늘따라 왜 이리 같은 질문이 많은 거야?

"네. 웬 관심이 그렇게 많아요? 나한테 관심있어요?"

슬슬 농담까지 건넬 정도로 여유있게 응수했다.

"너 눈 높구나? 나 애인 있어."

"그런데 왜 결혼 안 해서 아줌마 속 썩히고 그래요?"

"그녀가 기다리라잖아. 그럼 기다려야지. 뭐, 내가 힘이 있나? 으, 구수하다!"

듣기 좋은 추임새까지 넣으며 된장국을 맛있게 떠넘긴다. 승호는 먹을 때에도 참 편안하게 먹는 편이었다. 옆에서 희아가 으, 그스! 하고 따라 소리쳤다. 낮은 밥상이 제 키에도 맞는 건지, 희아가 자란 건지 밥상 위로 삐죽 올라온 키가 꽤 커 보였다.

"너도 커서 나처럼 멋진 남자가 돼라!"

제 말을 따라 하는 희아의 머리통을 쓱쓱 쓰다듬으며 승호가 대견해했다. 말똥말똥 승호를 바라보는 희아의 눈동자가 정언의 그것처럼 새까맣다. 말도 안 돼! 소리치면서도 비파의 눈가에 웃음이 하나 가득 배었다.

저녁을 마치고 배가 부른 희아는 강아지처럼 굴러다니고 승호는 그 옆에서 느긋이 신문을 펼친 채 제 집처럼 나른하게 뻗었다. 찰박한 수돗물이 시원한 소리를 내며 설거지통으로 쏟아졌다. 적은 식구에 적은 반찬 가짓수라 설거지 거리가 별로 없다. 예전 이반의 집에 살 땐 제법 설거지 거리도 많았었는데. 편하기보단 그런 북적거림이 가끔 그리웠다. 또 시작이야! 제 스스로를 타박하며 비파는 초록색 수세미로 세월을 지우듯 그릇에 남은 찌꺼기를 빡빡 지워내기 시작했다. 설거지를 하는 비파에게 승호가 소리쳤다.

"과일 좀 가져와라. 후식도 없어?"

"어, 과일 못 사 왔는데."

요즘 과일 값이 비싸, 희아에게 자주 먹여야 한다는 걸 알면서도 그녀의 냉장고는 일주일째 과일이 비어 있었다.

"내가 가져왔어. 밥값은 해야지. 포도랑 사과 넣어왔어."

"사과요?"

"그건 희아 거야. 숟가락으로 박박 긁어서 먹여!"

아, 비파가 살짝 얼굴을 일그러뜨렸다. 사과라…… 한 개에 천 원도 넘는 사과를 이반의 집에선 늘 풍족하게 먹었었다. 일주일마다 배달되는 과일에 사과는 늘 빠지지 않고 있어서 좋아하나 보다 깎아서 내었는데 이반은 사과만은 손을 대지 않았었다. 덕분에 희아만 호강했었다. 가슴이 찌르르 울렸다. 착하디착한 사람. 무뚝뚝한 얼굴에 연두부처럼 말캉한 가슴을 가진 그가 보고 싶어져 비파는 먹먹해져 왔다.

"있죠, 어떤 사람이 있었는데요."

"응?"

"그냥요. 사과를 되게 싫어하는 사람이요."

"그래서?"

"그냥, 그렇다구요."

"싱겁긴! 과일이나 내와. 나 과일 없으면 꼭 뭐 안 닦고 나온 사람 같아서 찜찜해."

드러난 허벅지를 벅벅 긁으며 승호는 긴장감없이 대꾸했다. 뭐냐, 더럽게. 비파가 투덜거리며 그가 가져온 과일을 잘라내는 걸 보며 승호는 살짝 미간을 찌푸렸다. 비파를 보면 가끔 그렇다. 혼자 두면 밤새 숨죽여 울 것 같은 위태로움…… 그래서 승호는 그녀를 혼자 버려둘 수 없었다. 제 동생만큼 어린 나이에 애 하나 달랑 업고 위층으로 이사 올 때부터 그랬다. 스물세 살이라는데 그 삶의 무게보다 적은 짐들 하며, 씩씩하게 웃고 있어도 금방 눈물을 뚝 떨어뜨릴 것만 같은 일촉즉발의 느낌. 비파에겐 그런 느낌이 있었다.

희아가 사과 하나를 다 갉아먹고, 씻어온 포도마저 다 먹어치운 승호가 아래층으로 내려간 후 비파는 비로소 잠자리에 들 준비를 했다. 승호가 사라지자 갑자기 무섭도록 사위가 고즈넉해졌다. 승호가 떠나길 기다렸다는 듯이 히잉, 작은 소리를 내며 희아가 제 눈을 고사리 같은 손으로 비벼댔다.

작은 이불 위에 금세 잠들어 버리는 아이의 곁에 누워 비파는 작은 희아의 손을 조몰락거렸다. 하루 종일 보지 못해 조갈증이 났다. 아이 역시 그럴 텐데 쏟아지는 잠을 어쩌지 못한다. 비파는 불투명 창을 통해 들어오는 가로등 불빛에 희아의 키를 가늠하며 이곳저곳 어루만졌다. 잠잘 때가 아니면 희아를 마음껏 안아줄 시간이 없었다.

낮은 한숨이 비파의 입에서 어쩔 수 없이 새어나왔다.

쪽쪽~

희아가 또다시 제 엄지손가락을 세차게 빨아댔다. 여기로 내려온 후 생긴 잠버릇이었다. 깊이 잠들 땐 스르르 바닥으로 떨어지지만 이렇게 막 잠이 들려는 설풋한 시간에는 꼭 제 손가락을 빨아야 잠이 들었다. 손에 못이 박힐까 일부러 빼어내면 칭얼대며 밤새 잠투정을 하는 통에 어쩔 수 없이 내버려 두고 있었지만 그래서 그런지 요즈음 희아 손은 저녁에 잠깐 보아도 늘 빨갛게 부어 있었다.

열이 많아 밤에도 이마에 엷은 땀이 배이는 희아의 이마를 부드럽게 쓸어 넘기며 비파는 몸을 뒤척였다. 이곳에 와 편한 잠에 빠지지 못한 것은 비단 희아만은 아니었다. 또다시 한숨이 새어나왔다. 습관이 되어버렸는지 몸 한 번을 움직여도 한숨이 절로 새어나올 정도였다. 먼빛을 바라보며 비파는 잠시 서울을 그렸다. 떠날 땐 정말 지긋해서, 사람에게 치이는 게 지긋해져 떠나자! 다 잊어버리고 차라리 떠나주지 뭐! 했었는데.

차창에 달빛처럼 비치는 가로등에 노란 얼굴을 드러내며 비파는 가면 같던 유쾌함을 싹 지워냈다. 은비파! 조금만 더 씩씩해지자. 조금만 더 웃자. 주문처럼 왼다. 매일 그렇게 주문을 외다 보면 정말 더 씩씩해질 것 같아서 정말 행복하게 웃을 수 있을 것 같아서 비파는 그렇게 자기 전 주술을 걸었다. 매일매일 씩씩해지기. 작은 욕심도 부리지 않기.

잠시 긴장했었는데 다행히 그 후로 정언은 보이지 않았다. 혹시 싶어 자주 거리를 둘러보던 비파의 습관도 며칠 지나가자 잊혀지고 정언이 그녀에게 찾아오는 건 그날이 마지막이었나 보다, 비파는 편하게 생각했다.

비가 한차례 더 내리고 비가 내릴 때마다 추위가 더 깊어지는 일주일이 지난 것 같다. 여느 날처럼 순자 아줌마에게 희아를 맡기고 비파가 거리 장사를 나간 후, 순자 아줌마는 꽤 곤란한 상황을 맞고 있었다. 희아의 아빠는 없다는데 벌써 두 남자가 비파를 찾고 있었다. 개인적인 취향으로 말하면 처음 찾아온 남자가 더 마음에 드는 편이었다. 그 순한 청년에 비해 오늘 그녀의 집을 두드리는 남자는 처음 본 순간부터 냉기가 돌았다. 그래서 정언 때보다 대하는 태도도 더 쌀쌀맞았다. 비파의 농담처럼 빚쟁이라고 한다면 김정언이란 사람보다는 이 남자가 더 적격이었다.

"글쎄? 난 잘 모르겠는데."

"은비파 씨가 여기에 아이까지 맡기는 걸로 알고 있습니다."

남자의 어투는 정중했지만 말이 어눌한 것이 이곳 사람 같지 않았다. 아이라는 말에 순자 아줌마의 얼굴이 번쩍 들렸다.

"아이만 봐줘요. 우연히 소개를 받아서……."

아이까지 묻는 것으로 인해 점수를 더 먹기는 했다. 게다가 말끔한 차림새이기는 했지만 그래도 겉으로 보이는 게 전부는 아니니까. 순자 아줌마가 시치미를 뚝 뗐다. 그녀의 속내를 뻔히 들여다본 것처럼 남자의 눈매가 순간 칠흑처럼 깊어졌다. 그 섬뜩한 기운에 순자 아줌마는 자신도 모르게 부르르 몸이 떨려왔다. 무슨 사람의 눈매가 저렇게 서늘하냐?

"김승미 씨가 제 이모님 되십니다."

이모의 이름을 팔면서 이반의 입술이 살짝 뒤틀렸다.

"아, 그래요?"

순간 빠르게 순자 아줌마의 얼굴에 갈등이 스쳐 지났다. 승미의 조카라는데…… 그러면서도 쉽게 입이 열어지지 않았다. 비파 문제에 대해서만큼은 자꾸 조심스러워지고 의심이 많아졌다. 남자가 잠시 망설이다 천천히 입을 열었다.

"희아…… 아빠이기도 합니다."

헉! 자신도 모르게 거칠게 숨을 내뱉었다. 비파 이 계집애! 희아 아빠 없다더니. 없다고 해서 죽었나 했었는데 이렇게 버젓이 살아있단다. 갑자기 얼굴이 환해지며 순자 아줌마가 반색을 했다.

"애고, 애 아빠였구만. 잠깐만 들어와요."

그제야 단단히 막아섰던 대문에서 비켜서며 순자 아줌마가 이반을 집 안으로 들였다. 집의 작은 마루엔 희아가 편한 낮잠에 빠져 있었다. 씩씩대는 숨소리가 전보다 기운차, 아이는 그새 많이 자라 있었다. 어색하게 집 안에 들어서던 이반의 눈빛이 희아를 본 순간 절로 부드럽게 변해갔다. 많이 자랐구나. 울컥, 감정이 솟구쳤다. 아바, 하고 부르던 녀석의 목소리를 떠올리긴 했어도 막상 보는 희아의 모습은 주체 못할 정도의 감정이었다.

희아를 본 순간, 스르르 풀어지는 이반의 눈매를 순자 아줌마는 예리하게 포착했다. 애 아빠가 정말 맞나 보네…….

"아이 좀 안아보지 그래요?"

"아니, 됐습니다. 자는데 곤히 자도록 내버려 두지요. 희아 어머니는……."

"에효, 근방 아파트 앞에서 채소 장사한다우."

묻자마자, 대뜸 하소연부터 먼저 했다.

"애가 그냥 비쩍 말라서……. 대체 뭔 사연으로 이렇게 둘이 헤어져 있는지는 모르겠지만 그래도 이렇게 하는 것은 아니지. 보아하니 돈이 궁색해 보이지는 않는데."

재빨리 반듯한 이반의 옷매무새를 위아래로 훑어 내린다. 노골적인 시선에 턱 끝이 살짝 당겨지며 이반이 불편한 기색을 드러냈다. 뭔가 시원한 대답을 하지 않을까 눈치를 살펴도 일부로 외면하는 건지 시선이 마주쳐지질 않았다. 계속 바라보고만 있을 수 없어 순자 아줌마가 탈탈 옷자락을 털었다.

"차도 대접 못 했네. 잠깐만 기다려요."

"괜찮습니다."

"내가 먹고 싶어서 그래요. 잠깐만 기다려요."

서둘러 부엌 쪽으로 향하며 어깨 너머 이반을 살피는 것도 잊지 않았다. 순자 아줌마의 수다가 사라지자 비로소 이반이 희아에게 한 발짝 더 다가섰다. 보고 싶었는데, 작은 입술을 달싹여 아바! 하고 불러주길 바랐는데 매정한 녀석이 잠에 취해 그를 알아채지도 못한다. 갈증난 사람처럼 희아를 살피던 이반의 시선이 무릎까지 올라와 있는 짧은 바지 선에 머물렀다. 낡아서 색이 바랜 옷가지. 눈매가 가늘게 좁혀졌다. 낡은 옷도, 훌쩍 자란 키에 비해 전보다 홀쭉해진 뺨도 마음에 들지 않았다. 이반이 작은 이마를 살짝 손가락으로 어루만지자 희아가 자는 와중에도 얼굴을 찡긋거렸다. 저도 모르게 미소가 입가에 피어올랐다. 자면서 코를 찡긋거리는 버릇도, 잠잘 땐 아무리 귀찮게 굴어도 절대 깨지 않는 버릇도 여전했다.

한참을 바라보는데, 감긴 희아의 눈꺼풀이 얇게 파르르 떨렸다. 따갑지는 않아도 온전히 잠을 방해하는 눈부신 햇살 때문인가 보다. 이반이 한 팔을 들어 희아의 얼굴 위로 뻗었다. 커다란 손바닥이 아이 얼굴에 드리우는 햇살을 그대로 막아내었다. 찡긋거리던 희아가 배시시 배냇짓을 하며 다시 몸을 뒤척였다. 볼록한 엉덩이는 여전하다. 앙증맞은 발가락도, 엄지손가락만한 주먹도.

"애고, 차라곤 인스턴트 커피밖에 없네."

썰어온 사과와 커피를 내어놓으며 순자 아줌마가 요란스런 소리를 낼 때까지 이반의 시선은 희아에게서 떨어질 줄 몰랐다.

"어쩐디야? 없는 살림이라 손님이 와도 줄 거라곤 이것밖에 없어서."

"괜찮습니다."

희아 아빠라 판명되는 순간, 이반은 백 년 손님처럼 귀한 사람이 되어버렸다. 이반을 대하는 순자 아줌마의 태도는 영락없는 사위였다.

"비파 어여 데려가. 결혼도 못하고 애 낳은 사정이야 모르겠지만, 그래도 자기 자석 낳아준 사람이잖여."

이반의 얼굴이 화락 달아올랐다. 자신의 자식을 낳은 여자. 뭉클해진다.

"여기서 비파가 뭘 하겠어? 제 엄마 무덤 보고 있으면 애간장이나 녹지. 비파 엄마 고향이 여기 전주이기는 해도 비파야 날 때부터 서울서 산 것인디 여기에 지 동기가 있나, 길이 익숙하나……"

깊은 시름이 한숨 속에 배어 있었다. 이반은 복잡한 얼굴로 제 앞에 놓여진 커피 잔만 달그락거렸다. 여기 온 지 얼마나 되었다고 비파는 벌써 제 편을 다 만들어놓고 씩씩하게 살아가는 모양이었다. 그가 빈 공간에 혼자 덩그러니 남아 있는 시간 동안 희아는 쑥쑥 자라 있고, 그녀는 어느새 제 밥벌이까지 하고 있다는 말에 질투가 스멀스멀 생겨났다.

"이참에 그냥 무조건 데리고 가! 애도 부모 밑에서 커야지, 성이야 나중에 고치면 될 것이고."

이희아……. 순자 아줌마의 말에 이반이 내내 연습했던 이름을 살짝 불러보았다. 배싯 웃음이 새었다. 이반을 바라보는 순자 아줌마의 표정도 한결 풀어져 있었다. 승미 조카인 점도 있지만 비파는 제 엄마와 달리 보는 눈이 있나 보다. 처음 정언에게 쏠렸던 점수가 금세 이반에게 넘어갔다. 희아에게 향하는 저 따뜻한 미소만으로도 사람됨이 보였다. 뭔 오해가 있었나 보지. 순자 아줌마는 너그럽게 이반을 용서하기로 했다.

순자 아줌마가 이반을 평가하고 있는 사이, 달그락거리는 찻잔 소리가 풍성한 가을 햇볕에 소박한 작은 마루 위로 쏟아져 내렸다. 이반의 시선은 희아에게 못 박힌 채 햇살 속에 그림자를 드리웠다. 손바닥으로도 모자라 넓은 등으로 희아에게 쏟아지는 햇살을 막아내는 모습이 여간 듬직하지 않아 순자 아줌마는 속으로 흐뭇한 미소를 지었다. 사각사각 사과 씹어내는 소리와 후루룩 차를 마시는 소리. 평화로운 일상의 소리 속에서 희아는 새록새록 단잠에 취해 있었다.

"어, 녀석 깼네?"

서로 맹숭맹숭 제 할 일만 하는 게 곤혹스러워질 때쯤 잠투정도 없이 희아가 발딱 일어났다. 미적거림도 없이 말끔하게 낮잠을 끝낸 얼굴로 제 주위를 둘러보던 희아가 이반을 빤히 바라보았다. 긴장한 건가? 저만큼 희아도 기억하는가 싶어 이반의 어깨가 바짝 굳었다. 기억해?

그 순간이었다. 말똥, 이반을 바라보던 희아가 갑자기 하얀 이를 드러내며 방싯 웃음을 지었다. 그 웃음에 심장이 덜컥 떨어지며, 이반은 찌르르 심장이 저려왔다. 막 잠에서 깬 얼굴이 뽀송하게 맑아 이반이 저도 모르게 손을 펼쳤다.

"아바!"

하하하! 자신도 모르게 시원한 웃음이 터져 나왔다. 혹시 잊어버렸으면 어쩌나, 오는 동안 했던 걱정이 말끔히 사라지는 순간이었다. 시원스럽게 터지는 웃음은 내내 얼음처럼 얼어 있던 그의 눈매를 새롭게 해, 순자 아줌마는 한순간 깜짝 놀랐다. 그리고 보니, 비파 이것이 눈이 보통 높은 게 아닌가 벼! 저절로 흐뭇해지는데, 작은 손을 짚고 일어선 희아가 환영하듯 양팔을 벌린 채, 아장아장 서툰 걸음으로 그에게 걸어갔다. 발 한쪽 떼는데도 곧이라도 고꾸라질 듯 위태하긴 했지만 자신을 향해 오는 희아를 바라보는 이반의 시선은 분명 대견함이었다. 언제 걷는 법을 배웠을까? 여전히 아바! 하고 외치기는 해도 전보다 더 선명한 발음에 어정쩡한 걸음 품새까지. 이제 겨우 십 개월밖에 안 된 녀석이 세상보다 더 커다래졌다.

그 짧은 마루를 한참이나 걸어 제 품에 쏘옥 안겨오는 희아를 이반이 꼭 끌어안았다. 눈물이 날 것 같다. 그리워서, 이 지독한 그리움에 눈물이 날 것 같아 이반은 아이의 작은 어깨에 얼굴을 깊이 묻었다. 뽀얀 분 냄새가 더없이 향긋하다. 잘했다, 이곳에 오길 정말 잘했어.

"아바!"

희아가 또다시 이반을 부르며 얼굴을 어루만졌다. 작은 손가락들이 그림을 그리듯 뺨 위에 원을 그렸다. 하하하! 또다시 이반의 커다란 웃음소리가 순자 아줌마의 집 안에 떠들썩하게 울려 퍼져갔다. 덕분에 순자 아줌마의 입가에서도 미소가 떠날 줄 몰랐다. 핏줄은 못 속이나 벼. 아빠랍시고 내내 봐준 자신은 버려두고 이반에게 먼저 다가가는 희아의 모습이 섭섭하면서도 여간 보기 좋은 게 아니었다.

흐뭇해하는 순자 아줌마의 집을 나선 이반은 희아와 함께 차로 향했다.

"꼭 데려가."

떠나는 이반에게 순자 아줌마가 단단히 당부했다. 차 안에 여전히 장착되어 있는 카 시트에 아이를 고정시키려 애를 쓰며 이반은 대충 네, 하고 대답했다. 설명서를 보았을 땐 꽤 쉬워 보였는데, 막상 아이를 앉히려니 여간 힘든 게 아니었다. 안전고리가 분명 찰칵, 소리가 나야 하는데…… 옆에 보는 사람이 안쓰러울 정도로 이마에 땀이 배는데 희아는 뭐가 좋은지 방방 엉덩이를 들고 난리가 났다.

"희아야, 잠깐만······."

이반이 사정을 해도 소용이 없었다. 결국 순자 아줌마까지 가세해서야 겨우 카 시트에 묶어놓고 차는 비파가 장사를 하는 아파트로 향할 수 있었다.

"싫다고 혀도 억지로라도 끌고 가! 여자는 남자 하기 나름인 게, 어쩌겠어! 덩치가 이만해서 그 조그만 것이랑 싸우겠어? 그냥 잘못했다고, 무조건 잘못했다고 해서 데리고 가. 짐은 내가 알아서 부쳐 줄게."

어머니처럼 등을 두드리는 순자 아줌마의 손길에 이반이 쑥스러운 듯 그냥 웃고 말았다. 이런 손길은 좀 그렇다. 스스럼이 없고 순박한 성정을 거리낌없이 드러내는 손길.

미국 고모도 그렇고, 승미 이모 역시 말 없는 이반이 여간 어렵지 않은지 이렇게 속정을 드러내 본 적이 없었다. 어린 시절 부모 곁에서 자랄 때에도 내 아들 맞니? 어머니가 타박할 정도로 원래부터 무뚝뚝한 성격이라 살면서 별 불편을 느끼지 못했는데 순자 아줌마의 이런 거칠 것 없는 애정 표현이 생각보다 나쁘지 않았다.

원하는 씩씩한 대답 대신 고개만 살짝 끄덕인 채 이반이 떠나자 순자 아줌마는 시름 섞인 한숨을 내쉬었다. 비파가 애 아빠와 함께 살아야 한다고 머리는 생각하는데 막상 희아를 떠날 보낼 생각에 여간 섭섭한 게 아니었다. 그나마 이반이 넉넉하고 대찬 구석이라도 있으면 모를까, 데려가라고 해도 시원하게 대답조차 하지 않는 것 역시 마음에 앙금처럼 남았다. 잘할 수 있으려나? 그런 생각에 차가 떠난 지 한참이 되어도 순자 아줌마는 쉽게 자리를 벗어나지 못했다.

"아줌마, 이 마늘 국산이야?"
작은 아이를 들쳐 업은 젊은 새댁이 비파의 자리에 다가와 물었다. 새벽 장에 봐온 야채가 시들지 않게 분무기로 골고루 물을 뿌리던 비파가 후다닥 앞에 섰다.
"당연히 국산이죠. 전 중국산 같은 거 안 팔아요."
"아줌마, 여기 사람 아닌가 봐?"
어투에서 금세 표가 나는 걸까? 여자가 대뜸 출신을 물어왔다.
"아, 네……."
이런 사람이 가끔 있다. 묘하게 타지(他地) 사람을 경계하는. 서울에서 왔다고 하면 무작정 오해하는 사람이 있어 나름대로 신경 쓴다고 하는데도 서울 말씨는 어디서나 티가 났다.
"전에 국산이라고 샀더니 전부 중국산이야. 마늘을 찧어놓고 보니 푸른색이 나는 거 있지? 깐 마늘이라 그런 건지 약을 타서 그런 건지……."
마치 죄인 닦달하듯 매섭게 비파를 노려본다. 비파가 자신도 모르게 어깨를 움찔했다. 갑자기 자신이 사 온 마늘이 의심스러워진다. 사람 좋게 생긴 주인 아줌마가 분명 국산이라고 했는데…….
"그럼 내가 다시 바꾸어줄게요. 우선 사가지고 가봐요. 나도 살림하는 사람인데 그런 거 속이면 안 되죠."
"정말? 알았어요. 그럼 한 바구니 줘요."

"삼천 원이에요."

"뭐가 이렇게 비싸? 이천 원만 받아."

"안 돼요. 이거 정말 육종 마늘이에요. 언니, 대신 내가 상추는 싸게 줄게 상추도 같이 사가요. 파는 안 필요해요? 삼겹살 구워서 마늘이랑 같이 싸서 먹으면 맛있는데. 우리 집 상추 맛있다고 다들 그래요."

검정 봉투에 신이 나 마늘을 담으며 비파가 넉살 좋게 상추를 도매금으로 넘겼다. 새댁이 고개를 갸웃하더니 다시 지갑을 벌렸다.

"사실은 그냥 마늘 찧어서 된장국이나 끓이려고 했는데. 갑자기 그 이야기 하니까 삼겹살이 먹고 싶어지네? 파절이도 할 거니까 그럼 대파 한 단도 넣어요. 대신 마늘 중국산이면 나 다신 여기 안 와!"

으름장까지 놓으며 대파며 깻잎까지 넉넉히 사간다. 쉽게 만 원어치를 팔아넘기며 비파가 환하게 웃었다.

"언니, 나중에 왜 그렇게 맛있냐고 하지 말아요. 상추랑 깻잎은 정말 맛있다니까. 우리 단골손님은 깻잎 장아찌 담는다고 이 바구니에 있는 거 다 털어갔어요."

어느새 장사 수단이 늘었나 보다. 처음엔 오는 손님한테도 쭈뼛거리더니 그새 말이 많아졌다.

"어이구, 장사 수단 좀 봐라."

언제 왔는지 털털한 매무새 그대로 승호가 앞에 섰다.

"어? 웬일이에요?"

비파가 반갑게 인사를 건넸다. 집에서 보던 승호와 밖에서 보는 승호는 딴사람처럼 보였다.

"일수 걷으러 왔지."

새마을금고에서 일하는 승호는 이렇게 가게마다 들려 일일 적금을 걷고 다닌다. 원래는 이 지역이 아닌데.

"여기 쪽 아니잖아요?"

"지나가다 잠깐 들렀어. 장사 잘하네?"

"그렇죠? 내가 생각해 봐도 많이 느는 거 같아. 아까 그 손님, 마늘만 사겠다는 걸 삼겹살 쌈 해 먹으라고 상추랑 깻잎까지 덤으로 팔았다니간. 그냥 해본 소리인데 정말 사가서 나도 놀랐어요. 나, 이러다 금방 부자 되는 거 아니야? 깔깔깔!"

너무 좋아 어쩔 줄 모르겠는지 웃음보가 가라앉지를 않는다.

"어이구, 신나셨네. 밥은 먹었어?"

"아니, 지금은 못 먹어요. 이제 손님이 오기 시작하는데…… 자리 비우면 다른 사람들한테 손님 뺏긴단 말이야."

"그러니까 살이 빠지지. 그럼 도시락을 싸가지고 다니든지."

"나중에."

비파가 머리를 긁적이며 얼굴을 붉혔다. 장사까지는 어떻게, 어떻게 해보겠는데 길거리에서 도시락까지 열어놓고 먹는 건 아직 엄두가 나지 않았다. 옆에 나온 할머니들은 텃밭에서 따온 몇 가지 안 되는 야채를 내어놓고 파는 거라 점심까지 싸서 먹는데, 그 속에 끼어서 먹기도 그렇고 혼자 길거리에 펼쳐 놓고 밥 먹는 건 비참해서 싫었다.

"그럼 내가 봐줄 테니까 어디 가서 먹고 와."

정말 봐줄 셈인지 털썩 야채들 속에 엉덩이를 깔고 앉아버렸다. 비파가 난처한 기색으로 승호를 끌어냈다.

"그냥 가요. 내가 알아서 할게. 나중에 잠깐 짬 내서 먹고 오면 돼."

"지금 먹어! 나중에 언제 먹으려고? 그러다 또 끼니 거르기 일쑤지."

끌어내기엔 수월찮은 덩치로 먹고 오라, 고집 부리는 승호 앞에서 비파는 차마 떠나지 못하고 발만 동동 굴렸다. 결국 근처 중국집에서 자장면을 시켜 승호와 나란히 야채 속에서 먹는 것으로 합의하고 말았다.

"새댁, 신랑이요?"

옆에 앉은 할머니가 다 빠진 이를 드러내며 물었다.

"오빠예요."

승호가 입가에 묻은 자장면을 닦으며 넉살 좋게 대답했다.

"오빠? 거참, 사이좋은 오누이네."

"그렇죠? 그런데 동생이 좀 고집이 세서 제가 더 고생이에요."

흐흐흐, 이가 빠져 제대로 씹지도 못하면서 뭐가 그리 좋은지 할머니가 골 진 주름을 패며 웃어댔다.

"잘 지냈습니까?"

지금껏 말 한 번 제대로 건네보지 못한 옆 할머니와 처음으로 수다를 떨며 비파가 승호와 함께 초라한 점심을 먹고 있을 때였다. 익숙한 굵은 저음이 바로 앞에서 들려왔다. 순간, 비파의 고개가 번쩍, 들렸다. 설마······.

"엄! 마!"

화들짝 고개를 든 시선 앞에 꿈처럼 이반이 서 있다. 이반의 품에는 희아가 늘 보던 대로 안겨 있었다.

"아바! 아바! 엄마!"

정신 사납게 비파와 이반을 가리키며 희아는 좋아라 하고, 어리둥절한 승호가 둘 사이를 이리저리 바라보았다. 짧은 순간, 비파의 얼굴이 일그러지더니 언제 그랬나 싶게 활짝 이반에게 미소를 지었다.

예측하지 못했던 그녀의 미소에 이반은 한 대 맞은 사람처럼 비틀, 휘청이고 말았다. 그 미소 덕분에 이반은 자신이 가장 그리워했던 것의 실체를 깨달았다. 저 미소를 보기 위해 이곳까지 한달음에 달려왔나 보다. 처음엔 장사하는 비파의 모습이 신기해 그냥 차 안에서 구경만 하고 있었었다. 저것만 팔면 가야지, 하고 미루고 있는데 마침 한 남자가 나타나 꽤나 친숙하게 구는 게 보였다. 스어! 스! 희아가 손가락으로 엄마 쪽을 가리키며 귀청이 따갑도록 소리를 질러대고 이반도 슬슬 기분이 나빠지려는 참이었다. 이유도 모르게 부글부글 심정이 상해 있던 이반은 자신을 향해 웃는 비파의 미소에 아찔해져 이곳에 온 이유를 잠시 잊고 말았다.

"오랜만이에요!"

처음 목석처럼 물어볼 때는 언제고, 막상 인사를 건네니 자신도 모르게 주춤 뒤로 물러선다. 뭐냐, 바보처럼!

"아, 네."

마치 처음 만나는 사람처럼 고작 어색한 대답만 겨우 나왔다.

"그런데 희아는 어떻게……."

"뻔하지! 순자 아줌마한테 먼저 갔나 보지. 희아 아빠야?"

"네? 아, 아니……."

불쑥 끼어든 승호에게 비파가 난처한 표정을 짓는 것도 모르고 희아가 아비! 아비! 하고 승호의 말을 따라 했다. 비파가 어떤 식으로 부정을 하든 아비! 라 소리치는 희아나 대견스럽게 웃고 있는 이반은 천상 부자(父子)지간이었다. 그런 이반을 승호가 마뜩찮게 노려보았다. 책임감없는 녀석 같으니! 마치 제 동생을 임신시켜 놓고 도망간 매제를 보듯 눈을 부라려 댔다. 그런 승호는 깡그리 무시한 채 이반이 비파에게 말을 걸었다.

"이거 계속 팔 겁니까?"

아직 한참은 남은 야채들을 바라보며 비파가 고개를 끄덕였다.

"이제 시작인데요? 아직 많이 남았잖아요."

"그냥 들어가라. 몇 푼이나 된다고……."

옆에서 승호가 끼어들었다. 그러나 정작 이반은 고개를 저었다. 그냥 팔라는 뜻이었다.

"그럼 희아랑 잠깐 어딜 다녀와도 되겠습니까? 꽤 시간이 걸릴 것 같은데……."

뭐 이런 녀석이 있나? 승호의 입이 절로 벌어졌다. 제 여자가 이런 노상에서 장사를 하고 있으면 냉큼 손을 잡아 일으키는 게 정상 아닌가?

"아, 네……."

비파 역시 어리둥절한 얼굴이었다. 부끄러울 건 없었지만, 그래도 이반의 태도는 좀 의외였다.

"희아야, 아빠랑 놀러갈까?"

아빠? 어처구니가 없다. 뭐라 한소리를 할 사이도 없이 희아가 소리를 지르며 또다시 펄쩍펄쩍 엉덩이를 뛰었다. 푹 잔 낮잠 덕분에 기분이 좋은 모양이었다.

"뭐…… 그러면 좋긴 하지만 순자 아줌마는 어떻게 하고."

"말씀드리고 왔습니다. 그런데 아이 밥은……."

"조금씩 밥 먹어요. 우유는 시중에서 파는 생우유 먹이면 되고…… 기저귀는."

"차 속에 있습니다."

"차 속에요?"

"아, 저……."

이반이 몹시 부끄러운 기색으로 머리를 긁적거렸다. 왜 저렇게 부끄러워하는 건데?

"그게, 그냥 차 속에 여분으로 좀 사놓아서……."

얼굴이 시뻘겋다. 덕택에 비파 얼굴도 함께 벌겋게 달아올랐다. 오랜만에 보아서 그런가? 수줍은 여학생처럼 이반의 행동 하나마다 괜히 얼굴이 붉어지고 눈치만 보게 된다.

"그냥 들어가라니깐!"

"전 기다릴 수 있습니다. 게다가 당신이…… 상관할 일은 아닌 것 같은데."

들어가라 채근하는 승호에게 이반이 톡 쏘았다. 딱딱하게 굳은 입매가 희아에게 놀러가자 말하던 것과 사뭇 다른 분위기를 자아냈다. 승호가 못마땅한 기색으로 이반을 노려보았다. 대체 무슨 생각을 하는 거야?

"당신……."

"이곳은 희아 어머니의 장소입니다. 그녀의 삶에까지 끼어들 만큼 깊은 관계입니까?"

즉, 상관없는 사람은 꺼지라는 소리였다. 밥맛없는 이반의 태도에 승호가 손에 들었던 젓가락을 그릇 속으로 딱 소리가 나게 내던졌다. 둘의 심상치 않은 기류에 지나가던 사람들이 흘끔흘끔 호기심 어린 시선으로 돌아보았다.

"뭐야? 저 여자 하나 두고 두 남자가 싸우는 거야?"

지나가던 아줌마 둘이 조그만 소리로 쑥덕거렸다. 보다 못한 비파가 둘 사이에 쓱 끼어들었다. 재미난 구경이라도 난 듯 쳐다보는 할머니들의 시선이 여간 불편하지 않은 탓이었다. 내가 무슨 신파 주인공이라고!

"아, 좀 그만 해요! 아저씨, 여기 싸움하러 온 거 아니면 희아 데리고 먼저 가 있어요. 오늘은 일찍 접을 테니까 다섯 시 정도에 오면 되구요. 승호 씨도 가요. 밥 다 먹었죠?"

널따란 승호의 등짝을 밀어내며 비파가 씩씩댔다. 먹다 남은 그릇들을 치우는 동작이 여간 소란스럽지가 않았다. 승호가 조금 놀란 시선으로 비파를 바라보았다. 이런 비파의 모습은 처음이었다. 동생처럼 여리고 안쓰럽게만 보았더니 갑자기 불도저처럼 두 사람을 몰아낸다.

제10장

성질 사납게 몰아세우는 비파에게 등을 떠밀린 두 남자는 신경전을 거두고 각각 제 차에 올랐다. 승호의 작은 소형차가 거친 경적 소리를 울리며 빠르게 속도를 내더니 이반의 차를 추월해 갔다. 콧방귀를 뀌며 이반은 아까보단 한결 수월해진 솜씨로 희아를 카 시트에 앉히고 느긋이 기어를 넣었다.

동네 어귀를 몇 바퀴나 돌고 돌아, 이반은 마음에 드는 작은 가게에 차를 세웠다. 작아진 희아의 옷은 그 자리에서 버리고 넉넉한 품의 새 옷을 갈아입히니 그제야 제 인물이 드러난다.

"아이가 참 예쁘네요. 얼굴이 하얘서 남자 아이긴 해도 연한 분홍색이 꽤 어울려요. 요즘엔 이 나이 또래에서도 남방을 입히는데 이건 어때요?"

거의 흰색에 가까운 분홍 스트라이프 남방과 고무줄로 편하게 디자인된 청바지를 매치시키며 주인이 물었다. 꽤 어울린다. 분홍색이 어울린다는 말이 맞다.

"얘가 뭘 아나 봐? 원래 아이들이 옷 갈아입히는 거 굉장히 싫어하거든요. 이 애처럼 옷 갈아입는 걸 좋아하는 녀석은 처음 봐요."

"그런가요?"

이반이 기분 좋게 웃으며 되물었다. 하긴 희아 녀석, 카 시트에 처음 앉힐 때와 달리 고분고분 옷을 잘도 갈아입기는 했다. 이건 어때요? 라며 인형 놀이라도 하는 것처럼 이것저것 매장 옷을 꺼내와 희아에게 대보며 주인이 권하는 족족 이반은 쇼핑백에 집어 넣었다. 희아의 옷이 채워질 때마다 자신의 마음도 곳간처럼 채워지는 기분이었다.

순자 아줌마의 집을 나설 때부터 신경 쓰이던 희아의 옷을 우선 해결한 이반은 근처 죽 집으로 향했다. 밥을 먹는다고는 했지만, 그래도 부드러운 게 좋을 것 같아 들어온 가게였다. 자신의 늦은 점심 따윈 생각할 겨를도 없이 뜨거운 죽을 호호 불어, 그가 숟가락을 댈 때마다 입을 쩍쩍 벌리는 희아의 품새가 꼭 먹이를 받는 아기 새 같아 이반의 입에도 한껏 미소가 머물렀다.

"어머, 저 아기 좀 봐! 되게 예쁘다. 저기요, 아기 사진 찍어도 돼요?"

죽 집에 앉아 있던 교복 입은 여학생들이 우르르 다가와 희아 녀석 앞에서 카메라 폰을 들고 설쳐 댔다. 네? 팔불출 아빠처럼 희아가 예쁘다는 말에 입가에 묻은 죽까지 정성껏 닦아내며 사진을 찍으라, 허락해 주었다. 탕탕! 플라스틱 숟가락을 처대며 희아까지 기분 좋게 포즈를 잡아주고 어마! 아빠도 멋지다! 함께 찍네, 마네 한바탕 소란이 일었다.

그가 떠난 후 복잡한 심경으로 잔뜩 찌푸리고 있을 비파는 안중에도 없었다. 예쁘다, 유난을 떠는 어린 학생들에게 희아랑 함께 포즈를 취해준 후 이반은 다시 비파에게로 향했다. 벌써 약속한 다섯 시가 다 되어 있었다. 겨우 십 분 정도 늦은 것 같은데 비파는 이미 파할 준비를 다 마친 후였다. 지금부터 저녁 준비를 하느라 우르르 손님들이 몰려들 판인데, 비파는 시들지 않게 야채를 상자에 담아 차곡차곡 쌓았다.

"다 팔지 않아도 됩니까?"

희아는 차 안에 남겨둔 이반이 다가오며 물었다.

"괜찮아요. 근방 식당에 가서 나머지 살 생각 있냐고 물어보면 돼요. 거기 상자 있죠? 그것 좀 차에 실어요."

제 가게 막일꾼 부리듯 한다. 이상한 건 이반이었다. 전처럼 못마땅하게 눈썹에 팍 힘을 주는 대신 그녀의 짐을 비싼 그의 차에 군소리없이 실어 날랐다. 뭐, 잘못 먹었나? 슬슬 발동하는 장난기를 누르며 비파는 남은 짐들을 몽땅 이반의 차에 실어버렸다.

"엄마! 엄마!"

차의 뒤편에 놓인 카 시트에 앉은 반갑다, 소리 지르는 희아 뒤쪽엔 쇼핑백이 하나 가득 놓여 있었다. 그러고 보니 희아 옷마저 새것이다.

"희아 옷 사주었어요?"

조수석에 올라타며 비파가 물었다. 고개를 끄덕이며 이반은 비파의 눈치를 살폈다.

"희아, 좋았겠네."

야단야단할 줄 알았는데 의외로 비파는 순순히 대꾸했다.

"가다가 저쪽에서 좀 세워주세요. 거기 가게에 물어보려구요."

스스럼없는 태도에 도무지 속을 알기 어려웠다. 이런 비파는 기대하지 않았는데. 그렇게 말없이 떠난 그녀에게 허락없이 찾아왔는데도, 별 상관 없다는 투의 비파의 행동은 더 불쾌하고 기분이 나쁠 정도였다. 덕분에 조금 전까지 유쾌하던 이반의 얼굴이 평소처럼 다시 굳어져 버렸다.

그녀가 가리킨 근방 가게에 세우자마자 차에서 폴짝 내린 비파가 가게 안으로 바삐 사라졌다. 내내 엉덩이 붙일 사이도 없이 뛰어대던 희아는 잔잔한 차의 진동 때문인지 어느새 잠이 들어 있다. 이반은 신경질적으로 핸들을 톡톡, 손가락으로 쳐댔다. 이반의 손가락 소리가 차 안의 유일한 소음이었다. 희아가 조용해지자 이반의 골도 더욱 깊어졌다.

무슨 일이 있어도 데려가라던 순자 아줌마의 당부처럼 다시 서울로 데려갈 수 있을까? 사실을 말하자면, 자신이 없었다. 그녀가 어떻게 나올지 예측하기도 어려웠지만, 최소한 쉽게 그가 원하는 것처럼 이곳을 떠날 것 같지는 않았다. 이반이 고개를 까닥이며 긴장된 어깨 근육을 풀었다. 조금씩 누적된 피곤이 갑자기 몰려왔다. 일이 잘되지 않나? 흘낏 살펴보는 가게 쪽에서 비파가 나오는 기척은 없었다.

"잘못했다고 혀. 무조건 잘못했다고 해서 데려가!"

순자 아줌마의 말을 떠올리며 이반은 핏! 실소를 터뜨렸다. 잘못했다, 라……. 뭐가요? 동그랗게 눈을 뜬 채 오히려 반문하겠지? 그럼 오히려 그가 먼저 당황해 버릴 것이다. 키스한 걸 잘못했다고 말할 수 있는 건가?

"됐어요!"

가게에서 뛰어나온 비파가 커다랗게 소리치며 이반에게 손짓을 했다. 얼떨결에 차에서 나온 이반에게 트렁크를 열라 성화를 부려댄다. 그녀의 등 뒤로 덩치 좋은 아저씨가 따라 나왔다.

"어때요, 물건 좋죠?"

제 물건을 보여주며 비파가 흥정을 서둘렀다. 제법 익숙해진 장사꾼의 모습에 이반은 쓴맛을 다셨다. 낡은 희아의 옷차림만 봐도 만만한 삶은 아니었을 텐데 비파는 여전히 싱그럽고 생기가 넘쳐 흘렀다. 젊음이란 건가? 그녀보다 열 살은 족히 더 많은 제 자신의 나이가 갑자기 더욱 무겁게 느껴져 왔다.

"아저씨, 물건 내려요! 다 사시겠대요."

비파가 이반에게 채근을 했다. 한눈에도 최고급 차로 보이는 곳에서 허름한 야채를 내리자 가게 주인이 묘한 시선을 보냈다. 실어놓은 물건들을 전부 가게에 옮겨놓고야 이반은 비로소 한숨을 돌렸다. 오히려 주인인 비파보다 그가 더 홀가분한 기분이었다. 차에 올라서자마자 받은 돈을 세며 비파가 희희낙락거렸다.

"운이 좋았어요. 솔직히 자신없었는데……."

"……."

"거긴 얼마 전부터 승호 씨가 말했었거든요. 아마 이렇게 급하지만 않았어도 갈 용기가 안 났을 거예요. 덕분에 첫 거래처 얻었어요. 내일부터 물건 넣어달래요. 잘됐죠?"

"내일은 안 될 겁니다."

"왜요? 우리 물건 좋아요. 제가 겨우 얻은 거래처인데……."

"서울 안 갈 겁니까?"

이반의 물음에 반짝이던 눈빛이 마른 잎처럼 순식간에 파삭해졌다. 입매도 고집스럽게 다물어져 있었다.

"네."

"돌아가요."

"싫어요!"

끼익! 이반이 핸들을 우측으로 휙 꺾었다.

빠아앙!!

뒤따라오던 차가 성마르게 클랙슨을 울리며 급하게 추월해 지나쳤다. 그제야 이반이 비상등을 켰다. 화들짝 뒷좌석 쪽을 보니 희아는 세상 모르게 잠들어 있었다. 이반이 피곤에 지친 얼굴을 감쌌다. 그녀에겐 늘 이렇다. 서투르고 급해진다. 심호흡을 가다듬으며 이반은 겨우 제 성미를 눌렀다.

"이곳에 당신이 설 자리는 없어요. 서울로 가요."

"싫어요."

싫다는 말만 되풀이였다.

"혜나는 따로 오피스텔을 내……."

"뭐라구요?"

"집 내주었습니다."

"그러지 말라고 했잖아요."

"그럼 돌아올 겁니까?"

"네?"

"혜나 다시 들어오게 하면 함께 돌아갈 겁니까?"

"하!"

비파가 냉소를 터뜨렸다. 하긴 둘 사이에 혜나는 그럴 만한 가치가 없었다. 오후의 노을이 달빛처럼 그녀의 입술을 스치자 이반은 현기증이 올라왔다. 어지럽다, 멀미처럼 머리가 지끈거리고 사위가 어둑해져 왔다. 그의 시선이 또다시 비파의 입술에 머물렀다. 왜 이러는 걸까? 마치 첫사랑에 빠진 소년처럼 자꾸 그녀의 얼굴에 시선이 머물고 심장은 헐떡헐떡 숨 가쁘게 뛰어댄다. 이반이 불쑥 내뱉었다.

"잘못했어요."

"네?"

"잘못했습니다. 내가 무조건 잘못했어요. 그러니 그냥 서울로 돌아가요."

"무슨 소리를 하는 거예요?"

비파가 벌컥 소리를 질렀다. 돌아선 얼굴이 파랗게 질려 마치 상처 입은 짐승 같았다. 이런, 이반의 얼굴에서 핏기가 싹 가셨다. 또 상처를 준 건가?

당황해하는 이반 곁에서 비파가 물기 먹은 제 얼굴을 쓸었다. 눈물이 쏟아질 것 같아 얼른 쓱쓱 얼굴을 문질렀다. 잘못했다니…… 거만하게 그녀를 쏘아대던 이반이 왜 그녀에게 용서를 비는 건지. 이건 정말 끔찍하게 싫은 일이다.

갑작스럽게 일어난 감정의 폭풍 속에서 차 안은 순식간에 싸늘해졌다. 내쉬는 숨에도 생명력이 없었다. 한참 동안 제 주먹만 쥐었다, 폈다 하던 비파가 고개를 바싹 들었다.

"배고프지 않아요?"

조금 전의 일 따윈 언제 있었냐는 듯 경쾌하고 밝은 목소리였다. 이반의 진한 눈빛이 그녀에게 향했다. 속을 알 수 없는 깊은 눈매였다. 비파는 일부러 이반의 시선을 피했다.

"배고프다. 낮에 아저씨 때문에 먹다 말았더니 더 배고픈 것 같아요. 여기 전주는 콩나물국밥이 정말 맛있어요. 동네마다 꼭 하나씩 있는데 각각 자신만의 독특한 맛이 있대요. 순자 아줌마가 그랬다니깐요. 여기까지 온 사람이라 내가 사주고 싶은데, 돈은 아저씨가 더 많으니까 아저씨가 사요."

핸들을 잡은 이반의 손을 마구 흔들며 서두른다. 그녀의 손길이 닿는 곳마다 불길처럼 뜨거워져, 이반은 저도 모르게 그 손을 떨구어냈다.

"빨리요!"

다행히 눈치채지 못한 비파를 싣고 이반은 그녀가 가리키는 길을 따라 차를 움직였다. 작은 주차장 옆에 '두레 콩나물국밥'이란 간판이 보였다.

"아줌마, 여기 국밥 두 개요!"

끼익, 유리문을 열며 비파가 기세 좋게 소리쳤다.

"진짜 맛있죠? 전주는 콩나물이 유명해서 비빔밥이랑 국밥이 유명하대요. 몰랐죠? 이름도 되게 웃겨요. 쥐눈이 콩이래요. 그런데 정말 콩이 쥐 눈동자처럼 생겼어요. 까맣고 동글동글……."

조잘조잘 말이 많다. 밥 먹는 내내 그랬다. 비파의 수다는 식사가 끝나 제 집으로 향하는 동안에도 끝없이 이어졌다.

"나 아까 장사하는 거 봤어요? 몰랐는데, 난 장사가 체질인가 봐. 하하하! 나중에 가게 내면 빨간 종이에다 금박으로 이름 팍 새겨서 막 돌려야지. 승호 씨랑 순자 아줌마한테도 근사하게 돌려야겠다. 사장이라 박으면 좀 촌스러울라나? 그건 좀 그렇죠? 에이, 그냥 대표이사라고만 해야겠다."

핸들을 잡은 이반의 손에 관자놀이가 톡 튀어나왔다. 비파의 웃음이, 저 조잘거림이 그의 귀엔 더 이상 행복하게 들리지 않고 마치 슬픈 울음 같아 더 가슴이 저렸다. 이반이 눈자위를 주물렀다. 눈이 퀭했다. 곁눈으로 본 비파는 순자 아줌마의 말처럼 많이 여위었다. 통통했던 볼이 광대뼈가 튀어나오도록 홀쭉해졌고, 스물세 살의 나이로 보이지 않게 까실한 얼굴빛도 보기에 안쓰러울 정도였다. 퇴색해 버린 꽃잎처럼 비파는 제 나이보다 한참은 더 들어 보였다. 당당하던 빛도 사라지고 마른 껍질만 남은 고치처럼 물기가 없었다. 그래서 이반은 비파의 말에 편하게 맞장구쳐 줄 수가 없었다.

"어? 승호 씨네?"

비파가 손가락으로 가리키는 빨간 지붕의 대문 앞에 한 남자가 쪼그려 앉아 있다. 승호? 아까 낮에 보았던 그 남자다.

"여기서 뭐 해요? 또 밥 안 먹었어요?"

이미 해가 저문 골목엔 초라한 가로등 하나가 겨우 제 역할을 하고, 그 속에 승호는 할 일 없이 대문 앞에서 비파를 기다리고 있었다. 비파가 다가오자 그제야 승호가 바닥만 긁고 있던 얼굴을 들었다. 묘하게 어울린다. 초라한 옷차림에 궁색하기 그지없는 비파이지만 비싼 외제차에서 내리는 모습이 썩 어울려 보여 승호는 멍한 기분이 들었다.

"소화시키고 있는 중이야. 오늘은 울 엄마 있어."

"하하하하! 엄마가 뭐냐? 다 큰 남자가."

유난히 웃음이 많아진 비파를 보며 승호가 고개를 갸웃했다. 오늘따라 비파가 평소와 많이 달라 보였다. 커다랗게 웃고, 목소리가 큰 평범한 여자. 아이를 들쳐 업고 낡은 짐을 옮기던 모습과는 사뭇 달랐다. 하긴 낮에도 조금 놀라긴 했지만.

비파 옆에선 자신을 노려보는 이반의 시선에 승호가 괜히 짓궂은 장난이 들었다. 낮의 실랑이가 채 잊혀지지 않은 눈치에 승호가 바람 빠진 풍선마냥 소리를 냈다. 풋!

"왜 이래? 난 호호 할아버지가 되어서도 엄마라 부를 건데."

승호의 말에 이반의 입끝이 살짝 말렸다. 비웃는 거겠지. 일어서던 승호가 탁탁 제 엉덩이를 털었다. 그사이 차 뒷문에서 푹 잠든 희아를 안아 드는 이반의 품이 꽤나 익숙하다. 한두 번 안아보는 솜씨가 아니었다. 승호의 의심이 조금 가셔졌다. 정말 희아 아빠인가? 잠결에도 이반의 목을 끌어안는 희아나 익숙한 품으로 아이를 안는 이반이나 한가족처럼 정겹고 편한 모습이었다. 승호는 미련없이 어깨를 접었다. 뭐, 희아 아빠라면야.

"소화 다 됐나 보다. 잘래. 그런데……."

채 다 묻지 못한 말 대신 이반을 슬쩍 노려본다. 승호의 시선을 따라 비파 역시 이반을 바라보았다. 오늘 가는 걸까? 여름이 지나 오후의 해가 짧아지기는 했지만, 그래도 시간상으로 보면 지금 서울로 출발해도 그리 늦지 않은 시간이었다. 두 사람의 의미심장한 시선을 못 보지는 않았을 텐데 이반은 한 손엔 희아를 안고, 다른 손엔 낮에 샀던 쇼핑백을 든 채 뚜벅뚜벅 힘들지 않게 좁은 계단을 올라가 버렸다.

자고 가는 거야? 승호가 입 모양새로 노골적으로 물어왔다. 이층, 제 집 현관 앞에 당당히 선 이반의 등을 흘끔거리며 비파가 고개를 저었다. 모르겠어.

"문 안 엽니까?"

둘 사이의 은밀한 대화를 못마땅하게 노려보던 이반이 성마르게 재촉했다. 비파가 후다닥 뛰어올라 현관문을 열자마자 이반은 곧장 방으로 들어가 희아를 눕혔다. 뒹굴, 등을 굴리는 희아에게 이불을 덮어주고 젖은 머리카락도 쓸어 올려주는 이반의 사나운 눈매 속엔 여전히 가시지 않은 그리움이 배어 있었다. 주인의 자리를 빼앗긴 비파는 발가락만 비비며 이반의 등 뒤에 섰다.

"서울은……."

"차 한 잔도 안 줄 겁니까?"

이렇게 넉살이 좋았었나? 서울로 출발하지 않을 거냐는 그녀의 말이 채 나오기도 전에 이반이 털썩 거실에 엉덩이를 붙였다. 조금 어처구니가 없었다.

"서울 안 가요?"

"갈 겁니다."

뻔뻔하기까지. 넉살이 좋고 뻔뻔해서 오히려 실소가 터져 나왔다. 뭐야, 이 사람? 황당하면서도 그런 모습이 싫지만은 않아, 괜히 피식거리며 비파는 싸구려 인스턴트 커피를 끓여냈다. 과일이 혹시 남았나, 하고 눈을 씻고 찾아봐도 포도 한 알 없었다. 뭐 어때? 사는 게 다 그렇지.

"이것만 마시고 서울 가요."

사실은 단단하던 입매가 어느새 풀어져 놓고선, 일부러 야박하게 차를 내밀며 못을 박았다. 내온 커피를 마시는 이반은 아까와 달리 조금 묵묵했다. 협소한 방 안을 한심스럽다는 듯 둘러보거나 엉망으로 어질어져 있는 방 한구석을 예전처럼 잔소리해 대거나 그랬다면 더 좋았을 텐데. 이반은 그녀가 내온 차가 세상에서 가장 귀한 차인 양 조심스럽게 홀짝일 뿐이었다. 그런 이반이 어색해 비파는 괜스레 손가락으로 방바닥을 긁었다. 드르륵, 약간 물기가 묻은 손가락이 장판을 스치며 소리를 냈다.

조금 전 별일도 아닌 이야기에도 깔깔 웃던 얼굴이 어색한 침묵 때문에 근육마저 굳을 지경이었다. 말이 없어지는 속도를 따라 공기 역시 빠르게 가라앉고 있었다. 하긴 그녀도 조금 지쳐 있긴 했다. 하루 종일 야채 파느라, 곧이라도 눈꺼풀이 내려앉을 것만 같았다. 잠이 쏟아지는 눈을 겨우 들어 비파는 앞에 앉은 남자에게 곁눈으로 슬쩍 눈치를 주었다. 아, 피곤해! 조금 소리를 냈다. 들으라는 듯!

"다 마셨으면 일어나요."

찻잔에 담긴 까만 액체가 거의 바닥을 드러낼 때쯤, 결국 참다못한 비파가 말을 꺼냈다. 그러나 이반은 아무 대꾸 없이 잔만 빙글빙글 돌려댔다. 소용돌이를 일으키는 찻물을 바라보는 이반은 표정만으로는 생각을 짐작하기 어려웠다. 비파가 다시 채근했다.

"서울……."

"정원 말입니다."

내내 말이 없던 이반이 불쑥 말을 꺼냈다. 정원?

"정원의 나무들이 갑자기 숨 쉬는 걸 잊었나 봅니다. 나뭇잎들이 손만 대도 부서질 것처럼 말라가고, 푸른 제 색을 다…… 잃어버렸어요."

"예에?"

그게 무어 그리 중요한 이야기라고. 비파의 표정은 그런 의미였다.

"가을이잖아요."

그녀의 대답에 그런가요? 이반이 헛 껍질 같은 미소를 지었다. 창밖을 스치는 하늘은 어느새 파르스름하던 빛을 잃어 까맣게 변해 있었다. 깜박깜박, 노란 불빛이 비치는 창문을 향해 이반이 멍하게 시선을 돌렸다. 또다! 또다시 아득해지며 전처럼 뿌옇게 안개가 피어오르던 만월의 빛이 흐른다. 병인가?

"아저씨!"

답답한 짜증이 배인 비파가 그를 불렀다. 이반은 멍하게 돌아보았다. 두뇌가 멈춰진 건지, 심장이 멈추어진 건지…….

"만월…… 달안개가 뿌옇게 피어오르던 그 만월이 가끔 떠올라서 당신을 만나고 싶었습니다."

"네?"

비파가 난감한 얼굴로 되물었다. 도무지 말하고자 하는 의미를 가늠하기 어려웠다. 정원에 나무들이 말라간다더니 이젠 달 이야기다. 뭐 하자는 거야? 비파는 심술 사납게 이반을 노려보았다.

난감한 건 이반 역시 마찬가지였다. 말주변이 없어 비파가 없는 그 황량한 집을 설명하기가 꽤나 버거웠다. 유령처럼 부유하는 그녀의 환상과 희아의 웃음소리, 그리고 그녀와의 키스…….

"무슨 말이에요?"

비파의 성마른 질문에 순간 목구멍에 찢어지는 통증이 느껴졌다. 며칠 전 그의 불편한 잠을 깨우던 감기처럼.

이반의 차갑고 서늘한 눈매가 비파에게 향했다. 깊고 깊은 수면 같은 눈동자! 숨이 탁 멈춰 버렸다. 무거운 공기 탓이 아닌 이반의 그윽한 눈빛에 비파의 심장이 숨 쉬는 걸 잊었다. 세상이 빙글빙글 어지럽게 돌기 시작했다. 왜 이렇게 현기증이 나도록 날 쳐다보는 건데? 심술이 나면서도 비파는 그 심연처럼 빨아들이는 유혹에서 시선을 뗄 수가 없었다.

이반은 그녀의 기억보다 더 깊어지고 거대하고…… 부드러워졌다. 저 얇고 지성적인 입술이 탐닉하듯 자신의 입술 위에 떠돌던 기억이 문득 떠올라 비파는 숨이 턱 막혔다. 막 샤워하고 나온 상쾌한 애프터 쉐이브 향과 기다란 속눈썹, 안경테에 가려져 평소엔 잘 보이지 않던 온화한 눈동자도.

작은 욕심도 부리지 않기!

비파가 중얼거렸다. 매일 밤 외우던 주문이 새삼 떠올랐다. 씩씩하게 살아가기, 기대지 않기, 그리고 사랑 같은 헛된 꿈꾸지 않기. 흠! 비파가 일부러 소리를 냈다. 순간, 무겁고 살얼음 같은 공기가 파삭 깨져 버렸다. 사랑 같은 헛된 꿈꾸지 않기…….

"참, 이제 희아 제법 잘 걷지 않아요? 저러다 금방 뛰겠어. 날 닮아서 그런가? 제가 굉장히 걸음이 빨랐대요. 순자 아줌마가……."

목이 갈라져 제가 듣기에도 어색했다. 주절주절 또다시 의미없는 수다를 떨던 비파가 갑자기 뻣뻣하게 굳어버렸다. 그녀의 긴 수다 속에 이반의 섬세한 손가락이 그녀의 거칠고 딱딱한 손을 불현듯 감싸 버린 탓이었다. 서늘할 것 같은 이반의 손은 의외로 불처럼 뜨거웠다. 주택이라 외풍이 심한 창문이 덜컹, 소리를 내며 한순간 스치는 바람 소리에도 몸살을 앓았다.

그러나 둘에겐 그 소리조차 들리지 않았다. 당당한 눈동자는 이글이글 불처럼 그녀를 쏘아대고 그 불길 속에 비파는 손끝부터 온몸이 타 들어가는 것만 같았다. 입술만 까닥일 뿐, 말이 소리가 되어 나오지 않는 그녀 대신 이반이 탁한 음성으로 말했다.

"모래알처럼 까실거리는 이 불편함의 이유를 알 수 없어서⋯⋯ 궁금했습니다."

이반의 안타까운 듯 미간을 찌푸렸다. 설명이 어렵다. 능수능란하게 설명이 되지 않아 답답했다. 그의 눈동자가 성큼 비파의 얼굴 가까이 다가왔다. 그녀의 미간과 동그란 두 눈, 작은 코⋯⋯ 그리고 한때는 그의 입술 아래에 부풀어 올랐던 붉은 입술.

혼란스러워, 이반이 낮게 중얼거렸다. 혼탁한 목소리가 제 목소리인가 싶게 새어나왔다. 이반의 손가락이 제 주인 대신 비파의 붉은 입술을 부드럽게 쓸었다. 파르르, 작은 새처럼 파닥거리는 입술이 시선 앞에 흔들렸다. 맛보고 싶다. 이 혼란의 정체가 무엇 때문인지 그녀라면 알 수 있을 것 같아서 그래서 이곳까지 쉼없이 달려왔었다.

"아저씨⋯⋯."

갈라진 비파의 음성이 이반의 뜨거운 입술에 막혀 버렸다. 촉촉한 입술이 달래듯 비파의 입술 위를 미끄러지며 톡 쏘는 자신의 향을 남겨놓았다. 아! 비파가 저도 모르게 작은 소리를 냈다. 그 틈을 비집고 말캉한 혀가 재빨리 그녀 안으로 침범해 들어왔다. 이반의 커다란 손가락은 비파의 머리카락을 부여잡고 한 손은 거의 뒤로 젖혀진 그녀의 허리를 받치고 있었다. 강인한 팔이 제 몸을 의지하며 비파는 허공에 떠도는 것처럼 발끝에 힘이 실리지 않았다. 진공 속에 부유하는 것처럼 온몸이 솜처럼 가벼웠다.

"당신도 그렇습니까?"

애무하듯 그녀의 입술을 희롱하던 이반이 잠시 입술을 떼며 물었다. 뭘? 흐릿해진 시선을 들어 겨우 그에게 시선을 맞추었다.

"당신도 이런 기분인가요? 당신과 키스를 하면 온몸은 물먹은 솜처럼 무겁고 정신은 아득해집니다. 간질간질 벌레가 기어가는 것 같으면서도 꿈꾸는 것처럼 황홀해져요. 당신과 하는 키스가 날 너무나…… 행복해지게 만듭니다."

까만 어둠이 창문을 뚫고 그녀의 뇌리로 파고들었나 보다. 어지럽고 눈앞이 캄캄해진다. 그 안에 채 열기를 식히지 못한 이반의 음성이 미처 제 몸을 추스르지 못한 그녀를 다그쳤다. 은빛 안경 너머로 익숙한 그의 눈동자가 폐부를 찌를 듯 예리하게 번뜩였다.

"저와 사귀어보지 않겠습니까?"

제11장

[언제 올라오실 겁니까?]

박 부장이 아침부터 전화를 걸었다. 이반이 신경질적으로 발끝으로 바닥을 툭툭 쳤다. 어깨를 기댄 창문은 열어놓은 탓에 커튼이 바람에 팔락팔락 소리를 냈다.

"싫어요!"

단번에 잘라낸 비파의 거절에 며칠째 전주에 머물러 있느라 회사에도 벌써 출근해야 할 시기를 놓치고 있었다. 새로 시작된 '시애틀'의 이벤트 행사가 빡빡한 일정으로 가득 차 있어 더 이상 스케줄을 미루어놓을 수도 없는 상황이었다. 박 부장의 다급한 마음을 모르는 건 아니지만 그로서도 꽤 난처한 상황이었다. 도무지 방법을 찾을 수 없었다. 당장 결혼하고자 한 것도 아니고, 또 성급한 사랑 고백도 아니었다. 단지 사귀어보지 않겠냐는 것뿐이었다. 그녀란 존재를 곁에 두고 싶었던 건데……. 이반은 그렇게 단칼에 거절하는 비파를 이해할 수가 없었다.

"아바!"

비파가 노점에 나간 사이, 희아는 순자 아줌마에게 가는 대신 그의 호텔에 머무르고 있었다. 고급스런 룸 안엔 아이의 기저귀들과 우유병들이 일체의 비틀림없이 단정하게 정리되어 있었다.

[회장님!]

박 부장이 또다시 그를 불렀다. 잠깐의 딴생각도 용납하지 않겠다는 태도였다. 이반은 창가를 벗어나 희아 곁으로 다가갔다. 세모, 네모의 틀 속에 맞춰 제 것과 같은 도형을 집어넣는 장난감 앞에서 희아가 꽤 고민스런 얼굴로 갈등하고 있었다. 네모 모양을 들고서 자꾸 세모 틀 속에 집어넣으려니 잘 안 되는 모양이었다.

"은희아, 이건 네모다. 네모는 네모 모양에 넣는 거야."

희아 옆에 쪼그리고 앉아 작은 손을 포갰다. 꼼지락거리는 아이의 손가락이 그의 손을 따라 제 모형을 찾아 움직였다. 쥐고 있던 도형이 뽀오옹~ 제 틀을 따라 작은 소리를 냈다. 까르르! 희아가 손바닥을 마주치며 즐거운 웃음소리를 냈다. 장난감을 여러 개 사주었는데 그중 이것을 제일 마음에 들어했다. 제 엄마를 닮아 외골수인 모양인지 이것저것 호기심으로 만져 볼 것 같은데, 희아는 애초부터 이것 이외에는 관심이 없었다. 덕분에 아이 두뇌 개발에 좋다는 말에 사다 놓은 다른 장난감들은 상자째 방치되어 비파의 집에 남겨놓았다.

"아바! 아바!"

이번엔 세모 모양을 가져와 그의 손바닥 위에 올려놓았다. 게으름뱅이! 이반이 웃으며 다시 희아의 손에 쥐어주었다.

"이건 세모!"

"어머!"

그의 말을 따라 하며 뾰오옹! 또다시 소리를 내며 집어넣는다. 이번엔 하트. 그리고 동그라미. 남은 도형들을 하나하나 넣느라 손에 든 전화기를 잊어버렸다.

[회장님!]

당황한 박 부장이 목소리 톤을 높여 그를 불러댔다. 아, 그제야 이반이 제 손에 든 전화기를 떠올렸다.

"아, 죄송합니다."

노골적으로 박 부장이 한숨을 내쉬었다. 다른 임원들에게 꽤나 시달린 티를 역력히 내었다.

"일정이 어떻게 된다고 했죠?"

[내일 오전, 백화점 두 군데에서 이벤트 행사와 명예 '시애틀' 행사가 있구요, 그리고 저녁엔 만찬 약속이 있습니다.]

꽤나 시답잖은 스케줄이었다. 순간, 몽땅 취소해 버릴까 하는 충동이 일었다.

"아바!"

어느새 다시 쏟아놓은 도형들을 들고 희아가 성미 급하게 그를 졸라댔다. 다시 게임을 하자는 거다. 제법 많아진 머리숱을 손가락으로 흩뜨리며 이반이 살짝 미소를 지었다. 왜 아이는 그를 선

택했을까? 이반은 자못 궁금해졌다.

"이유가 뭐니?"

[네?]

"아, 아닙니다. 오늘 저녁에 올라가겠습니다. 아침 첫 스케줄은 조금 시간이 넉넉한 편입니까?"

[그렇긴 합니다만, 이번 윤희서 씨의 새로 찍은 광고 모니터 회의가 아침부터 있을 예정입니다. 회장님이 안 계시면…….]

박 부장이 말끝을 흐렸다. 뒷말이 뻔했다. 그가 없다면 윤희서에게 노골노골해진 임원들이 또다시 엉망으로 광고를 찍어댈지도 몰랐다.

"알겠습니다. 아침 일찍 출근할 테니, 제가 오기 전까지 회의를 미루어놓으십시오. 도착 즉시 바로 회의에 들어갈 수 있게 미리 보고서를 올려놓는 것도 잊지 마시구요. 그럼 내일 뵙겠습니다."

만족스런 대답에 박 부장이 군소리 없이 전화를 끊자 이반은 자신의 앞에 앉은 작은 머리통을 사랑스럽게 어루만졌다.

"희아, 그새 배웠네?"

그의 도움 없이도 도형들은 희아의 고사리 같은 손을 벗어나 제 틀로 뽀오옹~ 소리를 내며 미끄러져 들어갔다.

"네 엄마도 그렇게 제 틀에 들어갔음 좋겠다."

한숨을 쉬며 이반은 괜한 녀석에게 넋두리를 했다. 순수한 까만 눈동자가 그를 빤히 쳐다보더니 다시 꺄르르 숨넘어가게 웃어댔다. 어쩔 수 없이 그 또한 함께 웃고 말았다.

점심 후, 비파와 이야기가 길어질 것 같아 희아를 맡기러 순자 아줌마의 집에 들렀을 때, 순자 아줌마가 또다시 이반의 속을 뒤집고 말았다.

"언제 데려갈 거여?"

"……."

"오늘 이야기 잘해서 이왕이면 빨리 데리고 가. 언제까지 저렇게 노상에서 장사할 수도 없고. 이젠 데려가야지."

"저도 그러길 바랍니다."

"히잉~ 아바!"

이반의 품에서 떼어지자, 희아가 커다란 눈에 눈물을 고이며 싫다 투정을 부렸다. 전엔 잔투정없는 아이였는데 이곳에 온 후 이반에 대한 희아의 집착은 예상외로 강했다. 한 번의 이별 때문이었을까? 이반은 가슴이 아파왔다. 금방 올 거야. 아이를 달래는 이반의 모습에 흐뭇하면서도 순자 아줌마가 섭섭한 기색을 드러냈다.

"애고, 인석! 봐준 공로도 없이 제 아빠만 찾네. 핏줄은 어쩔 수 없나 벼. 제 엄마한테는 잘도 떨어지더만, 아빠한테는 영 붙어서 떨어지려 하질 않네?"

순자 아줌마의 말에 이반이 쑥스러운 미소를 지었다. 차가운 은색 안경 때문에 차갑게 보이던 인상이 수줍은 미소 하나에 부드럽고 온화한 인상을 드리웠다. 순간, 다 늙은 순자 아줌마의 심장마저 덜컥 내려앉을 정도로 묘한 매력이 이반을 따라 흘렀다.

'어고! 글고 보니 애 아빠 인물이 상당허네.'

"얼른 가봐. 희아 걱정은 말고. 남자가 확 끌어야 여자가 끌려오지. 제 여자 마음도 못 끌어댕기면 그것이 어디 사내랴?"

벅벅 속을 긁어댔다. 순자 아줌마 몰래 한숨을 내쉬고 이반은 차에 올랐다. 그가 차에 오르자마자 갑작스레 흐어엉! 큰 울음소리가 들려왔다. 처음 듣는 희아의 울음소리였다. 룸미러로 순자 아줌마의 품에서 발버둥 치는 희아의 모습이 보였다. 아이의 세찬 몸부림에 순자 아줌마가 휘청거리는 모습이 여간 곤혹스러워 보이는 게 아니었다. 이반이 걱정스런 기색으로 미간을 좁혔다. 전엔 저러지 않았는데. 결국 미적거리는 이반보다 순자 아줌마가 먼저 집 안으로 들어가고서야 이반은 불편한 마음으로 비파에게 향했다.

그가 오는 모습을 보았을 텐데도 비파는 장사에만 몰두하고 있었다. 며칠째 그랬다. 희아를 안고 그녀를 데리고 올 때에도, 장을 보는 그녀를 따라 새벽 시장을 함께 누빌 때에도 비파는 철저히 없는 사람처럼 그를 무시하고 있었다.

"희아는요?"

한 무리 손님이 다 갈 때까지 말 한 번 붙이지 않더니 묵묵한 이반에게 결국 먼저 물어온 건 비파였다. 비파가 장사하는 모습은 언제 봐도 신기했다. 펄떡펄떡 수면 위로 뛰어오르는 물고기의 그것처럼 생명력이 살아 있어 질리지 않게 사랑스러웠다.

"잠깐 순자 아주머니의 집에……."

그의 대답에 비파가 고개를 갸우뚱했다. 아무 이유 없이 희아를 제 곁에서 떼어놓을 이반이 아니었다. 핏, 비파가 저도 모르게 웃음소리를 냈다. 힘이 실리지 않는 웃음이었다. 이반의 프러포즈를 거절한 주제에 희아에 대한 그의 사랑만은 의지하고 있다니.

"무슨 일 있어요?"

"서울에 가봐야 할 것 같습니다."

아, 대답은 하는데 갑자기 온몸에서 힘이 쫙 빠져나갔다. 뭐야, 이 이상한 반응은? 어차피 그가 있을 곳은 서울이란 걸 알고 있었다. 또한 언제까지 그가 이곳에 머물 수 없다는 것도. 그의 프러포즈를 거절했으니 그가 이곳을 떠나는 것도 당연했다. 그런데도 비파는 새삼 이반의 부재가 실망스럽고 허탈해져 왔다. 이반이 그녀의 팔을 붙잡았다.

"잠깐 이야기를 나눌 수 있겠습니까?"

"안 돼요. 이거 마저 팔아야 해요."

다급한 그의 심정 따윈 고려않는 무심한 어투에 한숨이 절로 새어나왔다. 이반이 가볍게 고개를 흔들었다. 고집불통!

"서울로 함께 가지 않겠습니까?"

정중함 속에 약간의 성마름이 배어 있었다. 그것을 모를 비파가 아니었다. 비파는 주머니 속에서 주먹을 꽉 쥐었다. 잘됐어.

"아니요, 안 가요."

"언제까지 이곳에 있을 겁니까?"

"당신이 상관할 일이 아니에요."

뚝!

그 순간, 지난 며칠 동안 팽팽하게 지탱해 오던 신경이 날카롭게 끊어져 버렸다. 상관할 일이 아니다? 잔혹한 말이 칼날처럼 그의 심장을 헤집어 깊은 상처를 남겼다. 손끝이 파르르, 심장을 따라 떨려왔다. 당신이란 여자는…… 이반의 성난 얼굴이 곧장 비파에게 쏟아졌다.

"희아를 언제까지 남의 손에 맡겨둔 채 방치할 겁니까? 당신의 이기심으로 아이는 늘 떨어져 있고⋯⋯."

조금 전 발버둥을 치던 희아의 모습이 떠올라 그녀의 거절 못지않게 이런 고집이 화가 치밀었다. 이반은 이를 악물었다.

"서울로 갑시다. 아이와 함께 있어요. 당신이 잘하는 일을 하면서 아이를 돌봐요. 제발!"

"싫다고 했잖아요. 내가 잘하는 일이 어떤 건지 당신이 어떻게 알아요? 능력없는 엄마답게 집안일이나 하라는 거예요?"

비파가 매섭게 쏘아붙였다. 눈동자가 얼음처럼 반짝반짝 햇살에 빛을 내었다. 서걱한 가을바람에 제 머리카락을 날리며 비파는 똑바로 그를 노려보았다. 지금 그녀는 온몸으로 그를 거부하고 있었다. 그의 프러포즈도, 그의 도움도.

그에게 당당하게 소리치고, 제 소리에 놀라 다친 그의 손을 감싸던 그녀는 이곳에 없다. 상처 입고 세상에 등을 돌린 작은 소녀만이 있을 뿐이었다. 겉으로는 여전히 웃고 떠들면서 가슴속으로는 울고 있는 어린 소녀. 이반은 어떻게 해야 할지 알 수가 없다. 당신을 어떻게 하면 좋겠습니까? 조심스럽게 그녀의 팔을 잡아 흔들었다. 조금만 고집을 부렸으면 좋겠다.

"돌아갑시다. 여긴 당신이 있을 곳이 아닙니다."

"하!"

비파가 코웃음을 쳤다.

"그럼 당신 곁은 내가 있을 곳인가요?"

"은비파!"

이반이 버럭 소리를 질렀다.

"언제까지 고집만 피울 겁니까? 희아는……."

"희아는 당신이 상관할 일이 아니라고 했잖아요! 당신이 뭔데? 당신이 희아 아빠라도 돼요?"

독기가 서린 눈동자로 비파가 그를 쏘아보았다. 아픈 상처를 헤집는 그가 밉다. 작은 욕심이라도 부리기 싫은 그녀의 내면까지 쑤셔대는 이 눈치없는 남자가 밉고 속상했다. 가진 게 없어 받고 싶지 않다는데 왜 자꾸 주지 못해 안달이냐 말이다. 이 바보 같은 남자가.

"당신에겐……."

이반의 음성이 불안하게 낮아졌다. 위협적이라고 생각할 수밖에 없는 낮고 음울한 음성. 조금 전까지 희아로 인해 화를 내던 모습과 사뭇 달랐다. 그 역시 그녀 못지않게 정점에 다다른 얼굴이었다. 비파는 저도 모르게 몸이 떨려왔다. 스산한 이반의 눈빛이 그녀에게 똑바로 향했다.

"……다, 당신에겐 그 키스가 아무것도 아닙니까?"

"그 키스가 뭐 얼마나 대단해서요?"

아! 이반이 비틀거렸다. 따귀라도 맞은 기분이었다. 그런 건가? 그녀에겐 아무것도 아닌 건가? 그녀가 떠난 후 매일 밤 그 키스의 잔영을 지우지 못해 여기까지 내려올 수밖에 없었던 그의 갈등 따윈, 그리고 지난밤 또다시 나누었던 또 한 번의 키스가 그녀에겐 아무것도 아니라니……. 비파가 표독스럽게 소리쳤다.

"잊었어요? 난 아이 엄마예요. 한 번의 섹스로 아이가 생겼다고 생각하지는 않겠죠? 내게 키스 따윈 아무런 의미가 없어요. 그보다 더한 것을 했다 해도, 내겐 아무것도 아니라구요!"

새파랗게 질린 얼굴로 이반이 주춤 뒤로 물러섰다. 커다란 키가 뒤로 휘청거렸다.

"그러니까 가세요. 당신은 내게 독(毒) 같아요. 이곳에서 내가 어떻게 살아가든 그건 당신이 상관할 문제가 아녜요. 당신은 당신의 인생을 살아요. 내 인생까지 관여하지 말라구요. 내겐 당신이 끼어들 여지가 없으니까!"

헛웃음이 터져 나왔다. 아무것도 아니다? 그녀에겐 그의 영혼을 흔들었던 키스 따윈 아무런 의미가 되지 못했던 것이다.

하얗게 핏기가 가신 얼굴로 이반이 비파를 빤히 바라보았다. 그녀 역시 파랗게 질려 있기는 했지만 의미가 달랐다. 이반이 겨우 소리를 냈다. 목이 다시 찢어지듯 아파왔다. 잊었던 감기가 다시 몰려오나 보다.

"......알겠습니다."

말 한마디 하는 것도 힘에 부쳤다.

"당신이...... 원한다면 아마 다시는 이곳에 내려올 일은 없을 겁니다. 잘 있어요."

이반은 곧장 그녀에게서 돌아섰다. 눈자위가 뜨거워져 더 이상은 마주 볼 수가 없었다. 열기가 머리끝까지 뻗쳐 올라왔다. 아바! 환청처럼 희아의 음성을 들려왔지만 이반은 애써 그를 붙잡는 희아의 음성을, 그리고 난생처음 그를 매혹시켰던 비파의 입술을 지워냈다. 이곳까지 내려온 자신의 오만함을 탓하며 그는 차에 올라탔다. 그녀가 그와의 키스를 기억하리라는 것, 그리고 그녀 역시 자신을 그리워했으리라는 그 이유없는 자신감이 부끄럽고 수치스러웠다. 첫사랑의 열병을 앓은 것은 바보스런 그 자신뿐이었다.

이반의 차가 상처 입은 그의 심장처럼 굉음을 내며 사라진 후에야 비파는 달달 떨리는 다리로 옴팍 주저앉고 말았다. 뭐, 뭐야! 왜 그렇게 상처 입은 얼굴로 떠나는 건데?

"새댁! 왜 우는 겨? 애고고, 아예 홍수를 내는구만, 홍수를 내! 부부 싸움한 거여?"

승호 덕분에 친해진 옆 자리의 할머니가 아는 척을 해왔다. 걱정스런 목소리에 갑자기 설움이 복받쳐 왔다. 흐윽! 억눌린 울음소리가 소란스러운 소음을 뚫고 울려 퍼졌다.

"옴마! 부부 싸움을 크게 했나 보네. 울지 말어! 원래 부부 싸움은 칼로 물 베기랴. 저녁에 밥 한 공기 따사하게 혀서 올려봐. 밥 먹다 보면 풀리는 게 부부 싸움인데 뭐 하러 기력 낭비하게 울어. 뚝 그쳐!"

동동 발을 굴리는 할머니 곁에서 비파는 심장이 찢어지도록 서럽게 울어댔다. 포로록! 그녀의 울음소리에 놀란 비둘기들이 거리에서 먼지를 날리며 하늘로 일제히 날아올랐다. 더운 기를 덜어낸 서걱한 햇살이 그녀의 눈물 위로 쏟아져 비파는 고개를 들 수 없었다.

"울지 마!"

할머니의 안타까운 음성이 맑고 청명한 하늘 속으로 울려 퍼졌다.

"비파 양은 함께 왔습니까?"

회사에 도착하자마자 박 부장이 후다닥 다가와 물어왔다. 평소와 다름없는 단정한 모습이긴 했지만 어딘가 모르게 냉혹하고 차가운 인상의 이반이었다. 심상치 않은 회장의 몰골에 다들 눈치를 살피며 빠르게 스쳐 갔다. 전주를 내려간 이유를 아는 박 부장만이 그나마 걱정스럽게 묻는데 이반은 대꾸가 없었다. 딱딱한 음성으로 회사 일만 물을 뿐, 비파에 대해선 함구였다.

"브리핑 준비는 다 되어 있습니까?"

"네? 아…… 네. 보고서는 책상 위에 올려놓았고, 회장님 오실 때까지 광고 브리핑은 미루어놓은 상황입니다."

"브리핑은 오 분 후입니다."

"네?"

박 부장이 놀란 소리를 질렀다.

"왜, 오 분도 깁니까?"

휙 돌아보는 이반의 눈동자에 박 부장은 지은 죄도 없이 흠칫 뒤로 물러서고 말았다. 냉철하고 말이 없긴 했어도 이 정도로 차가운 사람은 아니었는데.

"아, 아닙니다."

어제 괜히 올라오라 했나? 박 부장은 당연한 호출을 하고서도 괜히 콩닥콩닥 가슴이 뛰었다. 그러나 사정을 모르는 입장으로선 연락을 미룰 수는 없었다. 언젠가는 떠날 회장 따위 신경 쓸 인원진들이 아니었다. 대충 비위나 맞추다 미국으로 떠나 버리면 제 세상이라는 것이었다.

제 사무실로 뚜벅뚜벅 걸어가는 회장의 등 뒤로 희아의 안부나 물어볼까 고민하던 박 부장이 고개를 절레절레 저었다. 지금 저 상태에서 물었다간 당장 나가라, 고함이라도 지를 것 같았다. 일이 잘 안 풀렸나? 어깨를 으쓱하며 미련을 접은 박 부장이 바쁜 걸음으로 이반의 뒤를 따랐다. 차가운 이반의 곁에 해바라기처럼 환하게 서 있던 비파의 모습이 선명해 조금 안타까운 마음이었다. 썩 어울리는 커플이었는데.

이반의 날카로운 감정선을 따라 회의실의 분위기 역시 만만찮게 살얼음판이었다.
"그래서 대체 무슨 말을 하고 싶은 겁니까?"
냉기가 뚝뚝 흐르는 이반의 말이 좌중을 흔들었다. 움찔, 임원들의 얼굴에서 핏기가 싸악 가셨다. 거만한 놈 같으니. 굳이 소리를 내지 않아도 표정만으로도 머리 속이 뻔히 들여다보였다. 뭐야, 대체 저 냉정한 회장의 심기를 건드린 이유가? 궁금해하는 이사들 못지않게 박 부장도 그 이유가 못 견디게 궁금했다. 비파 양이 오지 않겠다, 고집을 부리나?
거의 진실에 가까운 추리를 해내고 있을 때, 무거운 서류가 책상 위로 육중한 소리를 내며 흩어져 내렸다.
"언제까지 이런 식으로 일할 겁니까? 회장이 매번 촬영장까지 쫓아가서 사진작가를 붙들고 설명을 해야 합니까? 당신들은 생각이라는 걸 하고는 살고 있습니까? 여기 한국에 '카라'가 런칭한 지가 언제인데, 아직까지 그 상품의 이미지조차 파악하지 못하고 있다는 겁니까?"
"대체 뭐가 문제입니까?"
한쪽에서 이를 바락 갈고 있는 이 이사를 흘낏 보던 정 이사가 대신 물어왔다. 그런 정 이사를 향해 이반이 번뜩 노려보았다. 부릅, 눈자위에 힘을 주고 있던 정 이사가 재빨리 눈을 내리깔았다. 젠장, 대체 또 뭐가 뒤틀린 거야? 마주친 눈빛 하나로도 오금이 저리게 떨려와 바라보는 것만으로도 용기가 필요할 지경이었다.

"그것조차 알 수 없다면 더더군다나 이 자리를 지킬 필요가 없습니다."

깜박, 아직 채 꺼지지 않은 모니터의 불빛이 눈썹 하나 움직이지 않는 차가운 이반의 얼굴에 짙은 음영을 드리웠다. 거대한 화면 속의 윤희서가 그런 그를 비웃듯 미소 짓고 있었다. 사실 이번 광고는 그가 이토록 화를 낼 만큼 졸작은 아니었다. 단지 약간의 핀트가 어긋나 있긴 했지만, 그리 큰 문제일 것도 없었다. 이반이 톡톡, 손가락을 두드리다 무거운 안경테를 벗었다. 긴 손가락이 지친 눈두덩을 꾹 눌렀다. 작은 손짓 하나에도 짜증이 배어, 보는 사람으로 하여금 불편하게 하는 뭔가가 있었다.

"이 업계에서 내로라하는 이력을 가진 이사들이란 게 믿기지가 않군요. 최소한 자신이 몸담은 회사의 제품에 대한 이미지 정도는 간단히 이해할 수 있을 줄 알았습니다. 지난 시간, 분명 제가 말씀드렸을 텐데요? 또다시 이런 초보적인 실수를 저지른다면 당장 사표 쓸 각오하라고 말입니다. 단지 위협으로만 들으신 겁니까?"

다시 눈동자를 가리는 안경테가 제 성미처럼 빛을 발한다. 이 이사가 눈짓으로 정 이사에게 신호를 보냈다. 그만 하라는 의미였다. 제길, 정 이사가 또다시 쓴 입맛을 다셨다. 젊다고 결코 녹록하지가 않았다. 이 정도의 매출이라면 회장 자신이 말한 것처럼 뒷방으로 물러선다 해도 문제될 게 없었다. 왜 꼬박꼬박 광고 문제를 걸고 넘어지냔 말이다.

"죄송합니다. 단지, 아무래도 회장님 말씀대로 윤희서 씨의 이미지가 저희 회사와는 뭔가 어긋난 느낌이라······."

말을 흐지부지 흐리며 정 이사가 회장의 비위를 살짝 맞췄다. 애초부터 윤희서에 대해 불만스러웠던 회장의 안목을 살짝 추켜세우며 제 잘못을 떠넘기는 정 이사의 비열한 속셈에 이반이 비웃음을 던졌다.

"그런가요? 그럼 윤희서 씨의 컨택 문제 역시, 여기 계신 이사님들의 의견에서 나온 거니 분명 책임감도 가지고 계시겠군요. 알겠습니다. 이번 문제는 정 이사님의 퇴직서로 마무리를 짓도록 하죠. 저 역시 이 많은 이사들을 다 잘라내고 다시 정비할 여유가 없으니 말입니다. 그럼 다음 회의는 내일모레, 다시 시작하겠습니다."

황당한 얼굴로 서 있는 정 이사를 남겨두고 이반은 곧장 회의실을 나섰다.

"제길, 뭐 하자는 거야?"

이반이 사라진 회의장에서 고성이 터져 나왔다. 눈앞에 서 있는 박 부장이 마치 이반이라도 되는 듯 잡아먹을 듯이 노려보는 시선에 박 부장이 땀을 뻐질 흘려댔다.

"대체 왜 저러는 건데? 박 부장, 뭐 아는 거 있어? 어린 녀석이 말이야, 제가 회장이면 회장이지 이사가 무슨 일개 사원이야? 말 한마디로 잘라낼 자리냐고!"

여기저기 불평들이 터져 나왔다. 박 부장이 보기에도 이번 처사는 조금 심했다. 이마에 흐르는 땀을 훔쳐 내며 박 부장이 이사들을 달랬다.

"저도 이유는 잘 모르겠지만, 아마 당분간은 회장님 심기를 건드리지 않는 게 좋을 것 같습니다. 그게……."

"박 부장님! 아직도 회의가 끝나지 않은 겁니까?"

어느새 돌아왔는지 싸늘한 얼굴로 이반이 박 부장을 불렀다. 순간 이사들이 찬물을 끼얹은 것처럼 조용해졌다. 들었을까? 찔리는 구석이 있어 다들 눈치를 살피는데, 정작 당사자는 표정이 없었다. 그의 시선은 곧장 박 부장에게만 향했다.

"아, 네……."

허둥지둥 이반의 뒤를 따라가는 박 부장의 뒷모습에 남은 이사들이 설레설레 고개를 저었다.

"오늘 이벤트 행사가 몇 시에 있습니까?"

"열한 시에 명동 쪽 백화점 순회로 시작해서……."

"전 백화점 동시 이벤트인 걸로 알고 있는데."

"네, 그렇죠."

"그럼 명동부터 돌도록 하죠. 그리고 저녁 만찬은 몇 시입니까?"

"여덟 시로 잡혀 있습니다."

"그럼 그사이 공사 중인 매장 쪽도 둘러볼 시간은 있겠군요."

"네?"

이반의 말에 박 부장이 벌어진 입을 다물지 못했다. 지금까지 회장의 스케줄로 보면 최고의 빡빡한 일정이었다. 사람 만나는 걸 극도로 싫어해 대인 기피증이란 소문이 돌 정도로 회사에서의 일

정도 꼭 필요한 것 이외에는 거의 참석하지 않았던 그였다.

"왜, 할 말 있습니까?"

"네? 아, 아닙니다."

"그럼 명동부터 돌도록 하지요. 만찬엔 박 부장님도 같이 참석하도록 하십시오. 별다른 문제는 없으리라 생각합니다만."

문제있다고 했다간 목이라도 끌고서 데려갈 기세였다. 박 부장은 현명하게 순응했다.

"아닙니다."

"그럼 우선 밀어놓은 사안들에 대한 보고서부터 보도록 하지요. 보고서 준비는 다 되어 있겠죠?"

희아를 위해 미니 밴을 사고, 병원 복도를 안절부절못하며 거닐던 사람과 전혀 다른 사람이 지금 박 부장의 눈앞에서 매섭게 다그치고 있었다. 이제야 비로소 '카라'의 창립자다운 모습이 엿보였지만 박 부장은 묘한 안타까움이 들었다. '카라'로 세계에서 인정받는 기업가이긴 하지만, 지금 이반의 모습은 인간미란 모조리 빠져나간 냉혹한 기계 같았다. 고급스런 수제 양복을 걸치고 그의 손아귀에서 수억의 돈들이 놀아난다 해도, 저 젊은 남자는 불행해 보였다. 세상을 향해 바짝 가시를 돋우지만 사실은 제 몸의 상처가 두려운 가여운 고슴도치의 가시처럼.

한 걸음 한 걸음 떼기가 무겁다. 무리한 일정을 다 소화해 내고 집으로 돌아온 이반은 거실에 무너지듯 주저앉았다. 빠듯한 일정에 수없이 스쳐 간 사람들이 그에게서 온 생기를 다 뺏어간 것처럼 힘이 없었다. 더구나 그처럼 사람 대하는 데 특히 더 재주가 없는 사람에겐 말이다. 말이 만찬이지, 서로 탐색하고 말 한마디에도 비수를 꽂아야만 유능한 기업인인 양, 매사 말꼬리를 잡는 사람들에겐 더 더욱 그랬다. 결국 나중엔 보다 못한 박 부장이 그의 팔꿈치를 잡고 자리를 벗어났을 때에야 겨우 숨통이 트였다. 유령처럼 해쓱해진 얼굴로 차 안에서 잠깐 토막 잠을 자는 사이, 겨우 집에 도착한 게 벌써 자정이었다.

이반은 반쯤 감긴 눈으로 집 안을 훑었다. 인적이 없는 넓은 거실은 무덤같이 조용했다. 아산댁도 이미 돌아가고 없었다. 깔끔한 아산댁의 손길에 집은 늘 그가 원하던 것만큼 단정하고 먼지 하나 없이 정갈했다. 그리고 그에게 관심을 두지 않는다. 그가 원하는 건 무엇이든 만들어내지만 그녀 스스로 그를 위해 뭔가를 준비해본 적이 없었다. 편하지만 무언가 부족한 사람. 그런 아산댁이라 있다 해도 특별히 이 고요함이 가라앉을 것 같지는 않지만, 이반은 그 작은 소음이라도 아쉬웠다.

이반이 큼, 가라앉은 목에 힘을 주었다. 전주에 다녀온 후 뭔가 목에 걸린 것처럼 자주 갈라지고 갈증이 일었다. 이반은 비틀거리며 주방으로 향했다. 냉장고엔 먹기 좋게 미리 썰어놓은 과일이 랩에 싸여 넣어져 있었다. 언제 깎아놓았는지 사과 표면이 노르스름하다. 전에 해놓은 주문대로 매주 사과가 배달되지만 사실, 그는 사과를 싫어했다. 아이에게 사과가 좋다는 말을 책에서 우연히 보고 배달시켰을 뿐, 사과는 그가 아닌 희아를 위한 것이었다. 노랗게 말라진 사과 접시를 밀어놓고 이반은 다시 냉장고를 살폈다.

내일은 과일 집에 전화를 걸어 사과를 넣지 말라 해야 할 것 같다. 머리를 반쯤 냉장고 안에 넣어놓고 이반은 이리저리 살폈다. 입안이 텁텁하고 속이 허했다. 한참을 뒤지더니 결국 노랗게 끓여진 보리차만 꺼내 들고 말았다. 시원하게 우려놓은 오미자차가 있었으면 좋겠는데…….

"나중에 포도가 많이 나오면 그땐 포도 주스 만들어놓을게요."

여름 내내 붉은 오미자를 내놓으며 비파가 했던 말이었다. 포도 주스를 만들다니. 갓 짠 오렌지 주스야 신기할 게 없지만 포도 주스까지 만들어놓겠다는 말엔 조금 놀랐었다. 결국 그녀가 만들어놓은 포도 주스는 못 먹게 되었지만.

이반은 타는 목을 보리차로 축인 후 거실 소파에 몸을 뉘었다. 오소소 몸이 떨려왔다. 드러난 팔목이 시릴 만큼 아팠고, 입술이 바짝 말랐다. 감기인가? 언뜻 그런 생각이 스쳤다. 자꾸 등에 걸리는 재킷을 벗어놓고 이반은 편하게 소파에 자리했다. 위층으로 올라가면 되는데 그게 좀 귀찮았다. 잠깐만 눈 좀 붙이다가…… 그렇게 이반은 언뜻 잠에 빠져들었다.

"애고, 회장님! 눈 좀 떠봐요! 열이 아주 절절 끓네."

잠깐 잠이 든다는 게 아침까지 남아 있었나? 부산스러운 아산댁의 호들갑에 이반은 잠시 정신이 들었다. 괜찮습니다, 말하고 싶은데 목이 꽉 잠겨 소리가 나오지 않았다. 목 언저리가 눅눅한 게 여간 불쾌하지 않았지만, 일어날 기력조차 없었다. 그때 서늘한 물기가 이마 위로 툭 떨어졌다. 아산댁이 어느새 담가온 찬 물수건으로 축축하게 젖은 이반의 이마를 닦아댄 것이다.

"덩치나 작아야 어떻게 옮겨보지. 회장님, 좀 일어나 봐요! 내가 기력이 없어서 위층으로는 못 옮기겠네."

몸에 찬 기운이 돌자 번뜩 정신이 났다. 모래알처럼 깔깔한 눈자위를 굴려 이반은 주위를 살폈다. 어제 벗어놓은 재킷과 빈 물컵이 바닥에 나뒹굴어져 있고, 자신은 인형처럼 소파에 널브러져 있었다. 아산댁이 닦아놓은 찬 기운에 겨우 몸을 추슬러 이반이 무거운 몸을 일으켰다. 한 걸음 옮긴다는 게 그만 비틀, 바닥으로 떨어지고 말았지만. 애고고! 아산댁의 음성이 꿈결처럼 멀리서 울렸다. 일어나야 되는데…… 맘처럼 몸이 쉽게 일어나지질 않았다.

"……조, 좀……."

짧은 말에도 숨이 차 말하기가 힘들었다. 네? 얼른 다가서며 아산댁이 물어왔다.

"조, 좀…… 부축…… 좀 해…… 주시겠…… 습니까?"

겨우 목소리를 내는데도 머리가 핑글 돌고 곧이라도 쓰러질 것처럼 무릎에 힘이 가질 않았다. 감기인 모양이네. 아산댁이 중얼거리며 그제야 그의 어깨를 붙들었다. 오동통해도 나이 탓에 힘이 없는 아산댁과 층계의 난간을 붙잡고 이반은 겨우 자신의 침실까지 올라왔다. 입을 벌릴 때마다 뜨거운 김이 새어나왔다. 이렇게까지 몸이 축나 있었나 싶게 손가락 하나 들 힘조차 없었다. 침대를 보자마자 쓰러지는 이반을 보며 아산댁이 발을 동동 굴렀다. 병원에 가야 하나? 걱정은 되면서도 어떻게 해야 할지, 우왕좌왕 정신만 산란스러웠다. 침대에 눕자마자 이반은 곧장 또다시 잠에 빠져들었다. 잠결에 차가운 수건이 이마에 와 닿는 느낌이 들었다. 불처럼 뜨거운 입술에도 차가운 물기가 와 닿았다. 마른 논바닥처럼 쩍쩍 갈라진 입술로 이반은 정신없이 그 물을 빨아들였다. 그녀인가? 몽롱한 가운데에도 제 입술에 닿은 찬물이 비파에게서 오는 건 아닌가, 하는 생각이 들었다.

당신입니까?

꽉 잠긴 목을 이반이 깔딱깔딱 움직였다. 겨우 손가락을 들어 자신의 이마에 얹은 수건 위에 놓인 손을 잡았다.

"회장님, 왜 불편해요? 이래야 열이 떨어지는데……."

매정한 아산댁의 목소리가 울린다. 순간, 겨우 힘을 냈던 이반의 손목이 힘없이 툭 떨어져 내렸다. 그래, 그녀가 아니군.

"당신이 무슨 상관이 있는 거죠?"

비파의 음성이 울려왔다. 아픈데…… 당신의 오미자차를 마시면 조금은 나을 것만 같은데.

"회장님, 죽 좀 드세요. 뭘 먹어야 기력을 차리지."

또다시 아산댁이 그의 잠을 깨웠다. 겨우 뜬 눈에 아산댁이 내미는 희멀건 죽이 보였다. 입 안이 깔깔해 도저히 목으로 넘어갈 것 같지가 않아 이반은 살짝 밀어냈다.

"……괜……."

목이 부었는지 갑자기 통증이 밀려왔다. 시원한 물이라도 마시면 이 붓기가 가실 것 같은데.

"……물."

"물 드릴까요?"

다행히 겨우 터져 나오는 짧은 말에 아산댁이 시원한 물을 입가에 축여주었다. 아산댁이 쌀을 갈아 만들어온 죽은 입 한 번 대지 못하고 이반은 또다시 깊은 수렁 같은 잠에 빠져들었다.

까만 어둠 속, 어딘가에서 굉음이 울려 퍼진다. 뜨거운 불꽃이 하늘까지 뻗쳐오르고 아무리 소리를 질러도 듣는 사람이 없었다.

뭐지? 사고가 난 건가? 비행기 사고? 아니다, 그건 부모님의 사고일 뿐이었다. 그러나 지금 그의 주위를 둘러싼 이 불길한 기운 속엔 분명 죽음처럼 고통스러운 기억이 남아 있다. 이반은 몸을 꿈틀거렸다. 그러나 돌을 얹어놓은 것처럼 쉬이 일어나지질 않았다. 손가락 끝을 누군가 꽉 붙잡는 것처럼 온몸이 돌덩이처럼 무겁고 바닥까지 내려앉았다. 엄마? 이반이 속으로 불렀다. 소리가 새어나오지 않아 안타깝다. 엄마! 아빠! 사위를 둘러보아도 까만 적막뿐. 눅눅하고 기분 나쁜 습기가 잠식해 가는 기분이었다. 멀리서 누군가 부른다. 나를 부르는 소리인가? 고개를 돌려 그 사람을 보고 싶다.

"회장님!"

박 부장이 안타깝게 부르는 소리에도 이반은 끙끙댈 뿐 일어나질 못했다. 절절 끓는 열 때문에 몸의 땀구멍마다 뜨거운 물기를 내뿜어내느라 이불이 눅눅하게 젖어 있었다.

"언제부터 이런 겁니까?"

"어제 아침에 출근해 보니 소파에서 이렇게 쓰러져 있더구만요."

아산댁의 말에 박 부장이 벌컥 화를 냈다.

"아니, 병원에 연락도 안 하고 이러고 있으면 어떻게 합니까?"

"애고, 나 혼자 이 큰 집에 덜컥 남아서 뭘 어떻게 해야 할지 알아야 말이죠."

끌끌, 아산댁의 말에 박 부장이 혀를 차며 전화를 걸었다.

"형, 나야. 저 잠깐 왕진 좀 부탁해도 될까? ……아니, 나 말고 우리 회장님."

급한 대로 사촌 형에게 전화를 걸어 왕진을 부탁했다. 얼음물에 담근 찬 수건으로 땀에 푹 절은 온몸을 닦아내고 허옇게 마른 입술을 축여내는 사이, 급한 발걸음으로 사촌 형이 도착했다.

"독감인 것 같은데?"

미리 말해 놓은 증상과 이리저리 진단을 해보더니 결론을 내어 놓았다.

"열이 어제부터 내리지 않는다는데?"

"링거액 수액하고 주사 놓아주고 갈게. 저녁때쯤이면 열이 많이 내릴 거야."

독감이라는 말에 겨우 박 부장이 가슴을 쓸었다. 저녁 만찬 때부터 안색이 좋지 않더라니.

형이 가고 아산댁마저 아래층으로 내려간 후, 박 부장은 아직도 잠에 취한 이반을 안쓰럽게 바라보았다. 참 손이 많이 가는 회장이다. 이사들에게 매섭게 굴 땐 제 나이로 보이지 않더니 아픈 얼굴엔 이제 서른 초반인 제 나이가 보인다.

애고, 된통 사랑의 열병을 앓는구만.

사촌 형 말처럼 저녁부턴 다행히 열이 내려갔다. 조금 더 지켜보려던 박 부장은 이반의 재촉에 새벽이 되어서야 집으로 돌아갔다. 처방해 놓은 약도 있으니 걱정 말고 돌아가라는 말에 그러긴 했지만, 집을 나서는 박 부장의 얼굴은 어두웠다.

미적거리는 박 부장이 돌아서고 하루 여기서 날 샜던 아산댁마저 돌아가자 이반은 겨우 숨을 돌렸다.

여전히 목이 따끔거리고 손가락 하나 들 기력도 없었지만, 소란스러운 것보다는 나았다. 아래층으로 내려갈 엄두도 못 낸 채 자신의 방 침대에 기대어 이반은 아산댁이 젖혀놓은 커튼 틈 사이로 창밖을 바라보았다. 깊어진 가을, 저녁 바람이 나뭇가지를 흔들고 힘없는 낙엽들이 반항의 기미도 없이 곧장 땅으로 떨어져 내렸다. 뉴욕의 샌트럴 파크가 문득 떠올랐다. 이곳에 온 후 한 번도 떠올려 본 적이 없던 뉴욕이었는데. 심신이 많이 지쳤는지 이젠 낯익은 얼굴들과 미국에 남겨놓은 자신의 정갈한 집이 그리워졌다.

덜컹덜컹 세찬 바람이 한 무리 스쳐 가는지, 창문이 요란한 소리를 내며 흔들거렸다. 겨우 이틀 앓은 것뿐인데 보이는 정원은 더욱 스산하고 적막했다. 까만 어둠 속에 휘릭 지나가는 바람 소리가 창문 너머까지 울려왔다.

휘릭! 휘잉!

눈바람이라도 몰아세울 것처럼 세찬 바람이 방 안까지 스며오는 것 같아, 이반은 이불을 목 위까지 끌어올렸다. 찬기가 방 안에 가득 차왔다. 서늘하고 음울한 달빛마저 비웃듯 걸리고, 쓸쓸한 밤은 집 안 곳곳에 침투해 있었다. 편한 잠이 오면 좋겠는데…….

잠깐 깨어 있는 것 같은데 주위의 소리에 눈을 뜨면 자신은 어느새 눅눅한 잠에 빠져 있었다. 박 부장의 사촌 형이 꽤 실력있는 의사인지 내내 그를 괴롭혀 왔던 고열은 쉽게 가라앉았지만 이반은 생기를 잃었다. 뭐, 애초부터 대단한 생명력도 아니었지만.

결국 삼 일 뒤로 일정을 잡아놓았던 회의가 미루어지자 이반은 밀어놓은 업무를 내놓으라 채근했다. 그의 고집에 한 움큼의 서류들이 회사에서 날아오고 아직 병이 낫지 않은 파리한 안색으로 이반은 미친 듯이 일에만 매달렸다. 마치 금방이라도 떠날 사람처럼. 새 광고 콘티와 영업 진행 상황, 매출 현황과 새 매장 신축 공사까지 아픈 사람이 어떻게 그런 기력을 냈다 싶게 빠르게 서류를 처리해 나가는 이반을 박 부장이 불안하게 흘끔거렸다. 그렇게 처리해 놓은 서류를 들고 회사 대신 집으로 출근한 박 부장이 사라지면 이반은 또다시 죽음처럼 시간을 죽여갔다.

그가 회복하는 동안 혹시 몰라, 집에도 가지 못한 아산댁에게 며칠의 휴가를 주고 홀로 남은 이반은 거실로 나와 있었다. 아산댁의 간병도 있었지만 워낙 강골인 체력이라 며칠 사이로 몸은 꽤 많이 회복되어 있었다.

이반은 소파에 기대어 무릎 위에 책을 펼쳤다. 오랜만에 미루어놓은 독서를 할 생각이었다. 깨알 같은 글씨로 빽빽한 책을 보다 보니 아직 기력이 다 채워지지 않은 눈자위가 콕콕 쑤셨다. 잠시 안경을 벗어 통증이 느껴지는 눈꺼풀 위를 꾹꾹 눌렀다. 깜박이는 가로등 불빛마저 스산한 정원에 귀뚤, 어디서 벌레 우는 소리가 들려왔다.

가을이 깊어지나? 이반은 가로등 불빛에 환하게 드러난 정원을 바라보며 새삼 생각에 잠겼다. 한때 화사하게 피어 있던 국화들도 갈색으로 퇴색되어 스러지고 정원은 본격적으로 겨울 채비에 한창이었다. 손 빠른 정원사 덕분에 나무들은 도톰한 짚단으로 옷을 입고 떨어지는 낙엽들은 땅속으로 스며들 준비를 하고 있었다. 낮엔 호수처럼 푸르던 하늘은 밤이 되면 그 깊은 만큼 파르스름한 검은 빛을 띠었다. 아름다운 곳이다. 이곳에 올 때에도 느꼈지만, 여기 한국은 정말 아름답다. 사계절을 담아내는 정원을 볼 때마다 느끼지 않을 수 없는 감탄이었다.

막 짜놓은 오렌지 주스를 마시며 이반은 잠시 반한 시선으로 정원을 바라보았다. 성미 급하게 제 잎들을 다 떨구어놓은 나뭇가지들이 스치는 바람에 흔들, 제 몸을 흔들었다.

딩동!

그때였다. 고요한 어둠 속에 벨이 울렸다. 응? 이반이 고개를 갸웃했다. 올 사람이 없는 집이다.

딩동!

약간 화가 난 기세로 또다시 벨이 울려왔다. 누구지? 무시할까 했는데 쓸데없는 호기심이 생겼다. 편하게 소파에 기댔던 이반이 힘들게 몸을 일으켜 현관으로 나섰다. 그새를 못 참고 또다시 벨이 울렸다! 그제야 박 부장에 생각이 미친 이반이 걸음을 빨리했다. 아마 깜박 잊고 건네지 못한 보고서가 있는지도 모른다. 가파른 계단을 후다닥 내려서는데 그래도 아직 체력이 완전히 회복되지는 못했는지 다리가 주르륵 미끄러져 버렸다. 그사이에도 끊임없이 벨은 울려대었다.

딩동! 딩동!

"무슨 일입니까?"

거의 뛰다시피 내려오느라 숨이 턱까지 차 올랐다. 거친 숨을 몰아쉬며 이반이 벌컥 문을 열었다. 그때였다. 미처 파악하기도 전에 작은 물체가 빠르게 그를 향해 돌진해 들어왔다. 몸에 붙은 가속도 때문에 얼른 받쳐 들면서도 그의 몸이 뒤로 확 쏠렸다.

"미워요!"

뭐, 뭐? 제 품으로 뛰어든 정체를 파악하기도 전에 먼저 고함이 터져 나왔다. 느닷없이 미워요, 라니. 놀란 이반의 시선 앞에 눈물로 얼룩진 비파가 거짓말처럼 서 있었다. 정말 그녀인가? 아직도 어리둥절해하는 그에게 비파가 또 한 번 소리쳤다.

"당신이 정말 미워요!"

"네?"

비파의 등에 업혀진 희아가 그제야 이반의 얼굴을 보았는지, 아바! 하고 울음을 터뜨렸다. 한밤중에 엉엉, 소리를 내며 우는 두 모자를 품에 안고 이반은 비파가 자신 앞에 있다는 실감보다 요란스러운 울음소리에 혼이 나갈 지경이었다. 희아는 눈물콧물을 줄줄 흘리며 방방 뛰고 있고, 비파는 미워요, 라며 연방 소리를 질렀다.

"대체 무슨 일입니까? 혹시 희아가 아픈가요?"

제 품에 안겨 우는 비파를 붙들고 이반이 걱정스럽게 물었다. 심상치 않은 두 사람의 모습에 먼저 걱정이 앞섰다. 온통 눈물로 범벅된 얼굴로 비파가 고개를 저었다.

"그럼 당신이…… 아픈가요?"

목소리가 조금 떨렸다. 아무 일이 없다면 죽어도 이곳에 올 비파가 아니란 걸 누구보다도 잘 아는 그니까. 이번에도 비파는 절레 고개를 흔들었다. 그제야 비로소 숨이 새어나왔다. 떨리는 가슴을 쓸며 이반은 다그쳤다.

"무슨 일입니까? 말을 해봐요."

"당신이 너무 미워요!"

밑도 끝도 없이 무작정 밉단다. 이반이 지친 머리카락을 쓸었다. 남은 감기 기운이 옮을까 걱정돼 비파를 안아줄 수도 없어, 대신 토닥토닥 어깨를 두드리며 달랬다.

"그래요, 알았어요."

"희아가 잠을 자지 않아요. 당신이 가고 난 후 며칠 동안 내내 밥도 먹지 않고, 밤에 자지도 않고 울기만 해요. 아빠! 소리 듣는 것도 지겹고 힘들어요! 아무리…… 아무리 설명을 해도 심통만 부리고…… 며칠째 잠도 못 잤어요."

이런, 이반이 얼굴을 찌푸렸다. 그래서 그런지 얼굴이 많이 야위고 말랐다. 비파가 봇물 터지듯 말을 쏟아댔다.

"순자 아줌마가 안으려고 하면 발버둥 쳐댄다고, 아줌마 화나서 희아 안 봐주겠대요. 장사도 못하고, 희아는 울기만 하고……."

희아도 맞장구를 치며 운다. 작은 얼굴이 빨갛게 달아올라 있다.

"알았어요, 알았어요. 많이 힘들었나요?"

달래며 비파의 등에서 아이를 떼찌놓았다. 감기 때문에 멀찍감치 떼어놓는데도, 아이의 힘으로는 상상할 수 없이 강하게 희아가 그의 목을 붙들었다.

"아바! 허어어엉! 아바!"

품에 안긴 녀석의 엉덩이가 묵직했다. 언젠가의 기억처럼 말이다. 아직도 울음을 그치지 못한 비파를 이반이 집 안으로 끌었다.

"희아 기저귀가 무거운데 언제 갈아주었습니까?"

"네?"

"희아, 너 응아했니?"

멍한 비파 대신 이반이 희아에게 물었다. 캬캬! 언제 울었냐는 듯 희아가 박수를 치며 좋아한다. 정답을 맞혔다는 걸까?

"여기서 잠깐 숨 좀 돌려요. 희아는 내가 볼 테니까."

기저귀에 똥을 싼 주제에 뭐가 좋다고 방방 뛰는 희아를 안고 이반은 곧장 욕실로 향했다. 잔뜩 뭉개놓은 기저귀를 보며 잠시 난처한 기색을 띠었다.

"아바!"

엉덩이에 오물을 잔뜩 묻힌 채 그래도 반갑다고 벙싯대는 희아를 보며 이반도 어쩔 수 없이 웃음이 새어나오고 말았다.

"그래, 나도 반갑다."

아이의 더러운 엉덩이를 깨끗한 샤워 물로 씻어내며 이반이 대꾸했다. 아바! 또다시 이반을 부르며 희아가 탁탁, 발을 쳐댔다. 덕분에 바닥으로 떨어진 물이 방울을 튀기며 그의 옷자락으로 번져 갔다. 물장난이라도 치는 줄 아나 보다. 자꾸 물을 튕기는 희아를 겨우겨우 붙들고 씻어내면서도 이반의 입가엔 어느새 따스한 미소가 서렸다. 이 소란스러움이 반갑고 좋다. 회색 빛 같던 집 안에 푸른 생기가 돌고 아이의 웃음소리, 아이의 분 냄새가 어느 향수보다 더 진하게 집 안 곳곳에 퍼져 가면서 이반의 가슴에도 온기가 서리기 시작했다. 거대하게 죽은 듯 서 있던 이 무덤 같은 집이 그제야 멈추었던 숨을 쉬며, 살아 움직여 갔다.

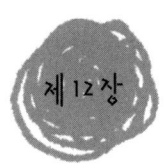

희아를 씻기고 오니 부엌 쪽이 시끌벅적했다. 이것저것 뒤지던 비파가 놀라 휙 돌아섰다.

"뭐 합니까?"

"배고파요. 희아 때문에 며칠 밥을 못 먹었어요."

빨간 콧잔등을 찡긋거리며 비파가 투정했다. 풋! 새어나오는 웃음을 겨우 누르는데, 비파가 못마땅한 눈초리로 흘겨보았다.

"먹을 게 있으려나?"

냉장고로 향하는 이반의 품에서 한결 깨끗해진 희아가 내려오겠다며 꼼지락거렸다.

"밥! 밥!"

저도 배고픈가 보다. 희아의 정확한 발음에 이반이 놀란 표정을 지었다.

"밥이라고 말도 합니까?"

"내가 말 안 했나? 그런데 밥이 없어요. 반찬도 그렇고. 여기 사람 안 와요?"

"아, 얼마 전에 좀 아파서 죽을 먹느라 먹을 게 별로 없을 겁니다."

아, 이반의 설명에 비파의 표정이 싹 바뀌었다. 아까는 미처 그의 상한 얼굴을 알아채지 못했다. 며칠 동안 보채는 희아 때문에 잠을 자지 못한 데다 여기까지 오는 내내 옆 사람 눈치가 보이도록 희아가 울어대서, 사실 이반을 본 순간 아무 생각도 나지 않았다. 단지, 도착했구나 하는 안도감뿐.

"많이 아팠어요? 그러고 보니 얼굴이 많이 상했어요."

미안한 기색으로 비파가 늦은 인사를 건넸다. 굳이 물을 필요도 없이 이반의 얼굴은 많이 마르고 해쓱해져 있었다. 그런가요? 이반이 쓰윽 얼굴을 훑었다. 손에 잡히는 뺨이 그가 느끼기에도 많이 말라 있었다. 잠깐 기다려라, 비파에게 말해 놓고 치워둔 보행기를 찾아 희아를 앉혀놓았다.

"캬캬!"

언제 울었냐는 듯 보행기가 뒤집어지도록 온 거실을 헤매기 시작하는 희아를 만족스럽게 바라보며 이반이 그제야 비파 곁으로 다가섰다. 결국 음식 찾기를 포기한 비파는 싱크대를 등에 기대고 지친 듯 서 있었다. 이반은 살짝 입술을 축였다. 울어서 빨갛게 부은 그녀의 얼굴을 보면서도 왜 이렇게 키스를 하고 싶어지는 건지. 게으른 심장이 그제야 콩닥콩닥 뛰기 시작했다. 가까이 다가간 이반이 바로 눈앞에 있는 비파가 실감나지 않는 듯 조심스럽게 어루만졌다. 긴 손가락이 달빛에 하얀 섬광을 드러냈다.

"당신도 많이 말랐어요."

그윽한 음성이 걱정스럽게 울렸다. 그 역시 죽을 만큼 아팠으면서 마른 비파의 얼굴이 더없이 안쓰러웠다. 그의 손바닥에 감싸인 비파의 조그만 고개가 끄덕, 움직였다.

"고집쟁이."

먼저 이반이 놀렸다.

"심술쟁이."

이반의 말에 비파가 냉큼 받아쳤다.

"네?"

황당하다. 심술쟁이라니. 억울한 누명이었다. 그녀에게만큼은 한 번도 이겨본 적이 없는 그였다. 이곳에 살 때에도 그렇고, 첫 번째의 프러포즈에 그토록 매정하게 거절당하고 쫓겨나다시피 서울로 돌아온 그가 아닌가.

"그럼 뭐라고 해요? 당신에게 갈 수 없다는 거 뻔히 알면서."

"왜입니까?"

"가진 게 없어서, 당신에게 받을 수도 없잖아요. 정말, 희아 때문이 아니면 당신 따윈 깨끗이 잊어주려고 했는데."

그제야 독하게 쏘아보던 그녀의 눈동자가 사실은 아픔이었다는 걸 이반은 겨우 알아차렸다.

"왜 내게 줄 게 없습니까?"

"말했잖아요? 가진 게 없어서……."

"당신이 고아라서?"

비파가 이반을 잔뜩 노려보았다. 노골적으로 아픈 곳을 찌르는 이반의 무신경함이 밉다. 정말 미워 죽겠어. 비파가 속으로 투덜거렸다.

"아니면 돈이 없어서?"

"둘 다요!"

"나 역시 고아입니다."

"당신과 난 다르잖아요."

"하하하!"

종알종알 대꾸하는 비파를 가슴에 꼭 끌어안으며 이반이 시원스런 웃음을 터뜨렸다. 속내를 감추지 못하는 비파의 순수함이 오랜만에 가슴에 와 닿아 행복해져 왔다. 끌어안은 이반의 가슴에서 거세게 뛰는 심장 박동 소리를 들으며 비파는 가만히 얼굴을 대었다. 따스하다. 노곤했던 여행의 피로가 그대로 풀어질 만큼 평화롭고 나른한 숨소리였다. 가슴에서 이반의 목소리가 울렸다.

"당신은 내게 없는 희아가 있지 않습니까? 설마 희아보다 돈이 더 소중하다는 건 아니겠죠?"

"미쳤어요? 어떻게 돈과 희아를 비교해요?"

버럭 화를 내며 몸을 떼는 비파를 다시 제 품에 가두며 이반이 또다시 웃음을 터뜨렸다.

"잘할게요."

"네?"

비파가 놀란 표정으로 이반을 올려다보았다. 키가 커서 시선이 한참 위로 올라갔다.

"당신, 그리고 희아 모두에게 잘할게요."

비파의 얼굴이 빨갛게 달아올랐다. 첫 고백처럼 순수하고 청아한 그의 프러포즈가 비파를 소녀처럼 수줍게 만들어 자신도 모르게 콩닥콩닥 심장이 뛰고 얼굴이 뜨끈해져 왔다.

"많이 잘할 테니까, 다시 생각해 볼 수 있겠습니까?"

더없이 정중했다. 정말 소중하다는 듯이, 내밀어진 이반의 손을 비파가 수줍게 맞잡았다. 이토록 소중하게 대해지는 게 눈물나도록 고맙고 떨렸다. 순간, 지난 세월의 아픔들이 주마등처럼 스쳐 지나가며 비파가 저도 모르게 눈물을 뚝 흘리고 말았다. 내내 씩씩했는데. 가진 게 없어서, 미혼모의 딸이라서 쉽게 아픈 말을 뱉어내던 사람들의 얼굴들이 하필 왜 이 순간 떠오르는 걸까?

뚝!

자신의 손등으로 떨어진 비파의 눈물에 이반이 얼굴을 찡그렸다. 왜 우냐고 차마 묻지 못했다. 마음이 아픈데 그냥 토닥토닥 비파의 등을 두드려 주고 말았다.

그녀의 아픔을 이해한다고, 그래서 많이 잘해주고 싶었지만, 말이 서툴러서 그저 울지 말아요, 이 말만 되풀이할 뿐이었다.

이반이 비파를 달래는 사이, 거실에선 희아가 제 세상을 만난 것처럼 난리법석이었다. 들어오자마자 밥! 밥! 소리치더니 그새 배고픔을 잊었나? 제 엄마의 눈물 따윈 모르고 새 장난감에 빠져 정신없이 돌아다니는 희아를 바라보는 두 사람의 시선이 따스했다. 덜컥덜컥 보행기의 바퀴 소리가 주인의 발길을 따라 바쁘게 소리를 내었다.

꼬르륵!

그때 비파의 뱃속에서 꼬르륵, 소리가 울렸다. 킥! 이반이 저도 모르게 웃고 말았다. 비파가 이반의 가슴을 팍 쳤다. 귀엽게 눈까지 흘려댄다.

"정말 배고팠단 말이에요."

"하하하! 알았어요."

"정말이라니깐요! 여기 오느라 하루 종일 굶었다구요!"

"하하하하!"

주책없이 터져 나오는 웃음에 아이참! 정말이라니깐요! 또 한 번 항변하는 비파를 이반이 꽈악 끌어안았다. 예쁘다. 작은 장난감처럼 예쁘고 귀엽다. 정말인데…… 비파가 한결 힘 빠진 소리를 냈다. 안겨진 그녀에겐 아이의 분 냄새가 배어 있었다. 익숙한 향기.

"밥 먹으러 나갑시다."

"근사한 거 먹을 거예요. 정말 고생했으니까."

그래요. 여전히 눈가에 남은 웃음을 띠며 이반이 보행기에서 희아를 들어 안았다.

"시러!"

희아가 당차게 이반을 밀어냈다. 어느새 '아빠'보다 새 장난감이 좋아졌다.

"안 돼, 밥 먹을 시간이야."

싫다며 몸부림치는 희아에게 이반이 엄격하게 타일렀다. 시러! 또 한 번 고집을 부리다 힐끗 이반의 눈치를 살핀다. 단호한 이반의 눈빛에 불만스럽게 입술을 삐죽 내밀면서도 더 이상 투정은 부리지 않았다. 대신 그의 목을 끌어안고 부비부비 제 얼굴을 비벼 댔다. 제 딴에는 부지런히 어리광을 부려댄다.

유모차에 희아를 태우고 이반과 비파는 거리를 나섰다. 근사한 걸 사주고 싶은데 비파는 굳이 근처 포장마차로 가잔다.

"정말 그걸로 되겠어요?"

"네. 원래 좋아했는데요 뭘. 이상하게 전주에서도 자꾸 생각이 나더라구요. 거기엔 맛있는 음식들도 많은데."

고향의 맛인가? 쑥스럽게 말한다. 이반이 살짝 미간을 좁혔다. 초라한 식단도 그렇지만 순대라니. 같이 먹어주기엔 꽤 난이도가 높은 음식이었다.

근처 가게에서 산 우유로 허기를 달랜 희아와 함께 포장마차로 들어선 이반의 코를 비릿한 냄새가 콕 찔렀다. 거무튀튀한 색깔이 보기에도 그리 만만찮아 보였다.

"아줌마, 여기 떡볶이 일 인분이랑 순대요! 간이랑 귀는 안 먹으니까 그냥 순대만 주세요."

"가, 간이랑 귀요?"

"돼지 간이랑 귀요. 순대 자체는 별 비린 냄새가 안 나는데 역시 내장 쪽은 좀 그렇죠?"

헉! 비명이 새어나올 정도인데 비파는 아, 맛있겠다! 아직 나오지도 않은 음식을 두고 침을 꼴깍, 삼켜댔다. 늦은 저녁의 찬 기온에 말할 때마다 하얀 김이 새어나오는 포장마차 안에서 비파는 언제 울었냐는 듯 톡, 갈라낸 젓가락을 비벼대며 행복한 표정으로 음식을 기다렸다. 이반은 희아를 돌보면서도 못미덥다는 듯 저쪽 구석에서 비린 냄새를 풍겨대는 순대를 흘끔거렸다. 떡볶이보다 금세 썰어낸 순대가 먼저 나왔다. 겨우 허락받은 프러포즈 후에 먹는 식사가 이 노릇한 순대라니. 조금 어이가 없었다.

"왜요?"

순대를 콕 집다 말고 비파가 물었다.

"먹어보려고……."

"먹지 마요!"

젓가락을 드는 이반의 손을 비파가 탁 쳐냈다. 왜요? 이반이 물었다.

"이런 거 잘 못 먹잖아요. 억지로 먹을 필요 없어요. 저 혼자서도 잘 먹어요."

"하지만……."

"일부러 불편한 거 참지 말아요."

"네?"

이반이 고개를 갸웃거리며 물었다. 그의 품에 안긴 희아 역시 까만 순대를 노려보았다. 호기심이 발동했는지 고물거리는 제 작은 손을 쑥 내민다. 이반이 얼른 뻗어지는 희아의 손을 움켜쥐었다.

"그냥, 싫으면 같이 안 해도 돼요. 꼭 모든 걸 같이 할 필요 있나요? 그러니까 억지로 맞추려 하지 말아요."

"난 같이하고 싶습니다."

이반이 고집스럽게 순대를 집었다. 표정이 비장했다.

"고집은⋯⋯."

뭐라 하면서도 더 이상 말리지는 않는다. 이반이 손에 든 순대를 잔뜩 노려보다 천천히 입속에 집어넣었다. 약간 질긴 껍질이 먼저 씹히고 그 뒤 팍팍하면서도 짭짤한 간이 밴 당면이 느껴졌다. 비릿한 냄새에 비해 맛은 생각보다 괜찮은 편이었다. 처음 씹히는 껍질만 제외하면.

흠, 이반이 고개를 끄덕이며 천천히 순대를 씹기 시작했다. 미식가처럼 맛을 음미하는 그의 모습이 사뭇 진지해 비파는 터지는 웃음을 애써 눌렀다. 순대 하나를 저렇게 진지하게 먹는 사람은 처음 보았다.

"흠, 맛이 생각보다 나쁘지 않는데요? 껍질만 빼면."

"그럼 껍질 벗기고 먹어요. 어차피 진짜 내장도 아닌데요."

"내장이요?"

또 하나를 집던 이반이 화들짝 놀란 덕분에 젓가락에서 미끄러진 순대가 무더기 속으로 파편을 튀기며 떨어졌다.

"원래 순대는 돼지 창자에 선지랑⋯⋯ 아시죠? 피! 선지에 야채를 팍팍 넣고 내장에 채워 삶아 먹던 거예요."

"윽!"

이반이 오만상을 찡그렸다. 상상만 해도 토할 것 같은 얼굴이었다. 그러게 먹지 말라니깐! 나중에 내어온 떡볶이를 이반 앞으로 밀어놓고 비파가 남은 순대를 맛있게 해치우기 시작했다. 순대엔 엄마와의 추억이 있어서 그런지 꽤 좋아하는 편이었다. 어린 시절 엄마 손 잡고 시장을 따라 가면 떡볶이, 순대 각각 일 인분씩 시켜 놓고 서로 눈치 보며 먹었었다. 엄마는 그녀 앞으로 밀어놓고, 그녀는 엄마 앞으로 밀어놓고. 소박한 정이었지만 그래도 행복했던 그 시절.

묵묵히 순대를 씹어대던 비파의 얼굴이 조금 씁쓸해졌다. 이반이 그런 비파의 손등을 꽈악 감쌌다. 이유는 모르면서 갑자기 외로워지는 그녀의 표정을 금방 알아챘다. 비파가 환하게 웃었다. 말하지 않아도 걱정하는 이반의 마음이 고스란히 전해져 왔다. 잘할게요. 손바닥 사이로 전해오는 온기가 그의 마음을 대신해 울렸다.

초라하지만 초라하지 않은 늦은 저녁을 때우고 비파는 이반과 함께 집으로 향했다. 덜컹거리는 유모차 바퀴 소리를 울리며 둘은 부부처럼 어깨를 나란히 하고 골목길을 따라 걷기 시작했다. 넓은 골목엔 컹컹! 낯선 이의 발자국 소리에 이웃집 개가 정겹게 짖어대고, 골목을 비추는 가로등 불빛마저 돌아온 탕아처럼 비파를 비추고 있었다.

"어? 이 집에 석류나무가 있었나 봐요."

담벼락을 넘어 풍성하게 매달린 빨간 열매를 보며 비파가 소리쳤다. 그런가? 이반이 고개를 갸웃하며 비파의 시선을 따라 움직였다. 곧 터질 듯 벌어진 두꺼운 껍질 사이로 신맛이 돌게 투명한 붉은 알이 촘촘히 박혔다. 어둔 불빛 속에서도 자르르 흐르는 윤기가 수정처럼 반짝거려 입 안에 신 침이 돌았다.

"맛있겠다!"

워낙 시디신 맛에 막상 먹으려면 여간 곤혹스러운 게 아닌데 가을엔 석류 열매를 빼놓을 수 없었다. 이반이 긴 팔을 쭉 뻗어 제일 가장자리에 탐스럽게 열린 열매 하나를 톡 따냈다. 가느다란 가지가 그 힘에 쏠려 휘청, 나뭇잎을 흩뜨렸다.

"뭐 하는 거예요?"

놀란 비파가 소리 죽여 이반을 타박했다.

"먹고 싶다는 거 아니에요?"

천연덕스럽게 따온 열매를 내밀며 이반이 물었다. 순한 그 눈빛에 못 말리겠다는 듯 비파가 허리를 굽혔다.

"어쩜 그렇게 점잖은 얼굴로 남의 걸 막 따고 그러냐?"

그래도 이반이 따준 석류 열매를 조심스럽게 담고 달그락, 달그락 바쁘게 유모차를 끌며 둘은 집으로 향하는 걸음을 서둘렀다.

컹컹!

또다시 먼 곳에서 개 짖는 소리가 울렸다.

희아가 그사이에 낮게 코를 골았다. 떼쓰느라 며칠 내내 소비한 피곤이 몰려왔는지 아이는 고개가 젖혀지도록 깊은 잠에 빠져 있었다. 잠든 희아를 태운 유모차를 끌며 비파와 이반은 서로의 어깨를 툭툭 치며 장난을 걸었다. 곧이라도 떨어질 것처럼 풍만한 가을 녘의 보름달이 세 사람의 어깨에 긴 그림자를 드리웠다. 노란 달빛이 온화하게 그들을 감싸며 뉘엿뉘엿 밤이 넘어가고 있었다.

피곤한 희아를 재우고 아래층으로 내려서자 이반이 짐짓 심각한 얼굴로 전화를 받고 있었다. 내려서는 그녀를 향해 자신의 옆자리를 툭툭 쳤다. 앉으라는 의미인가? 비파가 고개를 갸웃하며 이반의 옆에 자리를 잡았다.

"글쎄, 아직은 이곳에 일이 남아서 당장은 힘들 것 같습니다."

냉기가 뚝뚝 흐르는 음성이었다. 대체 누굴까? 비파가 가만히 귀를 기울였다.

"고모님, 제 문제입니다. 회사 일까지 고모님께 상의드려야 할 정도입니까? 아니면 직접 고모님이 경영이라도 하시겠다는 겁니까?"

고모님이란 호칭에 비파의 입이 딱 벌어졌다. 그녀가 알기론 이반의 친척이라곤 미국의 고모와 승미 아줌마가 전부였다. 일가붙이라곤 달랑 두 사람뿐인데. 승미 아줌마야 함께 살아본 적이 없어서 그런다 치고, 이제까지 자신을 키워온 고모한테까지 저렇게 싸늘한 어투라니. 비파의 이마가 저도 모르게 찌푸려졌다. 고모와 통화 중이던 이반의 찌푸려진 비파의 얼굴을 의아한 시선으로 바라보았다. 왜요? 수화기 쪽을 손으로 막으며 입 모양으로 묻는다.

"아, 지금은 통화가 힘들 것 같습니다. 그리고 문제에 대해선 조금 더 생각해 보겠습니다. 아무리 사촌이라지만 그런 공과 사를 구별 못할 제가 아니란 거 아시지 않습니까?"

그리곤 전화를 뚝 끊어버린다. 비파가 노골적으로 놀란 표정을 지었다.

"왜, 무슨 문제 있습니까?"

"좀 의외여서요."

네? 이반이 미간을 좁히며 물었다.

"그게 좀 그래서, 아 뭐 제가 상관할 일은 아닌데요."

이반의 얼굴이 더욱 어두워지며 다음 말을 조용히 채근했다.

"그냥, 고모님한테 너무 쌀쌀맞은 거 아닌가 싶어서. 아, 이것도 좀 간섭이죠? 전 친척이 아무도 없어서 그런지 누군가 그렇게 든든하게 옆에 있어주면 참 고마울 텐데, 참 아쉬운 적이 많았거든요."

비파의 말에 이반의 이마에 골이 더 깊이 팼다. 실은 조금 짜증을 내긴 했었다. 이젠 그만 미국으로 오라는 말에 더 말이 거세게 나갔는지도 모르겠다. 그리고 한국 지부에 사촌 동생 취직을 부탁한 것도. 평소라면 어김없이 잘라냈을 텐데, 비파 때문에 미처 말을 다 못하고 끊었었다. 조금 미안한 마음이 들었다. 보통 제 집 식구들은 회사에 끌어들이지 않는 편인데, 비파의 눈치를 보니 아무래도 녀석을 불러야 할 모양이었다. 뭐, 기회를 한번 줘보는 것도 나쁘지는 않겠지.

"제가 좀…… 흠……."

적당한 표현을 찾을 수 없어 난색을 표하는데 비파가 냉큼 말을 받았다.

"좀 배은망덕하죠?"

"배, 배은망덕이요?"

"네. 은혜를 모른다, 뭐 그런 말인데. 한국 속담에 그런 말이 있대요. 검은 머리 짐승은 안 거둔다. 다른 짐승들은 키워준 은혜를

아는데 사람은 안 그런다고."

천연덕스런 비파의 대답에 이반이 좁혔던 이마의 골을 펴며 하하하! 웃어대기 시작했다. 눈물이 찔끔 흐를 정도로 웃음이 멈추질 않았다. 한참을 웃던 이반이 덥석 비파를 끌어안았다. 작은 비파의 몸이 커다란 이반의 몸속에 갇혀 버둥거렸다.

"숨 막혀요!"

갇힌 몸을 밀어내려 애를 쓰며 비파가 소리쳤다. 그러나 거대한 이반의 몸은 꿈쩍도 하지 않았다.

"정말 당신처럼 제멋대로 말하는 여자는 처음 봅니다."

"네?"

"차라리 말을 말든지……. 미적이면서도 정말 할 말은 다 한다니깐."

뭐냐, 진짜! 정말 어이가 없다. 그러면서도 비파는 버둥거리던 몸짓을 멈추고 가만히 이반의 품에 기댔다. 익숙한 심장 소리가 쿵쿵, 울려왔다. 약간 톡 쏘는 듯한 그의 향도, 두근거리는 심장 소리도 마치 원래의 제 것처럼 익숙하다는 게 더 이상했다. 뭐야, 정말! 심장이 마구 뛰기 시작한다. 두근, 두근, 두근…….

"잘 왔다고, 내가 말했었나요?"

"흠…… 생각해 보구요. 안 했던 것 같은데?"

"그랬어요? 그럼 집에 잘 왔어요."

집이라……. 엄마와 함께 살던 집, 그녀 혼자 살아가던 집, 그리고 이젠 이반과 함께 살아가는 집. 이곳에 그녀가 있을 자격이 있을까?

"또 고민 중입니까?"

어느새 이반의 독심술까지 배웠나 보다. 약간 굳어지는 어깨만으로도 그녀의 생각을 그대로 꿰뚫어 버리고 만다.

"고민하지 말아요. 이제 겨우 시작인데 고민하다 보면 어느새 끝이 와버려요. 돌아보면 내가 무얼 했나, 한심해지죠."

"당신도 그런 적이 있나요?"

"뭐가요?"

"그렇게 돌아보면 한심해진 적."

"흠……."

이반이 골몰히 생각에 잠겼다. 그런 적이 있었나?

"아마 없겠죠?"

"있었어도 기억 못하겠죠. 사람은 실패를 기억하고 싶지 않고 싶은 법이니까."

"그렇다면 아주 작은 실패겠죠. 정말 인생을 되돌리고 싶을 정도로 큰 실수라면, 그래서 죽고 싶을 정도로 한심해진다면…… 기억하고 싶지 않아도 기억할 수밖에 없을 거예요."

비파가 음울하게 중얼거렸다. 이반이 감싸 안은 어깨를 꽉 쥐었다.

"희아의 아빠를 말하나요?"

"뭐, 그것도 그런 것 중 하나죠."

"아직도 그를 사랑합니까?"

이반이 눈빛이 진지해졌다. 조금 전까지 하하거리던 웃음기가 싹 걷혀진 얼굴이었다. 비파가 살짝 몸을 비틀어 품에서 빠져나왔다. 이번엔 쉽게 놓아준다.

"피곤해요. 버스 타는 것보다 더 걸린 거 같아요. 갑자기 표를 끊느라 입석으로 왔더니 다리가 다 부르튼 거 있죠?"

하품을 하며 자리에서 일어서는 비파의 팔을 이반이 다시 꽉 잡았다. 손목이 얼얼할 정도로 강한 힘이었다. 검은 장막이 가려진 것처럼 속내를 알 수 없는 깊은 눈매가 그녀를 향해 똑바로 향했다. 이 명백한 도망을 용납하지 않겠다는 듯.

"나와…… 사귈 땐 그를 기억하지 않았으면 좋겠습니다. 단지 희아 아빠라는 이유만으로 우리의 관계 속에 끼어드는 거, 전 용납하지 않을 겁니다."

"무슨 의미예요?"

이반이 진지한 얼굴로 비파의 손을 끌어 제 심장 위에 얹었다. 그의 심장이 그녀의 손바닥 아래에서 둥둥 뛴다.

"당신이 늘 이 소리를 기억했으면 좋겠습니다. 내가 당신의 입술을 기억하듯이, 당신은 내 심장 소리를 늘 기억해요."

갑자기 시간이 멈추어 버렸다. 비파의 커다랗게 뜬 눈이 곧장 이반의 눈동자에 박혀 움직일 줄을 몰랐다. 뭐, 뭐야……. 두근두근, 또다시 그녀의 심장이 이반의 심장 못지않게 뛰기 시작했다. 얼굴이 화끈 달아오르고 이 유치한 대사에 무참스럽게도 행복해지고 말았다. 얼굴이 붉게 달아오른 채 수줍게 서 있는 비파의 얼굴은 그제야 스물이 갓 넘은 어린 처녀다운 모습이었다.

이반이 복숭아처럼 맑은 비파의 얼굴을 쓸었다. 손가락 사이로 느껴지는 피부가 물에 젖은 것처럼 촉촉하다. 참으로 여리디여린 여자 아이……. 그가 욕심내기엔 너무나 아까운 젊음이었다. 내가 이렇게 작은 사람을 가져도 되나? 이반은 자신이 야수처럼 자꾸 추해지는 기분이었다.

"당신 앞에 서면 난 야수 같아요."

"야수요?"

"너무나 아름다운 사람 앞에서 추한 외모를 지닌 야수. 그런 기분이 들어서 당신이 내게서 도망갈까 자꾸 두려워집니다."

풋! 저도 모르게 웃음이 터져 나왔다.

"그럼 난 벨인가요?"

웃음기 어린 비파에 비해 이반은 표정에 변화가 없었다. 여전히 진지하고 심각한 얼굴로 그녀의 웃음을 묵묵히 바라볼 뿐이었다. 그녀의 웃음을 가지고 싶다. 그녀의 입술을 핥고 그녀 안에 깊숙이 묻어 제 존재를 각인시키고 싶은 추한 욕망이 이글이글, 그의 잠든 야수성을 깨우고 있었다. 이반은 애써 비파에게 머물고 있는 손을 잡아끌었다. 단단히 바지 호주머니 속에 집어넣었는데도 통제되지 않은 또 하나의 남자가 그를 재촉하고 있었다.

"들어가 자요. 많이 피곤할 겁니다."

욕망 때문에 눈앞이 뿌옇게 흐려져 왔다. 지금 이 순간 그녀가 사라지지 않는다면 당장 그녀의 입술을 깨물고 말 것 같았다. 절로 끙, 신음 소리가 새어나왔다. 갑작스런 이반의 변화에 미처 적응하지 못한 비파가 고개를 갸웃하며 위층으로 올라가고 나서야, 이반은 털썩 소파에 주저앉았다. Shit! 낮은 욕설이 터져 나왔다. 서른한 해를 살며 이런 모습은 처음이었다. 자신보다 한참은 어린 여자에게 이 무슨 추태인지.

한참을 아래층에서 서성이다 이반은 묵직한 걸음으로 이층으로 올라섰다. 닫혀진 비파의 문 앞에 자신도 모르게 걸음이 멈추어졌다. 그녀의 모습이 저 안에 있다는 것만으로도 생명없는 문 하나가 온기를 뿜어내는 것 같았다. 이반이 살며시 문고리에 손을 얹다 황급히 손을 내렸다. 잠든 그녀의 얼굴을 훔쳐보려 하다니, 면목없는 짓이었다. 자신을 책망하며 이반은 제 방으로 향했다. 오늘은 따스한 물이 아닌 얼음처럼 찬물에 샤워를 해야 할 모양이다.

이른 아침 내려선 거실은 그 공기부터 확연하게 달랐다. 부산스러운 도마 소리와 작게 웅얼거리는 아이의 목소리. 여느 날처럼 평온하고 익숙한 광경 속에서 이반은 조금 감격스러운 기분까지 들었다.

그의 구미에 맞게 하자면 먼지 하나 없이 깨끗한 집과 정갈한 음식들. 어쩌면 아산댁의 솜씨가 더 나을지도 모르는데 이반은 이런 약간 어긋난 일상의 흐트러짐이 오히려 정겹게 느껴졌다.

"오늘 새벽 시장에서 싱싱한 미꾸라지를 좀 사 왔어요. 기력이 떨어질 땐 추어탕이 최고래요. 알아요? 한국 미꾸라지는 가을이 젤 오동통해요."

부엌으로 내려서자마자 비파가 환하게 웃으며 말을 걸어왔다. 매일 아침, 오늘은 무얼 할까요? 묻는 아산댁과 분명 구분되는 그의 여자. 그를 위해 이른 새벽 시장에 다녀오고 가시 많은 미꾸라지를 푸욱 삶아 일부러 채반에 으깨어 국을 끓였다. 야윈 이반의 얼굴을 생각하면 이런 번거로움까지 절로 흥에 겨워졌다.

"아바!"

이젠 빨대를 꼽아 먹는 컵에 우유를 담아 거의 비워낸 희아가 이반을 반겼다. 이 열렬한 환영을 해주는 어린 녀석의 작은 머리통을 쓰다듬어 주고 이반은 식탁에 앉았다. 풍성한 야채가 싱그럽게 담아져 있고, 언제 만들었는지 들깨 가루를 듬뿍 뿌려 무쳐 낸 나물이 구수한 향이 나는 추어탕과 함께 맛깔스럽게 차려져 있었다. 이반은 행복한 표정으로 식탁을 바라보았다.

"당신과 함께 있으면 먹는 행위조차 어쩌면 행복이라는 생각이 듭니다."

"그래요? 난 누군가 내가 만든 음식을 행복하게 느끼며 먹어주는 게 좋아요."

자신의 국과 밥을 함께 내오며 비파가 눈꼬리 가득 주름을 잡아 웃었다. 당신이 뭔데요? 하고 독하게 쏘아대던 모습이 있었나 싶게 치즈처럼 말캉한 얼굴이었다.

"아참! 나중에 전주 같이 내려가요. 당신이랑 함께 안 내려가면, 나 순자 아줌마한테 엄청 맞을 거야. 근데 순자 아줌마한테 뭐라고 했어요? 아이한테서 아빠 뺏으면 나쁜 거래요. 난데없이 무슨 소리인가 했는데……."

쿨럭! 갑자기 잘 먹던 국이 목구멍에 꽉 얹혔다.

"아, 네……."

"나더러 독한 것! 막 그러면서 등짝을 엄청 휘갈기는 거 있죠?

죄받는다고. 애한테 아빠 뺏고 나중에 어떤 원망 들을 거냐 하던데."

비파가 잔뜩 미간을 찌푸렸다. 희아는 이반을 찾는데, 왜 순자 아줌마는 자꾸 정언을 이야기할까? 혼돈스러웠던 기억이 새삼 떠오른 탓이었다. 그러면서 '이반에게 가!' 했었는데.

"혹시 순자 아줌마한테 당신이 희아 아빠라고 했어요?"

정곡을 찔린 이반의 얼굴이 홍당무처럼 빨갛게 변해갔다. 그땐 꽤 좋은 방법이라 생각했었다.

"그랬구나! 왜 거짓말했어요?"

"당신이 있는 곳을 알려주지 않아서 어쩔 수 없었어요."

"그래도 좀 심했다."

비파가 진지한 얼굴로 대꾸했다. 좀 그랬다. 그래도 희아는 정언에서 나온 아이다. 사정이야 어쨌든 친아버지에 대한 자리 하나 정도는 남겨놓아야 되지 않았을까? 순간, 희아의 보행기가 무릎을 강타하는 통에 비파는 미처, 이반의 굳어진 얼굴을 보지 못했다. 비파의 말에서 소년 같은 정언을 떠올린 이반의 기분이 좋을 리 없었는데. 순한 정언의 얼굴에서 새삼 희아를 떠올리며 이반은 씁쓸한 기분으로 남은 식사를 하기 시작했다.

"어디 가요?"

집을 나서는 이반에게 비파가 물어왔다. 오늘 같은 날은 함께 있고 싶은데, 미루어놓은 회의를 차마 더 이상 연기할 수가 없었다. 당장은 이 일을 해결한 후 느긋이 휴가를 보낼 셈이라 이반은 마지못해 출근을 서두르는 중이었다.

"미루어놓은 회의 때문에. 금방 돌아올게요. 괜찮겠습니까?"

"네, 괜찮아요. 집 좀 치우고 나면 잠깐 낮잠 조금 잘래요. 겨우 네 시간 정도인데도 꽤 피곤한 거 있죠?"

비파가 편하게 웃었다. 사실은 여행의 피로보다는 삶의 피로였다. 전주에 사는 동안 늘 종종대며 바빴으니까. 언제 떠났나 싶게 친숙하게 다가오는 이 공간에, 그동안 그녀를 짓누르던 긴장감이 풀어져 오늘 하루는 게으름을 피워도 되지 않을까 하는 생각이 들었다.

이반이 떠난 후 비파는 대충 집 안을 치우기 시작했다. 새로 들어온 도우미가 꽤 정갈한 사람인지 집 안은 먼지 하나 없이 말끔했다. 그래도 비파는 온 집 안을 돌아다니며 얼마 되지 않은 빨래를 손으로 빨아 널고, 전엔 이반과 자주 싸웠던 장식품들의 먼지도 깨끗이 닦아냈다. 집은 변한 게 없는데 이곳에 남은 그녀의 위치는 조금 변했다. 그래서 이반에게 말했던 것처럼 편안히 집에서 쉬기엔 염치가 없었다. 이미 도우미마저 구했는데 어떤 입장으로 이곳에 남아 있어야 되나. 우선 비파는 그 문제부터 마음에 걸렸다. 전주 집을 처분한다고 해도 여기 서울에서는 단칸방 하나 구하는 것조차 힘들 터였다. 집을 청소하면서도 비파는 내내 그 걱정뿐이었다.

"아줌마, 저예요."

그녀가 떠난 후, 걱정뿐일 순자 아줌마에게 전화를 걸면서도 비파의 이맛살은 펴질 줄을 몰랐다.

[어디여?]

"어디긴, 서울이죠."

[누가 서울인지 모르간디? 서울 어디냐는 거지.]

"서울 어디요? 여기가 무슨 동이더라······."

낄낄, 순자 아줌마 약을 올린다. 바싹 약이 올라 눈썹을 곤추세우고 있을 순자 아줌마의 얼굴이 선했다.

[야가 참말 왜 이런댜? 누구 속 터지는 꼴 보구 싶어서 이러냐? 이반은 만났어? 뭐라구 안 혀? 사람이 독하게는 안 보이더라만 네가 애지간히 속을 끓였어야재. 무작정 잘못했다고는 혔지?]

"아줌마는 참, 뭘 무작정 빌어요? 나도 그 사람 미운데 뭘. 희아 때문에 고생한 거 생각하면 정말 아직도 속이 다 안 풀렸어요."

[그게 그 사람 잘못이냐? 천륜을 끊으려니 그게 어디 되냐? 암튼 이반하고는 화해했냐, 묻는데 왜 자꾸 딴소리여?]

"여기 이반 집이에요. 그럼 내가 어디서 전화를 해요? 아는 사람도 없는데."

[참말, 야가 이제 어른을 놀리네!]

통박을 주면서도 목소리에 단박 화색이 돌았다. 그녀가 떠난 뒤 내내 가슴을 쓸며 걱정했을 것이다.

"놀리긴······ 그래서 이렇게 전화했잖아요. 아줌마, 나 잘 도착했고 이반도 용서한다고 했으니까 이제 맘 놓으라구요. 참, 그리고 집······."

[이젠 아예 거기서 살라구?]

대번에 속을 알아차린다.

"네."

[그래야재. 간 김에 이반 잘 다독여서 결혼식도 올리고, 이젠 떳떳하게 호적도 올리고. 둘이 무슨 이유로 그렇게 됐는지는 모르겠지만, 그래도 애 생각해서 서로 양보할 건 양보하구 그랴. 사는 게 어디 뭐 별거라냐?]

사는 게 뭐 별거라……. 비파의 입가에 씁쓸한 미소가 피었다. 그 별게 아닌데도 참 힘들게 살아가는 사람이 얼마나 많은데.

따르릉!

비파가 산책할 요량으로 희아를 유모차에 태울 때였다. 평소엔 잘 울리지 않던 전화벨이 울렸다. 현관에서 외출을 준비하던 비파가 후다닥 거실로 뛰어들어 와 전화를 받았다.

[아, 혹시 지금 바쁜 겁니까?]

망설이는 어투의 이반이었다.

"아니, 별로요. 그냥 희아 데리고 산책 나갈까 하고."

[그렇습니까?]

"무슨 일 있어요?"

[네?]

"아니, 보통 전화를 잘 안 하는 편이잖아요. 무슨 일 있는 게 아닌가 싶어서……."

비파의 대답에 이반이 살짝 얼굴을 붉혔다. 잠시 그녀가 그리웠다고 하면 당황할까? 이반은 빙글 등 높은 의자를 돌렸다. 순식간에 빽빽하던 책상에서 넓은 전망으로 바뀐다. 창턱에 발을 올려놓고 이반은 몸을 쭉 폈다. 그녀는 지금 어떤 표정을 지을까?

"그냥……."

[그냥요?]

대충 모른 척해주면 좋을 텐데, 비파는 끈질기게 물고 늘어진다.

"그냥 당신이 무엇을 하나 궁금해서……. 희아는 잘 있습니까?"

[깔깔깔!]

수화기 너머로 비파의 경쾌한 웃음소리가 울렸다. 작은 고개를 확 젖히며 목젖이 드러나도록 웃는 그녀의 모습이 눈에 선했다. 탕탕! 손바닥을 치고 함께 웃고 있을 희아도.

[보고 싶어요?]

이런! 약 올리는 건가? 이반은 화락 달아올랐다. 사실 이런 놀림은 익숙하지 않았다. 워낙 말이 없는 성격이라 그런지, 어린 시절부터 누구에게든 놀리는 행위를 받아본 적이 없었다. 말썽 많은 고모의 막내아들, 지원 역시 이반에게만큼은 얌전한 고양이 같았다. 지원에게 생각이 머물자 이반의 미간은 더욱 좁혀졌다.

배은망덕이라…….

어제 비파가 했던 말이 떠올랐다. 지원이 향수에 대해 그토록 관심이 많은지 몰랐었다. 그 녀석이 전공으로 화학을 선택했던 이유도 향수 제조를 위해서였다니. 이반은 살짝 관자놀이를 눌렀다. 이번만큼은 고모의 말을 들어야 하는 걸까?

[저기요…….]

흠, 비파가 조심스럽게 그를 불렀다. 이반이 등을 곧추세웠다. 잠시 비파와 통화 중이었다는 걸 깜빡 잊었다.

"미안합니다. 잠시 딴생각을 하느라……."

[바쁘면 그냥 끊어도 되는데. 날이 너무 좋아서 지금 나가봐야 할 것 같아요. 그새 가을이 와서 그런지 해가 많이 짧아져서요. 저녁엔 일찍 들어오실 거죠?]

배시시 미소가 피어올랐다. 집으로 돌아가면 비파는 그를 위해 음식을 준비하고, 희아는 반갑게 엉덩이를 흔들며 반길 것이다. 갑자기 가슴이 훈훈해져 왔다.

"네, 일찍 들어갈 겁니다."

[그, 그럼…… 저녁에 봐요. 맛있는 거 해놓을게요.]

"네."

"큼!"

등 뒤로 헛기침 소리가 들려왔다. 빙글, 돌린 의자 앞에 박 부장이 서 있었다.

"저, 이거……."

하얀 봉투를 내밀며 박 부장이 난색을 드러냈다. 사직서. 의아한 얼굴로 이반은 박 부장이 내민 봉투를 받았다.

"이게 뭡니까?"

"정 이사님의 사직서입니다."

"정 이사님의 사직서라니……."

"전에 정 이사님에게 사직서를 제출하고 하셨잖습니까?"

그랬었나? 아…… 그제야 이반이 고개를 끄덕였다. 전에 잠깐 그랬던 것이 기억이 났다. 이반이 손에 들린 봉투를 찢어 옆에 놓인 쓰레기통에 얌전히 던져 넣었다.

"이번 광고는 꽤 마음에 드는 편이니, 없었던 일로 하죠."

"네?"

"아, 그리고 본사 매장의 매출은 어떻습니까?"

아무 일 없었다는 듯 쉽게 화제를 돌리는 이반의 행동에 박 부장은 어안이 벙벙했다.

"그럼 정 이사님은……."

"왜, 이곳이 마음에 들지 않다고 하십니까? 하하하!"

갑자기 이반이 웃음을 터뜨렸다. 밖에서 잔뜩 긴장한 채 서 있던 정 이사가 회장실에서 터져 나온 난데없는 웃음소리에 놀란 표정을 지었다. 이 웃음을 어떻게 해석해야 할지 도무지 알 수 없었다.

"그래도 당분간은 이곳에 있어야 할 것 같습니다. 새 향수도 곧 출시될 텐데, 남은 홍보 문제는 해결해야 하지 않겠습니까?"

"새 향수요?"

"네, 곧 새 향수를 제조할 생각입니다. 새 모델에 대한 브리핑도 준비해 두시구요. 향수병 디자인팀과 홍보 전략까지. 지금부터 할 일이 수만 가지입니다."

아무리 향수 제조에 천재라 하지만 무슨 일이 이렇게 일사천리인가? 박 부장이 당혹한 표정을 지었다. 새 향수가 출시될 거라는 말은 없었는데.

"그렇게 갑자기……."

"그래서 지금 새 팀을 짜는 거라 하지 않습니까? 베이스 노트로 삼나무 향을 쓸 생각이니 대충 느낌이 나올 겁니다. 이번 향수는 이십대의 젊은 층이 대상입니다. 스무 살의 어린 나이지만 발랄함

보다는 씩씩한 느낌? 철없는 순수함보다는 오히려 세상에 첫 발을 내디디는 신중함과 섣부른 어른스러움. 뭐, 그런 분위기로 나갈 생각입니다."

"아, 네……."

박 부장의 손이 빠르게 움직였다.

"우선 새로운 기획팀을 구성하구요. 대상에 대한 정확한 시장조사와 앙케트, 그 밖에 홍보 전략을 위한 다양한 방향의 정보 수집을 먼저 시작하십시오. 그리고 당분간은 계속 회사에 출근할 겁니다. 그 향수에 대한 모든 기획은 반드시 저를 통해야 합니다. 이번 향수만큼은 이사들의 간섭을 용인하지 않겠습니다. 모델 컨택 역시 말입니다. 모델 오디션도 물론 실시해야 합니다."

"알겠습니다."

대답하는 박 부장이 혀를 내둘렀다. 이번 향수는 꽤나 야심작인가 보다. '카라'와 '시애틀' 같은 기존 출시 향수에도 회장이 이토록 관심을 두지는 않았었다. 그 정도만으로도 윤희서에 대해 까탈을 부릴 정도인데, 이번 향수는 여간한 문제가 아닐 것 같은 예감이 들었다. 이반의 고갯짓에 사무실을 나서던 박 부장이 잠시 걸음을 멈추었다.

"아참! 그런데 이 향수의 이름은 공모전으로 하면 어떻겠습니까?"

"그럴 필요 없습니다. 향수의 이름은 이미 정해져 있으니까요."

"그런가요?"

회장실 안쪽 비밀 실험실로 향하는 이반에게 박 부장이 그제야 궁금한 질문을 던졌다.

"그 향수의 이름은……."

"비파!"

네? 놀란 표정으로 서 있는 박 부장 앞에서 어느새 회장은 사라지고 없었다. 돌아서는 박 부장의 입에 실실 미소가 걸렸다. 사랑이군…….

회장실을 나서자마자 득달같이 달려온 정 이사에게 반가운 대답을 전해주며 박 부장은 기분 좋게 사무실로 향했다.

"자, 새로 향수가 출시될 예정이니 우리 서로 바쁘게 일을 시작해 보자구! 아! 그리고 이건 노파심에서 하는 말인데, 절대 만만히 생각해서는 안 될 겁니다. 이 향수만큼은 회장님께서 지대한 관심과 애정을 갖고 있으니까. 특히 모델만큼은 신중에 또 신중을 가해야 합니다. 우선 오디션 광고 기획부터 짜오고 기획팀부터 구성해 오도록 해요. 물론 최고의 인력으로."

흥겹게 박수를 치며 박 부장이 부하 직원들을 독려했다. 잘하면 결혼 선물이 되겠지?

"외출 준비하라는데?"

이반의 전화를 받던 아산댁이 비파를 향해 전해주었다. 식탁에 앉아 희아의 이유식을 먹이던 비파가 고개를 갸웃했다. 방금 그녀와 통화할 땐 없었던 말이다.

"지금요?"

"응. 금방 오실 것처럼 말씀하시던데? 희아야, 이리 와. 아줌마가 먹여줄게."

전화를 끊고 식탁으로 다가온 아산댁이 비파 손에 들린 숟가락을 대신 받아 들었다.

"아깐 아무 말 없더니……."

"쑥스러웠나 보지. 암튼 얼른 가서 준비해."

"그럼 희아 조금만 봐주실래요? 다 먹으면 제가 와서 씻길게요."
"희아는 두고 가. 나보고 좀 봐줄 수 있느냐고 물으셨어."
"네?"
어딜 가나 희아를 떼어놓고 가는 법이 없던 사람이 무슨 일인가 싶었다.
"얼른 준비하라니깐. 회장님이 하라는 대로 해. 매일 아이 보느라 지치지도 않아?"
사람 좋게 아산댁이 웃으며 재촉했다. 비파가 미묘한 표정을 지으며 어쩔 수 없이 이층으로 향했다. 계단을 오르던 비파가 슬쩍 아산댁의 눈치를 살폈다. 아산댁은 희아를 보살피느라 여념이 없었지만, 외출 준비를 하는 비파의 마음은 여전히 돌덩이가 내려앉은 것처럼 무겁기만 했다. 조금 눈치가 보였다.
"전 불편한 거 없습니다."
물론 아산댁의 거취야 이반의 마음이겠지만, 조심스럽게 전처럼 집안 살림을 맡고 싶다는 비파의 말을 이반은 일언지하에 거절했다. 지금까지 일 잘해온 사람, 정당한 사유 없이 해고할 수 없다는 것이 이유였다. 짧은 휴가를 끝내고 돌아온 집에 와 있는 낯선 비파의 존재가 어색할 것도 같은데 아산댁은 생각보다 편하게 이 상황을 받아들였다.
"회장님 오셨어."
비파가 막 외출복으로 갈아입고 가벼운 화장까지 마쳤을 때, 아산댁이 급하게 불러댔다. 평상시엔 늘 넉넉한 아산댁은 이반만 보면 갑자기 부산스러워진다. 워낙 괴팍한 성격이라 자꾸 눈치가 보인단다. 아산댁의 말을 듣고 비파 역시 맞장구를 치며 웃기는 했었다. 싸구려 향이 나긴 했지만 그래도 살짝 분홍빛이 도는 립글로스를 마저 덧바르고 비파는 서둘러 방을 나섰다.

"아, 당신도 옷 갈아입고 가는 거예요?"

며칠 내내 회사에 출근하느라 반듯한 정장 차림이던 이반이 어느새 갈아입었는지 가벼운 캐주얼 차림으로 자신의 방을 나서고 있었다.

"아, 갈 곳이 좀 그래서……."

비파를 훑는 이반의 목덜미가 벌겠다. 좀처럼 하지 않는 화장이라 괜히 어색해, 비파가 곤혹스러운 표정을 지었다.

"왜요? 이상한가요?"

"예뻐요. 너무 예뻐서 잠시 반했나 봅니다."

하얀 이를 고스란히 드러낸 이반의 미소가 오히려 더 예뻤다. 툭! 이반의 팔을 치며 비파가 싫지 않는 투정을 했다.

"뭐냐, 느끼하게. 당신이 그렇게 말하니까 더 느끼한 거 있죠?"

하하하! 이반이 호탕하게 웃어 젖혔다. 요사이 그의 웃음소리가 담장을 자주 넘나들었다. 그런 이반을 향해 몰래 혀를 내두르는 아산댁을 남겨놓고 둘은 차에 올랐다.

"어디 가는 거예요?"

"놀이동산에 갈 겁니다."

"놀이동산이요?"

"왜요? 싫은가요?"

놀란 비파에게 이반이 난처한 얼굴로 물었다. 스무 살짜리 박 부장의 조카는 놀이동산이라면 펄쩍펄쩍 뛸 정도로 좋아한다던데. 이반이 비파의 눈치를 살폈다. 싫어하나? 같은 이십대라 해도 취향은 다른 법이니까. 그러나 문제는 놀이동산이 외엔 마땅히 갈 만한 다른 곳을 알아보지 못했다는 것이다. 이젠 어떻게 하지? 그가 막 고민을 시작할 때였다. 그때 느닷없이 와! 탄성이 터져 나왔다.

"우와! 얼마 만이야? 희아 가지고서부터 못 갔으니까 벌써 이 년이 넘었네. 저, 사실은 놀이동산 굉장히 좋아해요. 전에 한 번……."

신나서 종알대던 비파의 말이 갑자기 멈추었다. 전에 딱 한 번 갔던 건 정언과 함께였었다. 고등학교 땐 그런 곳에 갈 만큼 친한 친구도, 또 몇 만 원씩 하는 돈을 내고 갈 만큼의 여유도 없었다. 자정이 다 될 때까지 식당 설거지를 하느라 파김치가 된 엄마에게 그런 곳에 가겠다, 부끄럽게 손을 내밀기엔 너무 철이 일찍 들었으니까. 가난한 정언 역시 그런 곳에 갈 만한 여유가 없었지만 인턴 첫 월급으로 둘이 함께 큰맘먹고 놀러간 놀이동산이었다.

"네?"

"아, 전에 딱 한 번밖에 못 가봤다고요. 그땐 여유가 없어서 다섯 개만 탈 수 있는 표를 끊었었거든요."

"오늘은 마음껏 타요."

"자유이용권 끊어줄 거예요?"

"원하면 얼마든지."

"정말요?"

비파가 박수까지 치며 좋아한다. 아무리 아이 엄마여도 비파는 어쩔 수 없는 이십대 젊은 여자 아이였다.

"돈 많은 애인 두어서 이런 점은 좋네요?"

"내가 돈이 많아서 좋은가요?"

이반이 유쾌하게 물었다.

"네, 이럴 땐."

비파가 기쁘게 소리쳤다. 갑자기 이반 역시 자신에게 돈이 있다는 게 조금 흐뭇해졌다. 향수 제조하는 작업이 좋았고, 그걸 유지하기 위해 어쩌다 운영하게 된 회사였다. 일하는 게 좋았을 뿐, 지금까지 그로 인해 벌어들인 돈이 특별히 좋았던 것도 없었다. 이반이 비파의 손등을 두드렸다.

"가요! 마음껏 타도 되니까."

"놀이기구 잘 타요?"

"타고 나서 토할 정도는 아니에요. 하긴 가본 적도 없지만."

"한 번도 안 가봤어요?"

"별로 좋아하지 않았어요."

사람들의 북적거리는 숨결이 그리 반갑지도 않았고, 그런 곳에 같이 가자는 친구도 없었다. 가끔 고모네 동생들이 조르긴 했지만 이반은 한 번도 함께 가지 않았었다.

평일이어도 놀이동산은 북적거렸다. 넓은 주차장에 차를 세우며 이반이 애써 숨을 들이켰다. 일부러 평일에 시간을 낸 건데 왜 이리 사람이 많은지. 표를 끊는 줄까지 한참이나 길다. 이반이 천천히 발을 뗐다. 빠르게 곁을 스치던 건장한 남자가 어깨를 툭 치며 지나갔다. 이반은 재빨리 어깨를 좁혔다. 사람들이 내뿜어대는 숨결들이 안개처럼 휘돌았다.

"왜 그래요?"

약간 질린 표정에 놀랐는지 비파가 물어왔다.

"아, 아닙니다. 그저…… 잠깐 기다려요."

한적한 곳에 비파를 세워놓고 이반은 서둘러 매표소로 향했다. 서늘한 날씨인데도 이마에 식은땀이 흘러내렸다. 그녀가 말한 자유이용권 두 장을 끊는데, 긴 줄이 생각보다 빨리 줄어들었다. 그나마 다행이었다.

"역시 평일이라 사람이 없네요."

표를 끊고 온 그에게 비파가 주위를 두리번거리며 말했다. 그에겐 좀 많아 보이는 인파인데 비파에겐 한적하다는 사실이 조금 아이러니했다. 비파가 자신보다 두 뼘은 큰 이반의 손을 꽉 잡았다. 그녀의 익숙한 체온에 방금 전까지 차 오르던 긴장감이 그새 가셔졌다. 이반은 크게 숨을 내쉬었다.

"들어가요."

잡은 이반의 손을 끌고 비파가 안쪽으로 그를 이끌었다. 골목처럼 생긴 길의 가장자리엔 화사한 국화꽃이 가을빛 속에 만개해 있었다. 들어서는 입구부터 풍겨오던 향이 국화 향이었나 보다. 인위적인 모양새가 조금 어색하긴 했지만 오랜만의 나들이라 그런지 비파의 뺨이 붉게 상기되었다. 비로소 이반은 모처럼 낸 시간이 뿌듯해지기 시작했다.

저쪽 끝에 약간의 회색 빛 구름이 몰려 있긴 했지만 아직 날이 좋은 편이었다. 오랜만에 만끽하는 가을 날씨에 왠지 설레기까지

했다. 비파에게 전염이 된 건가?

"저기 선물 코너에서 희아 선물 사가지고 가요. 같이 왔으면 좋을 텐데. 요즘 희아가 '꽃', '나무' 그런 단어도 조금씩 배우기 있거든요. 아빠, 엄마는 빨리 하더니 요샌 좀 게으름을 피워요. 말을 가르치려고 하면 고개만 휙 돌리고 딴짓하는 거 있죠? 이런 곳에 데리고 나왔으면 좋을 텐데……."

"다음에 함께 와요."

종알종알, 희아 이야기를 달고 살면서도 비파는 간만에 나온 나들이를 마음껏 즐겼다. 이리저리 고개를 돌리느라 정신이 없었다. 보기만 해도 그 속도감에 어지럼증이 도는 놀이기구도 마다하지 않고 몇 번을 되돌려 탔다. 이런 놀이기구쯤이야 했던 이반도 몇 번을 반복해 타는 것엔 조금씩 지쳐 갈 정도였다. 그래도 정말 구르는 나뭇잎에도 하하하! 기쁘게 웃는 비파의 웃음이 좋아 이반은 들어올 때와 달리, 힘들게 사람 곁을 스치는 것조차 잊을 정도로 행복하고 기분 좋은 하루였다.

나중엔 저거 타요, 하고 가리킨 회전목마를 뒤로하고 다른 놀이기구로 향할 때였다.

후두둑!

아까까지 저쪽에 머물던 회색 빛 구름이 어느새 물기를 잔뜩 머금은 채 몰려와 환했던 하늘이 금세 까맣게 변했다. 굵은 빗방울이 소나기가 되어 거침없이 쏟아지기 시작하자 사람들이 비명을 지르며 후다닥 뛰어댔다. 이반이 얼른 비파의 손을 잡았다. 다른 사람들을 따라 어느 가까운 처마 쪽으로 피신할 셈이었다.

"그냥 여기 있어요."

잔뜩 목을 움츠린 채 사람들 속으로 들어가려는 이반의 손을 비파가 확 잡아끌었다. 한여름 장마처럼 쏟아지는 빗줄기 속에 비파는 환하게 웃고 있었다. 이반이 쏟아지는 비의 소음 때문에 소리를 높였다.

"비 와요!"

"알아요. 그래도 여기 있어요!"

고집 부리며 좀처럼 움직이질 않았다. 갑자기 쏟아진 폭우는 순식간에 그녀의 옷자락에 스며 철퍼덕 감싸 안겨왔다.

"봐요. 이미 다 젖었는데 뭘! 우리 비 맞으며 놀아요. 네?"

이반이 멍하게 입을 벌렸다. 자신 앞에 서 있는 여자가 지금까지 알던 비파가 맞는 걸까? 차가운 비 때문에 볼이 빨갛게 상기되고, 반짝반짝 검은 눈동자에 윤기가 돈다. 촉촉이 젖은 머리카락이 떨어지는 빗방울 속에 그녀의 볼에 착 감겨 소녀처럼 수줍게 서 있었다.

사랑스럽다…….

이반이 저도 모르게 속삭였다. 아이처럼 찰박찰박 고인 물방울 튕기며 깔깔거리며 웃는 저 작은 소녀가 미치도록 사랑스러워 가슴이 터질 것만 같았다.

비파의 작은 어깨에 통통 물방울이 튀고 물안개 같은 숨이 새어 나왔다. 이반은 석상처럼 그 자리에 꼿꼿이 섰다. 심장이 뛴다. 사랑을 하면 그 사람을 위해 심장이 뛴다더니, 그래서 그가 없는 세상은 끝이라더니……. 이래서 사랑이란 걸 하나 보다, 사람들은.

"좋지 않아요?"

시끄러운 빗소리 사이로 비파가 고함을 질렀다.

"어린 시절로 돌아간 것 같아. 비가 온 날이면 다른 친구들은 다들 엄마가 우산 들고 마중 나와 있는데 난 언제나 혼자였어요. 그래서 일부러 엄마 속상하라고 내리는 비 다 맞고 집으로 돌아갔었어요. 빗속에서 눈물인지, 빗물인지 줄줄 흘리며 난 절대 내 아이 이렇게 키우지 않을 거라 맹세했는데……. 이상해요. 갑자기 그 시절이 못 견디게 그리워지는 거 있죠? 생각해 보면 그런 것도 다 행복한 투정 같아."

빗줄기 때문에 까맣게 변한 하늘을 보며 비파가 손바닥을 쫙 폈다. 손바닥에 떨어지는 빗물이 시원했다. 머리카락을 타고 흐르는 빗물은 눈물처럼 뺨 위를 흐르고 그녀 앞엔 석상처럼 이반이 서 있었다. 혼자라면 절대 하지 않을 이 비를 다 맞으며 비파가 이반을 향해 환하게 웃었다. 갑자기 행복한 기분이 들었다. 어린아이처럼 마음껏 놀이기구를 타고, 외롭지 않게 비를 맞을 수 있다는 게 마냥 행복하고 즐거워 비파는 또다시 빗줄기 속에서 크게 소리 내어 웃었다.

그렇게 어린아이처럼 웅덩이를 뛰어다니던 비파의 몸이 문득 한쪽으로 확 쏠렸다. 뛰어다니는 그녀를 움켜잡아 이반이 얼른 제 품으로 끌어안았다. 갑작스런 움직임에 비파가 황급히 손을 뻗어 이반에게 기댔다. 손바닥 아래, 젖은 이반의 옷자락 속으로 북처럼 울리는 심장 소리가 들려왔다. 열기 때문인가? 젖은 옷에서 하얀 김이 솟구친다. 놀랄 사이도 없이, 거친 숨소리와 함께 도톰한 이반의 입술이 그녀의 입술을 순식간에 비집고 쳐들어왔다. 뜨거운 이반의 입술이 온몸을 다 빨아들일 듯, 숨 한 번 쉬지 않고 거칠게 그녀를 삼키기 시작했다.

이반의 입술과 거친 손아귀에 갇혀 비파는 진한 키스 속에 빨려들며 낮은 신음 소리를 냈다. 감겨진 눈꺼풀 뒤로 세상의 소음은 사라져 이반의 둥둥거리는 심장과 시원하게 쏟아지는 빗물 소리만이 귓가를 가득 메웠댔다. 발끝까지 찌르르 울리는 열정적인 키스에 취해 비파는 저도 모르게 비틀거렸다.

"……당신이 너, 너무 사랑스러워서……."

허스키하게 잠긴 이반의 음성이 울렸다. 비파가 감은 눈꺼풀을 살며시 떴다. 이반의 뿌옇게 흐려진 눈이 바로 앞에 있었다. 비파의 손이 제멋대로 뻗어 그 얼굴을 어루만졌다. 빗물에 젖은 머리카락이 이마까지 흐트러져 제 나이보다 한참은 어려 보이는 얼굴. 약간 깊어진 이마의 주름과 사색적인 갈색 눈동자, 그리고 성숙한 입매. 손가락들이 주인의 의지와 상관없이 그의 얼굴 위에서 노닐었다. 이반이 뜨거운 손으로 제 얼굴을 쓰다듬는 비파의 손등을 덮었다. 그리고 또다시 입술을 포개었다.

아까보다는 한결 부드럽지만 훨씬 더 농염한 키스! 약 올리듯 그녀의 입술 위를 떠돌다 살짝 보드라운 입술을 깨물며 지나가기도 한다. 간지러운 그의 애무에 비파의 입술이 애타게 벌어졌다. 그의 말캉한 혀가 음미하듯 그녀의 입술을 쓸었다. 빗물과 함께 맑은 물기가 흘렀다. 짜릿하다. 온몸이 근질근질하고 곧이라도 쓰러질 것처럼 다리에서 힘이 풀려갔다.

"황홀해……."

비파가 절로 속삭이고 말았다. 그녀의 속삭임 속에 이반의 고개가 살며시 들렸다. 그의 입가엔 유혹하듯 장난스런 미소가 걸렸다.

"나 역시……."

호랑이 장가가는 날인가? 폭우처럼 쏟아지던 비가 그새 그쳤다. 비에 흠뻑 젖은 비파와 이반은 기분 좋게 차에 올라탔다. 추위 때문에 몽땅 틀어놓은 히터의 열기에 두 사람의 몸에서 열기가 솟았다. 딱딱, 이가 맞물릴 정도로 떠는 비파의 어깨에 희아를 위해 늘 비치해 두는 얇은 모포를 덮어주고 이반은 김이 서린 안경을 벗어 쓱쓱 닦았다.

"안경 벗는 거 처음 봐요."

보랏빛 입술로 모포를 꼭 감싼 비파가 희한한 얼굴로 이반을 바라보았다. 지금까지 함께 살면서 안경 벗은 이반의 모습은 처음이었다. 안경을 벗은 이반은 얼굴은 좀 더 부드럽고 치기가 서려 있다. 차가운 은빛 때문에 늘 딱딱한 인상이었는데, 비에 젖은 머리카락과 안경이 벗겨진 깊은 눈매는 확연하게 달라 보였다.

"칫, 되게 잘생겼네."

이반 모르게 비파가 투덜댔다. 네? 안경을 닦던 이반이 되물었다.

"안경이요."

"네?"

"안경 벗으니까 인상이 굉장히 달라 보여요."

"그렇습니까?"

제13장 403

하얗게 웃으며 이반이 덧붙였다.

"어느 쪽이 더 마음에 들어요?"

"흠······."

일부러 고민하는 척하는데 자못 궁금한 얼굴로 이반이 진지하게 쳐다보았다. 풋! 웃으면 안 되는데 자꾸 웃음이 걸렸다. 어느새 안경은 잘 닦여 이반의 콧잔등에 단정히 얹혀졌다. 생명력이 있는 것도 아닌데 그의 신체에 놓였다는 이유만으로 은빛 안경이 조금 거만스럽게 보였다.

"거만해."

"거만해요?"

"네. 그 조그만 녀석이 되게 거만해 보여요. 안경을 벗으면 좀 부드러워 보이는데 안경만 쓰면 한 너댓 살은 더 들어 보여. 어깨에 힘 잔뜩 준 아저씨 같아요."

잘생긴 얼굴이 새삼 신경에 거슬려 부득부득 그를 약 올렸다. 그녀의 속내도 모르고 이반은 가슴이 철렁했다. 거만하다는 것쯤이야 워낙 많이 들었던 이야기라 별스러울 것도 없었지만, 나이가 들어 보이다니. 그렇지 않아도 비파의 어린 나이 때문에 여간 곤혹스러운 게 아닌데······.

"어? 지금 꽤 화난 얼굴이 됐다."

"화 안 났습니다."

"에이, 화났는데 뭘. 아저씨랑 함께 지낸 지가 언제인데 아직 그것도 모를까 봐? 벌써 입매가 딱딱하게 굳었는데. 거만해 보인다고 해서 화났어요?"

"정말 화 안 났습니다!"

이반이 고집 부렸다. 약간 숨이 거칠어지는데 본인은 느끼지 못하는 모양이었다. 에이, 정말 화났나 보다. 비파가 혼잣말로 구시렁댔다.

"정말 화 안 났다는데, 왜 그렇게 사람 말을 못 믿어요?"

"알았어요, 알았어. 화 안 났어요. 됐죠? 암튼 빨리 집에나 갔으면 좋겠어요. 춥고 배고파요."

"정말 나 화 안 났어요."

차를 출발시키며 이반이 끝내 못을 박았다.

"아저씨! 아까부터 '정말'이란 말 얼마나 많이 했는지 모르죠? 정.말. 화 안 난 사람은 그렇게 강조 안 해요. 그러니까 화 풀어요."

못 말리겠다, 이 여자는 정말! 말 한마디를 절대 지지 않는다.

"거만하다고 해서 화는 안 났는데, 비파 씨가 자꾸 날 아저씨라 불러서 좀 화가 났어요."

결국 이반이 손을 들고 말았다.

"그렇죠? 화난 거 맞네. 아, 그런데 왜 아저씨라 부르면 화가 나요?"

천연덕스럽게 묻는 비파가 조금 얄밉다. 그녀는 파릇한 풋사과처럼 싱그럽게 느껴지는 반면 자신은 이제 시들어가는 늙은 호박처럼 느껴진다고 하면 아마 비웃을 텐데.

"그럼 뭐라고 불러요?"

"이반! 내 이름이지 않습니까?"

킥킥, 비파가 속살거렸다. 이반이 입매에 잔뜩 힘을 주었다.

"그런데 어투가 왜 그래요? 그렇습니까? 어떻습니까? 마치 조선시대 사람 같아요."

"그런가요? 별로 말을 많이 해본 경험이 없어서……."

"고모님 댁에 살면서 한국말 안 썼어요?"

"아, 거긴 가끔 갔어요. 기숙사 생활을 주로 하다 보니 방학 때 가끔 만나는 게 전부라 별로 대화할 시간이 없었습니다."

"아……."

비파가 고개를 끄덕였다. 참 외로웠겠다. 부모님을 졸지에 잃어버린 것도 외로웠을 텐데 기숙사 방에 갇혀 지냈을 어린 이반을 생각하니 안쓰러운 생각이 먼저 들었다.

"많이 쓸쓸했어요?"

잠시 휑한 바람이 눈가에 스쳤다. 마른 가지처럼 앙상한 빛이었다.

"……사실은 잘 모르겠습니다. 그냥 살아야 했으니까."

핸들을 잡은 이반의 손등을 비파가 부드럽게 감쌌다.

"멋있게 자라서 부모님이 참 기뻐하실 것 같아요."

"그럴까요?"

비파가 힘차게 고개를 끄덕였다.

"네! 아저씨, 정말 근사한걸요? 나도 희아가 그렇게 자라주었으면 좋겠어요. 혼자서도 씩씩하게."

잠시 차 안에 침묵이 돌았다. 정말 잘 자랐을까? 이반은 궁금해하고, 비파는 희아를 생각했다.

잔잔한 침묵 속에 집에 도착하자 바삐 마중 나온 아산댁이 깜짝 놀란다.

"아니, 웬 비를 이리 다 맞았어? 대충 우산이라도 사지……."
"그럴 걸 그랬나? 그래도 오랜만에 비 맞으니까 난 좋았는데."
"아이인가, 비 맞고 좋아하게?"
"아줌마는…… 저 아직 아이 맞잖아요. 이제 겨우 스물세 살인데."
희희낙락하는 비파의 말에 옆에 선 이반의 얼굴이 살짝 굳었다. 스물세 살……. 참 예쁜 나이다.
"아바!"
아산댁 품에 안겨 있던 희아가 펄떡 이반의 품속으로 뛰어들었다.
"애고, 내내 잘 봐준 공로도 없이 아빠라고 훌쩍 뛰어가 버리네?"
아산댁이 웃으며 희아를 건넸다. 희아의 이상한 언어 습관 때문에 아산댁 역시 순자 아줌마처럼 희아를 이반의 아들로 생각하는 모양이었다. 미리 고쳐 주었어야 했는데. 비파가 살짝 얼굴을 찡그렸다.
"아, 아줌마! 그게 아니구요. 희아가……."
"희아, 오늘 잘 놀았니?"
비파의 말을 싹둑 잘라 먹으며 이반이 희아를 안고 현관 안으로 들어섰다.
"어휴~ 얼마나 잘 먹는지 돌아서면 또 먹는다니깐."
"그게 아니구요."
말하는 비파의 음성은 허무하게 허공으로 사라지고 말았다.
"아참, 희아 엄마! 아까 낮에 전화 왔었는데."
아산댁이 들어서다 말고, 문득 생각이 난 듯 전해주었다.
"누구요?"

혹시 순자 아줌마인가?

"어, 남자던데……."

앞장선 이반의 등을 흘끔거리며 아산댁이 조심스럽게 전해주었다.

"그런데 무슨 용건이냐고 물으니까 대답이 없어. 그냥 은비파 씨 거기 사냐고, 묻기만 하던데?"

핏기가 싸악 가셨다. 정언일까? 아니야. 혹시 전주 사는 승호가 걸어온 전화일 수도 있다. 그냥 잘 있느냐, 안부 전화일 거야.

"혹시 이름은 말 안 해요?"

"말했는데…… 나도 이젠 나이가 들어서 방금 듣고도 돌아서면 잊어버리고 그래. 어디 적어놨을 텐데……."

거실 서랍장을 뒤적거리다 작은 메모지 한 장을 건네준다. 아, 비파가 낮게 신음 소리를 냈다.

〈이정언.〉

쪽지를 구기며 재빨리 이반이 사라진 계단 쪽을 살폈다. 다행히 이반은 희아를 안고 이미 올라간 후였다. 무슨 일일까? 이반이 없다는 걸 확인하자마자 비파의 얼굴이 다시 어둑해졌다. 정언의 이름은 어느 순간, 불길한 전조처럼 되어버렸다. 한때는 이 이름 하나에도 가슴이 설레었는데. 이유가 뭘까? 자꾸만 심장이 뛴다. 두근두근…….

"**향**수병 디자인은 어떻게 되었습니까?"

아침부터 이반이 박 부장을 재촉했다. 이반이 운전면허를 딴 이후로 한결 편해진 박 부장은 요즘 새로운 향수 기획에 거의 하루 전부를 할애하고 있는 중이었다.

"몇 가지 디자인들을 지금 고려 중입니다."

"홍보에 관한 기획안은 이미 마무리되었습니까? 새 모델 오디션은 언제 진행할 예정입니까?"

"우선 봄 출시를 생각하고 있는 터라 향수의 전체 이미지를 그린 빛으로 나갈 생각입니다. 그 안에 대해선 여기 기획 서류가 있습니다."

손에 든 검정 파일을 내민다. 휘릭, 파일을 넘기는 이반의 눈매가 약간 각이 졌다. 그의 욕심엔 아직 한참이 모자랐다.

"그린 빛은 아닙니다. 이런 편하고 단순한 색상이 아닌 좀 더 오묘한 빛깔은 힘듭니까? 우선 색상 전문가를 알아보시구요. 한국에 없다면 미국 본사의 지원팀을 불러도 괜찮습니다. 그리고 그린 빛 대신 오렌지 계열로 보세요. 굳이 삼나무 향이 베이스노트라 해서 그린 빛을 사용한다는 건 좀 평이한 기획 같군요. 오디션은 어떻습니까?"

"네. 우선 모델 에이젼시에 신인들이 지원해 보도록 공문을 돌렸습니다. 월간 패션잡지에도 오디션 광고를 낸 상태입니다."

"모델 오디션엔 저도 참관합니다. 물론 제가 심사하는 것에 대해선 비밀로 붙이시구요."

"네, 알겠습니다. 그럼 향수는 완성이 된 겁니까?"

박 부장이 호기심을 참지 못하고 궁금증을 털어놓았다. 순간, 이반의 입매가 단단하게 굳어졌다. 최측근조차 새로운 향수 개발엔 철저히 제외시킨다더니 그 소문이 괜한 것만은 아니었나 보다. 벌써 이반의 눈빛이 예사롭지 않았다. 박 부장은 질끈 입술을 깨물었다. 이런, 실수를……

"그 문제는 박 부장님이 신경 쓰실 부분이 아닙니다. 기획안부터 다시 해오는 게 낫지 않겠습니까? '비파' 향수에 대한 베이스 노트와 미들 노트의 이미지까지 상세히 브리핑을 했는데도 아직 기획안이 미진합니다. 이 향수는 당분간 우리 '카라'의 대표 상품이 될 겁니다. 그만큼 중요한 신상품이니."

이반이 손에 든 파일을 불만스럽게 바라보았다.

"이런 수준의 기획안으로는 만족스럽지 못합니다. 좀 더 참신

하고, 독특한 발상을 전 원하는 겁니다."

딱 부러지는 말투다. 회장실을 나서는 박 부장의 얼굴이 벌겋게 달아올라 있었다. 정말 대단한 젊은이다. 박 부장이 손바닥을 짝, 치며 기운차게 제 사무실로 향했다.

이반은 제 사무실에서 꽤 심각한 얼굴로 앉아 있었다. 비파와 데이트한 날, 문득 들리던 아산댁의 음성. 분명 자신을 의식한 어투였지만 유감스럽게 그의 귀를 뚫고 곧장 들어오고 말았다. 듣지 않았으면 더 좋았을 텐데.

남자라……

이반이 이마를 짚었다. 찌푸려진 미간이 펴질 줄을 몰랐다. 물론 가장 먼저 떠오른 얼굴은 정언이었다. 무슨 일일까? 이반 역시 비파 못지않게 신경이 쓰였다.

"아이는 제 친부모가 키워야지, 암……."

전주에 내려갔을 때, 순자 아줌마가 그의 등을 두드리며 했던 말이다. 물론 그땐 이반이 희아의 아빠라 생각해 한 말이었겠지만. 아이는 친부모가 키워야 한다……. 정언이 희아의 존재를 알아차린다면 어떻게 하나, 그것이 가장 두려웠다. 이제껏 물건은커녕 사람에게도 욕심을 가져본 적이 없었는데. 비파와 희아가 또다시 그의 곁을 떠난다면 두 번 다시 세상을 견딜 자신이 없었다. 그가 견디어낸 세상은 부모가 돌아가신 그 열 살만으로도 충분했다. 그녀가 떠난다면…… 그의 심장은 산산조각이 나고 말 것이다.

박 부장이 나가고 사무실 근처가 조용하자 이반은 조심스럽게 실험실로 향했다. 비밀번호와 지문 감식. 최첨단의 기계들을 통해

제14장

야만 비로소 들어올 수 있는 실험실이었다. 그 속에 비파가 있다. 석류 향과 재스민이 함께 섞여진 독특한 향이 실험실 안에 들어서자마자 곧장 풍겨왔다. 그리고 그가 즐겨 쓰는 화이트 페퍼의 약간 톡 쏘는 향도.

그녀가 좋아할까?

하얀 크리스탈 병을 손끝에 잡아 빙글 돌렸다. 노란색의 액체가 그의 손길을 따라 돌며 또다시 향을 풍겼다. 비파라는 나무를 따라, 비파라는 악기를 따라…… 그리고 비파라는 이름을 가진 그녀를 따라.

실험실 한쪽 테이블 위엔 늘 가지고 다니는 작은 사진틀이 놓여 있었다. 부모님이 여행을 떠나기 직전, 함께 찍었던 사진이다. 사진 속에는 여전히 무뚝뚝하고 표정이 없지만 지금보다는 한참 어린 그가 서 있다. 어렸을 때부터 뚝뚝한 성미에도 아랑곳없이 늘 보듬던 엄마와 그 옆에 건장하게 서 있던 아버지. 지금의 그와 많이 닮았다.

청혼해 볼까?

부모님과 함께 찍은 사진을 바라보며 이반은 문득 그런 생각을 했다. 사랑이란 거 잘 모르겠다. 한 번도 해본 적 없고, 해볼 생각도 하지 못했다. 하지만 그녀와 함께 저 사진 속처럼 서 있고 싶은 마음은 분명했다.

자신만큼 자라난 희아와 행복하게 미소 짓는 비파, 그리고 그 옆에 비록 그녀처럼은 웃지 못해도 많이 행복해 보이는 자신이 서 있는 그런 사진. 그녀 곁에서라면 그런 미소를 지을 수 있지 않을까?

손에 들린 병을 빙글 돌리며 이반이 낮은 한숨을 내쉬었다. 또다시 생각이 전화에 머문다. 정언이 아닐 수도 있지 않을까? 그저 지나가는 안부 인사로 승호가 걸었을 수도 있고.

한참을 고민하던 이반이 서랍을 열었다. 가끔 첫 제품을 선물할 때가 있어 미리 맞추어놓은 상자를 꺼내 무심히 바라보았다. 고급스럽게 세공된 오크 나무 상자가 손가락 끝에 부드럽게 만져졌다. 이반은 잠시 망설이다 손에 든 작은 크리스털 병을 곱게 넣고 리본까지 얌전하게 묶었다. 청혼해 보자. 이반이 스스로를 다독였다. 거절하지 않을 수도 있는 거야.

"달콤해요."

그날, 놀이동산에서 돌아와 아산댁이 떠나고 희아도 깊이 잠든 밤, 거실에서 또다시 나누었던 키스 후 비파가 말했었다. 달콤하다. 그녀는 자신의 입술을, 그리고 키스를 싫어하지 않는다. 아니, 좋아하는 편이었다.

향수 케이스를 주머니에 넣고 이반은 벌떡 자리에서 일어섰다. 한번 해보자. 지금 찰나에 들어선 이 용기를 잃어버리면 두 번 다시 그녀에게 청혼할 수 없을지도 몰랐다. 해보는 거야.

"회장님!"

복도를 뛰다시피 빠져나가는 이반의 등 뒤로 제 사무실을 나오던 박 부장이 황급히 불렀다.

"회장님! 이번 모델……."

"그 문제는 내일 다시 상의하도록 하죠. 전 이만 퇴근하겠습니다."

걸음을 멈출 사이도 없이 박 부장에게 대충 대답한 이반은 서둘러 집으로 향했다. 주머니 속의 작은 상자를 꽉 쥔 손바닥이 땀에 절어 끈적거렸다. 허락한다, 허락하지 않는다. 계속 같은 생각이 맴돌았다. 무릎을 꿇으면 조금 더 감동스럽게 느껴질까?

아, Shit! 꽃다발을 잊었다.

끼익! 작은 꽃가게 앞에서 차가 급정거를 했다. 어지러울 정도로 화사한 가게 안을 헤매던 이반이 한곳에 걸음을 멈추었다. 자줏빛의 신비로운 소국이 탐스럽게 가게 한구석에 자리하고 있었다. 한국의 가을은 국화의 계절이다. 꽃내음보다는 푸릇한 풀잎의 향이 더 강한 이 꽃은 제 덩치보다 더 독한 향을 뿜어내고 있었다.

"저 소국 전부 주실 수 있습니까?"

하얀 물통 속에 가득 담긴 자줏빛 꽃을 가리키며 이반이 물었다. 꽃을 다듬던 주인이 놀란 얼굴로 되물었다.

"저걸 전부요?"

"네. 다른 건 필요없고 저 꽃만 포장해 주시면 됩니다."

"뭐, 가능하기는 하지만……."

붉은 치맛자락에 가위를 쓱쓱 닦으며 주인이 한 움큼 꽃을 뽑아 들었다. 뚝뚝, 줄기에서 흐르는 물이 바닥에 고여 작은 진흙 웅덩이를 만들었다. 행여 주인의 손이 어긋날까, 시선 한 번 비키지 않고 이반은 내내 꽃 이파리가 뭉텅뭉텅 잘려가는 것을 지켜보았다.

"저, 혹시 청혼할 때……."

"아, 청혼하시려고 그랬구나. 어쩐지 이 많은 꽃을 어찌 다 소화하시려나 했죠."

"이 정도면 보통……."

"보통은 장미를 많이 하시지만 아무래도 가을이면 국화가 좋죠. 물론 희귀성이라든지 향을 비교하면 장미를 따라갈 게 없지만 전 과일처럼 꽃도 제철 꽃이 좋다고 생각해요. 혹시 청혼 받으실 분이 화려하신가요?"

"네? 아니…… 좀 씩씩하고, 잘 웃고, 아! 가끔 할 말을 다 쏟아내기도 합니다."

조금 전 서툼은 언제 가셨는지 비파 이야기를 할 때만은 술술 말이 터져 나왔다.

"웃을 땐 가리지 않고 하하하, 소리 내어 웃습니다. 아이를 잘 돌보고, 하얀 빨래를 꾹꾹 밟아 밝은 햇살에 내어놓는 걸 좋아합니다. 작지만 연약하지는 않고, 멋을 내지는 않지만 자기만의 독특한 매력이 있습니다. 그리고……."

"킥, 됐어요."

주인이 입을 가리며 웃음을 감췄다. 순간, 이반의 말이 어정쩡하게 멈추었다. 이런…….

"그 정도면 충분히 알 만한데요? 그런 성격의 여성이라면 이런 꽃을 좋아할 겁니다. 이 꽃의 정확한 이름은 아르거스인데 꽃말은 진실이죠. 이 정도면 청혼하는 데 손색이 없겠죠?"

제가 청혼하는 양 신을 낸 주인이 화사한 종이로 꽃을 포장하기 시작했다. 물통 속에 꽂혀 있을 땐 소박했던 꽃들이 주인의 능수능란한 손길을 따라 새색시처럼 화사하게 변모해 갔다. 진실이라……. 이반은 점차 완성되어 가는 꽃다발을 멍하게 바라보았다.

국화 향이 날리던 놀이동산이 생각난 탓이었다. 알싸하게 풍겨오던 풀향 배인 그 차가운 빗방울들과 톡톡 뛰어놀던 그의 비파도. 달콤해요. 비파의 음성이 아득하게 울려왔다. 달콤해요…….

주인이 생색을 내며 건네준 꽃다발을 들고 이반은 조금 상기된 얼굴로 집으로 향했다. 어느새 해가 져 사방이 어둑했다. 짧은 가을이 지나 이제 본격적으로 겨울이 오려는가? 한결 싸늘해진 기운이 제법 겨울처럼 매서웠다. 노란 달빛이 점박이처럼 콕 박힌 하늘을 등에 지고 가로등 불빛이 선명한 골목길을 이반은 천천히 진입해 들어갔다.

멀리 그의 집 지붕이 보이기 시작하자 심장이 덜컥 뛰었다. 아산댁은 이미 집으로 돌아갔을 거고, 집엔 비파 혼자 그를 기다리고 있을 것이다. 그리고 그의 주머니 안엔 또 하나의 비파가 담겨 있다.

다시 한 번 주머니 속에 담긴 비파 향수를 확인하며 이반이 거의 집 앞에 다다랐을 때였다. 낯익은 뒷모습이 차의 미등에 살풋 보였다. 저도 모르게 입 끝이 헤벌쭉 벌어졌다. 마중 나왔나 보다.

"뭐 해요?"

차창을 내리며 이반이 반갑게 소리쳤다.

"아……."

그의 부름에 비파가 화들짝 돌아섰다. 순간, 이반의 미소가 그대로 얼음처럼 굳어버렸다. 비파의 곁엔…… 그가 서 있다. 그녀의 또 하나의 남자. 온몸의 핏기가 한 방울 한 방울 천천히 빠져나가기 시작했다. 불안한 전조……. 둥둥! 어디선가 환각처럼 북 소리가 울려왔다. 아니, 그것은 그의 심장 소리.

"희아…… 내 아이 아냐?"

정언의 다그치는 목소리에 비파는 두 눈을 꼭 감고 말았다. 끝내 모르길 바랐는데.

"대답해 봐! 왜 내게 말 안 했어?"

거의 확정짓는 목소리였다. 조금 오기가 생겼다.

"왜 그렇게 단정해요?"

비파의 대답에 정언의 눈빛이 번쩍거렸다. 그런 정언이 낯설어 보였다. 스무 살 때의 그녀가 사랑했던 정언은 이렇게 번쩍이는 눈빛을 내는 남자가 아니었는데.

"검사를 했으니까."

"검사?"

"전에 희아 왔을 때, 해두었어."

"무슨 소리야?"

"열 때문에 피검사 해둔 걸로 유전자 검사 해보았다고. 그냥, 사실은 마음에 좀 걸려서. 너와 성이 같다는 것도 그렇고."

"미쳤어?"

비파가 버럭 고함을 쳤다. 성난 비파를 보던 정언의 입매가 고집스럽게 굳어졌다. 희아가 심통 부릴 때와 국화빵처럼 닮았다.

"그래, 미쳤어! 너한테 화가 나 미칠 것 같아! 왜 숨겼어? 결국 말 한마디 없이 도망간 것도 그런 이유니?"

정언이 그녀의 팔을 강하게 옥죄었다. 잔뜩 성이나 이글거리는 눈빛을 차마 감당 못해 비파는 힘껏 몸을 비틀었다.

"대답해 봐!"

정언이 도망치지 못하게 다그쳐 왔다. 비파가 힘겹게 고개를 끄덕였다.

"그래, 오빠 아이 맞아."

"너, 너…… 정말! 어떻게 그럴 수 있니? 나 사랑했잖아! 내 아이를 갖고서 도망을 치다니…… 네가 정말……."

팔을 잡은 손끝이 부들부들 떨린다. 눈동자에 가득 고인 눈물 때문에 정언이 눈을 깜박였다. 그녀가 사랑했던 순수하고 여린 치기가 고스란히 드러나는 얼굴이었다. 그가 느끼고 있을 배신감이 보지 않아도 손에 잡힐 것처럼 뻔했다. 미안하다, 사과하려던 비파가 입술을 다시 꽉 깨물었다.

"네가 병원 해줄 수 있니?"

차가운 정언 어머니의 음성이 그 순한 얼굴과 겹쳐져 사과하기 싫었다. 아이를 가진 걸 미처 알기 전이었다. 정언이 결혼 허락을 받겠다, 그런 순진한 생각으로 고향 집에 다녀온 지 얼마 되지 않아서 정언 몰래 그의 엄마가 찾아왔었다. 작은 시골의 가난한 농부의 아들. 집안의 모든 희망이 정언의 그 작은 어깨에 담겨 있다는 걸 비파는 그제야 알았다. 어려서였다. 사랑만 있으면 세상을 살아갈 수 있는 거라 믿었던 그 어린 시절.

헤어져라, 못을 박던 정언 어머니의 얼굴은 순박한 시골 분이라 여겨지지 않을 정도로 독한 얼굴이었다. 조그만 희망도 담을 수 없는 얼굴. 좋아하는 마음은 알아차리기 어려워도, 자신을 싫어하는 눈빛은 느끼고 싶지 않아도 누구나 쉽게 알아차릴 수 있다. 정언 어머니의 눈빛엔 그녀에 대한 그런 경계심과 미움이 가득했었다.

"우리에겐 정언이 유일한 희망이야. 물론 그 아이로 인해 갑자기 신분 상승을 하겠다는 건 아니다. 그래도 최소한 병원 정도는 차려줄 여자를 만나길 바라는 게 부모의 당연한 마음 아니겠냐? 네가 사생아라는 것도 그렇지만 이렇게 가진 거 하나 없는 집안의 아이라는 게 나는 싫다. 죽어도 안 돼! 우리 정언인 가난한 집에서 고생만 하다 자란 아이다. 학교까지 보내는 것만으로도 온 집안의 땅을 다 팔아야 했어. 병원까지는 우리에게 무리야. 네가 해줄 수 있으면 그까짓 거 사생아라 해도 상관없어. 우리 정언이……"

그때 잠시 숨을 멈추었던 것 같다. 순박한 얼굴을 숨기고 독하게 구는 모습이 더 아려서, 그때 비파는 차마 정언 어머니의 모습을 볼 수 없었다.

"우리 정언이 이제 좀 편하게 살았으면 좋겠다. 제 가치를 아는 그런 사람……"

그를 사랑한다는 게 죄일 수 있다는 거 그때 처음 알았다. 그래서 떠났다. 지금이라면 더 애원했을 수도 있었겠지만 그 시절의 비파는 겨우 스무 살을 넘긴 어린 소녀였고, 어머니가 막 돌아가신 상처받기 쉬운 시절이었다. 변명이라면 변명이겠지만…….

"오빠……"

독한 빛이 스르르 사라지며 비파가 정언을 불렀을 때였다. 노란 헤드라이트 불빛이 두 사람을 향해 쏟아진 건.

"뭐 해요?"

이반의 음성이었다. 곧장 쏟아지는 불빛에 눈이 부셔 살짝 감은 눈 사이로 보이던 환한 그의 얼굴이 순간, 딱딱하게 굳는 것도 보았다. 이런...... 이반이 도착할 시간이라는 걸 깜박 잊었다.

"아......"

하필 이 민망한 순간에 나타나다니. 어둠 속에 얼굴빛이 가려지는 게 차라리 다행스런 일이었다.

탁!

묵중한 차 문이 열리며 이반의 다리가 땅에 닿는 걸 비파는 대책없이 바라보았다. 이반의 눈빛이 정언에게 잡힌 비파의 팔에 머물렀다. 언 땅처럼 차고 무표정한 눈빛이었다.

"집에 들어가요!"

잡은 정언의 손아귀를 쉽게 떼어내며 이반이 굳은 음성으로 말했다. 정말 명백한 명령조였다.

"먼저 들어가세요."

아마 꽤나 매정하게 들렸을 것이다. 그 순간, 그의 이마에 퍼런 핏줄이 불끈 솟구쳐 올랐다. 정말 할 수만 있다면 저 가녀린 목을 부숴 버리고 싶은 충동이 일었다. 바보 같은 여자! 정언에 대한 질투와 비파에 대한 조급증이 그를 점점 막다른 곳으로 몰고 있었다. 이반은 이를 악물며 비파의 손을 잡아끌었다.

"같이 들어가는 겁니다!"

거의 끌다시피 비파를 잡던 이반의 걸음이 잠시 주춤했다. 비파가 그의 손을 매정하게 쳐낸 탓이다. 거절의 의미였다. 아니, 이건 그런 단순한 문제가 아니었다.

"전 할 일이 있어요. 그러니까 먼저 들어가세요."

하! 이반이 헛웃음을 쳤다.

"Shit!"

불쾌한 기색을 감추려조차 하지 않았다. 명령조에 이 거만한 어투라니. 미안한 마음이 채 들기도 전에 이반이 그녀를 몰아세웠다.

"이 남자와 할 이야기가 뭡니까?"

"그건 제 문제예요."

희아의 문제는 정언과 풀어야 할 매듭이었다. 그녀가 아무리 이반을 사랑해도, 희아가 정언의 아이임에는 분명한 일이었으니까. 먼저 알리고 싶은 마음은 없었지만 오히려 정언이 알아챈 것이 다행일 수도 있었다. 이반이 씹듯이 한자한자 천천히 내뱉었다.

"그럼…… 내 앞에서 하십시오."

이반의 말투는 어느새 더없이 딱딱하고 정중한 어투로 돌아가 있었다. 그러나 비파는 아쉽게도 그의 어투 속에 박힌 깊은 상처를 미처 돌아보지 못했다.

"싫어요! 이건 정언 오빠와 저, 둘의 문제예요. 당신이 들을 이유 없어요."

비파가 단칼에 거절했다. 정언에게 쏟아낼 이야기를 그가 듣는 게 싫었다. 그런 비참한 이야기, 가진 게 없어서 사랑도 버려야 했던 어린 여자 아이의 초라한 이야기 따윈 들려주고 싶지 않았다. 그냥 들어가 줘요, 제발…….

"싫다?"

이반의 눈썹이 사납게 곤추섰다. 타다닥, 불꽃이 튀었다. 뒤로 물러서는 건 용납하지 않겠다는 듯 이반이 성큼 한 발짝 앞으로 다가섰다. 그녀 앞에 선 이반은 짓누를 것처럼 거대해 보였다.

"정말 내겐 들을…… 이유가 없습니까?"

조용한 이반의 음성이 소름 돋도록 차갑게 울렸다. 그리고 어둡다. 장막이 쳐진 듯 표정없는 눈동자가 가로등 불빛에 어른거렸다. 바스라질 것처럼 파리한 얼굴은 손만 대도 그 자리에서 부서져 바람을 따라 흩날릴 것 같았다. 시선은 곧장 그녀에게만 고정시킨 채 일말의 변명도 용납하지 않겠다는 강인한 태도. 비파는 자신도 모르게 꿀꺽, 침을 삼켰다. 이런 이반의 모습은, 정말 무섭다. 그게 아닌데…… 변명하고 싶은 생각도 들었지만 비파는 끝내 이반을 외면했다. 그 찰나 한쪽에 외면당해 철저히 버려진 정언의 모습이 언뜻 스친 탓이었다. 비파가 입술을 꼭 깨물었다. 정작 울고 싶은 건 그녀인데 왜 앞에 서 있는 두 남자가 더 상처 입은 모습인지.

"미안합니다. 저, 비파와 할 이야기가 남아 있어서……."

팽팽한 두 사람의 시선 속에 정언이 한심한 몰골로 끼어들었다. 비파가 간절한 눈빛으로 이반을 바라보았다. 제발, 이 시간만…….

"당신은……."

비파에게 쏟아지던 냉혹한 시선이 정언의 얼굴을 비웃듯 스쳤다. 독한 냉기가 얼려 버릴 것처럼 주위를 감쌌다. 얇고 지적인 이반의 입술이 비웃듯 비틀리고 입에서 나오는 말 한 마디 한 마디 모두 가시가 되어 두 사람에게 박혀갔다. 그의 살기 어린 시선에 정언이나 비파, 모두 속수무책이었다. 그 진한 분노…… 이반의 눈가에 살풋 미소가 감돌았다.

"당신은 아이를 버리고서도 할 말이 있는 겁니까? 이 어린 여자에게 무거운 삶의 짐은 다 떠넘겨 놓고선 이제 와 새삼스럽게 과거로 그녀를 붙드는 겁니까? 그게 얼마나 추악한 짓인지 한 번이라도 생각해 본 적 있습니까? 하! 비겁한 변명 따윌 하는 당신이나 그걸 듣고 있는 그녀, 내겐 전부 희극처럼…… 비틀려 있습니다."

비틀린 건 오히려 이반이었다. 정곡을 지르는 이반의 말에 정언의 눈동자가 벌겋게 달아올랐다. 곧이라도 핏물이 물기로 변해 바닥으로 떨어질 것 같아 순간, 강한 미움이 이반을 향해 솟구쳤다. 당신이 무얼 안다고…….

"그만 해요!"

비파가 불쑥 정언의 앞을 가로막았다. 그러나 이반은 그녀를 가볍게 밀쳤다. 식어버린 마음처럼 몸마저 이제 완전히 비파에게서 등을 돌린 그의 모습은 오히려 벽처럼 단단한 모습이었다. 골목길을 스치는 스산한 밤기운이 그의 두툼한 옷자락을 지나 얇고 초라한 정언에게 몰아쳤다. 오소소 한기가 드는 건 비단 정언뿐만이 아니었다. 초겨울의 한기는 늘씬한 풍채에 고급스런 외투를 걸친 이반에게 더 냉혹했다. 자신의 곁에 있는 것보다 차라리 초라한 정언의 곁에 선 비파가 더 어울려 보여, 이반은 잘근잘근 말을 씹었다. 피가 뚝뚝 흐르는 상처를 보며 오히려 쾌감을 느끼는 그런 잔혹한 기분이랄까? 이반은 지금 제 심장에서 흐르는 이 상처가 더 통쾌할 정도였다.

"아이가 커가는 걸 본 적이 있습니까? 아이의 이름을 짓고, 아이의 웃음소리를 듣고, 아이를 안아주고, 그 귀여운 살갗에 제 살을 비벼보지도 않은 당신이 이제 와 그녀에게 아이의 소유권을 주장하는 겁니까? 그런 비겁한……."

"그만 하라고 했어요!"

비파의 새된 비명이 까만 하늘 속에 고막을 찢듯 울렸다.

"당신이…… 당신이 뭔데, 무슨 자격으로 그런 말을 하는 거죠?"

이반의 검은 머리가 바람 소리를 냈다. 가면을 쓴 것처럼 근육의 움직임조차 없이 이반은 냉하게 그녀를 바라보았다. 또 다른 한기가 들어 이반은 비파 모르게 몸을 떨었다. 그의 시선 앞에 꽉 쥔 비파의 작은 주먹이 보였다.

그녀의 입술에 장난스럽게 키스하던 이반은 딴 세계에 갇혀 있는 것처럼 지금 이 커다란 남자가 낯설고 어색했다. 부릅 노려보는 이반의 뒤로 정언의 당혹한 얼굴이 비쳤다. 비난받아야 할 사람은 정언이 아닌 바로 그녀 자신이었다. 이유없이 버림받은 건 오히려 정언이었으니까. 그래서 더 상처를 입은 것도 그였다. 비파의 또렷한 눈이 곧장 이반을 향해 내쏘았다.

"당신이 무얼 안다고 그런 식으로 상대를 비난하는 거죠? 정언 오빠는 당신에게 그런 비난을 들을 이유가 없어요. 당신 역시 그렇게 그를 비난할 자격이 없구요. 그러니까 그만 하고 당신의 저 거대하고 잘난 집으로나 들어가시죠!"

갑자기 세상에 대한 원망이 이반을 향해 쏟아졌다. 제어 풀린 바퀴처럼 자신의 입에서 쏟아지는 말들이 이반의 가슴에 비수가 되어 꽂혀가는 걸 비파는 슬프게 바라보았다. 가진 게 많은 사람은 가진 게 없는 사람을 보지 못한다. 정언 역시 가진 게 많았다면 원하는 사랑을 할 수 있었을지도 몰랐다. 가난한 농부의 아들로 태어나 그 무거운 기대를 다 떠맡아야 했었던 정언의 아픔 따위를 이반은 알 수 없을 것이다.

"당신이 뭘 알아요? 당신처럼 다 가진 사람이, 가진 게 하나도 없는 사람의 사정 따위 알 게 뭐야! 그런 주제에 함부로 다른 사람 비난하지 말아요. 정언 오빠가 떠난 게 아니라 내가 떠난 거예요! 그에게 줄 게 없어서, 세상을 다 주고 싶은데 줄 수 없어서 떠난 건, 바로 나라구요!"

바락바락 악을 썼다. 눈동자에 말간 물기를 담고 비파는 악에 받쳐 이반에게 소리쳤다. 마음속으로 제발 이해해 줘요, 애원하며. 당신은 가진 게 많으니까 이런 거 하나쯤은 그냥 여유롭게 받아줘요. 그러나 이반은 그 애원을 듣지 못한 것 같았다. 서걱, 눈동자에서 빛이 떨어졌다.

"아……."

이반이 길게 되받아쳤다. 아…….

내내 얼음처럼 차갑던 표정에 잠시 빠른 감정이 스쳤다. 찰나의 순간이라 비파가 미처 잡기도 전에 빠르게 사라지는 아픔. 세상을 줄 수 없어 떠났다, 라……. 참 이유치고는 꽤나 빈약한 이유였다. 세상을 다 줄 수 있는 그는 왜 버림받아야 하는 걸까? 이반은 묻고 싶어졌다. 그녀가 원한다면 세상의 전부를 다 줄 수 있는데, 그런 그는 지금 여기서 버림받고 있었다. 우습군. 푸른 심장을 따라 붉은 핏방울이 토도독, 떨어져 내렸다.

"나 역시 세상을 다 주고 싶었는데…… 그러지 못해서 그녀가 떠났습니다."

흔들거리는 이반의 옆에서 조용히 정언이 대꾸했다. 하하. 힘없는 웃음이 절로 터져 나왔다. 지금 뭐 하는 건가! 허공을 향하는 이반의 눈동자가 공허해졌다. 사랑하는 두 사람이 서로 세상을 주지 못해 헤어졌다……. 결국 둘 사이에서 놀아난 건 그 자신뿐이었다. 다리에 힘이 풀렸다. 쓰러질 것 같아 벽을 짚던 이반이 문득 호주머니에 손을 집어넣었다. 작은 상자가 손에 잡혔다. 비파……비파나무 향을 따라, 내 사랑을 따라…….

"비파……."

"네?"

그의 작은 떨림에 비파가 아닌 정언이 물어왔다. 늘 소년 같다, 생각했던 정언의 눈동자를 지나 이반의 시선은 한쪽으로 주춤 물러서 있는 비파에게 향했다. 톡 튀어나온 이마가 그를 거부하는 그녀의 심정을 그대로 전해주고 있었다. 아무리 시선을 맞추려 해도 그녀는 마주 보려 하지 않았다. 그래, 결국 이 자리에서 물러나야 하는 건 초라한 자신인 모양이다. 온몸에 한기가 서렸다. 겨울인가 싶을 정도로 매서운 바람이 살갗을 뚫고 그대로 그의 심장을 관통해 지나갔다. 성에가 온몸에 돋은 것처럼 따갑고 아파왔다.

거대하고 잘난 당신의 집…….

이반이 비파를 비켜 제 집으로 시선을 돌렸다. 그녀의 말처럼 거대한 집이 눈앞에 놓여 있었다. 짓누를 것처럼 높고 거대한 집. 분명, 정언이나 비파와는 전혀 다른 세계였다. 이제 그는 이 차가운 얼음성에 갇혀 결국은 벗어나지 못할 것이다. 그녀가 해주길 바랐는데…… 이반이 중얼거렸다. 얼음처럼 언 그의 입가에 미소를 담게 하고, 가끔은 평범하게 세상을 살아가고 있음을 느끼게 해줄 줄 알았는데 그에겐 너무 많은 욕심이었다.

이반의 무표정한 시선이 비파에게로 돌아섰다. 불빛에 복숭아처럼 보송한 털이 살짝 어른거렸다. 아직도 어린 사람, 그에겐 너무 아까운 어린 여자였다. 그리고 그 옆엔 정언이 함께 서 있다. 소년 같은 정언과 소녀 같은 비파가 맞춤처럼 어울려 보여 이반은 가슴이 아팠다. 희아는 쉽게 저 사람을 '아빠!' 라 부를까? 아마 그럴 것이다. 결국 친아버지인 사람이니까. 희아 생각에 또다시 심장이 콕 쑤셨다.

"죄송합니다."

이반이 힘겹게 소리를 냈다.

"아, 아니……."

오히려 당황한 건 정언이었다. 이반의 순순한 사과에 몸 둘 바를 모르겠다는 듯 정언이 손사래를 쳤다. 그의 사과에 비파의 어깨가 흠칫했지만 이반은 미처 보지 못했다. 제 상처가 너무 깊어 다른 것을 둘러볼 여유가 없었다. 내내 두 사람을 비난하던 입매가 힘없이 풀려 오히려 부드러워 보였다.

"그녀의 말이 맞습니다. 내겐 그럴 자격이…… 없는 건지도 모릅니다."

그녀가 주지 않는다면 그에겐 그럴 자격이 없었다. 주머니 속에 꽉 움켜진 손바닥에서 빙글, 상자가 돌았다. 차 안의 푸릇한 소국은 밤새 찬 기운에 시들어, 내일쯤이면 쓰레기통에 청승맞게 버려져 있겠지. 이반이 정언의 앞에 깊이 허리를 숙였다.

제14장 427

어둠이 밀려왔다. 찌르르, 찌르르 우는 이름 모를 밤벌레의 울음소리도. 이반이 다시 사과를 건넸다.

"죄송합니다."

"아, 아닙니다."

정언의 대답을 뒤로한 채 이반은 천천히 비파가 말한 거대한 제 집으로 들어섰다. 덜컹, 대문이 등 뒤로 닫혔다. 대문 하나를 사이에 두고 이반과 비파의 세계는 건널 수 없을 정도로 갈라지고 말았다.

집으로 들어서자 밝은 달빛에 넓은 그의 정원이 펼쳐져 있었다. 작은 바람에 마른 낙엽 하나가 팔랑거리며 잘 닦인 그의 구두 위로 떨어져 내렸다. 불 꺼진 안채의 넓은 창문이 짓누를 것 같은 그곳을 향해 이반은 무거운 발걸음을 천천히 옮기기 시작했다. 계단을 하나하나 오를 때마다 무릎이 푹푹 꺾였다. 아빠! 하고 희아라도 반기면 좋을 텐데, 아마 아이는 지금쯤 잠들어 있겠지? 덜컥이며 현관에 들어설 때까지 비파가 쫓아오는 기척이 없었다. 하! 또다시 힘없는 비웃음이 새어나왔다. 버림받는 건 그날에서 끝이 난 게 아니었다. 열 살의 그때처럼, 또다시 혼자다.

"그 사람, 들어갔어."

정언의 말에 비파의 어깨가 또다시 흠칫, 움직였다. 이반이 집에 들어서는 건 소리만 듣고도 알 수 있었다.

"그래……."

비파의 대답엔 힘이 없었다. 왜 이러는 걸까? 왜 그 앞에서는 늘 상처 주는 입장이 되고 마는 걸까? 자신 앞에서 너털웃음을 터뜨리던 이반이 생각나 비파는 칼로 베인 것처럼 심장이 아파왔다.

"흠……."

날치름하게 섰던 정언의 날카로운 신경도 이반의 갑작스런 출현에 잠시 멈추어 있었다. 정언이 큼, 헛기침을 하며 비파의 시선을 끌었다.

"응?"

텅 빈 비파의 눈동자가 정언에게 향했다. 상처를 많이 받았겠지? 이젠 그를 잡을 수 없을지도 모른다. 많이 아팠을까? 비파의 시선이 다시 집 쪽으로 향했다. 거실 쪽만 환하다. 성에 갇힌 공주처럼 저 거대한 성에 갇힌 불쌍한 거인…….

"흠, 아이…… 역시 친아빠가 키우는 게 좋을 것 같아서."

"무슨 소리야?"

"너도 그 사람하고 결혼한 거 아니잖아? 그 사람이 널 찾는 순간, 뭔가 이상하다 했었어. 그래서 전주에도 내려갔었는데……."

"전주?"

아, 그랬었지.

"그래. 너 혼자 사는 것 같은데, 사는 곳은 말 안 해서 그냥 올라왔었어."

"좀 더 졸라보지 그랬어? 오빤 늘 그렇지? 한 번 안 된다면, 두 번 조르지도 못하는 성격이잖아."

내뱉는 말에 약간 가시가 돋쳐 있었다. 그녀의 말에 정언의 얼굴이 홍당무처럼 붉어졌다. 더듬더듬 변명하는 말도 귀에 잘 들어오지 않을 정도였다.

"그, 그게…… 병원에서 호출이 와서……."

"그럼 다음날 또 내려오지 그랬어?"

"시간 내기가 어려웠어. 난 이제 겨우 레지던트잖아. 하루 시간 내는 거 생각보단 힘들었어. 미안……."

"그런 말 하지 마! 알아! 아는데 좀 그래. 난 오빠가 시간 내기 힘들어도, 정말 날을 새 돌아가는 한이 있더라도 찾아오길 바라. 병원 호출 같은 거 한 번쯤은 무시하고, 자존심 따윈 상관없이 무작정 사람에게 매달려 보는 거! 난 가끔 그런 걸 받고 싶어."

이반이었다면…… 말이 목구멍까지 차 올랐지만, 비파는 차마 그 말은 꺼내질 못했다.

"……미안해. 이제부턴 잘할게. 그러니까 우리 결혼하자. 아이에겐 양쪽 부모가 다 있어야 한다는 거 너도 알잖아."

"오빠 엄만?"

"뭐?"

"오빠 엄마는 어떻게 할 건데? 그분이 원하는 건 어떻게 할 거냐구?"

"무슨 소리야?"

"오빠 하나 보고 살아오신 분들이야. 돈 많은 여자 만나 번듯한 병원 하나 받아서 편하게 살아가는 거, 그게 남은 인생의 목표이신 분들이라구! 그런 분들을 어떻게 설득할 건데? 자신있어?"

눈에서 독기가 흘러나왔다. 자신을 바라보는 비파의 섬뜩한 표정에 정언이 부르르 몸을 떨었다. 지금의 비파는 이반 못지않게 차가운 얼굴이었다.

"오빠와는 아니야! 난 병원을 줄 수 없고, 그런 날 보며 평생 만족하시지 못할 부모님 때문에 나나 오빠 모두 불행해질 거야. 그런 곳에서 우리 희아 키우기 싫어. 나 혼자 키워도 행복하게, 근심 없이 키우고 싶어. 그러니까 오빠 역시 그런 꿈같은 소리는 하지 마!"

"꿈?"

정언이 비파에게 한 걸음 바짝 다가섰다. 안타깝다. 그가 사랑했던 그 물처럼 순수했던 소녀는 어디로 갔을까?

"넌 어디로 갔니? 내가 사랑했던 네가 아닌 것 같아. 무엇이 널 이렇게 변하게 한 거야?"

"그래, 난 변했어. 하지만 오빠 아직도 이 년 전의 그 자리에 멈춰 있지. 난 아닌데…… 난 그때보다 더 많이 자라서 세상을 볼 수 있게 됐는데, 오빠 여전히 그 속에서만 살아가지? 난 자신없어. 오빠 어머니, 날 걸림돌처럼 바라보는 걸 평생 인내할 자신이 없어. 희아 역시 마찬가지이고. 그러니까 그냥 우릴 잊어버려. 어차피 그날, 그 병원에 가지 않았더라면 몰랐을 존재 아니야?"

"그래. 하지만 이젠 알았잖아. 알았으니까 내 아이, 내가 키우고 싶어."

"부모님은?"

"내가 설득할게."

정언의 대답에 비파는 가볍게 고개를 저었다. 평생 그분들의 기대를 한 몸에 받고 자라난 정언이다. 그녀가 떠났던 건, 그런 정언을 잘 알기 때문이었다. 조금이라도 그가 변했다면. 비파는 이 년 전의 시간에서 멈춰져 버린 정언의 모습이 안타까웠다. 그가 조금이라도 변했다면, 그래서 조금은 세상의 때가 묻었다면 오히려 지금 이 순간, 더 든든했을 텐데.

"오빠, 돌아가 줘. 부탁이야. 그냥 우리 존재는 몰랐던 그 시간처럼 살아가."

피곤이 몰려와 눈꺼풀이 스르르 감겨왔다. 잠이 수마처럼 덮쳐오는 것 같았다. 비파의 시선이 다시 이반의 집으로 향했다. 아직도 하얀 불빛은 유혹하듯 반짝이고 있었다. 그녀가 돌아오길 기다리는 걸까? 밑바닥에 남은 희망이 자꾸 그녀를 부추겼다. 자꾸 이반의 집에 떠도는 비파의 시선을 정언이 애타게 붙들었다.

"은비파!"

"잊어! 그냥 잊어줘! 제발 부탁이야. 더 이상 내 삶을 송두리째 흔들지 마!"

이제 더 이상 그의 투정을 받아줄 수 없었다. 지금은 제 자신 하나 버티는 것도 버거웠다. 아직 채 말이 끝나지 않은 정언을 남겨두고, 비파는 묵직한 대문을 열어젖혔다. 끼익, 무거운 소리를 내며 조금씩 문이 열렸다. 등 뒤로 정언이 조심스럽게 물어왔다.

"그, 그 사람과 정말…… 결혼할 거니?"

비파가 힘없이 고개를 저었다.

"잘 모르겠어. 아마 이젠 늦었을지도 모르지. 하지만 그게 내가 오빠를 선택하는 이유가 될 거라 생각하지는 마."

터벅거리며 집 안으로 들어서는 그녀에게 정언이 옹골차게 외쳤다.

"난 포기하지 않아! 내 아이야! 내 핏줄을 가진 아이라구!"

그게 무슨 의미가 있을까? 비파는 회의적인 생각이었다. 오히려 아이를 빌미로 그의 발목을 붙든다고 다그쳐 댈지도 모르는데. 비파는 그런 존재로 희아를 키울 생각은 조금도 없었다.

어둔 정원을 지나 비파는 불 켜진 거실로 향했다. 싸늘한 밤기운에 얼음이 배었는지 손등이 메말라 있었다. 들어선 거실의 훈훈한 온기에 절로 몸이 노곤하게 풀리기 시작했다. 환한 거실로도 부족한지, 벽면에 근사하게 자리한 벽난로의 스위치를 올려놓고 이반은 그녀에게서 등을 돌려 앉아 있었다. 비파가 열리지 않는 입술을 겨우 떼었다.

"......아직 안 잤어요?"

조금 전의 미안함 때문에 묻는 음성이 조심스러웠다. 그러나 이반은 미동이 없었다. 석상처럼 굳은 그의 얼굴 위로 붉은 난로의 불빛이 스산한 음영을 드리웠다. 기다란 속눈썹이 팔락, 흔들거렸다.

"그 사람은 갔습니까?"

감정이라곤 전혀 없는 공허한 목소리였지만, 그래도 대꾸해 준 것만으로도 비파는 제 가슴을 쓸었다.

"네. 피곤하죠?"

벽난로를 바라보던 이반의 머리가 살짝 기울었다. 그 불빛에 드러난 이반의 표정에 비파는 주춤 뒤로 물러서고 말았다. 생기가 빠져나간 죽음 같은 눈동자. 그는 전처럼 차갑지 않다. 오히려 차가운 눈빛이 더 반가우리만큼 이반은 아무것도 없었다. 생명도, 미움도 없는 전부 무(無)인 진공의 상태. 비파는 그제야 자신이 그에게 준 상처가 얼마나 지독했는지 새삼 깨달았다.

"꽤 피곤합니다."

말하는 음성에도 물기가 뚝뚝 떨어진다. 그 칼 같은 음성에 비파는 한 마디도 더 보탤 수 없었다.

찌르르, 찌르르.

정원 멀리서 밤벌레의 울음소리가 울리고 붉은 난로의 불빛만이 이 끔찍한 고요 속에 유일하게 살아 있는 전부였다.

"그와…… 결혼할 겁니까?"

돌덩이라도 내려앉았나? 이반의 저런 음성과 어투는 처음이었다. 채찍처럼 떨어지는 단어들이 음산하고 공포영화처럼 끈적거렸다. 사람의 입에서 나온 것이라고는 믿어지지 않을 만큼 스산스러웠다.

"아, 아니에요."

"왜입니까?"

묻던 이반이 긴 허리를 쭉 펴며 의자에서 일어섰다. 천장까지 그의 그림자가 닿아 그녀의 얼굴을 까맣게 감추었다. 불빛 속에 드러난 이반은 훨씬 더 크고 위협적이었다. 비파는 주춤 뒤로 물러섰다. 이러지 말아요…… 애원하고 싶어도 차마 입이 떨어지지 않았다.

"이젠 대답조차 하지 않는 겁니까? 아니면 그것조차 내겐 물을 권리가 없다고 말할 겁니까?"

비파의 얼굴이 참혹하게 일그러졌다. 이반의 표정없는 얼굴 속에 담겨진 상처 입은 아이의 모습이 그제야 그녀의 눈에 비친 탓이었다. 단단한 그의 외모에 속아 그 속에 담긴 작은 아이는 미처 보지 못했다. 내 잘못이야.

"미안해요. 당신에게 그런 상처를 주는 게 아니었는데. 내 못된 성미가 그렇잖아요? 그냥, 그런 것에 익숙하지 않았어요. 누군가가 내 일에 관여하는 거, 어색하고 내게 맞지 않는 구두처럼 불편해. 그래서 조금 엇나갔어요. 많이 아팠어요?"

미안한 마음이 두려운 마음보다 더 깊어, 비파는 자신도 모르게 이반의 팔목을 잡아 흔들었다. 이반의 손은 제 심장처럼 써늘해 온기가 없었다. 미안해요. 백 번을 사죄해 돌릴 수 있다면 좋겠다.

애원하는 그녀의 눈동자를 바라보던 이반이 더러운 벌레를 떨구어내듯, 잡은 그녀의 팔을 털어냈다. 썩둑썩둑 베어진 상처는 이제 아물기엔 너무 늦어버렸다. 정언 앞에서 무참히 버려진 그의 존재 따위는 이런 간단한 사과 정도로 회복될 수 있는 게 아니었다. 지금껏 이토록 그를 비참하게 만들었던 사람이 없었다.

당신을 버리겠어.

이반이 입술을 악물었다. 그녀가 돌아오길 기다리며 시계만 바라보았다. 오 분이 지나면, 그리고 또 오 분이 지나 백을 세어 그녀가 돌아오면 정말 아무 일 없었다는 듯 웃어주자. 기다리고 기다려도 그녀는 돌아오지 않았다.

사랑하면 행복할 줄 알았다. 그래서 영원히 그 울타리 안에서 살아갈 줄 알았다. 사랑해도 상처는 여전히 남는 거고, 사랑해도 여전히 떠날 사람은 떠난다. 자신 앞에서 정언을 두둔하던 비파는 그런 이별을 예고하고 있었다.

"세상을 다 줄 수 없어 떠났다……."

이반이 천천히 숨을 고르며 내뱉었다. 흠칫, 비파의 눈썹이 흔들렸다. 이반이 그녀를 기다리는 동안 내내 손아귀에서 놓지 않았던 작은 크리스털 병을 꺼냈다. 땀이 배인 비파의 손바닥을 남은 한 손으로 마저 잡았다. 작고 작은 아이의 손…….

"가져요. 내가 당신에게 주는 세상입니다."

비파의 까만 눈이 크리스털 병에 멈추었다. 순간, 이반의 눈동자에 잠시의 온기가 머물렀다, 생각한 건 착각이었을까? 잠시의 온기가 사라진 이반의 눈동자는 한겨울 마른 가지처럼 물기가 없었다. 굳게 다물어진 입매가 살짝 들렸다.

"이 병엔 당신을 생각하며 만든 향이 담겨 있습니다. 당신에게 따주었던 석류의 향, 당신의 머리칼에서 나는 깊은 재스민의 향. 그리고 당신을 닮은 비파나무의 향……. 당신에게 청혼하기 위해 지난 며칠을 몽땅 쏟아 부어 만든 향이었습니다."

담긴 향 때문에 연한 노란빛을 띤 크리스털 병이 불빛에 햇살 같은 빛을 쏘아냈다. 그녀의 손바닥에 담긴 자신의 사랑을 이반은 묵묵히 바라보았다. 그리고 잡고 있던 비파의 손을 천천히 바닥으로 기울였다.

쨍!

날카로운 파열음을 내며 비파의 손에 담겨 있던 병이 그대로 대리석 바닥으로 떨어져 산산조각이 났다. 노란 액체가 부서진 유리 조각들 사이로 물처럼 흩뿌려졌다. 상큼하면서도 톡 쏘는 향이 거실 안에 쏴아 퍼져 갔다.

"아, 이런……."

안타까운 비명이 비파의 입술에서 터져 나왔다. 그러나 정작 떨어뜨린 이반은 무심한 눈빛으로, 자신이 힘들게 만든 향수가 바닥에 거침없이 흘러내리는 것을 묵묵히 바라보았다.

"이게 내가 당신에게 주는 세상입니다."

비파의 눈에서 저도 모르게 눈물 한 방울이 떨어져 내렸다. 향수보다 더 연한 눈물은 그 향보다 더 독한 슬픔을 뿜어내며 흘러내리고 있었다. 그러나 바라보는 이반의 눈동자는 여전히 온기가 없었다.

"이러지 말아요."

비파가 중얼거렸다. 자신의 발등을 적시는 물줄기를 슬쩍 비키며 이반이 긴 걸음을 옮기기 시작했다.

"내일 이곳을 떠나요. 아침에 내가 눈을 떴을 때, 당신의 흔적조차 남아 있지 않길 바랍니다."

뚜벅뚜벅.

돌을 매단 것처럼 무거운 발걸음을 겨우 떼어내며 이반은 천천히 제 침실로 향했다. 쓰러질 듯 위태하게 걸으면서도 끝내 돌아보지 않았다. 바닥에 떨어진 저 향수처럼 이반의 가슴속에 담긴 비파는 이미 사라지고 없었다. 철저히 혼자가 되어 이반은 제 침실로 들어섰다. 끼이익, 청승맞은 문소리만 고즈넉한 천장을 울렸다.

제15장

먼지가 공기 속에 뿌옇게 일어났다. 맑은 햇살 속에는 어느새 눈 기운이 서려, 한겨울보다 더 서걱한 바람을 몰아대고 있었다. 등에 업힌 희아는 고픈 잠을 채우지 못해 뒤로 흐느적 젖혀져 있고, 비파는 심각한 얼굴로 손에 든 통장을 바라보았다. 언제 이렇게 많은 돈을 벌어본 적이 있었을까? 전에 이반의 집에 머물며 받았던 월급도 전주에서 장사하느라 쓴 걸 제외하곤 그리 많이 비지 않았는데 그보다 더 많은 돈이 한꺼번에 통장에 입금되어 들어 있었다.

입금자의 이름을 보던 비파의 얼굴이 싸늘히 굳어졌다.

〈(주) 카라.〉

제 이름이 박히는 것조차 철저히 거부하는 이반의 마음이 고스란히 담겨 있는 이름이었다. 바쁘게 오가는 은행 안에서 비파는 통장만 바라보았다. 육 개월 분량이 조금 넘는 이 많은 돈을 어떻게 해석해야 할지 몰라 난처했다. 이반의 집을 떠나온 지 벌써 한 달이 넘었다.

그날, 돌아서 제 방으로 향하던 이반의 등에선 더 이상 일말의 희망조차 보이지 않았었다. 그래서 다음날 아침 일찍 비파는 또다시 희아를 들쳐 업고 새벽길을 나섰다. 제법 싸늘한 새벽 공기에 추운지 희아가 칭얼댔지만 지난 여름처럼 비파는 노래를 부르지 않았다. 그날 새벽은 희아를 위해 노래를 불러줄 수도, 씩씩한 얼굴로 힘차게 땅을 밟을 수도 없었다. 깨진 향수병처럼 그녀의 심장도 산산조각이 나버려 제 몸조차 추스르기가 힘든 탓이었다.

"이게 내가 당신에게 준 세상입니다."

이반이 일부러 떨어뜨린 그 향수처럼 그녀의 세상도 그 순간 물거품처럼 사라져 버렸다. 공기 중에 화악 퍼진 그 향수는 이미 달아나 버린 이반의 사랑이었다.

통장을 바라보던 비파가 쓱쓱 눈가를 비볐다. 또다시 눈물이 나왔다. 정언을 떠날 때조차 이러지 않았는데 요즈음 눈물이 잦아졌다. 비파가 보고 있던 통장을 덮었다. 굳이 이런 곳이 아니더라도 그녀는 이미 충분히 이반의 존재를 느끼며 살아가는 중이었다. 신문이나 방송엔 연일 이반의 화제가 끊이지 않았으니까. 그의 새 향수 모델인 윤희서와의 염문설, 그리고 대단한 그의 배경까지. 그는 현재 국내 최고의 이슈였다. 평범한 가족과 달리 하버드 대학과 스탠포드 최연소 박사라는 학벌과 미국 '포춘'지에 늘 오르내리는 그의 명성. 이 시대 최고의 신랑 후보감……

 보고 싶지 않아도, 그의 이름과 얼굴은 그녀가 있는 어느 곳에든 널려 있었다.

 신문엔 늘 그의 사진이 실렸고, 웃기지도 않은 방송 연예 코너엔 그와 윤희서가 다정하게 서 있는 모습이 무슨 광고처럼 박혔다. 그를 보며 아빠, 하고 손가락질하며 펄떡 뛰는 희아의 모습도, 윤희서의 곁에서 환하게 웃는 이반의 모습도 비파는 죽고 싶을 만큼 견디기 힘들었다.

 당신, 정말 왜 이러는 거예요? 물을 수조차 없다는 게 더 비참했다. 그날을 되돌릴 수만 있다면, 그때 정언의 아픈 눈동자 대신 이반의 외로움을 보았더라면. 까만 밤이 몰려오면 늘 잠을 못 이룬 채 후회를 해보지만, 이미 늦은 일이란 걸 비파는 알고 있었다. 윤희서 곁에서 다정하게 웃고 있는 이반의 모습은 이젠 그녀가 아닌 다른 세계로 떠난 사람이었다.

 통장을 가방에 넣고 은행을 나서던 비파가 잠시 문 곁에 있는 공중전화에 멈추어 섰다. 주머니 안에서 딸랑거리며 잔돈 소리가 유혹하듯 울렸다. 만지작만지작 동전을 굴리던 비파의 눈빛에 갈등이 일었다. 은빛 전화와 옆에 놓인 두터운 전화번호부가 그녀의 시선 앞에 흔들렸다. 입술을 꽉 깨물던 비파가 단단히 결심을 한 듯 전화번호부를 뒤적거리기 시작했다.

"회장님 부탁합니다."

[네?]

상대 안내원이 어처구니없다는 소리를 냈다.

"은비파라는 사람입니다. 저…… 회장님 집 도우미 아줌마인데요, 집에 급한 일이 생겨서……."

[아, 네……. 그럼 잠시만 기다려 주시겠습니까?]

다행히 집 도우미라는 말에 납득이 가는 모양이었다. 하긴 그런 납득조차 자존심 상하는 일이기는 했지만. 어쨌든 비파는 낯익은 이반의 음성이 울리기를 잔뜩 긴장한 채 기다렸다. 꽤 많은 시간이 흐른 것 같은데, 정작 은행 벽에 걸린 시계는 채 오 분이 지나지 않았다.

[저, 죄송한데 무슨 용건인지 물으십니다.]

그녀에 대한 거부가 분명했다. 비파가 전화선을 꼬았다. 비참하다…….

"월급이 들어오지 않아서요."

[네? 아…… 네…….]

황당한 대답에 길게 늘어지는 여자의 음성엔 약간 웃음이 서렸다. 비파의 얼굴이 화락 달아올랐다. 당장 전화를 끊어버리고 싶은 충동을 애써 누르며 비파는 또다시 기다렸다.

[무슨 일입니까?]

긴 기다림 끝에 결국 이반의 음성이 나직하게 울렸다. 아직도 그녀를 거부하는 기색이 역력했지만 여전히 익숙한 목소리였다.

"아, 저 지금 은행에 왔어요."

전화선 너머 침묵이 흘렀다. 비파가 낮게 한숨을 쉬었다. 원래 말이 없는 사람이란 건 알고 있었지만, 이런 순간엔 오히려 화를 내는 게 더 반가울 것 같다.

"도, 돈이 너무 많이 들어와서…… 아무래도 잘못된 거 같아서요. 다시 돈을 돌려보내고 싶은데……."

[됐습니다.]

"아니에요. 이렇게 많은 돈을 받을 수는 없어요."

[퇴직금이라 생각하십시오. 어차피 일방적인 해고였으니 육 개월분의 월급과 약간의 퇴직금을 지급한 것뿐입니다.]

지독히도 계산적인 어투였다.

"그래도 그럴 수는 없어요. 제가 불편해서 그래요."

또다시 침묵이 흘렀다. 귀찮은 기색을 여지없이 드러내는 이반의 음성이 비수처럼 그녀의 심장에 박혔다.

[어차피 그리 큰돈이 아닙니다. 그런 돈을 받기 위해 당신에게 시간을 내어주는 일이 오히려 더 번거롭고 불편합니다. 그러니 그냥 가져요. 퇴직금의 명목이 싫다면 부당 해고에 대한 보상이라고 생각하십시오.]

"그래도 싫어요. 이렇게 많은 돈, 받을 자격이 없어요."

[그럼 버려요!]

"네?"

[내겐 더 이상 의미없는 돈입니다. 필요하지 않다면 기부를 하든 버리든 당신 마음대로 해요. 난 상관없습니다.]

뚝!

믿을 수 없게도 전화가 끊어져 버렸다.

끊어진 수화 음을 들으며 비파는 잠시 멍해졌다. 하! 눈물이 핑 돌았다. 그녀에겐 차마 받기조차 두려운 큰돈을 쉽게 버리라? 뚜 뚜뚜…… 요란스럽게 울려대는 전화기를 조용히 제자리에 내려놓고 비파는 은행을 나섰다.

건물을 나선 하늘은 부시도록 파랗고 서늘했다. 높다란 하늘을 바라보던 비파가 부신 눈을 덮었다. 팔 속에 가려 환하던 햇살이 잠시 어둑해졌다. 고개를 젖혀도 덮은 팔 너머로 뜨거운 눈물이 흘러내렸다.

비파가 투덜댔다.

하늘이 너무 맑아서 눈이 부셔. 그냥 그래서 그래…… 슬픈 게 아니라, 단지 햇살이 너무 따가워서 그럴 뿐이야.

눈이 콕콕 쑤셨다. 밤새 보채던 희아 때문에 잠이 부족한 눈이 짠 눈물 때문에 더 아프고 서걱거렸다. 붉은 눈자위로 얼룩진 눈물 자국을 쓱쓱 닦아내며 비파는 층계를 내려섰다.

"희아야, 우리 보너스 생겼다!"

대답이 없었다. 아직 잠이 깨지 않았나 보다. 층계를 내려 또박또박 제 집으로 향하는 비파의 얼굴이 순간, 돌처럼 굳었다. 신문 가판대에 놓인 신문에 이반의 사진이 커다랗게 걸려 있다. 그녀에겐 그토록 차가운 남자가 윤희서 곁에선 눈가에 주름이 잡히도록 웃고 있었다. 더욱 비참한 건 자신의 곁에 서 있는 것보다 훨씬 더 어울린다는 것이었다. 이 세상 사람 같지 않게 완벽한 미소를 짓고 있는 윤희서의 얼굴은 할퀴고 싶을 정도로 아름다웠다.

그녀에게도 키스를 했을까? 자신에게 했던 것처럼 달빛의 몽환적인 키스나 빗속에서 했던 그 달달했던 키스를 그녀에게도 했을지 자못 궁금해하며 비파는 제 스스로에게 깊은 상흔을 내고 있었다.

"히잉~"

잠든 희아가 칭얼대기 시작했다. 요즘 자주 울고, 잠에서 깨어도 부쩍 잠투정이 심해졌다.

"왜 또 그러니? 희아야, 엄마도 아파! 너무 아파서 숨 쉬는 것조차 힘들게 아파. 그러니까 조금만 엄마 좀 봐주라! 나중에, 아주 나중에 엄마가 행복해지면 잘해줄게."

토닥토닥 엉덩이를 두들기며 비파가 희아에게 애원했다. 부족한 잠 때문에 신경이 날카로웠다. 그런 제 엄마 속을 모르는 희아의 울음소리는 더욱 커져만 갔다.

"너, 정말 이럴 거니? 대체 나보고 어쩌란 거야? 나도 이반 보고 싶어! 미치도록 보고 싶다구! 밤마다 울어서 그가 돌아올 수 있다면 나도 너처럼 매일 밤 울어대고 싶어. 그러니까 제발 그만 하란 말이야! 엄마도 이젠 어떻게 못해. 이렇게 운다고 그가 돌아오지 않는다구! 제발 그만 울어! 그치란 말야!"

버럭 고함을 쳐대며 비파가 요동을 쳤다. 아이의 울음소리는 이제 신경을 갈가리 찢을 정도로 고음이 되어 온 거리에 울려대고 아이를 업은 작은 엄마는 털썩 바닥에 주저앉고 말았다. 겨우 눌렀던 눈물이 또다시 봇물처럼 터져 나왔다.

"차라리 그에게 가버려! 나도 이런 아들 이젠 키우지 않을 거야. 멀리멀리 떠나서 다 잊어버리고 살 거야. 넌…… 넌…….."

하늘이 너무 파랗고 가슴이 먹먹했다. 그래서 자꾸 눈물이 났다. 멈추어지지 않아서, 단지 그래서 이렇게 울고 있을 뿐이다. 오가는 사람들 속에 작고 작은 여자 하나가 빨갛게 부푼 아이를 업고 어린아이처럼 엉엉 울고 있었다. 따가운 가을 햇살은 속도 모르고 제 빛만 쏘아댄다. 높은 하늘 속에 박힌 하얀 햇살과 겨울을 예고하는 써늘한 바람 속에 희아와 비파는 제각각의 슬픔을 쏟아내며 울어댔다. 아파…… 그가 없는 세상이 아파서 자꾸 눈물이 나. 그리고 그가 너무 보고 싶어서, 그 사람의 웃음이 너무 그리워서 살갗이 베이도록 아파.

이젠 너무 늦었어, 희아야! 그러니까 제발 울지 말아줘!

지나가는 사람들의 시선도 아랑곳없이 펑펑 울던 비파가 붉어진 눈으로 집에 돌아왔을 땐, 이미 사위가 어둑해질 때쯤이었다. 내일은 희아의 첫 돌이라, 나름대로 음식 장만을 위해 장을 봐오는 길이었다. 하긴 차려봤자 먹을 사람은 그녀뿐이었지만. 그런 탓에 장바구니에 들린 물건들은 희아를 위한 과일과 약간의 야채, 한 접시 분량의 떡이 전부였다.

높은 골목길을 따라 천천히 올라서던 비파 앞에 불쑥, 누군가 튀어나왔다.

"이제 왔어?"

"이제 그만 오라고 했잖아!"

대꾸하는 목소리에 힘이 없었다. 낮에 온 기운을 다해 울었더니 뚝 떨어질 것처럼 몸이 축축 처졌다.

"이것 봐!"

손에 든 종이 상자를 무슨 커다란 선물인 양 내어놓으며 정작 본인이 더 기뻐한다.

"희아 생일 케이크! 아빠가 주는 첫 선물이야."

환하게 웃으며 희아 쪽으로 고개를 삐죽 내미는 정언의 얼굴을 철썩! 무안스럽게도 희아가 납작한 손바닥으로 후려쳐 버렸다.

"야! 너 정말."

꽤 아팠을 것 같은데 정언은 성격 좋게 화낸 척만 할 뿐, 특별히 불쾌한 기색은 아니었다. 그래도 아이의 손자국에 벌겋게 남은 정언의 뺨에 비파는 저도 모르게 쿡, 샛웃음을 짓고 말았다.

"시러!"

"희아, 넌 어째 아빠도 몰라보냐? 아빠라니까!"

정언이 답답한 듯 제 가슴을 콩콩 두드려 댔다. 그러나 무정하게시리 희아가 고개를 휙 반대 편으로 돌려 외면해 버리고 말았다.

"애, 데리고 뭐 하는 거야?"

"지금부터 천천히 친해져야지. 희아야, 이것 봐! 책도 사 왔어."

그림책이 담긴 봉투까지 흔들어 보이는 품이 여간한 정성이 아니었다. 하긴 이제 서서히 희아도 그림책을 볼 때가 되기는 했다. 요사이 정신이 없어 아이에게 책 한 권 제대로 읽어준 적이 없는 비파에겐 꽤 반가운 선물이었다.

"희아 좋겠네?"

"시러!"

엄마의 부드러운 음성에도 희아는 고집스럽게 '시러!' 만 반복했다.

"이맘 땐 아이들이 뭐든지 싫어! 라고 표현한대."

"그래? 암튼 들어가자. 여기서 내내 기다렸더니 손이 언 것 같아."

엄살을 부리며 비파의 어깨에 손을 덥석 얹었다. 싫은 기색으로 정언의 손을 털어내던 비파가 흠칫 어깨 뒤를 노려보았다.

"왜?"

"으응? 아니…… 저쪽에 누가 서 있는 것 같아서."

"저쪽?"

정언이 고개를 쭉 뻗어 비파가 가리키는 쪽을 바라보다 별일 아니란 듯 어깨를 으쓱거렸다.

"아무도 없는 것 같은데? 그래도 혹시 모르니까 오늘 문단속 꼭 확인하고 자. 골목길이 좀 으스스해서 올 때마다 늘 걱정이야."

그래? 대충 대꾸하며 비파가 또다시 같은 쪽을 흘낏 보다 제 집으로 들어섰다. 저쪽 가로등 너머로 어둔 그림자 하나를 분명 본 거 같은데. 누굴 기다리는 사람인가?

달칵!

낡은 스위치가 올라가고 생명이 거의 다 되었는지 깜박거리는 형광등이 힘겹게 불을 밝혔다. 골목의 제일 끝에 있는 비파의 집은 전망이 좋은 것 이외에는 별 장점이 없는 낡은 판잣집이다. 허름한 장판의 곳곳엔 얼룩이 남아 꽤 더럽고 낡은 인상인데도 정언은 눈에 거슬리지도 않는 모양이었다. 그런 정언을 보면 편안한 기분이 드는 것도 어쩔 수 없는 일이긴 했다. 예민하고 책 한 권도 반듯이 놓여 있지 않으면 신경이 곤두서는 이반이 이곳에 서 있는 모습은 솔직히 상상이 안 됐다.

비파가 내려놓은 바구니에서 과일과 떡, 그리고 야채들을 꺼내 차곡차곡 정리하는 동안 정언은 바닥에 편히 앉아 희아에게 아부를 떨고 있었다.

"희아야, 이것 봐라? 여기 있지? 이게 할아버지야, 할아버지!"

"함마!"

"할.아.버.지. 그리고 이건 할머니. 할머니 모르지? 그건 아빠의 엄마를 말하는 거야. 할머니."

재롱을 떠는 건 마치 정언이라는 듯이, 장난감으로 바닥을 치며 희아가 꺄르르 웃어댔다. 그래도 정언이 하는 것에 비해 말을 따라 하려는 노력은 별로 보이지 않았다.

"희아야, 해보라니깐. 할머니!"

"함마!"

"할머니! 함마가 아니라 할! 머! 니!"

"시러!"

가지고 있던 장난감을 바닥에 휙 던지며 희아가 정언에게 화를 벌컥 냈다. 장난감이 바닥에 튀어 딱! 소리가 나도록 정언의 이마에 부딪혔다. 정언의 반듯한 이마에 금세 주먹만한 혹이 생겼다. 보다 못한 비파가 참견했다.

"관둬! 아직 말 배울 생각이 없는 모양이지."

"아야⋯⋯ 얘, 원래 이렇게 사나워?"

"아닌데⋯⋯."

비파가 희아를 흘낏 보며 대꾸했다. 하긴 요즈음 희아가 누구에게나 좀 심술맞게 구는 편이긴 했다. 작은 상 위에, 그 상만큼 소박한 밥상을 차려 비파가 내어왔다. 우와! 희아보단 정언이 더 반갑게 밥상을 받아 들고 셋은 나란히 저녁 식사를 시작했다.

"우리 단란한 가족 같지 않아?"

아직도 포기를 못한 정언이 슬쩍 농을 걸어왔다. 우습게도 말을 알아들을 리 없는 희아의 눈초리가 사납게 올라간 기분이 들었다. 이상하게도 그럴 땐 오히려 정언이 아닌 이반을 많이 닮아 보인다. 비파가 어깨를 으쓱했다.

"그런 농담 재미없어."

"너, 그렇게 말할 때마다 좀 무서워진다. 참, 나 내일 당직이라 여기 못 올 것 같아. 그래서 미리 온 거야."

"그래?"

"좀 서운해하면 안 돼?"

"안 서운해."

"그래도⋯⋯."

"오빠!"

약간 올라간 음성에 밥 먹던 희아가 힐끗 제 엄마를 바라보았다.

"이젠 정말 그만 해. 나도 지쳐!"

"희아, 내 아이 맞잖아. 아이는 엄마, 아빠가 함께 키워야 해."

아이 같은 고집. 비파는 잠시 그 유혹에 흔들리는 걸 느꼈다. 예전의 그 모습대로 제 앞에 앉아 있는 정언은 가끔 그녀를 예기치 않게 흔들 때가 있었다. 저 속에 안주하고 싶다. 자신이 이미 그를 사랑하고 있지 않아도, 단지 아이의 친아빠라는 이유만으로 겉으로 보기엔 그럴싸한 가정을 이룰 수 있지 않을까? 그러나 비파는 절레 고개를 저었다. 문득 이반이 떠오른 탓이었다. 언젠간 용서해 주지 않을까? 희망이 있다면, 그 용서를 기다리고 싶었다. 이젠 그녀가 살 수 없었다, 이반이 없는 세계는. 굳이 희아가 매일 밤 그를 찾지 않아도 까만 창가에 비추는 달빛 속에 비파는 매일 이반을 떠올렸다. 그때 내가 정말 사랑이란 걸 했구나…….

정언을 사랑했었던 그때와는 비교할 수 없이 아린 심장은 이반을 깊이 새겨 잠시의 시간도 그에게서 벗어날 수 없었다. 된장국을 끓여도 무의식 중에 그가 좋아하던 버섯 된장국을 끓이고, 희아가 아빠라 부를 때마다 하하하! 웃던 그 걸걸한 웃음소리가 떠올라 미칠 것만 같았다.

"이반……."

그의 이름을 부르자 희아가 아빠! 하고 반갑게 소리쳤다. 그의 이름을 언제 배웠을까?

"아빠!"

또다시 부르며 탕탕! 숟가락을 밥상에 내려치는 희아의 손길을 정언이 매섭게 막아섰다.

"밥상은 그렇게 치는 거 아니야!"

짜증난 어투는 희아가 아닌 그녀에게 향한 것이 분명했다.

"이반 때문에 안 돼. 친아빠랑 함께 아이 키우는 거, 나도 하고 싶은데 이반 때문에 안 되겠어. 희아…… 오빠 아이 아니야! 희아가 오빠에게 한 번이라도 아빠라 부른 적 있어? 없지?"

"그, 그건…… 아직 친해지지 않아서 그래."

"그런데, 이반에겐 첫날부터 그랬다? 그 집에 처음 일하러 간 날 이반에게 덥석 '아빠!' 하고 안기는 거야. 그날, 그 사람…… 무지……."

가슴이 꽉 메어 목이 갈라졌다. 그 시간으로 돌아가고 싶어…….

"그 사람 무지 아팠는데 희아가 그렇게 귀찮게 해도 아무 말도 안 했어. 아빠가 아니라고 말은 하면서 아이를 위해 과일을 사고, 아이 장난감 사들고 오면서 더 행복해하고 그랬어. 그 사람, 그렇게 희아 아빠가 되어버렸나 봐."

"그래도 핏줄은 결국 하나로 통하는 거야. 지금, 그 사람을 지우기 어렵겠지만 살다 보면 잊혀져."

"잊기 싫어!"

눈물이 고였다. 코끝이 찡하고 가슴에 구멍이 뚫린 듯 시리고 아파왔다. 보고 싶어.

끝내 작은 방울이 바닥에 톡, 튀어 낡은 장판에 점박이를 만드는 걸 비파는 묵묵히 내려다보았다. 그 사람 많이 아팠는데, 그걸 몰라서 더 미안하고 가슴이 아팠다. 늘 당당한 사람이라 마구 기대도 되는 줄 알았다. 그도 상처를 받을 수 있는 건데 몰랐다.

"잊기 싫어. 나…… 그 사람에게 돌아가고 싶어."

"은비파!"

"나, 그 사람 보고 싶어 죽을 것만 같아. 창문에 노란 보름달이 떠도 만월이라 부르던 그의 목소리가 생각나. 멀리서 발자국 소리만 들려도 혹시 그가 찾아온 건 아닌가 싶어, 자다 벌떡 일어나기도 해. 내, 내가…… 정말 병이 들었나 봐. 세상의 모든 것들이 그 사람만 기억하게 해. 그래서 내 가슴에 오빠는…… 없어져 버렸어."

꿀꺽, 힘겹게 침을 삼키는 소리가 방 안에 울렸다. 한동안 방 안이 잠잠해졌다. 희아마저 조용한 방 안. 정언이 비틀, 자리에서 일어섰다. 이미 식어버린 국이 싸늘하게 두 사람 사이에 자리하고 있었다.

"갈게."

말하는 정언의 낮은 소리마저 들리지 않았다. 아이처럼 울어대는 비파를 무겁게 내려다보던 정언이 한 번 더 물었다.

"이젠, 정말…… 늦은 거야?"

"응……."

끄덕이는 작은 머리를 정언은 가슴 아프게 바라보았다. 사랑했었는데, 비파가 떠난 그 이 년은 둘 사이에 건널 수 없는 강처럼 깊고 넓어져 버렸다. 놓아주어야 하나? 제 아들을 바라보며 정언은 갈등하고 있었다. 전에, 이반의 집에서 비파가 외치던 음성이 문득, 수면 위로 떠올라 왔다.

"난, 그래…… 한 번쯤은 그런 거 다 무시하고 내게 와주길 바라."

하긴 생각해 보면 늘 그랬다. 늦어진 실험 때문에 한겨울에 내내 찬 벤치에서 기다린 것도 비파였고, 시험 보는 날 연필까지 곱게 깎아서 필통에 담아왔던 것도 비파였다. 그는 늘 바빴고, 비파는 늘 기다렸다. 친구들 모임 자리를 빠지지 못해 새벽녘에야 자취집에 들어가 보면 이불조차 제대로 덮지 못한 비파가 책상 밑에서 잠들어 있기 일쑤였다. 정언은 이제야 가슴이 아파왔다. 그 작고 작은 어깨가…….

"미안……."

정언이 비파에게 속삭였다. 눈물 때문에 빨개진 얼굴로 비파가 고개를 들었다.

"미안해, 늘 기다리게 해서……."

응? 묻는 비파에게 정언이 다시 주저앉아 머리를 쓱쓱 쓰다듬었다.

"그런데, 난 잘 못 기다리겠어. 넌 늘 날 기다려 주었는데, 난 네가 날 봐주길 못 기다리겠어. 난 기다리는 거 익숙하지 않잖아? 그러니까……."

목이 꽉 잠겨 말이 나오지 않았다. 기다릴 수 있는데…… 하지만 한 번쯤은 정말 근사하게 보내주자.

"그러니까, 다른 사람 기다리라고…… 그래도 희아는 가끔 보고 싶어."

"……으응, 보여줄게."

"그래."

정언이 늘 보여주던 다정한 미소를 지었다. 사랑했었는데, 늘 바쁘다는 핑계로 그 사랑을 보여주지 못했었다.

방문을 나선 정언이 깊어진 가을 공기를 폐 깊숙이 들이마셨다. 그 역시 비파처럼 울어버릴 것만 같아 더 이상 머물 수가 없었다. 등 뒤에 남은 방 안엔 사람의 기척 없이 고요했다. 갑자기 한기가 뼛속까지 치밀어 정언은 자신도 모르게 어깨를 부르르 떨었다. 낡은 판자 지붕 끝이 비웃듯 그를 향해 덜컹거리고 정언은 천천히 비파의 집을 빠져나왔다.

그가 떠나온 집엔 자신의 여자와 아이가 함께 있지만 긴 골목길을 나서는 그의 곁엔 아무것도 없는 공허뿐이었다. 휘청거리며 지나가는 가로등 곁으로 살짝 코를 쏘는 매콤한 향이 스치는 것 같다. 아마 겨울을 닮은 찬 공기 때문이겠지. 가로등 불빛에 긴 그림자를 드리며 정언은 터벅터벅 버스 정류장을 향해 걷기 시작했다.

제16장

"희아야!"

한밤중에 고성이 터져 나왔다. 정언이 돌아간 후, 잠시 열이 오른 것 같아 해열제를 먹인 후 재웠는데, 갑자기 희아의 숨소리가 심상치 않았다. 아직 잠에 들지 못한 탓에 이르게 알아차린 것만도 다행이라 여길 만큼 희아의 숨소리는 가프고 쉿소리가 났다.

"어, 어떻게 해……."

비파가 떨리는 손을 작은 이마에 얹었다 화들짝 내렸다. 열이 절절 끓어 작은 난로 같다. 요즘 매일 밤을 설치더니 살이 쏙 내린 볼이 열로 붉게 달아올라 있었다. 자리에서 벌떡 일어난 비파가 무작정 희아를 들쳐 업었다.

밤 열한 시. 시계는 늦은 저녁을 가리키고 있었다.

근방에 큰 병원이 없는 것 같은데…….

집을 나서자마자 비파는 등에 업힌 희아가 인형처럼 펄떡일 정도로 정신없이 내달렸다. 높은 골목길이 어둔 가로등 불빛에 잘 보이지 않아 주르륵 발이 미끄러진다. 갑자기 바닥이 눈앞으로 치닫는 것 같아 비파는 얼른 허리를 곧추세웠다. 그 와중에도 놀란 제 심장보다 등에 업힌 희아가 놀라지 않았나, 얼른 살폈다. 다행히 열 때문에 아이는 알아채지 못한 것 같았다. 왜 이리 골목이 길고 높은지…… 한참을 뛰어도 아직 아래쪽에 닿지도 않았다.

아프지 마. 엄마가 잘못했어.

낮에 모질게 소리쳤던 못된 소리만 뇌리에서 맴돌아, 비파는 애원하듯 빌었다. 아프면 안 되는데…… 많이 아프면 안 되는데……. 허겁지겁 달리며 열심히 기도했다. 끝없을 것 같던 골목길을 겨우 내려서 정신없이 병원을 찾았다. 헉헉! 거친 숨을 몰아쉬며 아무리 찾아도 화려한 색의 술집 간판들과 바쁘게 다니는 차량의 불빛만 번쩍일 뿐, 그녀가 찾는 병원은 없었다.

"택시!"

비파가 목청을 높였다. 한껏 팔을 흔들어도 지나가는 택시들이 부아앙! 야속한 소리만 내며 그대로 스쳐 가버렸다. 택시를 잡느라 꽤 긴 시간을 허비한 비파는 결국 지나가는 사람을 붙잡고 미친 듯이 물어대기 시작했다.

"애가 아파요. 혹시 근방에 응급실 있나요?"

이사 온 지 얼마 되지 않아 지리가 익숙하지 않은 탓에 도저히 병원을 찾을 수 없었다.

"제발 부탁이에요. 아이가…… 너무 열이 높은데 혹시 병원이 어디 있는지 모르시나요?"

모두들 고개만 젓고 사라져 버린다. 그러지 말아요. 제발 도와줘요, 네? 피가 심장에서 터져 마구 흘러내리는 기분이었다. 비틀비틀 술에 취한 사람들 속에서 흔들리는 건 오히려 비파 자신이었다. 마구 거리를 헤매던 비파의 눈에 전화 부스가 눈에 띄었다. 이반…….

[뚜르르, 뚜르르.]

긴 신호음만 울릴 뿐, 이반의 집은 전화를 받지 않았다. 제발…… 받아줘요. 비파는 마음속으로 빌었다.

[네.]

다행히 한참 만에야 잠기운없는 목소리로 이반이 전화를 받았다.

"저, 비파예요…… 희아가, 희아가 많이 아파서…… 병원을 아무리 찾아봐도 안 보여요."

목소리가 떨려왔다. 불안정하게 흔들리는 눈동자는 여전히 전화 부스 너머의 빈 택시를 찾느라 여념이 없었다.

[……거기, 집입니까?]

"여기, 여기요? 밖이에요. 골목이 너무 길어서 아무리 달려도 끝이 보이지 않아요. 택시들도 멈추지 않고…… 아무리 손을 흔들어도 차가 멈추지 않아요."

횡설수설이었다. 희아와 맞닿은 곳은 불에 데인 것처럼 뜨거움이 느껴지자 이반의 말도 겨우 알아들을 정도로 정신이 없었다.

[지금 서 있는 위치가 어디예요?]

"앞에 우체국이 있는데…… 가양우체국이요. 희아가 열이 높아서 등이 뜨거워요."

딸깍!

남은 동전이 떨어지며 뚜…… 하는 수화 음을 남긴 채 전화는 끊어지고 말았다. 어떻게 해! 발을 동동 구르며 비파가 주머니를 뒤지기 시작했다. 하지만 아무리 뒤져도 지폐 쪼가리만 잡힐 뿐, 동전이 보이질 않았다.

"이봐요! 아기 엄마!"

누군가 밖에서 문을 두드렸다. 나이가 좀 지긋한 아주머니 한 분이 비파의 시선을 끌었다.

"아까 잠깐 들었는데 아이가 많이 아파요?"

"네, 네? 아, 네. 응급실이……."

"좀 멀기는 한데, 이 동네에서 응급실은 거기밖에 없어서. 여기서 한 십 분 정도 쭉 가면 큰 병원이 하나 있어요. 아마 거기는 응급실이 있을 거야."

가는 방향을 자세히 알려주었다. 아…… 빙글빙글 도는 세상이 그제야 멈추었다. 비파가 허리가 접히도록 인사를 꾸벅거렸다.

"고맙습니다, 고맙습니다."

고맙다, 연신 고개를 끄덕인 후 비파는 또다시 달리기 시작했다. 어차피 이 시간에 택시를 잡는 건 무리였다.

얼마나 뛰었을까? 정말 아주머니의 말처럼 저쪽 끝에 높은 초록 간판이 보였다. 비파는 있는 힘을 다해 힘껏 뛰었다.

"아, 아이가…… 아파요!"

응급실을 문을 벌컥 열며 비파가 숨찬 소리를 질렀다. 하얀 간호복을 걸친 사람을 붙들고 무작정 아이가 아프다고 하소연을 하기 시작했다.

"아주머니, 어디가 아픈지 말씀을 해야 알죠."

"아, 아이가…… 고열이 끓어서……."

헉헉, 숨을 몰아쉬는 비파의 등에서 간호사들이 재빨리 희아를 끌어 내려 열을 쟀다.

"언제부터 이랬어요?"

"자, 잘 모르겠어요. 낮부터……."

열을 재던 간호사가 호출기를 누르자 금방 의사가 다가왔다.

"기침은 어때요?"

하얀 얼굴의 의사가 희아 가슴에 청진기를 대더니 물었다. 꽤 심각한 얼굴이라 가슴이 덜컥, 뛰었다.

"기침은…… 잘 모르겠는데."

"아이가 토하거나 설사를 하지는 않았나요?"

"조금 음식을 뱉어내기는 했지만 저녁땐 잘 놀았는데요? 변은 좀 묽게 보기는 했는데……."

"혹시 모르니까 피검사를 한번 해보죠."

"피검사요?"

"보통 아이들 같은 경우는 바이러스성 장염이나 요로염에 걸리는 경우도 있거든요. 둘 다 감기처럼 오는 병들이라 어머니들이 잘 모를 때가 있어요."

제16장

"그, 그럼…… 심각한 건가요?"

"글쎄, 우선은 검사부터 해보고요. 김 선생님, 이 아이 피검사를 좀 해보는 게 좋을 것 같은데요?"

비파는 내팽개쳐 둔 채 옆의 간호사에게 가버린다. 병원에 도착했다는 안도감에 털썩 침대 옆 벽에 기대 주저앉으며 비파가 지친 얼굴을 감쌌다. 눈물 때문인지, 땀 때문인지 얼굴이 축축했다.

"비파 씨!"

결과가 나오길 기다리는 사이, 누군가 그녀를 반갑게 불렀다. 쓰러질 듯 응급실 벽에 기대 주저앉아 있던 비파가 놀라 벌떡 몸을 일으켰다. 누구지? 아는 사람이 없는데. 병원 복도를 따라 빠르게 다가온 사람은 뜻밖에도 박 부장이었다.

"박 부장님?"

빠르게 다가온 박 부장이 성급히 물었다.

"희아가 많이 아프다던데, 의사는 봤어요?"

"네. 우선은 피검사를 먼저 한다고 아이를 데려갔어요."

"피검사?"

"네, 혹시 바이러스성 장염에 걸렸을지 모른다고……."

"아, 그럼 그리 놀랄 정도는 아니네? 걱정 많이 했죠?"

"그런데 여긴 무슨 일로……."

"아, 가양우체국 쪽을 가봤는데 없어서 혹시 몰라 근방 응급실 쪽을 뒤지고 있었지. 다행히 응급실 있는 병원은 여기뿐이라고 하기에 쉽게 올 수 있었어요."

아빠처럼 토닥토닥 등을 두드리며 웃는다. 병실 복도에 놓인 차가운 플라스틱 의자에 앉아 토닥이는 박 부장을 보자 비파는 비로소 마음이 놓였다. 아, 혼자가 아니구나.

"이반이 연락했어요?"

"으음…… 아참, 그리고 보니 연락드려야겠네. 걱정하실 텐데."

품에서 휴대폰을 꺼내 버튼을 누른다. 비파의 심장이 또다시 두근댔다.

"회장님, 박 부장입니다. 네, 비파 씨는 찾았구요. 아이는 아직 검사 중이랍니다. 네? 피검사라는데 원인은 아직 잘 모르고요. 글쎄…… 아직 의사를 만나보지 못해서. 네, 네? 저 잠깐만요."

이반과 통화를 하던 박 부장이 소맷부리를 흔드는 비파를 보며 왜? 하고 물었다.

"저 좀 바꾸어주세요."

비파가 부탁했다. 어쨌든 이곳까지 박 부장을 호출해 준 것만으로도 감사한 일이었다.

"저, 비파예요."

박 부장이 건네준 전화에 대고 말을 하려는데 긴장감이 풀린 탓인지 소리가 잘 나오지 않았다.

[네.]

박 부장에게도 이런 식으로 말할까? 짧게 끊어지는 대답이 그녀를 향한 거부감을 분명히 드러내었다.

"고마워요, 박 부장님 보내주어서. 덕분에 마음이 좀 놓였어요."

대답이 없다. 이반의 침묵에 비파 역시 말을 잃었다. 보고 싶어

제16장 *461*

요…….

[……이젠 그런 전화, 당신의…… 희아 아버님한테 하십시오. 두 번 다시 이런 일로 내게 전화하는 거 하지 않았으면 합니다.]

순간, 찬 밤기운에 얼어 있던 얼굴로 피가 한꺼번에 몰려왔다. 이 남자 정말 냉혹하다. 어쩌면 이런 순간에까지 저런 모진 말을 할 수 있을까? 고맙던 마음이 순식간에 원망으로 변해 비파의 얼굴이 하얗게 질려 버렸다. 다, 당신이란 남자……. 비파가 이를 악물었다. 손가락 끝이 바닥을 짓누르도록 주먹을 꽉 쥐며 비파가 겨우 말을 꺼냈다.

"네, 죄송해요. 그런 생각 하지 못했어요. 죄송합니다. 다음부턴 절대 이런 전화 당신에게 하지 않을게요. 번거롭게 해서 정말 죄송해요."

그리고는 전화를 뚝 끊어버렸다. 어…… 박 부장이 당황한 얼굴로 쑥 내밀어진 자신의 휴대폰을 허둥지둥 다시 받았다.

"아니, 왜……."

박 부장이 놀란 얼굴로 물었다. 병원 복도를 노려보며 비파는 뻔뻔하게도 이반에게 섭섭한 마음뿐이었다. 자신을 미워하는 건 이해할 수 있다. 그러나 희아가 아프다는데…….

"섭섭해요."

"응?"

"그 사람, 어쩌면……."

설움이 복받쳐 눈물이 솟구치기 시작했다.

"저, 절…… 미워하는 건 이해할 수 있어요. 그래도 아이가 아프다는데…… 어쩜……. 흑!"

참았던 울음을 터뜨리며 비파가 제 얼굴을 감쌌다. 가려진 손가락 사이로 거침없이 눈물이 쏟아졌다. 옆에서 이런, 박 부장이 혀를 찼다. 당황한 기색으로 비파를 달래려 애를 쓴다.

"아, 아니…… 그런 게 아니라……."

"이, 이젠 정말 끝인가 봐요. 날 잊었나 봐. 우리 희아 따윈 상관없이…… 정말…… 마음이 아파서……."

엉엉! 소리 내어 우는 비파의 등을 박 부장이 어색한 손길로 달랬다. 이런, 이런…… 도대체 무슨 오해가 있었나 싶다. 이 저녁에 당황한 목소리로 횡설수설하던 걸어온 이반의 전화도 황당했지만 이렇게 펑펑 우는 비파의 모습도 못내 당혹스럽기는 마찬가지였다. 아직 한국 지리에 익숙하지 않은 이반이라 저 혼자 가양우체국이란 말로 찾아간다는 것도 거의 불가능한 일이었겠지만 무엇보다도, 오늘 이반은 저녁 만찬에서 거의 폭음에 가까운 음주를 한 후였다.

하얗게 질린 얼굴로 눈에만 핏발이 선 채 독한 위스키를 끝도 없이 들이키던 이반의 모습이 위태해 보여, 억지로 집에 돌려보냈었는데.

[가양우체국이 어디입니까?]

늦은 시간에 건 전화에 대한 인사치레도 없이 이반은 불쑥 물었다.

"네?"

[가양우체국이 어디입니까? 지금 희아가 많이 아프다는데……

제16장 463

그 사람 혼자 울고 있습니다. 아무도, 아무도 도와주지 않는데 그 사람 혼자 아파하고······.]

그 순간, 이반의 목소리엔 울음기가 섞여 있었다. 울다니? 늘 침착하고 냉정한 회장이 아무리 술을 마셨다 해도 이토록 흔들릴 리 없는데.

"아니, 회장님이 어떻게 그곳을 갑니까? 제가 가겠습니다. 회장님 집과는 극과 극이에요. 길도 아직 익숙하지 않는데······."

[하지만, 그 사람이 혼자 울고 있어요. 그 작은 사람이 아무도 없이 혼자······ 울고 있습니다.]

"그래도 안 됩니다. 오늘 그 독한 술을 그토록 붓듯이 마셨는데. 그냥 제가 가겠습니다. 대신 가자마자 바로 연락드리겠습니다."

그래도 가겠다, 우기는 이반을 겨우 달래 잠옷에 코트만 걸치고 뛰어나오는 중이었다. 자신의 앞에서 어린 딸처럼 우는 비파와 집에서 종종걸음을 하고 있을 이반을 생각하면 어떻게 이 실마리를 풀어야 할지 박 부장은 답답할 따름이었다.

"은희아 보호자 분!"

복도 한가운데서 엉엉 울고 있는 비파와 그 앞에서 답답해하는 박 부장의 귀에 사무적인 음성이 들려왔다. 네, 소리와 함께 둘이 동시에 그쪽으로 후다닥 뛰어갔다.

"다행히 요로염이나 장염은 아니구요. 그저 감기입니다. 아이가 설사한 건 열 때문에 그런 것 같고, 목도 약간 부은 상태입니다. 그래도 혹시 모르니 입원하셔도 되고요, 아니면 오늘 저녁은 그냥 가셨다가 내일 일찍 나오셔도 됩니다."

설명이 장황하다.

"입원하겠습니다."

비파가 미처 뭐라 말하기도 전에 박 부장이 냉큼 대답했다. 긴장감이 풀린 비파가 스르르 의자에 털썩 떨어졌다. 때문에 칭얼대는 희아는 박 부장이 대신 받아 안았다.

"저쪽 접수처에 가셔서 입원 수속 밟으시고 입원 병동으로 가시면 됩니다."

온기라곤 없이 제 할 말만 전하고 곧장 돌아가 버리는 간호사 뒤로 박 부장이 비파에게 위로의 말을 건넸다.

"다행이네. 그래도 혹시 모르니까 오늘밤은 여기서 지내보자구."

씨익 웃는 박 부장의 넉넉함에 비로소 긴장감이 풀렸다. 박 부장의 품에 안긴 희아도 제 얼굴을 부비며 잠투정을 시작했다. 검사하느라 많이 놀랐는지, 울음소리는 내지 않고 작은 손등에 달린 링거액 주삿바늘도 투정하지 않았다.

"이제 이런 전화 하지 않았으면 합니다."

희아의 얼굴 위로 차갑던 이반의 음성이 겹쳐져 비파의 얼굴이 또다시 빳빳하게 굳어졌다. 그 굳어진 안색을 살피던 박 부장의 입에서 낮은 한숨이 새어나왔다. 둘이 함께 접수처에서 입원 수속을 한 후, 병실로 향하던 비파가 갑자기 걸음을 멈추었다.

"왜? 뭐 잊은 것 있어요?"

딱, 멈춘 비파에게 박 부장이 의아한 음성으로 물었다.

"잠깐만요. 저, 죄송하지만 먼저 올라가실래요? 아이용품을 좀 가져오려고. 생각해 보니 아이 속옷이며 기저귀며 가져온 게 없네요."

"어, 그래……."

끄덕이는 박 부장을 남겨두고, 비파는 서둘러 집으로 향했다. 얼마나 급하게 뛰어나왔는지 방은 불도 꺼지지 않은 채 환했다. 흐트러진 이불을 지나 희아의 옷들과 기저귀, 그리고 우유병을 챙기던 비파의 앞에 무언가 툭 떨어졌다. 그녀가 낡은 희아의 옷가지로 만든 작은 주머니다.

순간, 짐을 챙기던 비파의 바쁜 손이 그림처럼 멈추었다. 그리고 떨어진 주머니를 조심스럽게 집어 들었다. 일일이 손으로 박아 만든 볼품없는 주머니였다. 손가락 끝에 조심스럽게 만져지는 주머니 속 안에 것들이 달그락 달그락 요란한 소리를 내며 갇혀진 세상을 빠져나오지 못해 안달이었다.

"이게 당신에게 준 세상입니다."

이반의 목소리는 어디서든지 울린다. 내게 준 세상…… 비파가 주머니를 자신의 가슴 안으로 끌어안았다. 또다시 눈물이 터져 나왔다. 이 망할 눈물은 도무지 그칠 줄을 모른다. 한동안 멍하게 앉아 있던 비파가 후다닥 일어섰다.

잡을 거야. 내 거니까, 내게 준 세상이니까 다시 잡을 거야.

딩동!

조심스럽게 누른다고 해도, 어쩔 수 없이 초인종 소리가 크게 울려 버렸다. 모두 잠이 든 어둠 속엔 세상의 소음마저 침묵해 이런 작은 소리도 천둥처럼 울려지고 만다.

달칵.

집 쪽에서 전화기를 드는 소리가 작은 스피커를 통해 살짝 들려왔다.

"문 좀 열어줘요. 할 말이 있어요."

손에 들린 작은 주머니를 꽉 쥐며 비파가 말했다. 그러나 스피커 건너편은 조용했다. 머리 위에 달린 까만 카메라 쪽에 얼굴을 바싹 들이밀며 비파가 스피커를 향해 버럭 고함을 질렀다.

"할 말이 있어요. 여기 카메라 있는 거 다 알아요. 문 좀 열어달라구요!"

딩동딩동! 요란스럽게 벨을 눌러대며 비파가 한껏 소리를 높였다. 그러나 여전히 무겁고 커다란 대문 안은 고요했다. 컹컹! 이반 대신 옆집 개가 그녀를 반겼다. 컹컹거리는 소리와 요란하게 울려대는 초인종 소리가 늘 고즈넉하던 이 고급스런 주택가에 시끄럽게 울리기 시작했다. 비파가 작은 키로 카메라를 향해 팔짝거리며 뛰어댔다.

"문 열어요! 당신, 이렇게 비겁하게 물러서면 내가 그냥 돌아갈 줄 알아요? 문 열라구요! 당신 열어줄 때까지 절대 돌아가지 않을 거니까, 어디 두고 봐요! 문 열어요! 당장 이 문 열라고요!"

열이 뻗쳐 왔다. 단단한 껍질 속에 숨어버리는 이반의 비겁함 따위엔 지지 않을 생각이었다.

이젠 초인종을 울리는 것만으로 성이 차지 않아 부서져라 문을 두드려 댔다. 이게 마지막이었다. 더 이상 물러설 곳이 없었다. 그러면서도 내심 정말 이 고집스런 남자가 끝내 문을 열지 않으면 어떡하나, 고민이 되긴 했다. 희아가 지금 아픈데 병원에서 엄마를 찾아 울지도 모르는데 언제까지 이곳에 머물 수만은 없었다. 제발, 문을 열어줘요.

쾅쾅!

온 힘을 다해 문을 두드렸다. 그때였다. 또다시 세차게 문을 두드리려던 비파가 갑작스런 빈 공간에 몸이 확! 앞으로 쏠렸.

컹컹! 또다시 개가 사납게 짖어대는 어르슴한 가로등 불빛에 그 어둠처럼 음산한 그림자가 길게 드리워졌다. 아, 비파가 재빨리 발끝에 힘을 주었다. 쓰러질 것처럼 넘어지던 몸이 겨우 이반 앞에서 멈추었다. 한참은 높은 이반에게 지지 않기 위해 비파가 고개를 바짝 들었다. 허리를 곧게 펴고, 눈에 힘을 팍 준다.

생각을 알 수 없는 눈동자가 무표정하게 그녀 앞에 놓였다. 분노도, 호기심도 없는 공허한 눈빛. 그의 눈동자에 홀려 비파가 잠시 말을 잊었다. 날카롭게 각이 진 얼굴 선이 예전보다 더 예민하고 매서워 보여 저도 모르게 심장이 떨렸다. 누구의 접근도 허용하지 않는 단단한 방패가 굳이 느끼려 하지 않아도 살갗을 뚫고 지나가는 기분이었다. 좀 전의 용기가 갑자기 빠르게 사라져 가는 걸 느끼며 비파는 주먹을 일부러 꽉 쥐었다.

정말, 잊어버린 게 아닐까? 그 신문에 실린 사진처럼 이젠 그녀를 잊고 새로운 여자를 사랑해 버렸을지도 모르는데 또다시 바보 같은 짓을 하는 건 아닌지, 겨우 낸 용기가 빠르게 사라지고 있었다.

빙산에 갇힌 것처럼 온몸에 한기가 스쳐 지나가는 그 순간, 손에 쥔 주머니 속에서 달그락 달그락, 작은 유리알들이 부딪쳤다. 그녀가 조금 전 자신의 집에서 찾아냈던 그 허름한 천 주머니였다. 용기를 내…… 비파가 조그맣게 소리쳤다.

"저……."

"무슨 일입니까?"

비파가 채 말을 꺼내기도 전에 이반의 묵직한 음성이 허공을 갈랐다. 벌어진 입 사이로 독한 술 향이 팍 풍겨왔다. 비틀거리지도 않고, 목소리마저 한 치의 흔들림이 없는데 그의 입에선 지독한 술 냄새가 잔뜩 스며 나왔다. 뭐야? 술을 마신 거야?

그러나 겉으로 보이는 이반은 술기운없이 여전히 전처럼 당당한 모습이었다. 그녀는 폴짝 뛰어도 닿을까 말까 한 높은 대문의 끝자락을 잡고 거대한 산처럼 그녀를 내려다본다.

그러고 보니 눈자위가 조금 빨갛다. 빨간 눈자위와 풍겨오는 술 냄새를 제외하면 전혀 취한 사람 같지 않은 매무새였다. 아니다. 머리카락도 약간 흐트러져 있다. 늘 단정히 정수리까지 올라가 있던 머리카락이 이마를 덮어 눈썹 끝자락까지 내려와 있고, 긴 속눈썹은 그림자를 드리워 표정을 가린다. 세상 그 어떤 것도 감히 그를 침범할 수 없다는 강한 의지를 보여주는 것 같아, 비파는 절로 한 발짝 뒤로 물러서고 말았다.

주춤하는 그녀의 기척에 이반의 입매가 살짝 말려 올라갔다. 비웃는 기색이 역력했다. 순간 물러서던 비파가 단단히 입을 여물었다. 노려보는 눈동자도 별빛 속에 초롱, 빛을 냈다. 비파가 앞으로 성큼 나섰다.

"당신을 만나러 왔어요."

"하!"

냉기 어린 시선이 그녀의 머리끝에서 발끝까지 좌악 훑었다. 머리끝이 짜릿하다.

"당신을 용서해 준다는 말을 하고 싶어서요."

주먹을 꽉 쥔 채 비파가 바짝 그를 노려보았다.

"용서해 주기 힘들었지만, 그래도 용서해 줄게요."

"용서라……."

말끝을 일부러 흐린다. 그녀를 놀리는 심사가 분명했다. 허리를 반으로 굽힌 이반의 얼굴이 그녀의 바로 눈앞에서 멈추었다. 입가에 걸린 미소만으로도 도망가고 싶을 만큼 잔인한 눈빛이었다.

"당신이 내 무엇을 용서한다는 것인지 물어도 되겠습니까? 아니, 그것보다 당신이 날 용서할 수 있는 자격을 누가 주었는지, 우선 그것부터……."

"시끄러워요!"

냉담한 이반의 말을 달칵 자르며 비파가 성마르게 소리를 질렀다. 한 대 쳐도 시원찮을 기세였다. 사실은 달달, 떨리는 걸 애써 감춘 비파가 이반의 시선을 꽉 붙들었다.

"당신이 정말 무얼 잘못했는지 모른단 말이에요? 희아가 아파요! 그런데도 감히 오지도 않았잖아요? 게다가 신문이랑 텔레비전에 온통 그 망할 여자랑 희희낙락한 주제에 뭘 잘못한지 모르겠다는 거예요?"

"감히?"

"그래요, 감히요! 희아가 얼마나 당신을 찾았는데, 어느 누구에게도 하지 않는 '아빠!' 라는 소리까지 하면서 당신을 찾았는데 당신은 오지도 않았죠? 날 사랑한다면서 다른 여자랑 함께 그따위 스캔들이나 만들고, 정말…… 당신이 미워요!"

콧잔등에 잔뜩 주름을 접으며 비파가 바락바락 악을 썼다. 지난 시간 그 기사를 볼 때마다 졸였던 심장이 갑자기 설움으로 복받쳐 온 탓이었다. 코가 아파올 만큼 눈물이 핑 돌았지만 비파는 간신히 꾹 눌렀다. 울지 마!

"사랑한다? 누가 당신을 사랑한다, 했습니까? 내가 다른 여자와…… 그게 무슨 상관이 있습니까? 당신에게!"

"누가 사랑한다고 했다…… 하! 그게 지금 말이라고 하는 소리예요? 당신이……."

비파가 손가락으로 이반의 가슴을 쿡 찔렀다. 그 작은 손짓에 이반이 어이없게 뒤로 주춤 물러섰다. 그녀의 손가락이 닿은 곳에서 불길이 화락 일었다.

"당신이 사랑한다, 그랬잖아요!"

이반의 가슴을 콕 찌르더니 이젠 그의 커다란 손을 잡기까지 한다. 올려진 손바닥 위로 비파가 작은 주머니를 거칠게 내려놓았다. 그리고는 꽉 여물어진 주머니의 입구를 벌렸다.

촤르르……. 맑은 소리를 내며 작은 크리스털 조각들이 그의 손바닥 위에 펼쳐졌다. 그 크리스털 조각과 함께 연한 향이 숙취로 마비된 그의 코언저리를 스쳤다.

"비파……."

이반의 입에서 신음이 터져 나왔다. 전면적으로 중단되어 버린 새 향수, 그의 비파!

승리에 찬 비파의 눈동자가 얄밉게 반짝였다. 이반이 입술을 꽉 깨물었다. 당신이…… 정말 밉습니다.

"이미 깨져 버린 이 조각들이 무슨 의미가 있습니까?"

"당신의 사랑이잖아요. 사랑이란 게 굳이 말을 해야 한다고 생각하는 거예요? 당신이 내게 준 사랑에 대한 답도 아직 하지 않았는데 누구 마음대로 깨졌다는 거예요? 당신 바보예요?"

이 여자가 무슨 말을 하는 걸까? 술기운이 올라오나 보다. 비파의 얼굴이 자꾸 빙글빙글 돌아, 그 표정이 자꾸 눈 밖으로 벗어났다. 이반은 불쑥 화가 치밀어 올랐다.

"바보라……하! 당신의 그 남자에게나 가요."

술이나 더 먹어야겠다. 그녀의 말처럼 자신이 준 그 향수가 사랑의 고백이었다면, 아직 그녀가 하지 못한 대답은 듣고 싶지 않았다. 제 의지에 반해 찾아간 그녀의 집 앞에서 보았던 정언과의 다정한 모습만으로도 이미 충분한 대답을 들었으니까. 바보처럼 몰래 숨어서 보던 그 비참함. 이반은 이제 삶도, 사랑도 지쳐 가고 있었다.

"멈춰요!"

돌아서던 그의 등이 딱 멈추었다. 더 이상 듣고 싶지 않은데 저 여자가 너무 귀찮게 군다. 그녀의 말은 각각 해석하기 어려운 도형으로 바뀌어 허공 속에서 뱅글뱅글 맴을 도는 기분이었다. 그녀가 내뱉은 말들이 자신의 귀엔 들어오지 않고, 부서져 버린다는 걸 그녀는 모르고 있었다. 지금 그가 원하는 건 다시 제 집으로 들어가 아직 다 비워내지 못한 술을 마시는 것이다. 방 안에는 이미 여러 병의 위스키 병들이 굴러다니고 미처 비우지 못한 또 하나의 술병도 남아 있었다.

"그 사람에게 돌아가요. 희아 따윈, 아이 아빠와 잘 키우란 말입니다."

"희아 아빤, 당신인데 어디로 가란 말이에요!"

참다못한 비파가 자꾸 돌아서는 이반의 팔을 잡아 자신 앞으로 휙 돌렸다.

"내게도, 희아에게도 아빤 당신뿐이에요. 사랑해요! 아직 답을 주지도 않았는데 그렇게 거부하지 말아요. 당신이 그 여자와 함께 웃는 걸 볼 때마다 질투 때문에 미쳐 버리는 줄 알았어요. 나한텐 인색하게 보여주던 그 미소가 그 망할 여자에게 향할 때마다 죽고 싶을 만큼 괴로웠다구요. 아픈 희아를 보면서, 매일 당신을 찾는 희아를 보면서 당신이 너무 그립고 보고 싶었단 말이에요! 그러니까 이젠 날 좀 용서해 줘요. 나도 너무 힘들어서 죽고 싶을 만큼 괴로웠으니까. 이젠 좀 용서해 주면 안 돼요? 네?"

잡은 이반의 팔을 흔들어대며 비파가 애원했다. 돌아선 이반의 눈동자엔 빛이 실리지 않았다. 밤하늘보다 더 어둡고 깊은 그 빛 속엔 그녀가 없었다. 쩌렁쩌렁 울리던 비파의 고함 소리가 힘없이 잦아들었다.

"제발…… 당신을 사랑해요. 늦게 깨달아서 화가 났다면 미안해요. 그래도…… 그 누구에게도 빼앗기고 싶지 않아요. 당신을 사……."

"Shit!"

갑자기 숨이 탁 막혀왔다. 거칠게 끌어당겨진 품에서 버둥거릴 사이도 없이 뜨거운 그의 혀가 곧장 그녀의 입술을 침범해 들어왔다. 위스키 향이 실린 이반의 깊은 키스는 내 여자라, 각인이라도 시킬 셈인지 거친 폭풍처럼 휘몰아치고 있었다. 그의 비틀리고 거친 입맞춤을 비파 역시 거부하지 않았다. 그에 대한 그리움은 텅 빈 우물처럼 깊어 그 키스밖에는 채울 수 없었다. 갑자기 툭, 물방울 하나가 뺨 위로 떨어져 내렸다.

화들짝 놀란 비파가 번쩍 눈을 떴다. 아, 이런…….

이반의 눈물이 그녀의 뺨 위로 또독, 빗방울처럼 떨어져 내렸다. 젖은 머리카락을 쓸어 올리는 그의 손가락이 섬세하게 떨리는 걸 비파는 안타깝게 바라보았다. 바보 같은 자신 때문에 너무나 긴 시간 서로를 외롭게 했다.

"다, 당신이…… 얼마나…… 그리웠는지, 내겐 그 삶이 얼마나 지옥 같았는지 당신은…… 모를 겁니다."

이반의 고백에 비파의 아픈 심장이 가닥가닥 찢어져 내렸다. 미안해요, 그 말밖에는 할 말이 없었다. 그녀 역시 윤희서 옆에 서 있는 그의 모습에 지옥 같은 고통을 느꼈으니까.

"미안해요…… 내가 많이 잘못했어요."

중얼거리는 비파를 감싸 이반이 제 품으로 다시 끌어안았다. 마치 그녀의 존재가 실체임을 자각이라도 하려는 듯, 애타는 손길이었다. 비파가 팔을 뻗어 넓은 그의 등을 감쌌다. 나 여기 있어요! 느끼게 해주고 싶다. 아프게 했던 만큼 더 많이 감싸고, 살면서 더 이상 외롭지 않게 줄게요.

"많이 사랑해요."

위스키 향과 함께 톡 쏘는 이반의 독특한 향이 스친다.

"나, 역시……."

컹컹! 또다시 개 짖는 소리가 울렸다. 달빛 없는 회색 구름을 뚫고 하얀 눈 하나가 연인들의 등 위로 살풋 내려앉았다. 이른 첫눈이었다. 아직 제 살을 채우지 못해 존재감조차 느끼기 어려운 작은 눈송이였지만, 소록소록 내리는 하얀 눈이 너른 정원 위로 하나둘 떨어지기 시작했다. 메마른 갈색 정원에 하얀 눈이 안개처럼 피어올랐다. 만개한 눈의 꽃은 부끄러운지도 모르고 제 속살을 하얗게 드러내고 있었다.

정원엔 늘 꽃이 피어 있다. 눈이 많은 겨울이라더니 하루 걸러 내린 덕분에 정원의 마른 나뭇가지엔 눈이 녹을 날이 없었다. 늦은 돌상을 이반과 함께 치르고 근사하게 찍은 돌 사진이 걸린 제 방에서 색색, 편한 숨을 내쉬며 희아는 잠들어 있고, 비파는 이반과 함께 거실의 너른 창에 비친 정원의 광경에 취해 있었다. 눈꽃이 온통 뿌려진 정원은 마치 봄처럼 화사했다.

"무슨 소리 들리지 않습니까?"

둥근 비파의 어깨에 살짝 얼굴을 기댄 이반이 물어왔다. 그녀에게선 그가 새로 만든 '비파' 향이 은은히 스며 나왔다. 그리고 달큰한 포도의 향도.

"흠……."

이반이 고집을 부려 기어이 한 상자 가득 가져온 포도로 만든 주스를 마시며 비파가 고개를 갸웃했다.

"당신이 약속했잖아요."

내년 여름에 싸디싼 포도를 사 만들어주겠다는데도, 이반은 기어이 만들어내라며 비싼 포도를 박스째 사들고 와 고집을 부렸다. 비싼 포도를 주스로 만들기 위해 팔팔 냄비에 끓이고 있으려니 정말 화가 치밀어 올랐다. 그래도 결국 이반의 고집에 질 수밖에 없는 자신이 우스워 킥킥 웃고는 말았지만.
비파 곁에 선 이반의 손에도 보랏빛 포도 주스가 들려 있다. 이반은 유독 포도 주스를 좋아했다. 사 온 포도가 떨어질 때 즈음이면 어떻게 알았는지, 또 한 박스를 훌쩍 사 오는 바람에 요즘 비파의 일과는 포도 주스 만드는 걸로 시작할 정도였다.
"정말 무슨 소리 안 들려요?"
대답없는 비파를 이반이 재촉했다. 입가에 길게 수염처럼 보라색 자국이 나 있는데도 이반은 미처 모르고 있었다.
"안 들려요. 무슨 소리가 들린다고 그래요?"
입에 묻은 포도 주스 자국을 닦아주며 비파가 투덜댔다.
"이리 와봐요."
창가 가까이 비파를 끌어당긴다. 매일 그와 함께 잠이 들면서도 이렇게 은밀히 서게 되면 여전히 두근두근, 심장이 뛴다. 톡 쏘는 그의 향만 맡아도 설레고…… 부드럽게 벌어진 입매에선 그의 진한 키스가 떠올라 자신도 모르게 얼굴이 붉어졌다.

"왜 얼굴이 붉어져요?"

뻔히 알면서 이반이 빙글 놀렸다.

"몰라요!"

무안한 마음에 버럭 소리를 질렀다. 이반이 씨익 웃으며 투덜대는 비파의 입술에 쪽! 하고 입을 맞추었다.

"이젠 됐습니까?"

"뭐, 뭐예요?"

"키스하고 싶어하지 않았습니까?"

"뭐냐, 진짜! 못됐어!"

"그럼 키스하지 말아요?"

제법 장난까지 친다.

"누가 키스하지 말라고 했어요? 그냥 하면 될 걸, 꼭 그렇게 무안하게 하냐?"

하하하! 커다란 웃음을 터뜨리며 이반이 제 곁으로 비파를 끌었다.

"이리 와봐요. 저쪽 보여요?"

손가락으로 가리키는 정원의 한쪽 끝, 싱그런 초록 이파리 사이로 작고 하얀 망울이 살풋 드러났다. 덮여진 눈 때문에 잘 보이지 않아, 자세히 살펴야만 눈에 띨 정도로 작은 망울이었다.

"백동백이에요."

"백동백이요? 동백 중에 하얀 동백이 있었나요?"

"흔하지는 않죠. 어렸을 때 어머니가 키우던 동백이에요. 남도

쪽이 고향이라 동백을 좋아하셨는데, 그중에서 제일 좋아하는 게 백동백이었습니다."

이반이 제 부모의 이야기를 하는 건 처음이었다. 정원을 향한 이반의 시선에 아득한 그리움이 묻어 있었다. 비파가 넓은 이반의 가슴에 얼굴을 묻었다. 익숙한 향이 폐부 깊은 곳을 쿡, 찔러왔다.

"구하느라 꽤 애를 먹었는데, 녀석이 겨우 꽃을 피려나 봅니다."

"네……."

"나중에 정원에 예쁜 꽃들을 키울까 합니다. 만들어진 향 말고, 자연이 주는 향긋한 내음을 집 안 곳곳에 남기고 싶어요."

"누가 향수쟁이가 아니라 할까 봐."

킥, 웃는다. 이반의 '비파' 향수는 그 독특한 향 때문에 수요를 공급이 따를 수 없을 정도였다. 더 많은 물량을 만들자는 임원들의 강권에도 이반은 결코 수량을 늘이지 않았다.

"당신의 '비파' 향에는 한 가지 더 다른 향이 있는 거 압니까?"

비파의 머리카락에 입술을 묻던 이반이 문득 생각난다는 듯 물어왔다. 다른 향? 비파가 쓰는 '비파' 향수는 시중에 파는 병과 모양이 다르긴 했다. 늘 전에 깨져 버린 병과 같은 모양의 크리스털 병에 늘 담아 선물해 주긴 했지만 같은 향이려니 했었는데.

"어? 그럼 시중에서 파는 향과 다른가요?"

"물론! 당신에게 주는 향을 그것과 같게 할 수는 없으니까."

"뭔데요?"

창문을 통과하는 달빛을 따라 비파의 눈동자가 선명한 빛을 냈

남은 이야기

다. 반짝거리는 호기심 어린 눈빛이 아이처럼 순수했다. 이반이 또다시 비파의 입술에 제 입술을 묻었다. 늘 키스를 해도, 그녀가 자신의 곁에 있다는 게 믿어지지 않는다. 가벼운 입맞춤은 적극적인 비파의 반응 때문에 조금 더 길고 깊어진 키스가 되고 말았다.

끊어지지 않는 키스의 여운으로 이반이 거칠게 숨을 몰아쉬었다. 그녀와의 키스는 언제나 달콤하고 샘처럼 갈증이 난다.

"화이트 페퍼의 향……."

허스키하게 잠긴 목소리로 이반이 겨우 입을 열었다. 그의 입술이 비파의 입술을 스쳐 복숭앗빛 뺨으로, 작고 오동통한 귓불로, 그리고 가는 목 줄기를 따라 깊은 가슴의 골짜기로 향했다. 옷자락 위로 꽃잎을 살짝 깨문다. 농염한 그의 애무에 비파가 가쁜 숨을 들이켰다.

"화, 화…… 이트 페퍼……."

"내가 쓰는 향의 베이스 노트입니다."

비파의 가슴에 머문 입술을 잠시 떼어내며 이반이 설명했다. 그녀 안에 깊숙이 배인 자신의 향이 좋아 비파에게 선사하는 향엔 늘 화이트 페퍼의 향이 담겨 있다.

"날…… 사랑해요?"

이반이 또다시 물어왔다. 그녀가 곁에 있어도 깨어지는 꿈처럼 이반은 늘 이렇게 자주 묻곤 했다. 그리고 비파 역시 열심히 고개를 끄덕여 주었다.

"사랑해요, 언제까지나…… 당신을 사랑할게요."

"사랑합니다."

이반이 비파의 손을 끌어 제 가슴 위에 얹었다.

"이 심장이 당신을 기억할 때까지 당신을 사랑합니다. 잊지 말아줘요."

당신이 죽는 그 순간까지 이 심장 소리를 기억해요. 이반은 내리는 하얀 눈 속에 기원했다. 한날한시에 함께 떠나기를…….

비파가 그의 목을 끌어안고 제 입술을 묻었다. 애를 태우듯 그의 입술을 스치고 자잘한 주름을 어루만졌다. 머리카락을 한올한올 정성스럽게 쓸고, 그의 모든 것에 제 입술 자국을 남겼다.

"기억할게요. 내 심장이 멈추는 날까지."

톡!

창문 너머 하얀 동백의 꽃망울 하나가 둥근 초록 잎사귀 사이로 잔뜩 여문 제 꽃잎을 나비처럼 펼쳤다. 차디찬 겨울바람이 살랑살랑 앙상한 가지를 흔들자 그 가는 바람에도 무거운 눈꽃이 제 무게를 이기지 못해 정원의 마른 풀잎 위로 후두둑 떨어지고, 그 속에서 동백은 싱싱하게 꽃을 피워내었다. 토도독, 하나씩 펼쳐지는 작은 꽃잎들이 주름진 제 잎들을 펼치는 사이 정원엔 어느새 봄날 같은 향이 가득 퍼지기 시작했다.

수줍은 꽃잎들의 향연은 알지 못한 채 두 연인은 깊은 키스 속에 천천히 위층으로 향했다. 두 사람만의 밀월 같은 어둠이 밀려오는 차창으로 사라락, 얇은 커튼이 행여 그들의 속삭임이 새어나올까 그 농염한 빛을 가리웠다.

사랑해요…….

스치는 나뭇잎들이 그들의 사랑 언어를 대신하고, 미리 봄을 맞이하는 꽃망울들이 토도독, 두 사람을 축복하는 둘만의 아름다운 정원엔 이른 봄이 성큼 다가와 있었다.

"오늘 희아 좀 봐요."

하얗게 드러난 어깨를 감추며 비파가 문득 말했다. 아직도 부족한 듯 그녀의 어깨에 입술을 묻던 이반이 호기심 어린 시선을 들었다.

"무슨 일입니까?"

"그냥…… 좀 일이 있어요. 금방 올게요."

갑자기 이반의 눈동자가 깊은 수면처럼 어두워졌다. 잠깐 정언을 떠올린 탓인가? 비파가 부드럽게 이반의 뺨을 쓸었다.

"자꾸 불안해하지 말아요. 이미 지나간 사람인데 당신이 이렇게 아파하면 막 슬퍼져요."

"어쩔 수 없이 불안해져요. 미안해요. 당신이 정말 내 사람이 되기 전엔 마음을 놓을 수 없나 봅니다."

이반은 며칠째 결혼을 조르고 있는 중이었다. 비파가 토닥토닥 그의 등을 두드리며 미소를 지었다.

"아이 같아. 만날 조르기만 해. 결혼할 거라 했잖아요. 잠깐 시간을 두자는 건데 왜 그렇게 서둘러요. 잠깐만 시간을 줘요."

"정말, 결혼하는 겁니다."

"알았어요! 그러니까 오늘은 희아 좀 봐요."

"언제 들어올 겁니까?"

그녀의 외출이 여간 마음에 들지 않는다는 듯 입술을 삐죽이는 이반을 비파는 일부러 못 본 척 외면했다. 외출복으로 갈아입던 비파가 흘낏 시계를 바라보았다. 흠…… 두 시간 정도면 되지 않을까?

"두 시간 정도면 될 거예요."

탁탁!

작은 손바닥이 문을 치는 소리가 들려왔다. 희아가 이제 일어난 모양이었다. 반갑게 연 문 너머에 작은 얼굴을 비비며 희아가 서 있었다. 얇은 내복 차림으로 아장아장 걸어오더니 곁에 선 비파는 보지 못한 채 여태 침대에서 게으름을 피우고 있는 이반에게 먼저 향한다.

"아들!"

비파가 볼멘소리를 내며 잔뜩 희아와 이반을 노려보았다. 하하하! 기분 좋은 웃음을 터뜨리며 이반이 침대 곁으로 다가온 희아를 번쩍 안아 자신의 옆 자리에 앉혔다.

"맘마! 맘마!"

왜 엄마를 놔두고 이반에게 밥을 달라 하는지. 벌거벗은 이반의 가슴을 탁탁, 치며 떼를 쓰는 희아에게 비파는 절레절레 고개를 젓고 말았다.

"정말 괘씸하기 짝이 없다니깐."

"사람을 볼 줄 아는 거지. 그치, 희아야?"

아이의 배에 부부, 바람을 불며 이반이 농을 했다. 자신의 배를 간질이는 이반의 놀이에 희아가 까르르 뒤로 넘어갔다. 뭐가 그리 좋은지, 아이와 침대에서 장난치느라 여념을 없는 이반의 모습이 안쓰러울 정도로 행복해 보였다.

"아빠 말 잘 듣고 있어! 엄마 금방 갔다 올게."

희아에게 당부를 하며 비파는 약속 장소로 향했다.

그녀가 향한 곳은 집에서 그리 멀지 않은 작은 카페였다. 고풍스런 분위기와 어울리게 잔잔한 음악이 흐르는 이곳은 아직 크리스마스의 설렘이 미치지 못하고 있었다. 성급한 캐럴이 흐르던 상점을 지나온 비파에겐 오히려 이 조용한 카페가 세월에서 비켜간 듯 낯선 기분이었다.

"여기다!"

들어선 비파에게 카페 창 쪽에 앉아 있던 사람이 손짓을 했다.

"아줌마!"

오랜만에 보는 승미 아줌마의 얼굴에 반색을 하며 비파가 황급히 그쪽으로 향했다. 남편을 따라 지방에 내려가 있는 승미 아줌마의 얼굴은 전보다 더 살이 올라, 한결 좋아 보였다.

"얼굴이 좋아 보여요. 아저씨 곁에 있으니까 좋은가 봐요?"

가벼운 인사치레까지 하는 비파의 얼굴도 전과는 조금 달랐다. 어딘가 주눅 들어 있던 소심한 모습은 간데없이, 풍족한 여유로움까지 보이는 비파의 모습에 승미 아줌마가 고개를 갸웃거렸다.

"얼굴이 좋은 건 너인 것 같은데? 많이 예뻐졌네. 전주서 언제 올라왔니?"

아직 소식을 듣지 못했으리라는 건 알았다. 어제 전화를 걸었을 때에도 승미 아줌마는 이반 이야기는 전혀 없었다.

"아, 좀 됐어요."

멈칫거리는 자신을 달래며 비파가 무릎 위의 손을 꽉 잡았다. 카페의 히터 때문인지 등 뒤로 땀이 주룩 흘렀다.

"아, 그냥 주스 주세요. 아무거나."

뭐 시킬까? 다정히 묻는 승미 아줌마에게 비파가 겨우 대답을 했다. 힘들게 낸 용기가 자꾸 사그라지는 것 같아 조금 겁이 났다. 일상적인 대화는 주문한 음료가 나올 때까지 계속되었다.

"그래 어떻게 지내니? 희아는 왜 없어?"

따끔, 텁텁한 주스 찌꺼기가 목 언저리에 걸렸다. 남은 주스를 마저 털어 넣은 비파가 승미 아줌마의 시선을 곧게 바라보았다.

"……이, 흠!"

목이 꽉 잠긴다. 응? 묻는 승미 아줌마의 시선이 부담스러워 비파는 말을 더듬었다.

"이, 이반이 지금 보고 있어요."

"이반?"

내내 자상하던 승미 아줌마의 얼굴이 단박에 굳어졌다. 너…… 정말! 아마 이렇게 소리치고 싶지 않았을까?

"아줌마!"

"비파…… 너 끝내 이럴 거니?"

승미 아줌마의 목소리가 가볍게 떨렸다. 그녀의 마주 잡은 손처럼, 승미 아줌마 역시 이 자리가 어렵고 힘들다는 건 알고 있었다. 비파가 힘겹게 말을 이었다.

"아줌마, 죄송해요. 정말 이럴 자격이 없는 건 아는데요. 저 이반 정말 사랑해요."

"뭐? 비파, 너 정말……."

"미안해요. 은혜 모른다고 해도 할 말이 없는데. 저도 안 된다고, 나 같은 건 안 된다고 해봤는데 그냥 그렇게 되어버렸어요."

"비파야……."

"알아요, 아줌마! 이반 외롭게 자라서 나처럼 아무도 없는 사람 말고, 정말 다복한 사람. 그런 사람 만나길 바라는 거……. 아줌마 좋은 사람이잖아요! 내가 단지…… 아빠 없는 자식이라서, 가진 게 없는 사람이라서 반대하는 게 아니란 거 잘 알아요. 그래서 이런 용기를 낼 수 있었는걸요."

파들파들 떨리는 비파의 입술은 이제 거의 보랏빛으로 변해 있었다. 잔뜩 긴장해 경련까지 이는 비파의 입술을 승미는 빤히 바라보았다. 한땐 자식처럼 예뻐했던 아이가 마치 죄지은 사람마냥 제 앞에서 떨고 있는 모습에 승미의 가슴이 찌르르 울려왔다. 그렇지만…….

"알면서 왜?"

"그냥, 내가 죽을 것만 같아서 그래요. 아줌마."

"죽을 것 같아?"

"네. 이반이 없으면 나 그 사람, 보고 싶어 죽을 것 같아서…… 그래서 그래요. 아줌마 말처럼 많이 모자라는 거 알면서도 잡을 수밖에 없었어요. 그 사람이 없으면 숨 쉬며 살 수가 없어서, 그래서 어쩔 수 없이 붙잡았어요. 아줌마…… 조금만 저희들 봐주시면 안 돼요?"

저도 모르게 눈물이 뚝 떨어졌다. 엄마처럼 따랐던 사람, 그 사람 가슴에 이렇게 대못을 박으면 안 되는데. 이런 이유로 마주 보아야 하는 게 고통스러워 비파는 차마 고개를 들 수가 없었다. 승미 아줌마는 여전히 말이 없었다. 비파가 조용히 무릎 위에 놓인 제 손을 바라보았다. 굳은살이 박혀 남자 손처럼 거친 볼품없는 손. 비파가 두 손을 꽉 맞잡았다. 나도 행복해지고 싶어.

"잘할게요. 그 사람에게 잘하고 싶어요. 외롭지 않게, 희아랑 나 그 사람 외롭게 하지 않을 자신있어요. 희아가 그 사람보고 '아빠'라고 불러요. 아무한테도 아빠라고 부르지 않는 녀석이 유일하게 부르는 사람이 그 사람이에요, 아줌마!"

비파가 간절하게 승미 아줌마를 바라보다 털썩 무릎을 꿇었다. 아니, 얘가……. 당황한 승미 아줌마가 저도 모르게 반쯤 몸을 일으켰다.

"아줌마, 제발 허락해 주세요. 잘할게요. 내가 세상 그 누구보다 더 잘할게요. 그 사람 축복받은 결혼식 하게 해주고 싶어요. 네?"

눈물은 더 이상 흐르지 않았다. 아니, 울지 않았다. 그렇게 약한 모습으로 허락받고 싶지는 않아, 비파는 입술을 꽉 깨물며 흐르는 눈물을 애써 눌렀다. 웅성거리는 주위 사람들의 시선 따윈 눈에 들어오지도 않았다. 낡은 나무 바닥에 꿇어앉아 비파는 하염없이 기다렸다. 이반이 단 두 사람뿐인 가족에게 외면당한 결혼식을 치르게 할 수는 없었다.

한참의 시간이 흐른 후, 시름 섞인 한숨이 승미 아줌마에게서 흘러나왔다. 쉽지 않을 거라는 거 알았으니까. 비파는 조급해지는 마음을 느긋하게 눌렀다. 이 정도쯤은 아무것도 아니었다.

"애효!"

여전히 승미 아줌마의 입에선 한숨이 떨어지지 않았다.

"일어나. 너 이러는 거 네 엄마한테 무슨 면목이니?"

"아줌마가 허락하실 때까진 안 일어날게요."

"알았으니까 일어나!"

"아줌마!"

"허락할 테니까 일어나라구. 나원참! 세상 일 중에 제 뜻대로 되는 게 없다더니…… 이반이 워낙 외롭게 자란 탓에 형제 많은 집안의 며느리를 들이려 했더니, 어쩌겠니? 그 아이 인연이 여기까지인가 보지. 대신 아이들 많이 낳아서 너희들 가족이나 다복해! 그게 이반 외롭게 하지 않는 거니까!"

"아줌마!"

붉게 자국이 난 무릎으로 후들거리며 비파가 비틀 일어섰다. 너도 참! 혀를 차던 승미 아줌마가 쪼그리고 앉아 붉은 자국을 살살 어루만졌다. 바닥의 패인 곳에 살갗이 맞물려 벌써 작은 멍이 들어 있었다.

"이반 녀석, 이거 보고 괜히 나한테 타박하는 거 아닌가 모르겠다."

"아줌마……."

목이 메어 부르는 음성이 떨려왔다. 고통스런 산통 내내 손을 잡아주던 예전 승미 아줌마의 온기가 또다시 전해져 오는 것 같아 비파는 그것이 너무 고맙고 행복했다.

"아줌마, 아줌마한테 너무 미안해요. 희아 낳을 때 생각하면 이러면 안 되는데……."

"됐어. 이반한테 잘해! 그 녀석 어찌나 무뚝뚝한지 조카인데도 손 한 번 못 잡아봤다. 형부랑 언니는 안 그랬는데, 아이가 외롭게 자라 저러나 싶어 내가 가슴 많이 졸였어. 말도 없지, 무슨 정이라도 붙일 수 있어야지. 행복해라. 내가 바라는 건 그뿐이다."

토닥토닥 손등을 두드리던 승미 아줌마가 훌쩍, 콧물을 들이마시며 눈물을 찍어냈다. 죽은 언니 내외를 생각하니 가슴이 메어온 탓이었다. 열 살짜리 어린 녀석이 어느새 자라 이젠 사랑까지 한다니. 그 모습을 보지 못한 언니를 생각하면 어쩔 수 없이 눈물이 솟구쳤다.

"이반한테 정말 잘해!"

헤어지는 순간까지 다짐하는 승미 아줌마를 보내고 비파는 가벼운 마음으로 집으로 향했다. 이반에게 말했던 두 시간이 훨씬 지나 있었지만, 집으로 향하는 비파의 입가엔 행복한 미소가 떠나지 않았다. 기다란 골목길을 따라 흥겹게 콧노래를 부르며 춤을 추듯 걷는 비파의 모습은 세상을 얻은 것마냥 즐거워 보였다.

이반이 따주었던 석류나무의 마른 잎을 툭! 쳐대며 팔짝 뛰는 비파의 등 뒤로 야속한 가지가 남은 눈을 털어냈다. 파르르 떨어지는 눈 더미를 뒤로 남겨두고 비파는 서둘러 집으로 향했다.

"이제 와요? 희아야, 엄마 온다."

거대한 집 앞에 작은 아이를 안고 있는 커다란 이반이 그녀를 향해 반갑게 손을 흔들었다. 저 기다랗고 높은 골목 끝자락에서,

차가운 겨울바람에 춥지 않게 털모자와 목도리로 단단히 싸맨, 그녀가 이 세상에서 가장 사랑하는 두 사람이 지금 그녀를 기다리고 있었다. 빨갛게 언 콧잔등이 얼음처럼 반짝이고 꺄르르! 웃는 희아의 웃음소리가 청아한 공기 속에 울려 퍼졌다.

"아빠! 엄마, 엄마!"

내려오겠다고 성화를 부린 탓에 이반이 아이를 내려놓자 뒤뚱, 작은 걸음으로 뛰어오다 희아가 바닥에 철푸덕 넘어지고 말았다.

"이 녀석!"

화들짝 놀란 이반이 비파보다 먼저 뛰어와 희아를 안았다. 놀란 희아가 다가온 이반의 목을 끌어안고 서럽게 울기 시작했다.

"엉엉!"

"누가! 누가 우리 희아 이렇게 아프게 했어? 여기야?"

이반이 자못 성난 얼굴로 바닥을 노려보았다.

"하하하!"

그때 비파의 환한 웃음이 느닷없이 터지기 시작했다.

"이 나쁜 녀석이야?"

고래고래 소리를 지르며 이반이 애먼 바닥을 내려쳐 대고, 그치지 않는 비파의 경쾌한 웃음이 저 높은 하늘 속에 울려 퍼졌다. 덕분에 칭얼대던 희아의 울음도 어느새 멈추어져 있었다. 아마 아이도 어이가 없었겠지.

"왜 이렇게 늦었어요?"

대충 바닥을 혼내고 난 이반이 다시 희아를 안은 채 비파를 마중 나왔다. 겨우 100m도 안 되는 거리인데.

"아, 미안. 조금 이야기가 길어졌어요."
"보고 싶었는데……."
"뭐야, 정말."
비파가 장난스럽게 이반의 어깨를 툭! 쳤다.
"있죠? 우리 결혼식 봄에 하면 어떨까요?"
이반의 팔짱을 끼며 비파가 즐겁게 물었다. 곁에 걷던 이반의 걸음을 딱 멈추었다.
"정말입니까?"
다시 묻는다.
"정말!"
대답하는 비파의 얼굴이 근심없이 화사했다. 새신부 같은 순백의 얼굴을 황홀하게 바라보는 이반의 입가에 배시시 미소가 머물렀다. 그 붉은 입술 사이로 드러난 하얀 이가 겨울 햇살 속에 유리처럼 반짝였다.
작은 얼굴을 감싸, 오랜 기다림의 키스를 퍼붓는 연인들의 뒤로 작은 새 한 마리가 뽀로롱 날아와 아직 겨울을 담은 나뭇가지에 내려앉았다. 푸드득, 작은 날갯짓에 묵직한 가지가 채신머리없이 흔들렸다. 넓은 이반의 정원엔 어느새 봄을 부르는 새의 지저귐 소리가 백동백의 꽃망울에 맞추어 퍼져 나가기 시작했다.
푸드득, 푸드득.

지난밤, 세찬 비가 한차례 내리더니 가을이 성큼 와버렸습니다. 저마다 단풍 구경을 떠나는 이 가을빛 속에서 전 봄날 찾아왔던 사랑을 떠나보냅니다.

아직도 제겐 하얀 꽃잎이 눈처럼 날리던 벚꽃의 향연과 여름날 따갑게 울어대던 매미의 날갯짓 소리가 선명한데 말입니다.

너른 정원에 잘 다듬어진 키 큰 소나무와 은행나무, 그리고 화사한 꽃들이 제마다 멋을 내며 피어 있는 이반의 넓은 정원과 펄럭이는 그 빨래들의 마른 소리를 아직 채 지워내지 못한 저에겐 꽤나 안타까운 일이지요.

이 책 『거인의 정원』은 어느 봄날 저녁, 아이들과 함께 소파에 앉아 읽어주던 동화책에서 시작되었습니다. 졸망한 두 아들 녀석에게 그 눈 쌓인 정원의 서늘함을 읽어주다 문득 떠오른 이야기 하나. 제겐 꽤 행운이었던 셈입니다.

어린 시절부터 알아왔던 이야기였는데 왜 갑자기 그 동화 속의 거인이 제게 다가왔는지. 아이들에게 읽어주는 동안, 그 욕심 많고 심술 사나운 거인이 저에겐 이상하게 욕심 많은 거인이 아닌 사랑하는 방법을 알지 못하는 무뚝뚝하고 외로운 거인으로 보였습니다.

그래서 이 글에 나오는 이반은 무뚝뚝하고, 영리하지만 자신과 함께 사는 이 세상에는 더없이 어색한 인물로 나옵니다. 상처를 입어 세상을 믿지 못하는 불운한 인간이 아닌 단지 성격부터 무언가 불완전한 면이 있는 거죠.

그런 그에게 작은 천사 희아와 성미 급하고, 벌처럼 쏘아대는 비파가 다가왔습니다.

명백히 고용주는 이반임에도 오히려 그에게 명령하고, 제가 한 일에 타박조차

작가후기

못하게 하는 비파에게 처음엔 어이가 없다가, 어느 순간엔 그런 그녀의 패턴에 따라가고 마는 나의 착한 이반.

    사실은 좀 더 온유하고 엄마 같은 여자로 그려지길 바랐는데, 비파는 제 의지를 배반하고 한없이 건방지고, 천방지축인 여자로 변해 버렸습니다. 그래서 그 속에 잠재되어 있는 따스함과 모성을 끌어내느라 얼마나 힘들었는지.
    그래도 참 즐겁게 써 내렸던 글이었습니다.
    비파에게 마음껏 휘둘리면서도 행복해하는 이반이 좋고, 군주(君主)처럼 이반의 머리 위에 군림하면서도 늘 그에게 맛있는 음식을 주려 했던 비파의 다정함도 좋았습니다.
    물론, 가장 애를 먹인 건 희아였죠.
    연재 당시, 희아의 인기는 주인공 아빠, 엄마를 훨씬 능가하고 말았는데 사실, 아이를 키운 지 꽤 시간이 지난 저로선 그 개월 수에 맞는 아이의 행동발달을 몰라 처음엔 많이 헤맸습니다.
    오히려 독자 분들이 많이 쪽지를 보내주셔서 다시 고치고, 서랍 속에 고이 잠든 제 육아 일기를 꺼내 오랜만에 읽어보기도 했습니다. 희아만큼은 제가 아닌 독자 분들이 만들어낸 인물입니다. 그래서 애초엔 '아빠!' 라 정확히 발음하던 녀석이 '아바!' 라 겨우 발음하는 녀석이 되고 말았죠.

    많은 분들이 '희아' 를 보면서 애정을 느낀 것처럼 저 역시 '희아' 를 보면서 제 아들의 그 시절을 기억하고, 다시 한 번 그때를 돌이켜보면서 참 행복했습니다.

글을 마무리하는 마지막까지 말입니다.

이 글을 읽으신 독자 분들 중, 어떤 이는 왜 이반과 비파의 모습을 마지막까지 더 확실하게 그리지 않았느냐 타박할지도 모르겠습니다. 혹은 늘 끝을 미진하게 그리고 마는 저의 불성실한 습관에 끌끌, 혀를 차실지도.

그러나 전 이대로 끝을 맺으렵니다.

제가 굳이 그리지 않아도, 이반과 비파는 의심할 나위 없이 행복하게 지낼 테니까.

여전히 이반은 그 특유의 어수룩한 한국말로 꼬박 고지식한 존댓말을 할 터이고, 비파는 여전히 제가 그려낸 모습 그대로 이반에게 명령하고 투덜대고, 그리고 희아와 함께 유치한 70년대식 영화를 찍어대며 살겠지요.

연애 시절, 내내 서로를 힘들게 하고 오해를 하기도 하며 정중하게 살다가 갑자기 결혼 후 닭살 커플로 변모해 버리는 그런 이 녀석들의 모습은 좀처럼 상상이 되질 않아서 그냥 글을 접고 말았습니다. 오히려 서투른 에필로그가 이 글 내내 흐르던 따스함을 무너뜨릴까 봐, 이 소심한 작가는 결국 또다시 흐지부지 마무리를 하고 마네요.

단지, 이반 2세를 비파가 한 둘쯤은 낳아주지 않을까 바랄 뿐이지요.

즐겁게 작업했고, 또 내가 좋아하는 사람들과 함께 일해서 좋았습니다.

제가 쓴 글을 저보다 더 애정을 갖고 리뷰를 해주시는 규진 씨, 마지막까지 세심하게 골라주고 다듬어주시는 무서운 종민 씨, 그리고 또 하나의 든든한 그림자가 되어준 지윤 씨!

작고 소박한 글이나마 함께 고민해 주고, 보아주는 사람과 일을 한다는 건 참 즐거운 작업입니다.

그래서 항상 감사하는 제 마음을 님들도 아시겠죠?

함께하면 웃음밖에 나오지 않는 우리 착한 달밀 가족들 역시, 고맙다는 말을 전하고 싶습니다. 우리의 작은 보금자리를 요란, 시끌벅적하게 메워주시는 그 북적거림이 늘 고마울 따름입니다.

특히, 이영채 작가님, 안화령 작가님, 막내 박나영 작가님, 그리고 우리의 든든한 기둥이신 ON 작가님! 한 번을 만나도 쉽게 마음을 통할 수 있는 사람이 있다는 걸 여실히 느끼게 해주신 제 이웃들입니다. 또 함께 달밀 식구는 아니지만 첫 정을 알게 하신 작은 머큐리님! 이렇게 좋은 분들에게 감사하고 행복한 마음을 전해주고 싶습니다. 차곡차곡…….

그리고 제겐 아주 특별한 독자 한 분이 계십니다. 그분의 명쾌한 해석엔 저 역시 숙연해질 수밖에 없는, 그래서 더욱 고마울 수밖에 없는 그분의 각별한 애정에 또한 깊숙이 머리 숙여 감사드립니다.

곧 쌍둥이 엄마가 되는 현미, 남편이 바쁠 땐 내 대신 아이를 돌봐주는 든든한 친정 같은 송혜, 미아, 순금이, 그리고 뒤늦게 나타난 현정이. 제 친구들에게도 역시.

그리고 늘 잊지 않고 떠올릴 수밖에 없는 저의 가족들에게도 감사합니다. 이 글이 세상으로 나오기 위해 그 누구보다 더 많은 힘이 되어주었던 제 아들들에게 특별하고도 진한 감사와 사랑을 보냅니다.

아마도 두 아들 녀석에겐 엄마의 수정 기간만큼 고되고 힘든 시간은 없지 않나 싶습니다. 그래도 불평 한 번 없는 이 작은 꼬마 녀석들을 언제나 사랑합니다.

홍석, 진혁아, 사랑해!

또, 중국과 한국을 오가느라 정신없는 와중에도 제 수정을 위해 아이들을 돌보아준 저의 남편, 양 아저씨에게도 또 한 번의 애정을 보냅니다. 하나의 책을 낼 때마다 함께 진통을 겪을 수밖에 없는, 그럼에도 행복한 얼굴로 기꺼이 그 고통을 함께 해 주는 그 따스한 마음 덕분에 길지 않는 이 길을 걸어올 수 있었던 것 같습니다.

제가 좋아하는 사람들, 또 제가 너무나 사랑하는 사람들 위해 모두 감사할 수 있어서, 더욱 기쁘게 작가 후기를 올리며 이 서늘한 가을! 부산스럽게 겨울 장만을 하고 있을 이반과 비파의 정원을 떠올리며 이만 글을 맺으렵니다.

—2005年 11月 서야 拜上.